宮澤賢治の深層

――宗教からの照射――

プラット・アブラハム・ジョージ
小松和彦 編

法藏館

宮澤賢治の深層——宗教からの照射——＊目次

第二部　宮澤賢治の宗教観　二　――仏教の世界

第三部　賢治作品に見られる宗教性・宗教的表象

第四部　賢治作品に潜む心理学

宮澤賢治の深層

——宗教からの照射

序論

プラット・アブラハム・ジョージ

宮澤賢治と聞くと、まず念頭に浮かんでくるのは、妙法蓮華経の宣伝のために一生を尽くして文学作品を書き続けた一人の信心深い仏教信者のイメージである。もちろん、賢治が紛れもなく法華経の教えを熱烈に信じ、それに基づいて自分の人生を送っていたことも、法華経こそ衆生の救助の唯一の道であると深く信じていたことも否定できない。法華経の教えに従って行動すれば、しかも人々をまことに憐れむ心を持って奉仕すれば、確かにこの世に極楽を作ることが不可能ではないと信じていた賢治にとって、法華経への帰依、そして田中智学の国柱会への一時的入会と服従は、身も心も捧げて行った決定的な決断であった。親友保阪嘉内宛の書簡に、「田中先生に、妙法が実にはっきり動いてゐるのを私は感じ私は信じ私は仰ぎ私は嘆じ今や日蓮聖人に従ひ奉る様に田中先生に絶対服従いたします[1]」と自分の決断が単なるうわごとではないことを明記している。そして、衆生の救いのためなら、田中先生の命令で「シベリアの凍原」でも「支那の内地」でも、どんな辺鄙で未開拓な土地へでも行って奉仕することを決心していた。つまり、彼にとって法華経信仰は自分を救うと同時にすべての人類に幸福をもたらす正しい道であって、「南無妙法蓮華経と一度叫ぶときには世界と我と共に不可思議の光に包まれる[2]」というような恍惚《こうこつ》状態までが体験できる命の木であった。

しかし、ここで問いたいことは、あえて賢治は終始一貫して法華経の教えどおりに生きてきたのか、それとも途中でそれと異なる思想またはそれに似たような思想を持っている異宗教などの教えにも感化されて、法華経の教えに基づいて築き上げた今までの自分の世界観を左右させてしまったことがあるか、ということである。

彼の辿ってきた短い人生を厳密に分析してみればわかるはずだが、少年・思春期の賢治は、新しい宗教・宗派の教えや哲学に常時さらされるほど気の変わりやすい人間であったに違いない。たとえば、厳格な浄土真宗の家の長男として生まれ育った彼は、小学校時代に父宮澤政次郎の質・古着商を誇りに思い、卒業後家業を受け継ぐ決心をしていたそうだ。

また、子供のときから浄土真宗の教えが深く浸み込み、その信仰に厳格に導かれてきたためかもしれないが、盛岡中学校の寮から一九一二年の十二月三日に父親に送った手紙には、「小生はすでに道を得候。歎異鈔の第一頁を以て小生の全信仰と一致し候。（中略）念仏も唱へ居り候。仏の御前には命をも落とすべき準備充分に候」(3)と、浄土真宗への信仰宣言を素直に再確定している賢治の面影が映っている。絶対他力への信順を往生成仏の正因と考えている浄土真宗の阿弥陀仏の本願力への依存は救いの源であるという教えにこそ幼い賢治の心は魅了されたのであろう。気の変わりやすい十六歳のときの決断であるが、この信仰宣言の中に、彼がいかに仏の慈悲心に惹かれていたかが示されており、仏教の教えを拠り所にして余生を尽くしたいという彼が真心が鮮明に現れていると思われる。

しかしながら、こういう賢治も、十八歳のとき、初めて島地大等編の『漢和対照妙法蓮華経』を読むと、その教えの中枢をなす「自力」論に感動し、それと同時に浄土真宗の奥義に疑問を感じはじめ、結局その宗派を脱け出して法華経信仰に改宗したのであった。

浄土真宗は、阿弥陀仏の本願力を衆生の救済の唯一の道と考え、「南無阿弥陀仏」と念仏を繰り返して唱えながら実生活上の苦しみや悲しみを辛抱して生きていれば、あの世での往生成仏が保証される、と教えている。つまり、浄土真宗の教えでは、この世に極楽を作ることは容易でないが、念仏さえ唱えていればあの世では救済されるという安心感を与えているのである。換言すれば、生きている人の幸福よりもむしろ死者の幸福を保証しているということになる。

しかし、賢治が求めていたのは死者の幸福ではなく、この世にまだ生きている人間の幸福だった。鎌田東二氏は、「浄土教は死の宗教であり、あの世における救済を説くことでこの世の安心を得ようとするものでそれに対して、法華経は生の宗教であり、この世における救済と仏国土の建設を説くことで世界を変革しようとした」と述べているが、[4]賢治はこうした法華経の教えに惹かれたのであろう。それから数年後、家出して東京へ逃げた賢治は、田中智学を始祖とする国家主義的志向の強い宗教団体「国柱会」に入会して、自己犠牲をしてまでも国民に幸せをもたらせようと一時決断したのであった。

田中智学は、当時の日本で社会への関心が薄く、人間の福祉よりも自分たちの懐を膨らませようと振舞った結果、沈滞して葬式仏教の地位にまで落ち込んでしまった仏教を救い上げようと努めた者の一人である。彼は、当時日本で頻繁に行われていたキリスト教徒による社会福祉的な諸活動からヒントを受けて、自分の福祉活動を始めたという。田中智学は、貧しい人々を救援する目的で医療施設などを設立したり、大正十二年（一九二三）の大震災のような天災に遭う不幸な市民たちの救助活動を大規模に行ったりして、[5]社会福祉に向けて大活躍をした。このような田中智学を、上田哲氏は、〈積極的に社会とのかかわりに努めた〉人で、〈時代の動向に機敏に反応できるジャーナリスト的才能にも恵まれて〉いて、〈近代的布教を展開するため各種の社会事業を企画実施した〉人であった、と評価している。(6) しかし、実際の彼は、法華経信仰を建前にして国粋的な日本論を強調していたようで、内心では自宗至上主義的な社会を構築することによって日本をアジアの絶対勢力に成長させると同時に、政治的権力を握るという自分自身の野望を全うする企みを編んでいたのではないだろうか。

国柱会の社会福祉活動に心を引かれた賢治は、その裏に隠されていた排他的至上主義思想に気付かずに法華経伝道活動に献身的に参加したが、それもあまり長続きしなかった。国柱会の活動に夢中になって、死ぬまで田中智学の命令に忠実に従うことを誓って家出して上京した彼であったが、まもなく帰郷してしまう。そのことの裏に何があったのかは、まだ明確ではない。妹トシ子の看病のために帰省したという説は有力であるが、果たしてそれだけだったのか。「夜間に起こる熱病は一緒に寝ている人にしかわからない」と言われるごとく、国柱会の事務局で働くようになって初めて、その組織の本当の目的が何であったのかが彼にわかったのではなかろうか。つまり、賢治を国柱会へ引き寄せた要因は何かというと、それはやはり日蓮宗の国粋的排他的教義ではなく、自力で往生成仏を成し遂げる傍ら、一個人のこの世での行いや苦行・修行によってすべての衆生の救助が保障されるという法華経の教えであったと思われるのだ。彼は再び国柱会へ戻らなかったが、死ぬまで熱烈な法華経信者として留まったことからも、これを推察することができるだろう。

賢治は、法華経の奥義を自分の生命の真髄として一人生を全うした。したがって、その著作品の内容も、仏教・

法華経の教えを普及・宣伝するにふさわしいものであって当たり前のように思う。そのためか、今までの賢治および賢治作品の研究動向を見てもわかるとおり、ほとんどの先行研究は、仏教の教義、思想哲学や世界観に基づく観点から説いたものが圧倒的に多い。しかし、賢治作品を精読していくと、中には仏教以外の宗教思想や考え方、特に日本伝来の民間伝承とかキリスト教的なものが色濃く漂っている作品も少なくはないということがわかる。

それはどうしてかというと、賢治は法華経の教えに無我夢中になっていたときも、日本人本来の自然崇拝やシャマニズム的な宗教観に基づく民間伝承はもちろんのこと、キリスト教など異宗教の教義や教えにも実際に触れていたと思われるからである。

大平宏龍《おおひらこうりゅう》は「……当初の賢治の法華経理解が、島地大等の影響による天台学的なものであり、かつまた浄土真宗的信仰の環境にありながら、キリスト教も含めていろいろな信仰の内容と現実にふれつつ、宗教の理解を深めようとしていたなかで、法華経に特に感動したことがあったというのが真相に近い……」(7)と指摘している。私には、賢治の当時の心境をほぼ言い当てているように思われる。つまり、賢治という人は、信心深い法華経信仰心の持ち主であったにもかかわらず、異なった宗教や宗派の善い教えとか、日本本来の民間伝承の真髄とかを吸収して自分のものにすることによって、自分の人生観・世界観を広めていこうという寛大な心を持っていた人間であったに違いない。そうだとすると、賢治の著作品のすべては単に法華経思想に基づいた、いわゆる「法華文学」のみであるという説が通らなくなるのではないか。

世界のどの宗教を見ても、一神教、多神教の区別なく、その教義や教えの中にはお互いに通じ合うもの、または似たような側面が重なり合うものがたくさんあると思う。中でも、汎神論的である仏教の教えには一神教のキリスト教とよく似ているところが多い。距離の面から言うとかなり離れている二つの地域で、およそ六百年の時間的格差の中で、もしかしたらお互いを全然知らずに、生まれ、育まれてきた仏教とキリスト教の教義には、似たような側面があるということは、とても興味深いことである。空間的・時間的隔離とか、地理学的な特徴または民族や文化上の違いなどが人間の思考形式、人生観、宇宙観ならびに宗教観に大きな影響を与えることは否定できない。だが、みんな同じ人間だから、そしてどの宗教も人間によって創始されたものだから、お互いに通じ合ったり重なり合ったりするところもたくさんあるのは、ごく当たり前のようである。「われわれ人類は同じような姿、体の形を共有するのだから、異なる信仰（宗教）でも互いにかなり深い共通性を持つことがあるだろう(8)」というジェラルド・ウェスフィールド（Gerald Weisfield）の指摘は、真実をついたものである。つまり、違うところで、違う時代に生まれ育てられた仏教とキリスト教の教えにも共通性があるということである。たとえば、仏教もキリスト教も人間の全ての苦悩の元は彼の「自我」であると考え、自我を克服することができる人は救済されると教えている。

もちろん、キリスト教における「自我」は、個人的な自我で実存するものであるというのに対して、仏教の「自我」は、「宇宙自我」の一部と考えられ、一種の錯覚にすぎない。また、キリスト教の場合、この「自我」は罪深いもので、仏教の場合は、執着と渇望と無知の源である。そして、キリスト教では父なる全能の神の御心どおり振る舞う者は救われ、永遠の命を与えられる。神の御心どおりの振る舞いとは隣人を愛し、物質的なものへの愛着を一切捨てて、罪を悔い改めてみんなの救済を目指して行動することである。これができれば自我の克服も可能となる。同じく仏教でも、この世への執着と渇望を捨てて往生成仏への道を目指しながら厳しい苦行を行うと共に、天地万物に対して慈悲と同情の心を持って振る舞うことによって自我の克服が可能となって成仏できると教えている。

さらに、キリスト教も仏教も物質主義を否定しているし、死後の生命の継続と魂の不滅を認めている。ただ違うのは何かというと、キリスト教では魂が生前の行いつまり業の善悪の比重に基づいて死後に天国、煉獄または地獄へ行く。煉獄へ行く魂がこの世に残っている親戚やその他の人々の祈りや善行によって神様の赦しを得て罪から逃れて天国へ登れる機会が与えられている。だが、地獄へ落ちた者はそこから逃れる道はなく、最後の審判の日まで地獄から脱出できない。仏教もまた死後の魂はこの世での「業」(Karma)の善悪の程度と因縁関係によって六道(地獄、餓鬼、畜生、修羅、人、そして天)の何れかに生まれ変わるか、輪廻転生の輪から脱出して成仏するか、と教えている。つまり仏教もまたこの世に生きている信者の苦行や祈りによる魂の救済を信じているわけである。

異宗教の教義や哲学の重なり合う部分との共通性を認めながら異宗教の善い教えを吸収して自分のものに同化することができるこのような信仰者は、どの宗教に所属していても、「真の信仰者」であるに違いない。宗教には社会に革命的な変化をもたらす偉大な影響力がある。同時に社会を滅ぼす力も含まれている。それは宗教を司る指導者や信仰者の行動によって浮上するものである。しかし、自分の属している宗教の教えの長短所を充分理解し把握したうえで、異宗教の長短所をも容認できる人は「真の信仰者」である。確かに、異なる宗教がたくさん共存している社会では、頻繁に宗教間対立が起こる可能性が高いという事実を否定することはできない。しかし、それぞれ異宗教の教えを互いに尊敬し合いながらその独自性を認める「真の信仰者」がたくさん住む社会では、宗教間の対立や紛争が起こりにくい。逆に、彼らはお互いに協力し合って、それぞれの宗教の偉大なる力を社会の福祉のために利用するよう共に努めるのであろう。たとえば、インド独立運動の父として知られるガンジーは、ヒンドゥー教の信心深い信者であったが、彼はいつも、彼の大好きなヒンドゥー教の聖典「ギータ」と共に、キリスト教の「聖書」も、イスラム教のコーランも、持ち歩いていたといわれる。そして、重要な行動を実行に移す前に、彼は必ずこれらの聖典の教えを参考にしていたそうだ。もちろん、ガンジーは全ての宗教を平等に見ていた偉人で、それが故、多宗教、多言語社会であるインドの全ての国民が、宗教や言葉を問わず植民地支配勢力に対する反対運動すなわちガンジーの後ろに立ち並んだのであろう。

では、宮澤賢治の異宗教に対する態度はどんなものであったろうか。

子供時代から仏教の教えが胸に浸み込み、十八歳のとき家の代々信じてきた宗派から脱して、法華経信仰に無我夢中になって以降の賢治の仏教信仰は、岩の上に建てられた宮殿のようなものであった。それはつまり、突風や嵐に晒されて動揺するものではなかった。

異宗教の教えと協議に好奇心と興味を持っていたに違いないが、十八歳以降の彼は自分の法華経信仰を捨てようとは一度も考えなかった。少なくとも大正十年（一九二一）までの賢治はそうであったことは、「信仰は一向動揺しませんからご安心ねがひます」(9) と関徳弥宛に書いていることからも察することができる。そして、少なくとも中学校時代から異宗教に、特にキリスト教に触れる機会があった彼には、異宗教の教義や教えを知るための追究心があったのは確かだが、ガンジーのように宗教は全て平等だという考えかたを、少なくとも妹トシ子が亡くなるまで持たなかったと思われる。

むしろ、彼は、仏教以外のどの宗教も比較して言うと仏教よりも下位にあるのだ、と考えていたのではないか。つまり、彼の頭の中に宗教のランク付けがあったに違いない。そして、彼は各宗教を信じている人は皆死後同じところへ行くのではないと確信していたようである。たとえば、彼は次のように述べている。「どの宗教でもおしまひは同じ処へ行くなんといふ事は断じてありません。間違った教による人はぐんぐん獣類にもなり魔の眷属にもなり地獄にも堕ちます[10]」とこのように信じて込んでいた彼が、キリスト教をはじめ全ての異宗教を、どんな物差しで評価していたのか、非常に興味深い課題である。

異宗教の救済力に疑問を抱いていた賢治の作品の中には、キリスト教の思想やモチーフを取り入れたものや民間伝承の影響が色濃く残っている作品が多数ある。特に、賢治の散文作品は「仏教・法華経関係のもの」「民間伝承に基づくもの」そして「キリスト教の思想と語句・モチーフを投影するもの」とおおむね三つのカテゴリに分類することができる。ここでいう「民間伝承」とは、民俗学でいうところの「民俗」のことで、農山村の人々の伝統的な生活のことである。

たとえば、童話作品として広く知られている「ひかりの素足」「雁の童子」「インドラの網」などのようなものは紛れもなく「仏教文学・法華文学」のジャンルに入る。しかし、「風野又三郎」「土神ときつね」「ざしき童子《ぼっこ》のはなし」「狼森と笊森、盗森」のような作品がはたして法華文学のジャンルに入るかは疑問に思われる。これらの作品はおそらく日本の民間伝承、民間信仰に基づくもので、天沢退二郎氏に指摘される「土地の精霊」、または小松和彦氏に指摘される「風の精霊」「物の怪」のような、古代から日本人の脳裏にあった自然崇拝的、シャマニズム的宗教観を取り扱った作品にほかならない。同様に、わざわざキリスト教的な雰囲気を取り入れて作った作品は、「銀河鉄道の夜」「シグナルとシグナレス」のようなものにしか見られない。つまり、これらの作品を一概に法華文学というジャンルに入れてしまうと、賢治と彼の作品の正しい評価・位置づけを見誤ってしまうのではなかろうか。

法華経に夢中になっていた賢治が、なぜ民間伝承に基づいたものまたはキリスト教的なモチーフや思想のある作品を書いたのか。それは、これらに関する自分の知識や理解を深めていくにつれて、今まで持っていた宗教観が次第に変わっていったからなのであろうか。それとも、国柱会の街頭布教を止めて帰省した賢治の排他的・法華経至上主義的宗教観が全ての宗教を等しく見る平等主義へ置き換えられてしまったからなのであろうか。これはなかなか判断しにくいことであるに違いないが、たとえばキリスト教関係の作品について言えば、おそらく法華経とキリスト教の人生観・宇宙観においての類似性に気付いた彼が、両宗教のこの類似性を強調するために「銀河鉄道の夜」のようなキリスト教的雰囲気が漂う作品を著作したのであると言えないだろうか。

これは、もしかしたら上田哲氏の指摘したとおり、キリスト教のような異宗教との交流の結果として彼の内奥に形成した「法華経を中心にした一種のシンクレティズム」[11]であったかもしれない。しかし、賢治の頭の中に、はたして上田氏の言うような宗教的シンクレティズムがあったのかということになると、それは疑問に思われる。

シンクレティズム（syncretism）の意味を辞書で調べてみると「哲学・宗教などの諸説（諸派）統合」とある。上田氏は、シンクレティズムを「相反するあるいは互いに異なる二つ以上の宗教が相互に接解することによって生じる意識的あるいは無意識的融合を指す宗教学用語である」[12]と定義している。もし、似たような教え、または矛盾している教えを教義としている諸宗教の諸説を何の違和感もなく吸収して内面で適切に統合・調整を行って一つの統一した思想として表現することがシンクレティズムであれば、それは、前述のガンジーの宗教観にすごく似ているものであって、まさにガンジーの宗教観には全ての宗教を平等に扱う概念が具現している。はたして賢治の中にそういうものはあったのか？

もしあったとすると、このシンクレティズムは、どのようにして賢治の中で形成され、どのように働いていたのだろうか。上田氏は、幼少年期を家庭の浄土真宗の雰囲気の中で育てられ、青年期になると「参禅を経て熱烈に日蓮に帰依した賢治の作品世界には、確かに色濃いパンティシズムと仏教的思想がみられる」(13)と指摘している。パンティシズム（pantheism）とは、神と宇宙とを同一にみなし、あらゆるもの全ては神の現れであり、それら全てに神が存するものと考え、その全ての神々を信じ、崇拝するという信仰体系である。パンティシズム系の宗教の特徴の一つは、異宗教に対して排他的な態度をとらないことだと言える。ヒンドゥー教のような多神教宗教もまた、同じような態度をとっている。キリスト教とか回教のような一神教宗教と違って、パンティシズム系の宗教と多神教宗教は、異宗教の神々を何の抵抗もなく万神殿に安置して崇拝することは珍しくない。

もちろん、上田氏が指摘したとおり、日本人として生まれ育てられた賢治の中に、日本人本来のパンティシズム的宗教心情があったことは間違いないと私も思う。しかし、それが宗教的シンクレティズムまでに及ぶものだったとは思われないのだ。要するに、子供時代からきっと異宗教の様々な教えに接触してきたと考えられる賢治の心には、キリスト教をはじめとする異宗教の教義を受け入れる寛大さもあったろうし、また異宗教の神々にも興味を持ち、好奇心を持っていただろう。賢治は、仮に一時的だったとしても、キリスト教の教理や教えに非常に興味を持っていたことは、「銀河鉄道の夜」をはじめ、キリスト教の教えやモチーフが取り扱われている彼の諸作品を見ても、明らかなのである。

要するに、国柱会時代まで法華経は唯一の正しい道であると強調しながらその優越性を鼓吹してきたにもかかわらず、晩年の賢治の宗教観に変化をもたらした要因として、次のものを挙げることができると思われる。

①法華経に対する揺るぎ無い「真の信仰心」：幼少年ごろの賢治の信仰心は、親への尊敬と恐怖心に基づいた浄土真宗中心の信仰であった。暁烏敏《あけがらすはや》、多田《ただ》鼎《かなえ》など当時の仏教界で名の知られていた仏教学者を花巻へ招致して合宿講演会を頻繁に行っていたため、幼い賢治もそれを漏らさず聞かせられていた。そのために、子供のころの賢治は、確かに仏教の教理と奥義をかなり理解していた。にもかかわらず、十八歳のとき、初めて『漢和対照妙法蓮華経』を読むまでの賢治の心には、信心深い仏教信者として人生を送りたいという考えがなかったそうである。逆に、彼は思春期のどの少年にも見られるような迷い、疑惑そして懐疑の渦巻きの中にいた。ところが、妙法蓮華経を読んだ後の賢治は、どんな嵐にでも吹き飛ばされない確固たる信仰心の持ち主として変身するのであった。自分の信じている宗教・宗派の教えと奥義の長短所を正確に把握して「真の信仰者」となった賢治には、異宗教を冷静に研究してその教理の長短所を把握した上で正しい判断をする知恵と知識が、次第に身に付いてきたのであろう。特に、キリスト教を見る賢治の目が変わったので、その作品の中でもキリスト教的素材を、しかもそれを意図的に工夫して、たくさん取り入れるようになったのではなかろうか。

②異宗教の教理や教えを軽蔑の目でなく、平等の目で見る：このように宗教観が変わってきたことによって、賢治の異宗教を見る目が国柱会時代とは異なり、キリスト教など異宗教の教えも前向きに理解しようという意欲が生じ、その結果、どの宗教も基本的に人道主義的なもので、人類の幸福と救済を教義の目標としているのだ、ということに目覚めたのであろう。つまり、全ての宗教は基本的に同じことを教えているのだということに気付いた賢治は、それを確証する目的で「銀河鉄道の夜」「ビヂテリアン大祭」のような作品を書いたのではなかろうか。たとえば、「銀河鉄道の夜」の中では日本人で仏教信者であるはずの登場人物に西洋・キリスト教

徒の名前を付け、逆に西洋人でキリスト教徒であるはずの登場人物に日本人の名前をわざわざ付けたのも、宗教の類似性を表現するためであったのではなかろうか。

③キリスト教信者の行動から影響を受ける：賢治は、当時日本国内で活発に行われていたキリスト教者による社会福祉的活動を興味深く観察していたことだろう。そして、「あなたの隣人をあなた自身のように愛せよ」[14]というイエス・キリストの教えを基に自己犠牲となってまで他人の幸せと救済のために献身しているキリスト教者の活躍振りに感動する一方、異宗教であるキリスト教の尊さを実感するようになったのだろう。賢治が一時期に崇拝的な目で見ていた田中智学でさえも、当時のキリスト教の「活発な社会活動と巧みな宣教技術」[15]に注目していた。賢治がそのことを見逃すはずがないと思われる。田中智学は、姉崎正治とか山川智応などとの接触を通じてキリスト教についてかなり知識を蓄えていたという。賢治もまた、当時盛岡にいたヘンリー・タッピング牧師、アルマン・プジェー神父、そして花巻の斎藤宗次郎、日本女子大学校の校長成瀬仁蔵、講師の阿部次郎などとの直接的間接的接触や、聖書をはじめキリスト教関係の書物の読書などを通じて、キリスト教に対する自分の知識を深めていたのではなかろうか。おそらく、これらのキリスト教者の活躍を、賢治は心の中で客観的に評価して賞賛していたのだろう。そして、自分の信仰とキリスト教との比較を行い、どれも基本的に同じだという結論にたどり着いたのだと思われる。

これらのことを背景に考えてみると、賢治作品を「法華文学」だと一概に格付けをしてしまうことは、大いに問題であるということが明白となるであろう。賢治の作品は、単に法華経信仰を布教するために書かれたものではない。これらの中には、仏教以前から伝わってきた古代日本人の自然崇拝の思想もあれば、異宗教の影響も深く絡まっている。したがって、賢治の作品に潜んでいるこれら民間伝承や異宗教概念の実相を正確に解釈し評価することが何よりも重要なのである。そうした作業を通じてこそ、より正しい賢治像が浮かび上がり、賢治作品の真の価値、それらの持つ普遍性が把握できるようになるのである。

私は、こうした問題意識を抱えて、そこから生じるさまざまな課題を共有し、議論し、それを解くための場として、共同研究会を組織することを考えた。すなわち、賢治の童話作品と詩を、宗教の教えと民間伝承の双方の観点から再検討して、賢治作品に顕現されている「日本性と和心」および「普遍性と平等性」を穿ち出し、従来のステレオタイプな賢治像を書き換えるとともに、賢治と彼の作品に新しい次元を見出そうと計画し、その第一歩として、京都の国際日本文化研究センター（日文研）に「文学の中の宗教と民間伝承の融合――宮沢賢治の世界観の再検討」というテーマのもと、共同研究プロジェクトを行ってきた。共同研究員には、著名な賢治研究家、民俗学者、宗教（仏教）学者、文学・文芸思想家、比較文学者など多様な分野の賢治に関心を持つ研究者が集まり、その結果、新知見が飛び交う熱い議論が交わされた。本書はその研究成果報告書で、おそらく、読者はここにこれまでにない新しい賢治像を見出すはずである。

註

（1）『〈新〉校本宮澤賢治全集』第十五巻（本文篇）（筑摩書房、一九九五年）、一九五～一九六頁（書簡一七七）

（2）同書、同巻五八～六〇頁（書簡五〇）

（3）同書、同巻一五～一六頁（書簡六）
（4）鎌田東二「法華経」（天沢退二郎編『宮沢賢治ハンドブック』新書館、一九九六年）、一七六頁
（5）上田哲「田中智学」（天沢退二郎編『宮沢賢治ハンドブック』新書館、一九九六年）、一一六頁
（6）同上、一一五頁
（7）大平宏龍「「法華経と宮沢賢治」私論」（福島泰樹・立松和平編『文藝月光2』勉誠出版、二〇一〇年）、六六頁
（8）Buddhism and Christianity in Dialogue-The Gerald Weisfield Lectures 2004, Edited by Perry Schmidt-Lenkel, Scm Press, Indian SPCK Delhi, 2005
（9）『〈新〉校本宮澤賢治全集』第十五巻（筑摩書房、一九九五年）、二一六～二一七頁（書簡一九五）
（10）同書、同巻、二一二～二一三頁（書簡一九一の一）
（11）上田哲『宮沢賢治　その理想世界への道程』（明治書院、一九八五年）、三頁
（12）同書、二九五頁
（13）同書、一九四頁
（14）『新約聖書』の中に七箇所で「あなたの隣人をあなた自身のように愛せよ」という言葉を繰り返している（マテオによる福音書19：19、22：39、マルコによる福音書12：31、ルカによる福音書10：27、ローマ人への手紙13：9、ガラツィア人への手紙5：14及びヤコボの手紙2：8を参照）
（15）上田哲「田中智学」（天沢退二郎編『宮沢賢治ハンドブック』新書館、一九九六年）、一一五～一一六頁

第一部　宮澤賢治の宗教観　一

――民間伝承・民族宗教

宮澤賢治の〈宗教〉の核心

天沢　退二郎

はじめに

物心つくかつかぬかの時から経文を暗誦して、中学初級で『歎異抄』を座右の書とし、その後法華経に入れ込み、キリスト教にも関心と接近を試みた詩人にとって、しかし〈宗教〉なるものの核心は何かと考えてみると、ひとつ、もっと基本的な原点に、〈土地の精霊〉という観念が起因していると思われることについて書く。

〈土地の精霊〉という語は、とりあえずはラテン語の〈Genius loci〉の訳語であるが、私が宮澤賢治に引きつけてこれを用いるのは、

一、詩人は土地の精霊である。

二、土地にはそれを守る地霊、守護神というものがある。

という二つの含意による。ただし、この二つの含意は決して同じものではなく、むしろ別々の項目に属するというべきであり、賢治自身の意識の対象そのものでもないことを留意しなければならない。言いかえれば、

一、賢治は自分が〈土地の精霊〉だと思っていたわけではない。

二、賢治は自分が、土地の〈守護神だ〉などと思っていたわけではない。

ということ。それでいて、賢治作品あるいは賢治テクストは、

一、いたるところ〈土地の精霊〉が遍在しており、

二、いたるところで、賢治の仕事もテクストも、〈土地の精霊〉との交感、深い霊的交通《コミュニケーション》に由来しているのであって、それこそが、《宮澤賢治》における〈宗教〉の核心の所在を示唆している。

《賢治が自分を》ではなくても、期せずして《詩人は地霊》という命題を含む詩や童話はいろいろ書いていて、たとえば童話「土神と狐」、詩篇「種山ヶ原」などはその典型だろう(1)。

《土神》とは文字通り、土地の守護神たるべき設定で、じっさい自分のために建立された祠《ほこら》も持っているが、「神」とは名のみの、さえない相貌、態度、怒りっぽくて、癇癪まぎれに木樵《きこり》をいじめたり、人間どもが供物を持ってこないと不平をいったりしている。最後には狐を衝動的に惨殺するていたらく。しかしもう一方の、やはり詩人の分身的存在である狐は、ウソつきのホラ吹きとはいえ、恋する樺の木にハイネの詩集を贈るなど、土神と表裏一体ともいうべき一種の地霊であって、その悲劇は狐の本性に起因していると考えられる。さらに言えば、樺の木もまた土地の精霊の一方の極に立つ女神的存在であり、物語の〈三角関係〉は、たんに世俗的な意味での色恋沙汰の三角関係にとどまらない、ほとんど原形質的な構造の要《かなめ》をなしているというべきであって、この物語で二人の親友を一挙に失うことになるこの〈女神〉の悲劇を併せて考えれば、〈土神〉に対する語りの思い入れには、詩人の一種カリカチュア的な自己認識を読むことができる。

そこで、「ハイネの詩集」——樺の木がぴらぴらとめくり読みながら涙したこの書物が気になるところだ。土神—狐—樺の木という三点がかたちづくる三角形の、あたかも中心に、おそらく風がぴらぴらとめくっているハイネ

の頁また頁は、おそらく〈風〉という賢治的語り手、人の目には見えぬもう一つの精霊の所在を暗示している〈そしてハイネといえば、いわゆる〝神々の流謫〟が想起される。「土神と狐」には、およそニーチェ以後の現代における〈宗教〉の失権への思いも託されていると言ったら、言い過ぎであろうか?[2]〉。

一　名刺と遺書――最晩年

この辺でいよいよ本題に入ろう。私の考えでは、一九三一年すなわち昭和六年という年が、宮澤賢治における〈宗教〉の核心に触れて、ついに賢治のいわば最晩年のはじまりを画《かく》するものであったことを、二つのテクスト（あるいは文書）によって確認することができる。

まず、遺書の執筆。この年の九月二十日、夜汽車で出京したその翌日にただならぬ発熱に襲われて倒れ、まるでとるものもとりあえずとでもいうように父母宛の遺書をしたためた[3]のは、よほどの覚悟と切迫感によると考える他はない。このときは電話を受けた父の厳命に従って一週間後に帰郷、そのまま病床に就くが、ちょうど二年後の殆ど同日、父や弟に口頭の遺言を残して没することになる（この間に、手帳に「雨ニモマケズ」を書き記しているのも重要である）この二年間が、〈書く者〉としての賢治の、悲しくも充実した最晩年をかたちづくることになる。

ところで、一九三一年九月の上京・発熱・遺書という経緯をもたらした直接の要因は、もう一つの文書あるいは印刷物、〈名刺〉の文面、とくにその肩書に刻印されていた！　すなわち、

東北砕石工場技師

という二行十二文字である。

「東北」とはただの方位指示ではない。古来の日本列島地理において、それは本州島の東北部をさす地名であり、しかもこの名刺が置かれたコンテクストでは、そのまた中心部に岩手県＝イーハトヴなる場所名が暗々裡にあたかも透《す》けて見える！　次の「砕石工場」の「砕石」とは、やはり目に見えぬコンテクストに照らせば、北上山地の骨格を形成している石灰岩、それを切り出し、粉砕して生産され、東北地方の農民の生業に資する「炭酸石灰」という有用鉱物製品を意味する。そしてこの「工場技師」という肩書は、《宮澤賢治》がこの会社において引き受けた役割が単なるテクノロジー上の技術者ではなくて、言葉と行動による「宣伝販売」言いかえれば霊的交通《コミュニケーション》による魂の技師だったことがわかる。

　一方で、炭酸石灰とは岩手県、とくに北上山地を形成する土石の代名詞であり、宮澤賢治は、詩人すなわち土地の精霊の代名詞でもあった。おそらく宮澤賢治自身、少なくともその潜在意識において認識していたと思われることは、すでに数年前から接触してきていた鈴木東蔵の慫慂《しょうよう》に応じて一九三一年、父政次郎や恩師関豊太郎とも相談の上引き受けることになったこの仕事が、文字通り自らの身土を削って農に尽すという、土地の精霊《ゲニウス・ロキ》の本来的役割であるという実感である。

　そのことは、一九三一年二月、旧正月の鈴木東蔵からの辞令着信前後から、ほとんど連日かと思われるほど頻繁な業務上の書簡の往復、「王冠印手帳」「ＧＥＲＩＥＦ」手帳、「兄妹像手帳」等にまたがってびっしりと書き連ねられた業務上の厖大なメモ、そしてこの間の心象の推移を記録した少なからぬ詩句からうかがわれる。九月二十一日以後の発熱・帰郷・病臥にいたるまでのおよそ七ケ月間にわたった辛苦の日々は、殆ど息も詰まるばかりである。「東北砕石工場技師」という肩書八文字から「九月二十一日」付遺書まで、〈土地の精霊〉の本領としての活動の、驚くべき密度がそこに詰めこまれているではないか。

さらに賢治は、かほどの肉体的・心理的活動のみにひたすら忙殺されていたわけではなかった。この間にも教え子沢里武治あて書簡によって、長篇童話「風の又三郎」の、佐藤一英編集『児童文学』発表予定原稿が着々進行していたことがうかがわれるし、手帳には炭酸石灰販売を主題とする詩句以外にも、「小作調停官」のごとき、書き下しのメモでありながら同時に作品として成立している詩もある。賢治の最晩年を通じて最終形態に近づきつつあった「銀河鉄道の夜」「ポラーノの広場」「グスコーブドリの伝記」そして「風の又三郎」の生成過程は、たとえ〈わずかずつ〉でも、この間に進行を停止していたわけではなかった。

それにしても、王冠印手帳の四三頁、

◎あらたなる
　よきみちを得しといふことは
たゞあらたなる
　なやみのみちを得しといふのみ
このことむしろ正しくて
あかるからんと思ひしに
はやくもこゝにあらたなる

なやみぞつもりそめにけり

とか、同じ手帳の三四～三五頁の、

あゝ今日は
一貫二十五銭にては
引き合はずなど
ぐたぐれの外套を着て
考ふることは
心よりも物よりも
わがおちぶれし
かぎりならずや

というような詩句を見、そしてまた、賢治が、石灰岩を砕く労働者たちに立ち混って、あるいは鈴木東蔵と並んだりしてうつっている写真が二葉残されているが、その写真の、やや不健康にしもぶくれした顔の、何か冴えない表情をしているのを見るにつけても、私たちが考えたような、《土地の精霊》がその本領に基づく仕事に嬉々として従っているという想定とはあまりにそぐわない気がしてくるのは、なぜであろうか？

たしかにこれは、これまでも賢治の評伝や評伝的研究に携わってきた論者たちに共通した疑問ではあって、しかし通説としては、詩人賢治が心に染まぬ、またその才能にもそぐわぬ仕事をさせられていることへの痛ましさ、口惜しさが論旨をリードしていた。これはそうではなくて、宮澤賢治が真剣に、わが道として必然的にえらんだ《技師》業であったことは、佐藤通雅氏のすぐれた著書(4)が充分に明らかにしている通りである。そこで本稿としては、宮澤賢治の最晩年――一九三一年九月から一九三三年九月までの二年間の、創作者としての《本意》というべきものに考えを集中してみたい。

二　〈書くこと〉へのオブセッション

東北砕石工場が賢治テクストにもたらしたものの一つに「砕箋」がある。

これは『新校本全集』第十六巻（上）の第二分冊「草稿通観篇」の「総説」(1)の《原稿用紙》の《詩稿用紙》に続くカテゴリー《罫紙・用箋等》のうち、(b)として挙げられている「東北砕石工場花巻出張所用箋」の略号であって、賢治が「技師に嘱託されて、主として商用文を書くために」自費であつらえたとされるもの。当然ながら業務用書簡に多用され、その使用時期は一九三一年四月から一九三三年四月まで。

文学テクストを記すのに用いられたのは、

◎童話に八枚（「風の又三郎」の紙番号14～19、21は書簡反古のウラ、「セロ弾きのゴーシュ」の紙番号22も書簡反古のウラ）。

◎散文「疑獄元兇」のメモ。

◎詩では「雪と飛白石の峯の脚」下書稿㈡のｃｄｅｆ（紙番号６９１～６９４）の四枚だが、これは一九三三年三月発行の『詩人時代』発表「詩への愛憎」の先駆形である。

右のうち、「風の又三郎」は「九月二日」の章で、オモテの書簡下書から、一九三三年二月以降に書かれたことがわかる。

これら用紙「砕箋」は、一九三一年から一九三三年まで、つまり賢治の最晩年に、
〔A〕東北砕石工場技師としての業務商用文。
〔B〕詩や童話のテクスト下書。
として重要な用紙であり、さらに〔A〕と〔B〕とは、ひとしく詩人＝《土地の精霊》に関わる活動の現場であったと考えられる。

ここで、最晩年のうちとくに、一九三一年九月二十一日（遺書を書く）から、一九三三年九月二十一日（口頭で遺言をのこして病没）までの正味二ヶ年の、殆ど病床にあり、具合がよければせめて二、三時間机に向かうだけという状態での文筆活動を概括するならば、
1°　口語詩稿のさらなる推敲・改稿・改作（一部定稿化）。

2°　歌稿やメモからの文語詩稿の制作・推敲・改作（そして定稿化）。

3°　童話原稿の推敲・改稿・改作。

となっていて、これは一九三一年までの、山野跋渉や夜歩き詩作、肥料設計、授業、東京での充電体験等の成果をもとにして、想像上のあるいは再体験・さらなる追体験による全面的な総括行為であったと考えられる。

そして、1°～3°の積み重ねが、
〔一〕病床の枕元に積み重ねられた、詩と童話と二山《ふたやま》の自筆草稿。

〔二〕賢治の生前発表詩篇のうち、この最晩年二年間のものは、「早春独白」から「産業組合青年会」（生前に送稿）まで、なんと十五篇に及ぶ。

という、二種の豊饒さにあらわれている。右のうち〔一〕は未定稿群、〔二〕は発表形というその時点での准定稿群とも言えるものにあたるとして、しかし〔二〕も、賢治の場合、やはりつねに次なる推敲形・改稿形（……）の可能性にさらされているわけだ。そして〔一〕の未定稿群の中には、「銀河鉄道の夜」「風の又三郎」「ポラーノの広場」「セロ弾きのゴーシュ」のような、五〜十年がかりの改稿進行中の大作・問題作や、他作品と合体したり、別々の複数形態へと岐れていく途中のものがあり、賢治はそれらの山の中から、いま手を加えるべき作品の下書稿をその場で引っぱり出すことができた。そして〔二〕の発表形テクスト群も、一つまた一つと、抽出され手入れのなされる可能性にさらされていた。

こうしてみると、一九三一年九月の発熱・遺書・帰郷から一九三三年九月の病没までの二ヶ年、賢治の知的活動は殆どすべて、病室での文筆活動で占められていたと言って過言でない（ただし、この間に、たびたび来訪して長時間に及んだ佐々木喜善・母木光・石川善助・森佐一らとの対話のことは、無視してよいものではないが）。

そこでどうしても引用しなければならないのは、「いくらわづかでも文筆で生きられるうちは生きるつもり」という、あて先不明・年不詳（六月五日付）の手紙断片の一節である。[5] 書くことだけが生きること。病床で腹這いになり、あるいは枕辺の机の前に座って、詩や童話や（……）のテクストをものする、〈書くこと〉へのオブセッションが、〔一〕と〔二〕の三千世界に、〈生きること〉のあかしを充満させた。そして私たちに遺されたこれらのテクストが孕むものは、詩人と〈土地の精霊〉との交感の深化を物語っている。

かつて、保阪嘉内あての手紙（書簡76）の中で賢治は、自分の書き列ねた「南」の字、「無」の字、「あの字の一一の中には私の三千大千世界が、過去現在未来に亙って生きてゐるのです」と書いていた。そして「雨ニモマケズ手帳」では、自分の文筆活動を〈法華文学ノ創作〉と規定しながら同時に、「断ジテ教化の考タルベカラズ／タヾ純真ニ／法楽スベシ」と断言している。ここに、宮澤賢治における〈宗教〉の核心が、〈土地の精霊〉という idée に存したことが明らかであると考えたいのである。

註

（1）「種山ヶ原」（『春と修羅』第二集）でいえば、下書稿㈠の「パート三」終部。

（2）他に〈土地の精霊〉に関しては童話「なめとこ山の熊」も重要なテクストであるが、これは別の場所で詳説する予定。

（3）この「遺書」は、没後に偶然発見されたものである。まる二年を隔てての「九月二十一日」の一致は、ただの偶然であろうか？

（4）佐藤通雅『宮沢賢治　東北砕石工場技師論』（洋々社、二〇〇〇年）。

（5）この書簡は、『新校本全集』第十五巻に「不13」として収録。しかしその本文は下書㈠から採られているのに、問題のこの一節はそこにはなく、下書㈡にあるので、校異篇二九四頁で読めるだけである（なお、注目すべきは、用紙がいずれも「東北砕石工場花巻出張所」用箋、すなわち前出の「砕箋」であること。同校異備考欄は、あて先は教え子、書かれた年は「昭和七・八年のいずれか」としているが確定はできないと）。

民間伝承と宮澤賢治

石井　正己

一　水野葉舟「宮澤賢治氏の童話について」が指摘した先見性

昭和八年（一九三三）九月二十一日、宮澤賢治が亡くなった。すでに知られるように、若くして亡くなったこともあるが、賢治の評価が高まってゆくのはそれからのことであった。生前にはほとんど評価されなかった作家が、没後に発見されるということで言えば、その典型的な場合と言うことができる。

賢治の顕彰に力を注いだ一人に、詩人の草野心平がいた。没後六年目の七回忌にあたる昭和十四年（一九三九）九月、草野の編集で『宮澤賢治研究』が発刊された。その中の一編に、水野葉舟の「宮澤賢治氏の童話について」があった。水野は歌人・詩人・小説家として活躍し、小品と呼ばれる短編小説で一世を風靡したが、晩年は千葉県の印旛沼の畔に隠棲し、国語教育に力を注いだ。

水野は柳田國男と佐々木喜善を引き合わせ、明治四十三年（一九一〇）発刊の『遠野物語』が生まれる機縁を作ったことでも知られる。そうしたことが可能になったのは、怪談の収集を心掛け、心霊研究を行っていたことと関係がある。作家として行き詰まった頃には童話の執筆をしたこともあり、児童文学に対する関心も厚かった。そして、何よりも、高村光太郎の親友であり、交際は生涯にわたったことが知られている。

「宮澤賢治氏の童話について」は、誰よりも早く、「民間伝承と宮澤賢治」というテーマに言及した初めての文章ということになる。昭和五十二年（一九七七）に、益田勝実が「宮澤賢治と民話」を、日本児童文学者協会編の『宮澤賢治童話の世界』に発表するが、そこにも触れられてはいない。すっかり埋もれていた文章だったのである。しかし、この文章は賢治の本質に迫るものであり、今なお未開拓の領域に属する研究テーマであると言ってもいい。

水野は、「私はまづ初めに、宮澤氏の童話の基礎になつてゐるものの一つ、郷土の気息について考へる。日本の中で、東北は特に民話の伝承が豊富に保存されてゐる地方であるが、それが宮澤氏にどれほどか深い因縁を持つた、――それが氏の童話を読みながら、私に見えるやうに感じられて来る」と始める。「宮澤氏の童話の基礎」に「民話の伝承」がある、と見抜いていることは特筆に値する。

水野はこの文章で「童話」と「民話」を明確に使い分けている。「故人になられた高木敏雄氏、佐々木喜善君を初めとして柳田國男氏、早川孝太郎氏、小池直太郎氏その他の人々によって蒐集された民話、つまり吾々の民族の持ち伝へて来たはなし」と説明している。だが、柳田や佐々木が採用したのは「民話」ではなく、「昔話」だったことは考えておいていいことではないか。水野はそのことを知っていて、「民話」という言葉に強引に置き替えたのである。

水野が賢治の「童話」の中で高く評価したのは、大正十三年（一九二四）に出た『注文の多い料理店』だった。人に向かって、「これまでの童話は、全部消滅してしまつた。ここにこんなのが生れ出したので、当然消滅してしまふやうになる」と頻りに話したそうである。さらに踏み込んで、次のように述べている。

「狼森と笊森、盗森」や、「かしはばやしの夜」や「鹿踊のはじまり」を読んだあとで、私は柳田國男氏の「遠野物語」——これは私と全く因縁の深い本である——や、佐々木喜善君がその半生を打ちこんで採集した岩手の各郡の昔噺と、いかにもぴつたり同じ地色のものを感じて、私は深く考へ入つたのであつた。

水野は、『注文の多い料理店』と『遠野物語』に「同じ地色のもの」を看取したのである。賢治が『遠野物語』を読んだ証拠はないにもかかわらず、そのように見抜いたのである。水野は、賢治が『遠野物語』を読んでいなくても、かまわなかったにちがいない。両者の間には「東北の「心持の色あひ」」があることを見るだけで十分だと考えていたらしい。

「狼森と笊森、盗森」は森の誕生を語り、「鹿踊のはじまり」は獅子踊の起源を描いている。それは新しい神話の創造であり、人間と自然・動物・植物が共生する姿だったと言ってもいい。それらが『遠野物語』と共通することは、両者を読んだことのある人ならば、すぐにも理解することができる。東北の地には狩猟採集民の精神が変形を受けながらも生きつづけてきたのであり、野生の思考と見ることもできるにちがいない。

しかし、水野は、「宮澤氏は芸術の作者として心の求めるまゝに、はなしを生み出して行つたので、決して宮澤氏が伝承の復活や再現を求めてゐたのでない事は、も一度繰り返して言ふ」と念を押す。ここに言う「伝承の復活や再現」が柳田や佐々木の進めた民俗学を意識していることは言うまでもない。賢治が「民話」から「芸術」としての「童話」を創造したことを強調しているのである。

水野だけがこうしたことを見抜けたのは、おそらく偶然ではあるまい。柳田や佐々木は民俗学に属し、賢治は児童文学に属するという学問の壁は、思いの外高かった。こうした水野の文章には気づいていなかったらしいが、この後でほとんど唯一こうした視野を持つことができたのは、益田だけだった。しかし、益田のような研究姿勢は、誰にも受け継がれなかった。「民間伝承と宮澤賢治」が今もなお新しいテーマであるのは、そうした理由による。

二　宮澤賢治「ざしき童子のはなし」と佐々木喜善『奥州のザシキワラシの話』

賢治が民間伝承との関係に意識的に向き合った作品としてよく知られるのは、大正十五年（一九二六）の「ざしき童子《ぼつこ》のはなし」であろう。これは『月曜』の第一巻第二号に掲載されている。この雑誌が佐々木のもとに贈られたことは、二月十三日の日記に「中山太郎氏から「月曜」といふ雑誌（これにはざしき童子のはなしと云ふのが載つてゐるから）など送られる」とあることによって知られる。中山も民俗学者であった。

この「ざしき童子のはなし」は「ぼくらの方の、ざしき童子のはなしです」と始まり、四つの話を書いている。「ぼくらの方」という言い方は曖昧だが、これを書いたのが賢治であることから、花巻付近を指すことは言うまでもない。こうした言い方をするのは、大正九年（一九二〇）二月に佐々木が出した『奥州のザシキワラシの話』を意識しているからにちがいない。この本は東北の地に伝わるザシキワラシの話を丁寧に集めていて、稗貫郡の話も含まれているが、賢治が書いたような話は見つからない。欠落を補うかのように、この作品は書かれているのである。

例えば、第四話は、次のような話である。

また、北上川の朗明寺の淵の渡し守が、ある日わたしに云ひました。

「旧暦八月十七日の晩に、おらは酒のんで早く寝た。おおい、おおいと向ふで呼んだ。起きて小屋から出てみたら、お月さまはちやうどおそらのてつぺんだ。おらは急いで舟だして、向ふの岸に行つてみたらば、紋付を着て刀をさし、袴をはいたきれいな子供だ。たつた一人で、白緒のざうりもはいてゐた。渡るかと云つたら、たのむと云つた。子どもは乗つた。舟がまん中ごろに来たとき、おらは見ないふりしてよく子供を見た。きちんと膝に手を置いて、そらを見ながら座つてゐた。

お前さん今からどこへ行く、どこから来たつてきいたらば、子供はかあいい声で答へた。そこの笹田のうちに、ずゐぶんながく居たけれど、もうあきたから外へ行くよ。なぜあきたねつてきいたらば、子供はだまつてわらつてゐた。どこへ行くねつてまたきいたらば更木の斎藤へ行くよと云つた。岸に着いたら子供はもう居ず、おらは小屋の入口にこしかけてゐた。夢だかなんだかわからない。けれどもきつと本統だ。それから笹田がおちぶれて、更木の斎藤では病気もすつかり直つたし、むすこも大学を終つたし、めきめき立派になつたから」

こんなのがざしき童子です。

佐々木は、昭和三年（一九二八）、『天邪鬼』五の巻に寄せた「雨窓閑話」で、「三年ばかり前の「月曜」といふ雑誌で、宮澤賢治氏と云ふお方が多分花巻辺のことだらうと想像されるザシキボツコの話を四節発表になられて居ります。宮澤氏の話は詩でありまして、而してロマンチツクなものでありましたが、此物の真相は斯くもあるものかと謂ふ位に真実なるものでありました。これは私達のやうに民俗学らしい詮議でなく、もう一歩深く進み出た詩の領分のものであつたと覚えて居ります」と述べた。「民俗学らしい詮議」とは違って、「詩の領分」にある書き方を高く評価しているのである。佐々木は一歩踏み込んだ判断をしていることになる。

さらに佐々木は、昭和四年（一九二九）一月、『東北文化研究』第一巻第五号に、「ザシキワラシの話」を寄せ、改めて「ざしき童子のはなし」に触れている。その際には、先に引用した第四話を原文のままに引用するのではなく、すっかり自分の文体に書き換えている。賢治の作品を「詩」としては高く評価しながらも、学術雑誌に引用するにあたっては、「民俗学」にふさわしい資料に作り直す必要があると考えたにちがいない。引用の後には、「こんな風なのは家の福神と謂ふやうな考へを、此物に附会して来たのであつた」と添える。「家の福神」と見るのは、佐々木の見解である。

この「ざしき童子のはなし」の再録を求めて、佐々木が出したと推定される書簡に答えて、賢治が昭和三年八月に出した書簡が残っている。「お手紙辱けなく拝誦いたしました。旧稿ご入用の趣まことに光栄の至りです。あれでよろしければどうぞどうなりとお使ひください。前々森佐一氏等からご高名は伺って居りますのでこの機会を以てはじめて透明な尊敬を送りあげます」とあった。これが二人の初めての接触だったが、「透明な尊敬」からは、郷土を同じくする先輩に対する敬意が素直に示されている。

現在、「ざしき童子のはなし」の全文を書き写して佐々木に送った原稿が残っている。この原稿は賢治自身が書いたものではなく、別筆と考えられている。その議論は措くとしても、「郷土読本原稿箋」に書かれていることは重要だろう。この「郷土読本」は、岩手県教育会が出した『郷土読本』の原稿用紙ではないかと考えられるからだ。『郷土読本』は上巻が昭和四年七月、下巻が昭和五年（一九三〇）一月に発刊されている、佐々木は委員だったので、その関係で依頼したのではないか。しかし、「ざしき童子のはなし」が転載されることはなかった。

三　宮澤賢治「とっこべとら子」と柳田國男・早川孝太郎『おとら狐の話』

同じような観点で賢治の作品を読んでゆくと、思いの外、民俗学への関心が深かったことが見えてくる。例えば、「とっこべとら子」は、大正十年（一九二一）から十一年（一九二二）に書かれたと推定される作品だが、次のように始まる。

おとら狐のはなしは、どなたもよくご存じでせう。おとら狐にも、いろいろあったのでせうか、私の知ってゐるのは、「とっこべ、とら子。」といふのです。

「とっこべ」といふのは名字でせうか。「とら」といふのは名前ですかね。さうすると、名字がさまざまで、名前がみんな「とら」と云ふ狐が、あちこちに住んで居たのでせうか。

民俗学に親しんだ者ならば、「おとら狐のはなし」が、大正九年二月に柳田國男・早川孝太郎が共著で出した『おとら狐の話』を意識していることは、すぐにでも理解される。『おとら狐の話』は、佐々木の『奥州のザシキワラシの話』と同時に、玄文社版の炉辺叢書に収録されている。賢治は間違いなく、四冊箱入りで出されたこの叢書を購入し、熟読していたことがわかる。単に郷土を同じくするだけでなく、新しい学問であった民俗学に深い関心を抱いていたことがはっきりする。これは、賢治の想像力の源泉に関わる重大な問題であるように思われる。『おとら狐の話』は、早川が故郷三河国に伝わるおとら狐の話を記録し、それを踏まえて柳田が憑き物の視点から分析を加え、トラという名前は元々尊い巫女の名であったとする。賢治が「おとら狐にも、いろいろあったのでせうか」という「いろいろ」は、こうした学問的な詮索を指していることになる。その上で、「私の知ってゐるのは、「とっこべ、とら子。」といふのです」として、自分の話を書いてゆく。「私の知ってゐる」というのは、「ざしき童子のはなし」の「ぼくらの方の」と共通する姿勢である。ここには、賢治は民俗学の成果を踏まえながら童話を創作してゆく方法が明確に見られるのではないか。

「とっこべとら子」の前半は、六平という金貸しのじいさんが、酔って町から帰る際に侍に呼び止められ、千両箱十個を預かって家に帰ると、中身は普請の砂利俵だったので、とっこべとら子にだまされたと叫んだ、という話である。昔話には人と狐の葛藤を語った話がいくつもあり、関敬吾の『日本昔話大成』では、本格昔話に「十五人と狐」を設けて十八話型を析出している。これは人間と動物の交渉を語るので、本格昔話に入れたようであるが、実際には笑い話の要素が強い。

前半は、「さて、むかし、とっこべとら子は大きな川の岸に住んでゐて、夜、網打ちに行った人から魚を盗《と》ったり、買物をして町から遅く帰る人から油揚げを取りかへしたり、実に始末に終へないものだったさうです」と始まる。「むかし」という言葉で始め、そこに紹介するとっこべとら子のいたずらは、昔話によくあるようなありふれた話ばかりである。六平の話も、「「とっこべとら子に、だまされだ。あ、欺《だま》されだ。」と叫んでいました」と結び、これも一連の狐にだまされた話に属することになる。しかし、岩手県内の昔話を探しても、これと同じような話を見つけることができない。

前半から後半に移ってゆくところに、次のような記述がある。

みなさん。こんな話は一体ほんたうでせうか。どうせ昔のことですから誰《たれ》もよくわかりませんが多分偽《うそ》ではないでせうか。

どうしてって、私はその偽の方の話をも一つちゃんと知ってるんです。それはあんまりちかごろ起ったことでもうそれがうそなことは疑もなにもありません。実はゆふべ起ったことなのです。


これは、賢治が読者に語りかけた肉声で、物語文学の草子地にあたるような記述である。ここには、「ほんたう」と「偽」と、「昔のこと」と「ちかごろ起ったこと」がそれぞれ問題として提示される。前半は「むかし」という冒頭と対応するように「昔のこと」と呼ばれる。しかし、後半に書こうとする話は、「ちかごろ起ったこと」、それも、「ゆふべ起ったこと」だと区別する。そして、昨夜の出来事でさえこうした「偽の方の話」なのだから、前半の昔の出来事も「多分偽ではないでせうか」と論証するのである。

後半は、村会議員になった平右衛門の家で酒宴が行われ、終わって帰る客たちが疫病除けの源の大将を見て、とっこべとら子が出たと大騒ぎした、という話である。この話の真実は、先に帰った百姓の小吉が田の畔に立つ源の大将を道の真ん中に立て直したのを知らず、後から出て来た客たちが勘違いしたのである。従って、とっこべとら子は幻想にすぎず、「それがうそなことは疑もなにもありません」と断言できるのである。

賢治のやや踏み込んだ論証は、「とっこべとら子」の話が民間に伝えられた話の記録ではなく、伝承を装って書かれた作品だったことを示している。それは童話の方法であることを超えて、『おとら狐の話』で柳田と早川が行った研究に対する批判を孕んでいるように思われてならない。やはり賢治の童話は、佐々木が言うように「詩の領分」であり、そこに「真実」があると考えていたにちがいない。

四　宮澤賢治「いてふの実」と佐々木喜善『聴耳草紙』

やはり大正十年に書かれたかと推定されている作品に、「いてふの実」がある。夜明け方の、丘の上の銀杏の木がこの話の舞台になる。冒頭近くに、次のような一節がある。


いてふの実はみんな一度に目をさましました。そしてドキッとしたのです。今日こそはたしかに旅立ちの日でした。みんなも前からさう思ってゐましたし、昨日の夕方やって来た二羽の烏もさう云ひました。

「僕なんか落ちる途中で眼がまはらないだらうか。」一つの実が云ひました。

「よく目をつぶって行けばいゝさ。」も一つが答へました。

「さうだ。忘れてゐた。僕水筒に水をつめて置くんだった。」

「僕はね、水筒の外に薄荷水を用意したよ。少しやらうか。旅へ出てあんまり心持ちの悪い時は一寸《ちよつと》飲むといゝっておっかさんが云ったぜ。」

「なぜおっかさんは僕へは呉れないんだらう。」

「だから、僕あげるよ。お母さんを悪く思っちゃすまないよ。」

さうです。この銀杏の木はお母さんでした。

今年は千人の黄金《きん》色の子供が生れたのです。

昔話では、動物の登場する話が圧倒的に多いが、この作品は植物を扱っている。丘の上の木のイメージは、賢治の作品にしばしば見られ、これもその場合にあたる。神話には世界の中心に立つ樹があるが、これも世界樹と言っていい。銀杏の木は母親で、この朝、子供たちが声を掛けあいながら旅立ってゆく場面である。木から実が落ちるという現象にすぎないが、それを母親から自立する子供の姿と見なす。

だが、この作品はそれ以上のストーリーがあるわけではなく、子供たちが会話を交わし、次々に旅立つ様子が書かれるだけである。ただし、末尾は、「お日様は燃える宝石のやうに東の空にかかり、あらんかぎりのかゞやきを悲しむ母親の木と旅に出た子供らとに投げておやりなさいました」と結び、決着をつけている。

やや突拍子もない指摘になるかもしれないが、この作品の前提になっているのは、例えば、昭和六年（一九三一）、佐々木が出した『聴耳草紙』の「一八三番　きりなし話」の「橡の実（其の一）」ではないか。次のような短い話である。

或所の谷川の川端に、大きな橡の木が一本あつたヂも、其橡の木さ実がうんと鈴なりになつたヂもなア、其樹さ、ボフアと風が吹いて来たヂもなア、すると橡の実が一ツ、ポタンと川さ落ちて、ツプンと沈んで、ツポリととんむくれ（回転）て、ツンプコ、カンプコと川下の方さ流れて行つたとさ……

（斯ういふ風にして、其大きな橡の木の実が風に吹かれて、川面に落ちて一旦沈んで、そして又浮き上つて、そこから流れゆく態を、際限なく語り続けてゆくのである。）

これは橡の実が樹から落ち、川を流れてゆく様子を語る。「際限なく語り続けて」というのが重要で、それゆえに「きりなし話」と呼んだ。佐々木は「凡例」で、「際無し話のやうな、極く単純な、ただ言葉の調子だけのやうなものをも出来るだけ採録した」と述べていた。その中の一話だったことになる。

こうした話について、関敬吾は『日本昔話大成』で、「果なし話」と呼んで入れ、大きく二話型に分類した。「橡の実」は、「六四二B　果なし話・第二類・池の端の木の実」に属する話である。「果なし話」は、大人が子供に昔話をせがまれたとき、もう終わりにする際に語る話である。話の機能としては、そういう役割を果たすことになるが、「橡の実」は大きな樹から無限の実が落ちてゆくのであるから、際限のない生命の連鎖を示している。

賢治の「いてふの実」は、「果なし話・第二類・池の端の木の実」のタイプの話を踏まえて、そこに「芸術」としての生命を吹き込んだのである。「果なし話」までも無視せずに収録したのは『聴耳草紙』が最初であるから、賢治が何かの資料を読んで知ったとは考えにくい。やはり、幼いときに身近な人から「果なし話・第二類・池の端の木の実」のタイプの話を聞いたことがあったにちがいない。樹と実に母と子供の姿を見て、子供たちそれぞれに言葉を与えた発想は、なんと言っても卓抜である。

五　宮澤賢治が評価した『民間伝承』の「方言の民話」

佐々木が仙台に移住した後、昭和七年（一九三二）、再び賢治との関係が動き出す。花巻でエスペラントの講習会が開かれ、講師になった佐々木は折あるごとに病床の賢治を訪ねるようになる。講習会は二度開かれていて、第一回は四月十二日から十九日まで、第二回は五月二十日から二十八日までだった。この時の様子は佐々木の日記に詳しく書かれていて、例えば、四月十三日には、こうある。

午前中、中館に行く。午後宮澤賢治氏の病室へ行つて三、四時間話す。夜食は中館さんによばれる。講習所で十一時半頃まで話してかへる。

他にも、十六日に「其足で宮澤君のところへ行つて夕方まで話した」「宮澤君のところではいろいろのものを作つて御馳走になつた」、十八日に「それから宮澤君へ行き、詩集を貰つたり、おひるを御馳走になつたり」とあり、賢治のところを三日も訪ねている。滞在は長時間に及んだが、日記では具体的な内容はわからない。

佐々木が仙台に戻ると、五月十日、賢治は佐々木に、「民間伝承第二号たゞいま辱けなく拝受いたしました。／編輯　版行のご苦心一字一字にもしのばれ勿体ないやうに存ぜられます。まだ一ぺんひらいて見たばかりでございますが、方言の民話面白く心を惹かれました」という書簡を出している。『民間伝承』は、佐々木が自宅に置いた民間伝承学会で発行した謄写版の雑誌であった。第二号は昭和七年五月に発行されている。佐々木は発行間もない雑誌を賢治に送ったのであり、これは御礼状であった。

重要なのは「方言の民話面白く心を惹かれました」という一節である。「方言の民話」とは、小井川潤次郎の「妙な昔話」と加藤嘉一の「白い小箱から出る犬――花咲爺の犬に就いて」である。小井川の報告は青森県三戸郡館村の五話、加藤の報告は山形県東村山郡山辺町の一話であった。例えば、小井川の第一話は、次のような話であった。

或る所に、とうもぢ医者あつて、その医者はとても上手で、手切つてもひつつけ、脚切つても引つつけた。したけア、唐《から》ぢどごに、かうもぢ医者あつて、その医者ど何方《どつち》が上手だが腕比べに行つた。一とう初めに腕《かへな》切つて引《ひつ》つけたが、それも勝負で、こんどは脚きつてひつつけ、それもおなじで勝負つかない。今度は首《くびた》さ縄かげで、ずべつと切《き》つて両方で引張つたけや、首《くびた》もげで、首《くびた》アひつかけるものア無いので、どうも・かうもされながつた。

賢治が「方言の民話」とわざわざ言うように、当時は方言で民話を書くことは異例であった。特定の単語や会話に方言を残すことはあっても、全体は共通語で書くのが普通だった。だが、二人の報告は全体を方言で書いてあったので、賢治はそれを評価したのである。この一言だけでも賢治が多くの民話を読んでいて、自分の作品では民話離れを徹底したが、決して民話を否定していたわけではなかったことがわかる。小井川のみならず、加藤も方言で書いているところを見ると、佐々木は方言で書くように依頼したのではないか。しかし、『民間伝承』は、佐々木の健康状態が悪化し、経済的にも行き詰まり、これで終刊になってしまう。

第二回の花巻行きでも、佐々木は賢治を頻りに訪ねている。五月二十二日に「午前十時頃宮澤君のところへ行く。同君とてもよくなつてゐる。長い時間話し昼食を御馳走になる」、二十五日には黒沢尻から花巻に戻り、「宮澤君に行つて話をした。仏教の奥義をきいて来る」、二十六日に「宮澤君のところに行かうと思つたが止した」、二十七日に「宮澤さんに行き六時間ばかり居る」と見える。「仏教の奥義をきいて来る」という以外には、やはり長時間にわたる話があったことが確かめられるだけである。賢治の体調がよくなかったことからすれば、異様とも言えるような親しい関係だったと言うことができる。

しかし、賢治と佐々木は昭和八年九月、相継いで亡なってしまう。二人をよく知る歌人の関登久也は十月二十七日の『岩手日報』に「早池峰山と喜善氏」という追悼文を寄せた。これは「早池峰山と佐々木喜善」と改題され、昭和十六年（一九四一）、『北国小記』に収録された。そこでは、賢治と佐々木の関係をこう回想している。

九月廿一日には宮澤賢治氏を失くし、その廿九日には喜善氏を失ひ吾らの郷土は転た寂寥にたへない。喜善氏が来花すると必ず宮澤さんを訪ねた。そして喜善氏の信仰する大本教が宮澤さんに依つて時に痛烈に批判されても喜善氏が宮澤さんにはかなはない、といつて頭をかいてゐるのであつた。

「豪いですね、あの人は、豪いですね、全く豪いですね」と、喜善氏は言つてひとりで嬉しがつてゐた。時にはおかげ話はいゝですよ、と言つて相好をくづしてゐた。喜善氏は大本の神様を探く信じてゐたのである。その喜善氏も今頃は愉快に天国に神々と共に遊んで居られることゝ思ふ。

昭和七年五月の書簡で、賢治は佐々木に、「もし幸にお出ましあれば、何卒重ねて拝眉を得たく存じ居ります」と書いていたが、儀礼的な挨拶ではなかったのだろう。病中の賢治は、佐々木との会話で癒される何かがあったにちがいない。関が言うように、「喜善氏は非常に話の聴き上手であつた」からではないかと思われる。

水野葉舟が賢治の童話と東北の民話に「同じ地色のもの」を感じ、益田勝実が賢治の童話に「民話離れ」を指摘したことは、改めて見直されていい。これまで児童文学と民俗学は、こうした場合を除いてほとんど接点がなかった。学問が細分化する中で、ますますそうした架橋は困難になるようにも感じられるが、労を厭わず関心を抱く者には、まったく予期しない世界が見えてくるはずである。「民間伝承と宮澤賢治」というテーマは、さらに挑むべき壮大な沃野として存在するのではないかと思われてならない。

参考文献

石井正己「啄木・喜善・賢治」（『東京学芸大学紀要　第二部門　人文科学』第五六集、二〇〇五年）
石井正己「民俗学と宮沢賢治」（『宮沢賢治記念館通信』第一〇一号、二〇〇九年）
石井正己『『遠野物語』を読み解く』（平凡社新書、二〇〇九年）
石井正己『『遠野物語』へのご招待』（三弥井書店、二〇一〇年）
石井正己「佐々木喜善」「柳田国男」（『宮澤賢治イーハトヴ学事典』弘文堂、二〇一〇年）

宮澤賢治「ばだらの神楽」考

牛崎　敏哉

一　ザシキワラシ

本稿では賢治作品にただ一度登場する「ばだらの神楽」をめぐって、その内容を検討していくものである。結果、謎の「摩多羅神」との予想以上の深い関わりを確認することとなった。

ここではその始めとして、賢治童話「ざしき童子のはなし」と「後戸の神」との関係の考察から始めたい。なお、私自身これまで、この童話をめぐって四度、[1]岩手に伝わる民間伝承を引用しながら読み解いており、今回はそれに言及しないものの、それらを前提としていることをご了解願いたい。

さて、宮澤賢治の童話「ざしき童子のはなし」は、尾形亀之助の編集した雑誌『月曜』二月号（大正十五年二月一日発行）が初出である。四つのエピソードで構成され、第一話は、誰もいない座敷でざわっざわっと箒の音がするがだれもいない。第二話は、十人子どもがまるくなり座敷で遊んでいると、いつの間にか十一人になっている。第三話は、はしかにかかった子のために祭りが九月までのばされ、不満な子どもが、その子とは遊ばないと思って

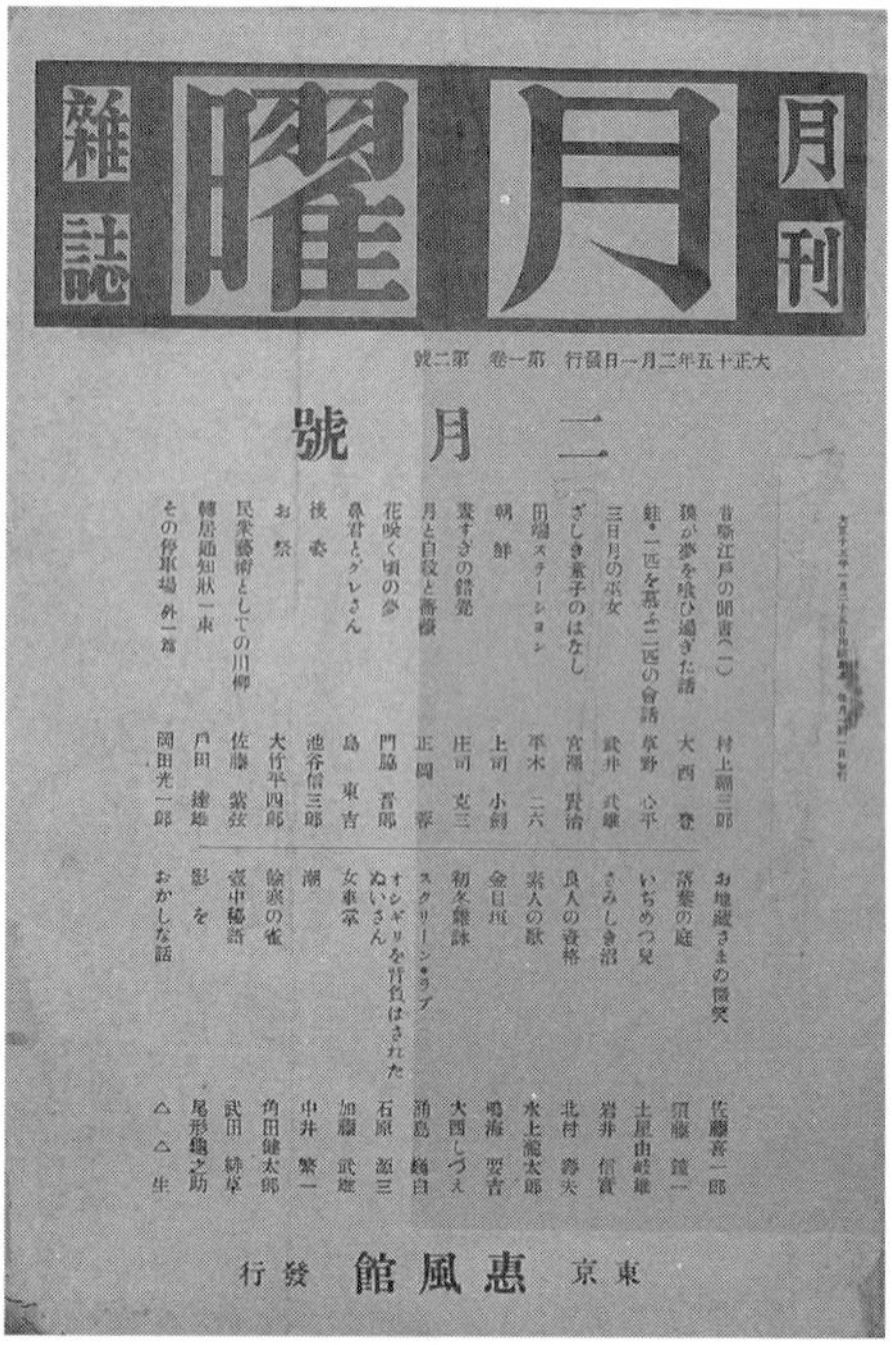

図１　『月曜』第１巻第２号
1926（大正15）年２月
（遠野市立博物館蔵）

いた時、いつの間にか新しい熊の人形を持って座敷の真ん中にすわって泣いている。そして最終話は、渡し守が、紋付袴を着たきれいな子どもにどこへ行くと聞いたところ、笹田のうちはあきたから更木の斎藤へ行くと答えた。その後笹田は落ちぶれ、斎藤では、病気も治ったし、むすこも大学を終わったしめきめき立派になった、というもので、それぞれのエピソード末尾に「こんなのがざしき童子です」と付されている。

中沢新一は、『精霊の王』[2]において「ザシキワラシ」を取り上げ、柳田國男『石神問答』を読むことによって関心をもつこととなった「古層の神」なる「シャクジ」の神に言及し、それが今なお守られている芸能と技術を専門とする職人たちの世界での「宿神（シュクシン）」[3]との関わりについて論考する。続いて中沢は、諏訪信仰の謎の神ミシャグチにおける「男根状の石棒と胞衣が彷彿させる胎生学的イメージ。このふたつの結合が、ミシャグチという概念の基本構造」との共通性へと展開し、「ザシキワラシ」等の東北の童子神たちについて、この童子たちが住み着いていると言われる「奥座敷」そのものが、この場合の胞衣でありずきんであるとして、次のように述べている。

ここは家屋にとっての「後戸」の空間である。そこに象徴的な胞衣に包まれて童子が住んでいる。童子の神体には、若々しい活力が満ちあふれている。このような「後戸の神」が、奥座敷にいてたえずその家の活力を励起していると、その家はよく栄える。しかしなにかの拍子で、ぷいとどこかへ行ってしまう。するとその家はどんな旧家や名家であったとしても、背後から活力を励起してくれる原理を失って、衰退していくことになるだろう。家はまさしく生き物なのだ。そうだとしたら、そこに胞衣があり、胞衣に包まれた子供がいたとしても、少しも不思議なことではないだろう。

この「後戸の神」＝「ザシキワラシ」の世界から、改めて賢治童話「ざしき童子のはなし」を見直すと、奥座敷の意味、血縁集団での出来事、家の興隆と衰退という具合に、少しの無駄もなく、そのままあてはまることがわかる。

宮澤賢治は、佐々木喜善『奥州のザシキワラシの話』(4)に掲載の網羅的「ザシキワラシ」伝承の数々を前にして、意図的戦略的に、童話的装いをとりながらも、そのエキス、すなわち「後戸の神」としてのザシキワラシの本質を、「ぼくらの方の、ざしき童子のはなしです」として描いてみせたのではないだろうか。

「後戸の神」は神仏たちの背後にあって、場所を振動させ、活力を励起させ、霊性に活発な発動を促す力を持っているのだが、比叡山における本覚論においては、「後戸」に立った神の名前は「摩多羅神」と名づけられている。「ザシキワラシ」と「摩多羅神」は、「後戸の神」を経由して、ここでつながってくるのである。

二　摩多羅神

宮澤賢治が書き、大正十三年八月に花巻農学校で上演した劇「種山ヶ原の夜」において、樹霊と伊藤との次のやりとりの場面で、「ばだらの神楽」という一語が出てくる。

この言葉について『新宮澤賢治語彙辞典』(5)では「摩多羅神」の訛だとして、次のように解説している。

「ばだら」は天台宗でまつる常行三昧堂（法華三昧堂と向き合って建つ）の守護神「摩多羅神」の訛。猿楽の芸能神とされ、伝説では紙の面に唐様の四角な冠、和風の狩衣を着て鼓を打つ神様で、京都太秦の広隆寺での牛祭（例年一〇月一二日の夜）に伝わると言われる。

改めて、劇「種山ヶ原の夜」における、樹霊と伊藤との次のやりとりについて、香取直一は、「宮沢賢治「ばだらの神楽」考」(6)「一、「ばだらの神楽」とは」において、作品中の会話に番号を付して、その場面を次のように解説している。

①柏樹霊「ほんとぁ、おら、知らないぢゃい。草など刈ったが刈らないが、ほんとはおらは知らないんじゃい。
　ほう又お日さん出はた。」

②樺樹霊（からだをゆすり俄かに叫ぶ）

「もやかゞれば
　お日さん　ぎんがぎんがの鏡」
③栴樹霊一、「まっ黒雲ぉ　来れば
　　お日さん　ぽっと消ぇる。」
④栴樹霊二、「まっ黒雲ぉ行げば天の岩戸」
⑤柏樹霊「天の岩戸の夜は明げで
　　日天そらにいでませば
　　天津神　国津神
　　穂を出す草は出し急ぎ
　　花咲ぐ草は咲ぎ急ぐ」
⑥伊藤「何だ　そいづぁ神楽だが。」
⑦柏樹霊「何でもいがべぢゃ。うなだ、いづれ何さでも何どがかんどが名つけで一まどめにして引っ括て置ぐ気だもな。」
⑧栴樹霊一「ばだらの神楽面白ぃな。」
⑨柏樹霊「面白ぃな。こなぃださっぱり無ぐなたもな。」
⑩栴樹霊「だぁれぁ、誰っても折角来てで　勝手次第なごどばがり祈ってぐんだもな。権現さんも踊るどごだないがべぢゃ。」
⑪樺樹霊「権現さん悦ぶづどほんとに面白ぃな。口あんぎあんぎど開いで　風だの木っ葉だのぐるぐるど廻し

てはね歩ぐもな。」
⑫伊藤「何だか汝等《うなど》の話ぁ夢みだぃだぢゃぃ。」
⑧〜⑫、とりわけ⑩と⑪を読むと、「ばだらの神楽」は「権現さん」の神楽であるらしい。山伏神楽の権現舞が「ばだらの神楽」と呼ばれているのである。こうだとすれば、「ばだら」が「権現さん」と結びつく理由を了解すればよい、ということになる。

この自問に香取は、「神楽、特に山伏神楽の側から考えようとして」修験道の芸能の部等々も漁ったものの、「ばだらの神楽」は見当たらず、摩多羅神の神楽にも大いに興味引かれたが、「権現舞」ではなく、より限定しての獅子頭の出る権現さんの神楽《しんがく》の舞ではなかったので、最終的には、これもまた採用することはできなかった、という。賢治作品に「神楽」という言葉が登場するのは少なく、(7) 一方「摩多羅神」については、まったく手がかりのない謎の神という事実を前にして、香取の最終結論は、梵語の転、すなわちアヴァターラ→バダラ（権化・権現・応現・応化）だと推定して、「ばだらの神楽」は「権現」様・さんの神楽（舞）で、賢治が梵語の応化・権現を一部変形して呼んだということであった。

「摩多羅神」が謎のままである以上、もはや次の展開は不可能であったが、山本ひろ子の労作『異神　中世日本の秘教的世界』(8)「第二章摩多羅神の姿態変換」によって、その謎の中身をかいまみることができるようになった。「序　謎の神・摩多羅神」において、「摩多羅神」の概観が次のようにまとめられている。

図2　平泉毛越寺摩多羅神

以上概観したところでは、摩多羅神に、（一）芸能神、（二）常行三昧堂の道場神、（三）玄旨帰命壇の本尊[9]という三つの属性を認めることができる。そしてこれまでは、主として芸能神としての側面に関心が集中してきたといえよう。なぜなら本山の叡山では早く衰退したものの、多武峰、日光山、毛越寺などの天台系寺院では、常行堂の摩多羅神を中心に修正会・延年の芸能が演じられてきたからだ。

（中略）

今や常行堂修正会の延年は、この毛越寺を残すのみとなったが、かつていくつもの天台系寺院では常行堂の阿弥陀仏の「後裡の方」＝後戸には摩多羅神を「秘め斎き奉り」、修正会と続く延年は、この神を本尊として実修されたのだった。そして「後戸」（後堂）という特殊な仏堂空間と後戸猿楽の結びつきから、摩多羅神は、〝後戸の護法神〟また芸能神とされ、歴史の暗がりから復権を図り、宗教芸能史の一端に輝かしい位置を占めることになる。

今では、「本山の延暦寺をはじめとして、摩多羅神に関わる修正会・延年の芸能が退転していく中で、摩多羅神なる神の存在は希薄となり、やがて信仰史の表舞台から姿を消していく」中で、唯一残されている空間が、ほかでもない岩手県南、平泉の毛越寺なのである。宮澤賢治と「摩多羅神」のこの地理的接近遭遇は、偶然とはいえ注目される。

本書「Ⅰ　叡山常行堂と摩多羅神」「ⅰ常行堂と引声念仏」において、記録を専門とする学派＝「記家」の学匠・金山院光宗は文保年間（一三一七～一九）に、叡山の口伝や記録を類聚した『渓嵐拾葉集《けいらんしゅうようしゅう》』の、巻三十九「吒枳尼《ダキニ》天秘決」の中の「摩多羅神の事」という項から、中世叡山の摩多羅神に関する、断片的ではあるがもっとも重要な言説を次のようにまとめている。

○何よりも特記すべきは、摩多羅神は「障礙神」であり、不敬であれば浄土往生の本懐を遂げられないという、恐るべき神の告白にある。「障礙神」とは「毘那夜迦」（常随魔）の本身で一切の障りとなる神として荒神とも同一視するが、ここでは往生を障礙する神として登場しているわけだ。

○叡山の摩多羅神はマカラ天（大黒天）、またダキニ天で、この神を奉斎しないと往生を遂げられないという。それは、ダキニ天が臨終の者の内臓を喰らうことでその者は往生を遂げることができるという。それは、ダキニ天の本誓にもとづくものであった。

ここでは、謎の「摩多羅神」の、「障礙神」そして「ダキニ天」という恐るべき本質を指摘してみせた。なるほど、仏教以前のアニミズム的古代信仰を内包し、その生々しい仏教からの逸脱ゆえに、「摩多羅神」は最大級の秘密のベールをかけられたのである。中沢新一は、『精霊の王』「後戸に立つ食人王」において、『異神』のこの部分を引用した後、この神のカンニバル（人食い）という特徴による往生について、次のように解説している。

往生とは、人が生前に体験した第一の誕生（母親の胎内からの誕生）、第二の誕生（大人となるために子供の人格を否定するイニシエーションを体験して、真人間として生まれ直すこと）に続いて、人が誰でも体験することになる「第三の誕生」を意味している。そのさいには、人生のあいだに蓄積されたもろもろの悪や汚れを消滅させておく必要がある。そうでないと、往生の最高である浄土往生は難しい。そこで、この恐るべき神が登場するのだ。人の肝臓には、人生の塵芥が蓄積されている。そういう重要な臓器を、摩多羅神は臨終のさいに、食いちぎっておいてくれるという慈悲をしめすのだ。カンニバルとは人生からの解放をもたらす聖なる行為だ。そしてそれを導いてくれるのが、恐ろしい姿をもって出現するこれら障礙神なのである。

ここまできて、往生における「摩多羅神」による「生と死のイニシエーション」を認めるとき、もはやその先に、山の修験における「権現」の姿は見え始めているのである。

三　権現舞

早池峰山は、宮澤賢治作品に度々登場する北上高地の最高峰であり、賢治が「古代神楽」というところの「早池峰神楽」が十五世紀から舞い継がれたとされるなど、山伏修験道の霊山としてもよく知られている。『別冊太陽　山の宗教』(10)中、佐々木ひろ子「山岳霊場案内」「早池峰山」においては、「中・近世にわたり、名だたる修験道場として発展した。組織としては、出羽三山に見られるような宗教集団にはならず、個人的な修行を中心にしていたようである」と説明されている。

無論、宮澤賢治はこのことについては百も承知で、賢治詩「河原坊（山脚の黎明）」（「春と修羅　第二集」）には、次のように表現されている箇所を見ることができる。

こゝは河原の坊だけれども
曾ってはこゝに棲んでゐた坊さんは
真言か天台かわからない

早池峰山における山伏修験の資料は皆無であり、その実体を知る由もないが、「早池峰神楽」からその内実にせまることができる。

その権現舞は宮澤賢治が、童話「風の又三郎」「九月一日」中、転校生高田三郎が先生について教室に入ってくる場面において、「そのすぐうしろから、さっきの髪の赤い子が、まるで権現さまの尾っぱ持ちのやうにすまし込んで白いシャッポをかぶって先生についてすぱすぱとあるいて来た」と表現しているように、神楽での舞いにとどまらず、「火伏せ行事」（火防祭）等、民間信仰として集落のいくつもの儀礼の日常場面にとけこんでいた。

この「権現舞」については、『早池峰神楽』[11]「第三章舞」において次のように解説されている。

山伏神楽の場合、神様・仏様が姿を借りるのは獅子頭で、獅子を権現様と呼ぶのは、この獅子は単なる動物の獅子ではなく、神様・仏様が獅子の姿を借りて人間の前にその存在を示されているのです。

（中略）

権現舞は、神楽の最後に必ず舞われる舞曲で、神仏に供えられた五穀・御酒などのあげものを讃め、豊穣を予祝してやります。幼児・年男・老人は頭を噛んでもらうと災難・病魔を退散させることができるとされています。

また、胴の下を、赤ん坊を抱いたり、幼児の手を引いたりして母親たちがくぐり、子ども達の無事成長を祈る、「胎内くぐり」というものも行います。

さらに「しとぎ獅子」といって、臼のまわりで舞う舞や、「柱がらみ」といって、新築の家で、四方・中央の柱を、かじったり、まわったりする舞もあります。

最後は、水を捧げ、口にくわえたヒシャクえ、台所・軒先など四方に振りかける「火伏せ」の祈禱の舞で終わります。

図３　早池峰神楽　岳神楽・権現舞

権現が頭を噛む行為、そして権現を包む幕（胞衣）をくぐる「胎内くぐり」は、いわば山伏修験道の根幹をなす「生と死のイニシエーション」を神楽で表現しているわけだが、一般向けの観光化において、秘儀は隠され、「無病息災」というごく日常の儀礼におさまっているわけである。本質的に山伏神楽の儀式は、秘儀「摩多羅神」と同じ秘密の儀礼である。

『別冊太陽　山の宗教』中、鈴木正崇「修験と芸能」において、次のように述べられている。

一方、山中では十界修行と称して地獄から仏に至る六道四聖の十段階の行法をするが、六道輪廻の最後の天道行は延年や鳴子といい、祝いの舞や謡があった。天蓋から血管や骨を表わす赤白の紐や麻が降り、天地合体の行法ともいう。ここでは修行と芸能が混淆する。（中略）また、延年は長寿を祝い守護神を賛える行事とされ、正月の修正会の結願に組み込まれた。平安時代に修正会で活躍した呪師は、結界・鎮壇の作法をして魔物を駆逐したが、その外想を取り込んで演劇化した猿楽は、呪力と芸の技能に優れた修験と交流して民間に展開した。修験の持ち伝えた鬼や芸能には、能楽大成以前の猿楽能が含まれていたともいう。延年は、現在では、美濃の長滝の白山神社、日光の輪王寺、平泉の毛越寺に様相を止めるのみである。

そして「平泉の毛越寺の延年（老女と若女）」の写真キャプションにおいて、「岩手県平泉町の毛越寺常行堂で、正月20日の修正会結願にあたって摩多羅神に奉納される延年の舞。呼立、田楽躍、路舞（ろまい）に続き、祝詞（のっと）では別当が鼻高面をつけて摩多羅神の本地を説いて祈願文を述べ、神秘の足踏の反閇をする」と解説している。

早池峰神楽の最後に必ず舞われる「権現舞」。一方、山伏修験の「六道輪廻の最後の天道行」である延年、それは毛越寺常行堂で摩多羅神に奉納される舞である。生と死をめぐる最終儀礼は「権現」と「摩多羅神」によって執り行われており、その意味するところは根幹において同じだといっていいだろう。

ここまで了解すると、「権現舞」を「摩多羅神の舞」と称しても誤りでないことが理解される。そのことは、賢治歌碑が延暦寺の根本中堂に建立され、それが縁で平泉金色堂前に賢治詩碑が建立されていることとも無縁ではない。そこにあるのは、すなわち「天台本覚思想」(12)である。

『別冊太陽　山の宗教』中、久保田展弘「比叡山の千日回峰行」の「礼拝行と不二の思想」において、次のように述べている。

中世の比叡山において、もっとも人々を惹きつけた本覚思想。それは自分と他、男と女、生と死、迷いとさとり、善と悪、老若といった、二元相対の価値観でとらえがちてきなそこに打ちだされた、不二絶対の世界観であった。

しかも本覚思想は、生と死、あるいは男と女を、生命という共通のありようにおいて、本来不二の現われとして肯定していく。ここに生れたのは、徹底した現実肯定である。生と死を二元相対のうちに分けて価値判断をしない。しかも生と死を不二の現われとして、その現実をしっかり受けとめ、肯定してゆく。

この徹底した現実肯定の本覚思想が、あらゆる存在を他とせず礼拝してゆく、回峰行の実践思想と無縁であるはずはない。生け花や茶の湯、能楽など、日本文化、文芸の理論化は、本覚思想によって確立してゆくことになる。

中沢新一は、『精霊の王』「第五章緑したたる金春禅竹」において、金春禅竹（一四〇五〜七〇年頃）作による猿楽能の謡曲『芭蕉』を取り上げ、日本の天台宗で発達した本覚論について言及し、そこに展開する「草木成仏」についてて次のように述べる。

「草木成仏」のような考えも、こういう流れの中から生れている。生死と涅槃が一体であることや、煩悩と悟りが一体であることなどを、本覚論では「相即」の論理を駆使して展開した。生死即涅槃、煩悩即解脱、無明即明。この論理の徹底によって、有情と非情の差別も消失した。植物でさえも、人間や動物のような有情と同じように成仏ということが可能なのである。いや、そもそも成仏と不成仏のあいだになんの隔てがあろうはずもなく、すべては絶対的な存在の表現にほかならないのであってみれば、成仏などをめざすことのない植物のほうが、自然のままにすでに成仏をとげているものとして、不成仏であるとも言えるだろう。

繰り返すと、猿楽能の神「宿神」は、「草木成仏」という本覚思想により「摩多羅神」を登場させ、それは「古層の神」なる「シャクジ」の神を根幹とするものであった。

久保田展弘『比叡山の千日回峰行』(『別冊太陽　山の宗教』)において、行者は、法華経の「常不軽菩薩品第二十」に登場する、釈尊の過去世の姿ともいわれる常不軽菩薩になる、と述べている。宮澤賢治の行い(実践)を「常不軽菩薩」となぞらえるとするならば、賢治の宗教観は「天台本覚思想」をベースとし、しかも民間伝承としての「ザシキワラシ」や民間信仰としての権現をも含めた、「ほんたうの精神」に貫かれていることが了解される。[13]だから賢治は「摩多羅神」を「ばだら」と呼び、「権現舞」との思いがけない習合をはかり、更に劇「種山ヶ原の夜」において、あえて楢と柏の樹霊たちに「ばだらの神楽面白ぃな」といわせているのである。

註

(1)　牛崎敏哉「イーハトーヴ・異界への旅2」(編集・発行松田司郎『ワルトラワラ』2号、一九九四年十月一日)、牛崎敏哉「「ざしき童子のはなし」・考」（編集・発行北天塾『北天塾』第8号、一九九五年三月一日）、牛崎敏哉「イーハトーヴ・異界への旅3」（『ワルトラワラ』3号、一九九五年四月一日）、牛崎敏哉「インドラ・ウェブ15」（『ワルトラワラ』32号、二〇一〇年十一月二十日）

（2）中沢新一『精霊の王』（講談社、二〇〇三年十一月二十日）

（3）『世界宗教大事典』（平凡社、一九九一年二月十五日）

「宿神（しゅくしん）」

呪術的信仰対象の一つ。〈しゅくしん〉は、守宮神、守久神、社宮司、守公神、守瞽神、主空神、粛慎の神、守君神など、さまざまな表記があるが、元来はシャクジ、シュグジなどと称された小祠の神の名だったと思われる。（中略）中世の猿楽芸能者および盲僧など、芸能・音曲にたずさわる人たちの共同体が信仰対象とし、尊崇したとき、この神を宿神、守久神と表記した。

（4）佐々木喜善『奥州のザシキワラシの話』（玄文社、一九二〇年二月）

「一、子供の時の記憶」「二、近頃耳で聞いた話」「三、手紙で答へられたもの」「四、関係あるかと思はれる事項」「ザシキワラシの種類及別名表」「ザシキワラシの出現の場所及家名表」があり、末尾に、柳田の「此序に言つて置きたい事」が載っている。

（5）『新宮澤賢治語彙辞典』（東京書籍、一九九九年七月二十六日）

（6）香取直一「宮沢賢治「ばだらの神楽」考」（『早池峰』第17号早池峯の会、一九九〇年十二月）

（7）香取直一「宮沢賢治「ばだらの神楽」考」

賢治作品に「神楽」という言葉が登場するのはわずかである。1詩「山火」、2「風の又三郎」権現さまの尾っぱ持ち、3文語詩「雪の宿」、4詩「花壇工作」

（8）山本ひろ子『異神　中世日本の秘教的世界』（平凡社、一九九八年三月二十三日）

（9）山本ひろ子『異神　中世日本の秘教的世界』「第二章摩多羅神の姿態変換」「序　謎の神・摩多羅神」

摩多羅神は阿弥陀仏の教令輪身（衆生教化のために忿怒形をとる）で、常行三昧という行の守護神であったが、やがて叡山の教学が混迷をきわめると禅宗の「公案」（律令、法）を模倣し、「玄旨帰命壇」という道場を設け、摩多羅神を秘密の本尊として仰ぎ灌頂を行って以降、とくに尊崇されるようになったという。

（10）『別冊太陽　山の宗教』（平凡社、二〇〇〇年十月二十五日）

（11）『早池峰神楽』（郷土文化研究会、一九八四年七月二十日）

（12）宮澤賢治と本覚思想について、最近では『宮澤賢治イーハトヴ学事典』（弘文堂、二〇一〇年十二月十五日）「本覚思想」（正木晃）の項目にて解説がある。

（13）賢治童話「鹿踊りのはじまり」の書き出しに、「ほんたうの精神」の言葉を含んだ、次の文章がある。

わたくしが疲れてそこに睡りますと、ざあざあ吹いてゐた風が、だんだん人のことばにきこえ、やがてそれは、いま北上の山の方や、野原に行われてゐた鹿踊りの、ほんたうの精神を語りました。

岩手の伝承文化からイーハトヴ芸術へ

――『鹿踊りのはじまり』を例として

黒澤　勉

はじめに

遠野市出身の偉大な民謡研究家、作曲家、バイオリン指導者に武田忠一郎がいる。『遠野物語』が出版された一九一〇年（明治四十三）に岩手師範学校に入学、卒業後に上京して小学校の教員をしながら夜間の東洋音楽学校で洋楽（器楽部）を学び、帰省して、主に岩手高等女学校（今の岩手女子高校）の音楽の教員をしながら岩手の民謡を五線譜に記録（当時、録音機はなかったから歌声を記録するにはそれ以外になかった）、『岩手民謡集』を出版、これがきっかけとなって、日本放送協会（仙台）に採用され、民謡採集の仕事をするようになった。全七巻（「岩手県の巻」は二冊ある）の『東北民謡集』（朝日賞受賞）は今ではほとんど聞くことのできない、東北の常民の歌声を永遠に留めた貴重な労作である。生涯に採集した民謡は一万曲にもなるであろうかと本人は語っている。佐々木喜善が民話採集に生涯をかけたのと、同様なことを音楽の世界で取り組んだのが武田忠一郎だった。武田忠一郎は音楽の世界における佐々木喜善であり、あるいは柳田国男であった。ただ二人に比べてほとんど知られていないのは残念なことである。

武田忠一郎はなぜ民謡の採集、研究などに取り組んだのか。子守歌や民謡を聞いて育ち、それに深い感銘を受け、愛着を感じていたという体験が根底にあったことは当然として、「研究」ともなれば、そればかりではない。忠一郎は次のように書いている。

さて私の民謡研究についての目標は色々あったが、先づ第一には之を楽譜に整へることによって何時誰にでも再現演奏出来る様に、又同時にその儘永久の記録として残しておき度い為めに、第二は民俗学的立場、或は音楽学的方面其他から、我国における伝承民謡と世界各国のそれと比較研究できる様にと、更に第三は新しい日本音楽創作者の為めに重要なる素材と主題と、そして精神とを提供することができたらという野心からであった。

（『東北民謡の父　武田忠一郎伝』）

これはそのまま伝承文化（習俗や信仰、民話や方言、伝承芸能などある土地に伝統として受け継がれてきた文化であり、柳田国男はそうした伝承文化を伝える人を「常民」と呼んだ）の採集、研究について一般化出来るといえよう。すなわち伝承文化研究の目的として次の三点が考えられる。

① 常民の文化として永久に保存、記録するということ。
② 民俗学や宗教学、言語学、音楽学などの各方面からの研究の素材とし、さらに世界各国と比較する素材を提供すること。
③ 新たな文化を創造するための素材を提供すること。

柳田国男や佐々木喜善の研究は上記の分け方に従えば、①あるいは②といえるだろう。

これに対して賢治の挑戦したのは③の新たな文化の創造であった。

宮澤賢治は民話や芸能などを採集、調査、研究したわけではないが、その成長過程において多くの民話や芸能に触れ、親しんでいた。伝承文化は賢治の精神を育てる上で、大きな影響を及ぼしている。賢治は類希な読書家であり、日本や世界の数多くの作品に触れてその影響を受けていることはいうまでもないが、その基底に岩手、花巻という土地で育ち、暮らした者としてその風土と結びついた伝承文化の影響があるということをまず指摘しておきたい。

賢治童話の最初の結実が『イーハトヴ童話　注文の多い料理店』（一九二三年出版）であった。ここに「イーハトヴ童話」と冠されていることの意味は重い。「イーハトヴ」とは、その出版にあたって作られたチラシに明記されているように、「ドリームランドとしての日本岩手県」の意であり、そこでは夢、理想としての郷土、岩手が強く意識されているのである。

賢治は岩手の民話に深い愛着と知識をもっていたが、民俗芸能にも強く惹かれ、深い関心を寄せていた。『種山ケ原の夜』に「権現さん悦ぶづどほんとにおもしろいな。口あんぎあんぎど開いで、風だの木っ葉だのぐるぐる廻してはねあるぐもな」という主人公の感想があるのは、そのまま、賢治自身の権現舞《ごんげんまい》への関心を示したものである。賢治作品には、この権現舞の他に、神楽や、鹿踊り、鬼剣舞なども素材として取り上げられている。それらは賢治作品の中でもきわめて重要な位置を占め、賢治の思想を作る骨格の一つになっている。

一九二六年（大正十五）、賢治の勤務する花巻農学校に成人教育として岩手国民高等学校が開校された。その時、賢治は「農民芸術」という科目を担当し、「農民芸術論」を講じた。その「農民芸術」の理念を生んだ背景として自らの創作体験や民俗芸能がある。「農民文学」ではなく「農民芸術」といっていることに注意したい。それは文学に限らず、音楽や舞踊を含む、宗教性をうちに秘めた芸術であった。「詞は詩であり、動作は舞踊」とか「民話民謡農民芸術」などといったメモも「農民芸術概論綱要」には見える。農民芸術発想の原点となっているのが民俗芸能であると思われる。

小沢俊郎は『かしはばやしの夜』と『鹿踊りのはじまり』に見られる芸術のあり方が後の「農民芸術の実例」だとして、「農民芸術論の夢こそ賢治を農村へ入らしめた原動力であった」(「イーハトヴ童話集としての『注文の多い料理店』」)と指摘しているが確かにその通りであろう。であるとするなら、その「農民芸術」の母胎ともいうべき、民俗芸能が賢治作品に及ぼしている影響はなお一層、おろそかに出来ない課題であると思われる。

賢治は一体、民俗芸能のいかなる点に心惹かれたのだろうか。

「農民芸術概論綱要」には、「曾つてわれらの師父たちは乏しいながら可成楽しく生きていた。そこには芸術も宗教もあった」とある。さらに「いまわれらにはただ労働が、生存があるばかりである」ともある。このように述べる賢治の頭には民話や民謡、民俗芸能など常民の生み出した文化があったことは間違いない。

民俗芸能の特徴をいうなら、何よりもそれは労働する生活者自らが生み、育て、楽しむものであり、生産者と享受者が分化していないことである。賢治も農民となって「生活即芸術」の芸術家を目指した。

民俗芸能は、祭りの時に演出され、そこには宗教性がある。祭りとは、神を崇めることを通して共同体の絆を深める、ハレの日の営みである。賢治はそうした祭りの心、その表現に近代社会が無視し、忘れかけていた深い叡智を見いだした。賢治はこの祭りに強く共感し、祭りの心の復活を図ろうとした。賢治の芸術は、それを継承して新たな祭りの広場を作ろうとするものであったようだ。「つめくさ灯ともす宵の広場　たがいのラルゴをうたいかわし」という「ポラーノの広場」は伝統的な村祭りの新しい姿、賢治の願った祭りの広場ではなかったろうか。

民俗芸能は芸術として考えた場合、演劇性、歌謡性、舞踊性をもっている。それは人々の前で演じられるものであり、その歌詞は詩（文学）であり、それぞれ独自の装束をまとって舞い、踊られる。現代風にいえば、宗教的な精神に支えられた総合的舞台芸術である。童話『鹿踊りのはじまり』には、こうした民俗芸能がもつ性質が見事に反映している。これを単に童話として考えると、この作品のもつ豊かな音楽性、演劇性が忘れられてしまう。童話というよりむしろこれを土着的な「ミュージカルの台本」として捉えた時、その豊かさが実感として伝わってくる。以下、この作品を素材として（一）宗教的、思想的な視点から検討し、（二）民俗芸能の鹿踊りがどのような形で作品化されているかを考察してみたい。

一　『鹿踊りのはじまり』の主題を巡って

『鹿踊りのはじまり』は、賢治の考える「法華文学」を具現化した一例であり、その主題からみて重要な意味をもっている。また、繊細な自然描写とユーモラスな方言会話、歌や踊りの織りなす舞踊性に富む傑作であるが、その展開もきわめて巧みである。

作品の構造は三つの層からなる「入れ籠型構造」として捉えることが出来る。すなわち箱の中に箱が入って、三重の箱になっているると見るのである。

①　一番外側の層――風の語り
②　二番目の層――嘉十の物語
③　三番目の中心になっている層――鹿たちの物語（1）

（1）風の語り

《風の語り》

作品の一番外側の大枠、額縁に当たるのがこの風の語りである。そこでは風が私に、「鹿踊りのほんとうの精神」を語ったことを、読者に語って聞かせるという語りの大枠が設定されている。

作品はいきなり「そのとき」で始まる。「そのとき」すすきが白い火のように揺れて光ったのだという。夕陽が苔の野原に注いですすきが光ったのである。「そのとき」は時間の流れを一瞬、断ち切る言葉である。語り手である「わたくし」は、恐らく一日中、歩いていたらしい。夕方になって、その歩きの途中「そのとき」すすきが一瞬、光った。「わたくし」は疲れていたので、野原に眠る。眠りのうちに、風の言葉が聞こえてくる。すすきの光とざあざあ吹く風。それが夢の世界――異界への入り口となる。

夢は、事実ではないが、心の真実である。夢を通して隠されていた、または見えなかった真実が語られる。夢はまた、無意識からのメッセージである。意識で固められていると、夢は見えない。意識の鎧を脱ぎ捨てた時、夢が立ち現れ真実が告げられる。賢治は夢を通して、意識化されていない真実、「ほんとうの精神」を伝えようとする。

末尾の一文は「それから」とさらに話を続けていくと見せかけておいて、「そうそう」と思い出したように物語を打ち切る。話に夢中になって、あなた（読者）の迷惑も考えずに続けるのを詫びるように、最初に立ち返って、「わたくしはこのはなしをすきとほった秋の風から聞いたのです」と語って物語は結ばれる。

心憎いばかりの語りである。「語り」から「騙り」という言葉が派生したことも思い合わせられる。こうした賢治の語りの見事さは、『遠野物語』に代表されるような、民話の伝統が賢治の中で、血肉化している事を示すものだろう。賢治の母はたくさんの物語を知っており、賢治に語って聞かせたというし、賢治自身も生徒や家族に読み聞かせしている。賢治は目で見える「文字」として書いたのではなく、実際、「声」に聞こえるものとして、声に出して読みながら、書いたのではないだろうか。目の前に聞き手がいるような書き方、それは土着の民話の語りの伝統の中で育まれたものだった。

《巨きな岩の語り》

風の語りということに関連していえば、同じく『イーハトヴ童話　注文の多い料理店』所収の『狼森と笊森、盗森』（一九二一年十一月）は「巨きな岩」が語って聞かせる物語である。

巨岩は人に畏怖の感情を持たせる。その畏怖感が神の依代《よりしろ》として注連縄《しめなわ》を張るという宗教的な行為につながる。それればかりではなく、その巨岩にちなむ物語も昔話や伝説、民話として生まれる。盛岡には三ツ石神社があり、大きな石を三つ擁している。その三ツ石のよく知られた次のような民話がある。

昔、この地方に羅刹という鬼が住んでいて、付近の人々をなやまし、旅人をおどしていた。そこで人々は、三ツ石の神にお祈りをして鬼を捕らえてもらい、境内にある巨大な三つの石に縛りつけた。鬼は二度と悪事をしない、また二度とこの地方にはやってこないことを誓ったので、約束のしるしとして三つの石に手形を押させて逃がしてやった。村人は安心して、お祭りをして祝った。その時踊ったのが「さんさ踊り」だという。また、岩に手形を押したことから「岩手」という地名が生まれ、鬼が再び来ないことを誓ったことから、この地方を「不来方《こずかた》」と呼ぶようになった。

賢治は豊かな自然との交歓の中で、普通の人には聞こえない風や石の声、我々の先祖や神々・仏の声を聞いた。

昔話や民話などを聞いた体験が賢治にそうしたものを「聞く」感性を育てた。賢治の童話は、賢治の勝手な空想とか想像というものとは違った「啓示」的な性格を帯びている。賢治にはそういう「啓示」を聞くシャーマン的な資質があった。作為を感じさせない自然な溢れるような物語はそこから生まれている。

(2) 嘉十の物語

《生物兄弟思想と巨きな愛の感情》

風は「わたくし」に何を語ったか。その語られた内容として二つのトピックがある。

一つは主人公である嘉十の物語。一つは鹿たちの物語である。

ここでは前者について考察してみよう。簡単にまとめると、嘉十は湯治に出掛けて途中で忘れた手ぬぐいを取るために戻った、そこで鹿達の話を聞き、歌や踊りを見ているうちに、自分が鹿になったような気持ちがして思わず「ホウ、やれ、やれい」と叫んで飛び出した、鹿たちはびっくりして逃げ出した、という物語である。

あるものを見聞きしているうちに、感動のあまり、自分を忘れて、その対象に同化してしまうようなことがある。大和言葉の「あはれ」に近い。初めは好奇心で面白半分に、人ごととして見ているうちにだんだん面白くなって、昂奮し、ついには自分を忘れて、その中に飛び込む。典型的なのが祭りかもしれない。祭りを見ているうちに、同化して、手足が動き、遂にその踊りの輪の中に飛び込んでしまう、といったことがある。嘉十（＝賢治）は、対象に同化しやすい人間であった。鹿たちの踊りを見ているうちにその霊が「憑依」して鹿になって飛び出したのである。感動し、昂奮し、心奪われる、そこに「忘我」のエクスタシーがある。

エクスタシーは、性的な恍惚感を表す言葉として使われることが多いが、本来、宗教の用語で、忘我体験、魂の脱魂を意味し、人間が神と合一した忘我の神秘的状態を指す言葉である。嘉十が鹿の歌や踊りを見ているうちに、昂奮してきて、鹿になったような気がして飛び出したのは、そういった宗教的体験にも近いものではなかったろうか。

しかし、そのように心で鹿と一つになって飛び出した嘉十を鹿たちは受け入れてはくれなかった。嘉十の身体は人間だからである。賢治も「そこ（＝イーハトヴの世界）ではあらゆる事が可能である。人は一瞬にして氷雲の上に飛躍し大循環の風を従えて北に旅することもあれば、赤い花杯の下を行く蟻と語ることもできる」と、童話集発刊の折の「新刊案内」のチラシに書いているように、心では、想像の世界では何でも可能である。しかし、肉体は現実に縛られていて、この肉体を脱皮することが出来ない不自由な「もの」である。鹿たちは現実の人間である嘉十を見て逃げ出した。昔話の『瘤取りじいさん』は鬼の踊りの中に飛び出して仲良くいっしょに踊るが、『鹿踊りのはじまり』の鹿たちは嘉十を敵と思って逃げ出してしまう。

それは次のように繊細に、余韻深く描かれている。

鹿はおどろいて一度に竿のように立ちあがり、それからはやてに吹かれた木の葉のように、からだを斜めにして逃げ出しました。銀のすすきの波をわけ、かがやく夕陽の流れをみだしてはるかはるかに遁げて行き、そのⅩ通ったあとのすすきは静かな湖の水脈のようにいつまでもぎらぎら光っておりました

嘉十の先ほどまで感じていた鹿たちとの一体感情、昂奮は空しく消えて、あとは、「にが笑い」するしかない。恥ずかしさをごまかそうとするように。そして、何事もなかったかのようにまた歩き始める。

この嘉十の物語は一体、何を意味しているのだろうか。

賢治は生あるものが互いに兄弟なのだと考えていた。「みんなむかしからのきょうだいなのだから　けっしてひとりをいのってはいけない」（「青森挽歌」）とか、「どんなこどもでも、またはたけではたらいているひとでも、汽車の中で林檎をたべているひとでも、また歌う鳥やうたわない鳥、青や黒やのあらゆる魚、あらゆるけものも、あらゆる虫も、みんな、みんな、むかしからのおたがひのきゃうだいなのだから」（手紙四）などと、その生物兄弟思想は、特に妹の死をきっかけに強調されている。また『ビヂテリアン大祭』にも次の一節がある。

総ての生物は皆無量の劫の昔から流転に流転を重ねてきた。……それらが互いに離れ又生をへだててはもうお互いに見知らない。無限の間には無限の組み合わせが可能である。だからわれわれのまわりの生物は皆長い間の親子きょうだいである。

「むかしから」のということは、進化論を意識しての言葉である。ドイツの動物学者ヘッケルは「個体発生は系統発生を繰り返す」と主張したが、動物の受精から誕生に至る過程を観察してみると、確かに進化の過程が感じられる。胎児の成長過程を見ていると、人間も魚の時代があったことが知られる。

仏教の思想からいっても生物は六道に輪廻転生を繰り返し、互いに生き代わり、死に代わりしている兄弟である。賢治はそういう「生物兄弟思想」を単に、理論としてばかりでなく、日常生活の実感としても感じていたらしい。刺身を食べながら、「私は前にさかなだったことがあって食はれたに違いありません」（大正七年五月十九日保阪嘉内宛書簡）と書いている。日記的な作品『イーハトーボ農学校の春』が示しているように、空飛ぶ鳥に友達のように親しく話しかけたり、蛙や虫を親しい人に会うように交流するアニミズム的な感性を持っていた。それはすべての生き物が「兄弟」だという「巨きな愛の感情」につながる。

賢治は「新刊案内」のチラシの中で、『鹿踊りのはじまり』を自ら解説していう。

まだ剖れない巨きな愛の感情です。すすきの花の向かい火やきらめく赤褐の木立の中に鹿が無心に遊んでいます。ひとは自分と鹿との区別を忘れ、いっしょに踊ろうとさえします。(2)

「常民」としての村人が馬や鹿、獅子などになって踊る芸能の根底にもアニミズムの精神が息づいている。それは、人々の馬や鹿になりたい、友となりたいという潜在的な願望を示しているのではなかろうか。さらに言えば、その願望の根底には、かつて人間が馬や鹿であったという記憶の痕跡が潜んでいるのではなかろうか。

賢治は「巨きな愛の感情」を持ちながらも、同時にそれが必ずしも鹿たちに受け入れられない寂しさを知っていた。寂しさを感じてぼんやりたたずむ嘉十は踊りの輪に加わるどころか、鹿たちに逃げられ、一人残される。そこに「おめでたい」昔話とは違うリアリズムがある。

(3) 鹿たちの物語

《祭りの誕生》

童話『鹿踊りのはじまり』の今一つのトピックは、嘉十の目や耳を通して描かれる鹿たちの物語である。鹿たちは栃の実を食べたいのだが、そばに置かれた手ぬぐいの正体がわからず、怖いものと思ってうかつに近寄れない。

鹿たちが手ぬぐいを巡ってあれこれ詮索し、恐れるのは、人間が動物たちのいのちを奪ってきたからである（「鹿」を「しし」と読ませるのは、鹿が肉として食されてきたことを示している。「しし」は肉の意である）。狐が「口発破」にかかって死んだことも鹿たちは知っている。鹿たちもいのちを奪われてきた。そういう経験があるために、鹿たちは警戒しているのである。鹿たちは一匹、一匹とびくびく、偵察に出掛けては、あわてて戻ってくる。目（視覚）、耳（聴覚）、舌（味覚）、皮膚（触覚）を、総動員して判断を下す。やっとその正体がわかる。

鹿たちの出した結論は、これはなめくじ[3]の干からびたものだ、ということだった。

なるほど手ぬぐいは、なめくじによく似ている。賢治はそうした似たものを連想する達人だった。雨雪が「アイスクリーム」、霧が「ゼラチン」、風が「ガラスのマント」、雲が「電気菓子」、雲に覆われた太陽は「天の銀盤」、大地は「まばゆい気圏の海の底」などというように連想による比喩表現は賢治ワールドに豊かなイメジャリをもたらしている。

手ぬぐいの正体を見破った鹿たちは大喜びで歌い踊る。歌は七音五音の南部方言（岩手の方言は南部方言と伊達方言に分かれ、花巻の方言は南部方言に属する）の繰り返しからなる滑稽歌である。

のはらのまん中の　めっけもの　すつこんすっこの　栃だんご
栃のだんごは結構だが　となりにいからだ　ふんながす
青じろ番兵は　気にかがる。
青じろ番兵は　ふんにゃふにゃ
吠えるもさないば　泣ぐもさない

痩せで長くて　ぶぢぶぢで
どこが口だが　あだまだが
ひでりあがりの　なめくじら(4)

歌と踊りが終わると鹿たちは仲良く食べ始める。そして再び輪になって歌い、踊り始める。歌や踊りがこうして二段階になっていることも興味深い。最初の歌と踊りは食を無事に手に入れた喜び、後のそれは食べた後の感謝の表現である。

後の歌と踊りの始まる前に次のような描写がある。

鹿のめぐりはまただんだんゆるやかになって、たがひにせはしくうなづき合ひ、やがて一列に太陽に向いて、それを拝むようにしてまっすぐに立ったのでした。

これは太陽に捧げられた沈黙の深い祈りである。祈りの後で、太陽に、そして太陽に照らされたはんのきやすすき、うめばち草などの美しさが次々に讃美をこめて歌われる。

はんの木の　みどりみぢんの葉の向さ　ぢゃらんぢゃらんの　お日さん　かがる
お日さんをせながさしょへば　はんの木も　くだげで光る　鉄のかんがみ(5)
おひさんは　はんの木の向さ　降りでても　すすぎ、ぎんがぎんが　まぶしまんぶし(6)

ぎんがぎんがの　すすぎの中さ立ちあがる　はんの木のすねの　長んがい、かげぼふうし
ぎんがぎんがの　すすぎの底の日暮れ方　苔の野はらを　蟻こも行がず(7)
ぎんがぎんがの　すすぎの底でそっこりと　咲ぐうめばぢの　愛どしおえどし(8)

六首の方言短歌形式の歌詞が鹿たちのそれぞれによって歌われる。はんの木の向こうに輝く太陽、その光を浴びて光るはんの木、日が傾くと代わって光り出すすすき。はんの木は、黒い影法師のように立ち、野原には蟻の姿も見えなくなる。時間の経過と共に変化していく風景が歌声によって活写されている。自然を讃美するかわいらしく無邪気な歌声が美しいハーモニーとなって野原に流れる。

栃の実は岩手県では、飢饉の時の食として食べたささやかな食べ物である。それによっていのちをつなぐことが出来たと思えば貴重な食べ物でもある。その食物を恵んでくれるのが太陽であり、その太陽によって育つのが植物である。その植物を食べて動物も生きることが出来る。鹿たちの歌と踊りはそうした私たちのいのちを育むものへの讃美と感謝を表している。

鹿たちの歌や踊りが表しているのは、祭りというものの誕生の姿と見ることも出来る。祭りとは何か、いうまでもなくそれは共同体による神への感謝の表現であり、神を称える行為である。それは祈りの言葉を通して、また、歌や踊り、芸能として表現され伝承されてきた。その祭りを通して、人々の心のつながりも深められ、共同体の絆が深められる。岩手の言葉でいうなら「ゆいっこ」と呼ばれる相互扶助の精神である。鹿たちの歌と踊り——芸能はそのような祭りの心の表現である。賢治はそうした祭りの誕生の姿を童話『鹿踊りのはじまり』によって表現しようとしたのではないだろうか。

小沢俊郎が指摘するように、六首の歌は「自然への感謝であり讃歌」であろう。鹿踊りの「本当の精神」は、この六首の歌によって表現されている、鹿＝農民たちの感情、であるということもほぼ間違いないと思われる。

鹿たちが何に対して祈っているか、ということに改めて注意を向けたい。それは、自然、もっと具体的にいえば太陽である。太陽を中心としてその太陽によって育まれる地球のいのちでもある。

《太陽の讃歌》

「ぢゃらんぢゃらん」と輝く太陽は、この地上に光と熱をもたらしてくれる。それは地球の生命活動の源である。鹿たちは太陽の讃歌、地球の生命の讃歌を全身で歌い、踊っていたのである。『イーハトーボ農学校の春』の中で、賢治は太陽を「光炎菩薩」「太陽マジック」と呼んでいたことが思い出される。「太陽マジック」という言葉は、軽く捉えられがちな言葉だが、太陽の神秘的な、不可思議なエネルギーを感じて作られた言葉である。「光炎菩薩」とは、太陽を「光」と「炎」の「菩薩」として捉えた太陽への讃美の言葉である。そこには太陽に対する敬虔な宗教的な感情が潜んでいる。

賢治の作品の中で太陽はきわめて重要な意味をもっている。「農学校校歌（精神歌）」の中でも、「日ハ君臨シカガヤキハ　白金ノ雨ソソギタリ」とか「日ハ君臨シ穹窿ニ　ミナギリ亙ス青ビカリ」、「日ハ君臨シ玻璃ノ窓　清澄ニシテ寂カナリ」「日ハ君臨シカガヤキノ　太陽系ハマヒルナリ」と各連の冒頭はいずれも「日ハ君臨シ」で始まっている。太陽はこの太陽系宇宙の中心として、神のように宇宙の一切に慈しみを注ぎ、統べ、支配している。

このように太陽を意識する心、それを崇める心は恐らく賢治の好んだ山野の跋渉、登山や徹夜の歩行といった体験によって養われたものであろうが、仏教の知識や信仰からもきていると思われる。密教では「大日菩薩」とか「大日如来」、華厳経の「浄慧光自在菩薩」などというように、菩薩は太陽として捉えられている。賢治が一時傾倒した田中智学の影響も大きかったと思われる。

智学の法話をまとめた『日蓮主義の信仰』には、次のような一節が見られる。

昔の人はおてんと様といって朝起きると太陽を拝む。今の人はこれを見て笑う。神様でも何でもない一つの天体である。そんなものを拝むのは野蛮な宗教だという。一種の原始信仰だと考えている。けれども現に我々の地上を照らす太陽には、現証の御利益がある。これを拝むに何の不思議があろう。ランプでも世話になれば拝むに不思議はない。ただそれを一一拝まなくても、根元の妙法蓮華経を拝めばよいのである。

天地日月もじつは常に法華経を説いている。何よりも一ばん顕著に正確に法華経を説いているのは、天地法界の精粋をきわめた太陽である。太陽くらい明確にその働きを吾等に下しているものはない。太陽の光と熱、さらにいろいろな効能がこの世界を維持し、一切の生物を維持している。太陽が三日出なかったら、世界中のものは皆しんでしまう。これほど顕著な働きをもった太陽によって、本仏の利益は我々の目の前にはっきり示されているのである。そのほか、何を見ても本仏の利益ならざるはない。みな法華経を説いているのだが、衆生の方はウカウカと暮らして、それを用いながらその徳を知らない。

自然界のあらゆるものが仏法を説いている、自然界の様々な現象、働きの中に仏法が流れている。だから自然界の太陽や月、その他もろもろのものを、仏法の表れとして拝まなくてならない、と智学は教え、それは大変だから、法華経を拝むことによって、それに代えることが出来る、というのである。

賢治はこうした智学の信仰の影響を強く受けて、自然に対する深い畏敬の念を深めていったのではなかろうか。

二　民俗芸能「鹿踊り」からイーハトヴ童話『鹿踊りのはじまり』へ

民俗芸能の鹿踊り

民俗芸能の鹿踊りは、伊達領内に伝承されている太鼓系鹿踊りと南部領内に伝承されている幕踊り系鹿踊りに分かれる。太鼓系鹿踊りは身につけた太鼓を打つそのリズムが合図となって芸が演じられる鹿踊りで、鹿角のついた権現型の頭をかぶり、顔から胸にかけて幕垂れをさげ、長いササラを背負った鹿が八頭、ないし十二頭で一組になって踊る。伝承の由来や地域によって、金津流、行山流、春日流などの流派がある（この中で金津流が元祖といわれている）。幕踊り系鹿踊りは、踊り手が全身を幕で覆い、太鼓や笛などのお囃子は別につき、その伴奏によって踊る。

歌詞は民謡と同じように、単に伝承された決まった歌詞を歌うというのでなく、本来、その時、その場にあわせ作られたりした。例えば「死出の山　はるばる上りて跡見れば　幾日あれど帰る道なし」「日が暮るる　水の根笹に露上げて　亡者に　いとまくるる我がつれ」（武田忠一郎のメモより）などという歌詞は墓回向の歌詞で、墓前で演じられたことを示している。また「参りきて　これのお庭を見申せば　四方四角の枡形の庭」は庭誉めの歌詞で、招かれた家の庭を誉め、さらなる繁栄を祈った歌詞であろう。歌詞として誉め歌が多く残っているのは、鹿踊りが各地に招かれてそこで演じられたことを示している。

その起源

民謡研究家武田忠一郎は伝承芸能にも関心を寄せており、そのスクラップブックに鹿踊りに関連する新聞の切り抜きと武田の集めた歌詞のメモがある。

その新聞の記事に鹿踊りの由来として次の三つが紹介されている。

花巻地方に伝わる伝承――空也聖人が狩人に殺された鹿を哀れに思い、村人を呼んで供養した。その時、村人は鹿の供養だというのでわざわざ鹿の角をつけ、袴をはいて、笛太鼓に合わせて踊った。（供養説）

水沢地方の伝承――昔、悪病が流行した時、猪や鹿の群れが民家近くに来て暴れた。それ以来、悪病は退いたので、後、農民は悪病流行の際、鹿の恰好をして走り回った。（悪疫退散説）

岩泉・盛岡地方の伝承――田村麻呂が奥羽征伐の時、蝦夷の住む南部に至って、鹿たちが高原に狂奔しているのを目撃、皆、驚嘆した。その後、戦勝のある度に酒を飲んだ兵士たちが浮かれ出してその鹿たちの真似をした。（模倣説）

以上のような伝承された起源説と比較してみると、童話『鹿踊りのはじまり』は、起源を物語るというよりも、その鹿踊りにこめられた心を追求している点に特徴がある。鹿たちの踊りが表現しているもの、それは農民たちの収穫の喜びであり、自然に感謝する祭りの心を表現したものだということである。農民たちは鹿に扮装して自分たちの喜び、信仰を鹿に託して表現した。賢治は鹿踊りの中に、そうした農民たちの心を発見したのである。

童話『鹿踊りのはじまり』のモデル

賢治は鹿踊りを見て楽しんだだけでなく、強い知的な関心をもってそれに関する情報を得ようとしていた。農民に肥料の指導をし、その代わり「鹿踊りの式や作法をはなし　夕方吹雪が桃色にひかるまで　交換教授をやるというのは　まことに愉快なことである」（『春と修羅』詩稿補遺「こっちの顔と」）とその詩にも書いている。

『鹿踊りのはじまり』を書いた時、そのモチーフになっているのは具体的にはどういう鹿踊りだったのだろうか。岩手の民俗芸能に詳しかった門屋光昭氏は『鬼と鹿と宮沢賢治』において次のように書いている。

賢治の童話『鹿踊りのはじまり』は、鹿踊りの演目の一つ『案山子踊り』をモチーフにしたものだろうといわれる。私はそうは思わないが、たとえそうだとしても、そうしたことにこだわりたくはない。まして、賢治が見たであろう和賀郡東和町から花巻市あたりに分布する春日流鹿踊り、あるいは江刺郡土性調査のおりにでもみたかもしれない江刺市内の金津流鹿踊りや行山流鹿踊りなどから、賢治がモデルにした踊組を比定したいとも思わない。そこには鹿踊りを血肉化していた賢治の独創性があるからである。

私はこの見解に対して少しの不満がある。それは、「案山子踊り」をモデルにしたという説を否定しているが、なぜなのか、その理由が全く記されていないことである、またそもそも、「案山子踊り」をモチーフとしたという説はどこから生まれたのか、「案山子踊り」はどのような演目なのかが紹介されていないことも残念に思う。『宮澤賢治語彙辞典』にも、童話『鹿踊りのはじまり』は「案山子踊りをモデルにしたという説もあるが」と軽く紹介するにとどまっている。後述するように、私は鹿踊りを実際に演じている人から話を聞いて、賢治は「案山子踊り」をモチーフとして童話『鹿踊りのはじまり』を書いた、ということを確信するようになった。

筆者は花巻市在住で、春日流鍋倉鹿踊りの代表者として活躍している藤井智利《ちとし》さんからお話を伺ったのでそれを紹介しつつ童話『鹿踊りのはじまり』との関連を考えてみたい。

春日流鍋倉鹿踊り

「春日流鍋倉鹿踊り」は毎年、九月八日の昼と九日の夜に花巻市鍋倉の春日神社に奉納されている。もともと同じ花巻の湯本に伝承されていたものを明治時代になって、師匠を頼んで鍋倉にもたらしたものだという。鍋倉神社には神鹿《かみしか》の木象があり、それを祀り納めている春日堂がある。踊りは八人で舞い、麻で装束を作り、全員が太鼓を前に掛け、背にささらを掲げ、太鼓を打ちながら、歌い、踊る。身につける重さ十五キロ、一人三役でかなり体力を要する。

演目は、一番庭踊り、二番庭踊り、御蔵踊り、屋形踊り、馬屋踊り、鉄砲踊り、案山子踊り、露食《つゆば》み踊り、網踊りなどがある。歌詞は神社誉め、寺誉め、お膳誉め、酒誉めなど誉め歌が多く、神仏混交を反映して神社誉めの歌詞も、寺誉めの歌詞もある。露食みは鹿が露を飲みたくなって笹に宿った露を飲む仕草を演じている。実際に笹を持つ人がおり、それを露食む仕草が演じられる。一頭のメス鹿を争うものもある。「巻物」には、これらの演目の歌詞が記されており、その数三百六十首にも達するという。聞いただけでは、意味を取りにくく、実際に演じられるのは、その中で、一番庭踊りが中心になっている。

案山子踊り

「案山子踊り」には、鹿たちが、田圃に立っているものの正体が分からず、おどおどしながら近づいたり、びっくりして逃げ出して仲間の所に戻っては何やら相談し、頷き合うなどといった面白い場面がある。藤井さんのお話によると、「案山子踊り」はリクエストされた時の演目で、余興の踊り、ユーモラスな仕草で人を楽しませるものだという。能の上演の時、狂言が演じられるように、儀式として真面目に演じられる中で、遊びの要素を盛り込んで上演されたのが「案山子踊り」であろう。

「案山子踊り」には次のような話が伝承として伝えられている。

昔、百姓が田畑を鹿に荒らされて困っていた。そこで案山子を立てて鹿が来るのを防ごうとした。鹿たちが山から降りて里の田圃に行ってみると、そこに狩人らしい者がいる。しかし、狩人かどうかよく分からない。そこでその正体を確かめようと一匹ずつ、近づいては逃げ出す。最後の鹿が登場して、やっと、それは人間でなく、案山子に過ぎないことがわかり、安心して歌を歌い、踊りだす。その歌詞には次のようなものがある。

この里にいかなる山だち巡り来て　幼き鹿の　心騒がす　心騒がす
山だちは　鹿を撃つとて狙えども　鹿はさとくて　撃ちに撃たれぬ　撃ちに撃たれぬ
山だちは(9)　玉も火薬《くすり》もうちなくし　心静かに　遊べ友達　遊べ友達
山田の案山子に驚いて　幼き鹿の　胸も騒がす　心騒がす　つれづれや(10)　いつもの案山子と　心定めて　遊べ
我がつれ

ここには素朴な歌詞を通して、猟師（実は案山子）を恐れる鹿たちの様子がユーモラスに描かれている。賢治はこれに着想を得て、案山子を手ぬぐいに変え、ユーモラスな会話と方言による歌に変えたものと考えられる。伝承芸能の素朴な歌詞は賢治という類稀な詩人によって新たないのちを吹き込まれて蘇った。

光の讃美

春日神社では、鹿踊りを奉納する時、太陽、星、月の三つに対して「三光の礼」という儀式を行っているという。これは日天、月天、星天の三光をかたどったものを御幣の上に立てて、一同跪いて太鼓を打ちながらこれらに感謝する儀式である。

「三光の礼」は太陽、月、星に対する素朴な信仰の表れである。『古事記』には、天照大神、月読命といった太陽や月を神格化した神々が登場する。日本人の心の奥底に、そうした日月星を讃美する信仰が潜んでいる。農民は「おてんとさま（日）」「おれえさま（雷）」と呼んで、敬意をもって親しく呼びかけた。賢治にもそうした伝統的な古い心性「古風な信仰」（詩「くらかけの雪」）があった。

賢治に天の岩戸の神話を作り替えた面白い歌もある。『種山ヶ原の夜』の中には「天の岩戸の夜は明げで　日天そらに　いでませば　天津神　穂を出す草は出し急ぎ　花咲ぐ草は咲ぎ急ぐ」と、稲や草花を生長させる太陽の力が方言で、ユーモラスに歌われている。太陽は光の源、熱の源であり、この世の生命の源でもある。

観光で一時的に見るだけではこの「三光の礼」には気づきにくいが、賢治は幼い時から見ていて、その意味するところをよく知っていたのではなかろうか。光をもたらす日や月や星への感謝の心は、賢治自身の自然との交歓、信仰心とも結びついて新たな讃美歌が生まれた。鹿たちの讃美歌は賢治自身の自然讃美、特に太陽の讃美の心、信仰の表現であった。

「庭誉め」から「かぎりないいのち」の讃美へ

鹿踊りの歌詞には、「〜誉め」という讃美の歌詞が多く残されている。これは鹿踊りが門付けの芸能として発展して各地に招かれ、祝福を与えたことを示すものである。その歌詞を一部紹介してみよう。

参り来て　これのお庭を　見申せば　四角四方の枡形の庭(11)

参り来て　これの館を見申せば　館並べて　栄華とさかえる(12)

このようにして庭や館、屋敷、倉、あるいは墓や鳥居など神社、仏閣に関わるもの、さらには森、露（水）など、誉められるものは実に様々である。その歌詞は即興的に作られ、平易で素朴であり、幾らでも追加された。「誉める」というのは今では単に、讃える、賞賛するという意味で使われているが、古くは祝う、祝福するという意味ももっていた。神事として、誉めることは祝福することであり、祝福してさらなる繁栄を祈るのである。「めでたい」と祝われ、ますます立派になっていくように、栄えるようにと祈願される。

賢治はこうした「～誉め」の歌を、太陽とその光を受けて輝くはんのきやすすきや野原や、蟻やもろもろのいのちへの讃歌に変えた。自然の美しさに感動してきた体験と法華経的な生命論が融合して、ここに「新たな讃美歌」が生まれた。

『めくらぶだうと虹』にはその美学が説明されている。「どんなものでも変わらないものはない」、すべてが変化して止まない無常な世界のように見える、だがそこに「まことの力」「かぎりないいのち」が働いているのである。「衰えるもの、しわむもの、さだめないもの」が「みんなかぎりないいのち」の表れなのである。おそらくそれが賢治の信じる法華経信仰であり、キリスト教にも通う信仰であろう。

童話『鹿踊りのはじまり』の、鹿たちの歌や踊りは、その「かぎりないいのち」への讃歌なのである。土着の常民の育ててきた素朴な鹿踊りは、ここに至って、賢治その人の血肉化した信仰、世界観の表現として、新たな「法華文学」となった。それは土着信仰的なものを普遍宗教的なものへと昇華させた、あらたな「イーハトヴ芸術」——賢治の目指した宗教的芸術であった。

註

（1）童話全体の構造を具体的に示しておく。
①冒頭の二つの文（そのとき~語りました）と末尾の一文（それから~聞いたのです）
②「そこらがまだ~それは鹿の言葉が聞こえてきたからです」「嘉十はもうまったく自分と鹿との違いを忘れて~そこで嘉十は……歩き始めたのです」
③「ぢや、おれ行って見で来べが~北から冷たい風が来て……見えました」

（2）「剖れない」の読みとして「さかれない」「わかれない」の二通り考えられるが、本来一体であったものが、離れるその鋭い痛みを感じさせる読みとして「さかれない」をとりたい。

（3）「蝸牛」と表記して、「なめくじら」とルビを振っているのはなぜだろうか。「なめくじら」は「なめくじ」の方言だから、「蛞蝓」と表記するのが正しい。「蝸牛」と表記したのは、賢治の誤りかもしれない。漢字に引きずられてこれを「かたつむり」として解釈している文章を見かけることがあるが、間違いで「なめくじ」を指している。

（4）「めっけもの」は見つけた物（南部方言）。「すっこんすこん」はごくんごくんといった感じの、ものを食べる時の擬態語（賢治の作った言葉）。「となりにいからだ」は「隣に体」で「い」はその前の「に」の子音を長く引いたもの。「ふんながす」は、「流す」（体を横にする）の強調形。「さない」はしないの意。「ぶちぶち」は手ぬぐいの青い斑模様をいったもの。「ひでりあがり」は日照りで乾ききったの意。

（5）「しょへば」は背負うの意。「くだげで」は砕けての意。「かんがみ」は「かがみ（鏡）」の訛りで「が」は鼻濁音。

（6）「向（もご）さ」は向こうへ。「ぎんがぎんが」は「ぎらぎら」の南部方言。
（7）「蟻こ」蟻の南部方言。「こ」は可愛い物、小さな物に親愛の情をこめて使う。
（8）「そっこり」はこっそりとの方言。「愛（え）どしおえどし」はいとしい、かわいらしい、おお、かわいらしい。「お」は感動詞。
（9）「山だち」は猟師。
（10）「つれづれ」は仲間、友達の意。
（11）これは「一番踊り」と称する演目の歌詞で、枡形の大きな立派な庭だと讃えた歌詞であろう。
（12）これは「館踊り」と称する演目の歌詞で、屋敷の立派なことを讃えて一族の繁栄を祈ったものであろう。

参考文献

黒澤勉『東北民謡の父　武田忠一郎伝』（信山社）
恩田逸夫「賢治における舞踊への関心」（『宮澤賢治論　2』東京書籍、所収）
小沢俊郎「イーハトヴ童話集としての『注文の多い料理店』」（『宮沢賢治論集　1』有精堂出版、所収）
「『鹿踊りのはじまり』について」（同上）
門屋光昭『鬼と鹿と宮沢賢治』（集英社新書）
田中智学『日蓮主義の信仰』（獅子王文庫、真世界社）

賢治童話における「童子」をめぐって

——『オツベルと象』の〈赤衣の童子〉はどこから来たのか?

小松　和彦

一　問題の所在

この小文での関心はきわめて限られたものであって、『オツベルと象』に登場する〈赤衣の童子〉（赤い着物の童子）とは何者なのか、いい換えると、賢治はどこからこの童子のアイデアを得たのだろうか、ということを中心に検討してみることにある。

まずは問題の〈童子〉とはどのようなものかを確認しておこう。この〈童子〉が登場するのは、「第五日曜」の十一日の晩である（傍線筆者）。


ある晩、象は象小屋で、ふらふら倒れて地べたに座り、藁もたべずに、十一日の月を見て、

「もう、さやうなら、サンタマリア。」と斯う言つた。

「おや、何だって？　さよならだ？」月が俄かに象に訊く。

「えゝ、さよならです。サンタマリア。」

「何だい、なりばかり大きくて、からきし意気地のないやつだなあ。仲間へ手紙を書いたらいゝや。」月がわらつて斯う云つた。

「お筆も紙もありませんよう。」象は細ういきれいな声で、しくしくしくしく泣き出した。「そら、これでせう。」すぐ目の前で、可愛い子どもの声がした。象が頭を挙げて見ると、赤い着物の童子が立つて、硯と紙を捧げてゐた。象は早速手紙を書いた。

「ぼくはずゐぶんな眼にあつてゐる。みんなで出て来て助けてくれ。」

童子はすぐに手紙をもつて、林の方へあるいて行つた。

赤衣の童子が、さうして山に着いたのは、ちやうどひるめしごろだつた。このとき山の象どもは、沙羅樹の下のくらがりで、碁などをやっていたのだが、額をあつめてこれを見た。「ぼくはずゐぶんな眼にあつてゐる。みんなで出て来て助けてくれ。」

象は一せいに立ちあがり、まつ黒になつて吠え出した。[1]

この〈赤衣の童子〉は、象の苦難を助ける手助けをするため、なんの説明もなく象の前に唐突に出現し、象に手紙を書かせてそれを森の仲間に届け、それによって象は救われることになる。

この〈赤衣の童子〉とは何者なのだろうか。物語のコンテキストでいえば、この童子は、サンタマリア＝月が派遣した（つまり使役する）童子であり、オツベルの象小屋（人間界）と森の象（異界）を媒介・往来する、神秘的な（神出鬼没的）メッセンジャーである。

この童子の属性を分析すると、「赤衣」「童子」「派遣（使役）」「異界との媒介・往来」というふうになる。

そこで問題になるのは、こうした属性をもった形象を、賢治はどこから得たのだろうか、賢治の独創なのだろうか、ということである。

少し調べ出して意外なことに気づいた。『オツベルと象』を論じた論文が少なく、ましてこの〈赤衣の童子〉に真正面から言及したものは皆無であった。すなわち、管見するところ、岩沢昭子氏が「『宮澤賢治』研究ノオト(9)」において「月の使であるらしい。月そのものを女性とみる伝説は世界各地にあるが、月の使は普通兎（日本では）と云う事になつているからこの童子は作者の独創であるか？　又朝鮮伝承童話『あかなあとよも』には猿のよもにいぢめられる童子あかなあが、又台湾民族の伝説にも継母にいぢめられた娘が、各々月にたすけられて、月中に仂いていると云う事がみえる[2]」と述べており、遠野拓氏が「『オツベルと象』論」において、「『赤い着物の童子』のイメージもエキゾチックである。ことに当時急激に社会の表面におどり出てきた社会主義運動が、この『赤い着物』に微妙にかかわりあいがあるか、どうか[3]」と述べている程度である。

また、賢治の作品における「赤」の特徴については、平澤信一氏が最近刊行された『宮澤賢治イーハトヴ学事典』に寄稿した「赤の誘惑[4]」によって、ある程度知ることができる。

平澤氏も言及している資料であるが、ここでとくに留意しておきたいのは、賢治の「いかりは赤く見えます」（保阪嘉内宛書簡１６５）[5]という発言である。すなわち、私はとりあえず、赤――怒り――童子の線から迫っていくべきであろうと考える。

二　暫定的仮説として――護法童子信仰

私は、以前からこの〈赤衣の童子〉は「護法童子」の信仰に由来するのではないか、と推測してきた。「護法童子」とは、山岳修行者――その多くは「法華の持者」――の身辺にあって、修行者の世話をし、また修行を妨げる魔物のたぐいを撃退する「仏法守護の童子」の総称である。(6)現在でも、修験系の寺院、たとえば、京都・葛川明王院では「護法童子絵札」が配られ、境内には護法童子を祀った堂もある。すなわち、私は、『オツベルと象』に登場する〈赤衣の童子〉は、護法童子説話のなかの童子の系譜を引いていると推測してきたわけである。

そうした推測に基づいて、『宮澤賢治イーハトヴ学事典』に寄稿した「異界の生き物たち」でも、次のように書いた。

〈赤い髪〉あるいは〈赤い衣〉をした異界的存在は、「ポランの広場」や「オツベルと象」にも登場する。「ポランの広場」では、〈私〉をポランの広場へと案内する〈ファゼロ〉という〈髪の赭《あか》い小さな子〉が登場しており、「オツベルと象」では、月＝サンタマリアが派遣したメッセンジャーは〈赤い着物の童子〉である。こうした〈赤い童子〉は、ざしき童子や河童の髪や肌、衣服の色なども関係しているが、熱心な法華経信者であった賢治の場合、むしろ『本朝法華験記』や『今昔物語』に描かれている、法華行者＝山岳修行者に随従していたという〈赤衣あるいは赤髪の護法童子〉からもアイデアを得ていたのではなかろうか。おそらく、「雁の童子」で語られる天から降ってきたという童子や、「双子の星」で語られる〈ポイセ童子〉と〈チュンセ童

子〉も同様であろう。(7)

このような発言をするにあたって、その根拠として私が真っ先に想起したのは、護法童子のバリエーションとして流布した「赤童子」の画像や、『今昔物語集』巻第十二・第三十四「書写山の性空聖人のこと」に登場する、〈十七八歳ばかりの童の、長ひくにて身太く力強げなるが赤髪なる〉と表現されている童子であった。後者の話の該当箇所の概略は、次のような内容である。(8)

現在、葛川明王院で頒布している護法童子の護符

書写の山の性空聖人は、「年ごろの法華の持者として験世にかれに過ぐる者あらじ」と評された僧で、筑前の背振山で修行をしていたとき、「十七八歳ばかりの童の、長ひくにて身太く力強げなるが赤髪なる」が、どこからともなく現れて、聖人に仕えたいと言ったので、聖人がこれを身近に置いて使うことにした。この童は木を伐って運ぶにあたっては人が四五人ですることを一人で簡単に行い、道の往来にあたっては、百町ほどの距離を、二三町ほどの距離を往復した程度の時間で往復した。そこで弟子たちは、この童をこれは素晴らしい宝だと思ったが、性空は、「この童は目つきがとても怖ろしい。私は好きでない」と評した。にもかかわらずそのままにして月日を重ねたが、あるとき、この童よりも今少し大きな、以前からいる童とこの童とが、ささいなことから喧嘩となり、この童を以前からの童が罵った。怒った童がその童の頭を殴ったところ、一拳打った

だけでその童は失神してしまった。そこで、弟子たちが制止に入りその童の顔に水を掛けると意識が戻った。これを見た聖人は、「だから私は不要の者だと言ったのだ。お前はすぐにここから出て行きなさい」と命じた。童子は「どうしても出て行くことはできません。出て行ったならば、私は重い罪を受けることになる」と泣く泣く頼んだが、聖人は許すことなく童を追い出した。童の言動を不審に思った弟子たちが「あの童はいったいいかなる者なのですか」と尋ねたところ、聖人は、「自分の意にかなって心やすく使うことができる従者がいなかったので、毘沙門天にそのような従者を一人賜りたいと願った。ところが賜ったのは、本当の人間ではなく、毘沙門天の眷属の一人であった。このまま置いておいたら良くないと思って返したのだ」と説明した。

この「赤髪の童子」は、憤怒の念をみなぎらせており、ちょっとしたことからその念を暴発させてしまうのである。ここでも「赤」は「怒り」と結びついているようである。赤は危険な色なのである。

また、護法童子を描いた絵巻としてもっともよく知られているのは『信貴山縁起絵巻』で、そこには「剣の護法」と呼ばれる護法童子が描かれている(9)。信貴山には毘沙門天を祀る朝護孫子寺がある。この絵巻は、信貴山の「縁起」を描いたということになっているが、その内容はこの寺を開いた命蓮上人の霊験を語ったものであって、『宇治拾遺物語集』や『古本説話集』に載っている話をもとにしたものである(10)。命蓮上人の「剣の護法」は、右手に剣、左手に索をもち、さらに剣を重ねて衣にした、ぽちゃっとした顔立ちの「童子」で、剣の衣に気を奪われがちであるが、よく見ると、剣の下の衣の色は「赤」である。この童子は、信貴山の命蓮上人が使役する護法童子であって、帝の病気を治すために都に派遣される。護法を画いた場面は二か所あり、空中を疾走しているところと、内裏の庭にゆっくり舞い降りてきたところである。

これらの童子を、賢治の〈赤衣の童子〉と比べれば、私の意図するところを推測していただけると思う。しかしながら、じつは詳細に述べれば問題がないわけではない。というのは、「護法童子」と総称される童子がつねに「赤衣」を身につけているわけでもなければ、「赤い髪」や「赤い肌」と表現されるわけではないからである。

三　対の護法童子

では、賢治の〈赤衣の童子〉はどこから来たのであろうか。

護法童子については、すでに柳田國男[11]や筑土鈴寛[12]、近藤喜博[13]、和多昭夫[14]などが学ぶべきところの多い議論を展開している。とりわけ重要なのは、護法童子は、多くの場合二人セットで、つまり〈対〉で随従しているとされることである。たしかに、前述の性空にも、別の伝承では「乙」と「若」の二童子が従っていたといい[15]、また、白山の泰澄には「立行者」と「臥行者行」が、役行者には「前鬼」と「後鬼」が従っていたという[16]。

護法童子には、神話的レベルでの護法童子と社会的存在としての護法童子の二つのタイプの護法童子がある[17]。前者は、宗教説話などに語られるさまざまな不思議を行う神秘的な護法童子であり、後者は実際に山岳修行者のもとにあってその世話をしたり病人祈禱などの際には依坐（依童）ともなった童子である。護法童子信仰は、この両者の童子が相互に関係し合うなかから生まれてきたという側面をもっているのである。

ここでは、前者の神話的な護法童子に絞って検討することになるが、その際、「護法童子信仰は、天の諸童子や不動明王二童子、金剛童子などの童子たちと護法が重ね合わせて認識されるようになったことによって成立した」[18]と説く小山聡子氏の発言が大きな手がかりとなる。すなわち、護法童子信仰は、異なる系譜をもった「天の諸童子」「不動明王の二童子」「金剛童子」などの仏教における「童子」信仰と、こうした童子信仰とは異なった系譜をもつ「護法」信仰とが合流することによって成立したというのである。したがって、その点を十分に考慮しながら護法童子を考えなければならない。以下の考察は、この小山氏の発言に導かれてのものである。

性空の「赤髪の童子」との関連でまず注目したいのは、「不動明王二童子」のうちの一人「制多迦童子」である。この二童子は、不動明王信仰が盛んになるに従ってクローズアップされることになった童子であり、『密教儀軌』類、たとえば『不動明王立印儀軌修法次第』(19)によれば、一人は「衿羯羅童子」といい「恭敬小心者随順正道者を表す」と規定され、もう一人は「制多迦童子」といい、「悪性者不順正道者を表す」と規定されている。また、衿羯羅童子の図像は、蓮華をもって合掌し、その肌の色は白色、制多迦童子のほうは、右手に棍棒(金棒)、左手に三鈷杵をもち、憤怒の相を示し、その肌の色は赤色であるとする(20)。

この二童子は、本来的には、不動明王の眷属、すなわち不動明王の命令によってその手助けをする者であって、山岳修行者に随従する者ではない。しかしながら、不動明王を感得し、性空の話がそうであるように、不動明王に等しい法力を獲得した修行者にもこの二童子は随従したと語られるようになった。性空の〈赤髪の童〉は、性空が「毘沙門天」から授かったと語られているが、これは毘沙門天に随従する眷属=童子が性空のもとに送られたということである。これを「不動明王」に置き換えれば、まさしく〈赤髪の童〉は、二童子のうちの「制多迦童子」に相当することになる。信貴山の朝護孫子寺は毘沙門天を祀る寺であるので、命蓮の護法も毘沙門天から派遣され命蓮が使役するようになったと推測できるだろう。ついでに指摘しておくと、毘沙門天の二十八使者の一人「説法使者」は、儀軌には、剣の衣を身につけており(21)、命蓮の「剣の護法」と一致する。

ところで、不動明王の眷属である二童子に守護されている高僧を描いた物語として思い起こされるのは、『是害房絵巻』である。この絵巻は曼殊院本の奥書によって、延慶元年（一三〇八）以前には成立していたことがわかるもので、その当時の護法童子信仰の様態をよく伝えている。この話は、中国から日本の有験の僧の行徳を妨げるという目的で渡ってきた是害房という天狗の攻撃を、比叡の山の高僧たちが撃退する物語である。(22)

是害房は、最初、内裏で行う修法に向かうために山を下山中の余慶律師を襲おうとするが、不動明王の持者である余慶は「火輪」を出現させて是害房の攻撃を退ける。是害房は気合いを入れ直して、今度は、尋禅飯室の権僧正を攻撃しようとするが、飯室の権僧正も不動慈救呪を誦しながら下山していたので、輿の前に「髪赤く縮みたる童子」すなわち「衿羯羅」「制多迦」の二童子が現れ、是害房を見つけて追い払った。日本の高僧の験力に恐れをなした是害房であったが、このままでは本国に戻れないと、いま一度の挑戦を試みた。今度やってきたのは、天台の座主慈恵大師の一行であった。座主の輿の周囲には、「容顔妙なる」「仏法守護の童子」（天童）たちが多数守護していた。童子たちはたちどころに是害房を発見し、「乙護法」「若護法」をはじめとして是害房を踏んだり蹴ったり、さんざんにいたぶった末に、下山していった。

絵巻を見ると、「制多迦童子」は「赤」、「衿羯羅童子」は「白」で表現されている。

こうして、賢治の〈赤衣の童子〉の出自が、どうやら法華持経者に随従する護法童子に由来し、さらに言えば、不動明王の二童子のうちの「制多迦童子」にまでたどれるかもしれないということが次第に明らかになってきたのだが、赤い肌をした制多迦童子は、破壊的な性格をもった童子であり、その性格がそのまま賢治の〈赤衣の童子〉にまで持ち込まれているとはいえない。むしろ、私にはその性格は白色の肌をした心の優しい「衿羯羅童子」に近いのではないかと思われてならないのである。

四　もう一つの〈護法〉への遡及――自然の精霊

ところで、私たちは、これまで〈赤衣の童子〉の起源を不動明王の使者である二童子に求める可能性を検討してきたわけであるが、〈童子〉以前の、すなわち仏教の「童子」信仰と結合する以前の〈護法〉信仰へと遡及する可能性も検討してみるべきであろう。

その可能性を示唆するのは、『朝熊山縁起』に登場する〈護法〉、すなわち「赤精童子」（雨宝童子）の伝承である。ここでいう「朝熊山縁起」とは、伊勢市（もと度会郡四郷村朝熊）の朝熊山の山頂にある真言宗金剛証寺開創の由来を説いた縁起のことである[23]。

空海が大和国の鴨川善根寺で求聞持法を行っていたところ、虚空より童子が飛来し、伊勢の朝熊山で修すれば願は必ず成就すると告げる。山を登ると荒れ果てた寺があり、空海は伊勢の天照太神の導きでこの寺の再興を果たす。このなかに「赤精童子の事」という項がある。その内容は以下のような話である。天照太神が託宣していうには、「この山の昔はよくわからない。開闢以来、面足の勅を受けた童子がいるので、その童子に会っていただきたい」。そこで、三鈷の洞の前にこの童子を呼び出したところ、「熊の頭をして蛇の皮の衣を着た者」が出てきた。天照太神は、「その姿かたちは好ましくない。これからは雨宝童子（赤精童子）として、この山の護法となるべきである」。するとと、顔は八十の種好を備えた、白衣を着け、右の手には宝棒、左の手には赤い玉をもった童子になって現れた。この山で修行をする者は、まずこの童子を崇敬しなければならない。

「赤精童子」とは赤い色をした童子のことであり、制多迦童子に通じる童子であるが、ここでは童子形となる以前の姿は異形の者であった。この童子はまた「衣食飛鉢の童子」ともいうとある。

このような、童子形以前の「熊の頭をした、蛇の皮を衣にした姿」の〈護法〉とは、いかなる存在なのだろうか。おそらく、これは本来はこの山の「山の神」のことではなかろうか。「山の神」を仏教の守護神へと変換させたときに、それは「雨宝童子」と読み替えられたのである。興味深いのは、これを別名「衣食飛鉢の童子」とも称するということである。〈衣食飛鉢〉は修行者の給仕をする護法＝童子ということを意味するのであろうが、とくに「飛鉢」ということから想起されるのは、山岳宗教者をめぐる「飛鉢譚」である。

飛鉢伝承で有名なのは、もちろんすでに言及した『信貴山縁起絵巻』に描かれた、信貴山に住む聖人・命蓮の「飛鉢譚」であろう。命蓮が飛ばした鉢が、山崎の長者の倉を運んでくる話である。この鉢は、〈剣の護法〉という童子とともに、命蓮に仕えるいわば〈衣食飛鉢の護法〉であって、その姿かたちは、絵巻にも、その絵巻のもとになった物語にも描かれていないが、じつはこの飛鉢は見えない精霊である〈護法〉が運んでいるのである。もしその〈護法〉を可視化したならば、鉢を捧げ持つ童子もしくは「熊の頭をした、蛇の皮を衣にした姿」の異形の者のたぐいであろう。

じつは、私たちは命蓮の鉢を動かしていたのが「蛇」の姿をした〈護法〉であると解釈されていたことを知っている。『聖誉抄』下巻「信貴山」の項に、次のように記されているからである。(24)

信貴山。牛臥寺は信貴山の北端にこれ在り、今は野山なり。命蓮上人の時、今の真言堂に引移し、これを造らしむ。真言堂すなわち牛臥寺なり、本願命蓮上人の護法をつかひ玉ふ。一には剣蓋護法、その形、剣を以つて

衣とせり。たれへは屈の如くなり。大門の東脇の宝殿にこれ在り。一には空鉢護法、其の形、蛇体なり。鉢を首に戴く。（後略）

これによれば、『信貴山縁起絵巻』に描かれた「飛鉢」は、描かれていない（見えない）蛇が首に載せていたものであるというのである。ようするに、護法としての「蛇」が鉢を運んでいたのである。

信貴山朝護孫子寺には、室町時代末に制作された命蓮上人画像が伝えられている。この画像には、右の記述に対応するかのように、その画像の左下に〈赤色の童子形の剣蓋護法〉が、上方に〈鉢を戴く蛇体の空鉢護法〉が描かれている。つまり、命蓮に従う一対の護法のうちの一体は、〈朝熊山の護法〉に通じる〈蛇体の護法〉であって、これもおそらくは信貴山の「山の神」（地主神）をもって護法化したものなのであろう。この〈空鉢護法〉を仏教的な表現を与えようとすると「童子」という姿が与えられるのではなかろうか。

逆の言い方をすれば、多くの護法童子のなかには、護法が被っている「童子」という衣を剝ぎとったときに、山や川、水といった自然の精霊の姿が現れるものもあるのではなかろうか。この段階の「護法」は、天沢退二郎氏がこの研究会での発表で述べていた「土地の精霊」とも呼応するものであるともいえるように思われる。

仏教教典でいうところの「護法」とは、仏教守護の善神であり、梵天、帝釈天、四天王、十二神将、十六善神、十羅刹女などであって、大蛇などの動物の霊や風や水などの自然の霊ではない。しかし、日本では神仏習合の過程で、そうしたものも「護法」に変えられていったのである。そして、それは別のいい方をすれば、修行者が「山の精霊」を験力で制御・使役できる存在への変換という観念をも意味している。すなわち、山岳修行者が法華経を携えて山に入るということは、その「山の精霊」を制圧し、それを「地主神」（＝護法神）として祀り上げて仏教の支配下に組み入れることであったのだ。そして、命蓮が操る〈護法〉としての「蛇」の隣には、修験や験者たちが操る「鬼」や「狐」「犬神」などが控えているのである。

こうした護法信仰観念をふまえて、賢治の〈赤衣の童子〉を眺め直すならば、その「童子」の衣の下には、森の精霊や林の精霊が隠されているのかもしれないという思いを抱くこともできるのではなかろうか。「風の又三郎」の高田三郎も、〈赤い髪の子供〉であって、その〈子供〉という衣を剝ぎ取ってみたならば、〈風の三郎〉という童子を思わせる精霊が姿を現してくる。また、「山男の四月」の「山男」も、〈ばさばさの赤い髪〉も、その猟師という衣を剝ぎ取ったならば、山や森の精霊が姿を現してくるだろう。おそらく、こうした異界的存在には、自然を物語るための賢治による操作、ここでいうところの〈護法〉化がなされているのであろう。

五　「天の諸童子」信仰の痕跡を探る

ところで、この論文での導きの糸の役割を果たしてきた小山氏は、「護法童子」の先駆形態を「天の諸童子」（天童）信仰に求めている[25]。

「護法童子」とは、山岳修行者系の高僧の験力によって制御・使役される童子であるが、「天の諸童子」は「護法」信仰と結合する以前の「童子」信仰であって、『法華経』「安楽行品」のなかに語られている「給仕」する童子である。留意したいのは、この童子を操作しているのは、天の神仏たちであって、法華持経者は危難・困難にあったときに、法華の経力にすがって天の助けを待つにすぎない。

小山氏は、平安中期に編纂された『大日本国法華経験記』に登場する童子と護法の一覧表を作成している（表）

が、小山氏が指摘するように、ここでは「護法」と「童子」とがまだ融合しておらず、童子のほとんどが「天の諸童子」（天童）によって占められていることがわかる。

たとえば、同書巻中・第四十四は、仙人の法を得て飛行自在となった法華の持経者である陽勝上人の伝記であるが、そのなかに、金峰山の笙の岩室で法華経を誦して修行を積む僧のもとに、「白き飯を持ちて僧に授く」という「青衣の童」が現れる。この童子は、この僧の験力で使役されているのではなく、法華経の力でやってきたのである。もっとも、この童子は、比叡山の千光院の延済和尚の弟子であったが、修行の末に仙人となり、現在の師である陽勝上人の命で岩室の僧のところに食べ物を運んできたというわけであるから、陽勝の護法童子的な性格を帯びているともいえるだろう。(26) 同書巻中・第六十八に語られている、全国を遊行する法華の持経者沙門行空には、道に迷ったときに、「天童」が現れて道を示したという。また、この僧には妙法の力によって常に天神（梵天などの天の神）がその身に寄り添って守護したとある。(27)

この天童系の童子もさまざまな宗教説話・縁起類に登場し、すでに言及した『朝熊山縁起』にも登場している。その冒頭部分、すなわち、空海が大和国の鴨川善根寺で求聞持法を行っていたところに、虚空より飛来して朝熊山に赴くようにと告げる「童子」は、空海の〈護法〉ではなく、「天童」のたぐいということになるだろう。また、『是害房絵巻』の、天台の座主慈恵大師の一行の周囲に侍る、多数の「容顔妙なる」「仏法守護の童子」（天童）たちのなかには、慈恵大師の使役する〈護法〉ばかりではなく、天から派遣された「天童」たちも混じっていたらしいことがわかる。『今昔物語集』の性空聖人のもとに現れた〈赤髪の童〉も、その出現の仕方は「天童」の系統に属するといえるはずである。小山聡子氏によれば、こうした「天童」は「阿弥陀の来迎図」、たとえば京都・禅林寺が所蔵する「山越阿弥陀図」の一番下のところに描かれている「天童」にも通じるという。(28) この「天童」もまた

表　『法華験記』の童子と護法一覧表

出現時		話	名前・表現	具体的役割	修行場所	持経者の行
修行をするのに補助が必要な時	山林修行を行っている時	一一	端正童子	美しい膳を持ってくる 随逐する	深山幽谷	読誦
		一六		随う	深山	読誦
		一七		食物をもたらし昼夜に守護する	一の山	受持
		四四	青衣童	白い飯を捧げる	笙の岩室	読誦
		四五	天童	命令を承り使いとなる	深山幽谷	受持
		六八	天童	正しい路を示す	（住む所を定めず）	読誦
		九二	八大金剛童子 一童子	賛嘆する 正しい路を示す	葛城山 金峰山	読誦 読誦
	修行が困難な時	五八	天童	宿生の因縁を知らせる	元興寺	読誦
		七九	二童子（黒歯・華歯）	食べ物をもたらし、使いとなる	国上山	読誦
		九一		食物をもたらす	深山幽谷	読誦
		二二	天童	罰せられるところを救う お告げをする	俗世間	読誦
		三三		守護し、他を寄せ付けない	？（出雲国）	読誦

緊急的状況の時	その他	四一	天童十人許	沈みそうな船を助ける	山階寺一乗院	読誦
		七〇	四天童	鬼から助ける	醍醐寺	読誦
		八二	四天童	落馬したところを救い、守護することを誓う	多武峰	読誦
		九二		牛に変じて渡河を助ける	比叡山	読誦
		九七	天童子	死人を人間界に連れ戻す	?	読誦
		一一〇	一童子	お告げをする	?	（後に）読誦
		六五		持経者が亡くなった時、死を惜しんで泣いた	田舎	読誦
		七〇	二天童	来迎する	醍醐寺	読誦
		八三	二天童	来迎する	横川	読誦
		一一八	天童二人	死者を人間界に連れ戻す	?	読誦
一定の境地に達した時		五	矜羯羅童子 制多迦使者	左右に侍り、命令を承る	葛川	（後に）読誦
		五一	天童	囲繞する	横川	読誦・十種供養
		一一二	天諸童子	華を捧げる	?	書写
祈願した時		二一	天童子八人	賛嘆し、舞い遊ぶ	比叡山東塔	読誦
		六六		病疫神を打ち責める	愛宕山	読誦

左右一対の童子である。

さて、賢治の〈赤衣の童子〉の出自を、こうした「天の諸童子」（天童）の信仰的脈絡のなかで読み解くこともできる。いや、象が呼び招いた童子ではなく、サンタマリア＝月が象の危難を救うために派遣した童子であるということを考えれば、この「天の諸童子」の一人と考えるのがもっとも適切なような気がしてならない。「天の諸童子」は、憤怒の相をもった破壊的性格の制多迦童子とは異なり、容貌が「端正」（容顔妙なる）な童子であって、これは賢治の「可愛い子ども」である〈赤衣の童子〉と通じるところがあるのではなかろうか。賢治の童話に『雁の童子』という作品がある。[29] ここに語られる天から降りてきた「童子」も、この「天の諸童子」の系譜に連なっているように思われる。

六　『オツベルと象』の〈赤衣の童子〉はどこから来たのか？

ここで、そろそろ本論での結論を述べるべきであろう。『オツベルと象』の〈赤衣の童子〉はどこから来たのだろうか。その「赤色」ということにこだわれば、その出自は法華持経者が験力を求めて熱心に信仰した不動明王の制多迦童子やその影響を受けて生まれた「赤童子」あるいは「赤精童子」（雨宝童子）といった〈護法童子〉に求められるだろう。

また、賢治が、この〈赤衣の童子〉の衣の下に、「風の又三郎」の高田三郎がそうだったように、「土地の精霊」を見出していた可能性も否定できないだろう。

しかしながら、もっともその出自としてふさわしいのは「天童」であろう。そうなのである。〈赤衣の童子〉はサンタマリア＝月が派遣した「天童」だったのである。したがって、ここでいう「象」とは「法華持経者」と重なることになる。とすれば、この「象」は「宮澤賢治」とも重なるのかもしれない。

それでは、賢治は、こうした「天童」の観念をどこから得たのであろうか。法華持経者の伝記がたくさん収められている『今昔物語集』を通じてであろうか。それとも戦前にはあまり知られていなかった『大日本国法華経験記』を知っていたのだろうか。それとも、法華持経者たちと同様に、その「修行」を通じて、いい換えれば「土地の精霊」を通じて感得したのだろうか。

護法童子の〈対〉に注目するならば、賢治も「対」の童子に関心を抱いてきた可能性を示唆する作品がいくつかある。たとえば、『双子の星』には〈ポイセ童子〉と〈チュンセ童子〉という、星を擬人化した二人の童子が登場する。[30] また、詩集『春と修羅』の最後を飾る「かはばた」は、「光のなかの二人の子」という言葉で終わっている。[31] さらに「小岩井農場」の最後のほうにも、〈私〉の左右を歩く、まさしく護法童子あるいは天童を思わせるような「ユリア」と「ペムペル」という子どもが登場している。[32]

いまの私にいえることは、この〈赤衣の童子〉が賢治がどの程度まではっきり意識していたかどうかは別にして、日本の宗教思想に連なる護法童子的な形象に連なる「童子」を幻視していたらしいということだけは確認できるという程度である。

最後に蛇足めいた話をしよう。宮澤賢治が『オツベルと象』を執筆したとき、彼の脳裏に浮かんだ〈赤衣の童子〉がどのような姿かたちをしていたかはわからない。私がここで思い描いた〈赤衣の童子〉とどの程度重なっているのだろうか。まったく異なっているのだろうか。多少は重なっているのだろうか。

そんなことを考えていたとき、現代の絵本作家たちは、この童子をどのように描いているかが気になってきた。そこで、恐る恐る『オツベルと象』の絵本を何点か覗いてみた。残念ながら、「これだ、このイメージだ」と思えるものはなかったが、かなり近いイメージと思われたのが、遠山繁年のものであった。[33]

ラジオやテレビで人気となった『笛吹童子』（原作・北村寿夫）や『白馬童子』（原作・巌竜司）の例を出すまでもなく、日本の文化伝統のなかで「童子」はさまざまなかたちで重要な役割を果たしてきた。宮澤賢治の「童子」もまたその一角を占めている。今後も、そのような広い文化史的観点から「童子」の問題を考え続けたいと思っている。

註

（1）「オツベルと象」（『【新】校本宮澤賢治全集』第十二巻、筑摩書房、一九九五年）
（2）岩沢昭子「『宮澤賢治』研究ノオト（9）」（『宮澤賢治研究資料集成』〔続橋達雄編〕第七巻、日本図書センター、一九九〇年）。なお、初出は、『四次元』（第四巻第一〇号、一九五二年）
（3）遠野拓「『オツベルと象』論」（『日本児童文学別冊　宮沢賢治童話の世界』すばる書房、一九七六年）
（4）平澤信一「赤の誘惑」（『宮澤賢治イーハトヴ学事典』弘文堂、二〇一〇年）
（5）「保阪嘉内宛書簡165」（『【新】校本宮澤賢治全集』第十五巻、筑摩書房、一九九五年）
（6）護法にはおよそ三種あり、第一は人名で、唯識十八論師の一人であるダルマパーラを指す。第二は護法善神であって、仏法を守護する善神を意味する、梵天帝釈、四大天王、護世八方天、十羅刹女、十二神将、十六善神、二十八部衆などの経軌に表れる天部を中心とするもの、第三は童形を現じて行者の駆使に任ずるところのものとある（和多昭夫「護法童子」『密教文化』第一〇四号、一九七三年）
（7）小松和彦「異界の生き物たち」（『宮澤賢治イーハトヴ学事典』弘文堂、二〇一〇年）
（8）『今昔物語集』巻第十二・第三十四「書写山性空聖人語」（『今昔物語集（二）』〔日本古典文学大系〕岩波書店、

一九六〇年）。

（9）『信貴山縁起絵巻』（『日本絵巻大成』中央公論社、一九七七年）。研究書としては、藤田経世・秋山光和『信貴山縁起絵巻』（東京大学出版会、一九五七年）。笠井昌昭『信貴山縁起絵巻の研究』（平楽寺書店、一九七一年）がある。未刊であるが、小松和彦『信貴山縁起：その人類学的考察』修士論文（東京都立大学、一九七二年）もある。その一部については、小松和彦『憑霊信仰論』（伝統と現代社、一九八二年）あるいは小松和彦他「【対話】異形：生命の教養学Ⅶ」（慶應義塾大学出版会、二〇一一年）で述べている

（10）『宇治拾遺物語集・古本説話集』（『新日本古典文学大系』岩波書店、一九九〇年）

（11）柳田國男「毛坊主考――護法童子」（『新装版定本柳田國男集』第九巻、筑摩書房、一九六九年）。なお、柳田國男などの民俗学者は、こうした護法童子と民間に伝承されている「如意童子」や「竜宮童子」等の伝承との間に文化史的な関係があるとみている。もちろん、遠野地方の座敷ワラシもそのなかに含まれている。たとえば、柳田國男「妖怪談義――ザシキワラシ」（『新装版定本柳田國男集』第四巻、筑摩書房、一九六八年）

（12）筑土鈴寛「使霊と叙事伝説」（『民族学研究』第八巻第二号、一九四三年）

（13）近藤喜博『古代信仰研究』（角川書店、一九六三年）

（14）和多昭夫「護法童子」（『密教文化』第一〇四号、一九七三年）

（15）『元亨釈書』巻十一、感神篇「性空上人伝」（『日本高僧伝要文抄・元亨釈書』〔国史大系〕吉川弘文館、一九六五年）など

（16）『元亨釈書』巻十五、「泰澄上人伝」など

（17）柳田國男「毛坊主考――護法童子」（『新装版定本柳田國男集』第九巻、筑摩書房、一九六九年）。中野千鶴「護法童子と堂童子」（『仏教史学研究』第二七巻第一号、一九八四年）。小山聡子『護法童子信仰の研究』（自照社出版、二〇〇三年）

（18）小山聡子『護法童子信仰の研究』（自照社出版、二〇〇三年）

(19)『大正新脩大藏経』別巻（図像部）・第七巻（大正新脩大藏経刊行会、一九三三年）
(20)『不動明王像』（『日本の美術』一三八号、至文堂、一九八六年）
(21)『大正新脩大藏経』別巻（図像部）・第三巻（大正新脩大藏経刊行会、一九三二年）
(22)「是害房絵詞」『室町時代物語大成』第八（角川書店、一九八〇年）、「是害房絵巻」（『天狗草紙・是害房絵』〈新修日本絵巻物全集〉、角川書店、一九七八年）
(23)「朝熊山縁起」（『寺社縁起』〈日本思想大系〉岩波書店、一九七五年）
(24)『聖誉抄』（『大日本仏教全書』第七十二巻、鈴木学術財団、一九七二年）
(25)小山聡子『護法童子信仰の研究』（自照社出版、二〇〇三年）。表の転載にあたっては、本論文に合わせて、適宜表記を変更したところもある。
(26)「大日本国法華経験記」巻中・第四十四「叡山西塔宝巛院の陽勝仙人」（『往生伝　法華験記』〈日本思想大系〉岩波書店、一九七四年）
(27)「大日本国法華経験記」巻中・第六十八「一宿の沙門行空」（『往生伝　法華験記』〈日本思想大系〉岩波書店、一九七四年）
(28)小山聡子『護法童子信仰の研究』（自照社出版、二〇〇三年）
(29)「雁の童子」（『【新】校本宮澤賢治全集』第九巻、筑摩書房、一九九五年）
(30)「双子の星」（『【新】校本宮澤賢治全集』第八巻、筑摩書房、一九九五年）
(31)「春と修羅――かはばた」（『【新】校本宮澤賢治全集』第二巻、筑摩書房、一九九五年）
(32)「小岩井農場」（『【新】校本宮澤賢治全集』第二巻、筑摩書房、一九九五年）
(33)『オツベルと象』（宮澤賢治・作、遠山繁年・絵、偕成社、一九九七年）

宮澤賢治の宗教と民間伝承の融合

——世界観の再検討　童話〔祭の晩〕考

森　三紗

はじめに

民間伝承について

民間伝承とは、古くから民間に伝わる習俗、諺、口碑、伝説、歌謡、舞踊、昔話などの文化遺産の総合的名称で、それらを研究する民俗学は研究対象、研究法の両面で文化人類学と深い関係をもっている。R・ドーソンはアメリカのインディアナ大学の民俗学研究所の主宰で、民話伝説を野外調査で採取しながら理論を構築し、Richard・M. Dorson *American Folklore*『アメリカの民間伝承』の著作がある。彼は次のように分類している。「文化遺産群を（1）口承によるもの（2）社会的習俗（3）物質的文化遺産（4）民俗芸術に分類したが、（1）は口承によるもの（2）は祭礼、娯楽、民間宗儀など（3）は工芸品、建築物、服飾、料理など（4）は演劇、舞踏、民謡などである。イギリスのT・パーシーやW・スコット、ドイツのグリム兄弟、フランスのC・ペローら、民間伝承の収集に力を注いだ文学者は多い。近代の日本では柳田國男の業績が顕著である[1]」と述べ、細目を見ると、次のような宮澤賢治の農民芸術概論綱要に類似している分野がある。

そは常に実生活を肯定しこれを一層深化し高くせんとする
そは人生と自然とを不断の芸術写真とし尽くることなき詩歌とし　巨大な演劇舞踊として観照享受することを
教へる〔農民芸術の本質〕
光象生活準志によりて　建築及び衣服をなす
光象各異の準志によりて　諸多の工芸美術をつくる
香味光触生活準志に表現あれば　料理と生産とを生ず〔農民芸術の分野〕

賢治が羅須地人協会時代に、厳しい農業労働に明けくれ疲弊している農民を救済するには、農民にこそ芸術が必要なのだと情熱を込め、学び得た哲学・思想・宗教・美学・文学・農学の全知識と学問と、自己の農民としての経験を生かし、肥料相談や田畑での指導や農事講演会など農民の幸福を願い実践しようとして完成した美しい芸術概論である。文化や民俗学、民間伝承も基層にあることがわかる。また、『民間伝承』〔佐々木喜善編集〕の同人だった金田一京助は佐々木喜善を「日本のグリム」と讃えたといわれている。柳田の『遠野物語』の源となっている佐々木喜善の民間伝承の活動は評価すべきものがある。ここでは民間伝承の「祭」と民間信仰の山神と、山男と〔祭の晩〕の主人公の亮二との関わりを考察するとともに、賢治の宗教と民間伝承の融合を探求しようとするものである。

童話〔祭の晩〕は生前未発表の作品で、大正十三年頃に清書された作品であり、現存原稿は四百字詰原稿用紙に、ブルーブラックインクが使われ、同じインクで若干の手入れがなされている。初稿かどうか不明の作品である。表紙はなく、第一葉を読むと、第一行目は空白である。また賢治の童話〔祭の晩〕の題名は便宜的に長く使われ続けている題名である。「山の神の秋の祭の晩でした」の文章の中の「祭の晩」を取りだして編集者が命名したものであろうか。原稿を見ると第一行目の空白に続きその後に六字が空白である。なぜ賢治は空白を置き、詳細な説明を省略したのか。作者の謙虚な躊躇とともに創造力をかりたて読者の興味を喚起する働きと同時に、次の「亮二はあたらしい水色のしごきをしめ、それに十五銭もらって、お旅屋にでかけました……」の記述を鮮明に際立たせる働きがあるのではないかと思う。また、この童話は文圃堂版全集には所収されていないが、十字屋版全集（第四巻）[2]に所収されている。森荘已池は「賢治の童話作品は後世に残る素晴らしい作品が多いがすべてが傑作とは限らない」と述べたことがあるが、同全集を繙くと、優れた作品には○印がついており、この〈祭の晩〉にも○印がついている。

一　序論

1　定義「祭る」と「祭」

宮澤賢治の童話〈祭の晩〉を考察するにあたり、まず「祭」という語の定義を調べたい。

動詞「奉・献」と同源である。奉・献るの意味は①「やる（遣）」「おくる（送）」の謙譲語で、その動作の対象を敬う。献上する。「酒（くし）の司（かみ）常世にいます　石立たす　少名御神の〈略〉麻都理（マツリ）来（こ）し　お酒ぞ」であり「祭・祀る」①神仏・祖霊などに供物をささげたり、楽を奏したりして敬い、慰撫・鎮魂し、祈願感謝する。②祈禱する。③あつくもてなす。優遇する。また、上位にすえて、あがめ尊ぶ、まつりあげる。また、「祭る」が名詞化した「祭り」の定義は次のようになる。①神仏・祖霊などに供物をささげたり、楽を奏したりして敬い、慰撫・鎮魂し、祈願感謝するための儀式。祭儀。祭祀。祭礼。例文としては次の例が挙げられる。「又、祭祀（マツリ）を当主（つかさと）らむは、天穂日命是なり」書紀（七二〇）神代下（兼夏本訓）②に特に京都賀茂神社の葵祭＊蜻蛉（九七四頃）上「このごろは四月、まつり見にいでたればかのところにもいでたりけり」③近世、江戸の二大祭。陰暦六月十五日の日吉山王神社九月十五日（現在は五月十五日）の神田明神の祭り。[3] なお歴史的な「祭り」の実態と変遷を考える時、「神に供物を献じ、歌舞などを捧げて神を慰め、祈願や感謝をする信仰的な儀礼・行事。通常、神社の神祭り（かみまつり）を指す場合が多い。家々・同族・村落の民俗行事や寺院の仏教行事修正会（しゅしょうえ）修二会（しゅにえ）などの法会（ほうえ）も本質的には祭りであり、大小さまざまな祭りが存在しているが集団的な行為であることを基本とする。（後略）[4]」

これまでの「祭り」の研究を包括的に述べている定義を読みとることができる。

2 〔祭の晩〕——物語の伏線——鳥谷崎神社の祭

(1) 花巻まつりの喜び

花巻を興した北信愛（松斎）は観音信仰をしており、戦いのとき兜に、髻（もとどり）観音を結わえ付け持参していた。南部家の重臣で花巻郡代を勤めた。南部家の継嗣争いに際して二十六代信直を擁立し、九戸政実らと対立したが、中央の大勢により豊臣秀吉方につき政実らを滅ぼし南部家の基礎を築いた人物である。晩年花巻城代として和賀・稗貫一揆の平定に功があり花巻開町の祖ともなった。信愛は晩年信直の逝去を悲しみ、剃髪して松斎と号した。[5] 花巻まつりの始まりは城代の信愛をしのんで当時の人々が山車を繰り出したとされており、当時は観音祭といわれていた。慶長年間（一五九六〜一六一五）のころである。江戸時代から「観音まつり」「鯨まつり」「松斎まつり」「花巻大祭」と異なる呼ばれ方をしており、江戸時代の神仏混淆から、明治時代の廃仏毀釈により鳥谷崎神社の例祭となり、現代では「花巻まつり」が行われるようになっている。〔祭の晩〕に描かれているお旅屋と呼ばれる場所もある。お旅屋とは御旅所ともいい祭礼の御幸のとき、神輿が本宮から渡御して仮に鎮座するところをいう。[6] 街の人々は北松斎を親しみを込めて呼ぶことがある。ちなみに鳥谷崎神社の祭神は豊受姫命、誉田別大神、豊玉姫命、天照皇大神、須佐之男命、大国主命である。神社には十坪ほどに神楽殿も建てられている。二〇一一年の祭では、胡四王神楽の八演目が演じられ「山の神」も演じられた。山の神は赤い顔に金色の目をしており、年季の入った面であれば煤けた金色の目になるであろうか。まさに〔祭の晩〕の伏線が浮かび上がってくる。

(2)　賢治の盛岡高等農林学校時代の大正五年の短歌に、妙法蓮華経巻第八妙法蓮華経巻観世音菩薩普門品第二十五の普門品の観世音信仰により、苦悩を解脱することを考えにおいたのか次の一首「いまはいざ／僧堂に入らん／あかつきの般若心経／夜の普門品」があり、森荘已池の「仏教に関する四首」[7] によると「僧堂」は盛岡北山報恩寺の僧堂で（中略）普門品は妙法蓮華経巻第八妙法蓮華経巻観世音菩薩普門品第二十五の普門品の一品を別冊にしたもので普門品または観音経とも呼ばれる。真宗以外の各宗では、出家はもちろん在家でも、朝夕に読経するものである。この作品は、青年賢治が学問としての仏教を究めようとすることだけではなく、一意専心、行としての仏教に向かっている姿を、よく知り得る作品である」と記す。いまは僧堂で、朝は般若心経で始め夜は観音経を誦し修行するのだと詠う。参禅を行い、剃髪し、肉食を断ち高等農林学校の庭でもひたすら読経する姿も見られた時代の短歌である。

(3)　み祭り三日そら晴れわたる

賢治には「祭」を詠った短歌がある。いち早く賢治の短歌を十字屋版全集で「発表を要せず」と書かれていたが、刊行をすすめ十字屋版全集第六巻に掲載することになったのであった。「賢治は短歌を日記代わりに書いた」ともいわれ、『宮澤賢治歌集』[8]で初めて短歌論を本格的に展開したのは、森惣一（荘已池）であった。

①　つくられし
祭りの花のすきますきま
いちめんこめし銀河のいさご（大正三年四月）

②　わがうるはしき
ドイツたうひは
とり行きて
ケンタウル祭の聖木とせん（大正六年四月）

③　むねとざし
そらくらき日を
相つぎて
道化まつりの山車は行きたり（大正七年五月より）

④　方十里稗貫のみかも

稲熟れてみ祭り三日
　そら晴れわたる
病のゆゑにもくちん
　いのちなり
みのりに棄てば
　うれしからまし（昭和八年九月）

①において「つくられし祭りの花」は当時名工の「祭り士」がいて山車に人形や、花、波などの飾りを施していた。賢治が花巻農学校の教師時代に「黄色の牡丹」を祭り士に見せ、風流山車に飾ってみてはどうかと進言したという逸話も残っている(9)。花巻まつりの風流山車が心をこめて造られ、手作りの花の間の、そのすきまとすきまの間に、ぎっしりと銀河の砂のような飾りも造られて綺麗に見えると詠い、「銀河の砂」という表現に独自な宇宙意識も窺われ、しかも祭の山車が造られていく過程をよく観察し、暖かい眼差しと誇りが感じられる一首である。

②において「わがうるはしきドイツたうひ」のドイツトウヒ（独乙唐檜）に対して神秘的な美を見出し、あたかも木に精霊を見出したような表現で、切り取ってケンタウル祭の聖なる木にしたいほどだと賛美している。「ケンタウル祭」は童話「銀河鉄道の夜」にも登場する名前の祭で連結性を見出すことができる。賢治の短歌はジャンルの旅人のように、童話、口語詩、文語詩に発展していく源泉であるが、その実例の一つである。

③の「道化まつり」は現実には火防祭で人々が家族・家・暮らしを火の災厄から守るために行われる冬祭である。

歴史的には火祭まで遡ることができる。人々がおかめやひょっとこに仮装して村道や町道を練り歩いたといわれている。「むねとざし　そらくらき日」賢治は心のなかの苦悩を人に語れず胸を閉ざしている。しかもそらは暗く曇天の日であるが、次々と繰り出す道化祭の山車の賑やかな光景があり、明暗の対比をしており、いっそう懊悩の深さが読者に伝わってくる。

④の遺詠二首の第一首の「み祭り」は鳥谷崎神社の祭祀祭典の三日間賢治も病をおして祭を見物しており、賢治が身罷る前日に、祭好きの賢治が御神輿渡御を拝し作歌したのであった。賢治が祭に「み」をつけた表現に韻律を整える意義もあろうが、鳥谷崎神社を拝礼する敬虔な信仰心が垣間見られる。「方十里稗貫のみかも」と豊作の稲が熟れ祭の喜びと豊作の喜びが重なるが、住んでいる稗貫地方にすぎないかもしれないと他の地域に住む農民の稲作の作柄を気遣い、空が晴れたことで祭に参加する町の人々と心から祭を喜ぶ様子が心情として滲み出ている歌だ。

遺詠の第二首目は、「みのり」は実りないしは稔りと漢字表現され穀物や草木が実を結ぶこと。結実。もう一つの解釈として「御法（みのり）」とも記述でき仏法を尊んでいう語。また、仏事、経文、読経など、広く仏教に関する事柄を尊んでいう。平仮名表記のあいまいさを含む意味の豊かさが考えられ、どちらの意味かは作者しかわからず解釈の多様性を許す表現をしている。法華経を信仰して以来、無上道を求め菩薩行を修していく篤実な仏教徒の生き方をして、農民や人々の幸福を祈願し実現しようとした賢治の信仰が、晩年まで多層になり融合していることが窺える。

(4)　賢治の〔祭の晩〕の祭は都市型祭礼の「祭」ではなく村落の民俗行事であり民間の信仰である。また四季のはっきりした日本では四季に祭が行われるわけであるが、祭を季節に分類すると、秋祭であり、山の神を迎えて神楽を捧げてお神輿の山神への感謝がなされ、その祭がリアルに髣髴するように生き生きとした描写を行っている。

歴史的に氷期、旧石器時代から縄文時代、弥生時代をへてなお山間地帯に職業として山人、山民、杣、マタギ、炭焼きとして狩猟や山仕事をしてきた山男と、この童話の主人公亮二が山の神の秋の祭の晩に遭遇し物語が展開していくのである。

二　本論——賢治はなぜ「山の神」の秋の祭を選んだのか

(1)　賢治は大正十三年刊行のイーハトヴ童話『注文の多い料理店』には当初『山男の四月』という題名を考えていた。山男を主人公とすることをあえて選択した理由についてはイーハトヴ童話『注文の多い料理店』の広告文に納得できる次の文章がある。

注文の多い料理店はその十二巻のセリーズ《ママ》の中の第一冊で先ずその古風な童話としての形式と地方色とを以って類集したものであって次の九編からなる。(10)

広告として「古風な童話としての形式と地方色」と広告文に打って出たが、昔話や民話といわず「童話」とこの童話集を名付け「山男の四月」において、山男が登場し、まさに土俗的な地域に根差した縄文時代からの狩猟を生業として、鳥を狩る場面からはじまる。白昼夢に、山男が木樵に化けて町に出かけ支那人（この当時中国に対して日本人が用いた呼称。江戸中期から次第に広まり第二次世界大戦末まで用いられた）に騙され六神丸に変えられるはなしである。民間に長く伝わる漢方薬がそれに頼る人々を揶揄する滑稽な、人間の薬に依存する心理や姿を強烈に批判する物語で、従来あまり評価されていないが、民間伝承の視座から考察すると、賢治がもともとの表題と考えていた意図が明確ではなかろうか。「山男の四月」では表現し得なかった、より民俗的な想像力に富む「山の神」の秋祭と土着の村の生活が滲み出た作品を、どうしても創作したかったために「山の神の秋の祭」で始まる〈祭の晩〉を書いた必然性が窺える。村と町の生活の異なる場面の物語を、〈祭の晩〉では「山の神」という多神教の日本独特の神の祭を設定し、地方色を徹底して表わす意図があり、十二巻のシリーズは未完であった。仮説として賢治の心中ではこの作品と「紫紺染について」もそのシリーズの続きの作品と考えたのではないかと思われる。

「紫紺染について」は場面の中心の設定を〈祭の晩〉の村から町場にしている。明治時代の文明開化でアニリン色素の染色に駆逐された紫根染の復活を考え、料理店で有識者の学習会に山男が招待されご馳走される話で、賢治は民間伝承がなされるべき「紫根染」をテーマにしており、地場産業を復活させそれに関わる工芸学校や有識者も登場させ、山男が紫根染の講師になるという滑稽に見える展開であり、西洋料理をご馳走になり、ビールを飲む愉快な描写をしている。

(2)「「山の神」といえば山を司る神であり、やまがみ」ともいわれる。山仕事に従う人に信仰される。『日本書紀』には山の神が大蛇に化けて現れる。書紀（七二〇）景行四十年是歳（北野本訓）「五十葺山《いふきやま》に至るに、山神《やまノカミ》大蛇《をろち》に化《な》りて道に当れり」のように『書紀』に記している。日本の古代からの蛇信仰の研究によると「日本武尊は伊吹山の山の神が大蛇に化したことを知らずやり過ごして（中略）伊勢の鈴鹿に薨じた」と引用している。

本文で大蛇のイメージを「アセチレンの火は青くてきれいだけれどもどうしても大蛇のやうな悪い臭いがある」と亮二は思い、アセチレンの臭いを感性鋭く表現している。賢治は大蛇を比喩として使い、山の神が大蛇になったように、「そのへんいっぱいにならんだ屋台の青い苹果や葡萄がアセチレンのあかりできらきら光ってゐました」

と、アセチレンの持つ光が祭の夜の屋台の林檎や葡萄を明るく照らし「青くてきれい」な美しい場面として描く。だが反転して山の神が祭の灯りをともす状景を見て、アセチレンの燃焼する臭いをかぎ「大蛇のやうな悪い臭い」だと科学的な知見から感性鋭く大蛇に比喩し表現をしている。アセチレンの灯りを通して文明開化の文明の持つ便利さと異界の妖しい臭いを大蛇に象徴して描き出している。ここでは大蛇は化けて現れはしないが、アセチレンの独自な臭いをユニークな比喩として読者に大蛇イメージを思い浮かべさせるのである。

(3) 『妙法蓮華経』の魑（ヤマノカミ）魅（ミズノカミ）

「山の神」はまた山の精、やまこ、魑魅と定義される。龍光院本妙法蓮華経平安後期点（一〇五〇頃）に「処処に皆、魑・魅《ヤマノカミ・さはのかみ》・魍魎《みつは》夜叉・悪鬼有りて、人の肉を食噉《しょくたん》す」とある。(11)

また賢治が熱心に信仰した島地大等編の『漢和対照　妙法蓮華経』(11)、第二偈言《げごん》

（前略）
其の舎の恐怖　變《へん》ずる状《かたち》是《かく》の如《ごと》し／處處《しょしょ》に皆《みな》　魑魅《ちみ》魍魎《もうりやう》有《あ》り
夜叉悪鬼《×邪見悪鬼》　人肉《にんにく》を食噉《じきだん》す／毒蟲《どくちう》の屬《たぐひ》　諸《もろもろ》の悪禽獣《あくきんじゆう》
（後略）

魑魅の魑にヤマノカミのルビを振り夜叉悪鬼悪神として登場している。三界において襲い来る自然の災害で冷害・旱害・水害等による飢饉のとき飢餓に苛まれ、人類は悪鬼に陥り地獄を見てきた。(12)とくに、東北地方の岩手において江戸時代の南部藩の元禄・宝暦・天明・天保の四大飢饉に代表されるが、九十二回もの飢饉・凶作に襲われ、

悲惨さが思われ、罪の深さを戒める仏教思想を見ることができる。魑魅魍魎から生まれ出る想像力に富むヤマノカミはここではあちら側の妖怪扱いをされているともいえる。

(4)－1　日本民族は長年にわたり照葉樹林・山林地帯の山からの恩恵を受け、動物の狩猟や木の実や山菜、茸の採集の恩恵を受けてきたわけであるが、山の神への感謝とともに、山の神の怒りに触れると、狩猟の不猟、神隠しや、行方知れず、木の伐採時に死亡したり大怪我をするなど、災厄に遭うことなどを実生活から学び、人々は山の神を深く敬虔に信仰し続けてきた。それと同時に人間の熊、鹿、狸、狐、兎から、鳥類の雉、雀、など殺生を繰り返してきた業の深さを、説話として伝承しているのではないか。佐々木喜善が採集し、柳田国男が物語化した『遠野物語』(13)に、山の神に関わり二十話掲載されている。また、遠野市に「山の神」の石碑の多いことを柳田は第八十九話に記している。

八九　山口より柏崎へ行くには愛宕山の裾を廻るなり。田圃に続ける松林にて柏崎の人家見ゆる邊より雑木の林となる。愛宕山の頂には小さき祠ありて、参詣の路は林の中に在り。登口に鳥居立ち二三十本の杉の古木あり。其旁には又一つのがらんとしたる堂あり。堂の前には山神の字を刻みたる石塔を立つ。昔より山の神出づと言傳ふる所なり。和野の何某と云ふ若者、柏崎に用事ありて夕方堂のあたりを通りしに、愛宕山の上より降り來る丈高き人あり。誰ならんと思ひ林の樹木越しに其人の顔の所を目がけて歩み寄りしに、道の角にてはたと行逢ひぬ。先方は思ひ掛けざりしにや大に驚きて此方を見たる顔は非常に赤く、眼は耀きて且つ如何にも驚きたる顔なり。山の神なりと知りて後をも見ずに柏崎の村に走り付きたり。（註　遠野郷には山神塔多く立てり、その處は曾て山神に逢ひ又は山神の祟を受けたる場所にて神をなだむる爲に建てたる石なり）

遠野物語八十九において山男の風体は「非常に顔は赤く眼は耀きて且つ如何にも驚いている」。その他の遠野物語の山男の特徴は、「背が高く木綿か麻の着物を着る。足が早く突然現れ、突然消え、子女、特に女をさらい、子を食う。人間に危害を加え、妖怪的な存在」である。一方賢治作品に登場する山男像を比較すると「大男。黄金色の目玉。赤い顔。ばさばさの赤い髪。着物を着て蓑や袴を着用。足が早く突然現れ、突然消える。穢れない善良。人間に対して善意で対する。孤独で無器用な性格。人間に近づこうとするが魔力を持つ」という特徴を持っているのである。[14]

(4)－2　歴史的観点から見る花巻地方の「山の神」の数は遠野に勝るとも劣らない。とくに湯本地区は、奥羽山脈の東麓に位置し湯口地区は豊沢川峡谷部深く包含した地域で山仕事に携わる山人が多く山の神信仰が篤い。炭焼き・木樵・植林・狩人（マタギ）であり、賢治が豊沢の奥地のなめとこ山を訪ね「なめとこ山の熊」を創作した取材の話も残っている。[15] ほかに花巻の街にも町場なのに山の神信仰、とくに山の神講が見られる。花巻市内の「山の神」の分布の調査を見ると山祇神社、山の神神社、山の神の石碑を全部合わせると百十に及ぶと文化財調査報告[16]に記されている。

また、昭和五十二年花巻空港拡張計画の際に花巻市大字葛字山の神の発掘調査が行われた。縄文式前期から中期の、小、中大型の浅・深鉢土器や、石の鏃（やじり）・匙・篦（へら）・斧・剣等が遺跡から発掘され、山の神遺跡と呼ばれている。[17] また花巻市に「山の神」という地名も存続しているのである。身近にある石碑への関心は文語詩「庚申」や「雨ニモマケズ手帳」の湯殿山、月山、羽黒山[18]のスケッチや五庚申、七庚申の書き込みなどからも宗教的歴史的な民間信仰への関心が窺える。

(5)　風の織りなす物語――風と山の神の果たす役割

賢治が童話や詩を創作するときは自然との対話をしながら、自然と渾然一体となって創作しており、アニミズムと呼ばれる場合もあるが、実際山歩きをすると風が林や森の木々をそよがせ恐怖で山神の従者や祖霊のように感じられる。〔祭の晩〕では、風は山の神からの使徒としての役割を果たしているのではないかと思う。天沢退二郎はこの物語の「闇とかぜのリアリティ」[19]に注目している。なるほど昼祭ではなく宵の祭であり、山男が「風のやうに」逃げ出した後「あちこちのあかりは消える」。地震のような大きな音のあと「ランプは風のためにすぐに消えてしまう」。他の山男譚の終わり方と同じように怪異風に「風が山の方でごうっと鳴っています」で終わる。表では風が、裏では山の神が物語を始め、作中でも重要な働きをして終わりを告げる。風が山男と少年亮二の主題である友情の物語を紡ぎ、織りなす貴重な働きをしている。

三　〔祭の晩〕の魅力

1　最初にお旅屋へ——見世物小屋での出来事

主人公亮二少年があたらしいしごきをしめて、十五銭もらってお祭に出かけるまえの嬉しさで心が躍る場面で賢治は書きだしている。お祭に参拝する少年の心理描写と情況の描写が簡潔で巧みである。亮二は最初に神社を拝みに行くのではなくお旅屋に出かける。花巻まつりの場合はそこに露店が並び、近隣の街まで賑わった。亮二がお旅屋で見世物小屋の看板を見ていると山男も見入っている。

祭がドラマを見るように展開していく特色がある。友人の甲助などもいてだれでも見世物小屋が大繁盛で、木戸口の口上言いの「おい、あんこ、早ぐ入れ。銭は戻りでいゝから」銭は戻りでいいからといわれて思わずつっと木戸口を入って「空気獣」の見物客の騙される側にたち、それをわかって祭を楽しむ観衆の心理描写も行っている。この小屋で最初に古い白縞（しろじま）の単物（ひとへ）に、へんな蓑（みの）のようなものを着た眼はまん円ですすけたような金色の目をした山男に出会う。男は十銭木戸口で銀貨を払い亮二も出す。見世物の正体をおしえる従兄の達二のように、正体を見破る利口な登場人物も登場させている。

2　空気獣の正体

この空気獣の正体だと思われる「牛の胃」は賢治が盛岡高等農林学校時代に解剖学を学んだ知見を生かしている。解剖学は可児岩吉という先生であった。牛の四つ胃の神秘な働きに着目し読者の興味をひく。おそらくは牛の胃袋を取り出し乾燥させ、それに空気を入れ見世物にしたのであろう。台の上でべたべたしたのは乾燥が不十分で木にひっついたのかもしれない。[20]「ふらふらした白いもの」に不安定さと「みっともなさ」と牛にしてみれば惨めさもある。「口上云」がつっつき見世物にされるのであるから。この作品の見世物の「空気獣」の不可思議な名前は音声学的な響きを考えると誰もが思いつくように、筆者も空気銃からヒントを得たのではないかと思う。また、銃で撃つ方への批判と撃たれる側への同情は「注文の多い料理店」にもあり諷刺の精神も見られる。ここでも十善戒の第一の不殺生をもモチーフとしており、含蓄がある。また「空気」に「獣」をつけて独自に巧みに見世物を創造しており、お旅屋には見世物小屋がたち、看板にも空気獣が描かれ観客の関心を引き付ける。見世物の歴史を調査したところ、江戸時代の明和二年（一七六五）に「雷獣」があるが正体はわからず、天保九年（一八三八）七月には興行地の西両国で、アザラシが見世物名「海獣」という奇妙な名前を付けられて見世物興業に登場している。[21]

3　御神輿と御神楽とてびらがね――民間伝承の役割

達二は「おいらはおみこしをおがんでない、あしたまた会おうぜ」と「おみこし」を拝んでいないことを亮二にいう「おみこし」という表現は「おかぐら」「おみこし」のように人々の日常の温もりのある定着した音声表現を平仮名で表現しており、「あしたまた会おうぜ」にはお祭が大好きな子供が連日お祭を楽しむ様子が窺われ、賢治の庶民の生活をいとおしむ表現ではないかと思う。それから達二は「片脚でぴょんぴょん跳ねて人ごみの中に入って行く」。子供の遊び心の一部のようでもあり、祭に参拝し見世物を見て友人に会うことができ、見世物小屋の看板を見ながら祭の見世物の実体を突き止め忠告めいたことをした後のおどけた心理を表わす行動として表現している。また、神楽殿ではぼんやり五つばかりの提灯がついており、これから御神楽が始まるらしくててびらがねだけが静かになっており、「(昌一もあのかぐらに出る)」と内的独白をしている。「かぐら」と平仮名表記をしている。

二つの優しい平仮名表記とこの静寂に響く神楽の音の響きの表現は、山男が団子二串を無銭飲食して村の若者にいじめにも似た言葉を発せられ、耳の不自由な掛け茶屋の主人にも叱責される動的な展開と対照させているように思われる。かつては山神の眷属とも思われていた山男だがここでは村に下りてきて村の禁を破ったために引き起こされた騒ぎに「皆もそっちに走っていく」、亮二も駆けつける。祭のときに、祭典に御神輿と御神楽とてびらがねを登場させ、祭のなくてはならない役割を果たしている。しかし、亮二は神楽の始まるそちらの方へは行かないで今日の出来事を祖父へ報告するため白い田んぼの道を家に急ぐ。

4　山男と村人・若者のディスコミュニケーション

山男は無銭飲食したため村の若者に「薪をあとで百把持って来てやっから、許して呉れろ」というと耳の聞こえにくい掛茶屋の主人にも「貴様のものいいがきにいらない」とどなられ、つら付きまで気にいらないと叱責される。若者は「うそをつけ、この野郎。どこの国に、団子二串に薪百把払ふやづがあっか」と詰問される。村人に囲まれ「ぶん撲れ　ぶん撲れ」と誰かが叫ぶ。取り囲まれたなかの山男は群集の恐ろしい心理を感じたに違いない。何度もあやまったが、どうもどもって語（ことば）が出てこない。みんなが見ている。山で暮らし、人との日常の対話が欠除してのことか、言語の駆使に問題があるのかさだかではない。「全体きさんどこのやつだ」「そ、そ、そ、そいつは云はれない。許して呉れろ」、汗と一緒に涙も拭く山男。コミュニケーションが成立しないのは、無銭飲食の団子二串のお礼として、釣り合わない薪百把を嘘つきと疑われ、山男はあちら側に住み、こちら側の村の暮らしと金銭の生活に不慣れなためではないか。また、山男は山の神の眷属であり自然崇拝の山神信仰を村人はすでに忘れてしまったのか。山男は出来事の重大さに翻弄されて心が狼狽しているためとも思われる。ディスコミュニケーションが暴力という悲劇をもたらす予兆であることを賢治は物語で示しているのではないか。

ネリー・ナウマンは山神の研究者[22]だが、山ことばの存在について次のように述べている。

猟師は、鹿でも猪でも初めての獲物を仕溜めてこそ猟師仲間に一人前として受け入れられた。分けてやらないと以後は、一匹もとれないようになるので、獲物は山の神からの授かりものとして分配されるのが厳しい掟であった。（中略）祭祀全般から、それがどんな名称でとり行なわれようと、獣が山の神の贈り物であるのが明白であり、そうして山の神についても、そんな生活圏にあって動物の主という表現で余さずその特徴が表わされているその他の狩猟儀礼もあった。そこに入るとすぐに「山ことばしか使ってはならない」。狩りに重要な物のことをいうのはすべて禁忌であり、ふつうの生活領域で使う日常用品を名指しするのも同様である。鹿・兎、狼、猿といった狩猟動物の名前はもちろん、ふつうの呼び名は特別の言葉で置き換えねばならない。「マタギが普通語の下にスガラをつけて山ことばにするという。たとえば蓑はミノスガラ、となる。(略)秋田県由利郡小友村の例のさまざまなマタギのあいだでは、特定の語の前にサという節をつける。たとえばサジナルは人が死ぬ、サジトッタは死んだ、サジドリゴェは熊の死ぬときの叫び、サダレルは疲労する」。山男は山ことばを使い暮らしていたために意志疎通があまりうまくいかなかったのではないかということも一つの要因として考えることができる。

5　亮二の菩薩行と山男の報恩

亮二は山男の困難な状況をみて「ははあ、あんまり腹がすいて、それにさっき空気獣で十銭払ったので、あとも う銭のないのも忘れて、団子を食ってしまったのだな。泣いてゐる。悪い人でない。却って正直な人なんだ。よし、ぼくがたすけてやろう」と思う。この物語に亮二の山男へ語りかけるセリフは一言もなく内的独白により心の中の想いを表わす。亮二はなけなしの残り五銭銅貨一枚を出して知らんふりして陰徳として白銅を置く。亮二の菩薩の大慈大悲の心と六波羅蜜の布施の行いをしたこと、賢治は少年亮二の人助けのこの菩薩行を主題の一つと考えていたのではないかと思う。

山男は「銭を出すぞ。これで許して呉れろ。薪を百把後で返すぞ。栗を八斗あとで返すぞ」というと風のように逃げ出したが、重要な主題のもう一つは山男の報恩の行為である。報恩は賢治が幼少のときに、叔母ヤギの影響で諳んじたといわれている正信偈に蓮如が和讃の声明に取り入れている仏の教えである。また願教寺の島地大等の報恩講の法会にも加わり、親鸞の報恩を仏教の重要な教えとして深く意識していた。報恩寺住職の尾崎文英のもとで参禅を行い禅宗における報恩について一句の恩、一草の恩にも報謝する仏の教えを修している。

6　山男の後悔の涙――「罪やかなしみでさへそこでは聖く」

無銭飲食の罪を後悔し流している涙を見て、亮二は泣いている山男を悪い人ではないと心のなかで優しく同情する。『注文の多い料理店』の広告文に「イーハトヴは一つの地名である。（中略）実にこれは著者の心象中に、この様な状景をもって実在したドリームランドとしての日本岩手縣である。そこでは、あらゆる事が可能である。人は一瞬にして氷雲の上に飛躍し大循環の風を従へて北に旅する事もあれば、赤い花杯の下を行く蟻と語ることもできる。罪やかなしみでさへそこでは聖くきれいにかゞやいてゐる」。この罪という言葉の背後に、仏教の親鸞の阿弥陀の本願である救いは、悪人こそ受けられるという浄土真宗の真髄の「悪人正機説」や、人間が根源的に負うキリスト教の原罪（original sin）など重層で多層な広大な宗教の世界が拡がり深まっていることがわかる。罪やかなしみが〔祭の晩〕にも見られるが「一瞬にして」ドリームランドでは聖くきれいに輝き、この一行には罪やかなしみで苦悩し悟りを求める人間を癒す法華文学の童話創作のコンセプトが結晶し象徴化し、〔祭の晩〕のモチーフともなっている。

7　「そいつは山男で、ごく正直なもんだ」――『十善法語』の影響

(1)　亮二と祖父により二度繰り返される山男の「正直さ」――『十善法語』の、山男の約束を守る律義さと二度繰り返される「正直」という言葉とその行いは仏教の十善戒の不妄語を意識していたと思われる。宮澤清六と森荘已

池は宮澤賢治の作品を理解するためには『十善法語』を読むことを筆者に推奨したことがある。『春と修羅』の「風景とオルゴール」の章立てのなかの第一番目に詩「不貪慾戒」は配置されており、詩の表題に十善戒の「不貪慾戒」をかかげ「従えば」という表現を考えると、慈雲尊者が仏教の戒律を庶民にわかりやすく語った説教を纏めた著作『十善法語』(23)を読み感銘を受け引用していると思われる。詩中に「慈雲尊者に従えば／不貪慾戒のすがたです」が二度のリフレインがなされていて、二度目は最終二行で、風景に灰色を見て心情として慈雲尊者の主張する日本画のような風景が、不貪慾戒の心境のように見えると締めくくりをしている。

十善戒は、不殺生、不偸盗、不邪淫、不妄語、不綺語、不悪口、不両舌、不貪慾、不瞋恚、不邪見の十の戒めである。「正直」ということを考えると、不妄語と不両舌の二つの戒律が考えられ、「空気獣」で山男、亮二、高木の甲助や見た顔の庶民を欺き騙まし、山男のなけなしの銀貨十銭を詐取する見世物の興業は不邪見の戒律を破っていることになる。山男は亮二が助けてくれたお礼に「薪百把後でけすぞ、栗八斗あとでけすぞ」といって風のように去っていくが、村人はそこでその男が山男であることに気が付く。「山男だ、山男だ」とくちぐちにいう。ここで亮二自身もその男が山男であることに気付き、これ以降の表記は「男」ではなく「山男」となる。

賢治はこの作品で仏の戒律を守ることと破る人間の因果と業の深さ、山男の純真さと正直さに重きを置き「亮二はなんだか山男がかあいそうで泣きたいようなへんな気もちになりました」と憐憫の心を抱きさえする。亮二は山男の義理がたく約束を守って薪百把と栗八斗を持ってきたその正直さに感動して「おぢいさん、山男はあんまり正直でかあいそうだ。僕何かいゝものやりたいな」と山男のあまりの正直さにどう応えたらよいか祖父に相談する。善良な心根をもった亮二と丁寧に相談にのり正直な山男の行為に応えようと山男に賢明さも見て取る祖父。最終の二人の掛け合いに仏心の暖かさをみる。「夜具とだんごがよかろう」と祖父は山男の「賢さ」の評価を知恵と、大人の才覚を見せ提案する。祖父に「着物と団子ぢゃつまらない。もっともっとい、ものをやりたいな。山男が嬉しがって泣いてぐるぐるはねまはって、それからからだが天に飛んでしまふ位いいものをやりたいなあ」と亮二が叫ぶ。ここでの「天」は仏教の極楽の意味と、キリスト教の天国を超越した亮二の「天」と思われる。「うん、さういういゐものがあればなあ」と祖父と亮二の会話の亮二の質問に対して祖父はそう答えるが、二人の対話は正直という精神は測ることができないということを暗示している。亮二の山男への友情が感じられ、正直の尊さは何にもかえ難いものであることが表わされ、また人や言葉を信じる心と行為の尊さをテーマにした物語である。

(2) この物語の重要なテーマの約束を守ることと「正直」であることは釈迦如来の教えであるが、賢治が熱烈に信仰した法華経の方便品に「正直捨方便」が説かれる。法華経は釈迦がいまだに説かなかった真実を正しくそのまま説いたものであって、方便の教えではなく、方便を捨てて真実を説くことを述べた教えである。また、日蓮は日蓮遺文――法華題目鈔（一二六六年）に「正直捨方便の法華経には以レ信得レ入」と説いている。

(3) 祖父から山男と山の暮らしの伝承を聞く亮二

亮二が「山男は山でなにしているのだろう」と山男の仕事について祖父にきくと木の枝で狐罠をこさえ狐や熊を殺すように仕掛けていることを教える。祖父が孫の亮二との会話で狩猟の歴史について話して聞かせ歴史的な山男の山の生活について伝承している。「狐罠は山の生活の中で飛罠といわれて、非常に命中率が高く、また、危険なので今現在は狩猟法で禁じられている」と盛岡の朝市で熊の油を売る男がいっている。山男の生業を考えるとき、不殺生、の戒律を破り暮らさねばならないわけであるが、そのことを亮二の祖父は事実として淡々と述べている。山に暮らす生活と山男の生業を伝承として伝える祖父は山に行ったとき霧の中で山男に遭遇したことがある。山男が祭に来たのは初めてかもしれないし今までに来ても目立たなかったと祖父はいう。山男がいった約束事の正直さが証明されるように山男は報恩として亮二の家の庭に薪百把と栗八斗まで置いていく。

(3)－1　R・ドーソンの民間伝承〈料理〉――栗八斗の働き

栗八斗が庭にごろごろ置かれ亮二はころぶ。山男が約束を守った正直の宝石のようにきらきら光っている。栗は一〇〇〇年前の縄文遺跡の三内丸山遺跡から発掘され――ランドマークの塔には栗の材木が使われ栗林で栗が栽培されている――縄文人から現在まで人々の長い間貴重な食料であった。山栗は里栗より小ぶりであるが甘く、秋になると里人も採取に出かけ家族も子供も楽しみにしていた。亮二はこの物語の中で薪百把と栗八斗の約束を山男が果たしたことを驚き喜び、祖父に「お祖父さん山男は栗まで持って来たよ」といって山男が約束を果たしたことで天にまでのぼる気分になり、山男と亮二の友情が成立するのである。亮二が天にのぼるほど喜び高揚しているこの場面でこそ重要なテーマを読者に訴えている。

(3)－2　R・ドーソンの民間伝承〈料理〉祖父の役割――家族のため枝豆を茹でて亮二にすすめる

五穀（米、麦、キビ、アワ、豆）の一つ大豆は、栽培の起源は東アジアから中国東北部にあるとされ、弥生時代に米がもたらされたように日本に伝来したといわれている。古くは『古事記』や『日本書紀』の穀物起源神話に登場する。R・ドーソンの民間伝承の物質的文化遺産の細目の〈料理〉にも言及しているが、鎌倉時代に大豆の栽培が普及したといわれ、味噌や納豆も作られ日本民族の重要な植物蛋白源となっている。仏教の殺生戒を守る僧侶たちが大豆を重用したことも普及の原因の一つであろう。枝豆は「枝付き豆」ともいわれ平安時代ごろから大豆の未成熟の豆が塩で茹でられ食べられていた。江戸時代には枝のついたまま売られて食べられていたといわれている。亮二が祭から帰宅したとき祖父は「たった一人、ゐろりに火を焚いて枝豆をゆでてゐました」とあり、家族のために枝豆を採って茹でており最後の結びで「さあ、うちへはいって豆をたべろ」と亮二に枝豆をたべることを勧める。

祖父の家族愛が伝わってくる場面であり、枝豆を登場させたことで、山男が去った後で日常の穏やかな生活が戻ってくるところで物語を終結させている。

（4）〔祭の晩〕自然の災害の比喩――「地震のときのようにゆれました」の表現について

（4）－1　宮澤賢治の文学と自然災害は切っても切れない関係にある。宮澤賢治はイーハトーブ岩手をドリームランドと考え法華文学の確立を理念として童話、詩の創作に励んだ。理想郷を求め、迫りくる冷害、旱害、洪水などの凶作で疲弊する農民の救済を考え羅須地人協会を設立し農民芸術概論を説き、生涯に肥料設計二〇〇〇枚を農民のため設計し、東北砕石工場時代に技師、セールスマンとして酸性土壌の中和をはかるための炭酸石灰の宣伝と販売を行い普及に奔走した。人々の幸福を無上の道として身命を賭してもとめ病に伏してしまったときに、「雨ニモマケズ手帳」に認められたメモ「雨ニモマケズ」に、荒ぶる自然と対峙しての闘いと自省が込められ、簡潔に描写されている。冷害など自然災害の克服が命題で設立された盛岡高等農林学校で教育を受けたことともに、宿命的な生き方の始まりが賢治の誕生の年に二回、明治三陸地震と陸羽地震が起き、身罷る年にも大災害の昭和三陸震災が起きた。(24) 自然災害のなかでも、岩手県において地震も人々を苦しめてきた。ふだんは景観を誇り海の幸に富む陸中の三陸のリアス式海岸は、ひとたび地震が起き津波が起きると、被害を増大し大災害にしてしまうからである。二〇一一年も一〇〇〇年に一度といわれるほどの未曾有の東日本大震災にみまわれた。地震は、大津波のみならず東京電力福島第一原子力発電所の災害事故も起こしてしまった。

「その時、表の方で、どしんがらがらっと云ふ大きな音がして家は地震のときのやうにゆれました。亮二は思はずお爺さんにすがりつきました。」

「地震のときのように……」の表現に震災時の大揺れが思い出され体内に恐怖心が甦る表現である。賢治も幾度となく体感している地震の揺れの経験が、「どしんがらがらがらっと」というオノマトペを生み出し、大揺れを感じ「思はずおじいさんにすがりつく」という実感として感じられる亮二の行動が生まれる。リアリズムから生まれる比喩により物語のなかに山男の窮状を救ってくれた亮二への「薪百把、栗八斗あとで返すぞ」という報恩の行為が読者に真実な場面として迫ってくるのである。

(4)―2　賢治の書簡四六八〔あて先不明〕下書「つなみ」

お葉書再度までありがたう存じます。

地震は野原の方には被害なく海岸は津波のため実に悲惨なことになってゐる

〔備考　本書簡は昭和八年三月三日の三陸大海嘯の折のものとみられる〕

新校本宮澤賢治全集の別巻には次のような葉書が大木実宛書簡として掲載されている。

この度はわざわざお見舞いをありがたう存じます。被害は津波によるもの最多く海岸は実に悲惨です。私共の方野原は何ごともありません。何かにみんなで折角春を待ってゐる次第です。まづは取急ぎお礼乍ら。

書簡四六八の下書きは大木実宛書簡の「見舞い」への返書の下書きとよく似ており、共通点は自然災害が起きたことにたいして実際に人間はどのように知人・友人の生命や生活を慮るのかが実用的な書簡を通して後世に伝えている点である。

「四季派」の詩人大木実と賢治の関わりは、大木の研究書や現存の書簡や、日記などに書かれておらず証言も残っていないが、大木は十一歳のとき関東大震災で義母と弟、妹をなくすという悲惨な被災をしている。童話、童謡にも関心をもっていた大木は賢治の『春と修羅』、『注文の多い料理店』を読んでおり、三陸大津波で同じように羅災している東北地方岩手に暮らす賢治を気遣って、矢も盾もたまらずに同情の見舞いの葉書を送り、律義で筆まめな賢治が返事を書いたのではないかと推察される。

(4)―3　その他の地震の例

〔祭の晩〕の表現のほかに次の三例があげられる。

・「先ごろの地震にはおどろきましたね。」／「全くです。」／「あんな大きいのは私もはじめてですよ」／「えゝ、ジャウカドウでしたね。シンゲンは何でもトウケイ四十二度二分ナンヰ」／「エヘンエヘン」（クンねずみ）

・野原の方ではいろいろな噂がありました。ある人はこれは地震のしらせだといひある人は今年はもう穀物は一つもとれないだらうといひました。（グスコンブドリの伝記）

・「あゝ、これはもう噴火が近い。今朝の地震が刺激したのだ。この山の北十キロのところにはサンムトリの市がある。……」（グスコーブドリの伝記）

「クンねずみ」では、起きてしまった地震による被災の程度が話題としてのぼり、「グスコンブドリの伝記」では地震により穀物が不作になる状況を推測し話題として語られ「グスコーブドリの伝記」では地震学・地質学を駆使して火山の噴火までも察知している。

(4)－4　津波に関しての表記は三〇五〔その洋傘《かさ》だけではどうかなあ〕（一九二四、一一、一〇、）の生前発表形と下書（一）（二）（三）に「津波」「つなみ」「海嘯」と三様に見られ、どの表記が適切か真剣な模索の跡が感じられ最後に「津波」に落ち着く。生前発表の「客を停める」「（前略）……建物中のガラスの窓が／皆いちどにがたがた鳴って／林はまるで津波のやう……／ああもう向ふで降ってゐる／へんにはげしく光ってゐる／どうも雨ではないらしい（後略）」→発表形では「津波」と漢字で表記し、下書稿（一）では「（前略）そらそら／電信ばしらも林の稜も／つなみみたいに一度になって（後略）」と「つなみ」とひらがなで表記し、下書稿（二）でも次のようにひらがな表記をしている「（前略）……学校中のガラスの窓が／みんないちどにがたがた鳴って／林はまるでつなみのやう……（後略）」。また、下書稿（三）では、「……学校中のガラスの窓が／みんないちどにがたがた鳴って／林はまるでつなみのやうだ……」とひらがなで表記し断定の「だ」を補足し、草稿では〔つなみだ……⇩海嘯《つなみ》のやう……〕のように手入れがなされている。「林はまるで津波のやう」、「学校中のガラスの窓が／みんないちどにがたがた鳴って」の表現のように、学校で地震が起きると窓ガラスは激しく揺れガタガタ鳴ってその揺れと音の恐怖に包まれる。児童生徒を先生は励まして安全な場所に避難させる場面を想起してしまう表現である。

四　おわりに

〔祭の晩〕のテーマを考えるとき、正直、報恩、友情のほかに仏教の会者定離、愛別離苦をも挙げなければならないと思う。この物語の登場人物として主人公亮二と山男との出会いと別れ、祖父が登場し父は隣にいって不在である。亮二と祖父の命の紡ぎ、やがて来るであろう離別・死別の予感は作品には語られていないが父を不在にして、祖父にだけその日の出来事を語る、二人の語らいに優しさと尊さ、会者定離の深い賢治の哀しみを優しさで包み、作品を通して読者への愛を届けている。月が登場人物を月光菩薩のように優しく照らし月の光で慰めている。母親や、兄弟姉妹は登場しない設定を考えるとき、妹トシを失って父母や弟妹の家族の悲しみは相当のものであった。余りの喪失感から「永訣の朝」「無声慟哭」など一連の不朽の挽歌の詩群を書いているが、その後数ケ月作品を執筆していない。名作短編の「やまなし」の登場人物は、父と弟のみで、この作品と同じように極度に簡潔な美しい舞台設定と登場人物である。二つの作品に共通する美的な簡潔性に、自然界や人間のはかない命と死別、生別の恐れと苦悩とを主題にしていることもわかる。〔祭の晩〕の祭の賑やかさと、亮二が山男の窮状を助け、山男の正直な報恩から友愛さえ生まれる重要な主題を、会者定離、愛別離苦の別れの哀しみが支えている。

註

（1）電子版ブリタニカ国際大百科事典
（2）十字屋版全集（第四巻）一九七頁
（3）電子版『精選版日本国語大辞典』
（4）電子版『日本歴史事典』（柳田国男「日本の祭」『柳田国男全集十三　ちくま文庫』／新井恒易『日本の祭と芸能』、一九九〇年、ぎょうせい）
（5）『岩手百科事典』（岩手放送、一九七八年十月）、一八五頁
（6）似内壮蔵編『今昔花巻まつり』三五～六九頁、一九八～一九九頁
（7）森荘已池『私たちの詩人宮沢賢治』（熊谷印刷出版部、一九九四年四月）

（8）森荘已池『宮澤賢治歌集』（日本書院版、一九四六年）、四頁
（9）宮沢雄造「賢治と祭り」（イーハトヴ通信Ｎｏ一五〇、二〇〇二年九月二十一日）
（10）「どんぐりと山猫」「狼森と笊森、盗森」「烏の北斗七星」「注文の多い料理店」「水仙月の四日」「山男の四月」「かしはばやしの夜」「月夜のでんしんばしら」「鹿踊りのはじまり」
（11）島地大等編『漢和対照　妙法蓮華経』（大正三年八月）、一一六頁
（12）細井計「南部藩家老日記から――雑書の世界第九十七回」（岩手日報、二〇〇九年十一月）
（13）柳田国男『遠野物語』（聚精堂、一九一〇年六月）
（14）田口昭典『縄文の末裔・宮沢賢治』（無明舎出版、一九九三年三月）
（15）森荘已池『私たちの詩人宮沢賢治』（熊谷印刷出版部、一九九四年四月）、一四九～一五一頁
（16）「花巻市文化財調査報告書」（平成十一年度花巻市教育委員会）
（17）「岩手県埋蔵文化財センター報告書」（昭和五十二年度岩手県埋蔵文化財センター）
（18）「宮澤賢治記念館年報」（平成十四年度花巻市教育委員会）
（19）天沢退二郎『新修宮澤賢治全集』第十一巻、解説（筑摩書房、一九七九年十一月）
（20）岡田幸助（岩手大学ミュージアム館長・宮沢賢治センター代表）より教授。
（21）川添裕「江戸見世物主要興業年表」（大系日本歴史と芸能『大道芸と見世物』第十三巻　平凡社、一九九一年）一五二～一六三頁
（22）ネリー・ナウマン『山の神』（言叢社、一九九四年十月）、一七九頁
（23）慈雲尊者『十善法語』（法藏館、一八二一年初版、一八九五年二月）
（24）森荘已池『宮澤賢治』（小学館、一九四三年）、六～一一頁
「賢治さんのお母さんは、嬰児籠（えじこと読む。わらでふちを厚くつくって、中にやわらかいわらを敷いた、あかんぼうを入れるかご）の上に、両手を広げてうつぶせになって、賢治さんの上に、何か落ちないように守った

守勢のまま、気絶してをりました」と書いている。

第二部　宮澤賢治の宗教観　二

――仏教の世界――

釈教歌と石鹸

――宮澤賢治の〈有明〉再読

荒木　浩

一　「有明」のかたち

宮澤賢治の描く印象的な月の中でも、特に優れた言語世界を提示する作品の一つに、『有明』という詩がある（『心象スケッチ　春と修羅』第一集）。

起伏の雪は／あかるい桃の漿《しる》をそそがれ／青ぞらにとけのこる月は／やさしく天に咽喉《のど》を鳴らし／もいちど散乱のひかりを呑む／（波羅僧羯諦《ハラサムギヤテイ》　菩提《ボージユ》　薩婆訶《ソハカ》）

栗原敦は、賢治の月を論じた論文の劈頭で『有明』に言及し、次のように述べている。

長い東北地方の冬もようやく終わり、本格的な春を迎えようとする頃。東から明るくなった空が朝の青さを増しはじめ、太陽の光もまもなく輝くであろう時、夜を主宰した月は日にその役目を譲ろうとして、最後にもういちどあたりに散乱反射する「あかるい桃の漿」のようなひかりを味わうというのである。「呑む」という月の擬人表現は、この光景の中にいる作者そのひとの状態をも暗示する。すなわち、賢治自身もまたその「ひかりを呑」もうとして「咽喉を鳴ら」すかのようだったにちがいない。最後の行の「般若心経」末尾の言葉も、神々しい程にも美しいこの光景に理想の宇宙の真の姿を感じたがゆえに口を衝いて出た祈りであったろう。

（「月天子――賢治の「月」」『宮沢賢治　透明な軌道の上から』新宿書房、一九九二年所収）

栗原は続けて、「ところで、たとえば日蓮遺文では、月はどう用いられていたか」と問い、「「一念三千法門」などを所引し、「「有明」において、月を介して宮沢賢治に受けとめられていた宇宙・存在感は、「一念三千法門」でいう「即身成仏」「煩悩即菩提」「生死即涅槃」「十方世界皆寂光浄土」と同じだと言っていいだろう」と述べる。その上で栗原は、「だが、少くとも次の一点だけは、中世の枠組みを外れていたと言わなければならない。それは、そういった宇宙・存在感受に達するにしても、賢治においては、月をふくむあたりの自然を、必ず、具体的、現実的に捉えることを通してだった、という点である。意識するにせよしないにせよ、近代における自然観察者の目がそこには介在しないではなかった」、「時々の月の姿を捉える彼の目は、やはり正確なものであった」と断じ、「散文作品と詩作品」の違い、「詩のジャンルでも「文語詩」と」「「心象スケッチ」系統の作品との間」の「差」に十分留意しながら、「基本的に、都会生活に慣れてしまった者には考えられないくらい正しく自然としての月の姿が捉えられている」として、次のように『有明』の月を解読するのである。

たとえば、先に見た「有明」の場合、月はどんな形であったのだろう。私たちはあの円融とでも呼びたいような雰囲気から、まず満月を想像するのではなかろうか。作品中には何も示されていない。「有明」という言葉も、元来、夜明け方に残っている月以上の意味ではない。実際にはどうであったろうか。

幸い『春と修羅』（第一集）作品には巻末目次表題下に日付が記されているから、それによって月齢を求めることができる。「Duncan の遡早見表」を利用して計算すると、大正十一年の四月十三日は月齢十六日、まずは満月と言っていい。すなわち、夜明けに西の空に沈もうとする直前のまん円いお月様なのであった。

賢治には「春と修羅　第二集」にも「有明」と題された作品がある。「あけがたになり／風のモナドがひしめき／東もけむりだしたので／月は崇厳なパンの木の実にかはり／その香気もまたよく凍らされて／はなやかに錫いろのそらにかゝれば」と描かれる月。大正十三年四月二十日の月齢はまさしく十五と十六の間である。これも「あけがた」だから西空に沈む頃。

かの「有明」は「満月」であった、との断定である。その根拠は、「あの円融とでも呼びたいような雰囲気」を傍証としつつも、第一に詩作の日付であった。

情景の写生としての詩作という観点から、栗原の論述は「月齢」の現実を踏まえて動かないものであるかに見える。しかし、素朴な疑問だが、作品に繰り返し推敲を施すタイプの賢治作品においては、日付と現実との間に、時に相応のずれや幅と抽象が存するのではないだろうか。月の描写というものには、特別に象徴的意味が込められることがある。古典文学においてさえ、時にフィクショナルな月の形象がなされ、たとえば出てもいない月を赤々と描いたりする日記作品の記述なども、いくつか指摘されている。(1) 賢治においても、月の形象がどのような実体を伴っていたのか、確認しておく必要がある。

その意味で、近年、賢治作品の月について詳細な対比研究を行った、加倉井厚夫「月が映す人と影　宮沢賢治と月」（『国文学』五二―三、二〇〇七年三月）という論文に注意される。(2) 加倉井は、日付などから想定される月齢と月の形との対応を、実際の賢治作品とつき合わせて図表を作成し、その差異を分析する。図表については加倉井論文の参照を乞い、ここではその見解を引用する。

図表1は、詩作品「春と修羅（第一集～第三集）」に限定しているが、「作品日付における実際の月の姿」と「作品に描かれた月の姿」を比較判定した表である。その判定結果から結論づければ、微妙な違いはあるにせよ、両者は概ね一致するものとして差し支えない。つまり……詩作品における月の描写は、実際の見え方に忠実な傾向を認めることができる。

しかし、中には実際とかけ離れた月相を示すものもある。「春と修羅第二集」の「発電所」と「函館港春夜光景」、「春と修羅第三集」の「〔レアカーを引きナイフをもって〕」である。これらは単なる見誤りかも知れないが、意図的な可能性も否定できない。「春と修羅第二集」の二作品には、いずれも個性的な名詞群が多数用いられ、やや演出過剰気味にも思える表現で構成されているという共通点がある。賢治の作品創作方法を探る手がかりの一つになるかも知れない。

右の「図表1」には『有明』も含まれる。加倉井の判定対象は十三例。○で表される「よく一致」は七例（うち一例は〔推定〕）、「どちらとも言えない」とする△は三例（うち二例は〔推定〕）、「まったく一致しない」×は三例（うち〔推定〕一例）である。

『有明』の形象は、「△（推定）」との「判定」である。「図表1」では、『有明』に描かれた「作品の月」は「月齢15～22頃」とされ、「満月」という断定は下されていない。加倉井の判断については、同氏のウェブサイト「『賢治の事務所』」内の「「春と修羅」にみる月（2：月齢の一致度の高い作品について）」[3]によれば、「「青空にとけのこる月」により、早朝または午前中に見える有明の月であることがわかりますが、月齢として特定する場合15～22前後とかなり幅があります」と記述される。

しかし、その「幅」は、「有明」という語義を歴史的に確認することでほぼ絞り込むことができる。

「有明」は、明け方になっても空に残る月（以下、一日意識の「有明」とする）のことをいうが、『能因歌枕』広本に、「晦　ありあけといふ」「廿月ヨリありあけ」と記され、顕昭の『後拾遺抄注』にも、「廿一ヨリノチヲバ在明ノ月ト云」と書かれているように、月の二十日以後、つまり下旬の月（以下、月齢意識の「有明」とする）でもある。したがって、一つの詞に二つの意味が含まれている歌語ということができる。

（細川知佐子「歌語「有明」をめぐって」[4]）

細川論文が続けて論ずるのは、藤原定家において「月齢意識」として特化した有明の歌語意識とその問題である。私たちの語感では、「一日意識」の有明を、第一義的な語義として捉えがちだが、和歌や短歌の世界においては、伝統的に、むしろ二十日余りの月の、細やかで「はかなく寂しげな」月の「美しさ」を表す。それが、中世をくぐり抜けて培われた常套的価値観だったのである。

……有明の月は、陰暦一五日以後、特に二〇日以降の月を指す。「残月」「暁月」の題ではこの有明の月が詠まれることになる。……『枕草子』二三八段には、「月は　有明の、東の山際に細くて出づるほどに、いとあはれなり」と、その月の出の繊細な情趣がとらえられている。勅撰集において「有明」の用例は『千載集』以降急増するが、はかなく寂しげなその美しさは、中世に至って突き詰められ深められていったといえよう。『新古今集』では、「志賀の浦や遠ざかりゆく波間より氷りて出づる有明の月」（冬・六三九・家隆）のような凛冽たる冬の月が、あるいは鴨長明の……（雑上・一五二三）のように遁世者の見る深山の月などが詠まれている。

（久保田淳・馬場あき子共編『歌ことば歌枕大辞典』「有明」〈渡部泰明執筆〉の項、角川書店、一九九九年）

よく読まれた明治期の大和田建樹の和歌初学書にも、また次のように説明されている。

暗すぎて始めて西の空に現はるゝを三日月といひ。又上弦とも弓張月ともいふ。……二十日をはつかの月といへり。又やう〳〵に欠けゆきて再び三日月の如くなりたるを下弦といひ。弓張月ともいふなり。有明は此頃の名と知るべし。……月読は月界を司り給ふ神の御名にして。月人男とも月の桂男ともさゝらえ男ともいふは。月を親しみ愛でゝの名なり。

（大和田建樹『歌まなび』秋の部・月、博文館、明治三十四年初版）

ここにいう有明は、「下弦」の月に限定されている。「わたくしが月を月天子と称するともこれは単なる擬人でない」と歌ったのも宮澤賢治だが（『月天子』）、大和田はまさに、類型としての「単なる擬人の月」にも言及していた。(5)

賢治には、満月の出没とその推移を対象とする『かしわばやしの夜』(『注文の多い料理店』所収)という童話や、「ひとばん」、「まどかな御座」を観察し、「あかつき」「黎明」までを描く詩『〔東の雲ははやくも蜜のいろに燃え〕』などもある。「一日意識」の有明にも留意が必要だが、『有明』詩の場合は、「やう〳〵に欠けゆきて再び三日月の如くなりたる」「下弦」「弓張月」の細やかな「有明の月」のイメージに限定される。「青ぞらにとけのこる月」として「残月」が明示的に表現されているからだ。

「とけのこる」は、残月を形容しつつ、冷たい空が投影する雪の縁語となっている。古典和歌に、こうした用例はない。「消え残る」が、あえて言えば近い表現だろう。次の一節は、消え残る雪を、表現として有明に残る月に投影した、すぐれた中世的表現例である。

北の屋陰に消え残りたる雪の、いたう凍りたるに、さしよせたる車の轅も、霜いたくきらめきて、有明の月、さやかなれども、くまなくはあらぬに、人離れなる御堂の廊に、なみ〳〵にはあらずと見ゆる男、女となげしに尻かけて、物語するさまこそ、何事にかあらん、尽きすまじけれ。かぶし・かたちなどいとよしと見えて、えもいはぬ匂ひのさと薫りたるこそ、をかしけれ。けはひなど、はつれ〳〵聞えたるも、ゆかし。

(『徒然草』第百五段、岩波文庫)

冬の月の荒涼たる美しさは、中世以降に深化する風情であり、詠法だった。

冬の月の美が積極的に称揚されたのは、平安時代の半ば頃といってよいだろう。月や氷を雪に見立てる表現を媒介にして、従属的に詠み込まれていた感がある。……なにより荒涼感をもたらす存在であるからこそ、凡俗を脱する美として、中世以降ますます注目されるようになるといえよう。藤原清輔の「冬枯れの杜の朽ち葉の霜の上に落ちたる月の影のさやけさ」（新古今集・冬・六〇七）は、視線を絞り込んで冬の月の細みを穿つ。（下略）

（『歌ことば歌枕大辞典』「冬の月」〈渡部泰明執筆〉の項）

……冬の景物が冷える冬の夜の感覚に融合し、思いを通して形象化されるのが基本的な詠まれ方であった。……これらの中心は月であり、恋である。……結果として冬の夜は冴えた空気をたたえた叙景の空間としても見いだされ、中世以降の中心的な詠み方となった。

（同上「冬の夜」山田洋嗣執筆）

賢治は、夙に指摘されるように、二十日過ぎの有明の月を好んで取り上げている。(6) 古典和歌から短歌への文学伝統を受け止めて、『有明』詩の月も、「月の寒けく澄める、廿日余りの空」（『徒然草』十九段）を想定するのが自然なのである。そのように読めば、栗原が「最後の行の「般若心経」末尾の言葉も、神々しい程にも美しいこの光景に理想の宇宙の真の姿を感じたがゆえに口を衝いて出た祈りであったろう」と解釈した、末尾の『般若心経』末尾の秘密真言についても、違うイメージがより明確に浮かび上がる。賢治に、次のようなよく知られた短歌が残る。

いまはいざ僧堂に入らんあかつきの、般若心経、夜の普門品（大正五年三月、三一九）

風は樹をゆすりて云ひぬ「波羅羯諦」あかきはみだれしけしのひとむら。（同、三二三）

『有明』詩は、残月の光に、「あかつきの、般若心経」の声を共起し、賢治の勤行のイメージ(7)さえ鮮やかに現前させるであろう。

二　二十日の月

童話作品では、旧暦「二十日の月」に引用の集中が見られる。その理由には諸説あるが、やや潰れた形の月に対して、賢治なりの意味や志向があり、意図的に用いたものと思われる。（加倉井前掲論文）

それは、賢治が残した、二枚の絵にも投影される。

絵画では、天の割れ目から顔が覗き、その上に月が描かれたもの（【新】校本宮澤賢治全集第十四巻口絵「〈絵画　四〉」）、そして童話「月夜のでんしんばしら」との関連が指摘されるもの（【新】校本宮澤賢治全集第十四巻口絵「〈絵画　五〉」）がある。後者に描かれた月は、童話「月夜のでんしんばしら」の「九日の月」と思われる。[8]月の欠け具合は妥当であるが、その向きに誤りがある。（加倉井前掲論文）

後者の絵は、「九日の月」なら左側が欠けているはずなのに、右が欠けて描かれており、その形は半月で、二十日頃の月を描いている。前者は、明確に下弦の月を描く。なにより注意されるのは、月の顔が、目・鼻・口を伴って、擬人的に描かれていることである。この絵には、いくつか取り上げるべき問題がある。

その一つは、空の裂け目を描く構図が、『烏の北斗七星』（『注文の多い料理店』所収）の世界ととてもよく似ていることである。「つめたいいぢの悪い雲が、地べたにすれすれに垂れましたので、野はらは雪のあかりだか、日のあかりだか判らないやうになりました」と始まる、冬の日の物語。(9)

夜になりました。

それから夜中になりました。

雪がすっかり消えて、新しく灼かれた鋼の空に、つめたいつめたい光がみなぎり、小さな星がいくつか聯合して爆発をやり、水車の心棒がキイキイ云ひます。

たうたう薄い鋼の空に、ピチリと裂罅《ひゞ》がはひつて、まつ二つに開き、その裂け目から、あやしい長い腕がたくさんぶら下つて、烏を握んで空の天井の向ふ側へ持つて行かうとします。烏の義勇艦隊はもう総掛りです。みんな急いで黒い股引をはいて一生けん命宙をかけめぐります。兄貴の烏も弟をかばふ暇がなく、恋人同志もたびたびひどくぶつつかり合ひます。

いや、ちがひました。

さうぢやありません。

月が出たのです。青いひしげた二十日の月が、東の山から泣いて登つてきたのです。そこで烏の軍隊はもうすつかり安心してしまひました。

この場面について、鈴木健司は「よく考えるとこれは実に不思議なことで、月の出と空の裂け目から長い腕がぶら下がってくることとが、どうして勘違いされなければならなかったのか」と問い、次のように論じていく。

これは私見にすぎないが、賢治には上り間際の〈月〉に対して何かしら不安を抱く傾向があり、空の裂け目とはその不安が形象化されたものと考えられないだろうか。「赤い歪形」と題された詩がある。「林学生」の先駆形をなすもので、まさに不吉な〈月〉の暗喩であった。《(先生先生　山の上から　あれ)／(お月さんだまるっきり潰れて変《ひよん》たに赤くて)／(それはひとつの信仰だとさジェームスによれば)》。／これは賢治と二人の生徒の会話であるが、生徒は《山の上》に現れた《まるっきり潰れて変《ひよん》たに赤》い〈月〉に不安を覚える。それは、〈月〉の上る少し前に聞こえたとされる《巨きなかけがねを挿す音》と心理学的に深く関わってくる。(中略)『烏の北斗七星』で《空の裂け目》の出現を月の出と勘違いする背景には、《赤い歪形》という、心に〈不安〉を生じさせる〈月〉の存在があったと指摘できよう。それが賢治の心象現象としての《空の裂け目》を引き寄せたのである。盛岡中学時代の短歌に「空の傷口」(No.54)と「不具《かたわ》なる月」(No.55)とが連続していることに注目したい。

(鈴木健司「月」『宮沢賢治ハンドブック』一九九六年)

それが、凍てつく寒さや雪のイメージを伴うことにも「注目」を向けておこう。鈴木に導かれて盛岡中学時代の一連の短歌を見れば、擬音、また水車の心棒という形象も含めて、たしかに両者は、実によく似ていた。

鉛などとかしてふくむ月光の重きにひたる墓山の木々 (五二)

軸棒はひとばん泣きぬ凍りしそらピチとひゞいらん微光の下に (五三第一形態)

水車の軸棒はひとばん泣きぬ凍りしそら微光みなぎりピチとひゞいり (五三)

凍りたるはがねのそらの傷口にとられじとなくよるのからすか（五四第一形態）
凍りたるはがねの空の傷口にとられじとなくよるのからすのむれか（五四）
かたはなる月ほの青くのぼるときからすはさめてあやしみなけ〔り〕（五五第一形態）
不具《かたは》となり月ほの青くのぼり来ればからす凍えからすらさめてなけり（五五）

板谷栄城は、この二つの世界を直接的に結びつけて論じている。

よほど強く心にのこったのでしょう。賢治は「烏の北斗七星」という童話の中で、このときの心象光景をもう一度美しく描きなおしています。

（『宮沢賢治の見た心象　田園の風と光の中から』ＮＨＫブックス５９１、一九九〇年）

そして『烏の北斗七星』には、『有明』詩と明確に重なる、次のような描写がある。

夜がすつかり明けました。
桃の果汁《しる》のやうな陽の光は、まづ山の雪にいつぱいに注ぎ、それからだんだん下に流れて、つひにはそこらいちめん、雪のなかに白百合の花を咲かせました。
ぎらぎらの太陽が、かなしいくらゐひかつて、東の雪の丘の上に懸りました〔。〕

あたかも『有明』詩のその後の時間が、以下小説では舞台となる。『有明』が二十日以降の月を描いていることは、このアナロジーからも傍証されるのである。

ところで『有明』詩にも描かれるように、「二〇日以降の月」「残月」「暁月」として暁に残る月の有明は、昇る朝日を反照する美を、時に表象する。たとえば本居宣長も、「「残月」題で」「「朝日影さしもさやかに見し月もあるかなきかに残る山の端」（鈴屋集・六八四）の詠を残して、明け方の月のはかなげな光をとらえている」（『歌ことば歌枕大辞典』「残月」渡部泰明執筆）。宣長詠と賢治『有明』詩の捉える時間は同じである。次の賢治の歌は、『有明』詩とは違い、宣長詠のように、ごく伝統的なかたちで同境を詠じている。

ありあけの月はのこれど松むらのそよぎ爽かに日は出でんとす（大正十年四月歌稿、二見、七七四第一形態）

三　月の顔

空の裂け目の絵についてのもう一つの問題は、目などを伴って描かれた月の顔である。怒ったような、あるいは悲しみに堪えているかのような、あの描写。「やさしく天に咽喉《のど》を鳴らし／もいちど散乱のひかりを呑む」と叙する『有明』の月にも、また口がある。それは、咽喉を鳴らして光を飲み込もうとするだろうか。賢治の描いた月の絵と、『有明』の「擬人」的な月の描写とを素直に重ねてよいのか。あるいは表現としての「擬人」であり、月の顔を詩の読解に投影して絵画的に捉えるのは誤りなのだろうか。

ここで、光を呑む、という表現について、少し考察しておこう。たとえば『禅林句集』（岩波文庫版）には、「心月孤圓光呑萬象」（心月孤円、光万象を呑む）という、一見よく似た類句がある。しかし円かな心月を描くこの句は、光が万象を呑むのである。

賢治作品では、加倉井論に指摘されるように、『牛』や『林学生』という詩に、月の明かりや光を呑み、啜る、という譬喩がある。

さもあらばあれ啜りても、なほ啜り得ん黄銅の／月のあかりのそのゆゑに、（『牛』）

月のひかりがまるで掬って呑めさうだ（『林学生』）

これもまた、月が光を呑むのではない。そう思うのは、月を見る〈わたし〉である。これらは、

わたしたちは、氷砂糖をほしいくらゐもたないでも、きれいにすきとほつた風をたべ、桃いろのうつくしい朝の日光をのむことができます。（中略）

けれども、わたくしは、これらのちひさなものがたりの幾きれかが、おしまひ、あなたのすきとほつたほんたうのたべものになることを、どんなにねがふかわかりません。（『注文の多い料理店』序）

という表現に通じている。畢竟、鈴木貞美が指摘するように、「宮沢賢治において、風を食べたり、日光を飲んだりすることは決して比喩ではない。生命気流（電気、生気）を体内に摂り入れることにほかならない。同じように〈林や野原や鉄道線路からもらってきた〉〈ものがたり〉の言葉もまた、本質的には「生命気流」の〈心象スケッ

チ〉のひとつであり、読者の生命を養うものなのだ」（鈴木貞美「宮沢賢治と大正生命主義」『宮沢賢治の世界展』）[10]という思潮に帰着するものであろう。先の『有明』についても、「「呑む」という月の擬人表現は、この光景の中にいる作者そのひとの状態をも暗示する。すなわち、賢治自身もまたその「ひかりを呑」もうとして「咽喉を鳴ら」すかのようだったにちがいない」と栗原が指摘している。この表現もまた、同前の世界構造に含まれる。

本稿では、如上の根幹的時代思潮と構造を前提に、さらに具体的な類比関係として、月の顔と擬人化をめぐる、譬喩と表現の仕組みと在処を、賢治の問題として、もう少し追いかけてみたい。

四　譬喩の仕組みと月の形象——釈教歌

栗原論では、賢治『有明』詩の措定のために、まず『日蓮遺文』を提示していた。だが、賢治の文学と信仰の関わりからこの問題を考える際には、最初に、赤い経巻、島地大等編『漢和対照妙法蓮華経』に注目しなければならない。就中、同書付載の一三〇〇首を超す「法華歌集」に注意したい。「法華歌集」の利用については、解決すべき書誌的問題もあるが[11]、賢治が「法華歌集」に触れ親しんでいた可能性を排除することは、むしろきわめて難しい。ここでは積極的に、「法華歌集」を比較対象の俎上に載せていきたい。賢治の信仰の根幹に関わる同書には、有明の月を詠み込んだ釈教歌が散見するのである。

たとえば、待つ月としての下弦の有明。

空すみて心のどけき小夜中にありあけの月のひかりをぞ待つ　選子内親王（発心）三〇七（法師品）[12]

「「呑む」という月の擬人表現は、この光景の中にいる作者そのひとの状態をも暗示する」（栗原前掲論文）というのなら、「こゝろの月」「こゝろの内に月をかくして」（五百品）など、心の月を詠む多くの例にも注意しておきたい。

方便品にも注意すべき和歌が散見する。二首のみを挙げる。

澄むとてもおもひも知らぬ身のうちに慕ひて残るあり明の月　二条院讃岐（新勅）四一

はるの夜のけぶりに消えし月影の残るすがたも世を照しけり　後京極摂政前太政大臣（新勅）四一

特に二首目は、『春と修羅』第二集所載『有明』詩の、「あけがたになり／風のモナドがひしめき／東もけむりだしたので／月は崇厳なパンの木の実にかはり……」に通じる部分を持つように思う。「パンの木」は「波那沙樹、また波羅密樹という別の呼び名を持つ」。「波那沙樹、また波羅密樹とは〈涅槃の彼岸に到る〉の意である」（鈴木健司前掲「月」）。明け方に残る月が、「世を照しけり」という釈教歌的世界と交錯する。

「二十日あまりの月」という表現で、悟りの世界の形象として詠じている和歌も「法華歌集」に採られている。

満三七日已乗六牙白象

まち出でていかに嬉しく思ふらん二十日あまりの山の端の月　中原有安（千載）六〇三（勧発品）

五　釈教歌と月の顔

「法華歌集」には、「月のみかほ」という表現も見える。

隈もなき月のみかほのならひしに四方の人さへ空にすみにき　藤原教長（教長）三〇九（宝塔品）

「月の顔」という表現は、『竹取物語』の「ある人の、月の顔見るは忌むこと、と制しけれ共」（日本古典文学大系）を著名な最古例として、『源氏物語』明石「見上げたまへれば、人もなく、月の顔のみきらきらとして、夢のここちもせず」（日本古典集成）など、表現としてはめずらしいものではない。ただしそれは、決して目鼻などのある、実体的な顔ではない。『和漢三才図会』を繙けば、月には烏が描かれたり、周知の兎が描かれたりするように[13]、中国やインドを先蹤とする日本の月の絵画的形象は、月を人の顔に見立てて、目鼻を描いたりするものではなかった[14]。月に、人間の面相を描く伝統は、直接的には近代の西洋思想移入の中で定着したとおぼしい。

目鼻のある満月の絵、また上弦、下弦の月。三日月型の月に肉面を貼り付けたような顔。そしてあたかも賢治の書いた月の顔のように、下弦の月の凹凸を目鼻によそえて口までを描く顔。なんとなく懐かしいそうした月の顔は、ヨーロッパの古図に枚挙にいとまがない[15]。

いくつかの文学作品に描かれた月、また先の月の絵などの背景に、賢治の幅広い月への関心とヨーロッパ的素養を看て取ってもよい。だが、私にはもう少し卑近な例として、あの著名な図柄の原点を想起しておきたい。現在とは少し異なる、花王石鹸の古いロゴマーク。それは賢治の月と瓜二つなのである。

六　花王石鹸の月、フキダシ、香

花王のロゴは、様々なかたちで図案化され、変遷を経ているが[16]、その原型は、創業者長瀬富郎により、明治二十三年七月二十四日付で商標登録出願されたものである。長瀬自身の文書には、

此ノ商標ハ丸ノ左側ニ人物ノ顔ノ図ヲ書キ其口中ヨリ香王石鹸ト吹キ出シタル図ヲ書キ其上ニ旭日ノ正中ニ二本ノ打違ヒノ印ヲ書キタルモノナリ

一、此ノ商標ノ要部ハ半月ナリノ人物ノ顔ニ口中ヨリ香王石鹸ト吹出シ其上ニ旭日ノ正中ニ二本ノ打違ヒノ印ヲ書キタル図ナリ

（『初代長瀬富郎伝』服部之総著、花王石鹸五十年史編纂委員会、一九四〇年所引[17]）

などとある。

花王の図様が示すイメージは、後に広告の一翼を担った図案家から、次のように誇らしげに回顧されることもあった。

このマークは明治三十二年、花王石鹸発売十周年に当り、同年一月十五日東京小間物商報に掲載の広告に用ひられたもので、発売時の新聞広告や当時の現品包装にも、大体同様の筆法に依るマークが使はれてゐる。何と

> いふ力強い生々とした表情であらう。これは現代の若い人達には余りにも近づき難い表情であるかも知れない。蓋し、これ程厳粛なそして烈々たる気魄に満ちた人間の顔は、到底今の吾々などに描き得るわけのものではない。この炯々たる眼光と、いかにも生きて動いてゐる口のあたり、それに少しの贅肉もない引き締つた顔はまことに頼もしく、そして気品が高い。周囲の煙はあくまで自由奔放思ふ存分に描きまくり、吐き出す煙は伸びやかに何処までも続いて壮観極まりない。原図はおそらく木版であらうと思はれるが一見金属的なかたい線描は少しも機械的な冷たさを感ぜしめず、潑剌として清新である。よく人はこの当時のマークを年寄の顔だといふ。然しそれは大きな間違ひだ。これこそ叡智と情熱に緊張した、真に若者らしい希望に充ちた顔なのだ。花王石鹸の題字が有名な漢詩人永坂石埭先生の筆であることから想像しても、然るべき画家によつて描かれたものに違ひないと思はれるが、おそらく何度も何十度も描き直して、遂にこれでよからうといふことになつたものであらう。
>
> （奥田政徳の文章、『ナガセマン』所収という。『初代長瀬富郎伝』より）

明治三十四年（一九〇一）生まれの図案家奥田政徳（一九〇一年～？）は、東京美術学校を大正十四年（一九二五）に卒業。昭和七年（一九三二）に花王シャンプーのデザインを手がけている（『近代デザインの展望』京都国立近代美術館編集一九六九年図録など）。花王との関わりを割り引いても、賢治より五歳下の芸術家によるこの表現は、花王石鹸のロゴマークについての当時の評価の一端を伝えているといえるだろう。

花王石鹸マークの月の表情が多義的であることも、奥田が詳述するところである。花王の月には「現代の若い人達には余りにも近づき難い表情」があると、広告性に相反するような側面まで指摘していた。「賢治には上り間際の〈月〉に対して何かしら不安を抱く傾向があり、空の裂け目とはその不安が形象化されたもの」（鈴木健司

「月」）というような要素と、あるいはどこか交差するイメージではないだろうか。

「法華歌集」所収歌の有明の月の形象にも、いささかの不安を感じ取ることができるような表現が見える。以下は、日蓮も、また賢治も重視した寿量品の和歌から。

必当生於難遭之想

定めなく行きかふ空のうき雲にこゝろまどはすあり明のつき　従三位為理（新続）四一三

世に住まばめぐり逢ふべき月だにも飽かぬ名残は有明のそら　寂然法師（法百）四二〇

常在霊鷲山

よの中になほ有明のつきせずととけばこゝろの暗ぞ晴れぬる　御製（久百）四二六

世のなかの人のこゝろのうき雲にそらかくれする有明のつき　登蓮法師（詞花）四二六

ところで、花王創業者長瀬自身の当初の図案では、「半月ナリノ」顔をした人物の口から、「香王」石鹸という文字が吹き出すとされ、図様も、実際にそう描かれていた。[18] 花王石鹸は、当時としては異例の凝りようで高級感を演出し、桐の箱に入れ、能書きまで添えた、劃期的な国産の高級化粧石鹸であった。[19] その能書の冒頭は、

這般弊舗ニ於テ、新タニ製造発売セル花王石鹸ハ、一種佳良ナル芬芳ヲ有シ、皮膚ニ美麗ナル色沢ヲ賦フル所ノ化粧料ニシテ、貴嬢紳士ノ浴室鏡窓ニ、日常闕クベカラザル者ナリ。彼ノ牡丹ノ国色天香アルヲ以テ花王ノ称ヲ得タルニ擬ラヘ、此名ヲ附シタリ。（以下楊貴妃の故実などを所引）……

とあり、その第一義に芳香を謳う。花王石鹸の原点となるセールスポイントと特徴は、その原初の命名「香王」のごとく、まず馥郁たる香であった。

そのことにことさらに着目するのは、賢治の月が、しばしば香気を吹き出しているからである。

賢治作品は独自の月表現の宝庫である。月が呼気を放ち、時にはそれに香りを結びつけるという発想（歌稿〔A・B〕198、詩「青森挽歌」、詩「〔東の雲ははやくも蜜のいろに燃え〕」、童話「双子の星」）や、月明かりを「掬って呑めさう」とする発想（詩「牛」、詩「林学生」）もその典型的なものである。単に視覚表現のみに止まらず、他の感覚にまで及んでいる。（加倉井前掲論文）

この共感覚的拡がりを少し後追いしてみよう。

いざよひの／月はつめたきくだものの／匂をはなちあらはれにけり（山を出でたり）（歌稿一九八）

あけがたになり／風のモナドがひしめき／東もけむりだしたので／月は崇厳なパンの木の実にかはり／その香気もまたよく凍らされて／はなやかに錫いろのそらにかゝれば……（『春と修羅』第二集所載『有明』）

……おもては軟玉と銀のモナド／半月の噴いた瓦斯でいつぱいだ／巻積雲のはらわたまで／月のあかりはしみわたり／それはあやしい蛍光板になつて／いよいよあやしい苹果の匂を発散し／なめらかにつめたい窓硝子さへ越えてくる／青森だからといふのではなく／大てい月がこんなやうな暁ちかく／巻積雲にはいるとき……（『青森挽歌』）

ひとばんわたくしがふりかへりふりかへり来れば／巻雲のなかやあるいはけぶる青ぞらを／しづかにわたって
ゐらせられ／また四更ともおぼしいころは／やゝにみだれた中ぞらの／二つの雲の炭素棒のあひだに／古びた
黄金の弧光のやうに／不思議な御座《み》を示されました……しかもあなたが一つのかんばしい意志であり／われら
に答へまたはたらきかける、／巨きなあやしい生物であること……あゝあかつき近くの雲が凍れば凍るほど／
そこらが明るくなればなるほど／あらたにあなたがお吐きになる／エステルの香は雲にみちます／おゝ天子／
あなたはいまにはかにくらくなられます
（『〔東の雲ははやくも蜜のいろに燃え〕』）

匂い立つ月の夜、というイメージなら、北原白秋に著名な詩もあり、めずらしいものではないが、

朧げのつつましき匂のそらに、／なほ妙にしだれつつ噴水の吐息したたり、／新しき月光の沈丁に沁みも冷ゆ
れば／官能の薄らあかり銀笛の夜とぞなりぬる。
四十二年二月（「東京夜曲　公園の薄暮」『東京景物詩』）

賢治の月は、月が擬人的に吐き出す「くだものの匂」であり、さらに「エステル香」と喚ばれる人工的な香りであ
る。一般的な譬喩として看過することはできない。たとえば板谷栄城『宮沢賢治の見た心象　田園の風と光の中か
ら』は、次のようにそれを焦点化する。

賢治はこの夜汽車での心象体験を、「青森挽歌　三」という詩に描きましたが、その中で月とリンゴの匂い

の心象的な関係を、次のようにはっきりのべています。

つめたい窓の硝子から
あけがた近くの苹果の匂が透明な紐となって流れて来る

ところでリンゴの匂いの正体は、エステル類といわれる物質で、農芸化学を学んだ賢治はもちろんそのことをよく知っていました。そして「東の雲ははやくも蜜のいろに燃え」という詩の中で、月天子がエステルをお吐きになると書いています。（引用略）下書き原稿には「普光天子」という題が書いてありますが、普という字はあまねくという意味ですから、この創作らしい普光天子というお名前は、心象の香りを空いっぱいに行きわたらせてくれる月天子という意味でしょう。

ところで後年の名高い童話「銀河鉄道の夜」でも、突然どこからともなくリンゴの匂いが、やはり夜汽車の窓越しに漂ってきます。しかも、するはずのない時期はずれの野茨つまりノバラの香りも、一緒に流れ込んでいるのです。

「ほんたうに苹果の匂だよ。それから野茨の匂もする。」ジョバンニもそこらを見ましたがやっぱりそれは窓からでも入って来るらしいのでした。いま秋だから野茨の花の匂はする筈はないとジョバンニは思ひました。

板谷は、賢治の描く「果物は、いつも冷えた状態で芳香を放ってい」ることに注目し、「匂いは温度が高いほど強くなるのが普通ですから、それが冷たく冷えているということも、心象がらみであることを示唆します」と論じていく。

しかし賢治には、さらに付加的な要素がある。「あらたにあなたがお吐きになるエステルの香は雲にみちます」

「半月の噴いた瓦斯でいっぱい」という形象である。人工的な香り、月からのフキダシ、そして雲、ガスのイメージ。この複合する感覚は、花王を中心とする、高級石鹸のイメージそのものではないか。

花王を中心とする、といったのは、花王石鹸の「模造品」もまた、そのイメージの増幅に寄与しているからである。たとえば、花王が具体的に指摘する「模造品」兎月石鹸の図様『初代長瀬富郎伝』他は、花王の上弦に逆向きにされた月が、まさしくあふれる雲や烟に囲まれている。

そしてなにより重要なことは、もう一つ、花王の初期のマークには、「半月の内側に顔をあらわし、口から「花王石鹸」という文字を吐きださせ、その上に小さく×の店印を旭光で包ん」でいる(『花王石鹸八十年史』花王石鹸株式会社資料室、一九七一年ほか)ことだ。これはまさに『有明』そのものの月である。そして宣伝に特化し、「類似品沢山あるが故に売れ口がよい」(『初代長瀬富郎伝』)と誇示するその影響力と模倣性は、まさしく賢治の月の形象を支えている(20)。

七 釈教歌と賢治の作品世界

月の香りのイメージは、「法華歌集」とも相即する。釈迦が『法華経』を説く霊鷲山には月が照り、あたりは馥郁たる花の香りにあふれていた。「法華歌集」も冒頭から、そうしたイメージを呈示する。

法華の霊鷲山

いまぞ知る鶴のはやしは名のみして鷲のたかねに澄める月影　殷富門院(殷富)一

つねに住む月のひかりぞ隔てなき鷲のみやまも鶴のはやしも　藤原隆信（隆信）一

春にあふはなも今こそにほひけれよそぢ余りのわしのやま風　前大僧正公什（玉葉）一

かくとだに聞かずば知らじ誰となく我が身はかたれ広沢の月　烏丸光広（黄葉）四九一

草も木も四方のあらしにほはせて花の香ゆづる梅のした風　同（同）四九一

続く「法華歌集」序品所収歌にも、花の香りと月影とが交叉するように示される。そして次の薬王品の歌は、自らの身に香油を塗り、焼身する薬王の香りを月に帰着させている点で、格別に重要である。

さま〴〵にかをりし袖に燃ゆる火のひかりやつひに有明の月　藤原家隆（玉吟）五一九

この和歌は、『漢和対照妙法蓮華経』において、「法華歌集」のみならず、オリジナル部分の「法華大意」中の「薬王品意」に一首だけ引かれている点でも、注目に値する。「薬王品意」によれば、この歌は、「薬王焼身のこゝろを家隆卿の詠歌に曰く」と所引される。また薬王品は、「宿王華菩薩の問に対し、如来薬王菩薩の本事を談り、其焼身供養を説く、所謂修道者の法を重しとし身を軽しとすべきを教ふるなり」と要約されている。薬王菩薩の焼身供養は、菩薩の捨身供養の代表例である。賢治の崇敬する日蓮もまた、「いたづらに曠野にすてん身を、同クは一乗法華のかたになげて、雪山童子・薬王菩薩の跡をおひ」（『七三　金吾殿御返事『昭和定本日蓮聖人遺文』』）、その行を仰いだ。

捨身と月への香り。私たちは、賢治の『二十六夜』という童話の末尾近くを想起する必要がある。

お月様は今はすうつと桔梗いろの空におのぼりになりました。それは不思議な黄金の船のやうに見えました。俄にみんなは息がつまるやうに思ひました。それはそのお月さまの船の尖つた右のへさきから、まるで花火のやうに美しい紫いろのけむりのやうなものが、ばりばりと噴き出たからです。けむりは見る間にたなびいて、お月さまの下すつかり山の上に目もさめるやうな紫の雲をつくりました。その雲の上に、金いろの立派な人が三人まっすぐに立ってゐます。まん中の人はせいも高く、大きな眼でぢっとこっちを見てゐます。衣のひだまで一一はっきりわかります。お星さまをちりばめたやうな立派な瓔珞をかけてゐました。お月さまが丁度その方の頭のまはりに輪になりました。

右と左に少し丈の低い立派な人が合掌して立ってゐました。その円光はぼんやり黄金いろにかすみうしろにある青い星も見えました。雲がだんだんこっちへ近づくやうです。

「南無疾翔大力、南無疾翔大力。」

みんなは高く叫びました。その声は林をとゞろかしました。雲がいよいよ近くなり、捨身菩薩のおからだは、十丈ばかりに見えそのかゞやく左手がこつちへ招くやうに伸びたと思ふと、俄に何とも云へないいゝかほりがそこらいちめんにして、もうその紫の雲も疾翔大力の姿も見えませんでした。

けむりのようなものが、「ばりばり」と吹き出て雲を作る、という形象は「周囲の煙はあくまで自由奔放思ふ存分に描きまくり、吐き出す煙は伸びやかに何処までも続いて壮観極まりない」という花王石鹸のマークや、またその模造品の兎月石鹸のロゴに見る、月と雲の形象にそっくりである。しかもそこには「何とも云へないいゝかほり」が「そこらいちめん」に漂う。

月から現れた「疾翔大力」とは、「施身」もしくは「捨身菩薩」のことに他ならない。この小説の前段、二十四日の晩には、「まづ疾翔大力とは、いかなるお方ぢゃか、それを話さなければならんぢゃ。疾翔大力と申しあげるは、施身大菩薩のことぢゃ」と述べ、以下は「捨身菩薩」と呼んでその由来を語り、「されば疾翔大力とは、捨身大菩薩を、鳥より申しあげる別号ぢゃ」などと説法がなされている。この「捨身菩薩を疾翔大力と呼びあげるわけあひ又、その願成の因縁」（同上二十五日晩）に基づいてみれば、月から現れた捨身菩薩とその香りが、まさに薬王菩薩の「さま〴〵にかをりし袖に燃ゆる火のひかりやつひに有明の月」に重なり合っていることは明確であろう。月の香りは、より「法華歌集」に添った形で、このように作品へと昇華する。

八　『二十六夜』が提起する問題――おわりにかえて

ただし『二十六夜』については、その背景にある「二十六夜待ち」の民間信仰から、浄土来迎のイメージを読み取る理解が一般的である。

穂吉の最期は二十六夜の月を背光にして現れた〈捨身菩薩三尊〉によって浄土に迎えられるのであった。

（作品本文を引用。略す）

ここで穂吉が〈浄土〉に迎えられたとするのは、「二十六夜待ち」が浄土教的色彩の強い民間習俗であること、「捨身菩薩＝疾翔大力」三尊が阿弥陀三尊に擬せられること、さらに来迎の様子が栗原敦が指摘するように…〈山越来迎図〉の図柄をふまえてのものであることによる。

（杉浦静「「二十六夜」考」『国文学解釈と鑑賞』五一―一二、一九八六年十二月）

しかし近年、大島丈志により、

従来「二十六夜」には、浄土教の極楽浄土の発想が描かれているとされてきた。賢治が浄土真宗の家庭に生まれ育っていることからも、彼の幼少時の浄土真宗の信仰がにじみ出てきたと考えることは可能である。しかし一方で、当時賢治が国柱会という日蓮・法華経を強く信じることを主張する会に入会していたこと、さらに法華経もまた浄土や月と関係が深いことからするならば、「二十六夜」は法華経色の強い作品であると考えることが出来る。浄土教の習俗を使用しながらも、法華経色を打ち出している点において「二十六夜」は賢治作品の中でも特徴ある作品と言えよう。

という、真宗から法華へ、という回路を見出すための重要な作品である、という試論も提出されている（「法華文学としての「二十六夜」考――梟の悪業に出口はあるのか――」（『文教大学国文』三四、二〇〇五年）。私も方向性については、大島に賛同するものであるが、そのためには、初期に、『漢和対照妙法蓮華経』とともに、保阪嘉内へ贈られた『真宗聖典』の読解と分析が鍵を握っている、という感触を得ている。そのことに関しては、別稿を準備しているので改めて論じるとして、本論では、賢治の月のイメージの形成と展開の問題を、『有明』詩に即して論じてみた。ご批正を乞う。

註

（1）阿部真弓「『弁内侍日記』作者の執筆意識――天候記事をめぐって――」（『語文』六一、一九九三年九月）、同「『とはずがたり』におけるメタファーとしての月影」（島津忠夫他編『『とはずがたり』の諸問題』和泉書院、一九九六年所収）、伊井春樹「狭衣物語における月の描写の効用」（同著『物語の展開と和歌資料』風間書房、二〇〇三年。初出一九九八年）ほか。

（2）なお渡辺芳紀編『宮沢賢治大事典』（勉誠出版、二〇〇七年）「月」の項でも、加倉井はこの問題を詳述している。

（3）http://www.bekkoame.ne.jp/~kakurai/kenji/history/w 2/kenjiw 12.htm。

（4）平成十九年度大阪大学博士論文『藤原定家の百首歌とその系譜』前篇第二章、初出は「定家の百首歌における「有明」――四季部を中心に――」（『詞林』三五、二〇〇四年四月）。

（5）高村光太郎は逆に、「月を月天子とわたくしは呼ばない」とうたう（『月にぬれた手』）。

（6）栗原前掲論文、鈴木健司「月」（天沢退二郎編『宮沢賢治ハンドブック Literature handbook』新書館、一九九六年）、加倉井前掲論文など。

（7）小倉豊文は、「なお、高等農林在学中に賢治が独りで法華経とか般若心経とかの読経をしていたのを聞いた人は少なくない」と述べたことがある（小倉豊文「二つのブラック・ボックス」、大島宏之編『宮沢賢治の宗教世界』渓水社、一九九二年に再録）。

（8）『生誕百年記念　宮沢賢治の世界展』（朝日新聞社文化企画局東京企画部編、一九九五年）第一章、四〇・四一頁にカラー写真が載る。

（9）古典和歌の本来の冬は旧暦の一～三月である。賢治の生活空間であった東北の季節感とそれは大きくずれている。それを認識した上で、実感的な「冬」を想定して、以下考えていく。

（10）なお鈴木貞美「気／呼気」（天沢退二郎・金子務・鈴木貞美編『宮澤賢治イーハトヴ学事典』弘文堂、二〇一〇年）も参照。

(11) たとえば大島丈志「法華文学としての「二十六夜」考――梟の悪業に出口はあるのか――」（『文教大学国文』三四、二〇〇五年）は、「法華歌集」を分析に援用しつつも、その注で、「法華歌集が加わるのは一九一五年一〇月発行の増補第五版以降である。賢治が『漢和対照　妙法蓮華教《ママ》』を読んだのは一九一四年であるから、賢治が法華歌集を直接読んでいた可能性は薄いと考えられる」（注一七）、「ただし大正四年以降に歌が入っており、賢治が読んだのは大正三年九月であるため、歌は読んでいないと思われる」（注一八）と繰り返し限定している。そのわけは、「島地大等編著　漢和対照『妙法蓮華経』は大正三年八月二十八日に初版が時の明治書院より発行」されたが、「「あとがき」（刻經縁起）の最後に」島地大等自ら記すように、「法華歌集」は「大正四年十月第五版の時増補された」（町田順文「島地大等編著　漢和対照『妙法蓮華経』の巻末「法華歌集」について」坂輪宣敬博士古稀記念論文集刊行会編『坂輪宣敬博士古稀記念論文集　仏教文化の諸相』山喜房佛書林、二〇〇八年）からであり、賢治が最初に触れた『漢和対照　妙法蓮華経』は、保阪家蔵の「大正三中秋十二日／陸奥山中　寒石山猿　拝呈／金蓮大兄　御もとへ」と誌された本なのである（保阪庸夫・小沢俊郎編著『宮澤賢治友への手紙』筑摩書房、一九六八年）。しかし「この赤い経巻は、この一冊だけでは無く、他にもあった」。大正七年三月十四日、「同級生の成瀬金太郎が卒業して、南洋東カロリン群島ポナペ島南洋拓植工業株式会社に就職して出発するときに」、「君を送り君を祈るの歌／あゝ海とそらとの碧ののたゞなかに／燃え給ふべき赤き経典」という短歌を贈り、同「四月十八日付成瀬金太郎宛書簡」の中に「私ハ新シイ本ガ間ニ合ハナカッタノデ、私ノ貰ッタ古イ本ヲ懐ニ入レテ晩方御宿ニ行キマシタ」などとあるからである（田口昭典『宮沢賢治入門　宮沢賢治と法華経について』でくのぼう出版、二〇〇六年）。

(12) 引用は、『漢和対照』所掲の体裁に倣い、作者名下のカッコは採録原典歌集の略号、漢数字は和歌に詠まれた『法華経』の相当部分を『漢和対照』の頁数で掲示したもの。最後のカッコは『法華経』諸品の略名である。

(13) 『今昔物語集』説話の分析から、インド由来の月の兎とその周辺をめぐって、詳細な文献学的研究を施した論文に、池上洵一『今昔物語集の世界　中世のあけぼの』「5天竺からきた説話――月の兎――」（初版筑摩書房、一九八三年）がある。

(14) もちろん神としての人格的形象は多様に存する。この問題については、日月の擬人化について総体的検討を要する。たとえば伊藤慎吾著『室町戦国期の文芸とその展開』（三弥井書店、二〇一〇年四月）二四三頁。所掲の『毘沙門の本地』（伊藤慎吾蔵）に月の目鼻らしき点を付した絵があること、また絵はないが、石川透蔵「『花鳥風月の物語』（石川透『花鳥風月の物語』古写本の意義―附翻刻影印―」『古代中世文学論考』六集、二〇〇一年に翻刻）の月の擬人化など、着目すべき御伽草子類の示唆を箕浦尚美より得た。また江戸期の絵本や草子類などの月の擬人化にも留意したい。広い探索を期し、また教示を仰ぎたい。なお関連するテーマで行った講演に「月はどんな顔をしている?――譬喩と擬人化のローカリズム――」（二〇一一年三月三十一日、於チェコ・プラハ・カレル大学、成稿済み）、「煙たい月は泣いているのか?」（日文研・地球研合同シンポジウム、二〇一一年五月二十一日、於国際日本文化研究センター、日文研ホームページに映像あり）がある。

(15) 月の形象については、ダイアナ・ブルートン『月世界大全――太古の神話から現代の宇宙科学まで――』（鏡リュウジ訳、青土社、一九九六年）、ジャン＝ピエール・ヴェルデ『天文不思議集』（荒俣宏監修・唐牛幸子訳、創元社、一九九二年）、林完次『月の本』（光琳社出版、一九九七年、角川書店、二〇〇〇年）他を参照した。

(16) 本間之英『図解誰かに話したくなる社名・ロゴマークの秘密』（学習研究社、二〇〇五年）など参照。

(17) この用例は「フキダシ」の古い例としても重要である。

(18) 次に華王、そして花王へと転じて決着した、という（『花王石鹸五十年史』他）。

(19) 『初代長瀬富郎伝』には、「石鹸各個を」手の込んだ「蠟紙で包み」、「その上を上包代りの能書と証明書で巻き、これを三個づつ」「上物」の「桐箱に収め」、「表面は花王石鹸と石埭先生が書下した清楚な貼紙一葉、ほかに封印を兼ねた横貼ペーパー一枚、それには例の煙を吹いてゐる花王のマークがはいつてゐます。その桐箱の中敷に薄様和紙を用ひました」。「証明書に用ひられてゐる「花王石鹸」とスカシコミをいれた上質の洋紙は、江戸川製紙で特漉させたもので」あった。「商品学的見地からこれを見るとき、包装された一個の花王石鹸において、品質と宣伝とが心憎いまで合体せしめられてゐることがわかります。就中、能書を石鹸に添附するといふ仕方は、業界最初の企図として桐箱の外装と共に玄人筋を推服させたもので」、その文章にも凝り、「証明書も能書も印刷はすべて数寄屋橋の泰明堂といふ石版印刷所に依頼しました。中味から上箱まで当年の工芸品として鑑賞しても、隅々まで志の行届いた純東洋趣味の、舶来化粧石鹸のどんな高級品と比較しても恥かしくない作品でありました」と胸を張る。

(20) 賢治は『月夜のでんしんばしら』の絵にも窺えるように、鉄道とその風景をしばしば描く。花王石鹸は野立の広告も打っており、その写真も流布している（『花王石鹸八十年史』花王石鹸株式会社資料室、一九七一年ほか）ことも付記しておきたい。また『岩手日報』に載った花王石鹸の広告は、著名な賢治のミミズク（ふくろう）の絵（『宮沢賢治の世界展』四〇頁など）に似ているという指摘があるようだ（牛崎敏哉氏ご教示）。『岩手日報』では確認していないが、花王は新聞の広告戦略をつよく推し進めたが、岩手や仙台の新聞にも広告を打っている（『初代長瀬富郎伝』『花王石鹸五十年史』小林良正、服部之総著、花王石鹸五十年史編纂委員会、一九四〇年、『花王石鹸八十年史』など）。『新聞広告美術大系　昭和戦前期編　医薬化粧品』（羽島知之編、大空社）には、昭和二年二月の広告で、大きな満月を背景にするミミズク（ふくろう）の絵柄の広告がある。留意すべき傍証であるが、その図柄の類似性には議論があると思う。またそこには、花王の特徴的な顔の月がデザインされていない。花王は昭和初期、鳥をしばしば広告の絵柄に用いること（大正三年十月〈烏〉、同九年十月〈きつつき〉、同十年十一月〈小鳥〉、以上『新聞広告美術大系　明治編　医薬化粧品』）とも併せて、考察すべき問題を残している。また『【新】校本宮澤賢治全集』の索引によれば、石鹸に関する用例は、小六の「国語綴方帳」の「害虫の駆除法を問はれしに答ふ、……ありまきは石油にしやぼんをまぜたものやたばこのにしるにがい汁などをかけて殺すがよろしく候」（同『全集』十四、一一頁）のみしか見出せない。

※宮澤賢治作品の引用は、『【新】校本宮澤賢治全集』（筑摩書房）に拠った。

宮澤賢治「雪渡り」考

――法華文学としての童話の試み

中地　文

はじめに

愛国婦人会の機関誌『愛国婦人』の大正十年（一九二一）十二月号および翌十一年（一九二二）一月号に掲載された童話「雪渡り」は、宮澤賢治の数少ない生前発表作品のひとつである。雑誌から取り外した掲載頁に賢治自身が後日手を入れた所謂「発表後手入形」が現存し、内容面での大きな改訂はないものの雑誌発表時よりも表現に工夫がみられるため、この作品の魅力を論ずる際には最終形態としての「発表後手入形」がテキストとされることが多い。しかし、賢治が「法華文学」（「雨ニモマケズ手帳」）と呼んだ文芸創作の出発点を探るにあたっては、大正十年の時点での表現が確認できる「雑誌発表形」が有効であろう。

大正十年、家出同然の形で上京した賢治は、七月十三日の消印を持つ関徳弥宛書簡（書簡一九五）に「書いたものを売ろう」としていると記し、また「これからの宗教は芸術です。これからの芸術は宗教です」と記した。その言葉に対応する作品の実態は十分に解明されていないが、この年に執筆され雑誌に送稿された「雪渡り」がその一端に連なるものであることは間違いないと思われる。「雪渡り」の「雑誌発表形」に焦点をあて、なぜ童話という様式が選ばれたのか、狐をめぐる伝承を否定したうえで子どもと子狐との交流を描く内容にはどのような意味があるのか、歌が物語の中に数多く挿入された理由は何か等々の問題を探ることは、大正十年の賢治の創作意識を明らかにすることにつながるのではないか。そしてそれは、賢治のいう法華文学の発想当初のありように迫ることにもなるのではないだろうか。

このような考えから、本稿では「雪渡り」の「雑誌発表形」について、大正十年という年にこの物語が書かれたことの意味を中心に検討する。

一　「雪渡り」の執筆時期をめぐって

まず、「雪渡り」の「雑誌発表形」の執筆・送稿の時期について確認しておく。

「雪渡り」が構想され執筆された時期に関しては、続橋達雄が『賢治童話の展開』（大日本図書、昭和六十二年四月）で大正十年の滞京中であると述べているのに対し、西田良子は『宮沢賢治読者論』（翰林書房、平成二十二年三月）で同年八月に帰郷した後であるという見解を提出している。執筆当時の賢治の生活や心境と作品の特徴との関わりをどう判断するかという点で両者の見解は分かれていると見受けられるが、滞京中を主張する続橋の場合も『愛国婦人』大正十年九月号に掲載された童謡「あまの川」よりは後に「雪渡り」が生み出されたと考えており、時期的には両者にさほど大きな開きはない。「雪渡り」の執筆時期を探るにあたり、その上限を同じ雑誌に先に発表された童謡「あまの川」の成立の頃に置くことは取りあえず妥当な判断であろう。

では、童謡「あまの川」はいつ創作されたものなのか。続橋は『愛国婦人』九月号の発売を「八月」と捉え、

「逆算すると、投稿・入選発表までに二、三ヶ月を要する」として、「投稿は五月から六月のころだった」と推察している。ここで前提とされている『愛国婦人』の実際の発売日については、『【新】校本宮澤賢治全集』第十五巻「校異篇」一〇九頁にも「各号は前月の初旬に、したがって一月号も十二月初旬には発売されていたとみられる」という記述があり、「あまの川」掲載誌も「雪渡り」掲載誌も奥付に記載された発行日の約一ケ月前には読者の手に渡っていたと理解されてきた。

しかし、『愛国婦人』の発売日をめぐるこの理解は見直す必要があるといえよう。続橋が「当時の雑誌は一ヶ月早く発行されているらしい」と述べているとおり、同時代の雑誌にそのような傾向があったことは事実である。児童文芸誌『赤い鳥』の創刊号の発行日は奥付によると大正七年七月一日であるが、印刷納本日は同年六月四日。六月十五日の「東京朝日新聞」に創刊号の広告が掲載されていることから、六月の中旬までには発売されていたと見受けられる。『赤い鳥』に続いて刊行された児童文芸誌『おとぎの世界』や『金の船』、『童話』も発行日の前月には発売されていたようで、その事実はやはり新聞広告や編集担当者による談話記事等で確認できる。『おとぎの世界』『金の船』『童話』の印刷納本日も、『赤い鳥』同様、発行日の約一ケ月前となっている。それに対して、『愛国婦人』の印刷納本日は、年末年始の休業等が影響する新年号を除き、発行日の前日か前々日である。たとえば、『愛国婦人』大正十年五月号の場合、発行日は五月一日、印刷納本日は四月三十日。編集後記にあたる「編集室より」に「予て計画中の婦人職業相談所も四月二十日から開かれました」とあることから、実際に五月号の校了は四月二十日以降であったと考えられる。同時代の多くの雑誌とは異なり、『愛国婦人』はほぼ発行日どおりに世に出ていたとみるべきであろう。

それでは、童謡「あまの川」が掲載された『愛国婦人』大正十年九月号の発行が奥付の記載どおり九月一日であったとすると、賢治が原稿を執筆・投稿した時期はいつ頃なのか。

特定のテーマを設定した原稿募集に着目して『愛国婦人』における応募原稿の掲載状況を調べると、締切から掲載誌発行までの期間は通常二十五日から三十日、短い場合は二十日ほどであることがわかる。したがって、大正十年九月一日発行の号に童謡が掲載されるためには、八月の初めまでに原稿が編集局に届いていればよいということになる。大正十年八月十一日の消印を持つ関徳弥宛書簡（書簡一九七）に「私のあの童謡にあんな一生懸命の御批評は本当に恐れ入ります」とあるが、おそらく賢治は七月の終わりか八月の初めに「あまの川」を書き、『愛国婦人』に投稿するのと前後して関徳弥にも書き送っていたのであろう。「雪渡り」の構想・執筆はそれと同じ頃かそれよりも後、この八月十一日消印の関徳弥宛書簡に童話に関する話題は一切出てこないことから考えると八月中旬以降に始められたのではないか。滞京中か帰郷後かという問題はさておき、「雪渡り」執筆時期の上限は大正十年七月末頃で、実際問題としては八月中旬以降に執筆した可能性が高いとまずは考えられる。

そうしてみると、次に問うべきは執筆時期の下限はいつ頃なのかという問題であろう。

従来「雪渡り」は大正十年の「八月前後」（前掲『賢治童話の展開』）には投稿されていたのではないかといわれてきたが、先に確認した『愛国婦人』の編集・発行スケジュールの実状をもとに逆算すると、同年の十月の終わりか十一月の初めに投稿すれば十二月一日発行の十二月号への掲載は可能だったという答えを得る。執筆・送稿時期は、最も遅い場合、大正十年十一月初めということになる。

とはいえ、これまでにも指摘されてきているように、「雪渡り」は通常の「応募童話」とは別に、一種の寄稿作品のような一頁二段組・挿絵入りの形式で、二回に分けて掲載されているという点も考慮すべきかと思われる。『愛国婦人』大正十年一月号から十二月号までの全十二冊を確認すると、「応募童話」の掲載は四月号一篇、九月号二篇、十二月号二篇の三冊五篇。各号とも「応募童話」と明記して、一頁三段組・挿絵なし・「(賞)」「(賞外)」等の評点付きで掲載している。作品の分量は、いずれも募集の規程にある「童話は十八字詰百二十行以内」の範囲内かそれを少々超える程度で、これらと比べると「雪渡り」は分量が格段と多く、応募作品として掲載するのに相応しくないことは明らかである。児童文芸誌『赤い鳥』の募集規程「童話は二十字詰四百行以内」に合わせて書いたような、『愛国婦人』の童話募集規程からは掛け離れた作品を賢治が強引に応募し、その内容が『愛国婦人』の編集者に評価されて掲載されたという解釈も成り立たないわけではないが、もともと一般の応募・投稿ではなかったという判断も下し得るだろう。

そのように考えると、賢治が直接原稿を持ち込んだのではないかと推察する佐藤泰平の見解(1)は注目される。佐藤は「九月号発行の直後頃に賢治が「かしはばやしの夜」などの童話を数篇、編揖《ママ》局に持ち込み、冬号用に採用されたのがこの「雪渡り」だったと思う」と述べている。大正十年における賢治の行動については資料が少なく、「雪渡り」の原稿を『愛国婦人』編集局に持ち込んだのか郵送したのか確定する手掛かりはないが、仮に持ち込んだとすればその時期は帰郷前となるだろう。恩田逸夫の八月帰郷説(2)には反するものの、賢治が同誌の編集局を訪ねたとすれば「あまの川」が掲載された九月号の発行直後、すなわち九月初めとみるのが最も自然である。もちろん、編集局を訪ねたからといってその場で原稿が受け取ってもらえたとは限らない。話だけつけて原稿は後日送付した可能性も残る。いずれにしても裏付はなく想像の域を出ないが、募集規程に合わない作品が掲載されたこと、その後『愛国婦人』とのつながりがないこと等を考えると、投稿作品が募集規程から外れるものでありながらも高く評価されて掲載されたと解釈するよりも、直接訪れた賢治の熱意に一度だけ編集局が折れたと捉えるほうが妥当性は高いのではないだろうか。

以上の検討結果をまとめるならば、「雪渡り」の「雑誌発表形」の執筆時期は大正十年の七月末頃から十一月初めまでの間だったと推定できる。その期間の中でも、滞京中の八月中旬から九月初旬であった可能性が高い。なお、それが滞京中か帰郷後かという問題は、執筆が遅くとも十一月初めまでには行われたことからみて、どちらであっても賢治の創作目的の面では大きな違いはないように思われる。『愛国婦人』への送稿は滞京時に行った童謡「あまの川」の投稿に続くものであり、児童文学を執筆・発表しようとする意識自体に帰郷による転換はないと推察されるからである。そこで以下、大正十年の賢治の東京での創作活動に目を向け、その目的意識を確認しながら「雪渡り」の生成の問題を探ってゆくことにする。

二　法華文学と童謡・童話

大正十年の賢治の東京における創作活動を語るときに必ず言及されるのは、のちに賢治自身「高知尾師ノ奨メニヨリ」「法華文学ノ創作」（「雨ニモマケズ手帳」）と振り返っているように、国柱会の高知尾智耀の話に触発されて法華文学の創作を志したということである。実際、この時期に賢治の中で宗教と文学が結びつき、意欲的に創作に取り組んでいた様子は、先に引用した大正十年七月十三日消印の関徳弥宛書簡に「これからの宗教は芸術です。これからの芸術は宗教です」とあり、「原稿を書いたり綴じたりしている」とあることからも窺われる。童謡「あまの川」の創作・投稿は、まさにこのような時期に行われた。童話「雪渡り」の執筆はこれに続く。東京で賢治が「書いたり綴じたり」していた原稿の中で童謡・童話がどの程度の比重を占めていたのか実状は不明であり、戯曲「〔蒼冷と純黒〕」等にも取り組んでいた当時の賢治にとって童謡・童話は必ずしも主要な表現ジャンルではなかった可能性もあるが、時期的にみて童謡「あまの川」、童話「雪渡り」が宗教としての芸術を提供しようという目的を持って生み出され発表された作品であることはほぼ確実であろう。「これからの宗教は芸術です」と語った相手である関徳弥に童謡を書き送っているという事実は、それを裏づけていると思われる。

ではこの時期、法華文学の創作を試みるにあたり、賢治はなぜ童謡・童話というジャンルに手を伸ばしたのか。このジャンルの選択の背景にはどのような事情が、あるいはねらいがあったのであろうか。

当時の原稿は現存していないが、賢治の童話創作は大正七年（一九一八）の夏に開始されたと宮澤清六「兄賢治の生涯」(3)は伝えている。そのきっかけについては、児童文芸誌『赤い鳥』の創刊に代表されるような、芸術的児童文学の創作を推進する社会的気運に刺激を受けたのではないかという解釈が従来提出されてきた。賢治がこのような時代の動きを知ってそれに反応した可能性は、この夏の「岩手日報」に時代の趨勢を踏まえて良質な児童読み物の必要性を説く主張が掲載されていたことからみても十分にあるといえるだろう。(4)そうしてみると、大正十年に東京で文芸創作を思い立った際、すでに数年前に制作を試みたことのあるジャンルとして児童文学に着目したという流れは想定できる。大正十年には、数年前にも増して芸術的児童文学の隆盛がみられ、雑誌『早稲田文学』では六月号に「童話及童話劇についての感想」の特集を組み、島崎藤村、小川未明ほか代表的童話作家の童話観を掲載していた。新聞紙面には、「児童読物の／大流行／売れるだけに害も多い」（「東京朝日新聞」大正十年二月五日）といった記事も掲載され、日比谷図書館で「童話図書展覧」が開催されたことなども報じられた（「読売新聞」大正十年六月十二日）。滞京中の賢治は、図書館や書店の店先で、多くの作家が童謡・童話を文芸の一ジャンルと捉えて作品を発表している様子を目にし、また実際に児童の読み物が「売れる」といわれた社会状況、児童教育の中で文芸が注目されている状況を肌で感じて改めて刺激を受けたのではないか。このような推察がまずは成り立つ。

しかし、法華文学を志した時期であることを考えると、時代の風潮の影響として文芸面および文芸と児童教育との関わりの面だけを取り上げるのでは不十分であろう。児童の宗教教育や、宗教と児童文学との関わりの面にも目配りをする必要があるのではないかと思われる。

大正期は、児童を対象とした宗教教育が熱心に展開された時期でもあった。子どもの情緒の育成に主眼を置いた童謡が大正期に興隆したことの背後に明治の唱歌への批判があるとはよくいわれることであるが、宗教教育の隆盛も「明治の教育が智力に偏して道徳観念が進まない」（薗田宗恵「宗教教育」、『第一回　日曜学校講習会講義録』本願寺教学課、大正五年十一月）という問題意識を背景としてこの時期に興っている。児童の宗教教育を論じた書物が次々に刊行され、「人たる人格を建設する為めの教育」（伊藤堅逸『児童宗教教育の基礎』洛陽堂、大正八年十二月）、「宗教的情操の養成」（鳥越道眼『児童の宗教々育』六大新報社、大正九年六月）、「児童に宗教的陶冶を施し、以て一般に人として必要なる高き品性と堅き信念とを涵養せんとする」（関寛之『児童学に基づける宗教教育及日曜学校』洛陽堂、大正九年六月）等の理念や、子どもの精神発達の段階を踏まえた教授法等が提示された。

この時期の児童を対象とする宗教教育の具体的な活動としては、全国各地で日曜学校の活動が活発化、開設も進められたことが挙げられる。キリスト教界では「世界日曜学校大会」が大正九年（一九二〇）に東京で開かれたが、仏教界でも明治期から仏教振興の目的で始まっていた日曜学校開設の動きが宗教教育という大きな目的を得て急速に活発化する。浄土真宗本派本願寺は大正四年に御大典の記念事業として仏教日曜学校の設立を企画。その結果、翌年までに七百七十三の日曜学校が全国に設けられたという[5]。真言宗東寺の日曜学校は大正六年に始まったとされている[6]。浄土真宗大谷派本願寺は日曜学校に力を入れる目的で大正十一年（一九二二）四月に雑誌『児童と宗教』を創刊している。なお、宗教教育の隆盛以前における日曜学校開設の例であるが、上田哲『宮沢賢治　その理想世界への道程』（明治書院、昭和六十年一月）には、岩手の本化妙宗信徒村井弥八が明治三十三年頃に「少年少女層への布教のため日曜学校をつくった」と記されている。

このように、大正の中期は「日曜学校の全盛時代」（竹中慧照『日曜学校の経営』法藏館、大正七年一月）であった。大正の終わりまでに仏教日曜学校の数は各宗各派の努力により「四千を超え」（神根悊生「仏教日曜学校」、『宗教々育講座』第六巻〜第八巻、昭和二年十一月〜三年一月）たという記述もある。子どもにむけて宗教を提示しようという発想は、この時期において決して特殊なものではなかったといえよう。

さらに注目されるのは、日曜学校の運営方法を論じた文献にその話題が登場していることからわかるように、日曜学校において「お伽噺」「童話」を宗教教育のために、あるいは情操涵養のために、子どもに語り聞かせる時間が設けられていたということである。そうした動きの中、日曜学校での活用を想定した読み物の刊行もあった。続橋達雄が『大正児童文学の世界』（おうふう、平成八年二月）で紹介している甲斐静也の仏教童話などがそれで、大正七年三月刊行の甲斐静也（荻村）『仏さまのお話』（興風書院）は新聞に何回か「日曜学校唯一の教材」（「東京朝日新聞」大正七年三月二十二日）、「本邦唯一の仏教物語集」（「読売新聞」大正七年六月十三日）として広告が掲載されている。大正七年六月十五日付の「東京朝日新聞」一面に掲載された広告は、児童文芸誌『赤い鳥』創刊号の広告の隣に並んでいた。賢治の生家では全国紙も数種購読していたというが、(7)賢治がこの新聞を手にすることがあったとするならば、『赤い鳥』よりも「本邦唯一の仏教物語集」を謳った『仏さまのお話』の広告のほうに目が行ったのではないかと推察される。

こうしてみると、大正十年に賢治が法華文学の創作を思い立ったとき、国柱会の田中智学が手掛けていた戯曲というジャンルを視野に入れて自分なりの戯曲や戯曲風の短篇の創作を試みるとともに、童謡・童話にも手を伸ばしたことには、児童の宗教教育が隆盛し児童文学とのつながりも濃かったという時代状況の影響もあったのではないかと思われる。もちろん賢治は、その後の活動の方向性から明らかであるように、直接児童の宗教教育の推進に携わろうとして童謡・童話を書いたわけではないだろう。しかし、当時の風潮の中で、賢治にとって童謡・童話は文芸の一様式であると同時に宗教的情操涵養のための様式であると、文芸としての童話はそのまま宗教教育にも活用されるものであると、意識されていたのではないか。童話は子どもの情操を育み人間形成に資するものだという認識があったからこそ、のちに童話集『注文の多い料理店』の序文に童話を心の糧とみなす「あなたのすきとおったほんとうのたべもの」という表現が記されることになるのだと考えられる。

なお、興味深いのは、大正十年までに刊行された児童の宗教教育にかかわる仏教系の書物のうち、前掲『仏さまのお話』などの読み物は話材も仏教説話で宗教的教化の意図が明快であるのに対し、理論研究の側には日曜学校で語り聞かせる童話は仏教の教理を語るものでなくてもよい、子どもが興味を持つものであればよいとする考えがみられることである。真宗本派本願寺の日曜学校経営の方針策定に参画していた京都府立図書館長北畠貞顕は、「日曜学校に採用すべきお伽噺の種類」（『第三回　日曜学校講習録』本願寺学務部、大正七年十一月）の中で、「お伽噺の使命とも云う可きは喜びを子供に宣伝する事である即《マ》ち《マ》人間が美に対して感ずる情操、美を愛する感情を刺激して之を涵養するのが其使命である」と述べている。そのうえで、興味中心の物語であっても語り手が宗教者であれば「宗教家と云う人格を通じて話されるのであるから」「諸氏の道徳的理想が自然の間に子供にうつり道徳と興味とが一緒になって子供に大なる感化を与えるものである」と説いている。また、関寛之『児童学に基づける宗教教育及日曜学校』（前掲）には、「吾々の要求する宗教教育は、宗理の教授にあらずして、信念涵養、高き人格の教養にある」として、「お話の如きも、必ずしも宗教的分子を含まぬでもよい。倫理的分子を含んでいればよい」と記されている。賢治の「あまの川」「雪渡り」のありようは、法華文学として書かれたものでありながら仏教説話や経典を話材としているわけではない点、直接的に仏教の教理を語るものではない点で、当時の仏教童話の実作よりも宗教教育の理論研究の側の主張に近いといえるのではないか。賢治が滞京中に図書館でこれらの宗教教育の理論書を読んだのかどうか確定はできないが、いずれにせよ時代の求める宗教教育のありかたを作品に反映しているところに賢治の時代感覚の鋭さが表れているといってよいだろう。

三　大正十年の童話と「雪渡り」

それでは、賢治が時代の影響を受けながら童話・童謡というジャンルを選択したとして、その結果執筆された「雪渡り」の特徴は同時代の童話とどの程度共通しているのであろうか。次に、「雪渡り」の特徴を同時代の童話の中に位置づけて捉えることで、創作にあたって賢治が先行作品から学んだことは何だったのか炙り出してみる。その際、「雪渡り」は雑誌に発表されていることから、賢治の視界に入った可能性もあるものとして、当時の主要な児童文芸誌『赤い鳥』『金の船』『童話』に大正十年中に掲載された散文作品（絵ばなしは除く）を同時代の童話として取り上げる。また、「雪渡り」の発表誌である『愛国婦人』に、「雪渡り」同様に「童話」と明記されて掲載された作品にも目を通すこととする。

まず、「雪渡り」が読者と同じ時代を生きる子ども「四郎」「かん子」を主人公に設定している点に注目したい。童話の舞台を「昔」ではなく読者の現在とつながる時空間とし、人間の子どもを主人公に設定することは、同時代の童話の中で一般的だったのかどうか。

これについては、同時代の童話として今回目を通した全四誌合計二百五十八作品のうち、同様の設定を持つものは四十九作品で全体の約一九パーセント、特殊とはいえないが「昔」を舞台とするものが全体の約四三パーセントであるのと比べて明らかに少なく、主流ではなかったと認められる。ただし、応募入選作品に限ってみると四七パーセントという結果となり、『愛国婦人』掲載の「応募童話」に限るとその割合は六〇パーセントまで上がる。『赤い鳥』の場合、童話の募集記事に「子供の心理又は子供を中心とした日常の事実を描いた現実的な作品を歓迎します」とあり、これを反映して大正十年に「推奨」「入選童話」とされた二篇はいずれも当時の日本の子どもが主人公であった。

こうしてみると、読者の現在とつながる時空間を生きる子どもが主人公に設定されているという「雪渡り」の特徴は、大正十年において応募入選童話によくみられるものだったといえるだろう。たまたま「雪渡り」がこのような設定だったため『愛国婦人』に採用・掲載されたのか、それとも童話の応募を考えて賢治が意識的に当時求められていた設定を選択したのか。このような疑問が浮かんでくるが、賢治の最初期の童話、とくに滞京中に購入したとみられる原稿用紙「10 20（イ）イーグル印原稿紙」に清書された「蜘蛛となめくぢと狸」「双子の星」「貝の火」「ひのきとひなげし」「いちょうの実」「畑のへり」「月夜のけだもの〔初期形〕」が同様の設定を持っていないことと考え合わせると、賢治にとってこの設定は自然に生まれたものではなく、童話の試作をする中で意識的に採択されたのではないかと推察される。そうであるとするならば、その背景には、東京での勉強の成果があるとの解釈も成り立つだろう。

しかし、ここでさらに留意する必要があるのは、読者と等身大の現代の子どもを主人公に設定した同時代の童話の多くが『赤い鳥』の童話募集記事に示されたような「子供を中心とした日常の事実を描いた現実的な作品」であるのに対して、「雪渡り」は狐との交流という非現実的な展開をとることである。加えて、「雪渡り」は何の理屈も条件もなく当然のように不思議を描くメルヘンではなく、論理的枠組みのもと非現実的な出来事を驚異として描くファンタジーの形式を、[8]厳密にいえばファンタジーに近い形式を採用している。「狐の子」との出会いは「雪がすかつ《（ママ）》り凍って」「すきな方へどこ迄でも行ける」特別な日、特別な条件下に仕組まれているうえ、「狐の子」との対話は大きな驚きとまではいえないものの、「四郎は少しぎょっとしてかん子をうしろにかばって」とあるように平常心を揺るがせる特別な出来事として表現されているのである。「雪渡り」がこのような形式をとったのはなぜか。

　主人公が何者であるかにかかわらず、ファンタジーの形式は当時まだ珍しかった。今回確認した童話の中では全体の約三パーセントにすぎない。とはいえ、数は少ないが大正十年の児童文芸誌に現代の子どもを主人公としたファンタジーの例は見出せる。少女アリスを主人公とするルイス・キャロルのファンタジーの翻訳が『赤い鳥』『金の船』の誌面を飾ったのがこの時期だったのである。『鏡の国のアリス』の翻訳作品である西条八十「鏡国めぐり」は、大正十年一月号から十二月号まで、ほぼ毎号他作品よりも大きな活字で目次に示され、主要作品として『金の船』に連載されている。この作品では、主人公を「あやちゃん」という読者と同時代の日本の少女とし、その主人公が「鏡のなか」で体験する非現実的出来事を描くにあたり、「変だわ」「あやちゃんが驚いて叫ぶと」（一月号）、「あやちゃんが一足づ、進めば進むほど奇妙なことだらけで」（八月号）等、体験を驚異と捉える現代的感性が明確に表現されている。また、『不思議の国のアリス』の翻訳作品である鈴木三重吉の「地中の世界」は、『赤い鳥』に同年八月号から翌年にかけて連載されたものであるが、この作品も現代日本の少女を主人公とするファンタジーであった。主人公「すゞ子ちゃん」は、独り言をいいながら走っていく兎を目にして追いかけるが、「びっくりして立ち上り《（ママ）》」等、そこにはやはり非現実的出来事を不思議と捉える感性が示されているのである。「地中の世界」は、初回は巻頭童話の扱いであったことから、大正十年の七月に発売された『赤い鳥』八月号を賢治が手に取ることがあったとしたら、この作品を見落とすことはなかっただろう。賢治の没後に残された蔵書に『不思議の国のアリス』『鏡の国のアリス』の原書があったと記録されているが、(9) 大正十年に『赤い鳥』『金の船』に掲載されていた翻訳作品の形で賢治はまずキャロルのファンタジーと出会ったのではないだろうか。そして、その出会いから現代の子どもを主人公としたファンタジーが賢治の中で芽吹き、「雪渡り」が生み出されていったのではないか。実際に賢治がこれらの作品を目にしたかどうかは確認の取りようがないが、少なくとも同時代の童話の中で、読者と等身大の現代の子どもを主人公とするファンタジーであるという点において、「雪渡り」は西条八十「鏡国めぐり」や鈴木三重吉「地中の世界」と隣り合う位置にあったといえよう。

以上のようにたどってくると、「雪渡り」の設定や形式の特徴は、同時代の童話の一般的傾向とは異なるものの、当時の最先端の作品群と近いものであったと捉えられる。では、内容面に関しては同時代の童話と類似するところはあるのだろうか。

今回確認した大正十年発表の童話の中には、賢治の作品と共通する要素を持つものがいくつかある。たとえば、雑誌『童話』の大正十年三月号に掲載された小川未明「角笛吹く子」(同年五月刊行の童話集『赤い蠟燭と人魚』に収録)は、北風を吹かせて雪を降らせる「子供」と「狼」、さらに「子供」と「狼」を率いて空をかける魔物の「お婆さん」を描いており、すでに続橋達雄の指摘(10)があるように童話集『注文の多い料理店』所収の「水仙月の四日」との関連が推察される。また、同誌の同年八月号に掲載された中村勇太郎「ハルモスの聴いた歌」は、賢治の短篇「竜と詩人」との関連を感じさせる作品である。この物語は、「国中の名ある歌唄いを集めて、それ〴〵得意の歌を唄わせ」る催しに「まだ年の若い歌唄い」ハルモスが参加し、最も優れた歌い手として評価されるという展開を持つ。竜は登場せず、詩人の懺悔もないが、ハルモスは「風の歌う声」や小川の「歌の言葉」を聴き取り、鳥の声を聴くと「鳥が歌っているのか自分が歌ってるのか分らないような心持」になる若者で、王のお宮で開かれた催しで唄ったその歌は「空を渡り行く風がさや〳〵と木の葉に囁いている声がしたかと思うと、忽ち疾風が起って、大木のきしむ音が聞え。逆立つ浪の怒る声が伝わって」くるというもの。「竜と詩人」の「風がうたい雲が応じ波が鳴らすそのうたをたゞちにうたうスールダッタ」と通じるところがある。自然の声をそのまま歌にするという発想は、翌年に刊行された北原白秋の童謡集『祭の笛』（アルス、大正十一年六月）の序文にも表れているように特別珍しいものというわけではないが、「国中の名ある歌唄い」が集まる会で称賛されるという設定や「竜と詩人」の現存稿の作品末尾に「一〇、八、二〇」という大正十年夏の日付が付されていることから考えて、「ハルモスの聴いた歌」に触発されて「竜と詩人」が生まれた可能性はあるといえよう。このように、賢治の作品の中には大正十年に発表された童話を意識に入れて創作したかと見受けられるものがあり、「雪渡り」を構想していた時期に賢治は図書館等で児童文芸誌に目を通したに違いないという思いは強まる。

しかし、「雪渡り」に関しては、今回確認した同時代の童話の中に内容の面で似た要素を持つ作品は見当たらなかった。「雪渡り」には物語中に数多くの歌が挿入されているが、「歌物語」（続橋達雄『賢治童話の展開』）と評されるほど歌を取り入れている童話はほかに例がない。そもそも、戯曲は別として歌が挿入された童話作品は少なく、ほんの一節でも挿入されていればよいとして歌を含む童話を探しても、それは全体の一一パーセント程度しかない。堅雪わたりという地域性のある話題が特殊であるのは仕方がないとしても、月夜の集会も動物の小学校も幻灯会も今回確認した範囲には出てこない。人間の子どもと動物の子どもの交流は、『おとぎの世界』まで探索の範囲を広げれば弓野千枝子「兎の兄妹」（二月号）があるが、大人と子どもの違いが強調されているわけではない。「十一歳以下」等、年齢制限のある話もみえない。狐が登場する作品はいくつかあるが、そのほとんどが伝承どおりの人間を化かす狐か人間にとりつく狐、あるいはずる賢い狐で、正直な狐と人間の子どもとの交流が描かれるのは「雪渡り」のほか徳永寿美子「野薔薇の花」（『童話』八月号）のみ。「野薔薇の花」には「狐が、人間の姿をしているという偽りや不正直やを捨てる事を思い付いた」という場面があり、伝承上のイメージを覆した狐像を提示しようとしているが、「捨てる」とあるように「偽りや不正直」はもともと狐に備わっていたとする点で、伝承を「偽」とする「雪渡り」とは異なる。さらに、この狐は野生の狐でも子狐でもなく、「裏庭の狐小家」に「もう長い年月の間飼われて」いたもので、主人公の少年夏雄とは最初から「友達」だった。伝承上のイメージを覆すことで両者の関係の変化がみられるわけではないのである。

なお、狐ではなく狸を登場させ、人を化かす狸が人間と新たな関係を築くに至る流れを描いた童話として、『赤い鳥』大正十年二月号に掲載された豊島与志雄「狸のお祭」を挙げることができる。人間に害をなすという伝承上のイメージが覆される様子を描いている点、そのうえで動物と人間との交流を描いている点では「雪渡り」と共通しているが、この物語では伝承どおりに人間を化かしていた狸が人間に捕われて改心し、害をなす存在から役立つ存在へと変わったことで新たな関係・交流が生まれており、特定の狸は伝承上のイメージを脱したが伝承そのものは否定されていない。

伝承そのものの問い直しが行われているかどうかという点に着目するならば、前者は狐も狸も登場せず後者は狐の幽霊の話題であるが、むしろ宇野浩二「福の神の正体」（『赤い鳥』六月号）や齋藤佐次郎「狐のお化け」（『金の船』十二月号）のほうが「雪渡り」に近い位置にあるといえよう。「福の神の正体」は人々が「福の神」と昔から信じてきている恵比須神社の「御本尊」が何者であったのか解き明かし、欲の深い人たちが勝手に福を授けると思い込んだだけであると語るもの。「狐のお化け」は殺した狐が化けて出たと「気の小さい男」が思い込んだが、その男が「狐のお化けだと思ったのは、背戸に咲いていた卯の花だった」と種明かしをするもの。いずれも言い伝えられてきたこと、信じられてきたことは事実ではなく人間の思い込みであったという解釈を提示する物語で、「きつねが人をだますなんて偽」であり「だまされたという人は大低（ママ）お酒に酔ったり、臆病でくるくるしたりした人です」という「雪渡り」の伝承解釈と通じるところがある。

とはいえ、これらの作品が科学的合理的解釈を提示して終わっているのに対し、「雪渡り」は、伝承を否定したその先に人獣交流の物語が展開している点も見過ごすわけにはいかないだろう。そもそも物言う狐を登場させていることから明らかであるように、「雪渡り」は科学的合理的解釈の提示を目的とはしていないと認められるのである。

さて、以上、大正十年に主要な児童文芸誌に掲載された童話の中に「雪渡り」を位置づけることを試みてきたが、結局のところ主人公の設定や物語の形式の面で時代の最先端の作品と近接しているものの、内容の面では類例がない様子が浮かび上がってくる。そこに賢治の発想の独自性をみてよいのか、それとも「雪渡り」は児童文芸誌掲載作品以外のものから刺激を受けて構想されたと考えるべきなのか。この問いの答えを得るためには、さらに探索の範囲を広げて、なぜこのような物語が生み出されたのか丁寧に探ってみる必要があるだろう。

四　童話「雪渡り」が目指すもの

「雪渡り」の物語は、「雪渡り（小狐の紺三郎）《一》」と「雪渡り　その二（狐小学校の幻灯会）」との二つの部分から成り立っている。「お日様」が照らす朝を描いた前半も、「月夜の晩」を描いた後半も、雪が凍った日に設定されているという点では共通する。「雑誌発表形」の物語中に地名や地域が特定できる固有名詞は出てこないが、雪が凍るという北国の気象現象が前面に出され、また東北地方北部に伝わるわらべうたの類歌が書き込まれていることから、広い意味で郷土性への志向が認められる作品であるといえるだろう。今回目を通した同時代の児童文芸誌には郷土色を打ち出した創作童話はみられないものの、大正十年の『赤い鳥』には「地方童謡」募集の呼びかけが「童謡中の方言は標準語に直さないこと」という註記とともに毎号掲載されていた。また、雑誌『童話』は新聞広告で「最も郷土的な最も芸術的な少年少女雑誌」であると謳っていた。これらのことから郷土性が評価される風潮を賢治は感じ取っていたのかもしれない。

「雪渡り」の前半の概要は、四郎とかん子が森の入口で「白い狐の子」紺三郎と出会い、「きつねが人をだます」という伝承は「偽」だと聞かされ、幻灯会に招待されるというもので、一連のやり取りが歌を交えて展開されている。幻灯会への招待は「お団子」を食べさせたいという紺三郎の思いから発案され、「お団子」は「きつねが人をだます」のは「偽」であることの証として勧められているという流れから考えるならば、話の中心は狐をめぐる伝承の否定にあると受け取れる。紺三郎が「白狐」と設定されているのも、不思議をなす狐の伝承を意識してのことと推察されよう。井上円了『迷信解』（哲学館、明治三十七年九月）には「白狐、オサキ、管狐と称するものは、狐中にて最も神変不思議の作用をなすように信ぜられておる」とある。

では、「雪渡り」において狐をめぐる伝承の否定が提示されたことには、どのような意味があるのだろうか。

先に確認したとおり、大正十年において伝承そのものは物語の題材になり得ても、狐は人をだます、ばかすという伝承の否定は童話の題材として一般的ではなかった。また、賢治が大正十一年頃までに読んだと推察される早川孝太郎・柳田国男『おとら狐の話』（玄文社、大正九年二月）も、伝承の否定を打ち出してはいない。『おとら狐の話』は、狐伝承を伝えられ語られているまま書きつけ、その意味に関して考察を加えたもので、これは伝承と向き合う姿勢として当時新しいものだったと考えられるが、賢治はその姿勢を取り入れているようにはみえない。「きつねが人をだます」のは「偽」という判断を明示する「雪渡り」のありかたは、時代の先をいくものではなく、むしろ明治期以来の啓蒙的、教育的文献と近いものであったといえるだろう。賢治が小学生だった頃に使用されていた文部省著作の第一期国定修身教科書『尋常小学修身書』（文部省、明治三十六年十月）の第四学年には「第十五めいしん（迷信）をさけよ」の項目があり、教師用のテキストのこの項目の部分には「左の諸項を諭すべし」として最初に「イ。狐狸などの人を誑し、または人につくということのなきこと」が挙げられていた。狐が人をたぶらかすことは明治期以来「迷信」であるとされ、学校教育の中で否定されていたのである。この項目は、「迷信を避けよ」の表記で明治四十三年三月発行の第二期国定修身教科書にも引き継がれ、大正七年二月発行の第三期国定修身教科書でも「巻四」に「第十七　迷信におちいるな」の形で掲載されている。狐が人を化かすという伝承が大正十年当時なお迷信の代表格とみなされ、それを忌避・打破することが教育的課題とされていた様子は、大正十年十二月刊行の牧田弥禎『斯の如き迷信を打破せよ』（名倉昭文舘）に「狐狸のみは妖けるものと今尚お信ずるもの甚だ多く而も相当の教育ある者にして之れを信ずるもの亦多し」という表現がみられることからも明らかである。このような状況に照らすならば、「雪渡り」に狐をめぐる伝承の否定を取り上げるにあたり、賢治は修身の授業における迷信に関する課題を意識したとみて間違いないだろう。実際、迷信の問題以外にも、「ウソ　ヲ　イウナ」（第二期、第三期・巻一）、「オクビョウ　デ　アル　ナ」（同・巻二）、「オン　ヲ　ワスレル　ナ」（同前）、「人をそねむな」（第一期・第三学年）など修身教科書に記された徳目は、「雪渡り」の中で「狐の生徒はうそ云うな」「狐の生徒はそねまない」「今夜のご恩は決して忘れません」等々ほぼそのままの形で活用されている。

しかし、「雪渡り」の物語は先にも触れたとおり科学的合理的な立場からの「迷信」の否定で終わるわけではなく、その点で修身の教科書とは目指すところが異なる。それでは、この物語において狐をめぐる伝承の否定は何のために描かれたのだろうか。賢治はなぜ法華文学の創作を志して「雪渡り」を構想するにあたり、当時の読者が修身の授業を思い出すに違いない迷信にかかわる話題を取り上げ、さらにそのうえで科学的合理的な発想を超えた理想的な人獣交流の物語を紡ぐ必要があったのか。

この問題を考えたときに参考になるのは、大正五年三月に刊行された井上円了『迷信と宗教』（至誠堂書店）であろう。同書は、「世人往々宗教をもって迷信となす」という時代背景のもと、「宗教の真相を開現するには先ず迷信を一掃せなければならぬ」との考えから、「道理に背き学理に反する」「迷信」を否定したうえで「道理以上学理以外に根拠を有する」「宗教」の真相を明らかにしようとするものである。「序言」には、「わが国は今日なお迷信盛んにして、宗教もその雲におおわれ、精神界はこれがために暗黒なるありさまなれば、余は人文のため、国家のために、迷信と宗教との別を明らかにし、有害なる迷信を除きて、正しき信仰の下に宗教の光明を発揮せしむ」と記されている。賢治が『迷信と宗教』に目を通したかどうかは確認できないが、少年期に父の主催する仏教講習会に参加していた賢治にとって井上円了の属する真宗大谷派の近代仏教の思想は身近なものだったことを考えると、『迷信と宗教』で展開されているような主張、近代において宗教は前近代的非合理的な迷信を脱しなければならないとする啓蒙的な主張を当然賢治は知っていたのではないか。知っていたがゆえに、宗教としての芸術を考えて創作した「雪渡り」に当時修身の授業で迷信とされていた狐伝承を敢えて取り上げてそれを否定し、そのうえで科学的合理的解釈を超える理想的な人獣交流の物語を生み出したのではないか。そうであるとするならば、「雪渡り」

の後半に描かれた四郎・かん子と子狐たちとの交流の物語は、迷信を超えた新しい宗教的世界を暗示するものだったということになる。先に、迷信の問題以外にも修身の教科書に示された徳目が「雪渡り」にそのまま活用されていると指摘したが、物語後半に集中的に道徳的規範が書き込まれているのは、実は「迷信は非倫理的にして、宗教は倫理なり」(『迷信と宗教』)という認識と対応するものだったと解釈することも可能だろう。

こうしてみると「雪渡り」の物語は、かなり意図的に宗教を意識して構想されたものだったと受け取れる。そこで、改めて宗教という観点から物語の設定を見直すと、伝承の否定の後に展開する物語の後半には児童の宗教教育に関する当時の理論や実態が活かされているという可能性が浮かび上がってくる。

まず、「月夜の晩」という設定が重視されていること。物語の後半は「大きな十五夜のお月様がしづかに東の山から登《ママ》りました」と月の描写から始まり、さらに幻灯会の入口でも「お月様はもう静かな湖のような空に高く登り森は青白いけむりのようなものに包まれています」と月夜の雰囲気が強調されている。これは、当時仏教日曜学校で開催されていた月夜の集まりを意識した設定なのではないだろうか。昭和初期に発表された神根哲生「仏教日曜学校」(『宗教々育講座』昭和二年十一月~三年一月)には「児童の情操に及ぼす心理的効果から考えても月夜の集りは意義深いもの」「月夜の集りは一生忘れることの出来ない印象を与えるもの」とあり、宗教的情操教育に効果的であると力説されている。この記述は、大正期から昭和初期に行われていた仏教日曜学校の行事の実態を踏まえて提示されているようで、「月夜の集りは大概七月八月の満月又はそれに近い夜」に行われたとも記されている。賢治は、そのような宗教教育の実状や月夜が児童の宗教的情操に及ぼす効果を知っていて、それを幻灯会の設定に活用したのではないか。そして活用にあたっては、人間ならぬ狐の小学校の幻灯会であることから、わざと仏教日曜学校の実際とは正反対の季節である真冬の開催としたのではないだろうか。

また、幻灯会のプログラムの特徴にも児童の宗教教育に関する理論が活かされているのではないかと推測される。児童の宗教教育を論じた書物のうち、大正十年当時最新の研究書のひとつであった関寛之『児童学に基づける宗教教育及日曜学校』（洛陽堂、大正九年六月）の「直観的宗教教育」について説いた部分には、「凡そ直観、即ち実物又は絵画・模型・標本・写真等を指示することは、単に言語のみの説明を以てする場合に比して、感覚の数を働かすことが多い」との指摘がみられる。さらに、「感情陶冶の上に、強き印象を与うることに依って大なる効果を奏する」には同一の話でも様々な提供の仕方をするとよいとして、「一、言語によって話してきかせる」「二、絵画を以て印象を強める」「三、フィルムに撮って活動写真に仕組む」「四、お伽噺によって印象を更に強くする」「五、唱歌に仕組んで直接に感情の奥なる美の琴線を奏でる」と五つの方法が示されている。「雪渡り」の幻灯会が「写真」の映写、「絵」の提示、「歌」「踊り」といった多様な活動から成り立ち、とくに歌が多用されて感覚に訴えるようになっているのは、こうした宗教教育の理論の応用なのではないだろうか。児童教育の手法について詳しい知識を持っていたとは思えない大正十年当時の賢治が「雪渡り」に狐小学校の幻灯会の活動を具体的に描き出すには、やはり図書館等で情報収集をしたのではないかと思われるのである。

その他、幻灯会に「十一歳以下」という年齢制限、「小兄さんは四年生だから」「お断わり」という年齢制限が設けられたのも、日曜学校のクラス編成からの影響とも考えられよう。日曜学校のクラスの年齢区分は書物によって異なるが、どの書物も発達段階によってクラスを分けるという点では共通している。その中で、鳥越道眼『児童の宗教々育』（六大新報社、大正九年六月）は小学生を「少年科（初級）尋常三年迄」と「少年科（上級）尋常六年迄」とに分けており、「雪渡り」の幻灯会の年齢設定と合致している。ただし、童話の研究書にも「十一歳以下」という年齢制限の発想につながる記述を見出すことができる。蘆谷重常『教育的応用を主としたる童話の研究』（勧業書院、大正二年四月）には「十一二歳までの児童に最も多い話材は、動物に関するもので、動物を擬人してこれに人間のような活動をさせることが彼等の空想の大部分を占めて居り」とある。「雪渡り」はまさに、動物を擬人化した物語であるが、このような児童の空想の発達段階に賢治は興味を持ち、童話の研究書で得た知識を物語世界の中に幻灯会への参加資格として取り込んだという見方もできるだろう。

なお、二瓶一次『童話の研究』（戸取書店、大正六年二月）の跋文に蘆谷重常は「お伽噺はこどもの宗教である。芸術である」と記している。「これからの宗教は芸術です。これからの芸術は宗教です」という主張のもとに創作に取り組んでいた賢治がこれを目にしたならば、童話というジャンルの選択に自信を持ったに違いない。この二瓶一次『童話の研究』は当時の童話研究書の中では新しく、多くの著名人の推薦文を添えて刊行されていたので、賢治が手に取った可能性は十分にあるのではないか。同書には、子どもの「自然物に対する空想はまことに美しい詩」であるとして「ばら〳〵離れろ、お嫁とってやるよ」という野茨に向けた子どもの即興歌が記されており、こうした記述が「雪渡り」の物語中にわらべうたを基盤とした数多くの即興歌を挿入させるきっかけのひとつになったのではないかとも推察される。「風三郎又三郎ゴウゴッゴッと吹いてこい！」の歌も記載されており、従来賢治の造語とみられてきた「又三郎」の語が登場していて興味深い。

以上、「雪渡り」の物語を生み出すにあたって賢治が視野に入れたもの、意識したものがあったのかどうか、探索の範囲を同時代の児童文芸誌以外にも広げて探ってきたが、結果として賢治は図書館等で啓蒙的な宗教書や児童の宗教教育の理論書・研究書、童話の研究書等を閲読した可能性が高いといえるだろう。『【新】校本宮澤賢治全集』第十六巻（下）補遺・資料「年譜篇」一五二頁には「賢治の読書方法は斜め読み、必要な箇所は熟読主義である」との記述があるが、大正十年に東京で宗教としての芸術を考えて童話の創作を思い立ったときに、賢治は宗教、童話等をキイワードとして書物・雑誌を種々検索し、斜め読みしたのではないだろうか。そして、その勉強の成果を「雪渡り」の制作に活かしたのではないか。結局のところ「雪渡り」は、児童文芸誌に掲載されていた童話よりも宗教教育や童話研究などの理論研究から発想を得たような内容になっている。「雪渡り」は、同時代の児童文芸誌の中に位置づけると異色であるかのようにみえるが、時代の文化と無関係につくられたのではなく、当時の最新の理論研究を反映した意欲作であったのだといえるだろう。

おわりに

「雪渡り」の「雑誌発表形」に焦点を当て、なぜ童話という様式が選ばれたのか、狐をめぐる伝承を否定したうえで子どもと子狐との交流を描く内容にはどのような意味があるのか、歌が物語の中に数多く挿入された理由は何か等々の問題を考えてきた。その答えからみえてくる大正十年の賢治の創作意識の要点をまとめると次のようになる。

第一に、当時の賢治は文芸として童話を創作するという意識以上に宗教としての芸術を生み出そうという意識が強かったと認められる。狐をめぐる伝承の否定が物語の題材としては一般的ではなかったことや、伝承の否定は近代国家の教育的課題であると同時に宗教の近代化の前提であったこと等にも表れているとおり、「雪渡り」の物語は宗教的、教育的著作から発想を得たと推察される部分が多い。そもそも童話の様式自体も、児童の宗教教育が盛んだったという時代の影響もあって選択されたと考えられる。一般に相手と状況に応じて書かれた書簡の言葉を作家の本音と受け取るのは危険であるが、「これからの宗教は芸術です。これからの芸術は宗教です」という書簡一九五の言葉は、信仰を同じくする関徳弥に向けて自身の意欲をアピールするものであっただけではなく、実際に創作の指針とされていたと理解してよいだろう。

また第二に、童話の読者として明確に子ども、それも小学生くらいの年代を意識していたことが指摘できる。この年、小川未明は「私は、「童話」なるものを独り子供のためのものとは限らない」「子供の心を失わない、すべての人類に向っての文学である」(「私が「童話」を書く時の心持」、『早稲田文学』大正十年六月)とする見解を発表していた。賢治も大正十三年には、童話集『注文の多い料理店』を刊行するにあたり、広告文に未明の主張と似た「心の深部に於て万人の共通」「卑怯な成人たちに畢竟不可解な丈」という言葉を記している。しかし、「雪渡り」においては、読者と同じ時代を生きる子どもが主人公とされるとともに、児童に身近な修身の授業が想起される話題が取り上げられ、さらに児童の宗教教育で使われていた手法が物語の中に少なからず取り入れられている。これは、読者としての子ども、なかでも小学生の宗教的情操の涵養をねらいとするという意識が明確であるからだと解釈できよう。賢治童話の主な読者設定が児童よりも上の年代、「少年少女期の終り頃から、アドレッセンス中葉」(童話集広告文)まで広がっていくのは帰郷後、農学校教諭となって「学校で文芸を主張」(書簡一九九)するようになって以降なのではないだろうか。

そして第三に、「これからの宗教は芸術です。これからの芸術は宗教です」という書簡の言葉の「宗教」とは、童話の場合、特定の宗派に限定されたものではなく、科学に対する宗教、迷信に対する宗教等、広い意味で捉えられていた可能性が高いと考えられる。「雪渡り」は宗教の真相を明らかにすることへの志向性を秘めていると推察されはしたが、宗教性を誰にでもわかるように前面に押し出してはいない。それは、「吾々の要求する宗教教育は、宗理の教授にあらずして、信念涵養、高き人格の教養にある」「お話の如きも、必ずしも宗教的分子を含まぬでもよい。倫理的分子を含んでいればよい」（前掲、関寛之『児童学に基づける宗教教育及日曜学校』）という立場と近い作風であるといえる。発想当初の児童向け法華文学、法華文学としての童話とは、そのような方向にあったといえるのではないだろうか。

さて、本稿では「雪渡り」を同時代の種々の文献と突き合わせることによって、この物語の意味、生成の理由等を検討してきたが、実際のところ大正十年の滞京中の賢治の行動については十分な情報は残されていない。本稿も推察を積み上げたにすぎないともいえる。たとえば、実際、賢治は井上円了『迷信と宗教』等に目を通すことはあったのかどうか。東京での創作活動が宗教との結びつきを自覚するものであったことを思うと、宗教をキイワードとして検索するうちにこうした書物にたどり着くこともあり得たのではないかと思われるが、確定できるわけではない。しかし見過ごせないのは、同書の末尾に位置する「第六二段　付録」の「第五節　余の宗教論」には「心象」の語が登場することである。賢治がこの書を読んだとするならば、「吾人が外界に対して有するところの有限性の心象を変じて無限性を開き、すなわち無限性に同化すること、これ宗教の目的とするところなり」とする思想に共鳴したのではないか。

奥山文幸は明治大正期における〈心象〉の語の使用状況を調査し、「井上円了が明治10年代という早い時期に心象という言葉を使ったこと」[11]に注目している。賢治と井上円了の思想との関わりの検討は、この奥山の指摘以上にはまだ深められていないと見受けられるが、井上円了の『心理摘要』（明治二十年九月）には「心理学は心象の学なりと知るべし」とあり、また『哲学新案』（弘道館、明治四十二年十二月）には「吾人をば世界の縮図、宇宙の模型と見て不可なかるべし」「宇宙胎内の神秘を知らんと欲せば、吾人の心底を探るにしかず」とある。これらの表現は、少なくとも言葉の次元において、「静に自らの心をみつめましょう。この中には下阿鼻より下有（ママ）頂に至る一切の諸象を含み現在の世界とても又之に外ありません」（書簡四九）と考える賢治の世界観、「心理学的な仕事の仕度」（書簡二〇〇）に「心もちをそのとおり」（書簡二一四a）記録したという〈心象スケッチ〉の発想と似通っている。「雪渡り」の構想に際して『迷信と宗教』に目を通したのかどうかという点も含めて、賢治が円了の思想を意識することがあったのかどうかは検討する必要があるだろう。

「雪渡り」の後、賢治は「とっこべとら子」でも狐をめぐる伝承を「一体ほんとうでしょうか」「多分偽ではないでしょうか」と否定し、山男を取り上げた諸作品でも伝承とは異なる山男像を提示して従来の伝承を問い直すような姿勢をみせている。しかし、「春と修羅　第二集」所収の「一〇六〈日はトパースのかけらをそゝぎ〉」の下書稿㈠で「樹陰の赤い石塚」等を「われわれの所感を外れた」「古い宙宇の投影」と表現するなど、現在とは別のもう一つの世界観として伝承を意味づける認識も、その作品には書き込まれるようになる。法華文学の出発期に宗教の真相に迫るために伝承の否定という方法を活用した賢治がその後伝承とどのように向き合っていったのか、賢治文学の展開の中でさらに問うべき問題であるといえよう。「雁の童子」「風野又三郎」「風〔の〕又三郎」等、伝承の変形、新たな伝承の創造という方法の意味するところも含めて今後の課題としたい。

註

（1）佐藤泰平「宮沢賢治の詩・童話と音楽――童話「雪渡り」を中心に――」（『駒澤短大國文』平成十二年三月）

（2）恩田逸夫「宮沢賢治における大正十年の出郷と帰宅――イーハトヴ童話成立に関する通説への検討を中心に」（『明治薬科大学研究紀要』昭和五十一年九月）

（3）宮澤清六「兄賢治の生涯」（『宮澤賢治全集』別巻、筑摩書房、昭和四十四年八月）

（4）中地文「ライフワークの発進［童話制作のはじまり］」（『宮澤賢治イーハトヴ学事典』弘文堂、平成二十二年十

二月）

（5）大沼善隆「開会之辞」（『第一回　日曜学校講習会講義録』本願寺教学課、大正五年十一月）
（6）鳥越道眼『児童の宗教々育』（六大新報社、大正九年六月）
（7）森三紗「全国紙／地方紙」（『宮澤賢治イーハトヴ学事典』弘文堂、平成二十二年十二月）
（8）メルヘン、ファンタジーの区別に関しては、岡田純也「児童文学理論小事典（主要語解説）」（日本児童文学学会編『児童文学研究必携』東京書籍、昭和五十一年四月）を参照した。
（9）「宮沢賢治蔵書目録」（『【新】校本宮澤賢治全集』第十六巻（下）補遺・資料「補遺・伝記資料篇」）
（10）続橋達雄『賢治童話の展開』（大日本図書、昭和六十二年四月）
（11）奥山文幸「『春と修羅』成立」（『宮澤賢治イーハトヴ学事典』弘文堂、平成二十二年十二月）

宮澤賢治の仏教的世界

――その時間と空間

萩原　昌好

一

宮澤賢治の信仰というと、誰でもがすぐ法華経を取り挙げる。私もそれに異論は無いが、それだけかと言われると必ずしもそうとは言えない。彼の短い人生の中で幾つかのうねりと劇的な変容を見なくては本当の意味で彼の信仰を理解したとは言えないだろう。

彼はきわめて鋭敏な神経を持っていた。この天性の繊細な神経が、時に彼の歓喜を湧き立たせ、時に悲しみと苦痛を与えた。彼は感性を理性によって耐え抜こうとした。そこには破綻を招くこともあったであろうが、彼はそれを甘んじてうけ、強い意志をもって克服しようと試みた。それが彼の人生である。

強すぎる感性は時に霊的なものに通じる。だから、彼を神秘主義的な面から捉えようとしたり、或いは福島章氏のように躁と鬱から見ようとしたりする。それは、一見可能であるように見えるが、だからそれがどうなのかというと、それ以上の発展が見られない。夏目漱石を同じように捉えようとしても、それが漱石の文学の本質論とは隔たってしまうのと同様である。それゆえ、賢治の場合もそうした霊的なものへの志向を抜きにしても語ることはできるので、私は否定はしないが、それらについて語る意思も持っていない。重要なことは、賢治自身がそれを心象スケッチという名のもとに自覚的に己れの内なる霊性を自ら認め、自ら表象していることであって、それが何故に営まれたのか、ということであろう。もちろん、宮澤賢治という多様な個性を、一つの方法論で捉えること自体が無理だというのが本当の所かもしれない。したがって私がこれから述べることも方法論の一つの視点である。

賢治の信仰の軌跡を辿るためには、第一に賢治が生きた花巻を中心とする地域のさまざまな要素、例えば風俗、習慣、土着の信仰、年中行事等さまざまな要素を絡ませて考えなくてはならない。宮澤家または賢治が地域から孤立していたとは考え難いからである。それ故岩手——イーハトーヴ——の内なる賢治の法華経信仰を探らなければ意味がないと思われる。もともと我が国にあっては、過去の歴史を振り返れば、全国それぞれの地域にあって独自の信仰なり風習が発展してきたと見るのが自然であって、それらの中で本当の信仰体系を見出そうとしたのが、賢治だったと考える訳である。このようなことを前提に以下筆を進めることにする。宮澤家は、本来浄土真宗の中でその家系を保ってきたことは、周知の事実である。この点については、栗原敦の鋭い指摘がある。

私の印象では「賢治の宗教」としての法華信仰は、晩年に至るまで、その信仰に自足することではなく、むしろはみ出し破綻を示してしまうところに独自の姿があったと思われる。信仰の中に自足するかたちで徹することもなく、はみ出すものの側に徹することで非宗教の位置に立つこともなかった。

（「賢治初期の宗教性」——宮沢賢治論㈠——『宮沢賢治の宗教世界』より）

栗原は「ここには二つの大きな背景が存在する」として「日本の近代の中に、宗教そのものに徹底的な対象化を試みるという伝統が存在しなかったこと」及び「彼が選んだ法華――日蓮――国柱会という宗派自体のうちに、宗教性とは相容れないものが、本来的に組み込まれていたのではないのか（逆にその点が賢治を引き寄せる理由となったともいえるのだが）ということ」として、以下詳述している。

栗原のこの論は難解で、同書の中の田中香浦の「賢治の信仰と国柱会――その内容と軌跡、ならびにその評価」とどう嚙み合うのかよく分からないが、少なくとも彼が「信仰の中に自足するかたちで徹することもなく、はみ出すものの側に徹する」という指摘は、首肯できる。ただしそれが「非宗教」的なものかどうか、なお検討の余地はあるであろう。

私はこの「はみ出すもの」とは、賢治が自己の地平の彼方に「科学」と宗教――法華経――というエレメントを加え、さらに現実社会の悲惨さと仏の説く寂光土とのギャップを、彼なりに合一させようという途方もないことを実証しようと試み続け、そこに地域のあらゆる俗信仰までも巻き込もうとしたからだ、と考えている。それ故、一見非宗教的なもの（妙な例だが恋愛までも）も、彼にとって、避けることのできない重要な命題だったと思えるのである。そして、それは自身を「修羅」と規定づけた時点から始まるのではないか。

「修羅」の定着はまちまちであるが、私が見た修羅の定義で、最も賢治の生き様に適っているのは『仏教大辞彙』（冨山房、大正三年、龍谷大学）である。

念の為「修羅」は「阿修羅」（ASURA）の略で六道の一つでもあり、またその世界に住する者をいう。賢治の場合「おれはひとりの修羅なのだ」と記しているから修羅界の住人という意味で用いている。『仏教大辞彙』では非天・不端正・無妙戯・無酒・不飲酒・そして非同類を挙げているが、『大婆沙論』では無妙戯・無酒・不飲酒を退けているので、残るのは非天・不端正・非同類の三つになる。住処は須弥山上から須弥山の四辺の海底に至るという。日蓮の『観心本尊抄』には「瞋《いか》るは地獄、貪《むさぼ》るは餓鬼、癡《おろ》かなるは畜生、諂曲《てんごく》は修羅、喜ぶは天、平らかなるは人なり」とある。法華経の教義は日蓮も根本を天台の教義（厳密には智顗というべきか）に基づいているので、そこに視点を置けば、十界互具も一念三千も、解釈は異っても、用いる意味はほぼ重なる。

「日蓮聖人乃教義」（「妙宗大意」）でも、地獄から仏界までを心が保持し、瞋恚《シンヌ》・貪婪《ドンラン》・愚痴《グチ》・諂曲《テンゴク》・平和《ヘイワ》・喜《キ》楽《ラク》・無常《ムジヤウ》（二乗）（声聞と縁覚をまとめている。筆者注）・慈愛《ジアイ》・公正《コウセイ》とそれぞれ十界に当てている。

　これらの国柱会の書はいずれも日蓮の説く所を当てたもので、こうした点で天台教学とは異る訳である。

　賢治がこの書を読んだことは確かだが、栗原の言う「非宗教」とどう関連するのか。それは、作品「春と修羅」のテーマが恋（と言っても片思いだと思うが）という心で瞋恚に悶え、どうにもならない心のやり所を求めて彷徨する賢治が自らを修羅に位置づけたのである。勿論、賢治の瞋りはそれだけではあるまい。父との家庭内での確執、真宗と日蓮主義との狭間にあってどうにもならぬ自身への瞋りと見た方が良さそうだ。

　ただ断っておかなくてはならない。大正九年の保阪嘉内宛の書に「いかりは赤く見えますあまり強いときはいかりの光が滋くなって遂には真青に見えます。（中略）私は殆んど狂人にもなりさうなこの発作を機械的にその本当の名称で呼び出し手を合せます。人間の世界の修羅の成仏」（大正九年六～七月　保阪嘉内宛）とある。

　ここで注意しなければならないことが二点ある。一つは『仏教大辞彙』が盛岡高農にあり、賢治がそれを読んだ可能性が高いこと。二点めは、修羅像をここまで詳しく述べているのは『仏教大辞彙』以外今までの所見当らないことである。因みに『和訳法華経』には特に阿修羅には触れておらず、『漢和対照妙法蓮華経』には「略して修羅ともいふ。非天、非類、不端正と訳す。十界、六道の一。衆相山中、又は大海の底に居り、闘諍を好み常に諸天と戦ふ悪神なりといふ」とある。言うまでもなく『和訳法華経』は山川智応の著（訳者）であり『漢和対照妙法蓮華経』は島地大等の手になるものである。また国柱会発行の（国書刊行会で復刊）『本化聖典大辞林』も「「十界明因果鈔」等に出づ」」とあって、特に注目する所は「阿修羅王」（婆稚《バヂ》阿修羅王、佉羅騫《カラケン》駄阿修羅王、毘摩質多阿修羅王、羅睺阿修羅王）の説明であり、婆稚阿修羅王は地震を生ぜしめ、佉羅騫駄阿修羅王は彗星を生ぜしめ（天使の瞋りによって）、毘摩質多阿修羅王は四大海の水を一時に波動せしめる（津波のことか）といい、羅睺阿修羅王は日月蝕を起こすという。いずれも諸天と闘諍した際に起こるもので、星座の好きな賢治が彗星をあまりよく表わしていないのは、この阿修羅王のことが念頭にあったからかも知れない。いずれにせよ、本稿とは直接関わらないので省く。

ともあれ、賢治が自らを修羅と位置づけた根拠は『仏教大辞彙』に依るもので、その上に彼独自の解釈を加えたものである。こうした点から考えると「光の素足」などもまた我々の世界の何かの現象と結びつけることが可能で、私は太陽光線が、一度地上の雪に反照して雲に映る現象（これは実際に見ることができるようである）だと思っている。「天気輪の柱」なども、或いはこうした現象の複合されたイメージかも知れない。ただし、私は根本順吉氏のように「太陽柱」と決めつけるのは妥当とは思わない。あくまでモデルの一つであって幾つかのイメージが複合されたものと考えている。

重要なのは、こうした自然現象を組み合わせて、仏典の解釈を科学的に証明できるという賢治独自の解釈である。「石丸博士も保阪さんもみな私の中に明滅する。みんなみんな私の中に事件が起る」という賢治の心象が、先ず彼を動かし、それを科学（「心理学」とでもいうべきか）で説き明かそうとしたもの、と捉えた方が、彼の言う「人あり、紙ありペンあり夢の如きこのけしきを作る。これは実に夢なり。実に実に夢なり。而も正しく継続する夢なり。正しく継続すべし。破れんか。夢中に夢を見る。その夢も又夢の中の夢。これらをすべて引括め、すべてこれらは誠なり誠なり。（中略）謹しみて帰命し奉る　妙法蓮華経、南無妙法蓮華経」（大正八年、八月二十日前後　保阪嘉内宛）と、「夢」、即ち実体の無い筈のものが「誠」である、という発想に反転するのは、自己の内なる十界を自覚的に捉えようとする試みに他ならない。したがって、彼は自己の狂気とも言える悶えを「夢」と取り「誠」と捉え直して、それをペンに映し換える作業が、つまり「心象スケッチ」だったと考えるのである。それが賢治の「科学」とも考えるのである。

二

もちろんこれが成立するための条件が幾つかある。化学、地質学、そして法華経信仰者としての賢治を捨象して、彼の「科学」が成り立つ筈がない。それらを前提とした上での科学でなければ、彼独自の創造性が生産される訳がない。

そういう意味で、彼の意図（思想と言えるかどうか改めて検討する余地がある）を綴ったのが『春と修羅』の序詩である。思想の概念は種々あるであろう。私は詩集『春と修羅』第一集に彼の本質が籠められていると思うので、序詩は、その意図を述べたものと考えている。

序詩の解釈は難しい。が、その前に彼が何故「心象スケッチ」という手法を用いたのか私見だけを示そうと思ったが、それに限らず、二点だけ先学の述べている所を考えてみたい。多くの方々が論及されているのは勿論だが、紙数の関係上お許しを願う。

一つは分銅惇作氏の論で、氏の『「宮沢賢治における宗教意識」――法華経信仰と『春と修羅』の世界』①において、中村稔氏の「雨ニモマケズ」を取り挙げ、それに自己の見解を述べているのであるが、その中で見逃せない指摘がある。

ところで、再び序章のことばに注意を戻すと、田中智学には見られない賢治の思想の独自性は、「近代科学の実証と求道者たちの実験とわれらの直観の一致に於て論じたい」という点である。彼の「農民芸術論」の帰するところは、「世界が一の意識になり生物となる方向」であり「われらのすべての田園とわれらのすべての生活を一つの巨きな第四次元の芸術で創りあげようではないか」（農民芸術の綜合）という四次元芸術の提唱であり、「われらに要るものは銀河を包む透明な意志巨きな力と熱である」（結論）という主張であるが、これらのことばが難解であるのは、求道のねがいを近代科学に発想して表現しているからである。「生物」という語は、たとえば「そらや愛やりんごや風、すべての勢力のたのしい根源／万象同帰のそのいみじき生物の名を／ちからいっぱいちからいっぱい叫んだとき」（青森挽歌）という用例でもわかるように「仏」という語と同義語といってもよい思想内容を含んだ用語なのである。

（同書六五五～六六六頁）

以下省略するが、分銅氏は、科学と法華経とが賢治という個性の内に内包されていることを的確に捉えた提言をされており、これは私の言う賢治の映像のイメージとほぼ一致する。また、彼が「生物」という用語を全てではないにしても「仏」と同義に用いている点も注目してよいであろう。またこの三位一体の総合的帰結点が「第四次元」という概念を生み出したものと考えて差し支えないであろう。

彼は、後になって「我慢」（自らの増上慢）を内省しているが、『春と修羅』出版当時はこのように考え続けていたのである。

一方、私にとって国柱会の教義と、賢治の辿った「新信行」との落差をどのように埋めるのかが終始悩んでいたことの一つであった。

彼は法華経に真底帰依し無上菩提を求めたことも、田中智学を真当に尊敬し、帰命していたことは認めても、智学の国粋主義的な考えに果して同意しているのか。その点が唯一未解決で、今もってそうである。

国柱会ではどう賢治を捉えているのか。智学は賢治が訪れた時は病（眼病？）の為、高智尾智耀が賢治に対応したことは周知の通りである。つまり、直接対話した訳ではなく、その後の消息も良く分かっていない。賢治は、恐らく智学の講話を通して智学の言に触れたのであろう。『妙宗式目講義録』（『日蓮主義教学大観』）や『日蓮上人の教義』（『妙宗大意』）などを賢治は熟読したが、彼は智学の説く所を別な方法で生かしたのだ。

凡そ智学の説く所を突き詰めて行くと、ほぼ二つの方向に大別される。一つは北一輝の国家改造論の如きものになり、五・一五事件や二・二六事件のように軍人による暴力的国家改造である。もう一つの方法は、非暴力的な、例えばガンジーのような方法である。

彼は、どちらでもなく、己れ自身の体験を実践的に遂行し、文筆をもって世に問うたのであると思う。国柱会は日蓮の激しい文言に忠実に従い、またその教義を展開して行ったが、暴力的な行動をせよという文言は見当らない。むしろ智学は自らの精神をより強く、より広く世に問う大手筆家の出ることを希ったのであり、これについては以前述べたので簡潔に示せば、そういう人物の出現を期待した旨が『日蓮主義教学大観』首巻に出て来る。[1] 而して、熟考し推敲するよりもむしろ直下に会得したものを述作すべきだとも記している。私は国柱会に肩入れして書いているのではなく、そういう事実が賢治の「心象スケッチ」の基底にあることを記さんが為に述べているのである。

こうした点から今度は、国柱会会長であった田中香浦氏のものを読むと、田中香浦氏は、おわりに、賢治の信行の先駆的な意義について触れておきたい。彼はまれに見るするどくゆたかな感性に恵まれた詩人であると同時に、明晰な知性をもつ科学者であり、また近代人であった。その彼は、信者として田中智学・国柱会には恭順に信伏の情をいだきつつも、独自に信行の道を見出したいとひそかに志していた、と見られる節がある。

（『宮沢賢治の宗教世界』「賢治の信仰と国柱会」六二四頁）

というように、賢治が必ずしも国柱会に全面的に信伏していたのではないことを認めており、それは「これらは、いかに田中智学が日本近代の初頭における仏教界唯一の改革者であるとしても、大正末期から昭和にかけて生きた賢治のするどい感覚からすれば、時代的なギャップを痛いように感じていたにちがいなかろう」として、賢治の歩んだ軌跡を田中香浦氏なりの見方で肯定しているのである。

こうした二点を明確にしておかないと、賢治の信仰体系が矛盾だらけになってしまう恐れがあり、私自身もそれなりの帰結点を見ておかないと、これ以上の筆が進めないのである。もちろん香浦氏が細部にわたって賢治の遺したものを読んだとは言えないかも知れないが、こと賢治の信仰内容の本質に鋭く迫っている点については見逃がす訳には行かないのである。

三

こうした点を踏まえて改めて『春と修羅』序詩を検討してみると、幾つかの興味ある事象が見えてくる。序詩を全文引用することはしないが、順を追って考えたい。

序

わたくしといふ現象は
仮定された有機交流電燈の
ひとつの青い照明です。

冒頭の三行からして難解である。語句を辿れば、「わたくし」＝「現象」＝「仮定された有機交流電燈」＝「ひとつの青い照明」となる。これをまず解かねばならない。

「わたくし＝現象」は本来実体の無いものが在るかの如き様相を呈するからで、仏教でいう「空」の原義である。それが「仮定された有機交流電燈」と言い換えたのは、「わたくし」が偶々この世に有機物として生命体を得て、意識を持った存在というものになったということであろう。それ故「仮定された」と表現したものと思う。それが「青い照明」とは有機交流電燈の光ということになる。即ち有機交流電燈が肉体であるとすれば、「青い照明」は意識（感覚）ということになる。この点、日文研の研究会で杉浦静氏に示唆されたもので、今の時点では最も妥当な見解と思われる。したがって、「有機交流電燈」＝青い照明というよりは、「有機交流電燈」≒青い照明とでも記した方が良いかも知れない。私は、それが有機交流電燈を操作して青い照明として存在するものと考えていたので、光源は別にあり、それが有機交流電燈を輝かせたもので、「わたくし＝照明」とは「わたくし」を有機交流電燈の「影」と捉えていたのである。すると、光源とは何かということになるが、それがここでは見えない。さしずめ、光源は四次元的宇宙の真理とでも言うべきもの、かと思っていたのである。けれど、これは少々まわりくどい解釈で、素直に「有機交流電燈」を賢治の肉体及び精神と捉え、青い照明を意識または色《しき》（ルーパ）と考えた方がより簡潔で、分かり易く「わたくし」という現象を捉えていると思い考えを改めることにしたのである。即ち、肉体という有機物から発する明滅が「青い照明」であり意識ということになる。そのスケッチが「心象スケッチ」だということである。以下簡略に内容を述べたいが全てとはできかねるので、かいつまんで記す。

「(あらゆる透明な幽霊の集合体)」とあるのは、現象としてある「自己」が〝業〟を負うたものであることを示す。つまり、自己は単一に在るのではなく、自己にまつわるあらゆる〝業〟の集合体だということである。〝業〟とは、現在及び過去、未来に至る行為とその影響で、賢治に限らず誰しもが持つ因果の法則である。これは有情の持つ宿命のようなもので「風景」やみんなといっしょに明滅するのだという。この明滅とは「倶舎論」による刹那滅を意味していると思われるので、これは賢治の独自の世界観といって良い。刹那滅とは「倶舎論」業品第一に「故に因有りて、諸法(諸々のダルマ=極微の粒子)を滅すること無し。法は自然《じねん》に滅す。是れ、壊《え》する性なるが故なり。自然に滅するが故に纔《わず》かに生じて、即ち滅するに由りて刹那滅の義成ず」とあるように、我々を形成するダルマは、自然に発し、瞬時に滅し、また生成されるので、恰も持続するように見えるというのである。これが「明滅」であり、交流電灯ということになる。

この一連に続くものは重要であるが、ここでは本体論を述べながらそれを「畢竟こゝろのひとつの風物」であるとし、「一点にも均しい明暗」を、「(あるいは修羅の十億年)」とする時間論と、「因果の時空的制約」の意味を考えたい。

「一点に均しい明暗」と「修羅の十億年」を同一レベルに置くのは、六道を生きる「生物」の宿命だからである。この時、賢治が修羅界を海底の一隅の住民と考えていたのは、修羅と海胆《うに》を垂直の一線に並べている点から見て明らかである。それ以外でも例を挙げることはできるが、それはともかく「一点に均しい明暗」が、なぜ「修羅の十億年」になるのか。「倶舎論」によると人界を基準にして下は無間地獄、上は他化自在天に至るまで、およそ想像を越えた広さを持っている。そこの「生物」つまり天部の諸衆は、その広さに従って巨きくなるし、またその世界の時間も広さに応じて長くなる。古くは『往生要集』にも説かれているが、須弥山の高さがいわゆる六欲天で八万由旬（諸説あるが、定方晟氏の説に従うと一由旬は約七キロメートル）。欲界までが三十三天を含み、他化自在天まで、その上部に色界があって初禅から四禅まであって、最高が色究竟天で、ここまでが天部である。色究竟天は、一六七七億七二一六万由旬というから驚くほど広く、広さに応じて「生物」も巨大化するので、イメージし難い大きさである。賢治が大正七年父親宛の書簡に「一躍十万八千里とか梵天の位とか様々の不思議にも朧気ながら近づき申し候」と記したのは、法華経信仰を許されんがための文言であっても、梵天は色界の初禅で、少なくとも一六万由旬の世界から始まるのだから、少々大袈裟な表現と言わねばならない。政次郎が危惧感を覚えるのも無理はないと思われる。

また「風林」に亡妹トシを思って、

おまへはその巨きな木星のうへにいるのか
鋼青壮麗のそらのむかふ
（古典ブラーマのひとたちには
あすこは修弥の南の面だ
これらふたいろの観測器機による
これらふたつの感じやうは

じつはどっちもそのとほりだ
（「風林」校異）

と記しているが、この「古典ブラーマ」とは「倶舎論」の説く説一切有部の論を踏まえてのことと思われる。

ここで少々仏教に触れた者なら容易に気付くであろうが、説一切有部の説く時空論は三世実有であって、天台教学や日蓮の説く現在実有の論とは対立するのである。何故なら、三世実有論は過去・現在・未来を認めるから三世実有なのであって、現在の中に過去も未来も巻き込まれていると説く現在実有論とは本質的な隔たりがあるからである。この辺賢治はどのように受け止めたのか。

彼は言うまでもなく、時間の観念を正確に捉えている。「序」の「過去と感ずる方」とか「こゝろの一つの風物」とか、そういう言い方でその中に「倶舎論」を取り入れている。即ち、生きているという個の現象の中では三世実有的な解釈を許容し、個から離れた全体の中での自己は現在実有的であり得るとしているように思われる。したがって、彼の中で超自然的なものが現前するとき、彼の時間と空間は、時空という（つまり現在実有）世界にあり、ごく日常的なものの中では三世実有的なのである。

これは、一見非合理のようであるが、賢治から見ると、そうでもなさそうである。一つには「倶舎論」そのものが、内容はともかく各宗門の基礎学問であったこと。二つには「倶舎論」において初めて仏教の世界を明確にしたものであること。三つには「倶舎論」が極めて分析的な性格を有するものであること。四つには、これは私見であるが、科学的なものであること。ここでいう科学とは、近代科学のそれではなく、近代科学の持つ特性と類似していることを指す。方法論もまた然りである。ただし、実証性を持たず、イメージとして近代科学に類似しているのである。各宗派はそこから「倶舎論」の説く所の是否を問うていくのである。例えばベルグソンの純粋持続といったものや、極大から極微《ごくみ》といった原子論に近いものを説く西洋の意識内の「時間」の問題や、アトムの概念に至るものがそこに説かれているからである。もちろん、「倶舎論」で全てを覆えるものではない。だが素朴ながら、そうした点にまで触れているということは重要であろう。五つには、生と死との連続性を重く見ていることで、いわゆる五位七十五法といわれる因果関係によって、我々の生の因果関係が、法（ダルマ）によって生起消滅する、というのは賢治の気質にもうまく適っていたであろう。特に「中有」の概念は日本に限らず、仏教国では重要なものの一つである。賢治も、心象の明滅を因果関係で捉えようとしたし、

　むかしからの多数の実験から
　倶舎がさつきのやうに云ふのだ
（「青森挽歌」）

と、一見法華経から離れたような表現を試みているのも「倶舎論」から出発して、日蓮の教学も成り立っていると考えているからである。或いは「農民芸術概論」の、

　近代科学の実証と求道者たちの実験とわれらの直観の一致に於て論じたい

とある「実証」「実験」「直観」のそれぞれが一致した時点で、農民芸術を論じるのであるとすれば、この三者は同等でなくてはならない。それ故「科学」の「実証」の中にここに記されている「実験」も「直観」も内包されておらねばならず、他の二者を論ずる時も同様である。

それはさらに、華厳経にまで広がって行くのであるが、ここでは「序」の「第四次延長」が西田良子(2)の言われる「物理学的な第四次元（fourth-demention）」と同等であるとすれば「時空」は仏教の時間、空間論とも相関性を保っているということになる。「真空溶媒」や「小岩井農場」に登場する不思議な「生物」や、突然時間や空間が飛躍してしまうのも「第四次延長」の中を我々（少なくとも賢治）は、自在に出入りしていたことになる。

だが、それだけではあるまい。

　農民芸術とは宇宙感情の地（　）人　個性と通ずる具体的なる表現である
　そは直観と情緒との内経験を素材としたる無意識或は有意の創造である

という「無意識」に注目すれば単なる深層心理ということだけで、このようなことを書く必要はないのである。『新校本全集』第十六巻所収の岩手国民高等学校の生徒であった伊藤清一のノートにも、

　世界の発見等や、真実の学問等は有識部からで無くして皆無意識部から出てくるのである。

として図までも添えてある。それから進んで四弘誓願、聖徳太子からワグネル、ゴッポ（ママ）（ゴッホ）、ウイリアムモリス等へ至るのであるが、それらは教室での講義であり「無意識部」という語からは日蓮の名は出てこないが保阪嘉内宛の書簡（大正九年七月）には、日蓮を「九識心王大菩薩」の語があるので、賢治は六識の奥の、少なくとも阿頼耶《あらや》識までは考えていたであろう。空海は第十識まで立てるがこれとは関係がない。要するに「卑怯な大人」

以前に芽生えた心が重要なのである。現に賢治は第七識の「末那《まな》識」の語を用いている。第八識が阿頼耶識である。九識をもって心王とするので、日蓮の境地までは達せないとしても第八識までは、かくありたいと願ったのではないか。この辺はこれ以上述べることをしないが、単なる深層心理というのではなくして、眼、耳、鼻、舌、身、意の六識を支えている第七識、さらにそれを支える第八識までを「無意識部」の内に籠めたのであろうと思う。

因みに賢治は自らを「修羅」に喩しているので、希う所は如来となるのではなく、菩薩行をもって生涯を全うしようとしたのであり、作品を見ても「ひかりの素足」以外に如来は出てこない。僅かに「昴」の中に、

（ああもろもろの徳は善逝《スガタ》から来て
そしてスガタにいたるのです）

という「善逝」（仏十号の一つ）である。校異の方は見尽していないが、おそらくこれを越えることはあまりない筈だ。むしろ着目すべきは天部であり、特に地域の特性でもあろうが北方の守護神とされた毘沙門天であり、土神や庚申のような土着した神々である。これらは地に根づいたものであり、山の神や山男なども視野に入れて然るべきであり、作品もまた同じ土臭さを共有している。すると、賢治のいう「科学」の領域は近代科学を含め、三十三天までの世界を対象としていたと思われる。彼には仏陀は崇敬の的であったが、神々と喜怒哀楽を倶にするこの世界こそが、彼の生きる「場」なのだと考えてよいと思う。

彼が、寒さの夏に投げる瞋恚《しんい》の鉾先も、豊饒な実りをもたらす歓喜を投げかけることのできるのも、人間と斉しく喜怒哀楽をともにできる六欲天の〈仲間達〉の筈である。そして彼等は、近代科学をも共有できる「仲間」とし

ていたのではなかろうか。この地上の天象地祇を司るのは彼等であり、それに訴え彼等と同じく生きることを希って自ら「修羅」の名を最後まで捨てなかったのではなかろうか。したがって、第一集の『春と修羅』と第二集の『修羅』とは、やや異りを示すのも当然である。彼は法華経を楯に、自らを時に闘い、時に悲哀をともにしながら生きるべく「新信行」の確立を目指したのである。己自身の新たな方向づけとしての信仰を。

やがて、彼の視線は、やや観念的なものであった「修羅」観に、例えば華厳経のような広大無辺の宇宙へと移って行くのである。天台では華厳経は始経であるからあまり重用されないが、賢治は華厳の普賢菩薩を讃える。

この清澄な味爽ちかく
あゝ東方の普賢菩薩よ
微かに神威を垂れ給ひ
曾って説かれし華厳のなか
仏界形円きもの
形花台の如きもの
覚者の意志に住するもの
衆生の業にしたがふもの
この星ぞらに指し給へ

（北いっぱいの星ぞらに）

因みに法華経と華厳経は、ほぼ一世紀頃成立したと言われている。これより賢治の時空観は、アインシュタインの時空とやや隔たりを見せて「銀河鉄道」の旅が少なくとも六・七時間で天球の四分の一位を走ったのに、地上では四十五分という差を示す。これは速度が光速に近くなれば時間も延びるのだから、ジョバンニが銀河鉄道に乗り、降りて来た時は地球の時間は四十五分という短さになってしまうのはおかしい。けれど、賢治にとって、科学と仏教とは矛盾しないのである。この時点で、彼は現在実有の時空論の中でジョバンニを銀河鉄道の乗客としたのだから、現在も過去も、すべて現在という時空の中にあって、アインシュタインによれば、地上の時間は遥かに長い筈であっても、現在という地点に立てば、彼の夢と同じく、どれ程の時間が経過したかは関係ないのである。

四

こうした考え方を賢治は創作の中で生かし、かつ実生活の中でもそうあるべきと考えたのは「農民芸術概論」に説かれるまでもなく、ごく自然な営為だったと私には思われる。

けれど、彼が天から地に降りて、実生活の地道な日常の中で実践しようとした時、その肉体は限界に達した。私は「雨ニモマケズ」論争に興味は余り持ちたくはないが、これは大変悲しい詩だと思う。彼の思うに叶わなかった心根が、直接響いてくる気がする。

けれど、賢治自身から言わせれば何年生きようと大差なかったのかも知れない。むしろこういうことを書いている筆者自身を、彼は清六氏とともに笑っているかも知れない。

論証も未成熟なまま終えるのは大変申し訳なく思うが、これで一まず筆を擱くことにする。

註

（1）予は諸君に望む、長時間懸って長い文章を苦心惨憺の結果、作るも結構であるが、一気に筆を呵して瞬時に文を為すといふ風の修養を積むことに怠るなからんことを、長時間の文章は修飾が出来るが、一気呵成の文はよく其人物の風格思想のすべてを現はすものである、（以下略）

（傍点ママ、『日蓮主義教学大観』首巻「一気呵成の文天真を直瀉す」）

賢治の即筆、即写はよく知られている所であるが、私はこれを心象のスケッチの契機となったものと考えている。後になって手入れ推敲が、激しくなるが、それはまた、彼の思想の転換か、あるいは、より深層に迫るためのものである。そこに信仰と文学との亀裂が生ずるとしても、智学のこの言を避けることはできないであろう。

（2）西田は、『春と修羅』（大正十三年刊）発行より先に成瀬関次の著書『第四次延長の世界』において「第四次元」の意味で用いていることを指摘している（『宮沢賢治――その独自性と同時代性』翰林書房）。この指摘は西田が一つの発見として同誌に発表しているが、正しいであろう。ただし、成瀬以外にも「第四次延長」の語を用いた者がいるかどうかは、今の所定かではない。

なぜ、宮澤賢治は浄土真宗から日蓮宗へ改宗したのか？

正木　晃

一　時代と境遇

宮澤賢治と仏教の関係は、かれが属した「宮澤まき（一族）」が浄土真宗の熱心な信者（門徒）だったことから出発する。個人的には、嫁ぎ先からもどっていた伯母のヤギから、親鸞が浄土真宗の教義を偈（詩文）のかたちにまとめた『正信偈』[1]を、子守歌のように聞いていたことが、発端となった。偈は記憶に便利なように、すこぶるリズミカルにできている。正信偈もまた、すこぶるリズミカルである。賢治の詩や文章にみられる独特のリズム感が、この正信偈を耳にしたことによってやしなわれた可能性はひじょうに高い。同じく、蓮如の『白骨の御文』も、ごく幼いころから耳にし、暗唱していた。こちらは語り口調で、誰にでもわかりやすく書かれていて、賢治の書いた文章と、一脈通じるところがある。このように、賢治が最初にふれた文学が、いわば「宗教文学」だった事実は、おぼえておいていい。

父の政次郎は篤信の門徒だったが、かといって、一つの信仰にこりかたまっていたわけではなかった。大沢温泉で開催していた花巻仏教会夏期講習会には、暁烏敏をはじめ、近角常観や村上専精など、家の宗旨だった真宗大谷派（東本願寺）系の人物のほかに、鎌倉円覚寺管長の釈宗演（臨済宗）のように、別宗派の要人もまねいている。また、同じ真宗大谷派といっても、ながらく禁書とされてきた『歎異抄』を世に広めたことで有名な暁烏敏は、思想も行動もラディカルというしかなく、旧来の宗教人の枠から完全に逸脱していた。村上専精にしても大乗非仏説、つまり大乗仏典は後世の捏造であって、ブッダの真説ではないという説を主張し、一時期は真宗大谷派の僧籍を離脱するという事件すらあった。

この時期は、日本の仏教界が、教義のうえでも組織のうえでも、近代化の過程にあった。欧米の合理的な方法論にもとづく仏教研究があげた成果も、仏教界を大きくゆるがしていた。結果的に、旧来の宗派仏教からある程度まで自由になり、いわば百家争鳴の状態にあった。それゆえに、多彩な人物をまねきえたのである。

二　封印された領域

以上のような境遇に生まれながら、宮澤賢治の文学に法華経信仰、わけてもその特殊日本的な展開にほかならない日蓮宗の信仰が深く関わっていたことは、否定のしようのない事実といっていい。にもかかわらず、この領域はこれまで、半ば以上は意図的に無視されつづけてきた気がしてならない。

そこには、諸外国の宗教に比べれば、万事おとなしやかな日本の宗教的な伝統からすれば、例外的に独善的というレッテルを貼られかねない日蓮宗の存在があったとおもわれる。さらにいえば、その日蓮宗のなかでも、ことあろうに国柱会という「右翼」に傾斜した団体に、賢治が関わっていた事実を、認めたくないという認識が見え隠れする。

しかし、事実は事実である。それを無視して、あれこれ賢治を論じたところで、いったいなんの意味があるのか、はなはだ疑問だ。

賢治の作品がいかに深く日蓮宗信仰にかかわっていたか、を語る証拠はいくらでも見いだせる。たとえば、『銀河鉄道の夜』でジョバンニが上着のポケットにもっていた「切符」が、そのもっとも端的な事例だ。

「それは四つに折ったはがきぐらゐの大きさの緑いろの紙でした。……それはいちめん黒い唐草のやうな模様の中に、おかしな十ばかりの字を印刷したものでだまって見てゐると何だかその中へ吸い込まれてしまふやうな気がするのでした」という切符は、日蓮がその晩年に、法華経信仰の本尊として、さかんに書きのこした曼荼羅[2]にほかならない、と日蓮教学をふまえて宮澤賢治の文学作品を研究してきた桐谷征一氏は指摘する[3]。

さらに桐谷氏は、最終稿および［初期形三］では「はがきぐらゐの大きさの緑いろの」と書かれている紙が、［初期形二］では「はんけちぐらゐの大きさの黄いろの」だった点に注目して、こうも指摘する。この［初期形二］の曼荼羅が、国柱会から礼拝の対象として配布され、賢治が臨終にいたるまで、つねに座右に掲げてきた「大曼荼羅」そのものだった可能性がきわめて高いというのである。

賢治自身はこのマンダラを「御本尊」あるいは「お曼陀羅」と呼んでいた。この表現は、日蓮宗ではごく常識的なものといっていい。ただし桐谷氏によれば、賢治の研究者がよくつかう「十界曼荼羅」という呼称は、賢治自身はつかっていなかったという。

同じ曼荼羅つながりでみれば、賢治はいわゆる「雨ニモマケズ手帳」に、五箇所（四／六〇／一四九～一五〇／一五三～一五四／一五五～一五六）も曼荼羅を筆記している。これら五つの曼荼羅はいずれも簡略版であり、国柱会から配布された曼荼羅の中核部分だけをしるしている。ちなみに、国柱会の大曼荼羅は、会の主宰者だった田中智學が、佐渡に配流されていた時期の日蓮が、初めて図顕した「佐渡始顕の曼荼羅」を臨写したと称するものであった。

この点については、国柱会を代表する宗学者であり、大曼荼羅の研究者でもあった山川智応が、その著『本門本尊論』[4]において展開した論考が参考になる。山川は、大曼荼羅を、省略の程度によって、四つに分けた。①南無妙法蓮華経の題目を中心にすべての諸尊列衆を完備する「広」。②題目を中心に諸尊列衆にいささかの省略がある「略」。③題目に釈迦如来・多宝如来と最重要の四菩薩のみから構成される「要」。④題目のみの「要要」である。[5]

これにしたがえば、「雨ニモマケズ手帳」に記載された五箇所は、みな「要」の曼荼羅にあたる。「要」の曼荼羅に書かれた四菩薩（上行菩薩・無辺行菩薩・浄行菩薩・安立行菩薩）は、『法華経』の「従地涌出品」に、大地から涌き出た無数の菩薩たち、すなわち「地涌の菩薩」の筆頭であり、釈迦亡き後の末法の世において仏法を護持する役割をになっている。そして、日蓮自身はみずからが上行菩薩にほかならないという認識をもっていた。

五箇所の曼荼羅のなかでも、六〇頁の曼荼羅が、「雨ニモマケズ」の詩の直後に書かれている事実は絶対に見逃せない。これまでも日蓮宗にかかわる研究者のあいだでは、この詩は、法華経の常不軽菩薩品に登場する常不軽菩薩をモデルにしているとみなされてきた。たしかに、詩にうたわれている「デクノボー」の人物造形は、まさに常不軽菩薩そのものといってよく、その「デクノボー」が法華経にゆらいしていることを、六〇頁の曼荼羅は示唆している。

三　日蓮宗との出会い

このように、日蓮宗信仰が賢治の作品にあたえた影響は、そこここに見出せる。そもそも、「雨ニモマケズ手帳」に「高知尾師ノ奨メニヨリ／法華文学ノ創作」（一三五・一三六頁）とあるとおり、国柱会の幹部だった高知尾智耀から、文芸による法華経思想の普及をうながされ、生涯を通じて、それを実践しつづけた事実は、なにより重い。

ようするに、賢治にとっての仏教は、ほとんど日蓮宗の仏教といっていい。ほかのタイプの仏教がまったく影響していないとはいわないまでも、日蓮宗の圧倒的な影響力にくらべれば、微々たる部分にとどまる。その証拠に、賢治は「どうか法華経全品一千部を刷って知己の方にお送り下さい」と述べたうえで、その経典の最後のところに「合掌、私の全生涯の仕事は此経をあなたのお手許に届け、そしてその中にある仏意に觸れて、あなたが無上道に入られんことをお願ひする外ありません。昭和八年九月二十一日　臨終の日に於いて　宮澤賢治」と書くようにと遺言している。

ただし、この論考の主題は、賢治の作品における日蓮宗信仰の影響を子細に論じることではない。主題はあくまで、なぜ浄土真宗から日蓮宗へ改宗したのか？にある。

この問題を論じるとき、必ずといっていいほど指摘されるのは、父との葛藤である。浄土真宗大谷派（東本願寺）の熱心な信者だった父に反発するあまり、浄土真宗を捨てて、日蓮宗に改宗したという見解だ。

この見解はまったく的外れではないかもしれないが、必要にして十分ではない。なぜなら、最近、父子の葛藤はこれまで言われてきたほどには激しくなかったという指摘も出てきているからだ。その論拠は、この時期二人がつれだって関西を旅行している事実にある。(6) しかも、父との葛藤というだけでは、浄土真宗との決別は説明できても、日蓮宗に改宗した理由は説明できない。たとえば、賢治は盛岡高等農林学校時代に、曹洞宗の名刹として知られた報恩寺で参禅しているので、曹洞宗に帰依する選択もあったはずである。ところが、そうはしていない。とすれば、賢治には日蓮宗に改宗するに足る積極的な理由があったことになる。

賢治と日蓮宗もしくは法華経との出会いをたどってみよう。まず中学生のとき、盛岡の願教寺（真宗本願寺派）でひらかれていた仏教講習会に参加している。ここで学僧として知られていた島地大等に出会い、その人物に感銘を受けた。大正三年（一九一四）に中学を卒業したのち、肥厚性鼻炎の手術やチフス罹患のため入院したことにくわえ、将来の進路をめぐって父と対立し、ノイローゼ状態になっていた同年九月、島地編『漢和対照妙法蓮華経』を手にしている。一読して、賢治は尋常ならざる衝撃を受けた。この時点では、日蓮宗という器はまだ登場せず、もっぱら法華経が賢治に大きな影響をあたえていた。

さらに、大正七年（一九一八）、東京の日本女子大学で学んでいた妹のトシがスペイン風邪にかかり重症化したために、賢治は母と上京している。このとき、国柱会をひきいる田中智學の講演を聴いて、いたく感激した。これが、賢治と日蓮宗との出会いだった。

特定の宗教に帰依した人物の思想や行動の傾向を考えるとき、つねに問題となることがある。その人物がその宗教に帰依して感化された結果、その宗教に特有の思想や行動の傾向をしめすにいたったのか。それとも、もともとその人物がその宗教に帰依する前から秘めていた思想や行動の傾向が、その宗教に帰依することによって、顕在化しただけなのか、という点である。

この問題は、いわば鶏と卵の関係に近く、確答はしがたい。だが、さまざまな宗教関係者が、どういう過程をへて改心したのか？をしらべてみると、後者の事例のほうが多いようだ。賢治も、あとで述べるとおり、たとえば実践的な行動様式やアニミズムに対する鋭い感性など、生まれついての体質としかいいようのない部分が、日蓮宗に、とりわけ当時、そのもっともラディカルな展開の一つだった国柱会に、はげしく反応したとみなしたほうがいいだろう。

四　浄土真宗と日蓮宗の共通点

ここで、浄土真宗と日蓮宗という二つの宗派について、日本の近代化という視点を加味しながら、考えてみたい。結論から先にいってしまえば、この二つの宗派は、一般には互いにまったく相容れないとおもわれがちだが、実際にはかなりよく似た傾向をもっている。そして、日本の近代化という時代の激動のなかで、生き残れた数少ない伝統仏教の宗派という点でも、よく似ていた。

まず、両方とも、念仏と題目という、しごく簡単明瞭でありながら、威力抜群とされる「唯一絶対の呪文」を擁している。このことに象徴されるように、浄土真宗も日蓮宗も純粋志向がきわめて強く、他の宗派のような、あれもこれもの路線とは一線を画している。しかも、他の宗派が要求する難行苦行とは無縁の、いわゆる易行のため、誰でもすぐできるという特徴をもち、民衆への布教にむいている。

ご存じのように、明治政府の宗教政策は、神仏分離や修験道廃止令にみるとおり、多神教的な構造の拒否という側面をもっていた。幸か不幸か、知識人たちも純粋志向にはしり、同じ傾向をもっていた。そういう傾向は、浄土真宗にとっても日蓮宗にとっても、けっしてマイナスではなかったのである。

もっと重要な共通点もある。両方とも、日本仏教の宗派としては例外的に、一神教的な、わけてもキリスト教的な性格を秘めているのである。浄土真宗がキリスト教に似ているという指摘は以前からあるが、日蓮宗も浄土真宗に負けず劣らず、キリスト教によく似た性格を秘めている。賢治がキリスト教に多大の関心をいだいていたことをおもえば、この点はひじょうに大きな意味をもつ。

例をあげれば、浄土真宗は阿弥陀如来ただ一仏のみしかあがめない。日蓮宗も、もっぱら釈迦如来の一仏しかあがめない。厳密にいうと、日蓮宗は、釈迦如来のほかに多宝如来もいちおう崇拝の対象としているが、その存在感はきわめて薄い。

しかも、日蓮宗が典拠とする法華経が説く釈迦如来は、人間釈迦ではなく、「久遠本仏」という特別な存在にほかならない。「本仏」とは、わかりやすく説明すれば、根本の仏という意味であり、万物の根源とされる。誤解を恐れずにいうなら、もはや一神教の神とほとんどイコールである。ただ一つ違いがあるとすれば、世界創造をおこなわない点だけ。なぜなら、仏教をはじめとするインド型の世界創造論では、世界は誰かが創造するのではなく、おのずから生まれ出るとみなされるからだ。

当然ながら、本仏は永遠の存在である。かくして、歴史上に実在した釈尊（ブッダ）は、永遠の存在たる本仏の、いわば時間限定版／地域限定版とみなされる。この構造は、「受肉（インカーネーション）」という概念をもちいて、イエスは神が、地上にひとときだけ来臨したすがたと考えるキリスト教と、ひじょうによく似ている。この点、日蓮宗は浄土真宗にも増してキリスト教的といっていい。

浄土真宗も日蓮宗も、如来のみならず、祖師をも熱烈にあがめる。日本仏教は、多かれ少なかれ、この傾向をもつが、浄土真宗と日蓮宗は、空海を弘法大師としてあがめてやまない真言宗とならんで、突出している。これは、絶対神の顕現としての人間イエスに対する崇拝に準じているとみなせるかもしれない。

とくに日蓮宗は、祖師の名を宗派に名としている事実からわかるとおり、この傾向がすこぶる強い。付言すれば、日蓮宗の伝統教団では、あくまで本仏は釈迦如来であって、日蓮は本仏ではないとみなすが、一部の新宗教系教団では、日蓮を本仏とみなすところがないではない。そうなると、日蓮＝絶対神という等式が成り立つこととなって、ますますキリスト教の構造に近くなる。

根本経典についても、浄土真宗は無量寿経のみ、日蓮宗は法華経のみと、徹底している。日本の仏教界でもっともポピュラーな般若心経も、この両者だけはまったくもちいない。この点も、キリスト教が聖書のみを典拠とするのと共通する。

五　日本近代の仏教宗派

じつは、日蓮宗がキリスト教とよく似ているという認識は、なにもいま始まったわけではないらしい。江戸時代初頭の一六〇二年、それまでキリシタン大名だった大村喜前（一五六九〜一六一六年）は、幕府の宗教統制策により仏教への改宗をよぎなくされたとき、日蓮宗をえらんだ。その背景には、熱烈な日蓮宗徒だった加藤清正のすすめもあったが、なにより大村喜前が、キリスト教にいちばんよく似ている仏教宗派は日蓮宗と考えたことが大きかったと、菩提寺の本経寺で伝承されてきた(7)。

その結果といっていいかどうか、浄土真宗と日蓮宗は、キリスト教のごとく、非妥協的で排他的という共通点までもつ。いいかえると、自己正当化の度合いが、他の宗派とは比べものにならないくらい、強い。現在でも、この二つの宗派は、他宗派との連携を好まない。ことに、浄土真宗にはそのきらいがある。

そして、以上に述べてきた共通の傾向こそ、日本が近代化する過程で、他の仏教宗派がおおむね衰退したのにくらべ、浄土真宗と日蓮宗がどうにか成功者でありつづけてきた理由だったとおもわれる。現時点で、浄土真宗に属す寺院数は全国に約二万二〇〇〇あって、日本の仏教宗派中で最大。日蓮宗は、伝統教団に属す寺院数は約五五〇〇しかないが、創価学会・立正佼正会・霊友会・仏所護念会などの新宗教系教団をくわえると、膨大な数の信者を擁し、日本の仏教信者数としては、まちがいなく最大となる。

明治から昭和初期にかけての時期、賢治のような、宗教に関心を寄せる知識人が、どの宗教を選ぶか？についていえば、その選択肢はそう多くなかった。

真言宗や天台宗、あるいは修験道のような、いわゆる旧仏教系の宗派は、厳しい弾圧を受けたり、時代の趨勢に乗り遅れた結果、選択肢からはずれざるをえなかった。

禅宗は、封建時代から、武士階層の基本的な素養でもあったため、それなりの存在感を維持できた。ただし、一般の庶民とは縁遠く、大きな広がりを得るのは難しかった。

華厳思想は、宇宙論的な壮大きわまる結構をはじめ、他者救済の理念を文学的な修辞にたくして語ることにおいて、じつに巧みで、たしかに魅力的ではあった。しかし、その志向性はもっぱら内面に終始し、かつどこか傍観者的で、賢治がそうであったように、実践にあこがれる気質の人物にはむいていなかった。

浄土真宗と同じ浄土教系の宗派でも、浄土宗は、この方面の本家本元でありながら、江戸時代、徳川家の宗旨だったという事情ゆえに、明治維新からこのかたは不振をきわめていた。

そう考えてくると、賢治が生きていた時点で、おのれの根幹となる宗教を、外来の思想や宗教ではなく、ましてや唯物論のマルクス主義ではなく、伝統的な日本仏教の領域に求めるとき、その選択肢はおそらく、浄土真宗か、日蓮宗しかなかったという結論がみちびきだされてくる。

六　現世の価値

では、なにゆえに、賢治は浄土真宗を捨てて、日蓮宗に改宗したのか。この問いに答えるためには、浄土真宗と日蓮宗の相違点を考えてみる必要がある。

まずもって、この二つの宗派には、決定的な違いがある。それは詰まるところ、現世に対する評価の違いである。あらためて指摘するまでもなく、浄土真宗は来世志向がきわめて強い。その根本儀は、死後、阿弥陀如来が西方十万億土に経営しているという極楽浄土に往生することに尽きる。逆に、現世は穢土とみなされ、執着する価値はないと考える。ただし、死後、極楽浄土に往生するためには、生前、現世において、正しい信仰生活をいとなむ必要がある。現世はこの意味において、肯定されるという構造をもち、このあたりがプロテスタントとよく似ているという論拠の一つとされてきた。

日蓮宗は、まったく反対に、徹底的な現世志向である。宗祖の日蓮は、来世ばかりを志向して、現世を軽視する浄土系宗派の発想を、きびしく批判した。その主著とされる『立正安国論』は、半ば以上を法然に対する批判に割いている。もちろん、日蓮宗も仏教であるからには、死後や来世の問題を完全に無視しているわけではなく、霊山浄土という場を設定しているが、「沙婆即寂光土」という表現にみられるとおり、現世と来世の比重は、圧倒的に現世にかかっている。

現世と浄土の関係に注目すると、浄土真宗は「往相還相」という考え方を強調する。往相は現世から浄土へ往くこと、還相は浄土から現世に還ってきて衆生の救済にあたることを、それぞれ意味し、そのほとんど無限の繰り返しの果てに、真の成仏が実現するというのが本意だ。

浄土真宗はこの往相還相を自派の特徴として語るが、じつはよく似た考え方は、法然を開祖とする浄土宗はもとより、当時の仏教界にひろくあった。というより、利他行をなにより重視する大乗仏教では、当然の考え方であった。

日蓮宗でも、法華経の法師品に説かれる「是の人はみずから清浄の業報を捨てて、我が滅度の後において、衆生を愍むが故に悪世に生まれて広く此の経を述ぶるなり」という文言をもって、現世と浄土の無限に近い往復を語っている。ただし、その比重が、「清浄の業報」と表現される浄土よりも、「悪世」と表現される現世に、より大きくあたえられているところは、日蓮宗の日蓮宗たるところといっていい。そして、日蓮宗では、この文言をもって、浄土系宗派の「往相還相」を超克できるとみなす。

現世志向が強い以上、現世に存在するもろもろの事物に対しても、肯定的な評価をもつ。日蓮宗の場合、その理論的な根拠は、いうまでもなく法華経に求められる。それが「諸法実相」である。

「諸法実相」は、もろもろの存在は、あるがままに真実の相であるという思想だ。この場合、「相」という言葉は「すがた／かたち」を意味している。したがって、「諸法実相」とは、（現世の）もろもろの存在は、あるがままに真実のすがたであありかたちであるという意味になる。もっと端的に表現すれば、この世の森羅万象はことごとく真実の顕現にほかならないというのである。とすれば、現世を否定する理由はどこにもないことになる。かくして、日蓮宗は、浄土真宗が来世に浄土を求めるのに対し、現世を浄土にしようとこころみる。

「諸法実相」は、賢治が生涯もちつづけた日蓮の曼荼羅に、もっともよくあらわれている。

そこには、題目を中心に、その前後左右に、文字どおりうぞうむぞうの仏菩薩と神々が書かれている。ややくわしく説明すれば、不動明王と愛染明王は、単体の明王ではなく、それぞれ胎蔵曼荼羅と金剛界曼荼羅を象徴している。空海が構想して以来、胎蔵曼荼羅と金剛界曼荼羅は、両部曼荼羅もしくは両界曼荼羅とよばれ、ペアのかたちで、身体と精神の関係、現実と理想の関係をはじめ、ありとあらゆる真実を、言葉によってではなく、図画によって表現しているとみなされてきた。その両部曼荼羅を、日蓮の曼荼羅は、左右にしたがえるかたちになっている。むろん、このかたちは、両部曼荼羅があらわすありとあらゆる真実を、題目が統一止揚できるという日蓮の思想にもとづく。

七　アニミズムの価値

しかし、私たちが今ここで注目すべきは、曼荼羅に書き込まれた者たちの数である。胎蔵曼荼羅を構成する諸尊は全部で三九〇。同じく、金剛界曼荼羅を構成する諸尊は一四五八。だから、日蓮の曼荼羅には、総計でなんと一九〇〇近くにもおよぶ仏菩薩と神々と人々がいることになる。

よく見ると、通常なら書き込まれない天照大神と八幡大菩薩まで、書き込まれている。この二柱の神々については、両者ともに、政治的な意味合いが強い神であることから、天照大神が京都の朝廷の権力、八幡大菩薩が鎌倉の武士の権力を、それぞれ象徴しているという解釈も可能だが、そのまえに、日本の神々の存在を日蓮がつよく意識していたということのほうが重要かもしれない。

ともあれ、この膨大な数は、いったいなにを意味しているのか。私は、「諸法実相」との関係から推して、この世は聖なるものに満ちあふれているという思想を語っている、とおもう。宗教学の用語でいえば、アニミズムの世界である。

現に、日蓮宗はアニミズムに対し、いたって寛容である。その証拠に、「我等衆生も則釈迦如来の御舎利也」（『戒体即身成仏儀』）や「法界は釈迦如来の御身に非ずと云ふ事なし」（『草木成仏口決』）という表現で、この世の森羅万象ことごとくが、聖なるものの極みにほかならない釈迦如来の身体であると宣言している。

アニミズムとのかかわりという視点からすると、日蓮宗のみならず、日本仏教はほとんどみな親しい関係にある。たった一つの例を除いては。そのたった一つの例こそ、浄土真宗にほかならない。正確を期せば、宗祖の親鸞は「天神地祇はことごとく　善鬼神となづけたり　これらの善神みなともに　念のひとをまもるなり」（『現世利益和讃』）と詠んだように、日本の神々が良き念仏者を守護してくれるとみなしていたにもかかわらず、後世の浄土真宗は神祇不拝という教義に固定化し、今日にいたっている。キリスト教のみならず、一神教はそろってアニミズムを拒絶するから、この意味では浄土真宗のほうが日蓮宗よりも、よりいっそうキリスト教に似ている。

賢治にすれば、現世重視とアニミズム許容という視点は、ゆるがせにできなかったにちがいない。それは、かれの生涯と作品を概観すれば、一目瞭然である。とりわけ、アニミズムについては、そういえる。賢治の作品から、アニミズムを排除したら、そこにはほとんどなにも残らないといっていいくらいだ。

私事にわたり恐縮だが、私が専門領域としてきた密教や修験道では、アニミズムがきわめて大きな地位を占めている。ごくわかりやすくいえば、密教や修験道は、アニミズムを基盤にして、そのうえに大乗仏教という建築が立っているからだ。もちろん、すぐれた密教者も修験者もともに、アニミズムに対する鋭い感性の持ち主たることが、必須の条件となってきた。そして、この種の感性は、修行によって得られるものではなく、もって生まれた資質によるところがはなはだ大きい。資質がなければ、いくら修行しても、無駄といっていい。

こういう事実から推測して、アニミズム対する鋭い感性は、賢治にとって、もはや生まれついての体質としかいいようがなかったとおもわれる。しかし、浄土真宗はそのアニミズムに対して否定的な態度をとっていた。この点こそ、もしかしたら、賢治が浄土真宗を捨てた最大の理由だったのかもしれない。

八　永遠の生命と大乗菩薩道

浄土真宗と日蓮宗には、ほかにも違いがある。それは生命観の違いといってもいい。

すでに述べたとおり、浄土真宗があがめる阿弥陀如来は、死後の救済をつかさどるのに対し、日蓮宗があがめる釈迦如来は現世の救済をつかさどる。どちらがより生命感にあふれているか？といえば、答えは明らかだ。日蓮宗はその豊かな生命感を、「久遠」という言葉をもちいて、ことさら強調する。ちなみに、日蓮宗の二大本山は、東京池上の本門寺と、山梨身延の、その名も久遠寺である。

古来、法華経全巻のなかで、もっとも重要とみなされてきたのは、いま述べたことを語る「如来寿量品」にほかならない。賢治もまた、島地編『漢和対照妙法蓮華経』を読んで、この「如来寿量品」に深い感銘を受けている。『ひかりの素足』では、「うすあかりの国」で、弟の楢夫とともに、鬼たちから責めさいなまれていた一郎が、どこからか「にょらいじゅりょうぼん第十六」ということばを聞いたとたん、いままでの苦しみが消え去っていったという旨の描写がある。ことに病弱で、早くも十代から長生きはできないと認識していた賢治にすれば、キリスト教の唯一絶対の神にも通じる、永遠のブッダという存在は、なにものにもかえがたいものだったはずだ。

生命観の違いは、念仏と題目の違いにもあらわれている。念仏をとなえていると、心が、よくいえば静かに落ちついてくるし、悪くいえば陰々滅々たる気分になってくる。題目をとなえていると、心がいうよりも、心身全部が、よくいえば高揚感につつまれ、悪くいえば狂騒的になってくる。

日蓮が題目をもっとも重要な行、すなわち「正行」として採用した背景に、念仏の大流行があり、そのひそみにならったことは疑いようがない。しかし、効果は百八十度違う。その違いは、「南無阿弥陀仏」と「南無妙法蓮華経」という語感にもゆらいしているようである。自分でとなえてみるとわかるとおり、「南無阿弥陀仏」よりも「南無妙法蓮華経」のほうが、どうしても力が入ってしまう。

そういえば、日本仏教の経典のなかで、となえていて元気になる経典は、昔から二つあるとみなされてきた。一つが般若心経であり、もう一つが法華経、とりわけそのなかの観世音菩薩普門品、いわゆる観音経の部分である。元気になるわけは、むろんそこに語られている内容にもあるが、それより大切なのは、この両者に共通する豊かなリズム感だ。極論すれば、内容を理解していなくても、ただとなえているだけで、元気になってくる。これと似たことが、題目にはあるらしい。直接的な行動に駆り立てる力を、題目は秘めている。

また、日蓮宗では題目をとなえるとき、団扇太鼓と称する打楽器をもちいることもある。なにしろ、打楽器なので、打ち鳴らしていると、いやおうなく気分が高揚してくる。そこに題目がのると、相乗効果を発揮して、いよいよ元気になってくる。山折哲雄氏の母上は、宮澤賢治が団扇太鼓を叩きながら、花巻の街を歩きまわるすがたを、目撃されたという。題目や団扇太鼓に象徴される豊かな生命感は、賢治にすれば、ひじょうに魅力的だったにちがいない。

浄土真宗と日蓮宗の違いは、まだまだある。大乗仏教の本道という観点からみると、両者は両極といえるほど、違っている。この点は、宗派の違いというよりも、宗祖の個性の違いといったほうがいいのかもしれない。日蓮の考え方は、大乗仏教としてはすこぶる正統なのに対し、親鸞の考え方は、少なくとも大乗仏教の正統な道から大きくはずれている。

あらためていうまでもないが、大乗仏教の正統は「利他行」、つまり他者の救済あっての自己の救済である。「自利利他」ともいい、自己の救済と他者の救済は不可分の関係にあると考える。いいかえれば、自己の救済が先行することは、絶対にありえない。

ところが、親鸞は「弥陀の五劫思惟の願をよくよく案ずれば、ひとえに親鸞一人がためなりけり」(『歎異抄』)と主張した。むろん、親鸞の言葉は深い思索と反省から生まれたもので、字面だけで理解してはならない。『歎異抄』という書物そのものも、親鸞自身の執筆ではなく、弟子の唯円による聞き書きなので、親鸞の意図を正確に伝えているか否か、疑問が残る。

ただ、賢治が生きた時代は、『歎異抄』が、前述のとおり、暁烏敏などにより再評価されていた時期にあたることを考えると、賢治が「ひとえに親鸞一人がためなりけり」という文言を、親鸞そのひとの考えと受けとったとしても、無理はない。そして、この文言が、いわゆる近代的自我の確立に四苦八苦していた知識人たちにとって、福音となったとしても、さして無理ではなく、事実、そう受けとった者の数は少なくなかった。

しかし、この文言は、大乗仏教の本義に照らすとき、さきほども述べたとおり、大きく逸脱してしまっている。かくして、「ひとえに親鸞一人がためなりけり」という文言に、「世界がぜんたい幸福にならないうちは個人の幸福はあり得ない」(『農民芸術概論綱要』)と考える賢治が、ふかい違和感、もっとはっきりいえば、嫌悪感をいだいたとしても、ふしぎではない。やはり「ひとえに親鸞一人がためなりけり」では、大乗仏教が希求する救いは、けっしてかなわない。こういう文言を金科玉条としているかぎり、またまたエゴに絡めとられて、無明の闇に迷うだけだ。そう、賢治はおもっていたかもしれない。この違和感や嫌悪感もまた、賢治が浄土真宗から日蓮宗に改宗した理由の一つだったとおもわれる。

おわりに

洪嶽宗演（釈宗演　一八六〇〜一九一九年）といえば、明治後半期から大正期をへて昭和初年の時代、もっとも活躍した臨済宗の高僧である。若くして鎌倉の円覚寺の管長に就任し、禅をおおいに鼓吹した。その影響ははなはだ大きく、たとえば夏目漱石もその門下となって参禅し、『門』という作品をのこしている。

その洪嶽宗演が、明治二十年（一八八七）の三月から三年間、セイロン（現在のスリランカ）に留学した。釈迦直伝とされる仏教を学ぶためである。

セイロン留学中、洪嶽宗演は、『西遊日記』と題する日記をしたためていた。この日記の明治二十年八月十日のところに、以下のような文章がつづられている。なお、原文には句読点がいっさいないが、読者の便宜をはかり、私が仮に付けている。

予此土ニ渡航以来、人民ニ接スル毎ニ、必ス日本　天皇陛下ノ信嚮セラルル宗教ハ何ナルヤト云ノ問題、第一着ニ話頭ニ来ル。然ルニ予輩賤劣ノ者、九重雲深フシテ未ダ　陛下奉信ノ宗旨ヲ聞コトヲ得ス。之ヲ憾ミトス。然レバトテ吾　天皇陛下ハ無宗教ナリト答フルモ、外人ニ対シ余リ殺風景ナルコト覚ユルヲ以テ、予窃カニ陛下ハ神道ヲ奉セラルルヲ以テ答ヘトス（耶蘇ノ神ト見ル勿レ）。而シテ此神道ナルモノノ宗旨ト云ハ何等ノ点ニアルカ、予未タ其教ヲ聞カザレ。凡天下ノ輿論ニ従ヘバ、純然タル宗教トハ認メガタキ（中略）予ノ簡考ニ因レバ、　天皇陛下モ将来定メテ純乎タル宗旨ヲ宣布セラルルコトナラン。果シテ然らば其国教否帝室ノ奉教ハ何ナル宗旨ナルカ。予ハ私カニ信ス。仏教ニアラズンバ、必す耶蘇教ナラン。而シテ此二者ヲ撰定スルハ人心向背ノ依テ決スル所、天下后生ノ尤モ注目スル所、実ニ日本ノ一大事ナリ。

要約すれば、セイロンに来てから、なにかというと、天皇陛下の宗教を問われるが、自分にはよくわからない。しかし、外国人にむかって、天皇陛下は無宗教というのも殺風景なので、いちおう神道と答えている。もっとも、神道が宗教の名に値するか？となると、世間一般の常識では、そうではないらしい。……いずれにせよ、天皇陛下も将来は、純然たる宗教をもたざるをえなくなるだろう。そのときの宗教は、仏教でなければ、キリスト教になるにちがいない。どちらになるか？は、もっぱら人心の向背によっている。これは、日本にとって、一大事である、という意味である(8)。

ちなみに、昭和十六年に、東慶寺の住職をつとめていた井上禅定師が、『西遊日記』を影印版で出版しようとしたところ、いま引用した部分が不敬にあたるという理由で、出版停止を命じられるという事件があった。

それはさておき、この日記に象徴されるように、日本の近代化に遭遇した知識人たちは、その精神世界を構築するに際しては、キリスト教といやおうなく対峙せざるをえなかった。もし仮に、キリスト教を選ばないのであれば、仏教を選ぶしか方法はなく、その仏教でも、民衆とともに歩む道を求めて、禅や華厳のような、高踏的な宗教を選ばないとすれば、そこには、日本の伝統宗教のなかで、もっともキリスト教的な性格を秘める浄土真宗か日蓮宗を選ぶ道しかなかった。宮澤賢治もまた、その例に漏れなかったようである。

註

（1）真宗大谷派の正信偈は、以下のとおり。

無量寿如来に帰命し、不可思議光に南無したてまつる。法蔵菩薩の因位の時、世自在王仏の所にましまして、諸仏の浄土の因、国土人天の善悪を観見して、無上殊勝の願を建立し、希有の大弘誓を超発せり。五劫、これを思惟して摂受す。重ねて誓うらくは、名声十方に聞こえんと。あまねく、無量・無辺光、無碍・無対・光炎王、清浄・歓喜・智慧光、不断・難思・無称光、超日月光を放って、塵刹を照らす。一切の群生、光照を蒙る。本願の名号は正定の業なり。至心信楽の願を因とす。等覚を成り、大涅槃を証することは、必至滅度の願成就なり。如来、世に出興したまうゆえは、ただ弥陀本願海を説かんとなり。五濁悪時の群生海、如来如実の言を信ずべし。よく一念喜愛の心を発すれば、煩悩を断ぜずして涅槃を得るなり。凡聖、逆謗、ひとしく回入すれば、衆水、海に入りて一味なるがごとし。摂取の心光、常に照護したまう。すでによく無明の闇を破すといえども、貪愛・瞋憎の雲霧、常に真実信心の天に覆えり。たとえば、日光の雲霧に覆わるれども、雲霧の下、明らかにして闇きことなきがごとし。信を獲れば見て敬い大きに慶喜せん、すなわち横に五悪趣を超截す。一切善悪の凡夫人、如来の弘誓願を聞信すれば、仏、広大勝解の者と言えり。この人を分陀利華と名づく。弥陀仏の本願念仏は、邪見驕慢の悪衆生、信楽を受持すること、はなはだもって難し。難の中の難、これに過ぎたるはなし。印度・西天の論家、中夏・日域の高僧、大聖興世の正意を顕し、如来の本誓、機に応ぜることを明かす。釈迦如来、楞伽山にして、衆のために告命したまわく、南天竺に、龍樹大士世に出でて、ことごとく、よく有無の見を摧破せん。大乗無上の法を宣説し、歓喜地を証して、安楽に生ぜん、と。難行の陸路、苦しきことを顕示して、易行の水道、楽しきことを信楽せしむ。弥陀仏の本願を憶念すれば、自然に即の時、必定に入る。ただよく、常に如来の号を称して、大悲弘誓の恩を報ずべし、といえり。天親菩薩、論を造りて説かく、無碍光如来に帰命したてまつる。修多羅に依って真実を顕して、横超の大誓願を光闡す。広く本願力の回向に由って、群生を度せんがために、一心を彰す。功徳大宝海に帰入すれば、必ず大会衆の数に入ることを獲。蓮華蔵世界に至ることを得れば、すなわち真如法性の身を証せしむと。煩悩の林に遊びて神通を現じ、生死の園に入りて応化を示す、といえり。本師、曇鸞は、梁の天子常に鸞のところに向こうて菩薩と礼したてまつる。三蔵流支、浄教を授けしかば、仙経を焚焼して楽邦に帰したまいき。天親菩薩の『論』、註解して、報土の因果、誓願に顕す。往・還の回向は他力に由る。正定の因はただ信心なり。惑染の凡夫、信心発すれば、生死即涅槃なりと証知せしむ。必ず無量光明土に至れば、諸有の衆生、みなあまねく化すといえり。道綽、聖道の証しがたきことを決して、ただ浄土の通入すべきことを明かす。万善の自力、勤修を貶す。円満の徳号、専称を勧む。三不三信の誨、慇懃にして、像末法滅、同じく悲引す。一生悪を造れども、弘誓に値いぬれば、安養界に至りて妙果を証せしむと、いえり。善導独り、仏の正意を明かせり。定散と逆悪を矜哀して、光明名号、因縁を顕す。本願の大智海に開入すれば、行者、正しく金剛心を受けしめ、慶喜の一念相応して後、韋提と等しく三忍を獲、すなわち法性の常楽を証せしむ、といえり。源信、広く一代の教を開きて、ひとえに安養に帰して、一切を勧む。専雑の執心、浅深を判じて、報化二土、正しく弁立せり。極重の悪人は、ただ仏を称すべし。我また、かの摂取の中にあれども、煩悩、眼を障えて見たてまつらずといえども、大悲倦きことなく、常に我を照らしたまう、といえり。本師・源空は、仏教を明らかにして、善悪の凡夫を憐愍せしむ。真宗の教証、片州に興す。選択本願、悪世に弘む。生死輪転の家に還来ることは、決するに疑情をもって所止とす。速やかに寂静無為の楽に入ることは、必ず信心をもって能入とす、といえり。弘経の大士・宗師等、無辺の極濁悪を拯済したまう。道俗時衆、共に同心に、ただこの高僧の説を信ずべし。

（2）　曼荼羅は、インド大乗仏教の最終ランナーだった密教が、最高の真理と信じるところを、言葉ではなく、視覚をとおして、象徴的に表現しようと開発した図像である。それは、心の構造図でもあれば、宇宙の構造図でもあり、また悟りへの航路図でもある。

視覚上の特徴は、あがめられるべき尊格（仏菩薩や神々）を、幾何学的に、しかも強い対称性をもたせて、整然と配置している点にある。この幾何学的かつ強い対称性は、私たちが現に生きているこの世界が、たとえ凡夫の目には無秩序にみえようとも、仏の目からみれば完璧であり、なにひとつとして無駄な存在はないという真理観とふかいかかわりがある。

マンダラのそもそもの意味は「円輪」である。後世になると方形のタイプも出現してくるが、最初期のマンダラはおおむね円形だったからだ。この延長線上で、「円輪具足」と意訳された例もある。

さらに日本の仏教界では、マンダラをマンダ＋ラに分解し、それぞれが「神髄」と「有するもの」を意味するところから、両者を一つにして、「神髄を有するもの」と解釈してきた伝統がある。この解釈は、いわゆる後知恵のたぐいだが、たしかに、この解釈はマンダラの機能をうまくいいあてている。

曼荼羅という言葉は、古代インドの公式原語だったサンスクリット（梵語）のマンダラという発音を、漢字をつかって音訳したものだ。古代中国にはマンダラにあたるものがなかったので、そのまま発音を写したのである。ただたんに発音を写したにすぎないため、曼陀羅とか満荼羅という表記もある。

日蓮自身は「曼荼羅」という表記をつかった。日蓮には天台密教の素養があり、みずからの宗教観を、誰の目にも一目瞭然の方途として、曼荼羅に託そうとしたらしい。

その日蓮の曼荼羅は、文字だけで構成された、すこぶる異形の曼荼羅だ。仏菩薩を象徴するサンスクリットの一文字、すなわち「種字」をもちいて、曼荼羅を描くことはままあったが、漢字を書き並べる事例は、他には見出しがたい。全体の形も、円形ではなく、縦長の方形をなす。このタイプの曼荼羅を、最晩年の日蓮は、あがめるべき本尊として、書きのこした。

現在、日蓮自身の筆によることがたしかなものだけでも、総計で百二十あまりもあるから、相当数を書いたにちがいない。いまふれたとおり、他の宗派が、釈迦如来像や阿弥陀如来像など、おおむね如来像を本尊とするのに対し、日蓮宗ではこの曼荼羅が本尊としてあがめられる。

（3）桐谷征一「宮沢賢治のマンダラ世界——その文学と人生における表彰——」（高木豊・冠賢一編『日蓮とその教団』吉川弘文館、一九九九年）

(4) 山川智応（一八七九〜一九五六年）『本門本尊論』（浄妙全集刊行会、一九七三年）
(5) 桐谷征一「日蓮聖人における大曼荼羅の図法とその意義」（日蓮教学研究所紀要 第二一号 一九九四年）
(6) 大角修『「宮沢賢治」の誕生』（中央公論新社、二〇一〇年）
(7) 本経寺の前住職より、私自身が聴取。
(8) 『新訳 釈宗演『西遊日記』』（大法輪閣、二〇〇一年）

宮澤賢治の宗教意識
――短歌作品を考察素材として

望月　善次

はじめに

本小論は、プロジェクト「文学の中の宗教と民間伝承の融合：宮澤賢治の世界観の再検討」の一環として、賢治の宗教意識について、賢治短歌を具体的素材として論じようとするものである。しかし、後にも述べるように「賢治の宗教意識」については、筆者としては、まだ整理できずにいる部分も少なくない。そうした意味で本小論は、筆者の「賢治の宗教意識」解明のための第一段階に相当するものであることをあらかじめお断りしておきたいと思う。

一　「宗教」についての一先ずの定義

本プロジェクトを通して筆者の感じていることは、「宗教や仏教」に対する筆者自身の知識の無さである。(1)少し砕けた言い方が許されるならば、「こんなにも知らなかったのか。」という思いである。

但し、この立場の表明だけでは先に進みようがないから、辞書等の定義の中で、割合現在の筆者の考えに近い『大辞林』（三省堂）のものから一応のスタートを果たすことにしたい。

> 経験的・[a]合理的に理解し制御することのできないような現象や存在に対し、積極的な[b]意味と価値を与えようとする信念・行動・制度の[c]体系。アニミズム、トーテミズム、シャーマニズムからユダヤ教、バラモン教・神道などの民族宗教、さらにキリスト教・仏教・イスラム教などの世界宗教にいたる種々の形態がある。（傍線＝望月）

すなわち、筆者が考える宗教とは、現在の科学的レベルからすれば合理的な（「論理的」と言い換えてもよい）説明ができぬ側面を含み〔傍線a〕、そうした現象に対して或る種の意味と価値を与え〔b〕、その信念・行動・制度に或る種の体系〔c〕を想定することになろう。

二　賢治の宗教私観

賢治の宗教をどのようなものと考えるか。「はじめに」に述べたように、筆者の宗教問題に関する考察は、未だその考察途上にあるわけだから、「賢治の宗教意識」の考察についても、一定の制約が伴わざるを得ないわけだが、現在のところでは、「一」にも述べた考えのもと、次頁の図のように考えている。

なお、具体的説明においては、図に沿った記述を行うことになろう。

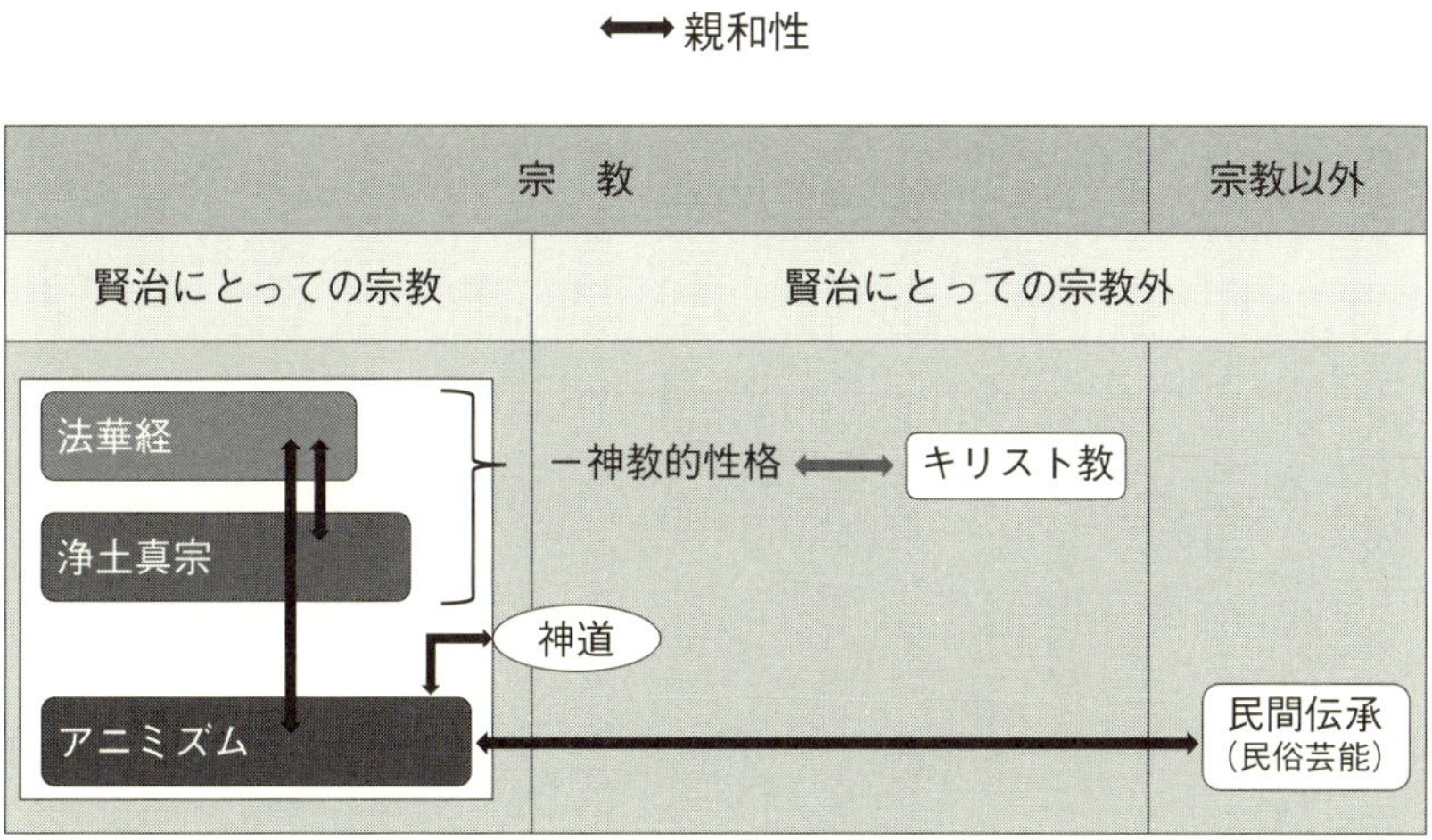

図　宮澤賢治の宗教意識

1　根底としての「アニミズム（animism）」傾向

日本人の深層には、図においても示すように、アニミズム的考えが横たわっている。[2] この深層が、生の具体的な営みにおいて、どれだけ浮上するかは個人によって異なるが、少なくとも賢治は、この深層への回帰を捨てなかった人であると考えている。後年の法華経信仰に沿って言えば、法華経を信じながらも、「深層としてのアニミズム」は完全には捨て去らず、それとの或る種の親和性を保っていたという解釈に立つ。

2　家の宗教としての浄土真宗

賢治の家の宗教は浄土真宗であった。父政次郎も仏教講習会を開くなど、熱心な信者であり、その気風は、家の全体に浸透していたとしてよいであろう。

こうした雰囲気の中で、一時婚家から戻っていた伯母のヤギは、幼い賢治に「白骨の御文」や「正信念仏偈（正信偈）」を暗唱させたのである。「最初にふれた文学が、いわば『宗教文学』だった事実は、おぼえておいていい」という正木の指摘（註1、四〇六頁）を重要な指摘だとする所以である。つまり、

「三つ子の魂百までも」を挙げるまでもなく、浄土真宗的なものによる影響は、運命的だとも言ってもよいほどのもので、生涯にわたって賢治の根底に残っていたという解釈に立つ。浄土真宗的考えとは、一時期の父との対立においては、鋭角的に〈衝突〉の形で現れたりもしたが[3]、生涯を通観してみれば、無視することのできない根底的なものとして親和的底流をなしたのである。図においても、法華経と浄土真宗との関係において親和性を残した所以である。

以上を賢治が最高のものとした法華経との関係で言えば、次のように整理できよう。すなわち、自身の信ずるところ（法華経）を最高のものとしながらも、他の神などの存在をも許容する「相対的一神教（拝一教）」的態度が賢治のものであったというのが現在の筆者が抱いている仮説である。先に挙げた「アニミズム」的傾向に加えて賢治の中には、常に法華経以外のものが混入する契機を含んでいたのである。

なお、同じく正木の説くところ（註1、四〇六頁）によると、当時の仏教界は「百家争鳴」の状態にあった。よく知られているように、父、政次郎も、仏教講習会の講師として、浄土真宗以外の講師をも招いているのであるが、そうした事実も「百家争鳴」状態の一証左になろう。こうした当時の仏教界の状況は（先に述べた賢治の宗教に関する基本的態度は、法華経に対して「絶対的一神教」的態度ではなく、「相対的一神教（拝一教）」的態度であったという事情に加えて）、賢治の宗教的基本的態度にも、一定の影響を与えたのだという考えに導くことになろう。

3　自身の選択としての法華経との出会い

旧制中学校（盛岡中学校）時代は、賢治の失意の時代である。「商売人には学問は不要である」とする当時の宮澤家の実権を握っていた祖父喜助の考えがあり、上級学校への道が断たれていたからである。卒業直後に、体調を崩し、岩手病院に入院し（喉、チフス）、その病院の看護婦に恋をし、父に結婚を申し出るなどの事件もあったが、父親には受け入れられないまま、家に帰り、家業の質屋を手伝うことになる。上級学校に進学した友人達の噂を聞きながら、悶々たる日々を過ごしたのであった。そうした時に出会ったのが法華経である。島地大等訳『漢和対照妙法蓮華経』がその具体である。

影響の深さは、感激の余り震えが止まらなかったと伝えられているほどである。

丁度、この時期に重なるように賢治は、上級学校への進学が許可され、盛岡高等農林学校を目指すことになる。猛勉強した賢治は、首席で盛岡高等農林学校への入学を果たし、中学校時代を知る友人達を驚かすのである。

さて、正木（註1、四〇八頁）によれば、法華経の特徴は、以下の九点だという。

①一乗妙法　②久遠本仏　③菩薩行道　④弱者救済　⑤行動重視　⑥現世肯定　⑦改革指向　⑧民衆救済　⑨自己正当化

「⑨自己正当化」の項目を除けば、賢治の生涯を示すキーワードが、ここに示されていると言ってもよいほどである。

賢治の表層としての信仰は（先に述べたように、その他のものとの親和性を保ちながらも）、その後、生涯にわたって、この法華経から離れることはない。しかし、「2」で仮説的に述べたように、一時期の例外を除いて（一時の父政次郎や親友保阪嘉内への態度に典型的に現れたのだが）、余りあからさまな形での他人の信仰へ立ち入ったり、あからさまな衝突は行われなかったのである。

ところで、仏教に詳しくない筆者などには、「なぜ法華経だったのか」という疑問もあった。が、この点についても、実は「家の宗教である浄土真宗と法華経とは、その一神教的性格を初めとして極めて近いもので、父への反発」ということもあり、「浄土真宗を否定してしまえば、のこるのは日蓮宗だけになる。他の選択肢は、まったくない。」という正木の指摘（いずれも望月要約、註1、四〇八頁）があり、現在の筆者としては、これまた納得できているところである。

4　キリスト教

〈賢治におけるキリスト教は、「信仰」ではなく「意匠」である〉というのが、賢治のキリスト教に対する姿勢への筆者年来の主張である（図においても、キリスト教を「賢治にとっての宗教以外のもの」と位置付けた所以である）。この「意匠」としての接近には、当時の欧米文化への憧れがその牽引力になっていたことは改めて述べるまでもないことだろう。

こうした憧れを基底にした「意匠」的な接触であったが、賢治にとってキリスト教は、親和性の高い宗教であったことも指摘しておくべきことだろう。先に挙げた正木の、「法華経九特徴」のうちの「①一乗妙法　②久遠本仏　③菩薩行道　④弱者救済　⑤行動重視　⑦改革指向　⑧民衆救済」の七項目は、キリスト教にも通じるものであるとするのが、筆者の解釈である。正木説に説かれるように、「絶対的一神教」の性質を有している法華経は、代表的「絶対的一神教」である「キリスト教」と親和性は高いことになろう。

また、「2」で指摘した賢治の根底にあった「相対的一神教（拝一教）」的態度は、キリスト教との親和を保つ上でも少なからざる役割を果したというのが現在における筆者の考えである。

5　神道（神社）

「日本民族固有の伝統的な宗教的実践と、それを支えている生活態度及び理念。アニミズムやシャーマニズムなどから発し、次第に祖先神・氏神・国祖神の崇拝を中心とするものになり、大和朝廷によって国家的祭祀として制度化された」（『大辞林』）という辞書的定義を挙げるまでもなく「神道」に関わる整理は単純なものではない。上に述べた事情に、平安時代の神仏習合、江戸時代末期の教派神道、明治政府による「神仏分離」、更には第二次世界大戦後の「神道指令」（GHQ）などにより複雑性は一層のものとなっている。

或る面では、アニミズム傾向を有する賢治における神道も、上述した複雑性から無縁ではない。盛岡高等農林学校時代や後年の父政次郎との伊勢神宮参拝をみても、賢治には神道（神社）に対して一定の親和性はあったことは否定できない。

しかし、それは、狭義の「宗教（信仰）」とは呼び難いものであったというのが、現在における一応の無理のない結論だと言えよう。

6　民間伝承

本プロジェクトは「文学の中の宗教と民間伝承の融合：宮澤賢治の世界観の再検討」（傍線望月）を掲げて始まったが、「宗教」と「民間伝承」とは一線を画すべきだというのが筆者の考えである（図において、賢治にとっても、一般的区分においても両者は異なるのだとした所以である）。「宗教」は、その人にとって行動の根幹を規定するものであるが、「民間伝承」はそうしたものではない。こうした決定的相違はあるものの、賢治は一部の民間伝承とは親和性を有している。賢治の「相対的一神教（拝一教）」的態度が、「民間伝承」とも或る種の親和性を保つ上での少なからざる役割を果たしたというのが筆者の見解である。

7　この項目のまとめ――実質的な「相対的一神教（拝一教）」的態度と「悟り」への未到達

宮澤賢治の宗教意識は、「法華経」を最高のものとしながらも、アニミズム的傾向や浄土真宗的要素を残存させていた。そうした意味において、賢治の宗教意識は「絶対的一神教」ではなく、実質的には、他の神などの存在をも許容する「相対的一神教（拝一教）」的なものであった。また、こうした意識は、賢治にとっては厳密な意味では、「宗教」だとは呼べないものであったが（世間一般的な意味においては宗教の範疇に入っている）、キリスト教や神道、及び（世間一般的な意味でも「宗教」とは呼び難い）民間伝承（民族芸能）とも或る種の親和性をもたせていた。

最後に「悟り」について一言したい（「悟り」についても、解明できない点を多く残しているのが筆者の実態であるが）。「悟り」という観点からすれば（賢治が依った経典は法華経であったから、例えば禅宗などの場合とは、「悟り」の重みが違ってくることは考えておかねばならないことだが）、賢治は「悟り」の境涯には至っていないとするのが筆者の立場である。賢治の生涯は、「迷い」を脱するものとはならなかった。例えば臨終に際して、父政次郎、母イチ、弟清六に伝えたことがバラバラであったという事例は、このことの証左となるものの一つであると考えている。こうしたことは宗教者や哲学者としては弱点になろうが、表現者・文学者としては、豊富な泉ともなり得たのである。(4)

三　賢治の生涯における宗教的留意事項（略記）

それぞれの項目に該当する短歌作品を挙げる前に、略記であるが賢治の生涯における宗教的事件について、主として『新校本宮澤賢治全集　第十六巻（下）補遺・資料』（筑摩書房、二〇〇一年）及び原子朗『新宮澤賢治語彙辞典』（東京書籍、一九九九年）によりながら、記しておこう（本項における考察は、本来なら、当時の時代背景や日々の「狭義の賢治の信仰的生活」との相関のもとに考察されるべきものであるが、小論ではこれを欠いている）。

一八九六年（明治二十九）八月二十七日、父宮澤政次郎、母イチの長男として誕生。浄土真宗の熱心な信者である政次郎による「宗教の家」でもあった。安浄寺檀家であり、祖母キンの念仏・称名の生涯も良く知られ、叔母ヤギは、幼い賢治に「白骨の御文」「正信念仏偈（正信偈）」を暗唱させた。

一九〇六年（明治三十九）　第八回「我信念講話」（大沢温泉）参加〔講師＝暁烏敏〕

一九〇七年（明治四十）　担任照井真臣乳（クリスチャン）

第九回「我信念講話」（大沢温泉）参加〔講師＝多田鼎〕

一九一〇年（明治四十三）　花巻仏教会夏期講習会参加〔講師＝祥雲雄悟〕

一九一一年（明治四十四）　願教寺仏教夏期講習会参加〔講師＝島地大等〕

一九一二年（明治四十五・大正元）　書簡にて「歎異抄の第一頁を以て小生の全信仰と致し候」と父に伝える。〔政次郎宛書簡（6）〕／静座法を佐々木電眼に習う。

一九一三年（大正二）　尾崎文英に参禅〔報恩寺〕

一九一四年（大正三）　島地大等編『漢和対照妙法蓮華経』との出会い

一九一五年（大正四）　願教寺仏教夏期講習会参加〔講師＝島地大等（歎異抄講話）〕

一九一六年（大正五）　島地大等訪問〔願教寺〕／尾崎文英訪問〔報恩寺〕
盛岡高等農林在寮時（三年生まで）における法華経読経。
一九一七年（大正六）　尾崎文英訪問〔報恩寺、関登久也と共に〕
一九一八年（大正七）　父に法華経行者としての生を訴える。〔政次郎宛書簡（44）〕「万事は十界百界の依て起る根源妙法蓮華経に御任せ下され度候」〔政次郎宛書簡（46）も参照〕
一九一八年（大正七）　保阪嘉内宛書簡（49、50、63）
一九一九年（大正八）　田中智学講演を聞く〔国柱会館〕
一九一九年（大正八）　摂折御文、僧俗御判編集
一九二〇年（大正九）　七月「私ハ改メテコノ願ヲ九識心王大菩薩即チ世界唯一ノ大導師日蓮大上人ノ御前ニ捧ゲ奉リ」〔保阪嘉内宛書簡166〕
花巻町内お題目修行、寒行（十月～十二月）
十二月　国柱会信行会入会〔保阪嘉内宛書簡177〕
一九二〇年（大正九）　阿部晁との法論。／法華経輪読会
一九二一年（大正十）　一月二十三日上京。二十四日国柱会に通う～八月
七月　保阪嘉内との「決別」
一九二二年（大正十一）　トシ昇天　**法華経（同曼荼羅）**
一九二三年（大正十二）　トシの国柱会納骨。
一九二八年（昭和三）　日蓮宗花巻教会所（後の身照寺）建立。

一九三一年（昭和六）　一月九日菊池信一へ宗教的書簡
上京発熱（父母宛遺書、九月二十一日）
一九三三年（昭和八）　高知尾知耀宛賀状。
十二月　田中智学還暦祝広告に名前掲載
一九三三年（昭和八）　浅沼政規〔438〕、菊池信一〔440〕に宗教的賀状。
九月十九日　鳥谷ケ崎神社の神輿。
九月二十日　肺炎、農民相談、挽歌二首
九月二十一日『国訳妙法蓮華経』一〇〇〇部配布遺言〔同九年六月五日発行（山口印刷）〕。昇天。

四　短歌に見る賢治の宗教観

短歌は、賢治が取り組んだ最初の文芸的ジャンルである。しかも、旧制中学校から盛岡高等農林学校を卒業（得業）し、研究生として過ごす頃までの、文芸的営為のほとんどをなしていたものである。「文学者宮澤賢治」を考える際に、この短歌を欠落させては、賢治の全体像を見誤るのではないかというのが筆者の賢治短歌に向う基本的態度である。

筆者が『盛岡タイムス』に以下の連載を行ったのもこうした意識に基づいて行ったものである。

望月善次「賢治短歌（一〇五〇回）」、『盛岡タイムス』〔二〇〇五年四月一日～二〇〇六年三月十六日〕。
望月善次「啄木の短歌、賢治の短歌（一一七回）」〔二〇〇八年四月一日～二〇〇九年四月七日（火、木、土）〕。
望月善次「賢治の周辺（その二）保阪嘉内の短歌」（一四七回）」〔二〇〇九年四月九日～二〇一〇年四月二十四日（月、水、金）〕。

なお、改めて述べるまでもなく、短歌は文学である。文学的営為であるから、作家が抱いている宗教観が、直接、生の形で現れることは原則的にはありえない。従って、どうした作品が、賢治の宗教観を示しているかについては、解釈主体による揺れが小さくないものとなろう。しかも、短歌はその名の通り、短い詩形で、しかも韻文であるからその揺れの度合は決して小さくないものであろう。

以下の例示もこうした限界を踏まえた上での一試行であることも断っておかねばならない点であろう。

なお、試行ということもあり、以下の具体的作品については、全てを挙げるとなると大量なものとなる「大正十年四月」（〔「歌稿B」７６３～８１１〕）を除いては、できるだけ多くの該当作品を列挙したいと思う。またテキストは、『新校本宮澤賢治全集　第一巻短歌・短唱』（筑摩書房、一九九六年）によりたいと思う。

1　アニミズム的作品

ブリキ缶がはらだゝしげにわれをにらむ、つめたき冬の夕方のこと。〔「歌稿B」５９〕

ほしぞらは／しづにめぐるを／わがこゝろ／あやしきものにかこまれて立つ。〔「歌稿B」６８８〕

くらやみの／土蔵のなかに／きこえざる／悪しきわめきをなせるものあり。〔「歌稿B」７１１〕

ものみなはよるの微光と水うたひ／あやしきものをわれ感じ立つ。〔「歌稿B」729〕

例えば、冒頭の引用歌で言えば、「ブリキ缶」という無生物が行動主体となっている点でアニミズム傾向を示す作品例だとしてよいであろう。但し、こうした表現は比喩表現からすれば、中村明の言う「結合比喩」となる。この「結合比喩」こそが、賢治表現の骨格であるというのは、筆者の賢治表現論の骨格をなすものである。(5) が、この短歌に見られるような傾向は、比喩という表現技法の問題か、それとも賢治の考え方そのものの問題とするかは論者によって、その強調点が異っているのが、賢治研究の現在であろう。

ところで、アニミズム的傾向と言えば、「鹿踊りのはじまり」には、次のような鹿達による短歌形式のものが記されている。

なお、賢治の短歌という場合、〔「歌稿A及びB」〕のように、賢治自身が「短歌（和歌）」と呼んでいるものを対象とする論者が多いが、筆者の場合、「鹿踊りのはじまり」の中に挿入されている以下の作品のような、他のジャンルの作品の一部として組み入れられているものもその対象とすることを原則としていることも付言しておこう。

はんの木の／みどりみぢんの葉の向さ／ぢやらんぢやららんの／お日さん懸がる。
お日さんを／せながさしよへば、はんの木も／くだげで光る／鉄のかんがみ。
お日さんは／はんの木の向さ、降りでても／すすぎ、ぎんがぎが／まぶしまんぶし。
ぎんがぎがの／すすぎの中さ立ぢあがる／はんの木のすねの／長んがい、かげぼうし。
ぎんがぎがの／すすぎの底の日暮れかだ／苔の野はらを／蟻こも行がず。
ぎんがぎがの／すすぎの底でそつこりと／咲ぐうめばぢの／愛どしおえどし。

「鹿踊り」であるから、後に挙げる「民間伝承」に関わると共に、「鹿踊りのはじまり」は一九二四年（大正十三）の作品だと言われているから、賢治の短歌考察においては中心となる〔「歌稿A」〕、〔「歌稿B」〕との年代的ズレも問題となるところであろう。(6)

なお、「鹿踊り」は、「田楽」との共通性があり、異類（この場合は「鹿」）と人間の異分子との或る種の均衡関係が、たまらないほどの魅力や面白さによって破られ、それによってストーリーが展開するという「二律背反性」を指摘する橋本裕之説〔「（草稿）「瘤取り爺と田楽法師」〕に教えられるところが多かったことも付け加えておこう。

2　仏教的作品

《2―1　仏教的世界歌》

仏教的世界に関わる短歌をどう決定するかについても、論者による揺れが少なくないであろう。以下においては、筆者の感覚の範囲ではあるが、仏教が作者の心中に迫っていると思われるものを中心に、典型的だと思われる数首を挙げることとしたい。

あめつちに　たゞちりほども　菩薩たち　われらがために　死し給はざる無し。〔『校友会会報』第三十四号〕

東には紫磨金色の薬師仏／そらのやまひにあらはれ給ふ。〔「歌稿B」156〕

風は樹を／ゆすりて云ひぬ／「波羅羯諦」／あかきはみだれしけしのひとむら。〔「歌稿B」323〕

そら青く／観音は織る／ひかりのあや／ひとには／ちさき／まひるのそねみ。〔「歌稿B」332〕

うちくらみとざすみそらをかなしめば大和尚らのこゝろ降り下る。〔「歌稿A」706〕
あはれ見よ青ぞら深く刻まれし大曼荼羅のしろきかゞやき〔「歌稿B」756〕他「大曼荼羅歌」二首〔「歌稿B」757〜758〕
ねがはくは　妙法如来正偏知　大師のみ旨成らしめたまへ。〔「歌稿B」775〕。以下「比叡」十一首〔「歌稿B」776〜786〕
摂政と現じたまへば十七ののりいかめしく国そだてます。〔「歌稿B」787〕。以下「法隆寺」三首〔788〜790〕
塵点の／劫をし／過ぎて／いましこの／妙のみ法に／あひまつ／りしを〔雨ニモマケズ手帳〕

作歌の時期を言えば、「塵点の……」の一首は、所謂短歌を文学的に追究しようとした〔「歌稿A」〕、〔「歌稿B」〕とは異なっている。

仏教的世界が詠み込まれているわけだが、「東には紫磨金色の薬師仏／そらのやまひにあらはれ給ふ。」、「風は樹を／ゆすりて云ひぬ／「波羅羯諦」／あかきはみだれしけしのひとむら。」、「そら青く／観音は織る／ひかりのあや／ひとには／ちさき／まひるのそねみ。」の三首などは、単なる形式的な仏教讃美とはなっていず、賢治の短歌作者としての力量を示す結果ともなっていることは、見逃し得ない点であろう。

《2―2　観察素材としての仏教歌》

同じ仏教的世界を詠んでいても、前項のように、作者自身の心中の問題ではなく、むしろ、観察の素材として仏教的世界・事象・建物・仏像などが用いられているものもある。ここでは、そうした作品を挙げることとする。

中尊寺／青葉に曇る夕暮れの／そらふるはして青き鐘鳴る。〔「歌稿B」8〕
竜王をまつる黄の旗紺の旗／行者火渡る日のはれぞらに。〔「歌稿B」13〕
寒行の声聞たちよ鈴の音にかゞやきいづる星もありけり〔「歌稿A」70〕
あまの邪鬼／金のめだまのやるせなく／青きりんごを／みつめたるらし。〔「歌稿B」223〕
やるせなく／青きりんごをみつめたる／毘沙門堂の／あまの邪鬼かも〔「歌稿B」223・224a〕
夏りんご／かなしげに見る／淫乱の／金のめだまの／あまの邪鬼なり〔「歌稿B」223・224b〕
逞しき麻のころもの僧来り／老師の文をわたしたりけり〔「歌稿B」251・252b〕
本堂の／高座に島地大等の／ひとみにうつる／黄なる薄明〔「歌稿B」255・256a〕
いまはいざ／僧堂に入らん／あかつきの、般若心経、／夜の普門品〔「歌稿B」319〕
本堂に流れて入れる外光を多田先生はまぶしみ給ふ〔「歌稿A」329〕
雪降れば／今さはみだれしくろひのき／菩薩のさまに枝垂れて立つ〔「歌稿B」434〕
わるひのき／まひるみだれしわるひのき／雪をかぶれば／菩薩すがたに。〔「歌稿B」434〕
（はてしらぬ世界にけしのたねほども／菩薩身をすてたまはざるなし。）〔「歌稿B」442〕
うるはしき／海のびろうど　褐昆布／寂光ヶ浜に　敷かれ光りぬ。〔「歌稿B」560〕
寂光のあしたの海の／岩しろく／ころもをぬげばわが身も浄し。〔「歌稿B」561〕
雲よどむ／白き岩礁／砂の原／はるかに敷ける褐の海藻〔「歌稿B」562〕
寂光の／浜のましろき巌にして／ひとりひとでを見つめゐるひと。〔「歌稿B」562〕

こうした作品の中にも「中尊寺／青葉に曇る夕暮れの／そらふるはして青き鐘鳴る。」、「竜王をまつる黄の旗紺の旗／行者火渡る日のはれぞらに。」などは一首としての完成度も低くない点も見逃してはならないことであろう。また、「あまの邪鬼／金のめだまのやるせなく／青きりんごを／みつめたるらし。」以下の三首は「あまのじゃく」をめぐる連作としての統一性をもっている。

なお、「寂光のあしたの海の／岩しろく／ころもをぬげばわが身も浄し。」や「寂光の／浜のましろき巌にして／ひとりひとでを見つめゐるひと。」なども、嘱目詠としてもレベルを超えた作品となっている。

《2―3　文芸的想像歌》

仏教的な素材のうち、写実的ではなく、作者の想像が文芸的に結晶して一連の作品となっているものもある。「青びとのながれ」はその典型であり、文学的成熟度の点からも賢治短歌の頂点をなしている。

あゝこはこれいづちの河のけしきぞや人と死びととむれながれたり〔「歌稿A」680〕
青じろき流れのなかを死人ながれ人々長きうでもて泳げり〔「歌稿A」681〕
青じろきながれのなかにひとびとはながきかひなをうごかすうごかす〔「歌稿A」682〕
うしろなるひとは青うでさしのべて前行くもののあしをつかめり〔「歌稿A」683〕
溺れ行く人のいかりは青黒き霧とながれて人を灼くなりり〔「歌稿A」684〕
あるときは青きうでもてむしりあふ流れのなかの青き亡者ら〔「歌稿A」684〕
青人のひとりははやく死人のたゞよへるせなをはみつくしたり〔「歌稿A」685〕

肩せなか喰みつくされししにびとのよみがへり来ていかりなげきし〔「歌稿A」686〕
青じろく流るゝ川のその岸にうちあげられし死人のむれ〔「歌稿A」687〕
あたまのみひとをはなれてはぎしりの白きながれをよぎり行くなり〔「歌稿A」688〕

3　神道・神社関係

賢治の神道・神社などへの親和性は低くないことは既に述べた。

しかし、こうした態度が文芸的な成果へと直結するかは別の問題である。以下にも示すことになるが、父政次郎との関西旅行における伊勢神宮歌などにおいては、伊勢神宮などへの敬虔な姿勢が、却って作品を平板なものとしているのである。

山上の木にかこまれし神楽殿／鳥どよみなけば／われかなしむも。〔「歌稿B」179〕
星あまり／むらがれるゆゑ／みつみねの／そらはあやしくおもほゆるかも。〔「歌稿B」353〕
ほしの夜を／いなびかりする三みねの／山にひとしくなくか　こほろぎ。〔「歌稿B」354〕
夜だか鳴き、／オリオンいでて、／あかつきも　ちかく／お伊勢の杜を過ぎたり。〔「歌稿B」592〕
杉さかき　宝樹にそゝぐ　清とうの　雨をみ神に謝しまつりつゝ〔「歌稿B」763〕

以下、〔「歌稿B」774〕までの十一首は、所謂伊勢神宮歌（父政次郎との関西旅歌）であり、具体的作品は挙げないが、平板なものとなっているという結論のみを述べておこう。

4　キリスト教関係

賢治におけるキリスト教は、「信仰」ではなく「意匠」であることについても既に述べた。しかし、それへの親和性は高い。欧米文化への憧れはその基底にあった点であるが、宗教的に言えば、法華経もキリスト教も共に「一神教」的性格を有しているという上述した正木の言に改めて留意しておきたい。

追ひつきおじぎをすれば／ふりむける／先生の眼はヨハネのごとし〔「歌稿B」６・７b〕

やうやくに漆赤らむ丘の辺を／奇しき袍の人にあひけり〔「歌稿B」２１〕

ひとびとは／鳥のかたちに／よそほひて／ひそかに／秋の丘を／のぼりぬ〔「歌稿B」２１・２２b〕

肺病める邪教の家に夏は来ぬ／ガラスの盤に赤き魚居て。〔「歌稿B」２３〕

そら青く／ジョンカルピンに似たる男／ゆつくりあるきて／冬はきたれり〔「歌稿B」２２４〕

さはやかに／朝のいのりの鐘鳴れと／ねがひて過ぎぬ君が教会〔「歌稿B」２８０〕

プジェー師よ／かのにせものの赤富士を／稲田宗二や持ち行きしとか〔「歌稿B」２８０・２８１a〕

プジェー師よ／いざさわやかに鐘うちて／春のあしたを／寂めまさずや〔「歌稿B」２８０・２８１b〕

プジェー師は／古き版画を好むとか／家にかへりて／たづね贈らん〔「歌稿B」２８０・２８１c〕

プジェー師や／さては浸礼教会の／タッピング氏に／絵など送らん〔「歌稿B」２８０・２８１d〕

わがうるはしき／ドイツたうひは／とり行きて／けんたうる祭の聖木とせん〔「歌稿B」４６１・４６２a〕

基督の／さましてひとり岩礁に／赤きひとでを見つめゐるひる〔「歌稿B」５６３・５６４a〕

霧雨のニコライ堂の屋根ばかりなつかしきものはまたとあらざり。〔保阪嘉内宛書簡大正5・8・17〕

作品は粒ぞろいで駄作が少ないことがキリスト教関係歌の特徴としてもよいというのが、筆者の解釈であるが、それは、賢治とキリスト教との親和性の深さを語っているのかもしれない。

5 民間伝承・民俗芸能・祭など

「民間伝承・民俗芸能・祭など」とも賢治は親和性を保つ。既に繰り返して言及している「アニミズム」性や「相対的一神教」という基本的態度によるものである。

きみ恋ひて／くもくらき日を／あひつぎて／道化祭の山車は行きたり〔「歌稿B」174・175a〕

ぼたんなど／祭の花のすきますきま／いちめんこめし銀河のすなご。〔「歌稿B」210〕

夜明げには／まだ間あるのに／下のはし／ちゃんがちゃんがうまこ見さ出はたひと。〔「歌稿B」537〕

ほんのぴゃこ／夜明げがゞった雲のいろ／ちゃんがちゃがうまこ　橋渡て来る。〔「歌稿B」538〕

いしょけめに／ちゃがちゃがうまこはせでげば／夜明げの為が／泣くだぁいよな気もす。〔「歌稿B」539〕

下のはし／ちゃがちゃがうまこ見さ出はた／みんなのながさ／おどともまざり。〔「歌稿B」540〕

さまよへるたそがれ鳥に似たらずや青仮面つけて踊る若者〔「歌稿A」604、「原体剣舞連」〕

わかものの／青仮面の下につくといき／ふかみ行く夜をいでし弦月。〔「歌稿B」605〕

うす月に／かがやきいでし踊り子の／異形を見れば　こゝろ泣かゆも。〔〔「歌稿B」〕593、上伊出剣舞連〕

うす月に／むらがり踊る剣舞の／異形きらめき小夜更けにけり〔「歌稿B」594〕

うす月にきらめき踊るをどり子の鳥羽もてかざる異形はかなし（「歌稿A」595）

剣舞の／赤ひたたれは／きらめきて／うす月しめる地にひるがへる。（「歌稿B」596）

雲垂れし／この店さきを／相つぎて／道化まつりの山車は行くなれ（707）

「ちゃぐちゃぐうまこ」を詠んだ「方言歌」についてのみ触れておこう。[7] 短歌を文語と共にあるとしたり、[8] 共通語のものだとする論者もいるが、いずれも誤りである。短歌の「五七五七七」は、日本語の「二音一拍」によっているから、古典語、現代語、共通語、地域語（方言）、文語、口語を問わずに包み込むことが可能なのである。[9]

6 祈り

賢治はまたよく「祈る」人でもある。

狭義の宗教的「祈り」を超えて賢治は祈るのである。

さそり座よ／むかしはさこそいのりしが／ふたゝびここにきらめかんとは。（「「歌稿B」267）

伊豆の国　三島の駅に／いのりたる／星にむかひて／またなげくかな。（「「歌稿B」285）

今日もまた／岩にのぼりていのるなり／川はるばるとうねり流るを。（「歌稿B」291）

ことさらに／鉛をとかしふくみたる／月光のなかに／またいのるなり。（「歌稿B」298）

赤き雲／いのりのなかにわき立ちて／みねをはるかにのぼり行きしか。（「歌稿B」302）

われもまた／白樺となりねぢれたるうでをささげて／ひたいのらなん。（「歌稿B」303）

でこぼこの／溶岩流にこしかけて／かなしきことを／うちいのるかな。〔「歌稿B」304〕
いまいちど／空はまっかに燃えにけり／薄明穹の／いのりのなかに。〔「歌稿B」392〕
オリオンは／西に移りてさかだちし／ほのぼののぼるまだきのいのり。〔「歌稿B」409〕
けはしくもやすらかなるもともにわがねがひならずやなにをやおそれん〔「歌稿A」675〕
けはしくばけはしきなかに行じなんなにをおそれてたゆむこゝろぞ〔「歌稿A」675〕

こうした賢治の「祈り」や「行」のうち、どれが狭義の「宗教」の範疇に入るものであり、どれが、それには入らぬものであるのかは、抽出歌の範囲では、かならずしも明瞭ではない。こうした不分明さの中にも、賢治の宗教に関わる問題点があるのだということのみに言及しておこう。

7　その他――〈特異な自然観〉、〈宇宙感覚〉など

最後に、分類的にはどこに分類するかを迷ったが、賢治の宗教意識を考える際に、落とすことのできないと考えられるもの三点を挙げておきたい。

《7―1　特異な自然観》

狭義の宗教の中に位置付け難いが、賢治の宗教を考察する場合に欠くことができないのではと考えているものの一つは、賢治の「特異な自然観」である。

巨なる人のかばねを見んけはひ谷はまくろく刻まれにけり。〔「歌稿B」74〕

わがあたま／ときどきわれに／ことなれる／つめたき天を見しむることあり。〔「歌稿Ｂ」１３４〕

ものはみな／さかだちをせよ／そらはかく／曇りてわれの脳はいためる。〔「歌稿Ｂ」１６７〕

いざともに、うたがひをやめ、さかしらの、地をばかゞやく、そらと、なさずや。〔『校友会会報』第三十三号〕

《7―2　宇宙感覚》

賢治の宇宙感覚も、賢治の宗教考察の場合視野に入れておくべきものの一つであろう。

なつかしき／地球はいづこ／いまははや／ふせど仰げどありかもわかず。〔「歌稿Ｂ」１５９〕

そらに居て／みどりのほのほかなしむと／地球のひとのしるやしらずや。〔「歌稿Ｂ」１６０〕

いさゝかの奇蹟を起す力欲しこの大空に魔はあらざるか〔「歌稿Ａ」１７０〕

《7―3　〈屠殺場体験〉》

いずれにも位置付け難いが、おそらく賢治の人生観や宗教観に少なからざる影響を与えたものに、盛岡高等農林学校時代の屠殺場体験がある。将来的には、代表作の一つ「フランドン農学校の豚」を生み出すことになるのである。

岩なべて／にぶきさまして／夕もやの／ながれを含む／屠殺場の崖〔「歌稿Ｂ」３３０・３３１ｂ〕

おわりに

本小論は、「文学の中の宗教と民間伝承の融合：宮澤賢治の世界観の再検討」の一環として、賢治の宗教意識について、賢治短歌を具体的素材として論じようとしたものである。賢治の宗教意識は、法華経を核にしながらも、実質的には「相対的一神教」であるというのが、現在における一応の結論である。しかし、既に再三にわたって言及して来たように、「宗教」や「賢治の宗教意識」については、整理できずにいる部分も少なくない。

また、本論の背景となる時代状況との関わり合い[10]や、賢治の日常的宗教生活の具体についても、一部を除いて言及していない。

本論はそうした意味において、「賢治の宗教意識」考察の為の「中間報告」的性格の強いものではある。小論が持つ、こうした限界の克服については、本小論を出発点として他日を期したいと思う。

註

（1）今回のプロジェクト中での発表に沿えば、第三回研究会（二〇一〇年十一月六日（土）、宮沢賢治学会イーハトーブセンター）における正木晃報告「賢治と法華経信仰——なぜ浄土真宗から日蓮宗に改宗したのか?——」に対して特にそれを感じた。今回の整理もその際の発表と以下（及び直接の御教示）とに大きく依っている。記して感謝したい。

正木晃「仏教」（『宮澤賢治イーハトヴ学事典』弘文堂、二〇一〇年）四〇六～四〇九頁

（2）日本文化の根底にあるアニミズムについては、率直に言って、筆者の理解を超える部分も含んではいるが、下記

等が示唆深い。
安田喜憲『稲作漁撈文明――長江文明から弥生文化へ――』（雄山閣、二〇〇九年）
安田喜憲『山は市場原理主義と闘っている』（東洋経済新報社、二〇〇九年）
（3）父以外との鋭角的衝突と言えば、後節の「賢治の生涯における宗教的留意事項（略記）」の中にも示した阿部晁との論争（一九二〇年（大正九））もある。また、浄土真宗を直接の対象としたのではないが、友人保阪嘉内への国柱会入会の誘いなどにおいても、激しいやり取りがあったことも無視できぬ事件であろう。
（4）この件についても、正木との懇談の中で示唆された点が少なくない。
（5）以下等において、その旨の発表を行っている。
望月善次「賢治短歌の技法――『視線の転回』と『比喩』とを中心として――」（第十六回宮澤賢治研究発表、宮沢賢治学会イーハトーブセンター、二〇〇六年九月二十三日）
（6）〔「歌稿B」〕の整理は、一九二一年（大正十）の頃ではないかと言われている。
（7）ここでは、「歌稿B」における四首を掲げたが、『あざりあ』第一号では八首の方言短歌が掲載されている。
（8）石川啄木はその典型的一人であり、よく知られている「一利己主義者と友人との対話」（『創作』第一巻、第九号、明治四十三年十一月一日）（『石川啄木全集　第四巻　評論・感想』（筑摩書房、一九八〇年）二八七頁）でも次のように「国語の統一」つまり「口語（現代語）が文語を飲み込み、文語が滅ぶ時」と述べている。
B　永久でなくても可い。兎に角まだまだ歌は長生すると思ふのか。
A　長生する。昔から人生五十といふが、それでも八十位まで生きる人は沢山ある。それと同じ程度の長生はする。しかし死ぬ。
B　いつになつたら八十になるんだろう。
A　日本の国語が統一される時さ。
（9）筆者の短歌定型観については次を参照されたい。

望月善次『啄木短歌の方法』（ジロー印刷企画、一九七七年）
望月善次『啄木短歌の読み方——歌集外短歌評釈一千首とともに——』（信山社、二〇〇四年）
(10) 筆者が、時代との関わりで具体的関心がある点の一つは「検閲」の問題である。下記等との関連では、賢治はどのように定位されるのか。具体的知識を得たいと思っていることの一つである。
ジェイ・ルービン（Jay RUBIN）〔今井泰子、木股知史他訳〕『風俗壊乱——明治国家と文芸の検閲——』（世織書房、二〇一一年）

第三部　賢治作品に見られる宗教性・宗教的表象

〈春と修羅　第二集〉における宗教表象

――「五輪峠」「晴天恣意」を中心に

杉浦　静

一

本稿は〈春と修羅　第二集〉における、宗教・民間信仰に関する表象の生成について考察するものである。

本稿で対象とする〈春と修羅　第二集〉は、何度か刊行の機会はあったものの結局宮澤賢治生前には未刊であった心象スケッチ集である。『新校本宮澤賢治全集』（以下『新校本全集』と略記する）第三巻では、「草稿において作品番号および日付けが付され、その日付が「春と修羅　第二集／大正十三年／大正十四年」という著者の指定した期間中に入る詩編」を「春と修羅　第二集」作品とし、詩集本文として、「各詩篇が草稿において作品番号・日付けを付されているかぎりにおける最終形態」を掲出している。全集の凡例に書かれるように、第二集に収められるほとんどの詩篇は、作者生前の最終形態にいたるまでに「数次にわたる推敲・改稿が施されて」成立したものである。宮澤賢治は、あるメモの中で「その時々の定稿」という言い方をしているが、これに従えば、「春と修羅　第二集」の各詩篇（心象スケッチ）は、最終形態にいたる「数次の推敲・改稿」の各段階において、「その時々の定稿」として成立していたということになる。しかし、テクストはそこで固定されることなく、テクスト自体の動因あるいは、外部からの干渉により、手入れが行われ、手入れはさらに数次にわたっていたのである。『新校本全集』が、「春と修羅　第二集」の本文として最終形態を採用しているのは、作者の死によってテクストの運動が止まった時点での本文であること、すなわち作者による最終手入れ形態であるからであるにすぎない。詩集を編むという行為から考えれば、「各詩篇が草稿において作品番号・日付けを付されているかぎりにおける最終形態」を採用した詩集を宮澤賢治の編纂した詩集として証拠立てる何らの根拠もないのである。むしろ編者である宮澤賢治の前には、指定した期間中の日付が付された、多数のスケッチがあり、そこには相互にバリアントをなしているが独立したスケッチ（逐次形や「その時々の定稿」と言い換えてもいいもの）も多数含まれていた。本稿ではこのようなスケッチの集合体、可能性の塊としての〈春と修羅　第二集〉を対象とすることにしたい。

二

現存する〈春と修羅　第二集〉の心象スケッチは、「一九二四、二、二〇、」の日付を付された「二　空明と傷痍」から始まる。「空明と傷痍」は作品番号「二」番を振られているので、二月二十日の直前から〈春と修羅　第二集〉と称されることになるスケッチ群の制作は始められたと考えられる。『春と修羅』所収の心象スケッチの最後の日付は「一九二三、一二、一〇」であるが、「序」が翌年の「一九二四、一、二〇」に書かれているから、「序」以降に〈第二集〉という枠組みが自覚化されたと考えられる。しかし、入沢康夫によって明らかにされたように、宮澤賢治は「序」を書いて原稿を印刷所に入稿して以降も、詩集の推敲ともいうべき、作品の追加挿入、部分的削除、差し替えを相当の量行っている。その行為は校正を繰り返して校了にするまで続いたはずである。(1)斎藤宗次郎自叙伝『二荊自叙伝』の「大正十三年二月七日」の項には「卓上には既に印刷の成りし百頁近き校正刷や、執筆中の原稿は横だえられてある／前者を取って静かに予の手に渡した／（中略）／青年は不図思い付いた様に／卓上の原稿の半ば頃を開いて予の膝に托す／軽き一言はこれであった「これは私の妹の死の日を詠んだもの」」とある。(2) 刊行された『春と修羅』の総頁数は三〇一頁であるから、この日にはまだ三分の一程度しか校正刷りが出ていなかったということである。従って、「二一　空明と傷痍」の二月二十日という日付は、『春と修羅』の校正が最終段階に近づいた頃であったと考えられる。

「二一　空明と傷痍」の次の日付のスケッチは、「一九二四、三、二四」の「一四　〔湧水《みづ》を呑まうとして〕」である。『春と修羅』奥付に記された発行日付は四月二十日であるが、書店組合の発行する雑誌『図書月報』では発行日付が五月一日とされている。(3) この資料から見ると、実際の配本は奥付日付より遅れていた可能性が高い。二月二十日から三月二十四日までのほぼ一月の間もまだ少しずつ詩集の推敲・校正が続いていたのか、あるいは印刷に手間取ったのか、いずれにしても『春と修羅』の意識を引きずりながらの、第二集の出発であった。

「一四　〔湧水を呑まうとして〕　一九二四、三、二四」から「一九　晴天恣意　一九二四、三、二五」までの間には、「一六　五輪峠」「一七　丘陵地を過ぎる」「一八　人首町」がはさまれている。「一四」で歩き出した詩人が、五輪峠を越え、山を下って人首町に宿泊し、翌日に水沢の臨時緯度観測所に着いて見学するまでの一連の行動の中での心象スケッチとなっている。

この一連のスケッチのうち「一六　五輪峠」「一九　晴天恣意」には、仏教的思索の表象が展開されている。特に「一六　五輪峠」は、たとえば「賢治は五輪峠の名を聞くと、しばしば物質の根源をめぐる哲学的思考に熱中し」、「宗教と科学の一元化の試みが見られる」（原子朗『宮澤賢治語彙辞典』第一版、一九八九年十月）と評されるように科学的世界観と仏教的世界観の一致を思索する心象スケッチとして読まれてきた。確かに「農民芸術概論綱要」中の「農民芸術の興隆」には「宗教は疲れて科学に置換され　然も科学は冷く暗い」という一節があり、また、独立したメモ「農民芸術の興隆」にも「科学は如何　短かき過去の記録によって悠久の未来を外部から証明し得ぬ／科学の証拠もわれらが而く感ずるばかりである」という一節もある。「宗教は疲れて」と書くところに、本来宗教が包含していたはずの世界観・宇宙観・物質観が科学によって「置換」されている現状を認識し、さらに、そのこと故に、人間の認識がかえって限界づけられているとしている。これらの言説を「五輪峠」における宗教を表象する詩句の解釈に適応して、科学と宗教の一元化とは、疲れて置換された宗教の復権・再生の試みである、と理解されてきたのである。

ところで、『宮澤賢治語彙辞典』（第一版）の解説中で「宗教と科学の一元化の試み」が見られるテクストは、「下書稿」とされている。『新校本全集』の校異を参照すればこれは、下書稿（一）の最終形態のテクストを指している。原子朗は、この下書稿（一）最終形態のテクストを引用して先のように述べているのである。たしかに地名・場所の「五輪峠」の解説部分に引かれた箇所であるから、これでも問題は少ない。しかし、「五輪峠」という心象スケッチの生成、すなわち時間性を視野に入れたとき、必ずしも「聞くと、しばしば」ということは言えないことが明らかになってくる。

「一六　五輪峠」には、下書稿（一）・下書稿（二）の二つの逐次稿が現存する。『新校本全集』をはじめとして多くの刊本は、下書稿（二）の最終形態を本文として採用している。「五輪峠」の草稿は二種ある。いずれも赤罫詩稿用紙の表裏に「罫を用いて、鉛筆できれいに書かれた」第一形態に、鉛筆によって縦横無尽に手入れを施したものである。いずれの第一形態も罫に沿って「鉛筆できれいに書かれている」という状態であるから、これらは一種の清書稿と考えることができよう。清書に対しては夥しい推敲・手入れが施され、第一形態と推敲後の最終形態の本文にはおびただしい差異が生じている。このような推敲過程を整理すると、「一六　五輪峠」には次の四種の逐次形（「その時々の定稿」）が成立していたことになる。

1　下書稿（一）第一形態（文庫版全集には異稿・先駆形Aとして掲出、以下先駆形Aと略記する）

2　下書稿（一）最終形態（文庫版全集には異稿・先駆形Bとして掲出、先駆形Bと略記）

3　下書稿（二）第一形態（先駆形Cと略記）

4　下書稿（二）最終形態（＝全集等の本文として採用されている形、最終形と略記）

1の先駆形Aは、紙面の状態を見れば明らかな清書稿である。この先駆形Aは、手帳・ノートに書かれていたであろう現存しない原草稿から清書したものに他ならない。これが一種の清書稿であるということは、草稿に付された日付「一九二四、三、二四」から先駆形Aが書かれるまでの書く行為の一つの結実だということである。すなわちここに記された心象は、「一九二四、三、二四」の体験をもとにしながらも、それを振返りつつ、その後の時間の中で構築し直されたものであるということである。

先駆形Aでは、峠を登る詩人は、途中の小さな峯を峠と錯誤して「みちが地図と合はなくなった」まま、ようやく「古い五輪の塔」のある峠にたどり着く。その間には、「五輪峠」という名前から、「五輪峠」を「五つの峯の峠」と想像したり、「(五輪は地水火風空)」と仏教における「五大」思想を連想していた。これらの想念が、次のような五大と五輪塔を結びつける心象を紡ぎ出してゆくのである。

……梵字と雲と／みちのくは風の巡礼……／みちのくの／五輪峠に／雪がつみ／五つの峠に雪がつみ／その五

の峯の松の下／地輪水輪また火風／空輪五輪の塔がたち／一の地輪を転ずれば／菩提のこころしりぞかず／四の風輪を転ずれば／菩薩こゝろに障碍なく／五の空輪を転ずれば／常楽我浄の影うつす／みちのくの／五輪峠に雪がつみ／五つの峠に……雪がつみ……

この詩句は七五調の和讃にならったものである。「風の巡礼」すなわち巡礼する風が詠う和讃のように書かれている。ここに展開されるのは、五大のそれぞれを法（＝ダルマ、仏法）の一つととらえ、その本性に従うこと、すなわち帰依することが菩薩道を行ずるに等しいという仏教の思想である。『春と修羅』の詩句を用いれば、五輪塔を目の当たりにしたときに心を占めた「宗教情操」の表象ということになろうか。

ところで、「一九二四、三、二四」の二年ほど前に、このときの賢治とほぼ同じコースをたどり、それを紀行として発表した人物がいる。柳田國男の『遠野物語』に原話を提供した佐々木鏡石こと佐々木喜善である。佐々木は、大正十一年の二月十一日から十三日にかけて土沢から五輪峠を越えて井手村に行き、翌日には人首町を経て岩谷堂に泊まり、最終日には水沢まで行った。佐々木は途中で「蘇民引キノ祭礼」や「鴉神社」「釜仏」「釜ボトケ」「田植踊」などを見ている。いわば民俗探訪の旅であった。このときの紀行は、翌三月の「岩手毎日新聞」に連載され(4)、その後、炉辺叢書中の『江刺郡昔話』（大正十一年八月）に「江刺を歩き」というタイトルで収録された。そこでは、五輪峠越えが次のように描かれている。

十数年前、自分がまだ学生の時分に行李を背負つて、此処（杉浦注　五輪峠）を通つた時には春先きでもあつたが、樹木が鬱蒼として路は淋しく小暗かつた。それが今は哀れな程伐採されて雪の上が明るく光つて居る。

昔小茶屋があつたが、群狼のために一夜家族が皆喰ひ殺されたと謂ふ箇所には、何人が建てたのか一基の自然石が、石碑かなどのやうに立つて居る。其所からは頂上は既に間近くで、そして登り詰めると此の峠の名前の起つた五輪塔が立つて居る。それが聳えてゐると言ひ度い位の高さであつた。

其の塔には此んな由来がある。昔峠の下の部落（仙台領の方）の砥森館（トモリタテ）の主人が人首（ヒトカベ）の鶴が城の寄手に敗れて、此処まで落ち伸びて来たが最早運命の尽きと観念して、己等夫婦に、いたいけな子供等三人を添へて、果敢ない草葉の露と消えた。其の菩提供養の為めに建てたのが此の塔であると謂ふ。其の由来を記した石碑が、あれだと、連れは親切に教へて呉れたが、自分は其様な昔の特種（ママ）な生活をした人らの経歴等を知らうとも思はずまた其れに雪がかなり深さうだつたから、道から漸つと十尺と離れぬ其の石に立ち寄つて見ることをしなかつた。

それよりも昔から、此の峠路を通る人々の心に囁いた、往けば仙台戻れば南部、思ひ残すの云々と歌はれた俗謡などの方が心に強く思ひ出された。殊に此の唄は、自分等のやうに南部の方から来た者の心持ちなのが床しかつた。而して歌つた心持ちが、見下す彼方の景色を眺めるに連れて愈ゝはつきりと解るやうな気がした。其所からは、手近の江刺から胆沢、和賀稗貫東西の磐井の各郡が一望の裡に広々と開展されて眺められた。（中略）六十年目とかで今年は凍り切つたと謂ふ北上川の水音であらうか、或ひは何だか、一種得体の知れぬ而も幽かな物音が、頬を撫でる風に乗つて遠くから飛んで来たりした。

然し自分等（旅人）が斯う謂ふ峠の気分を感じ味はうのももう少時のことであらう。既に峠といふものが、一里塚や一本杉、其れから関所の跡などと同様に、過去の古蹟となりつゝある。（中略）尚此の峠には昔弘法大師が、茶屋の婆々の邪心を厭うて草餅を石にしたと謂ふ温石（ママ）(5)などがある。其の石が道路に骨々《こつこつ》と露出して居て、なかなか歩き悪くかつた。

宮澤賢治がこの紀行を読んだという確実な記録はない。しかし、喜善連載の翌年の岩手毎日新聞には賢治自身の「心象スケッチ　外輪山」(大正十二年四月八日)、「やまなし」(大正十二年四月八日)、「氷河鼠の毛皮」(大正十二年四月十五日)、「シグナルとシグナレス」(大正十二年五月十一～二十三日、十六・十九日は休載)が掲載されている。また、『江刺郡昔話』と同じ炉辺叢書に収録されている、佐々木喜善『奥州のザシキワラシの話』(炉辺叢書第三編、一九二〇年)、柳田國男・早川孝太郎『おとら狐の話』(同第二編、一九二〇年)は、それぞれ賢治の童話「ざしき童子のはなし」「とっこべとらこ」と密接な関係を持つ事から、これらを読んだのは間違いないと考えられる。そこから同じ著者の『江刺郡昔話』へと手が伸びたという推定も成立し得るだろう。賢治が喜善の五輪峠探訪紀行を読んだ可能性は高いのである。

喜善は「江刺を歩き」の中では、砥森館の主人一家の菩提供養のためという五輪塔建立の伝承を伝えるとともに、近代化によって古い旅情が消滅してゆくことにやむを得ない寂しさを感じている。これと比較したとき賢治のスケッチの宗教性がより明らかになるであろう。賢治は、この塔の菩提供養のためという由来には関心も興味も示していないようにみえる。峠の頂上に立つ五輪の塔を仏法の象徴とみて、そこから引き起こされた宗教情操を中心にしてこのスケッチを構成しているのである。

この先駆形Aは、このスケッチが書かれている用紙(赤罫詩稿用紙)の使用時期や、スケッチ集刊行を意図した時期等を勘案すると、一九二六年夏以降一九二七年春頃までの間に成立したと考えられる。(6)

宮澤賢治は、〈春と修羅　第二集〉のために「序」を準備していた。「序」はその本の輪郭がほぼ定まったのちに書かれるものであるが、賢治のこの「序」も「この一巻は／わたくしが岩手県花巻の／農学校につとめて居りました四年のうちの／終りの二年の手記から集めたものでございます」と始まり、「まづは友人藤原嘉藤治／菊池武雄などの勧めるまゝに」と友人の出版慫慂に従ったものであると断り、現況を「自分の畑も耕せば／冬はあちこちに南京ぶくろをぶらさげた／水稲肥料の設計事務所も出して居りまして」と報じている。ここに書かれた事柄を賢治の生活史の中で確認すれば、一九二八年四〜六月頃に相当する。この時期に「序」が書かれたということは、その時点での収録される予定の心象スケッチもほぼ確定していたということである。「一六　五輪峠」の場合、先駆形B及びCがこの時期に書かれたと推定される。ただ、先駆形Cは先駆形B（先駆形Aの手入れ後最終形態）をそのまま書き写した形の本文ではない。先駆形CはBからの展開ではあるがかなりの異同がみられるし、また先駆形C第一形態の書きながらの手入れの状況から見ると、先駆形Cの第一形態の成立にも時間がかかったように考えられる。草稿の状態からいえば、BからCの移行のさなかにあったのがこの時であったといえよう。ちなみに、杉浦の推定した昭和三年（一九二八）夏の第二集構想ではこのスケッチは収録されなかったと判断している。(7)

先駆形Bにおいて追加挿入されたのは、主として次のテクストである。

「五輪は地水火風空／空といふのは総括だとさ／まあ真空でい、だらう／火はエネルギー／地はまあ固体元素／水は液体元素／風は気態元素と考へるかな／世界もわれわれもこれだといふのさ／心といふのもこれだといふ／いまだって変らないさな」／雲もやっぱりさうだと云へば／それは元来一つの真空だけであり／所感となっては／気相は風／液相は水／固相は核の塵とする／そして運動のエネルギーと／熱と電気は火に入れる／それからわたくしもそれだ／この楢の木を引き裂けるといってゐる／村のこどももそれで／わたくしであり彼であり／雲であり岩であるのは／たゞ因縁であるといふ／そこで畢竟世界はたゞ／因縁があるだけといふ／雪の一つぶ一つぶの／質も形も進度も位置も／時間もみな因縁自体であると／さう考へると／なんだか心がぼおとなる

これに対して先駆形Cでは、さらに手入れがあり次のようになる。

五輪は地水火風空／むかしの印度の科学だな／空といふのは総括だとさ／まあ真空でい、だらう／火はエネルギー　これはアレニウスの解釈／風は物質だらう／世界も人もこれだといふ／心といふのもこれだといふ／今でもそれはさうだらう／そこで雲ならどうだと来れば／気相は風で／液相は水／地大は核の塵となる／光や熱や電気や位置のエネルギー／それは火大と考へる／そして畢竟どれも真空自身と云ふ

BとCは、Bに現れている「因縁」という発想が、Cでは「畢竟どれも真空自身」と空の思想に置き換えられているところに差異があるが、このB・Cは、仏教における五大思想を近代科学の言葉で置き換えているところに共通点を認めることができる。五大が近代科学の発想と共通するばかりでなく、すでにそれを包含していたことを確かめているといってもよいであろう。これらは先に見た先駆形Aにおいては全く見られなかった表象である。

原子朗がいうところの「科学と宗教の一元化」への志向は、テクストの上では、スケッチに付された日付より数年遅れて、スケッチ自身の推敲過程の中で登場してきたものなのである。

このようなテクストの運動は、先に確認したように先駆形Aのなかにその萌芽を見ることは難しい。むしろ、こ

の時期の〈春と修羅　第二集〉の構想を〈イーハトーブ〉の心象スケッチと捉えたとき、イーハトーブの宗教を表象した詩人が、同時代の近代仏教学の世界的な動向に触発されて構築したものと考えることができるのである。[8]

ここでダルケ（ダルゲ）に注目してみたい。ダルケは、早くに賢治テクストに登場し、いくつかの心象スケッチや散文テクストにその名を現している。賢治においてダルケは世界的な現代仏教の動向を象徴的に示す人物と考えられたのではないか。しかしもちろん、ダルケの発想や仏教観を賢治が全面的に肯定したり受容したりということを意味するわけではないのは、言うまでもないであろう。

宮澤賢治のテクストの中にダルケをモデルとする人物が登場する最初は「図書館幻想」においてである。ただ、ここでは、ダルケはダルゲとして登場している。「図書館幻想」は、ある図書館の荘厳な十階の部屋にダルゲを訪ねる「おれ」のダルゲへの憧憬と尊敬が描かれ、その会見では、ダルゲの「つめたいすきとほった声」「冷ややかな」笑いが描かれる。「おれ」の熱とダルゲの冷の対比として注目されてきた作品である。このテクストは、最初には「ダルゲ」と題されのちに（赤インクで）「図書館幻想」と変更されたものである。また、末尾には、青インクで「1921.11.-」と書かれている。本文はブルーブラックインクで書かれたものだが、青インクで書かれた日付が、実際の執筆時期あるいは最初のアイデアの時期を示していると考えられる。既に秋枝美保『宮沢賢治の文学と思想』で考察がある[9]ように、「図書館幻想」中でダルゲが歌う「おれの崇敬は照り返され」の歌は、『春と修羅』収録の「雲とはんのき」中にも出現する。「雲とはんのき」の日付は、「一九二三、八、三一、」である。この時期、賢治が何らかの形でダルケへの関心を持続させていたと考える事もできよう。

この当時、ダルケは、原始仏教の研究者、科学と仏教の関係を論ずる宗教学者として知られていた。賢治晩年には、仏教徒として寺院を建立した人物との情報ももたらされているが、「図書館幻想」・「五輪峠」の時期には、まだその情報は伝わっていなかった。管見の限り、宮澤賢治と同時代の、「五輪峠」に先行する、ダルケを移入、紹介した書物・論文は次のとおりである。

1　PAUL DAHLKE *Buddhismus als Weltanschauung.* 1912（帝国図書館蔵書は「大正二年二月二十一日購求」）

2　PAUL DAHLKE *BUDDHISM & SCIENCE* Translated by the Bhikkhu Silacara.1913（帝国図書館蔵書は「大正二年十月七日購求」）

3　PAUL DAHLKE *Buddhist stories* Translated by the Bhikkhu Silacara. 1913（帝国図書館蔵書は「大正四年二月二十一日購求」）

4　「原始仏教」　パウル《ママ》、ダールケ述（『法爾』三五〜三八号、一九二〇年十一月〜一九二一年三月）

5　Paul Dahlke *Buddhismus als religion und moral* 1923（帝国図書館蔵書は第二版、「大正十三年三月二日購求」）

6　高桑純夫訳、パウル・ダールケ著『仏教の世界観』（甲子社書房、一九二六年十月）

※この本の英訳タイトルは、『BUDDHISM & SCIENCE』。

7　パウル《ママ》、ダァルケ　井上増次郎訳「信ぜざるべからずか」（『現代仏教』三巻二五号、一九二六年五月号）

この他に、木村泰賢の次の二つの論文中でも言及されている。

1　木村泰賢「科学と宗教の衝突問題より原始仏教主義の提唱」（『中央公論』一九二三年四月）

2　木村泰賢「宗教の本質と仏教」（『現代仏教』二巻一〇号、一九二五年二月）

これらのうち、いずれを賢治が読んだかというより、これらのうちに近代科学と仏教の関係についての論文が多数あることに意味があるのではないか。ダルケの著作の邦訳『仏教の世界観』は、英訳では「BUDDHISM & SCIENCE」となっている。また、章題を見ると、「第三章　科学と人生観　一　科学の立場　二　科学の無力　三

保存法則の特性　四　科学の価値　五　信仰と科学の相反性」「第六章　仕事の与件としての仏教　三　科学の適応性　四　科学の適応過程　五　世界生起に対する科学の立場　六　科学的世界観の無力　七　科学の信仰への復帰」「第七章　仏教と物理学の問題」「第八章　仏教及び物理学の問題」「第九章　生物学問題と仏教」「第十章　仏教と宇宙論的問題」のように近代科学と仏教の関係を、仏教を優位において論じている著作となっているのである。また木村泰賢の論文中でも、ダルケの「仏教の教理を専ら彼一流の科学によりて縦横に解釈した所」「仏教の隠れたる真理を鮮明ならしめた点」を評価する形での紹介になっているのである。

これは、妹トシの死後の行方をめぐる煩悶に一筋につながる賢治の疑問と直接に関わる問題ではなかったか。たとえば「風林」（一九二三年六月三日）にあるように、トシ子の転生したはずの兜率天と、近代天文学でいう「巨きな木星のうへ」[10]とは、どのような関係なのか。それは同じ場所を指しているのか、それとも違うところなのか等々の問題からはじまっていたはずなのである。そしてその問題を考えるに際して、賢治は「倶舎論」に分け入った[11]。それは、倶舎論の「器世間品」が死後の世界をはじめとした仏教の宇宙観、世界観を展開していたからに他ならない。ここから『国訳大蔵経』第一二・一三巻所収の「倶舎論」（一九二〇年十月、国民文庫刊行会）の訳者であった木村泰賢の原始仏教研究をひもといた可能性は高い。「五輪峠」の先駆形Cには、「五輪は地水火風空／むかしの印度の科学だな」という一節も出現するのであるから、木村の原始仏教論に触れていた可能性は高いと思われる。このようなときに、中央公論に、木村泰賢の論文「科学と宗教の衝突問題より原始仏教主義の提唱」が掲載された。ここで木村は、ダルケの著作を「仏教（原始仏教）を以て、有神的世界観と唯物論的世界観との両非理を免かれて、ありのまゝの事実に合して而も理想を実現する唯一の道を明にした教であるといふのが彼の著書を貫く根本的見解である」「かくして彼はこの見地より仏教の教理を専ら彼一流の科学によりて縦横に解釈した所、たとへ多少行過ぎた処があるにしても、仏教の隠れたる真理を鮮明ならしめた点に於て、仏教思想の理解に対して多大の貢献を致したのである」と評価したのである。また、木村はこの論の中で、生命も因縁すなわち関係の上に成立する現象であるとか、「因縁生すなわち関係現象」などとも書いている。これは、先駆形Bの「畢竟世界はたゞ因縁であるといふ」という表象につながるであろう。これをさらに、木村泰賢は『原始仏教思想論』（一九二二年四月、丙午出版社）では、

一切の現象は悉く相対的依存の関係の上に成立するもので、その関係を離れては一物として成立するものゝないという考である。因縁というは実にこの関係に名づけた名称（中略）この因縁の作用は即ちこれ縁起の法則であって、仏陀は之を次の様に定義してゐる。

若しこれあれば即ち彼あり、若しこれ生ずれば彼生じ、若しこれなければ彼なく、若しこれ滅すれば即ち彼滅す。即ち……

即ち「若し此あれば、彼あり、これなければ彼なし」とある方は蓋し同時的依存関係を示したるもの、「これ生ずれば、彼生ず」とあるは恐らく異時的依存の関係を示したるものと見ることが出来る。とにかく、同時にせよ、異時にせよ、一切法は必ず何等かに依存して存するもので、絶対的存在というものは一つもないのである。

とも説明している。

また、先述の中央公論掲載の同論文には「仏陀に従へば生命の当体は恰も燈火の、外見上、同相を維持しながら

も、実質に於て、常に新陳代謝するが如く、行く水の流は絶えずして而も本の水にあらざるが如く一刻も休みなき流動である。たゞ生命現象の燈火や流れと異る所は、その一々の活動は一々自己に反応してその性格を形成して後時の自己経営の能動的勢用となる点である」という箇所がある。これは『春と修羅』「序」の「わたくしといふ現象は仮定された因果交流電燈のひとつの青い照明です」「ひかりはたもち　その電燈は失はれ」の発想とほぼ同じである。

このように木村やダルケの著作の発想や記述を踏まえたとみられる箇所が『春と修羅』「序」や「五輪峠」先駆形Aの第一形態からの推敲過程の中に多く出てくる。これらの近代仏教学の発想が総体として、先駆形Aを手入れする詩人に、一九二四年五月の無意識を発掘させていったと考えてみたいのである。先駆形Aを書いた時点では自覚されていなかったが、同時期に無意識の中で追求していた問題が掘り起こされる形で表象されていったということなのである。

三

「一六　五輪峠」に続いて、翌日の日付の「一九　晴天恣意」にも仏教的な表象が現れる。「晴天恣意」は、五輪峠を下って人首町に泊まった翌日に、水沢に至って、臨時緯度観測所を訪れ、「数字に疲れた」眼で、種山ヶ原や原体山あたりを見上げている際の心象スケッチである。

このスケッチには下書稿が二種類現存する。下書稿（一）は、赤罫詩稿用紙二枚に「太めの鉛筆のやや走り書き的な崩した字体で下書風に書かれたもの」であり、下書稿（二）は、赤罫詩稿用紙二枚に、「罫を用いて、鉛筆できれいに書かれたもの」である。いずれも、いったん書かれた後に第一形態の記入に使用したのとは異なる「細めの鉛筆」で手入れが加えられている。なお、下書稿（一）には、右上隅に丸で囲まれた写という字が書かれている。下書稿（一）の最終形態と、下書稿（二）の第一形態のテクストはほぼ同一であることから、筆写完了の心覚えであったと考えられる。

「五輪峠」の先駆形Aは、清書稿であった。しかし、これに対応する「晴天恣意」の下書稿（一）第一形態は「走り書き的な字体」で「下書風」に書かれたものである。これは、この第一形態の成立の時期が、「五輪峠」とは異なっていたということを意味する。「五輪峠」には、先駆形A以前のメモ・手帳・ノートなどを用いた稿の段階を想定したのだが、「晴天恣意」には清書すべき前段階の草稿がなかったと考えることができるのである。また、「五輪峠」詩稿群が、推敲される段階で、「人首町」で終わっていた一連の詩稿群の最終部に水沢での体験に基づいたスケッチが追加されることになったためであると考えてみることもできるだろう。いずれにしても、草稿の状態からは、下書稿（一）の成立時期が、「一六　五輪峠」より遅れていたことは確実であろう。

下書稿（一）第一形態では、山の肩のあたりの円錐形の物体が、秘密の死火山にみえるが、しかしそれは「冷たい冬の積雲」でもあると科学（気象学）的認識を確認した後に、実は、その積雲のあたりは、民間伝承あるいはフォークロアの世界では、禁忌（タブー）を侵犯した人が、逆さづりにされる場所と伝承されている、と展開している。科学的認識とフォークロアが併存し重層するスケッチであるが、テクストの主部は併存を描くことよりも、遠野物語に通じるような、フォークロアへの関心を描くことにあるのである。

これが、手入れを経て下書稿（二）の第一形態になると、まず、円錐形をしていたものを秘密の死火山と冷たい冬の積雲の重層するものとして描いていたのが、「白く巨きな仏頂体」を「異の空間の秘密の塔」と「水と空気の散乱系まばゆい冬の積雲」のいずれに見るかという対比に変更されている。下書稿（一）に比して、テクストが、より宗教と科学の対比へと向かっていることは明らかであろう。推敲・手入れは、この傾向や運動がさらに強められる方向でおこなわれている。

最初の部分では、まばゆい冬の積雲だと述べたあとに、さらに反転させて、宗教的にとらえかえして、次のようなテクストを挿入している（推敲過程を合わせ示す）。

再考すれば／［やはり同じい大塔婆→同じい多宝塔→やはり同じい大塔婆］／いたゞき八千尺にも［いた→充ち］る／［純→削除］光厳浄の［五輪の塔でございます→構成です］

さらにこのすぐ後の下方余白に、斜めに、

地　水風　火　空　我

と五大と我をつなぐメモを記し、それに基づいて次のような詩句を挿入している。

石灰、粘板、砂岩の層と花崗斑糲《ママ》、蛇紋の諸岩、／堅く結んだ準平原は、まこと地輪の外ならず、水風輪は云はずもあれ、／白くまばゆい光と熱、電、磁、その他の勢力は／アレニウスを俟たずして／たれか火輪をうたがはん／もし空輪を云ふべくば／これら総じて真空の／その顕現を超えませぬ／斯くてひとたびこの構成は／

五輪の塔と称すべく／秘奥は更に二義あって／いまはその名もはゞかるべき／高貴の塔でありますので／もしも誰かゞその樹を伐り

世界の構成原理を近代科学を援用せずに、むしろ近代科学以前からそれをすでに包含していたものとしての仏教の世界観における五大思想により、種山ヶ原に接して上空に伸びる仏頂体の積雲を解釈する。そして、準平原の種山ヶ原を地輪として、そこから上空に伸びて行く姿をそれぞれの輪に見て、仏頂体の雲までの総体を五輪塔とみるのである。そして、五輪塔は同時に「名もはゞかるべき／高貴の塔」だから、「誰かゞ木を伐ると」云々として、伝承を描いた部分につながる展開へと手入れしている。このように、因果関係で接続されることで、下書稿（一）では、民間信仰的伝承として読まれていたものが、仏教的世界観のなかに組み込まれた伝承へと性格が変更されたということになろう。

このように見てくると、この下書稿（一）から下書稿（二）への手入れの動きは、「一六　五輪峠」の場合と同一の構図になっているといえるであろう。

四

最初には歩行の途次の属目に発する心象の揺らぎのスケッチであったり、フォークロアに触発された宗教情操であったり、といったところから作り出された心象スケッチが、推敲という行為のなかで、そこに潜在あるいは伏流していた仏教的世界観を掘り起こし、掘り下げる形で、宗教表象を再構築していった例を見てきた。体験の現場におけるスケッチの時点ではなく、推敲過程のなかで、宗教的表象が取り込まれるものであるが、このような例は一九二四年（大正十三）四月前後の日付の心象スケッチだけに見られる特徴ではない。〈春と修羅　第二集〉全般にわたる一つの傾向として、このことはいえそうなのである。その例として、さらにあとの時期の日付を持つスケッチの場合を見ておこう。

「一九二四、八、一七」の日付が付された「一七九〔北いっぱいの星ぞらに〕」の場合である。同じ日付をもつスケッチはもう一篇ある。「一八一　早池峰山巓」である。

この日、詩人は大迫口からの早池峰山への登山ルートをとった。このルートは、岳部落から萱野（茅野）十里、木立三十里、虎杖立《いたどりたつ》十里、石跛《いしばね》七里、御坂《おみさか》七里をたどって頂上へといたるものであった。(12)「一七九〔北いっぱいの星ぞらに〕」は萱野十里を過ぎようとするあたりでの、「一八一　早池峰山巓」は文字通り山頂に到ってからのスケッチである。時間は、「一七九」に「月はあかるく右手の谷に南中し」とあるので、午前一時過ぎと考えられる。「一八一」はすでに夜が明けて太陽が昇っている。

「一七九〔北いっぱいの星ぞらに〕」の下書稿（一）・下書稿（二）・下書稿（三）のいずれもが、「鉛筆のやや崩した字体で下書き的に書かれたもの」である。下書稿（一）は反対面に「三〇九〔南のはてが〕」（一九二四、一〇、二）の下書稿（一）が「下書的」に書かれている。下書稿（二）は、裏面が消しゴムですべて消され、そこに下書稿（三）が書かれている。下書稿（三）は、下書稿（二）裏面の消しゴムでの消しあとと、もう一葉「一〇八三　和風は河谷いっぱいに吹く」下書稿を消しゴムで消したあとの二葉にわたって書かれている。「一〇八三　和風は河谷いっぱいに吹く」に付された日付は、「一九二七、八、二〇」である。この日付は、「一六　五輪峠」の先駆形Aの成立と推定した時期（一九二六年夏以降一九二七年春頃までの間）の後の時期になる。従って下書稿（三）は、

〈春と修羅　第二集〉のかなりの数のスケッチで赤罫詩稿用紙を使用した下書稿（一）の第一形態が成立した時期よりも遅れて成立したということになる。下書稿（一）・（二）は、〈春と修羅　第二集〉のなかの多数のスケッチが赤罫詩稿用紙を用いて最初に清書されていった時期には、まだ清書可能な段階にいたらぬままにあった、と推定されよう。この後に書かれた下書稿（四）は、「下書稿（三）の最終形態の冒頭部分にきわめて近い」ものであるがこれもまた「鉛筆のやや崩した字体で下書風に書き出された」ものである。この下書稿（四）に手入れをした最終形態が、下書稿（五）の冒頭部分となっている。ただ下書稿（五）は、消しゴムを使った書きながらの手入れが多数の箇所でなされており、その第一形態は完全には復元できない。しかし、下書稿（五）は、消しゴムを使った手入れが多いとはいえ、「鉛筆できれいに」書かれたものである。下書稿（四）の清書として始めながら、しだいに推敲を加えながらの清書に変化してしまったと考えられる。この段階が、一九二八年（昭和三）夏の段階といえるであろう。これは、他の赤罫詩稿用紙を用いた多くのスケッチでの、下書稿（一）の最終形態の成立時期に重なると推定される。

下書稿（一）は、「谷の昧爽に関する童話風の構想」というタイトルで、断片的なスケッチである。全文は次の通りである。

草の穂やおほばこの葉が／みんなくっきり影を落す／この清澄な月の昧爽近くを／楢の木立の白いゴシック廻廊や／降るやうな虫のジロフォンに送られて／みちはまもなく原始の暗い椈林／つめたい谿にはいらうとする

ぶな林から谷に入ろうとするときのスケッチである。下書稿（二）は、下書稿（一）の後ろに追補する形で成立している。林に入ろうとする時に、そこから見た山から星空のパノラマ＝「北いっぱいの星ぞら」のスケッチが追加されたのである。下書稿（三）の第一形態は、（二）と基本的に同じ構図で細部を書き込んだものである。そして、その推敲過程で、ようやく、宗教的表象が追加されてくる。星空を、「そらが精緻な宝石類の集成で／金剛石のトラストが／穫れないふりしてしまって置いた幾億を／みんないちどにぶちまけたとでもいふ風だ」という、のちに「銀河鉄道の夜」に取り込まれる表現の箇所の次に挿入されたのである。

頭のまはりを円くそり／鼠いろした粗布を着た／坊主らのいふ神だの天が／いったいどこにあるかと云って／うかつに皮肉な天文学者が／望遠鏡をぐるぐるさせるその天だ／するとこんどは信仰のある科学者が／どこかの星の上あたりに／そういふ天を見附けやうとして／やっぱり眼鏡をぐるぐるまはす／さういふ風な明るい空だ／しかも三十三天は／やっぱりそこにたしかにあって／木もあれば風も吹いてゐる／天人たちの恋は／相見てえん然としてわらってやみ／食も多くは精緻であって／香気となって毛孔から発する／間違ひもなく／天使もあれば神もある／たゞその神が／あるとき最高唯一と見え／あるとき一つの段階とわかる／さういふことかもわからない／それら三十三天は／所感の外ではあるけれども／やっぱりそこに連恒し／恐らく人の世界のこんな静な晩は／修羅も襲って来ないのだらう

この下書稿（三）で追加された倶舎論の記載にもとづく表象は、下書稿（四）には出現しない。下書稿（四）が、冒頭部のみで終結したためである。しかし下書稿（五）の推敲過程にはあらためて現れる。下書稿（三）では「三十三天」は眼には見えないが、しかしその実在は信じるというように書かれていたのだったが、こんどは近代天文学の認識する宇宙のなかに仏界を探すという表現として登場するのである。

わたくしは狂気のやうにそらをさがす／銀河のなかで一つの星がすべったとき／はてなくひろがると思はれてゐた／そこらの星のけむりをとって／あとに残した黒い傷／その恐ろしい銀河の窓は／いったいそらのどこだらう／誤ってかあるひはほんたうにか／銀河のそとと見なされた／星雲《ネビユラ》の数はどれだらう／普賢菩薩が華厳で説く／もろもろの仏界のふしぎなかたち／あるひは花台のかたちをなし／あるひは円くあるひはたひら／それはあるひはその刹那の覚者の意志により住し／あるひは衆生の業により、／あるひは因縁により住すると／そのどれかゞ星雲で／こゝからやはり見えるだらうか／しかもしたゞ天や餓鬼／これらの国土をもとめるならば／そんなに遠いことでない

（下書稿（五）最終形態）

この後、黄罫（2222）詩稿用紙を用いた下書稿（六）最終形態では、この表象は、さらに菩薩への願いに転じている。理として天を求める姿から、天の存在が前提となって、祈願するかたちに変わっているのである。

いちいちの草穂の影さへ落ちるこの清澄な昧爽ちかく／あゝ東方の普賢菩薩よ微かに神威を垂れ給ひ／曾って説かれし華厳のなか／仏界形円きもの／形花台の如きもの／覚者の意志に住するもの／衆生の業にしたがふもの／この星ぞらに指し給へ

このように昭和三年夏に至る過程において、詩人の夜歩きのスケッチが、宗教的思索の表象をとりこんでいる。

そしてその思索の中では、近代科学の認識と仏教的世界観における認識の関係が重要な要素となっている。ここに先の「一六　五輪峠」や「一九　晴天恣意」に共通するテクストの運動を見ることができるのである。

本論は、〈春と修羅　第二集〉の宗教表象の出現における一つの傾向の報告である。ここにこの時期の宮澤賢治の揺れる宗教意識をうかがうことができると同時に、昭和三年夏頃に編もうとした〈春と修羅　第二集〉の基本的コンセプトの一端もうかがうことができるのである。

註

(1) 入沢康夫「詩集「春と修羅」の成立　上・下」(『文学』一九七二年八月、一九七二年九月)が、詩集印刷用原稿を検討して、詩集が詩篇(スケッチ)そのものの追加・削除、詩句の削除等により数次にわたる編集過程を経て成立したことを詳細に明らかにした。ここで明らかにされた成立段階は、『校本宮澤賢治全集』第二巻の校異に掲載された。本論は後に『宮沢賢治　プリオシン海岸からの報告』(筑摩書房、一九九一年七月)に収録されている。

(2) 斎藤宗次郎『二荊自叙伝』(山折哲雄・栗原敦編、岩波書店、二〇〇五年三月(上)、二〇〇五年六月(下))

(3) 『図書月報』第二二巻六号(一九二四年［大正十三］五月十五日発行)

(4) 岩手毎日新聞連載は、三月八〜十二日、十六〜十九日。その際のタイトルは「江刺から」であった。

(5) 「温石」は「温石石」の誤植か。

(6) 赤罫詩稿用紙を用いた下書稿の成立時期については杉浦静「〈春と修羅　第二集〉の構想」(『宮沢賢治　明滅する春と修羅』蒼丘書林、一九九三年［平成五］一月)参照。

(7) 註(6)に同じ。なお、木村東吉『宮澤賢治〈春と修羅第二集〉研究——その動態の解明』(渓水社、二〇〇〇年二月）などには異論が展開されている。

（8）〈イーハトーブ〉スケッチとしての心象スケッチについては、杉浦静「〈イーハトヴ〉への志向」（『宮沢賢治　明滅する春と修羅』所収）参照。

（9）秋枝美保『宮沢賢治の文学と思想』（朝文社、二〇〇四年九月）

（10）「風林」には「おまへはその巨きな木星のうへに居るのか」とある。

（11）「青森挽歌」には、「むかしからの多数の実験から／倶舎がさつきのやうに云ふのだ」とある。

（12）このルートは、菅原隆太郎『復刻版　早池峯山』（岩手日報社、一九九五年［平成七］三月）中の「十二　登山について」に拠る。

宮澤賢治世界の宗教性をめぐって

鈴木　貞美

一　宮澤賢治世界における宗教と自然科学

宮澤賢治は、化学肥料に代表される近代農学の使徒として教育を受け、農学校の教壇に立ったのち、農民として独自の実践に生き、そのあいまに、詩集と童話集を一冊ずつ出版し、おびただしい数の歌稿、詩篇、童話群などの草稿を残した。そこには、二十世紀前期の自然科学の思考と法華経の世界観とを主要な要素にしながらも、およそ一望の下にとらえきれないほど種々雑多な要素が取り入れられ、多彩な幻想が繰りひろげられている。そのなかには、仏教説話をはじめ、ギリシア・ローマ神話や日本神話、キリスト教の教えの影も見えるし、民間信仰の神々も登場する。本稿では、なぜ、宮澤賢治の世界において、このような宗教的多彩さが保証されているか、また、それらの関係について考えてみたい。

宮澤賢治が、法華経の教えを中心とした仏教信仰に立っていたことはよく知られているし、キリスト教の信者ともつきあいがあったことについては、かなりよく調べられている。土地の神や風の神に類する伝承類を、詩や童話の題材に取り入れていったことについても、柳田国男『遠野物語』の伝承者、佐々木喜善との交流も明らかになっている。だが、それらを賢治が、なぜ、そしてどのように、作品世界に取り入れているかということは、また別の問題である。そのため、ここでは、まず、賢治世界を織りなす種々の要素、自然科学と法華経を中心とする仏教、キリスト教、東西の神話、神話民間伝承のそれぞれをめぐる当時の文化状況とそれに対する賢治の姿勢について、基本になる流れを概観した上で、それらが、どのように取り入れられているかについて考えてゆく。

宮澤賢治の近代農学とそれに付随する博物学は、化学肥料によって農の生産を向上させ、また冷害や旱魃から農作物を守る農法のための科学であった。それは、十九世紀後半のドイツで進展した化学と生物学に立つ近代農学をいち早く取り入れ、帝国大学が創設三年後に農学部を創設し、それを冷害と旱魃に悩む東北の地に展開するために盛岡高等農林学校（一九〇二年〜、三年制。現・岩手大学農学部）をつくり、とくにその第二部（一九一三年に二部に分離、一九一八年、農芸化学科に改称）が先端を担ったものだった。賢治は、ここに一九一五年から一八年在籍した。賢治が化学肥料の使徒として生きたゆえんである。

賢治も肥料の設計には硫安を用いた。ただ、花巻農学校では有機肥料を多く用いるように指導したといわれている。(1)『グスコンブドリの伝記』で、空から降るのは、土地を傷めないとされる硝安である。無機肥料の害にも配慮するところがあったことがわかる。

賢治が自然科学の徒であったことを端的に示すシルシは、その他の作品にも現れている。『注文の多い料理店』「序」に見える「わたしたちは（略）きれいにすきとおった風をたべ、桃色の朝の日光をのむことができます」などは、伝統的な「気」の観念への連想を誘う。だが、「雲からも風からも／透明なエネルギーが／そのこどもにそそぐだれ」（「稲作挿話」(2)）や「新たな詩人よ／嵐から雲から光から／新たな透明なエネルギーを得て／人と地球にとるべき形を暗示せよ」（「生徒諸君に寄せる」(3)）とあわせて考えると、エネルギー還元主義の世界観にのっとっていると見てよい。

他方、「ぶりき細工のとんぼ」(「休息」[4])、「金属製の桑」(「マサニエロ」[5])、「亜鉛鍍金の雉子」(「小岩井農場」パート四)[6]などは外観上の見立てだが、詩「鈴谷平原」で、蜂を「琥珀細工の春の器械」に、けたたましい鳴き声を発するさわしぎを「発動機」に見立てるところには、デカルト以来の動物-機械論の影が映っている。[7]「和風は河谷いっぱいに吹く」で、はげしい雨に打たれた稲が翌日、予想どおりに朝陽を浴びて起き上がる様を「まったくのいきもの／まったくの精巧な機械」[8]にたとえているのは、植物-機械論というべきか。「青い槍の葉」には「電気づくりのかわやなぎ」[9]が登場するが、これは陽光を浴びて輝くリスが「黄金の円光をもった電気栗鼠」(「銀河鉄道の夜」初出形一)[10]と呼ばれるのと同じだ。円光は仏像への連想を誘うと同時に電気は物象の原理を電子とする考えに通じているだろう。詩「五輪峠」に「物質全部を電子に帰し」[11]とある。

「五輪峠」草稿では、古代インドで世界の五元素とされた「地水火風水」をあげ、「運動のエネルギーと／熱と電気は火に入れる」という。[12]電気はエネルギーと同類にされ、かつ古代元素説に包括されるしくみである。こうして賢治は、エネルギー還元主義と電子論とを両立させている。賢治の座右の書、片山正夫『化学本論』(一九一五年)が、原子論に立脚した熱力学を重視し、量子論を導入した「理論化学」の分野を開拓した著として知られる。第九編で「電気化学的反応」が説かれている。[13]それゆえ、詩集『春と修羅』「序」に登場する「仮定された有機交流電燈」[14]は、仮説としての「生命エネルギー」と電子というふたつの世界原理をひとつに束ねた観念といえよう。ひとつひとつの生命が「せはしなくせはしなく」次つぎに灯っては消える光景を想えばよい。すべての電灯が交流でつながっているとすると、一斉に点いたり消えたりすることになるが、きっと、ひとひとつにスウィッチが付いているのだろう。「(ひかりはたもち　その電灯は失はれ)」は、身体の命は失せても、その行いはみんなのあいだに残るという意味だ[15]。このように電気と束ねられた「生命エネルギー」が動かす世界の中に、動物–機械論も包摂され、その内部に、生と死、有機物と無機物の区別があるというしくみである。

　このしくみは、十八世紀後期に生命エネルギーの循環をオイコロギーと名付け、エコロジーの創始者とされるエルンスト・ヘッケル（Ernst Heinrich Haeckel, 1834–1919）や、突然変異説に基づき、生命エネルギーの突然の跳躍（エラン・ヴィタール）が世界を創造発展させると説いたアンリ・ベルクソン『創造的進化』（Henri Bergson, *Evolution Créatrice*, 1907）にも通じるもので、賢治に独特のものではない。が、賢治の場合には、すみやかに転変する「万法流転」（「小岩井農場」パート一[16]）の観念とも同居し、また転生観とも結びつく。童話「よだかの星」のよだかや「銀河鉄道の夜」（ジョバンニの切符）のサソリも星になって耀く。それはまた、死の「つぎのせかい」（「青森挽歌」[17]）ともかかわるが、仏教の考えだけでなく、仏教がそこから解脱すべきものとするアニミズム的転生観にも接近する。［手紙四］では、蛙を打った少年が夢の中で、なぜ、自分を傷つけるのかと死んだ妹から訴えられる。

　他方、さくらの「内面はしだれやなぎで／鴇《とき》いろの花をつけている」（「小岩井農場」パート四[18]）と見立てることには、植物の進化を、いわば逆にたどる考え——枝垂れ桜の祖先として原始的植物とされていた柳が想定されている——と、現象に本質が現れると説く天台本覚思想が結びついている。宮澤賢治の生物進化論受容は、丘浅次郎『進化論講話』（一九〇四年）などの影響のもとにあったと考えてよい。『進化論講話』は、ダーウィンの帰納主義を「事実」にもとづく科学的態度と賞賛し、ダーウィンにならって獲得形質遺伝をも認め、ネオ・ダーウィニズムや突然変異説など特定の学説を絶対化することを退けつつ、全体は諸行無常の世界観に立ち、生存競争原理は国家や人種間、信仰や倫理にも及ぶと説く[19]。このようにして生存闘争（struggle for existence）の考えが、仏教と重ね合わされる基礎がつくられた。

しかも、賢治においては、生存闘争は、キリスト教にいう「原罪」の観念と結びついている。「銀河鉄道の夜」では、いたちに追われ、井戸に落ちた蠍は、なぜ、いたちに食われてやらなかったのか、生き物全体のために役立ちたいと「神」に祈ることによって、星になって耀く。こちらはいわば「他力」信仰である。といっても、浄土教系の教えではなく、その神は、あきらかに西洋の、すなわちキリスト教のそれを想わせる。日本の仏教界にキリスト教の原罪に似た観念が導き入れられるのは、近角常観がアメリカから帰国後、親鸞の弟子、唯円が記したとされる『歎異抄』を宗門のうちに流行らせてからと考えてよい。これは清沢満之らによる真宗改革運動とともに東北の地におよび、賢治の父も傾倒したことが、すでに指摘されている[20]。

これら賢治世界に見られる生物間の序列は、賢治よりのち、アメリカで森林監督官をしていたエコロジストで、「山の身になって考える」という言葉で知られるアルド・レオポルドが『砂の国の暦』(Aldo Leopold, *A Sand Country Almanac* 1949)で、食物連鎖を「生物共同体」の全体を支えるエネルギー回路のように考えるのとよく似ている。「蜘蛛となめくじと狸」初出形では、食いあいには罰があたり、「地獄行きのマラソン競争[21]」にたとえられて終わっている。発展形では、各章の最後に、それに対比して蜜蜂の営みをそえている。これは、メーテルランク『蜜蜂の生活』(*La vie des abeilles*, 1901)あたりから、ミツバチを「協働」の本能のシンボルとたたえることがひろがっていたのを受けたものと考えられるが、本文中には、単に競争のない平和な営みのイメージとして記されているだけで、「協働」を示唆することばは一切記されていない。

生存闘争を主たる原因とする進化論、すなわちダーウィニズムに対して、日露戦争後には、ロシアのアナーキスト、ピョートル・クロポトキン『相互扶助論――進化の一要因』(Pjotr Aljeksjejevich Kropotkin,*Mutual Aid: A Factor in Evolution*, 1902)の説く種の保存や相互扶助の本能という考えがひろがっていたが、それについて賢治が言及したことはない。クロポトキンの打ち出した、化学肥料を用いて農産物の生産をあげ、都市を包囲するという戦略も、一九一〇年前後には、かなり知られていたが、これにも言及はなく、賢治は「相互扶助」や「協働」という理念を詩歌や散文作品のなかで示したことはない。羅須地人協会は、また詩「産業組合青年会」で題材にとられているのは協働組合ではないか、という人もいるだろう。だが、羅須地人協会は、一切の活動を賢治ひとりが背負い、結核を病んだからだを死の方に追いこんでゆくことになった。賢治自らが、それをよしとしたもので、協会をその名のとおり、協会らしくしようと努力したわけではない。

詩「産業組合青年会」には、ハムを作り、酸性土壌を改良し、またゴムを鋳るなど、組合の進むべき方向をめぐる青年たちの議論——それは、岩手国民高等学校での講義で賢治が示唆する「半農半工」（ないしは「半農半商」）、大工場を否定し、農、工、商を営む小規模経営の組合と一致している——と対比して、農村の古い世代の祀られることのない神、「卑賤の神」への信仰への非難が記されている。「祀られざるも神には神の身土があると／あざけるやうなうつろな声で／そう云ったのはいったい誰だ　席をわたったそれは誰だ」「まことの道は／誰が云ったの行ったの／さういふ風のものでない／祭祀の有無を是非するならば／卑賤の神のその名にさへもふさわぬと／応へたものはいったい何だ　いきまき応へたそれは何だ」「祀られざるも神には神に親土があると／老いて呟くそれは誰だ」[22]。ここで産業組合青年会の行く手を阻むものは、土地の神への信仰の類だろう。これも本稿の課題とかかわる。

童話の世界の生命観も多彩である。動物や草木、山などの自然の景物以外に、ねずみ捕り（「ツェねずみ」）や鳥箱（「鳥箱先生とフウねずみ」）などの人工物も擬人化され、人格をもつものが登場する。また「銀河鉄道の夜」では、サソリ座がサソリとして登場する。「楢ノ木学士の野宿」第二夜には鉱物が「鉱石病」[23]にかかるとされる。ただし、それが風化現象の比喩であることも同時に示されている。そもそも童話は擬人法によって成り立つジャンルだから、単純に賢治の生命観に帰すわけにはいかない。それ以外に、異界を生きるものがさまざまに登場する。賢治世界に現実界と異界とのふたつがあるのではない。「小岩井農場」パート九では、内心の声が「ちがった空間にはいろいろちがったものがいる(24)」という。世界はさまざまに異なる空間によってつくられているという多元的世界観である。

ほかにも、『春と修羅』序などに、空を覆うほど大きな「無色な孔雀(25)」のイメージが登場し、詩〔青ぞらのはてのはて〕には「永久で透明な生物の群が棲む(26)」とある。「青森挽歌」には万象がそれに帰る「いみじい生物(27)」が想定されている。これらの「生物」は「永久に透明な」まま、正体がつかめないのかもしれないが、そうだとしても、「生命エネルギー」は、異界をも含めた多元的に分かれた世界を貫くものと考えられているようだ。つまり、賢治の生命観の多彩さは、新しい物理学やエネルギー論や機械論、古代インド哲学、仏教哲学、生物進化論などを自在に組み合わせることによって、また多元的世界観などさまざまな考えによって保証されている。

農民を救うために科学技術を駆使することや、その発展の夢をしばしば語る宮澤賢治は、その反面、それとは本質的に矛盾する考えも抱えていた。賢治は、大地を耕作し、木を伐ることを、まるで原罪のように感じる面も示している。たとえば、詩集『春と修羅』中の「風計とオルゴール」では、「剽悍な刺客に／暗殺されてもいいのです／(たしかにわたくしがその木をきつたのだから)(28)」と覚悟が語られている。これは生き物を傷つけてはならないという仏教の教えに発するものと考えてよい。

その考えは農耕についても貫かれ、詩集『春と修羅』第二集補遺「若き耕地課技手のIrisに対するレシタティヴ」の「ぼく」は、耕地という行為自体を悠久な自然に対する冒瀆であり、まるで人間が背負う「まがう方なき原罪です(29)」と考えている。「原罪」という語自体は、キリスト教の“originalsin”に由来する。が、賢治の場合、生存闘争の原理と組みあわされていた。「よだかの星」では、羽虫—よだか—鷹という動かしがたい生存闘争の序列、食い食われる関係に気づき、それを自ら脱し、自ら命を断ったよだかが星になって輝く。仏教における輪廻転生の代わりに、生存闘争を生きなければならないこと自体が、いわば原罪苦のようなものとされているのだろう。

二　生命主義の芸術観

つぎに、宮澤賢治世界のなかで、自然科学思考と法華経信仰、キリスト教の神、そして民間信仰の対象としての神々が同居しえた文化史の条件について述べておきたい。賢治は浄土真宗の信仰篤い家に育ちながら、花巻中学時代に法華経の教えにうちこんでいったことはよく知られる。彼が法華経と自然科学思考とのあいだに矛盾を感じなかったことは、アルベルト・アインシュタイン（Albert Einstein, 1879–1955）が現代物理学と仏教の親和性を語り、一九一〇年代の日本の仏教諸派のうちに相対性理論との親近性を語る傾向が生じていたことを考えてみるなら、怪しむにたりない。だが、賢治がそれら双方を芸術のうちに、ふんだんに取り入れていったことについては、芸術観の問題として別に考えてみなくてはならない。彼が、仏教の教えの外にあるキリスト教の神、土地の神や風の神に類する伝承まで、詩や童話の題材として取り入れていったことについても、同じである。

宮澤賢治が、一九二一年、上京して、国柱会の活動に参加し、「法華文学」を志したことも、よく知られる。彼が宗教プロパガンダに堕すことを警戒しつつも、しかし、宗教と芸術が矛盾することなく一致しうると考えて疑いをもたなかったのは、ヨーロッパ象徴主義を受けとめた日本の詩歌壇の動きをよく知っていたからである。

ヨーロッパ近代において、キリスト教が「邪教」ないしは「虚しい信仰」（vain credo）として排するギリシア神話やゲルマン等の民族神話、また土地の神や風の神に対する信仰は、芸術のルネサンスやロマンティシズムの原動力として働きつづけたが、それは宗教や道徳とは切り離された芸術、美の領域において、はじめて生息が許されるものだった。それらが本源としてもつ宗教性を芸術の名において解き放ったのが象徴主義芸術運動だった。とりわけ、のち、その創始者と目されるようになったステファヌ・マラルメ（Stéphane Mallarmé, 1842–98）が、一八八五年、ロンドンで行った講演「リヒャルト・ワーグナー——あるフランスの詩人の夢想」（*Richard Wargner; Reverie d'un poet Français*）は注目してよい。そこで、マラルメは、詩の君臨する日、すなわち芸術による精神革命の夢を“cult”という語に託して語っている。それより以前、フランスでは、ジェラール・ド・ネルヴァル『オーレリア』（Gérard de Nerval, *Aurélia*, 1855）が、古代エジプトの信仰を解き放とうとしているが、それは精神病院に暮す狂者の夢に仮託されていた。二十世紀への転換期のフランス語圏では、劇作家、メーテルランク（Maurice Polydore Marie Bernard Maeterlinck, 1862–1949）の精神の深みを目指す作風が、よく知られる。それは、次のようなことばによく示されている。「万有より神に至るまで善良にして聖なるもの、凡《すべ》ての源は、かの余りに遠い星々に満ちた夜の後に隠されてある」（*La vie profound*, 1894、豊島与志雄訳）。賢治が『青い鳥』（*L'Oiseau bleu*, 1908）をはじめ、メーテルランクの作品にふれていたことも確実である(30)。

こうして、ヨーロッパ・ロマンティシズムが内に抱えていた秘教的な神秘への憧れは、象徴主義によって全面開花し、二十世紀に入ると宗教芸術の新しい波を呼び起こした。やがてヒンドゥー神秘主義に立つナショナリズムを高くうたいあげる詩集『ギタンジャリ』（*Gitanjali*）などで知られるラビンドラナート・タゴール（Rabindranath Tagore, 1861–1941）が、一九一三年、アジア人ではじめてノーベル文学賞を受賞する。タゴールは、一八七八年、ロンドンに留学した折に、土地の神や風の神などへの信仰に立つワーズワース（William Wordsworth, 1770–1850）の詩に触れ、そして帰国後にヒンドゥーの教えに立つ詩や小説を書きはじめた人だった。そのタゴールの一九一六年の来日を迎える熱狂は、賢治の目や耳に届いていたことは疑いないし、妹、トシが日本女子大学校で、その講演を聴いたことも、その内容も伝え聞いたにちがいない。

そのような動きを受け取った日本では、しかし、別の意味をもつ事態が進行した。アメリカでスピリチュアリストからヘーゲリアンへの道を歩んでいたアーネスト・フェノロサ（Earnest Francisco Fenollosa, 1853–1908）は、日本において、この波を、いち早く東洋美術の礼讃として実現しようとした。あるいは、ラフカディオ・ハーン（Patrick Lafcadio Hearn, 1850–1904）、小泉八雲も、その一人に数えてよいだろう。が、宗教性の解放という点において、また日本人の実践者を直接、育てた点において、フェノロサの働きの方がはるかに大きい。日本人の後継者とは、いうまでもなく、岡倉天心（一八六二～一九一三年）である。彼は、インドでタゴールと親交を結び、よく知られる『東洋の理想――日本美術を中心として』（*The Ideals of the East with Special Reference to the Art of Japan*, 1903）で、神秘的な精神の深みをもってアジア文化の特徴とし、そして道教の「気」の観念を中心にすえて――天心は『茶の本』（*The Book of Tea*, 1906）で、禅林の生活に発する茶にも道教の影響を見ている――日本美術に、その精髄が現れていると論じた。それこそが目指すべき二十世紀美術の道であると。

ヨーロッパ近代において、キリスト教にいう旧約聖書の創世記――それを神話として扱う態度も「公認」されているわけではないが――以外の神話は、すべて異教のものである。ギリシア神話もインド神話も、ゲルマン民族やケルト民族の神話も、そういってよい。そして、欧米人にとっては、ヒンドゥーも、儒学、仏教、道教、そして日本の神道も異教にほかならない。ところが、日本近代において、仏教は、かなり形骸化していたとはいえ、信仰の対象である。神道は、明治維新政府が神武天皇の即位をもって日本歴史の紀元としたことに端的に示されるように、いわゆる宗教を超えた「国家宗教」とでもいうべき意味を与えられた。儒学にも道家思想、民間道教（日本では、陰陽道や易）にも、天に対する崇拝の念は共通するが、それらもまた民間に根を降ろし、活きつづけていた。日本では、それらの活きている信仰を近代芸術のなかで展開する営みが大々的に起こったのである。

しかも、日本のアカデミズムは、それを支える制度を持っていた。ヨーロッパ大学におけるキリスト教神学部に対する人文学部――のち、人文科学と社会科学とに分岐する――という構成をとらず、人文学部にあたる文化大学内に宗教学科を設けたからである。ヨーロッパの伝統では、宗教学は神学部に付随するのが普通だが、キリスト教倫理は哲学の一分野として、キリスト教文学も文学として講じられた（二十世紀のアメリカなどでは神学部が縮小され、設置しない大学がつくられ、宗教学が人文学の一分野に移管される現象も見られる）。そして、たとえばドイツとフランスで近代言語学を学んで帰国し、日本の近代国語学を推し進めた上田万年は、織田得能『法華経講義』（一八九九年）「序」に「我国文学と最密接なる関係ある」法華、維摩の二経、とくに法華経をあげ、「その文辞の巧妙なる、文学上の絶対価値亦極めて饒多なるをや」といい、「そもそも法華経の如きは世界の文学なり。万世不朽の文学なり。東西文明の混合融合せんとする今後に於ては、更に一層の研究を要すべきものなり」と述べている。この時期、すでに日露戦争後に盛んになる「東西文明の混合融合」が進むという見通しが立てられていたこととともに、『法華経』を「世界文学」の一つと考える考え方が登場していた。いかにも『法華経』は、エピソードにもレトリックにも富んでいる。だが、キリスト教の経典を「文学」扱いすることなど、ヨーロッパやアメリカでは、近代合理主義者たちの個々人の見解としてはともかく、制度的には、今日でも認められていない。それを考えてみれば、宗教経典を「文学」として考える考え方が、いかに日本に特殊なものであることかは了解されるだろう。そして、この考え方は、やがて川端康成「文学的自叙伝」（一九三四年）のなかで「私は東方の古典、とりわけ仏典を、世界最大の文学と信じてゐる。私は経典を宗教的教訓としてでなく、文学的幻想としても尊んでゐる[31]」という文学観につながってゆく。宮澤賢治は、まさにこのあいだに詩や歌、童話と取りくんだ人であった。

その枠組は、大正生命主義の思潮の坩堝に投げこまれるや、枠組自体が溶かされていったというべきだろう。たとえば哲学者、和辻哲郎の出発点をなす書物『ニイチェ研究』（一九一三年）は、ドイツの「生の哲学」に属する哲学者たちによるニーチェ（Friedrich Nietzsche, 1844–1900）についての論考を参考にしながら、メーテルランクらの生の深みを目指す新理想主義、ウィリアム・ジェイムズ（William James, 1842–1910）の「意識の流れ」――意識は絶え間なく流れつづけており、断片を取り出して再構成してみても意識の実際を論じたことにならないと述べ、その意識の流れを「生命の流れ」と呼んだ（*Principles of Consciousness*, 1890）――や、世界を創造的に進化させる原理として「宇宙の生命エネルギー」の「突然の跳躍」を説くベルクソンなどの先駆者としてのニーチェを論じ、キリスト教の神をはじめ、あらゆる観念や概念を捨て去り、生の現実そのもの（と想定されるもの）に到達しようとするニーチェの姿勢に「真の哲学者」の姿を見いだし、世界は生成流動することを説いて、絶えず変転するその哲学の真髄を「現前の瞬間において永久の生と個人の生とを合一せしめようとする」ところ、「各瞬間の絶対価値」を説いたところに見いだしている[32]。和辻哲郎『ニイチェ研究』は、ニーチェの哲学の「暗示的象徴的」表現として「路傍の小さい草花を見て、瞬間的に宇宙生命との合一を感ずるというごとき境地[33]」を想う。こう書いたとき、和辻は芭蕉の「山路きてなにやらゆかしすみれ草」という句を念頭に置いていたにちがいない。実際、芭蕉は「瞬間的に宇宙生命との合一を感ずるというごとき境地」を詠んだ俳人として、ヨーロッパ象徴詩の動きを受けとった詩人によって評価されていたし（蒲原有明『春鳥集』序文、一九〇五年）、やがて「宇宙の生命」をうたった象徴詩人として説かれるようになってゆく[34]。このようにして、禅宗の教えに立つとされてきた芭蕉の俳諧の世界は、「宇宙生命」を表現する芸術という観念のなかに回収されてゆく。要するに、世界の普遍原理としての「生命」の象徴表現という考えが大正生命主義における芸術論の根幹にあり、それによって信仰も人文学も、自然科学も取り入れうる大きな器がつくられていたのである。

賢治は、自分の作品世界を自ら「心象」のあるがままの「スケッチ」と呼んだが、それは、二十世紀への転換期に欧米の哲学界が関心を集めた「意識」現象の問題と深く関連している。詩「林学生」に「山地の上の重たいもやのうしろから／赤く潰れたをかしなものが昇(で)てくるといふ／(それは潰れた赤い信頼！／天台、ジェームス《ママ》その他によれば！)[35]」とあるように、そのしくみは、アメリカの哲学者で、プラグマティズムを拡大し、国際的に大きな影響を及ぼしたウィリアム・ジェームズの哲学と天台本覚思想とを同類のものと見なすものである。引用部（ ）のなかの「それ」は、靄の向こうに赤く潰れて見える「をかしなもの」も月だと確信できることをいっている。ベルクソン『物質と記憶』（一八九六年）が感覚知の蓄積によって知覚がなされると説いていることに近い。賢治は、それを天台本覚思想（現象即実体論のようにとらえたそれ）に引きよせている。ジェームズが行為や生理現象の背後に心理があると説いたことや、「赤い月」という知覚を主客合一の意識状態（純粋経験）と考え、現象としての意識についての考えをみな一緒にしているらしい[36]。

また、賢治は、草稿〔ペンペンペンペンネネムの伝記〕のなかで、主人公、ペンペンペンペンネネムを「ニーチャ」に比して「超人」ならぬ「超怪」と呼んで称える人を登場させている。が、ペンペンペンペンネネムは、ついうっかり、人間世界に片足を踏みはずしてしまう。一種のパロディーだが、賢治が、どの程度、ニーチェの思想を知っていたかは、ここからはわからない。

宮澤賢治は、中学生のころから歌稿を重ねていたから、歌人、前田夕暮、斎藤茂吉らから、これに類する考えを身につけていったにちがいない[37]。たとえば萩原朔太郎は、前田夕暮の短歌「夕日のなかに着物ぬぎいる蜑少女　海にむかいてまはだかとなる」（『生くる日に』一九一四年）の歌を「眩惑する明るさと、驚嘆すべき生命意志の活動力と鮮明な印象とが含有されております」[38]と評している。このように「生命の燃焼」「生命意志の活動」などが文芸批評のキイ・ワードとして踊る時代がやってきていた。そして、斎藤茂吉「短歌に於ける写生の説」（一九二〇年）は「実相に観入して自然・自己一元の生を写す。これが短歌上の写生である」[39]と宣言する。また賢治がよく馴染んでいた北原白秋の世界は、作品のかもしだす「気分情調」を重んじる感情移入美学に立つドイツ象徴詩を受けとめたものであり、詩集『邪宗門』の「例言」に、「予が象徴詩は情緒の諧楽と感覚の印象とを主とす」[40]と記していた。北原白秋「童謡私観」（一九二六年）では「詩人の叡知はその研ぎ澄ました感覚を通じて万象の生命、その個々の真の本質を一に直観する。真にその生命の光焔を直観し得る詩人でなければ真に傑れた詩人とはいへないであらう」[41]と説くに至る。官能の炎と自然科学とが「芸術の円光」に包まれて輝く世界といってよい。それは「生命の苦痛」からの救済の世界であり、仏教にいう「涅槃」に相当する。それ以前、北原白秋の詩集『白金の独楽』では、宗教的な法悦と性的恍惚とが渾然一体となる境地が書かれてもいた。

三　賢治世界の独自性

宮澤賢治は、しかし、「生命」を原理とする思考法をとっていない。実のところ、彼は、生存すること自体が抱えざるをえない矛盾と、そこからの救済というテーマを、かなり若くして、いっぷう変わったかたちで身につけてしまっていた。賢治は満で二十二歳のとき、法華経を勧めていた友人への手紙のなかで、こう書いている。「一人成仏すれば三千大千世界山川草木禽獣みなともに成仏だ」(書簡六三)[42]。「わが成仏の日は山川草木みな成仏する」(書簡七六)[43]。これは、『大般涅槃経』にいう「一切衆生、悉有仏性」に発するものだということはわかる。古代インドでは、動きまわる虫までが心をもっており、成仏しうるとした。その範囲は草木に及ばない。それゆえインドでは、菜食主義が生まれた。賢治の童話「ビヂテリアン大祭」も、この考えによっている。

このインドの仏教が中国に伝わり、天台宗では、草木も木石も成仏しうるという考えに変わった。中国に修行に行った最澄も空海も「木石も成仏しうる」という意味のことを語っている。それは、やがて比叡山で天台宗の僧、安然が「草木も発心する」という考えに転じた。成仏できる可能性がある、というのと、成仏を自ら願うというのとではまるで意味がちがう。そして、中世には「一仏成道　観見法界　草木国土　悉皆成仏」ということばが広く流布し、世阿弥の能楽「鵺《ぬえ》」にも出てくる。「観見法界」は、ひとりの仏が世界を見渡せば、の意味。「国土」は「仏国土」の意味で、一人の仏が救う範囲をいう。若き賢治は、この後半から「国土」を抜き、「山川」をつけ加えたことになる。「山川草木」は、よく使われることばなので、うっかり書きまちがえたとも考えられる。が、「草木国土悉皆成仏」は、お経の文句のようにひろまっていたもので、そう簡単に変えられるものではない。賢治は、自分と一緒に世界全体が成仏するという考えによほど深くうたれたにちがいない。が、賢治が、そのころに出あい、感激したと伝えられる『法華経寿量品』のどこを、どう読むと、そんな考えになるのか、わたしにはまったく見当がつかない。

そして、この時期まで、「山川草木みな成仏する」といった人は、いまのところ、賢治のほかに見つかっていない。「山川草木悉皆成仏」ということばは、一九七〇年代ころから急速にひろまったものだが、賢治に由来するとわたしは見ている。

「わが成仏の日は山川草木みな成仏する」という考えは、のち、岩手国民高等学校の講義では「仏教では法界成仏と云い、自分ひとりで仏になると云うことがない」[44]と述べられている。「法界」は、法（真理）のあらわれである森羅万象、意識の対象となるものすべてである。日蓮は『法華経本門寿量品』の底に「一念三千」、三千大世界の成仏を念じることが秘されているといい、それを説明して「法界の成仏」と言いかえている（「船守弥三郎許御書」第四章）[45]。賢治は、このことばに出会い、感激したのではないか。たった一人で、世界ぜんたいを救うことができるという考え、これこそが賢治の世界観の根のところにあって、終生、働きつづけたにちがいない。

『春と修羅』序には、「風景やみんなといつしよに／せはしくせはしく明滅しながら」[46]と記されている。山野も河川も人も、みな心と生命をもつという考えである。二十世紀前期に国際的にひろまった「宇宙の生命エネルギー」という観念とも関連しよう。だが、賢治は「宇宙生命」という語を用いたことはない。言い換えると、世界の統一原理として「生命」や「生命エネルギー」なるものは想定されていない。その意味で宮澤賢治の世界は、生命原理主義とはいえない。

賢治に世界の統一原理として「生命」や「生命エネルギー」を想定することを禁じたものがあると考えてよい。賢治の『農民芸術概論綱要』は、個々人の営みを「人生劇場」[47]とたとえていた。「人生」は、当時の用法で、人間の生命、また本質の意味である。同時期、賀川豊彦も『生命宗教と生命芸術』（一九二二年）で、キリスト教の神が演出する世界は「生命の演劇」、すなわち芸術であるという考え方を示している。が、賢治の世界は、それよりはるかに多彩で、「劇場」もひとつではないことはすでに述べた。

賀川の場合、世界の統一原理は、もちろんキリスト教絶対神に求められている。その意味では、カトリック信者であることをやめなかったベルクソンの哲学も生命原理主義とはいえない。ベルクソンの場合、エラン・ヴィタールの最初の一撃のみ神によって与えられると考えられていると思ってよい。「宇宙の生命エネルギー」は、いわば世界の第二原理である。賀川の場合も、生命エネルギーのようなものが想定されているわけではないが、「生命」は世界の第二原理といってよい。

賢治の場合、世界の統一原理に相当するものが、考えられていたとするなら、唯一、それらしいものとして指摘できるのは、書簡二五二c下書㈣に登場する「宇宙意志」[48]だろう。賢治に好意を寄せて訪ねてくるキリスト教に親しんでいた女性に対する手紙であり、いわば相手の思考の範囲にあわせて用いたことばと考えるべきかもしれない。そのように留保をつけた上でいうのだが、この「宇宙意志」なることば、そして、それに対する信仰は、日本女子大学校の創立者、成瀬仁蔵の考えをトシ経由で知ったものではないだろうか。

賢治の妹のトシが成瀬仁蔵や日本女子大学校で講師をしていた阿部次郎に傾倒していたことは、すでに研究がある。彼女は一九一八年、東京から阿部次郎の書物を郷里の妹シゲに送っているが、その年刊行された『三太郎の日記』（第三までの合本）と推測される[49]。その「第二」に登場する聖人、アッシジのフランチェスコ（Francesco d'Assisi, 1181/82–1226）の内面の崇高さや、世界を覆うキリストの愛を説く阿部の講義をトシは心に刻んだ。阿部の講義はやがて、ダンテ『神曲』(Dante Alighieri, *La Divina Commedia*, 1321) やゲーテ『ファウスト』(Johann Wolfgang von Goethe, *Faust*, 1832, 33) を題材に『地獄の征服』（一九二二年）になる。

賢治の詩「オホーツク挽歌」には、地面に「幾本かの小さな木片で／HELLと書きそれをLOVEとなほし／ひとつの十字架をたてる」トシを、「よくたれでもやる技術だから」「わたしはつめたくわらった」とある[50]。トシは阿部の『地獄の征服』の考えを、そんなふうに地面に示した。それが阿部次郎の考えによるものだということを賢治が知っていたのかどうかはわからない。が、トシ歿後、それを冷たく笑った自分を賢治は、ここで反省している。そして、賢治は、キリスト教による魂の救済のテーマ(『銀河鉄道の夜』)に取りくんでゆく。[51]

阿部次郎に親炙したトシが残したのは、それだけではない。トシ歿後に賢治は、ドイツの心理主義哲学者、テオドール・リップス『美学』(Theodor Lipps, *Ästhetik*, 1903–06, 稲垣末松訳『美学大系』同文館、一九二六年)と取り組みもする。それ以前、阿部次郎がリップスの『倫理学の根本問題』(*Grundtatsachen des Seelenlebens*, 1899)を祖述した岩波哲学叢書「六」(一九一六年)に続いて『美学』の祖述を同「九」(一九一七年)として刊行していたことはよく知られる。

賢治は詩「装景手記」に「それは感情移入によって／生じた情緒と外界との／最奇怪な混合であるなどとして／皮相に説明されるがやうな／さういふ種類のものではない」と述べている。「それ」とは「唯心論の人人は／風景をみな／諸仏と衆生の徳の配列であると見る」こと、つまり仏教の世界観である。[52]賢治は、感情移入によって奇怪な心象風景を繰りひろげることを楽しみながらも、それと仏教などのイデーによる世界観とのちがいをここで明示していた。賢治が景物と一体化する心の動きについて書いた最もわかりやすい例は、詩「林と思想」だろう。「むこうに霧にぬれている／蕈のかたちのちいさな林」に「わたしのかんがえが流れて行って／みんな／溶け込んでいるのだよ」[53]と語る。それだけを書いた詩である。

そして、『農民芸術概論綱要』にいう「世界がぜんたい幸福にならないうちは個人の幸福はありえない」[54]の「世界」も、「人生と自然」であり、銀河系をも含むものとしていわれている。だが、「世界ぜんたい」を、全人類のことと考えるなら、これは賢治の独創ではない。「労働運動は労働者と共に資本家をも――彼が現に属しもしくは嘗て属していた階級のいかんにかかわらず、世界のあらゆる人類を、幸福にせむとするものでなければならない」[55]というこ とばが阿部次郎『人格主義』(一九二二年)のうち、「人格主義と労働運動」の章のしめくくりに記されていた。ここで、阿部次郎が説いているのは、階級闘争がはらむ階級的憎悪を人類愛に転ぜよということだ。が、宮澤賢治は、それを世界全体と個人の問題に転換している。

そして、この他者と我とのあいだのしくみは、『春と修羅』序のうち、「(すべてがわたしの中のみんなであるやうに／みんながおのおののなかのすべてですから)[56]」という挿入節に示されている。「すべて」は一切の総称、「みんな」は個々を意識してその集合をいう語ととれば、意味はわからないことはない。賢治の時代に、ユングの集合無意識の考え方も一部の人には知られ、学ぼうと思えば学ぶこともできた。ましてや賢治は、ドイツ語も読めた。が、これは、『華厳経』でいう事事無碍——沢山の珠玉の個々に他の沢山の珠玉が映っている様子として形が与えられる珠珠無碍——を平易なことばで翻訳したものではないだろうか。一人一人の心の相互性を万象のあいだに拡大したもので、それゆえ、ひとりの心に映った「風物」が「ある程度まではみんなに共通」するとされる。

全人格的な精神変革を求める賢治の姿勢にも、わたしは阿部次郎の説く人格主義のこだまを聴く思いがする。阿部次郎『人格主義』は、「宇宙の生命の永遠」を静観するだけでは、人格の向上発展はありえない、子孫の不滅、遺伝に頼るのも同じ、それゆえ、人格、すなわち肉体が滅んだのちに残る霊魂の不滅を信じようという[57]。要するに至高の存在や道理への信仰に導かれた精神生活の向上をはかりつづけること、それが人びとに伝播するということにつきている。

賢治が霊魂の不滅にこだわったり、至高の存在として「宇宙意思」への信仰をいったりしたのも、トシを通して阿部次郎の思想に接近したことがかなり働いていると思う。阿部次郎は大連での講演録「人格主義の思想」で、神ということばを用いながら、それを天と考えてもらってよいと言っている[58]。キリスト教から入って、キリスト教の神にこだわらず、とにもかくにも至高の存在への信仰に向かう、いわば「世界観としての宗教」に対する志向が、一部の知識層に渦巻いた時代があったのである。

四　神話、神々、神

では、賢治世界において、神話、神々、キリスト教の神の観念など宗教的な要素は、どのように現れているか。神話から見てゆこう。ヨーロッパのルネッサンスやロマンティシズムは、キリスト教が異教や邪教とする信仰から神話伝説を切り離して芸術の対象とし、ゲルマン神話などはナショナリズムと結びついた。十九世紀後期からの象徴主義は、神秘的な精神世界によって物質文明に対抗する姿勢が強く、各民族の神話を国際的に解き放ち、反帝国主義民族独立運動とも結びついた。二十世紀への転換期の日本でも、その機運を受けて絵画や詩（とくに岩野泡鳴らの詩誌『白百合』）に日本神話の復活が見られる。その後、文芸の世界では芭蕉俳諧を象徴詩として評価し、また江戸時代の小唄に関心を移し、あるいは津田左右吉の古代史研究が神話の虚構性を強くいったため、日本民族の古代の心性についての関心は、和辻哲郎や折口信夫ら一部に限られた。

宮澤賢治も、イプセンがノルウェーの民間伝承をもとに書いた劇『ペールギュント』（*Peer Gynt*, 1867）やメーテルランクのメルヘン劇『青い鳥』などの象徴主義の流れに触発されて、少年期に親しんだ『千夜一夜物語』のアラディンの魔法のランプなどへの興味を保持し、仏教信仰から中国西域の彫刻に残された伝説（周龍梅が大村西崖編『支那美術史彫塑篇（附図）』一九一五年によるらしいと指摘）に関心を向け、また民俗学に向かう動きを受けて、東北の民話やアイヌ神謡などへの関心を育てた。星座にまつわるギリシア神話は学んだろうが、童話「双子の星」がゼウスの子の兄弟に設定上のヒントを得、文語詩〔水楢松にまじろうは〕に「パンの神」（半獣神）、『銀河鉄道の夜』で町の時計屋の飾り窓にジョバンニが見る「銅の人馬」が半人半馬の怪物、ケンタウロス（Kentauros）の像であること、ローマ神話からは童話〔ひのきとひなげし〕のひなげしの女王に女神テクラの名が借りられ、『旧約聖書』の「ノアの洪水」が童話「シグナルとシグナレス」中でふれられる程度である。

日本神話の知識も学校教育の範囲にとどまる。『古事記』を材料とするのは、詩〔白い鳥〕で、妹とし子の霊が白い鳥になったとうたい、その連想で、日本武尊にまつわる伝説を引いているところ。東征から都に帰る途中、伊吹山の神に祟られ、伊勢の能煩野《のぼの》に葬られたヤマトタケルの魂が陵《みささぎ》から大きな白い鳥になって浜辺を指して去りゆくのを后や御子らが追うときのうた、「はまつちどり　はまよはゆかず　いそづたふ」を踏まえ、「そこからたまたま千鳥が飛べば／それを尊のみたまとおもひ」としている。これは、賢治の記憶ちがいである。なお、これは大葬のときの歌の起源譚で、明治天皇の大葬まで歌われていた[59]。

そのほかには、詩〔台地〕に「この国の古い神々の／その二はしらのすがた」とイザナキ・イザナミ、また文語詩〔みちべの苔にまどろめば〕〔旱倹〕〔日本球根商会が〕に日本神話で邪神を指す「まがつび」〔曲つ霊〕が登場し、また文語詩〔雪の宿〕に「山つ祇《かみ》」の名も登場するが、これらが神として活躍するわけではない。また、畑仕事の合間にはじめて収穫したトマトを簡手蔵《かんてぞう》なる人物と食べ、会話を交わす詩「会食」の内に「手蔵氏着くる筒袖は／古事記風なる麻緒であって」とある。麻の野良着を古代神話に通じるものとしているが、手蔵が蛇を食う話をするので、ここでは野性や原始を連想させる役割をはたしている。

詩「県技師の雲に対するステートメント」は、「神話乃至《ないし》は擬人的なる説述は／小官のはなはだ愧《は》ずるところではあるが／仮にしばらく上古歌人の立場に於て／黒く淫らな雨雲に云ふ」とはじまる。自身を農業技官に擬しているので科学的態度を表明したのである。妖しい雨雲に心落ち着かないことを「謂はゞ殆《ほと》んど古事記に言へる／そら踏む感」という。類似の形容は、南北朝期の『増鏡』「月草の花」に「空を歩む心地」と出てくるが、「古事記」云々は賢治のうろ覚えによるもの。「上古歌人」は雨雲から性的連想などしない。

なお、童話〔黄いろのトマト〕は、ペムペルとネリの兄妹が、ふたりだけで暮らす楽園幻想から始まる。これをエデンの園などに類比し、「神話」と考える向きがあるが、兄妹の婚姻がなされてこそ、「純粋な血」の交わりを理想とする始祖神話たりうる。ふたりは楽園を出て、サーカス小屋に入ろうと黄色のトマトを差しだし、木戸番にひどい目にあわされて逃げ帰る。幼児期を無垢な黄金期と考える近代の考えによるものである。詩〔札幌市〕に「わたくしは湧きあがるかなしさを／きれぎれの青い神話に変へて」とあっても具体的な形が示されないように、賢治の世界は、数かずの引用が背後に神話伝説類を覗かせても、「双子の星」や仏教伝説を除けば、ほとんどが神話のしくみをもたない。

賢治世界に登場する民間信仰の神々については、小松和彦が、賢治世界に登場する異界の生き物、精霊の類について、吹雪の霊のように登場する「雪婆んご」「雪童子」「雪狼《おいの》」、また「ざしき童子」、「山男」（「祭の晩」「紫紺染について」「山男の四月」「さるのこしかけ」「おきなぐさ」）、「山猫」などをあげ、吹雪の霊については、口頭伝承の世界においてよりも賢治世界の方が、より具体的な形象が与えられていること、「山男」については、柳田国男、佐々木喜善らの「民話」に登場するそれとは異なり、猟師のイメージの投影が強いこと、「山猫」については、東北民話の世界では、狐の負う役割をはたしているとし、ペットとしての猫の投影を指摘し、童話に登場する擬人化された動物たちの扱いとともに、それらを「人間と共生する」ものとする思想の流れにあることを指摘している。(60) うなずける見解である。

賢治世界には、その圏外に、人間を変身させる魔力をもつ精霊たちも登場する。童話「山男の四月」の「山男」

は、薬を飲ませ、中国人を反物に変え、それを行商する中国人とされている。これは、手品や種々の見世物を持ち歩く中国人のイメージを借りたもの。「サガレンと八月」では、母親のいいつけを守らなかったタネリが「犬神」によって、蟹に変えられてしまう。この「犬神」の同類として、「土神ときつね」に登場する嫉妬深い「土神」や、詩「石塚」に登場する「古い鬼神」がある。これらは、人びとを懲らしめたりする不思議な力をもつ土俗的な神々である。

詩「産業組合青年会」にいう「卑賤の神」の類だが、こうした土俗的な神々は、仏教説話、とりわけ『日本霊異記』では、仏教に対抗するものとして登場するが、賢治の場合、詩でも童話でも、そのような角逐はとりあげられない。そこで、ともに世界を生きるものという印象が強い。賢治の童話には、ジャータカ説話に題材をとるものはあっても、『霊異記』以来の仏教説話に特徴的な動物報恩譚はない。わずかに「セロ弾きのゴーシュ」に、読もうと思えば読みとれる箇所があるという程度だろう。ひとつの特徴といえよう。

詩「原体剣舞連」では、土俗の闇の奥に坂上田村麿に滅ぼされたエミシの悪路王と「黒夜神」とを重ねたイメージが登場する[61]。そして、これらより大きな魔力をもつものも登場する。歌稿群「みふゆのひのき」には「波旬のひかり[62]」が出てくる。仏道修行を妨げる魔、第六天魔王波旬《はじゅん》のことだ。賢治のセルフ・イメージのひとつとして、よく知られる修羅もまた戦いを好む魔神とされる[63]。

「ひのきとひなげし」に登場する悪魔は、自分も弟子も変身自在で、東洋的な魔と決めることはできない。「風の又三郎」では、転校生が、子供たちからガラスのマントとガラスの靴を着けた「風の神の化身」と見なされるが、これも西洋風のイメージだ。宮澤賢治の世界には、これら神話や民間信仰の対象のイメージが神話のしくみや信仰の世界から抜き出されて、たがいに関係をもつことなく、散乱していることになる。では、それらは、なぜ、関係をむすばないのか。それについては、賢治世界に登場するキリスト教の像をとりあげ、考察することで、解決しうると思う。

　賢治は詩のなかで、自らさまざまな職業や身分になってみている。盛岡高等農林を出た賢治がなったかもしれない農林技師（「県技師の雲に対するステートメント」）をはじめ、アジア学者（「亜学者の散策」）、気の毒な地主（「地主」）、「運転手」にも学校の寄宿舎の舎監（「詩ノート」〔古びた水いろの薄明穹のなかに〕）にもなってみるが、第一詩集『春と修羅』の「過去情炎」では、開墾に従事する自分を「わたくしは移住の清教徒《ピュリタン》です[64]」とたとえ、「基督再臨」では、再臨するキリストにもなりかわって語っている[65]。これもまた、想像されたセルフ・イメージとして統一した像を結ぶことはない。

　そして、「銀河鉄道の夜」で、いたちに追われ、井戸に落ちた蠍は、生き物全体のために役立ちたいと「神」に祈ることによって、星になって耀く。生存闘争の世をまぬがれがたい存在が背負わざるをえない「原罪」からの救済のイメージである。この「神」は、世界を統べる神である。キリスト教の神と考えてよい。銀河鉄道の夢の旅は、「ジョバンニの切符」の章で、アメリカ・インデアンの世界を通り、ケンタウルス座に接近し、サザンクロス（南十字星）からの連想で十字架を呼び出す。そして、ジョバンニとカムパネルラは「見えない天の川の水をわたってひとりの神々しい白いきものの人が手をのばしてこっちへ来る」のを見る。これもキリスト教の神のイメージだろう。だが、汽車は動きだし、何もみえなくなり、霧のなかに、「黄金の円光をもった電気栗鼠が可愛いい顔」をのぞかせる光景が訪れる。それは電子を原理とし、また生き物すべてが荘厳されて後光を放つ世界のイメージだろう。そして、ジョバンニは、天の川の「孔」の奥に「みんなのほんたうのさいはいを探しに行く」と宣言する[66]。キリスト教の救済の世界も、電子と仏教の結びついた世界も見えない薄膜を隔てて隣接してあり、そして異次元の彼方にある「みんなの本当の幸せ」を求めて新たな旅立ちを決意したところでジョバンニは夢から覚める。ここには多元世界と仏典の三千大世界とが重ねられたような世界像が描かれているといってよい(67)。

註

(1) 阿部彌之「農作業」(『宮澤賢治イーハトヴ学事典』弘文堂、二〇一〇年)を参照。以下『学事典』と略記する。
(2) 『新校本宮澤賢治全集』第六巻本文篇二五九頁。筑摩書房、一九九五～九六年。以下『新校本』と略記する。
(3) 『新校本』第四巻本文篇二九九～三〇〇頁
(4) 『新校本』第二巻本文篇三四頁
(5) 同前三四九頁
(6) 同前七三頁
(7) 同前一八〇・一八一頁
(8) 『新校本』第四巻本文篇一一〇頁
(9) 『新校本』第二巻本文篇九五頁
(10) 『新校本』第十巻本文篇二五頁
(11) 『新校本』第三巻本文篇一五頁
(12) 『新校本』第三巻校異篇三〇頁
(13) 一戸良行「片山正夫」「『化学本論』」(『学事典』)を参照。
(14) 『新校本』第二巻本文篇七頁
(15) 同前
(16) 同前六三頁

(17) 同前一六二頁
(18) 同前七三～七四頁
(19) 鈴木貞美「丘浅次郎」(『学事典』)を参照。
(20) 岩田文昭「近角常観」(『学事典』)を参照。
(21) 『新校本』第八巻本文篇一八頁
(22) 『新校本』第三巻本文篇一三七～一三八頁
(23) 『新校本』第九巻本文篇三六九頁
(24) 『新校本』第二巻本文篇八六頁
(25) 同前九頁
(26) 『新校本』第四巻本文篇二六五頁
(27) 『新校本』第二巻本文篇一六一頁
(28) 『新校本』第二巻本文篇一九六頁
(29) 『新校本』第三巻本文篇二七三頁
(30) 鈴木貞美「メーテルランク」(『学事典』)を参照。
(31) 『川端康成全集』第三十三巻(新潮社、一九九九年)、八七頁
(32) 『和辻哲郎全集』第一巻(岩波書店、一九六一年)、一四八頁
(33) 同前二〇六頁
(34) 鈴木貞美「和辻哲郎の哲学観、生命観、芸術観――『ニイチェ研究』をめぐって」(『日本研究』第三八集、二〇〇八年)を参照。
(35) 『新校本』第三巻本文篇八五～八六頁
(36) 鈴木貞美「意識(意識現象)」(『学事典』)を参照。

(37) 鈴木貞美「前田夕暮」「斎藤茂吉」「北原白秋」(『学事典』)を参照。
(38) 『詩歌』白日社、一九一四年一一月号、一〇頁
(39) 『斎藤茂吉全集』第九巻(岩波書店(一九七三年)八〇四頁
(40) 『白秋全集』第一巻(岩波書店、一九八四年)九頁
(41) 『白秋全集』第二〇巻(岩波書店、一九八六年)六〇頁
(42) 『新校本』第十五巻本文篇七〇頁
(43) 同前、九三頁
(44) 『新校本』第十六巻(上)一九三頁
(45) 『昭和定本　日蓮聖人遺文』第一巻(身延山久遠寺、一九五二年二三〇~二三一頁
(46) 『新校本』第十一巻本文篇七頁
(47) 『新校本』第十三巻本文篇一五頁
(48) 『新校本』第十五巻校異篇一四四頁
(49) トシ書簡〔一四〕(堀尾青史編「宮澤トシ書簡集」『ユリイカ』一九七〇年)を参照。
(50) 『新校本』第二巻本文篇三八三頁
(51) 山根知子「宮沢賢治とキリスト教――妹トシを通して教えられたもの」(『宮沢賢治――驚異の想像力　その源泉と多様性』朝文社、二〇〇八年)を参照。
(52) 『新校本』第六巻本文篇七六~七七頁
(53) 『新校本』第二巻本文篇九二頁
(54) 『新校本』第十三巻本文篇九頁
(55) 『阿部次郎全集』第六巻(角川書店、一九六一年)、二六三頁
(56) 『新校本』第二巻本文篇八頁

(57)『新校本』第二巻本文篇八頁
(58)『阿部次郎全集』第六巻、前掲書、一七二～一七三頁
(59)鈴木貞美「神話世界」(『学事典』)を参照。
(60)小松和彦「異界の生き物たち」(『学事典』)を参照。
(61)川村湊「祭／風習」(『学事典』)を参照。
(62)『新校本』第一巻本文篇二九六頁
(63)鈴木貞美「セルフ・イメージ」(『学事典』)を参照。
(64)『新校本』第二巻本文篇二一一頁
(65)『新校本』第四巻本文篇二六六頁
(66)『新校本』第十一巻本文篇一六六頁
(67)テモテ・カーン「キリスト教」(『学事典』)を参照。

賢治作品に投影しているキリスト教的表象

――一考察

プラット・アブラハム・ジョージ

はじめに

宮澤賢治の作品の中にキリスト教関係の言葉、モチーフそして思想が投影しているものが数多い。信心深い法華経信仰者であった賢治はどうしてキリスト教のような異宗教の要素を自分の創作品の中に盛り込んだのか、未だに解きがたい謎として残っている。どういう目的で賢治がキリスト教的な雰囲気の漂う作品を作ったのかを知るすべは読者にも研究者にもあまりないようだが、ただ自信を持って言えることは賢治にはキリスト教の深い直接的間接的影響があったということだけである。誰からこの影響を受けたかというと、それはおそらく故郷の花巻や、教育現場であった盛岡などで活躍していたキリスト教徒との交際がまず考えられる。

日本におけるキリスト教の歴史をみると、西日本と比べるとかなり遅れたのだが十七世紀のはじめごろに盛岡や花巻を含む当時の南部藩にもキリスト教が伝来していた。キリスト教に改宗した南部藩地方の信者の中には貴族の人も一般人もたくさんいたし、徳川幕府によるキリシタン迫害のとき殉教死をした信者も少なくはなかったそうだ。(1)南部キリシタン文書によると花巻付近にもキリスト教信者が当然いたということだが、幕府による残酷なキリシタン迫害のため、隠れキリシタンになったり、キリスト教信仰を捨てたりして明治初期になるとほとんど姿を消していたそうである。しかし明治の後半では花巻あたりにキリスト教信仰者が再び姿を現すようになっているが、幼い賢治にはキリスト教者と交流する機会があったのかどうか知るすべはない。しかし、中学校時代になると、賢治には数多くのキリスト教信者と交流を行い、彼らとよく意見交換をする機会があった。このことはすでに何人かの先行研究者によって指摘されている。しかしこれらキリスト教者との賢治の交流の規模、その深さはどれほどであったのか暗示を与える資料はあまり残されていない。

賢治の書簡の中には賢治が一番交流をしていたと考えられるヘンリー・タッピング牧師、アルマン・プジェー神父、斎藤宗次郎などへ送ったものは一つも発見されていない。しかし短歌や詩作品の中にタッピングとプジェーを主題としたものがいくつかあるので、彼らとの関係は名目的なものではなくかなり根深かったものだったと考えられる。

賢治の作品の中に投影しているキリスト教的な思想およびモチーフをキリスト教の観点から分析してみることによって賢治作品の理解を一層深めるとともに新しい次元を与えることがこの小論の目的である。そのためにまず、生前に賢治に何らかの形で影響を及ぼしたキリスト教者について簡単にふれてから賢治の作品内のキリスト教的思想とモチーフを具体的に論じていきたいと思う。この小論の対象となる賢治作品は主にいくつかの書簡と詩歌、そして童話作品の「シグナルとシグナレス」「オツベルと象」「銀河鉄道の夜」である。

一　賢治のキリスト教との出会い

法華経の「真《まこと》の信仰者」であった賢治のキリスト教との本格的な出会いは盛岡中学校時代から始まっている。賢治が盛岡中学校に入学したのは明治四十二年の四月のことである。当時盛岡にはプロテスタント系の浸礼教会とカトリック系の天主公教会という二つの教会があったが、プロテスタント系の浸礼教会は賢治の寄宿していた自彊寮《じきょうりょう》の近くにあった。この浸礼教会は一八八〇年ごろアメリカのポート宣教師が盛岡を訪ねたとき、そこに既にあった六名のギリシャ正教の信徒を中心に建てたバプティスト教会で、現在の日本基督教団内丸教会の前身である。賢治の中学校時代にこの教会の牧師の職務を行っていたのはヘンリー・タッピング（一八五七〜一九四二年）というアメリカ人宣教師であった。彼は同時に賢治の通っていた中学校の英語の先生もやっていた。しかし賢治が盛岡中学校の一年生として入学した年（明治四十二年）の九月に英語教師のパート・タイム（非常勤務）を辞しているので、実際にタッピング先生に教わったことがあるかどうか明確ではない。しかし、盛岡高等農林学校時代に賢治が浸礼教会にタッピングの聖書講義を聴きによく出入りしていたと言われる。(2) いずれにしても、賢治はヘンリー・タッピングをかなり尊敬し、高く評価していたに違いない。「岩手公園」(3) と題した詩はその有力な証拠であると思われる。この詩の中には老いたヘンリー・タッピング、その妻ジュネヴィーヴ・タッピングそして長男のウィラード・タッピングが登場している。それに、長女のヘレン・タッピングについて触れているところもある。要するに、賢治はこのタッピング一家の振る舞いや活躍から影響を受けていたに違いない。

明治四十一年（一九〇八）に盛岡にやってきたタッピングは大正九年（一九二〇）まで浸礼教会に牧師・宣教師

として残っている。タッピング氏は日本におけるキリスト教の伝道に幅広い貢献をしただけではなく、キリスト教式の教育システムの普及にも大きな役割を果たした。彼は教会で定期的に聖書を中心に勉強会・講演会を実施していたそうである。十八歳のとき既に法華経への確固たる信仰心を宣言した賢治は異宗教であるキリスト教に関心を持ってそれを聴講していたと考えられる。すでに高いレベルの英語能力を持っていたはずの賢治にとってタッピング牧師の講義の理解は難しくなかったらしい。「一年の二学期だったが、宮沢君に誘われてタッピング牧師がやっていたバイブル講義を聴きに行った。週一回の講義だったが、彼は英語がうまく、英語と日本語半々で話し、タッピング氏によくほめられていた」[4]という指摘もあるとおり、賢治がこのバイブル勉強会に出席した目的の一つは英語話者との直接的接触によって自分の英語能力を磨き鍛えることであろう。しかし彼の最大目的はそれではなく、キリスト教の教義を理解することだったのではないかと私は思う。果たしてそれはキリスト教への改宗を目指したものではなく自己の異宗教理解を深める目的のものであった。ある宗教の「真《まこと》の信仰者」は異宗教を勉強したり研究したりするのは何もその宗教へ帰依するためではなく、自分の信仰と他宗教との比較を行い、その長短所を把握することによって自己の宗教観・世界観をより合理的なものに発展させていくためである。

バイブル勉強会・講義に参加した賢治は当然聖書を読んでみたことがあると思われる。しかしその証拠となるものは残っていない。学者・研究者などの場合、本を読むたびにその中の重要な、参考となるポイントを記入しておくことがよくあるが、賢治には読む本のノートを作る習慣はなかったそうである。教会側にもそれに関する記録は一つも残っていないそうである。小倉豊文氏の「賢治の読んだ本」の中に「詩集・歌集・文学一般や詩の雑誌、各宗各宗派の宗教書や雑誌等も科学方面の研究報告と共に頗る多いがすべて省略する」と書いてある。[5]「各宗各宗派の宗教書」の中には必ずキリスト教の聖書をはじめキリスト教関係の何冊かの本もあって、実際にそれらを読んでいたことが推定できる。さらに、小倉氏は「而も彼は普通の読者人のようにノートをとっていない。日記もつけていない。従って、そうした読書が何であったか、まったく見当もつかない。作品からの推定が唯一の手懸りである」と述べている。(6) 確かにそうであると筆者も思う。

「銀河鉄道の夜」をはじめ、賢治の諸作品に見られるキリスト教的な雰囲気やモチーフをその証として取り上げることはできないだろうか。要するに、賢治とキリスト教の関係について語るとき、もしくは賢治作品の研究解釈を行うとき、ヘンリー・タッピングとの関わりを、特にタッピング氏のバイブル講義を聴講して賢治が得られたはずのキリスト教関係の情報・知識のことを無視してはいけない。それに、賢治にとってヘンリー・タッピング牧師の存在は異宗教を知る上でとても大事な存在であったことは改めて強調したい。賢治作品の中でも異例のものとして取り上げることができる「ビヂテリアン大祭」(7) の中に出てくる「せいの高い立派なぢいさん」の宣教師ウィリアム・タッピングはもしかしたらヘンリー・タッピング牧師のモデルではないだろうか。この「ビヂテリアン大祭」という作品の中で賢治が仏教徒とキリスト教徒との間で、人間の食生活を中心にそれぞれ教義上の違いに基づく議論を行い、最後に仏教もキリスト教も基本的に同じことを強調し、いずれも人類の幸せと世界の平和を望んでいるのだという結論にたどり着いている。つまり、この作品の中で賢治は上述の「真の信仰者」が普段行うはずの自己の宗教と異宗教との比較を行って評価しているのである。

プロテスタントのヘンリー・タッピング牧師とほぼ時を同じくして盛岡に滞在しながら布教活動に励んだキリスト教宣教師で、賢治と深い交流があったと考えられるもう一人の人はカトリック四ツ家教会（盛岡天主公教会）のアルマン・プジェー神父である。明治十三年（一八八〇）に盛岡市本町通の北の方にある四ツ家町に建てられた四ツ家教会は昭和五十三年（一九七八）に新築された現在の四ツ家教会の前身である。プジェー神父は明治三十五年

（一九〇二）から大正十一年（一九二二）までの間この教会に在任していた。プジェー神父は日本の芸術に興味を持っていたので信者とだけでなく、地域社会の他の人々とも広範に交際していたと言われる。

浮世絵や古美術品に高い関心を持っていた彼はこれらの収集も活発に行っていた。同時に、カトリック神父として、貧しい人々の向上と幸福を目指した社会福祉的活動に献身的であった。たとえば、明治三十九年に岩手地方が経験した大凶作の際、プジェー神父は自分が今まで熱心に収集した貴重品の浮世絵や古美術品を売り払いそのお金を救助活動に当てたといわれる。そこまで自己犠牲的な行動をしていたプジェー神父と賢治との交際はどんなものであったか明確に分かる証拠は残っていない。しかし、賢治の詩作品の中にプジェー神父を詠った短歌七首と文語詩一篇がある。(8) だから何らかの形で賢治とプジェー神父が直接交際していたのではないかと思われても不思議ではなかろう。それに、プジェー神父が時々教会で信徒の修徳のために行っていた黙想会に賢治も参加していたのかもしれない。「だれでも参加できるからこのような機会に賢治がカトリックの神秘思想に触れたことも考えられる」という上田氏の指摘もある。(9) また、賢治もプジェー氏と同じく浮世絵に一時大変興味を示していたので、その関係でも必ず互いに付き合って意見交換などをしていたことだろう。

先に触れたプジェー神父を詠った短歌に例えば次のようなものがある。

プジェー師は／古き版画を好むとか／家にかへりて／たづね贈らん（280／280c）

プジェー師や／さては浸礼教会の／タッピング氏に／絵など送らん（280／280d）(10)

一番目の短歌に古き版画をプジェー神父に贈らなければならないと詠っているのに対して二番目にプジェー神父

だけではなくタッピング牧師にも絵を送ることについて詠っている。これらの短歌自体は、古い版画とか絵の収集という共通の興味を持っていた賢治とプジェー神父の間に想像する以上の深い交際があったことの証拠である。また、プジェーとタッピングの両氏と同時に付き合っていたことも二つ目の短歌から明確に読み取れる。

ここでまず、プジェー神父に「師」が付き、タッピング牧師に「氏」が付いていることにも秘められた意味があると思う。「師」という敬称には「先生」、神職に携わっている「僧侶」「神父」などへの敬意を表す英語の〈Rev.〉という意味があると思うが「氏」という敬称には英語の〈Mr.〉という意味しかない。つまり、賢治の両氏をみる目や両氏との付き合いの態度は異なっていたのではないかと思われる。同じキリスト教でも違う宗派に属していたプジェー神父とタッピング牧師の生活と行動はそれぞれ異なっていたことは確かである。宣教師として宗教活動と家庭生活を両立させて人生を送っていたタッピング牧師の生活は賢治の目により世俗的に映り、司祭・布教者として、父母兄弟姉妹、親戚や生家を捨てて神への奉仕と社会への献身を人生の目標としていたプジェー神父の生活は神秘的に映ったのではないだろうか。賢治はプジェー神父にキリスト教、とりわけカトリック信仰の奥義などについて色々教えてもらったに違いない。プジェー神父に敬称として「師」を付けた裏には自分にとってプジェー神父は先生たる存在であると彼が考えていたという理由があると思う。プロテスタントの牧師と違ってカトリックの神父（司祭）の場合、終生の貞潔・禁欲を誓い、物質世界への憧れを切り捨てることは聖職者になるための第一必要条件であることは周知の通りである。後に賢治も結婚を見合わせる一方、親弟妹と生家を離れて自炊生活を試してみたのもおそらくこのプジェー神父から霊感を受けたからではないだろうか。少なくともそれも一つの理由として考えられるだろう。それに、作品中に見られるキリスト教的なもののほとんどはカトリック風であることからも賢治とプジェー神父との関係がいかに密接であったのかが推定できる。この点については後ほど作品分析をするときもっと詳しく触れるつもりである。

賢治が交際していたもう一人のキリスト教者は花巻出身の斎藤宗次郎〈明治十年〈一八七七〉~昭和四十三年〈一九六八〉〉だった。[11] もともと花巻市北笹間の曹洞宗の寺院の息子として生まれ育てられた宗次郎は、当初は反キリスト教的な思考を持っていた。そして、当時の日本のキリスト教世界で大活躍をしていた内村鑑三を憎み嫌うほど明治維新以来の再布教時代におけるキリスト教の布教に大反感を抱いていた人物であった。しかし、花巻の本城小学校の教諭をしていたころかかった病をきっかけにキリスト教の聖書を読み感動した傍ら、内村の書いたものも色々読んでみることによって今までの反キリスト教的な態度が百八十度回転して、キリスト教の教えを求めるようになって自ら進んで内村鑑三の弟子となった。以降、揺るぎないキリスト教信仰者として人生を終えた。この点は、十八歳のとき島地大等編の『漢和対照妙法蓮華経』を読んで感動して法華経信仰に帰依した賢治とほぼ似ている。

斎藤宗次郎と賢治の関係の深さはどれほどだったのか、賢治の書簡の中にも作品の中にもその証拠となるものはない。内村鑑三の弟子になってから非戦論を主張し、政府の国家主義政策を非難するような行動を発揮した結果、宗次郎は明治三十五年に教職から辞任させられた。後に、求康堂という書籍雑誌書店を開いたが、それから四年経って、明治四十二年から新聞取次業・配達の仕事をも兼ねて家計を営んだ。新聞配達と新聞代集金のために毎日花巻の町の内外を回っていた斎藤宗次郎を知らない地元の人は一人もいなかったそうだ。宮澤家にも出入りをしていたらしい。たとえば、『二荊自叙伝　上』には宮澤政次郎について次のようなものがある。「集金の途上豊沢町で宮沢政次郎に会うた。祭典に際し山車などを出して馬鹿な騒ぎを為すことの不心得を難じ、日本の教育の腐敗を慨し、米国の将来を論じ、内村先生の長所を称し、親鸞の裏日本、日蓮の表日本に迎えらる、所以を語り、人物は所栓地方の産たるを免れざるを語るを聞いた。当市に於いて識見高き一人といわねばならぬ。賢治は氏の長男である」[12]。これは斎藤宗次郎の宮澤家との関わりを証明しているに違いない。

浄土真宗の信心深い信者である政次郎が「内村鑑三の長所を称」しているということは、言い換えればキリスト教信者である彼の非戦論中心の活躍を高く評価していることではないか。賢治も子供のときから内村鑑三のことを知っていたと思う。そして、時間がたつにつれて宗次郎の宮澤家との付き合いの中で賢治との交流も頻繁に行われるようになったのではないかと推定することができる。たとえば、大正十三年（一九二四）の宗次郎の日記には次のようなものがある。「新聞代金を受け取って後、今夜の宿直番たる宮沢賢治先生の乞いに応じ暖炉を囲んで遠慮なき物語を続けた。先生は主として語り予は時々首肯感動を示すのみにて謹聴した」[13]。日記に日付をつけて書いてあるものだからこれに偽りも作りもないと考えられる。賢治は内村鑑三の弟子で、しかもキリスト教の布教に人生を尽くしていた宗次郎に関心を持っていただけではなく、尊敬もしていたのであろう。上述の宗次郎の当日の日記は「午后七時宮沢先生の令弟清六君は蓄音器を持参して我等夫婦に種々の音曲を聞かして呉れた。前の対話に即応する如くであった」[14]と結ばれている。宗次郎が賢治を訪れていること、そして賢治は宗次郎との懇談が終わったのち、弟清六に、斎藤家に蓄音器を持参させて音楽を聞かせたことがわかる。

「宮沢賢治先生の乞いに応じて」ということから、宗次郎が進んで賢治のところを訪ねたというより賢治自身が彼を花巻農学校の自分の事務所へ呼んだのだろう。こういう賢治は、宗次郎に会うたびに自分の作品を見せてそれに対する感想を聞いたり、音楽を聞かせたり、自分の身の上話を聞かせたりしていたそうだ。宗次郎の「二青年の対話」という同日詠んだ日記の中の散文詩風の「詩」の中には「これは私の妹の死の日を詠んだものだ」と賢治が『春と修羅』に載っている「永訣の朝」を見せるという場面がある[15]。しかし、彼らの間に宗教に関する対話があったのかをはっきり暗示してくれる証拠は何も残っていないらしい。

一人は揺るぎのない法華経信仰者、もう一人は揺るぎのないキリスト教信者という対等の関係だったので、お互いに尊敬し合っていたのではないかと思うが、それでも何らかの形でお互いの宗教の教理などについて意見交換などをしていたのだという推定も否定できないと思われる。なぜなら、斎藤宗次郎の思い出話であるはずの「懐かしき親好」の中には、「大正十年一月頃《ごろ》であったと思う。賢治さんは珍《めず》らしく私の寓居を訪ね、田中智学の人物と其《その》活動の現状に就《つ》いて問わるるのであった。私は勿論《もちろん》一面識もなければ法華経を学んだこともない。新聞雑誌で偶《たま》にはその所論や氏に対する世評を読んだことがあるので参考までに少しく答えた。賢治さんは明白なる動機の下に既に決心を固めて居《お》ったものと見え、間もなく上京して田中氏を訪問した様である」(16)と言っているからだ。もし宗次郎のこの思い出話が真実を語っているとなれば、二人の間には宗教関係の話が行われていたことも確かだ。上田哲氏は賢治には「斎藤宗次郎を通じてのキリスト教の影響が直接的にはなかった」(17)と判断している。しかし、上述の思い出話を分析してみると宗教関係の話もお互いにしていたはずだから、キリスト教についての意見交換などはまったくなかったと一概には言いにくいと思う。

上述の三人のキリスト教者から賢治が直接感化を受けたと考えられるが、その他にも賢治に影響を与えたと考えられるキリスト教者の名前が研究者によって指摘されている。たとえば、小学校五年生のときの担任であった照井真臣乳先生、中学時代の寮の同室者高橋秀松、賢治の妹トシ子が卒業した東京の日本女子大学校の成瀬仁蔵校長などの名前が挙げられる。成瀬仁蔵校長の影響は妹トシ子を通しての間接的なものであるということが山根知子教授の研究によって既に広く知られている。(18)日本女子大時代のトシ子は在学中、毎日曜日大学の近くのプロテスタント教会に通っていたそうで、お休みに帰宅すると兄弟、妹の三人でよく色々の讃美歌を合唱し合ったと弟清六が花巻在住のキリスト教信者三田照子さんに直接話したこともあるそうだ。高齢の三田照子さん(九十二歳)から筆者が直接この話を伺ったのである。また、同日本女子大学で当時講師をしていた阿部次郎の論集をトシ子が郷里の妹シゲに送っているので、賢治には阿部次郎の間接的影響もあったのではないかという鈴木貞美教授の指摘（「阿部次郎」『宮澤賢治イーハトヴ学事典』一一頁）も極めて重要であると思われる。

二　賢治作品に見られるキリスト教的な思想とモチーフ

書簡の場合

キリスト教的モチーフと思想が見られる賢治作品は数多い。「銀河鉄道の夜」「シグナルとシグナレス」「オッベルと象」「よだかの星」「ビヂテリアン大祭」のような散文作品だけではなく、書簡の中にも、詩の中にも見ることができる。たとえば、書簡の中では少なくとも四通に何らかの形のキリスト教的なモチーフか思想が見られる。大正四年十二月二十七日の高橋秀松宛の書簡（No.12）には、「「これは又愕ろいた牧師の命令で。」如何にも君の云ふ通り私の霊は確かに遥々宮城県の小さな教会までも旅行して行ける位この暗い店さきにふらふらとして居ります。（中略）「優しき兄弟に幸あら［ん］ことを　アーメン」」[19]と書いてある。

この短い書簡の中に「牧師」「教会」「アーメン」などと、なんと三つのキリスト教関係の言葉を使っている。この書簡で一番驚いた部分は「兄弟に幸あら［ん］ことを」というところだ。これは、普段カトリック教会・インド正教会の場合ミサの終わりに司祭（神父）が、プロテスタント教会の場合お祈りの終わりに牧師が信者に向かっていう最後の祝福のことばの一つである。それに対して信者は「アーメン」と答える。教会のミサやお祈りに参加したことのない人には分かるはずはない。そうだとすると、この書簡は盛岡中学校時代から賢治は盛岡のキリスト教教会に行っていたのではないかという説の裏付けにもなるだろう。

また、大正六年一月一日に親友の保阪嘉内に宛てた手紙（No.25）には「ニコライの司教」という言葉があり、大正八年五月二日にまた同じ嘉内宛に送った韻文形の手紙（No.145）に「エルサレム」というキリスト教に深い関係のある地名が記されている。さらに、昭和六年三月の佐伯正宛の書簡の下書き（No.315）の中に「クリスチャンなる雑鋪の主人」とある。こちらで触れている「クリスチャンなる雑鋪」とは内村鑑三と照井真臣乳に師事したことのある伊藤誠（明治十八年六月十七日～昭和三十二年四月二十九日）のことである。伊藤誠は学校卒業後メキシコへ渡り、帰国後家業の雑貨商を継いだ。内村鑑三に師事した伊藤誠との賢治の関わりはどんなものであったのかは不明だが、相手はクリスチャンだということを認識していたのである。

詩歌の場合

賢治の「詩歌」の中にもキリスト教的な思想やモチーフが出ているところは少なくはない。たとえば、大正十二年八月四日に執筆した「オホーツク挽歌」の中に〈それは一つの曲がった十字架だ／幾本かの小さな木片で／HELLと書きそれをLOVEとなおし／ひとつの十字架をたてることは／よくだれでもがやる技術なので／とし子がそれをならべたとき／わたくしはつめたくわらった〉と詠っているところがある。[20] 樺太への旅行中どうして賢治の心に十字架が浮かんできたのかなかなか説明がつかない。特に、「曲がった十字架」が目の前に現れているのだ。かつて罪の象徴で罪人をはりつけにして死刑する道具であった十字架はキリストの受難・磔刑《はりつけ》後、人の救済の象徴と変わったのである。つまり、十字架を負うことによって人は自分の罪の贖罪《しょくざい》が得られることになる。この十字架の栄光について賢治がプジェー神父やタッピング氏ならびにその他の身の回りのキリスト教信者との交流で聞いていたのだろう。それに、日本女子大学校時代にトシ子が大学校長成瀬仁蔵からキリスト教について教わったことの中に「十字架の栄光」のことや救済のために「贖罪」がどんなに必要かということなどもあったと思うし、賢治もトシ子からこれらのことをよく聴いていたに違いない。[21]

キリストの受難、そして十字架による死によって、今まで〈HELL〉つまり「地獄」の象徴だった十字架は〈LOVE〉つまり「愛」の象徴となった。自分の十字架を素直に負い尽くす人には他人の十字架を負ってあげる心が生じてくる。これはお返しを求めない、自己犠牲的な「真」の仁愛である。トシ子はやはり十字架のこの栄光について賢治を説得しようとしていたのではないだろうか。それで、彼女は「HELLと書きそれをLOVEとなおし」そこに十字架を作ったのだと思うこともあれば、一方それはトシ子の単なる戯れ遊びであったかもしれないと思うこともある。いずれにしても賢治はそれを見て、つまらないものだと冷たく笑っている。ところが妹の死後、「とし子がそれをならべたとき／わたくしはつめたくわらった」ことを思い出した賢治は、自分の目にそのとき映った十字架は「曲がった十字架」だったことに気付く。つまり、当時の彼には十字架の意味がよく分からなかったということだ。しかし、今になって始めて彼にはトシ子が説こうとした「十字架」の本当の意味、その神秘が分かるようになったと読み取ることができる。そして、「十字架を負う」ことの尊さはいかなるものか賢治にも次第にわかってきたのだ。

また、昭和三年（一九二八）六月十五日に執筆した詩「浮世絵展覧会印象」に〈やがて来るべき新らしい時代のために／笑っておのおの十字架を負ふ／そのやさしく勇気ある日本の紳士女の群れは／すべての苦痛をもまた快楽と感じ得る〉と詠っている。[22] 新しい時代を作るために喜んで自分たちの十字架を負っている男女たちに欲張りもなければ自己中心的に振舞う考えもない。彼らの目的は自己の利益ではなく社会の幸福である。賢治はこの詩を通して、人が自分の十字架を積極的に負うということは自分の救済と共に皆の幸せのためにも必要だというキリスト教的な考えを認めていると言える。

また、大正十三年二月二十日に詠んだ詩「空明と傷痍」の中に「その厳粛な教会風の直立の」という一行がある。[23]神に祈りをささげる聖なる場所である教会は彼の目には「厳粛」なものに映っている。こちらでただ教会の建物としての物理的な厳粛さだけではなく、教会の中に漂う神聖で厳かな雰囲気にも見惚れているような気がする。同じ大正十三年七月十五日に執筆された「北上川は熒気をながしぃ」のなかに〈(あ、ミチア、今日もずいぶん暑いねえ)/(何よミチアって)/(あいつの名だよ/ミの字はせなかのなめらかさ/チの字はくちのとがった具合/アの字はつまり愛称だな)/(マリアのアの字も愛称なの?)/(ははは、来たな/聖母はしかくののしりて/クリスマスをば待ちたまふだ)/(クリスマスなら毎日だわ/受難日だって毎日だわ/新しいクリストは/千人だってきかないから/万人だってきかないから)[24]〉と聖母マリアやキリストを比喩的に歌っている部分がある。マリア、聖母、クリスマス、受難日などキリスト教に深い関係のある言葉を並べている賢治の本当の意図はなんだろうか、把握しにくい。

詩人はここで、カワセミにミチアという名前を付けているがその最後の文字「ア」は愛称だといって、マリアの最後の文字「ア」も同じだといっている。つまり、ここで賢治は聖母マリアをカワセミに喩えている。カワセミは美しい鳥で、川の魚をとって食べることによって生き残る。しかし、旱で川が涸れてしまうと一番危うくなるのはカワセミの命だ。旱の危機にさらされたカワセミが天を仰いで雨を降らせてくれと言って嘆くことがあると言われる。ののしりながらクリスマスを待ち給う聖母とは、旱の時雨が降るのを待ち望むカワセミのごとく罪深い人間が改心し、生まれ変わってくるのを待ち望んでいるということだろうか。つまり罪深い人が生まれ変わることこそクリスマスだという暗示である。

また、「(クリスマスなら毎日だわ／受難日だって毎日だわ)」という部分を分析してみると分かるが、文章の終わりに「わ」がついていることからこれは女性の言葉であることが推定される。しかし、これは妹トシ子であるか、それともほかのだれかであるかはテクストの内部から読み取れない。誰であっても賢治との間でキリストの降誕、受難と磔刑についての議論を交わしているに違いない。クリスマスや受難日が毎日のように起こり、新しいキリストも誕生していると言っているが、これもまた比喩表現にすぎない。キリストの教えに従うことによって贖罪を得て毎日生まれ変わっている人も多い、社会や人々の奉仕に人生を尽くしている人も多いが、彼らは常時迫害にも直面している。つまり、それは「(クリスマスなら毎日だわ／受難日だって毎日だわ)」だということだろう。このようなことを賢治に納得してもらおうとしていたのかも知れない。しかし賢治はその説をあまりまじめに受け取っていないらしい。このことは、この詩の下書稿(五)の「兄さんだって／すこししっかりしてくださいよ」[25]という一行から察することができる。

要するに、ここに現れる詩人は、キリスト教の奥義とも言えるキリストの降誕と受難・磔刑・贖罪の神秘による人類の救済説に対してかなり懐疑的であるように見える。それにこの詩を書いたときの詩人の心境は迷いと混乱の最中にあったようにも感じられる。または、この詩を書くわずか一年数ヶ月前に亡くなった妹の新鮮な思い出に心が悩み、煩い続けていた詩人は、生前に彼女と交わした議論の内容を思い出してその反省をしていたのかも知れない。

また、詩「水汲み」(一九二六年五月十五日)に〈ヨハネ〉、「うすく濁った浅葱の水が」(一九二七年四月十八日)に〈キリスト教徒〉などという言葉が出ている。[26]その他にもキリスト教関係の言葉、名前、地名などが出ている詩歌が多数あるが、ここでは省略させていただく。

しかし、私の目を引いた一つの詩は、「装景手記」ノート（A五頁）にある〈かの沼の低平に／なぜわたくしは枝垂れの雪柳を植えるか／小さき聖女テレジアが／水いろの上着を着羊歯の花をたくさんもって／小さな円い唇でうたひながら／そこからこっちへでてくるために／わたくしはそこに雪柳を植える[27]〉という一節である。私を驚かせたのは、一九二七年に書かれたこの詩に聖女リジューのテレーズ（Thérèse de Lisieux）、つまり小さき花の聖女小さきテレジアが突然現れたことである。カトリック教会の数多くの聖人の内、聖女小さきテレジアほど世界中の若者の間で人気ある聖人はいないといえる。時計屋を営んでいた父ルイ・マルタンとレース職人の母ゼリー・マルタンの末子として一八七三年一月二日にフランスのアランソン（Alençon）に生まれたマリー・フランソワ・テレーズ・マルタン（Marie-Françoise-Thérèse Martin）はわずか二十四年の短い人生を終えて一八九七年九月三十日にこの世を去った。死因は結核だった。

十六歳のときフランスのカルメル会修道女となったテレジアは神への愛の印として、そして自分自身の霊的清浄の達成のために「小さき道」を選んだのである。子供のときから弱い体を持っていた自分には著名な聖人たちのように偉大な行いをする実力がないと彼女は考えたのである。そこで、幼児のようになって、神への愛の表現としては小さな愛のわざを心がけること、小さな犠牲を喜んで耐え忍ぶことしかない、と。つまり神への「愛」は人間の行いによって表現されるべきものであり、そのために偉大な行為を行わなくてもそれができるのである。たとえば、「私は神への「愛」として花をばら撒く。この花とは、愛のためにする小さな犠牲、人に対する目配せ、言葉や些細な行いである[28]」と小さき花が言っている。つまり、彼女の言う「小さき道」とはこれであった。一八九五年から聖女小さきテレジアが書き始めた思い出の記「自叙伝」（"The Story of a Soul"）には自分の思想や世界観、宗教観などが載っている。この「自叙伝」は、彼女の死後、世界中の人々が愛読し、深い感動を受けた。そして彼女の代禱《だいとう》で病気が治るなど数多くの奇跡が相次いで起こったのでカトリック教会は一九一四年に彼女を列福し、一九二五年に聖人に列聖している。死後わずか二十八年しか経たないうちに聖人として列聖されたことも、カトリック教会としては前例のない出来事だった。

賢治は小さき花聖女小さきテレジアの思想・人生観に深い感動を受けていたらしい。全く無関心であったならば、前に紹介した、親しみと敬意に満ちた詩節の描出ができない。まず賢治は聖女小さきテレジアに関する情報をどこで入手したのかという疑問が浮かんでくる。上述のテレジアの自叙伝“The Story of a Soul”は明治四十四年に『小さき花　聖女小さきテレジアの自叙伝』として日本でも出ているから賢治がそれを読んでいるのではないかという指摘がある。(29) 当時、賢治は県立盛岡中学校に在学中で、この本を入手して読んだという仮説もあるが、問題は、小さきテレジアが列福されるのは大正三年（一九一四）で、聖人に列聖されるのは大正十四年（一九二五）で、賢治がこの詩を書いたのは一九二七年（昭和二）であるということだ。『自叙伝』が出た時ただの中学生だった賢治はもしこの本をその時点で読んだとすると、それは誰かの勧めがないとありえないことのように思われる。そこで、恐らく、明治三十五年（一九〇二）から大正十一年（一九二二）までの間四ツ家教会に在任していたプジェー神父との交際の中、プジェー神父から小さき花聖女小さきテレジアについてはじめて聴いたのではないかという仮説も立てられる。また、実際の詩が書かれたのは一九二七年（昭和二）で、小さきテレジアが小さき花「聖女小さきテレジア」になった二年後である。つまり、賢治が聖人のことを知って刺激（感動）を受けるのはテレジアが聖人に列聖してからであるということも推定できると思う。

それでは、賢治は聖女テレジアの思想に動かされたのか、それともトシ子と同じような恐ろしい病魔にかかって若死にをした聖人の簡素な生き方に魅了されたのか。自分には偉大な行為ができない、できるのは「花をばら撒く」くらいのことであるといって、神への「愛」の印として「小さな犠牲、人に対する目配せ、言葉や些細な行い」などに細心の注意を払って生きてきた聖人の人生に、他者の幸福のために奉仕し尽くしたいと決心した賢治は、自分自身の人生の意味を見つけ出したのだろうか。それとも、ほぼ同じ年齢で、同じ病魔にかかって若くして他界した愛しい妹の人生との類似性のためだったろうか。いずれにしても、「水いろの上着を着羊歯の花をもって」自分の方へやってくる小さき花聖女小さきテレジアを詩人が雪柳を植えて迎えようとしている。観賞用の美しい雪柳の花をもって聖人を迎え入れようとする詩人の気持ちには聖女小さきテレジアへの心のこもった敬意の感情が読み取れる。つまり、賢治は聖女小さきテレジアのことをかなり好意的に考え、高く評価していたということである。「水いろの上着」は清浄の象徴で、「羊歯の花」は高潔の代名詞でもあろう。

ここで一九二七年四月二十六日に執筆された「基督再臨」(30)の内容の意味も見えてくるのではないか。ただ十七行だけのこの短い詩の中に賢治という人道主義者の真相が浮かび上がっているように思われる。まず、この詩の七行から終わりまでの部分を引用してみよう。

　　　　　　　　　　　　　　　　　　　　　　　　の人たちが／みなう
また労われて死ぬる支那の苦力や／働いたために子を生み悩む農婦たち／また、、、
つゝとも夢ともわかぬなかに云ふ／おまへらは／わたくしの名を知らぬのか／わたくしはエス／おまへらに／
ふた、び／あらはれることをば約したる／神のひとり子エスである

神の子としてこの世に降誕した救い主イエス・キリストの降臨の目的は人間の救いであるとキリスト教が教えて

いる。特にこの世において、貧しい人、虐げられている人、差別され奴隷のように扱き使われている人々にキリストは期待を与え、最後の審判の日に神の国を約束されている。聖書の有名な山上の垂訓説教[31]の中でキリストがこれら惨めな人生を送らざるを得ない人々を奨励し、神の国で彼らのために何が用意されているか、彼らへの報い、神から贈られる恩恵はどんなものかを明確に宣言している。また、キリスト教の教義によると、一度自ら人類の原罪の贖罪として十字架につけられ、死を迎えたキリストの再臨のとき、死者生者・老若男女・裕福貧乏の区別なく、この世の始めから終わりまでのすべての人が裁かれ、善行の者は天におられる父なる神の右へ導かれ、悪行の者は永遠の地獄へ落ちてしまう。つまり、貧しい人、苦しんでいる人たちは必ず救われるという約束である。賢治はこの詩において、一日一日の生活のパンを稼ぐために骨折って努力する貧しい民の惨めな生活ぶりを見て彼らにも報いと救いの日が必ずやって来ると、キリストの再臨のことを思わせながら言っているのではないか。〈わたくしはエス／おまへらに／ふたゝび／あらはれることをば約したる／神のひとり子エスである〉には自分はあなたたちを救いに来たイエスであるというような響きもないわけではないが、おそらくできれば「私もキリストのような者になってみんなをこの苦しみの海から救い上げたい」という詩人の真心の嘆きが具現されているのではないか。言い換えればいわゆる「雨ニモマケズ」の精神である。そうであるとすると、賢治がキリスト教から受けた影響は今まで考えていたより一層深いものであったと言えないだろうか。

散文作品の場合

次に、賢治の散文作品に見られるキリスト教的な思想やモチーフについて簡潔に調べてみたい。「よだかの星」「シグナルとシグナレス」「オツベルと象」「銀河鉄道の夜」などキリスト教的な思想が主題とまでになっていなくても作意の一つの主要素として入り混じっている作品が数多い。法華経文学として以前から一方的な評価ばかりを受けてきた賢治作品にどうしてキリスト教的な要素が入り混じっているのかは、簡単に説くことのできない謎である。上述のキリスト教の伝道師たちやキリスト教世界との交流のほかに、キリスト教の教えと法華経の教えの類似性もその主な理由の一つとして取り上げられるだろう。

三 「シグナルとシグナレス」および「オッベルと象」に見られる聖母マリア象

賢治作品の中で恋愛関係を描いた作品にめぐり合うことはあまりないが、「シグナルとシグナレス」はお互いに労わり合う恋人たちの純潔な恋愛関係が展開している作品の一つである。愛しい相手のためならどんな災いにあっても、またはどんな苦しい目にあっても構わなく、相手のために献身的になることを誓う東北本線の立派なシグナル、無条件に自分を愛してくれるシグナルに対して純白な心を持って彼に溶け込もうと献身的になっている岩手軽便鉄道の慎ましいシグナレス。しかし、邪魔者が入ってきてこの二人の純潔な恋愛関係は思いの通り進まない。この邪魔者は誰かというと、それは本線のシグナル付電信柱で、彼は二人の間における恋愛を妬ましい心で見ていて、どうしても実現させたくない決心をしている。

嫉妬心に満ちた有力者、本線シグナル付電信柱の反対運動の結果、二人の恋愛関係はなかなか実らず、結局「遠くの遠くのみんなの居ないところに行ってしま」おうとさえ考えるほど挫折した気持ちにとらわれるようになる。しかし、彼らにその勇気はない。頼れる者もなく、とても困難な立場におかれてしまった彼らは最後の道として天のほうへ眼を向けるのである。そこでシグナルはまず「あゝ、お星さま、遠くの青いお星さま。どうか私どもをとって下さい。あゝなさけぶかいサンタマリヤ、またぐみふかいジョウヂス（チ）ブンソンさま、どうか私どものかなしい祈りを聞いてください」と祈り、さらにシグナレスをも一緒に祈ろうと誘い、引き続いて「あはれみふかいサンタマリヤ、すきと（ほ）るよるの底、つめたい雪の地面の上にかなしくいのるわたくしどもをみそなはせ、（中略）あゝ、サンタマリア」と祈り続ける。[32]

ここで私は二つのポイントについて説きたいと思う。まず、賢治の聖母マリアに対する理解について、次に、彼のユーモアについて話したい。

作品の中の祈りを見ると、カトリックまたは正教のキリスト教信者の誰もが親しみを感じずにはいられない。なぜなら、毎日の祈りの中で何回も〈慈悲ぶかい聖母マリア〉〈あはれみふかい聖母マリア〉などと聖母に呼びかけてその代禱《だいとう》で神様の恵みを祈念することがよくあるからである。

キリスト教は周知の通り一神教宗教で、崇拝・礼拝の対象となるのは絶対存在の父なる神だけである。その他の命のあるもの、命のないものが崇拝の対象となることは絶対許されていない。これは、カトリックでも、正教でも、新教（プロテスタント）でも共通である。しかしカトリック教会と正教会ではキリスト教信仰のために献身的に一生を尽くし、有徳生活を送った人が聖人として列聖され、崇敬の対象となることがある。ここで神に対する「崇拝」または「礼拝」は英語の〈worship〉で「崇敬」は〈veneration〉である。また正教とカトリック教会では一般の聖人は普通の崇敬の対象に、聖母マリアは特別崇敬の対象となっている。[33] さらに、カトリック教会では聖母は「イエス・キリストの母」であると同時に「神の母」でもあって、原罪のない生まれだったと教えている。しかし、それに対して正教は聖母はキリストの母で、同時に神の母でもあることは確かで同意するが、原罪のない生まれだというカトリックの教えに反対している。それに対して、プロテスタントの教えでは、マリアは夫ヨセフと交わる前に聖霊によって処女のままイエス・キリストを生んだということを認めるが、聖母として、そして神の母として認められていない。つまり、プロテスタントでは聖母が崇敬の対象となっていない。

また、作品の中の「なさけぶかいサンタマリヤ」「あはれみふかいサンタマリヤ」の祈りの部分をさらに分析してみたいと思う。前述のとおり、カトリック教会ではキリストの母であって、また神の母である聖母は「情け深い」「恵み深い」母で、人類すべての母でもあると教えている。そして、人間と神との間にいて代禱者の役を演じる聖母に捧げる祈りも数多い。その一つは聖母マリアの連禱で、国によって中身が多少違うこともあるが、主に希求の祈りで聖母を様々な賞賛名で呼び出し、「我々のために祈りたまえ」と祈念する。たとえば、インドのカトリック信徒が祈禱する聖母マリア連禱には「慈悲深い聖母マリア」「罪人のたより」「天国の女王」「不幸な人・苦しんでいる人の慰め」「明け方の星」「原罪のない聖母」など五十前後の賞賛名がある。

日本のカトリック信徒も昔から聖母マリアの連禱をお祈りの中でよく唱えてきた。毎日の実生活の中で苦難にあったり、思うとおり物事が進まなかったりするとき、よく聖母マリアの代禱を乞うことがある。そのとき「慈悲深い聖母マリア、御子イエス・キリストにわれらのために祈りたまえ」「憐れみ深い聖母マリア、父なる神様にわれらのために祈りたまえ」などと祈るのである。それに、苦しいときも嬉しいときも、祈りが叶ったときも叶わないときも神に感謝をすると同時に聖母にも感謝の言葉を捧げることがよくある。まったくシグナルとシグナレスの祈り方もこれにそっくりだ。自分たちの純潔な恋愛関係は中に邪魔者が入って、思うとおりに進まなくなったという苦境におかれているシグナルとシグナレスはまるでカトリック信者のように聖母に祈りかかる。そして夢の中で祈りが聞き入れられて、結局自分たちのほかに誰もいない空の星の世界に導かれた二人は「僕たちのねがひが叶ったんです。あゝ、さんたまりや。」と聖母マリアに感謝の言葉を捧げるのを忘れていない。

また、「オツベルと象」の中にも似たような場面がある。「シグナルとシグナレス」では祈りと感謝を合わせて三回「サンタマリア」を呼び出しているのに対して、「オツベルと象」の中には「サンタマリア」を呼んで感謝の気持ちを捧げたり、「さようなら」をいったりする場面が、何と五回もある。オツベルに雇われ、彼のために一所懸命に全力を尽くしたと思う白象は、初日の勤めの終わりに「ああ、せいせいした。サンタマリア」と自分の喜びと満足感の気持ちを表している。しかし人や動物を酷使して利益を増やすことばかり考えているオツベルの象に対する態度が日々に残酷になっていくため象のサンタマリアへの挨拶が次第に「ああ、疲れたな、嬉しいな、サンタマリア」「苦しいです。サンタマリア」「もう、さようなら、サンタマリア」と変わっていく。象は一度も「自分を救ってくれたまえ」とサンタマリアに直接祈っていないものの、これら感謝の言葉に「自分をどうか助けてくれ」という意味合いが潜んでいるのではないか。つまり、彼は聖母に祈っているということである。結局、赤衣の童子が現れて象にその置かれている苦境から逃れる方法を教え、友達の象たちに手紙で連絡して、彼らによって最後に救い出されるという結末である。この赤衣の童子はいったい誰だろうか。カトリックの考えから言うと、代禱者マリア様に祈りを捧げると救いの手を出して降りてくるのはその御子「幼いイエス」だと信じている。

これらのことから考えると、賢治は聖母マリアに対して深い知識を持っていたとみたい。それに、聖母を心の中で敬い、代禱者としての聖母マリアの地位を認めているような気がする。それは、おそらくカトリック教会、特にプジェー神父との交流の中で獲得されたものであると言えよう。しかし同時に、賢治は本当に聖母マリアのことを信じていたのだろうか、それともキリストや聖母について自分が見聞きしたことを創作中単なる情報として内容に盛り込んでみただけなのだろうかという疑問もないわけではない。

池上雄三氏は「サンタマリアは、「お、大師」という賢治の祈りの声であって、マリアには意味がないと思われる」[34]と指摘している。揺るぎのない法華経信者であった賢治が「お丶大師」の代わりに「サンタマリア」と呼んでいる背景には、物語の舞台となる国は日本でも中国でもない所だからだという指摘である。しかし、賢治の本当の意図はなんだったのだろうか。池上氏の言うとおり「サンタマリア」とは「お丶大師」への「祈りの声」だとすると、賢治は異国の場合「サンタマリア」を「お丶大師」の代わりとして見ていたことになる。つまり、救いを呼びかける対象は作品の舞台によって変わるが、ともに、救う者という役目は同じという解釈であると思われる。賢治の意図はそれであったのだろうか。それとも、釈迦である「お丶大師」もキリスト教の「聖母」もそれぞれ異なる二つの宗教の聖人であるという認識を抱えた上で、異宗教に対する自分の態度と理解を明確にする巧みな方法として賢治が作品中に「聖母マリア」を呼び、キリスト教的な思想・モチーフを取り入れたのだろうか。

池上雄三氏の上述の説に対して上田哲氏が、仏教図像学では白象が釈迦の脇士である普賢菩薩の乗り物で、民間信仰では、象を普賢のお使いあるいは化身として崇めていると指摘し、「白象と法華経のこのような深いつながりを考えると、「オツベルと象」の白象も羅刹や鳩槃荼《くはんだ》のように、オツベルの魔手を逃れるため法華経を読誦するとか、「南無妙法蓮華経」のお題目を唱え、普賢菩薩の援《たす》けを求める設定にしたらこれもぴったりの〈法華文学〉となったはずである。それにもかかわらず〈サンタマリア〉にすべてを託し、これを呼び求める」のはどういう意味だろうかと強く反論している[35]。

さらに彼は、賢治が観世音様とも呼ばず、普賢菩薩とも呼ばないで、「サンタマリア」と呼んでいる裏にはそれなりの理由があったのではないかとし、賢治の中に既に形成されえていた宗教的シンクレティズムについて説くと同時に、マリア信仰の持つ浪漫性の芸術や文学への影響について知った賢治も自分の作品の中にわざわざそれを取り入れたのではないかという疑問も問いかけている。上田氏の解釈には人を納得させる説得力があると思うが私は賢治の頭にあった宗教的シンクレティズムの実相はどれほどの深みを持っていたのかという疑問も持つ。賢治のキリスト教に対する関心は、自分が深く信仰していた法華経の教えと異宗教であるキリスト教の教えとの類似性に惹かれて、どれも基本的に同じではないかという意識から生まれてきた知恵の賜物ではないだろうか。カトリック教会および正教会における聖母マリアの存在はいかなるものかということを充分理解した上で、賢治が作品の中にマリア像を描き出したに違いないと思われる。

次は、「あ、なさけぶかいサンタマリヤ、またためぐみふかいジョウヂス（チ）ブンソンさま、どうか私どものかなしい祈りを聞いてください」のなかの「めぐみふかいジョウヂス（チ）ブンソンさま」に関するものである。賢治が聖人でないジョウヂス（チ）ブンソンを「恵み深い」と修飾し、かつ聖母マリアと並べて祈りの代禱者に設定している裏の目論見はなんだろうか。カトリック教会の聖人に列聖するまでの過程には、極めて厳重な規則や監視の下で厳格な調査や取調べが必要とされている。たとえば、生前に神様への献身と人類の幸福を目指した人道的かつ自己犠牲的な行動をして一生を尽くした人は誰もが自然に聖人になれるというわけではない。徳の高いその人は自分の死後も信仰者の神への祈りの代禱者となって、医学の力で治れない病気を治すとか生まれつきの身体障害を治すとかというような奇跡を相次いで起こし、教会がそれら奇跡の真実性を専門家によって科学的に実証し確認してもらってから、はじめて列福されるのである。

イギリスの有名な土木・機械技師で、「鉄道の父」と呼ばれるジョージ・スチブンソン（George Stephenson, 1781-1848）は交通・輸送の分野に画期的な革命をもたらした人である。つまり、社会の幸福のために大いに貢献した偉大な人物である。賢治はおそらく機関車（汽車）の発明者スチブンソンを人間世界における造物主、つまり神として認め、彼に対する尊敬の印として「めぐみふかいジョウヂス（チ）ブンソンさま」と挨拶をしているのではないか。それとも文章にリズムをもたらす目的のユーモア的言葉遊びであろうか。たとえば、「マグノリアの木」[36]という童話の中に「サンタ、マグノリア」とか「セント、マグノリア」などと、単なる木を聖人扱いしている。同じく、「聖なる窓」という五行だけの短い詩では、窓を「聖なる窓」「Sacred St. Window」と日本語だけでなく英語も使って修飾している。[37] これらの例を見ると、やはり賢治はカトリックの「聖人」崇敬に非常に興味を持っていたものの、それは肯定的だったのか否定的だったのか、明確にするには更なる研究が必要である。

四　「銀河鉄道の夜」に見るキリスト教世界

賢治の作品の中でキリスト教的な雰囲気が一番濃く漂う作品は紛れもなく「銀河鉄道の夜」である。「現」の世界、「夢」の世界と二つに分けて展開していくこの物語の特徴は何かというと、一言でその中の「普遍性」と「キリスト教的雰囲気」だと言える。「銀河鉄道の夜」に見られる「普遍性」として取り上げられる重要なものにはまず天の川の旅行中に次々と出てくる銀河鉄道の各駅の記述と星座の描写がある。北から南へと順番に描写して行く天の川の星座群の記述はまた深い好奇心を醸し出すものであると思う。おそらく、銀河鉄道に描かれている星座の半分以上は日本から観察できないのに、あたかも自分が直接見ているように星座の描写をしている作家の深い、正しい天文学に関する知識に頭が下がる。大熊座、琴座、白鳥座（北十字座）、鷲座、孔雀座、蠍座、南十字座などと次から次へと星座の描写が続くが、その描写方法は国籍を問わずどの読者にもアッピールするようなものである。

真っ白い北十字の前で「ハレルヤ」を唱えながら深い瞑想に入っているような祈り方をする信者たちの描写を読むと、教会の中で讃美歌を唱えながら信仰深く神様に祈りを捧げているキリスト教者のイメージが目に浮かんでくる。それに、一部の登場人物にヨーロッパ人の名前、具体的に言えばイタリア人らしい名前が付き、一部は日本人の名前を持っているところもその普遍性を感じさせる。さらに、信仰深い仏教徒として熱心な宗教生活を送っていた賢治がこの作品の場合キリスト教的な雰囲気が漂う空間内での描写方法を選んだことの裏に隠れている心理的真相は、おそらく自分の作品に一種の普遍性を持たせようという考えではなかろうか。またそこに、自分が深く信じていた仏教の宗派とキリスト教との近似性を主張する目的もあったのかもしれない。あるいは、作家の頭の中にある天国のイメージは、やはりキリスト教的な天国であるということを言いたがっているのかと疑問にさえ思われる。いずれにしても、信心深い仏教徒であったはずの賢治のもう一つの顔がそこに窺われることは確かである。

まず「銀河鉄道の夜」の構造を見てみると、第一章から第五章までは「現」の部分で、それ以降は「夢」の部分となっている。もちろん、最後の数頁は夢から目覚めたジョバンニが再び現実の世界へ戻るのが描かれている。「現」の部分では病気の母親と住んでいる主人公の貧しいジョバンニの学校、家そして仕事場での毎日の様子が描かれている。裕福な同級生の子供たちによくからかわれ、いじめられていたジョバンニに豊富にあったものは何かというとそれは「夢」だった。作品の第六章以降はその「夢」の世界である。そしてその夢の世界は現実の世界と打って変わって、キリスト教的な雰囲気が漂っていることはとても不思議に思われる。この夢の世界を分析してみれば分かるが、銀河ステーションという出発点から南十字《サウザンクロス》までの旅の中で現れたり消えたりする世界は極めて複雑なものである。現実世界と人間の脳裏に潜んでいる天国のイメージが相まってできたその不思議な世界には死者もいれば生者もいる。そして、死後の世界も現実の世界も描かれている。それに、神様も科学者も同一のところでそれぞれの役割を果たしている。

さらに、「夢」の部分の描写には新約聖書の一部であるヨハネの「黙示録」を思わせるところがあることも見逃せない。たとえば、疲れて天気輪の柱の下で眠ってしまったジョバンニが夢の世界に入っていく場面の描き方はまるでパトモス島に追放された使徒ヨハネが脱魂状態になってキリスト教的な天国と最後の審判を幻視したことに大変似ている。脱魂状態になったヨハネがまずラッパのような大声を聞き、声の聞こえたところを振り向いてみる時点から幻の世界へ入っていくのである。天気輪の下で夢の世界へ入っていく前にジョバンニもどこからかわからない〈銀河ステーション、銀河ステーション〉という不思議な声を聞いた。それからの物語の展開は「黙示録」の描写構造に深く影響を受けたような気がする。[38]これは、「黙示録」と「銀河鉄道の夜」の読み比べをすればよく分かると思われる。

森荘已池氏は、「『銀河鉄道の夜』は「神」や「生命」や「宗教」「死後の世界」「人間のほんとうの幸福」、そういう大事な問題についての賢治の考えがもっともよく現れている作品であります。夢と現実を微妙に織りこんだ美しさでたくさんの読者を感動させております[39]」と指摘しているが、それはもっとも適切な評価だと思われる。つまり、仏教信仰者、科学者、地質学者、教育者そして異宗教の教えに高い興味を持っていた賢治の脳裏には、それぞれに関連する思想とか教えが入り混じっていて、自分自身にとって理想とも言える一種の半透明な死後世界のイメージが構築されていたと思う。その死後世界のイメージを具体的に表現しようと「銀河鉄道の夜」を書いてみたのだろうが、そのイメージはあくまでも半透明で、混乱状態だったので何回も推敲を重ねたのに未完成のまま残ってしまったと思う。

五　「銀河鉄道の夜」に現れるキリスト教関係の用語と雰囲気

この作品の「夢」の部分にキリスト教的用語や表現がたくさん出てくる。たとえば、十字架、バイブル、水晶の数珠（ロザリオ）、賛美歌、ハルレヤ（ハレルヤ）などの祈りの言葉、カトリック風の尼さん、クリスマストリイなどや、ジョバンニ、カンバネルラなどの人名、そしてバラ、いばら、リンゴなどの花・果実名である。ジョバンニとカンバネルラの名前の謎については様々な先学論考が既に存在するのでここで触れないことにしておきたい。ただ、「ジョバンニ」はイタリア語の「ヨハネ」であることは周知の通りで、「黙示録」と「銀河鉄道の夜」の構造上の類似性を考えるとき有力となる一つのポイントであるに違いない。

また、この作品に出てくるキリスト教関係のすべての用語・語句について解釈をつけようとすると論文が非常に長くなってしまうので、今回はただ「十字架」の出てくる部分だけを中心に論じていきたい。

ジョバンニの夢の世界には二つの十字架が現れる。つまり、「北十字」と「南十字」である。この作品の中で一番キリスト教に深い関係を思わせる部分もおそらくこれら十字架の描写であるに違いない。まず北十字で、光の十字架が描写されているところを引用してみる。

見ると、もうじつに、金鋼石や草の霧やあらゆる立派さをあつめたような、きらびやかな銀河の河床の上を水は声もなくかたちもなく流れ、その流れのまん中に、ぼうっと青白く後光の射した一つの島が見えるのでした。その島の平らないただきに、立派な目もさめるような、白い十字架がたって、それはもう凍った北極の雲で鋳たといったらいゝか、すきっとした金いろの円光をいただいて、しづかに永久に立っているのでした。[40]

キリスト教において十字架が占める重大さはどんなものかというと、キリストの十字架による死と贖罪によって、十字架は原罪から抜け出すすべがない人間の希望と救いの象徴に変わったことである。つまり、罪の克服を希う人間は自分の十字架を背負ってキリストの歩んだ苦難の道に従えば必ず救われるという約束である。換言すれば、以前、罪人を磔刑にして処刑するために使われていた、侮辱の代名詞でもあった十字架は、キリストの十字架上での死と贖罪によって人類の救いと希望の象徴とに変わったのである。ここに現れる十字架は「白い十字架」つまり光の十字架であることも大変面白い。「昔の神秘家と言われる人々や聖人たちがvisioの中で光の十字架を見た話はカトリック教会では多く伝わっていた。光の十字架はキリストの勝利と栄光を意味する」と言う上田哲氏[41]の指摘があるが、それに白い十字架、つまり光の十字架は希望の象徴でもあるということを付け加えたい。賢治も自分の作品の中に「白い十字架」を描いたということの裏には、キリストの勝利と栄光を認識した上、それに人間の救いと希望があると信じるキリスト教徒の信仰の象徴とでも言える十字架の持つ重要性を容認する態度が現れているのではないだろうか。

それを裏付ける証拠に、十字架の周りで行われる祈りの場面を取り上げることができる。

「ハルレヤ、ハルレヤ。」前からもうしろからも声が起こりました。ふりかへって見ると、車室の中の旅人たちは、みなまっすぐにきもののひだを垂れ、黒いバイブルを胸にあてたり、水晶の数珠をかけたり、どの人もつつましく指を組み合わせ、そっちに祈ってゐるのでした。思はず二人もまっすぐに立ちあがりました。[42]

これは極めて神秘的な描写に違いない。列車が十字架の前を通るとき乗客は国籍や宗教などを問わず、皆「まっすぐにきもののひだを垂れ、黒いバイブルを胸にあてたり、水晶の数珠をかけたり、どの人もつつましく指を組み合わせ」祈りはじめたと書いてある。ジョバンニもカムパネルラも「思はずまっすぐに」起立して十字架への敬虔を表している。つまり、乗客は皆十字架の神々しさを信じ、それに希望をおき救いを求めているような描写に違いない。キリスト教世界に見られる「十字架への献身」、十字架こそ人間の救いの道であるという信仰の重要性に詳しくない人はこのような場面の描写ができないと思う。

また、ここで特記すべきことは「水晶の数珠をかけたり」というところである。ここで言う「数珠」はロザリオのことであろう。祈りの時、数珠をかけるということはいくつかの宗教にも見られる習慣である。お祈りのときに心身とも神様へ向けて、集中して祈りを捧げる方法として数珠をかけるのであるが、キリスト教の場合、祈りの際にロザリオを使うのはカトリックの信者だけで、主に代禱者聖母マリアに捧げる「ロザリオの祈り」や「連禱」を唱えるときよくかけられる。賢治はこういう祈りの場面までよく観察してこの作品の中に網羅していることを考えると、彼の盛岡カトリック教会および前述のプジェー神父との付き合いは一層深かったことを否定できない。

それに、列車は北十字の辺りを通っていたとき突然「黒いかつぎをしたカトリック風の尼さんが、まん円な緑の瞳を、じっとまっすぐに落として、まだ何かことばか声かが、そっちから伝わって来るのを虔んで、聞いてゐるといふやうに見えました」(43)とあるが、「まん円な緑の瞳」を持っているカトリック風の尼のモデルと考えられるのは当時盛岡にいた聖パウロ修道女会のフランス人修道女である。一八九二年(明治二十五)にフランスのシャルトルから盛岡にやって来た四人の修道女が現在の盛岡白百合学園の前身である私立盛岡女学校を創立している。この私立女学校は現在盛岡中央郵便局があるところにあったが、それは盛岡カトリック四ツ家教会(天主公教会)のすぐ隣だった。現在の盛岡白百合学園が盛岡の山岸というところへ全面的に移ったのは一九八二年である。賢治がプジェー神父と交流をしていた時、おそらく、これらフランス人の修道女たちの振る舞いをよく観察していたのだろう。彼女らの目の色までが違っていることに気付いていたのだろう。だからこそ「まん円な緑の瞳」とまで修飾をつけて作品中の尼を描写している。修道女たちがロザリオを首にかけたり、法服の帯から垂らしたり、または掌に持ち歩いたりすることは、昔も今も変わらない。そして、先に述べたようにお祈りのときそのロザリオをかけるのである。

「銀河鉄道の夜」に出てくるもう一つの十字架はサウザンクロス（南十字）である。北十字の駅は乗車する駅であったのに、サウザンクロス（南十字）の駅は下車駅となっている。賢治のこのサウザンクロスの描写も短いけれども非常に神秘的で、カトリックの聖人たちがしばしば経験したと言われる「幻視体験」、もしくは、使徒ヨハネがパトモス島で見た天国の「幻」に大変似たような描写である。

あゝそのときでした。見えない天の川のずうっと川下に青や橙やもうあらゆる光でちりばめられた十字架がまるで一本の木といふ風に川の中から立ってかゞやきその上には青じろい雲がまるい環になって后光のやうにかかってゐるのでした。（中略）みんなあの北の十字のときのやうにまっすぐに立ってお祈りをはじめました。（中略）「ハルレヤハルレヤ。」明るくたのしくみんなの声はひゞきみんなはそのそらの遠くからつめたいそらの遠くからすきとほった何とも云えずさわやかなラッパの声をききました。（中略）そして見てゐるとみんなはつゝましく列を組んであの十字架の前の天の川のなぎさにひざまづいてゐました。そしてその見えない天の川の水をわたって一人の神々しい白いきものの人が手をのばしてこっちへ来るのを二人は見ました。(44)

北十字の十字架は「白い十字架」であったのに、ここに現れる十字架は「青や橙やもうあらゆる光でちりばめられた」華やかにぴかぴか光る十字架である。それはたぶん、永遠の喜びの場所でもある天国の入り口に立っている栄光の十字架であるからであろう。それに、列車から降りた皆はこの十字架の前に立って、北十字と同じように手を合わせて「ハルレヤハルレヤ」とお祈りを捧げているところへラッパの音が聞こえ、「一人の神々しい白いきものの人が手をのばして」突然現れる。

賢治のこの部分の描写には、また北十字の描写もそうだったが、一種の神秘主義的な雰囲気が漂っている。「神秘主義 mysticism とは目または口を閉じる意味のギリシャ語 myein を語源とする言葉で日常的な形而下の感覚世界を脱し、自己の内面的深みに沈潜することによって超自然的実在や超自然的世界を直接的に把握、これと一体化する宗教的体験」である。[45] このためにまず脱魂状態に入る必要がある。ジョバンニは天気輪の下で夢の世界に入っているがそれは脱魂状態とは言えないだろうが、列車を降りた人々が十字架の前でお祈りしていたところ突然ラッパの音が聞こえ、そのあと神々しい人が出てくるのを夢の中で見ているのである。それと違って、「黙示録」のヨハネはまず完全に「脱魂状態になり、その後でらっぱのような大声を聞いた。（中略）その声は「おまえの幻を書き記し、（中略）七つの教会に送れ」と言った。そう話した声の方を見ようとして後を振り返ると、七つの金の燭台があった。燭台の間に人の子のような者が見えた」と書いてある。[46] つまり、ジョバンニの幻は夢の中のもので、ヨハネの幻視は脱魂状態の中でのものだったという違いがある。しかし、物語の描写には「黙示録」の深い影響がみられることは確かである。ラッパのような声が聞こえて、その後「燭台の間に人の子のような者が見えた」というところは、上に述べた「さわやかなラッパの声」が聞こえて間もなく「一人の神々しい白いきものの人が手をのばしてこちらへ来るのを二人は見ました」という引用文にすごく似ているのではないか。おそらく、この「神々しい白いきものの人」は「黙示録」にヨハネが幻で見た「人の子」つまりイエス・キリストを想像して描き出したのではなかろうか。

上田氏は賢治の多くの作品に「エクスタース体験の反映が感じられるところがかなりみられる」と述べ、「堀一郎が magical flight と名づけたトランス状態における宗教体験が賢治にもあ」るので、「銀河鉄道の夜」はこういう異空間の幻視体験を文芸化・物語化したものではないかと指摘している。(47) もちろん、「銀河鉄道の夜」を含め彼の多くの作品の中では、脱魂状態になって異空間を透視し、それを文章にしたようなものがたくさんあることは確かである。しかし、賢治は実際に脱魂状態になって「幻」を見る超自然的な能力を持っていたのか、その解明の証拠となるものは未だに把握されていない。「銀河鉄道の夜」の場合、「黙示録」の著者ヨハネと違って、夢の中に入っているのは作者の賢治ではなく、主人公ジョバンニが夢の中で銀河旅行をしているので、ここではおそらく賢治が作家としての自分の優れた想像力を発揮しているだけではないか。一つの仮説だが、賢治は聖書の「黙示録」からヒントを受けて、夢の中でキリスト教的な天国の雰囲気を漂わせる物語をわざわざ構築したのではないか。その裏には、上田氏の指摘した宗教的シンクレティズムの要素もあるかも知れないが、それよりも真の法華経信仰者であった彼は晩年になって、異宗教であるキリスト教の教えにも関心を持つようになったからではないかと思われる。

おわりに

今まで見てきたように、賢治の一連の作品の中にキリスト教関係の用語、モチーフが入り混じり、キリスト教的思想までが浸み込んでいる。「銀河鉄道の夜」に見られるキリスト教的な雰囲気の描写ひとつで、仏教徒賢治の作家としての多元性、「真《まこと》の信仰者」としての寛大さ、つまり異宗教の教えを容認する心の奥深さが明白になっていると思われる。十八歳まで気の変わりやすかった賢治は、法華経への帰依の後、揺るぎのない、頑固たる法華経信仰者として余生を送ったのだが、それと同時に異宗教の教えとか教義を客観的にかつ積極的に分析し評価する知識と知恵が身につき、それを具体化したものがこれらの作品である。これらのキリスト教関係の用語・モチーフそして思想が偶然に作品の中に入ったのではなく、作者が意図的に作り上げたに違いない。

註

(1) 詳しいことは、浦川和三郎著の『東北キリシタン史』(巌南堂書店、一九六八年、第二版)二八一～二八三頁を参照。

(2) 力丸光雄氏は「バプティスト宣教師として明治四十一年(一九〇八)に来盛したヘンリー・タピングの聖書講義を賢治は高農時代に聴きに行ったと伝えられる。タピングが牧師をつとめていた〈浸礼教会〉は、中学校のとなりにあった」と「岩手公園」(天沢退二郎編『宮沢賢治ハンドブック』新書館、一九九六年)に書いている。三〇頁。

(3) 「岩手公園」

「かなた」と老いしタピングは、／杖をはるかにゆびさせど、／東はるかに散乱の、／さびしき銀は声もなし。

なみなす丘はぼうぼうと、／青きりんごの色に暮れ、／大学生のタピングは、／口笛軽く吹きにけり。

老いたるミセスタッピング、／「去年《こぞ》なが姉はこゝにして、／中学生の一組に、／花のことばを教へしか。」

弧光燈《アークライト》にめくるめき、／羽虫の群のあつまりつ、／川と銀行木のみどり、／まちはしづかにたそがるゝ。


(『〈新〉校本宮澤賢治全集』第七巻本文篇、筑摩書房、一九九六年、六〇頁)

(4) 『啄木・賢治・光太郎――二〇一人の証言』(読売新聞社盛岡支局、一九七六年六月)から上田哲氏が自著『宮沢賢治　その理想世界への道程』(明治書院、一九八五年)に引用したもの。二六二頁。

（5）小倉豊文「賢治の読んだ本」（続橋達雄編『宮沢賢治研究資料集成』第11巻、日本図書センター、一九九二年）、一五四頁

（6）同書、一五一頁

（7）賢治作品「ビヂテリアン大祭」の中で、祭司次長のウィリアム・タッピングは祭司長ヘンリー・デビスの代わりに大祭開会の辞を述べている。そのウィリアム・タッピングを賢治は「祭司次長、ウィリアム　タッピングといふ人で、〔爪〕哇の宣教師なそうですが、せいの高い立派なぢいさんでした」と紹介している。名字の「タッピング」に「宣教師」という職名もちゃんと付いているので、やはりこのタッピングはヘンリー・タッピングのモデルであると推測しても間違いではないだろう。詳しいことは『〈新〉校本宮澤賢治全集』第九巻（筑摩書房、一九九五年）の「ビヂテリアン大祭」二二一頁からを参照。

（8）以下はプジェー神父に関する短歌である。

①さわやかに／朝のいのりの鐘鳴れと／ねがひて過ぎぬ／君が教会
②プジェー師よ／かのにせものの赤富士を／稲田宗二や持ち行きしとか（下書きには〈プジェー師よ／かのにせものの赤富士を／工藤宗二がもたらししとか〉となっている）
③プジェー師よ／いざさわやかに鐘うちて／春のあしたを／寂めさずや
④プジェー師は／古き版画を好むとか／家にかへりて／たづね贈らん
⑤プジェー師や／さては浸礼教会の／タッピング氏に／絵など送らん
⑥プジェー師よ／かのにせものの赤富士を／工藤宗二がもたらししとか
（『〈新〉校本宮澤賢治全集』第一巻本文篇、筑摩書房、一九九六年、一六六～一六七頁を参照）

プジェー師丘を登り来る
漆など／やうやくに／うすら赤くなれるを／奇しき服つけしひとびと／ひそかに丘をのぼりくる
（『〈新〉校本宮澤賢治全集』第六巻本文篇、筑摩書房、一九九六年、九一頁）

文語詩

ましろなる塔の地階に／さくらばなけむりかざせば／やるせなみプジェー神父は／とりいでぬにせの赤富士

（『〈新〉校本宮澤賢治全集』第七巻本文篇、筑摩書房、一九九六年、八〇頁）

(9) プジェー神父についての詳しいことは、上田哲氏の前掲書『宮沢賢治　その理想世界への道程』を参照。二六七～二七〇頁。

(10) 『〈新〉校本宮澤賢治全集』第一巻本文篇（筑摩書房、一九九六年）、一六六～一六七頁

(11) 斎藤宗次郎氏のことを詳しく知るには、栗原敦・山折哲雄編の斎藤宗次郎の日記『二荊自叙伝　上・下』（岩波書店、二〇〇五年）を参照。

(12) 栗原敦・山折哲雄編　斎藤宗次郎『二荊自叙伝　上』（岩波書店、二〇〇五年）、四八一頁

(13) 同書、三九九頁

(14) 同書、四〇一頁

(15) 同書、四〇〇頁

(16) この引用文は、上田哲氏の前掲書『宮沢賢治　その理想世界への道程』（二四四頁）にあったものを引用したものである。

(17) 同書、二五二頁

(18) 山根知子『宮沢賢治　妹トシの拓いた道――「銀河鉄道の夜」へむかって』（朝文社、二〇〇三年）を参照。トシ子が日本女子大学校の成瀬仁蔵校長から受けた感化、キリスト教を中心にした成瀬仁蔵の教育観、宇宙観とタゴールとの関わり、トシ子が賢治に及ぼしたと思われる異宗教（キリスト教）上の影響など、細心の注意を払って書いてある研究本の一つである。

(19) 『〈新〉校本宮澤賢治全集』第十五巻本文篇（筑摩書房、一九九五年）、二一一頁（書簡一二）。脱字「ん」は筆者が補ったもの。

(20) 同書、第二巻、一七三頁
(21) 前掲書『宮沢賢治　妹トシの拓いた道――「銀河鉄道の夜」へむかって』を参照。
(22) 『〈新〉校本宮澤賢治全集』第六巻本文篇（筑摩書房、一九九六年）、三八頁
(23) 同書、第三巻、一〇～一一頁
(24) 同書同巻、一〇〇頁
(25) 『〈新〉校本宮澤賢治全集』第三巻校異篇（筑摩書房、一九九六年）、二四三頁を参照。
(26) 『〈新〉校本宮澤賢治全集』第四巻本文篇（筑摩書房、一九九五年）の中の詩「水汲み」（九～一〇頁）、「うすく濁った浅葱の水が」（六六～六七頁）などを参照。
(27) 同書、第十三巻（下）本文篇七三頁
(28) 聖女小さき花テレジアの思想・人生観の詳細は、東京女子カルメル会訳『イエズスの聖テレジア自叙伝』（一九六〇年）を参照。
(29) 原子朗『新宮澤賢治語彙辞典』（東京書籍、一九九九年）を参照。
(30) 「基督再臨」（『〈新〉校本宮澤賢治全集』第四巻本文篇、筑摩書房、一九九五年）、二二六～二二七頁
(31) 参考のためにルカとマテオによる福音書の中の「山上の垂訓説教」のそれぞれ最初の部分だけを紹介する。もっと詳しいことは、ルカによる福音書第六章とマテオによる福音書第五章を参照。
①「貧しいあなたたちは幸せである、神の国はあなたたちのものであるから。いま飢えているあなたたちは幸せである、あなたたちは満たされるだろうから。いま泣いているあなたたちは幸せである、あなたたちは笑うであろうから」（ルカ6―20～22）
②「心の貧しい人は幸せである、天の国は彼らのものである。柔和な人は幸せである、彼らは地をゆずり受けるであろう。悲しむ人は幸せである、彼らは慰めを受けるであろう。正義に飢え渇く人は幸せである、彼らは飽かされるであろう。あわれみのある人は幸せである、彼らもあわれみを受けるであろう」（マテオ5―3～

7）

(32)「シグナルとシグナルス」（『〈新〉校本宮澤賢治全集』第十二巻本文篇、筑摩書房、一九九五年）、一五五頁

(33) カトリック教会における聖母マリア特別崇敬などの詳細については、上田哲氏の著書『宮沢賢治　その理想世界への道程』（明治書院、一九八五年）の二二六～二三二頁を参照。

(34) 池上雄三「オツベルと象――白象のさびしさ――」（『国文学』二十七巻三号、学燈社、一九八二年二月）

(35) 前掲書『宮沢賢治　その理想世界への道程』二二八～二二九頁

(36)「マグノリアの木」（『〈新〉校本宮澤賢治全集』第九巻本文篇、筑摩書房、一九九五年）、二六八～二七二頁

(37)〈聖なる窓〉（『〈新〉校本宮澤賢治全集』第七巻本文篇、筑摩書房、一九九六年）、二八一頁

(38) カトリック教会是認の『新約聖書』の「ヨハネの黙示録」を参照。

(39) 森荘已池「『銀河鉄道の夜』の組み違いについて」（『宮澤賢治研究資料集成』第二〇巻、一九九二年）、三〇七頁を参照。

(40)「銀河鉄道の夜」（『〈新〉校本宮澤賢治全集』第十一巻本文篇、筑摩書房、一九九五年）、一三八～一三九頁

(41) 前掲書『宮沢賢治　その理想世界への道程』二〇四頁を参照。

(42)「銀河鉄道の夜」（『〈新〉校本宮澤賢治全集』第十一巻本文篇、筑摩書房、一九九五年）一三九頁を参照。

(43) 同書同頁を参照。

(44) 同書一六五～一六六頁を参照。

(45) 前掲書『宮沢賢治　その理想世界への道程』二九一頁

(46) 前掲書「ヨハネの黙示録」の1―10（三八五頁）を参照。

(47) 前掲書『宮沢賢治　その理想世界への道程』二九一頁を参照。

第四部　賢治作品に潜む心理学

宮澤賢治　世界観の展開
――『春と修羅』の到達点、ウィリアム・ジェイムズの心理学と『アイヌ神謡集』

秋枝　美保

はじめに

『春と修羅　第一集』は、大正十一年一月六日から大正十二年十二月十日までの日付を持つ「心象スケッチ」で構成された本文に、大正十三年一月二十日の日付を持つ「序」を付して、大正十三年四月二十日に刊行された。中でも「序」は、賢治がこれらの営みに付した「心象スケッチ」という行為の意味を明示しようとしたもので、「心象スケッチの思想」ともいうべき内容を持っている。賢治は、それによって自分と世界との関係を明らかにするとともにそのあり方を世に問うたのであり、それは、賢治の生涯でも画期的なことであった。ここで確立された「心象スケッチの思想」は、それ以後の賢治の生き方の基盤となる世界観を示したものといってよい。

拙著『宮沢賢治の文学と思想』(1)は、それを、同時代思潮――仏教思想史と科学思想史――の文脈との関係で示そうとしたものである。その中で特記すべきことは、大正末期の仏教が「霊魂死滅」「無神の宗教」であることを主張してその科学性を主張していたことである。賢治の仏教信仰は、父政次郎の世代に構築された明治新仏教運動に対して、大正時代の新仏教運動の動向を反映しているといえる。

本論は、その後の研究で新たに判明したことを通して『春と修羅　第一集』の位置づけをより明確化するものである。判明したことは二つあり、その一つは、「心象スケッチ」の方法についてで、それはウィリアム・ジェイムズの心理学研究法と関連している。「或る心理学的な仕事のための仕度」と賢治自身が述べているように、新しい人間認識の方法として賢治は心理学を意識していた。もう一つは、「修羅」についての認識の広がりについてである。これは、詩篇「春と修羅」の成立と深い関連性を持ち、知里幸恵の『アイヌ神謡集』(2)の受容と関連している。この二つは、大正時代の新しい人間研究の成果を背景として受容されたと考えられる。

賢治の心象スケッチの実践と、当時最先端の心理学として注目されていたウィリアム・ジェイムズの心理学における意識の記述法「内省観察法」との共通性については、すでに拙論「宮沢賢治『春と修羅』の文脈――心象スケッチの方法とウィリアム・ジェイムズの経験主義」(3)、及び「心象スケッチの方法とウィリアム・ジェイムズの『内省観察法』」(4)で実証的に論述した。賢治が実際にジェイムズを読んだかどうかについては定かでないが、賢治の教養の背景に、盛岡高等農林の同期生で東京帝大に進学した阿部孝を通じて、夏目漱石の弟子である大正教養主義一派の影響が指摘できることを、すでに拙著でも述べたところである。(5)漱石のジェイムズ受容については、すでに周知のことであり、重松泰雄、小倉脩三の論考に詳しい。(6)

また、詩篇「春と修羅」における「修羅」の形象と『アイヌ神謡集』における「谷地の魔神」の形象との共通性や、その影響については、拙論「『アイヌ神謡集』と賢治の童話――鬼神・魔神・修羅の鎮魂」(7)、拙論「『おれはひとりの修羅なのだ』成立におけるアイヌ文化の影響」(8)において実証的に論じた。アイヌ文化の研究は盛岡中学の先輩である金田一京助が先鞭をつけており、金田一は、それによって日本文化の起源を探究していた。賢治が金田一に関心を抱いていたことは、大正十年の東京出奔の際に家を訪ねていることや『春と修羅』を寄贈していることからも知ることができる。意識の深層部に畳み込まれた過去の生命の記憶を探る人間研究の方向性は、人間における起源への遡行と繋がっている。これもまた、心理学研究の一分野と繋がる。

本論においては、「心象スケッチ」の実践と到達の地点を明らかにし、『春と修羅　第一集』刊行に伴う賢治の世界観の確立について論じる。賢治の目指した科学が、すべての曖昧性を排除するデカルト的な理性を求めていたのでないことは言うまでもない。賢治は、人間の意識における経験を、科学的な方法によって評価・判断し、自らが進むべき方向性を確立することによって、新たな、より深い信仰の境地——それは「明確に物理学の法則にしたがふ」ことと矛盾しない——に立ったと考えられる。本論では、『アイヌ神謡集』における「鬼神」＝「修羅」の物語への共鳴が、賢治における深い客観性の獲得に確かな影響を与えたとみる。それを通して、賢治は「みんな」という共同体に導かれ、初めて「イーハトーブ」という共同体を構想したのではなかろうか。その世界観によって『春と修羅　第二集』以後の、農村での実践活動およびそれに伴う民間信仰への関心が開かれたと考える。

一　『春と修羅』「序」の主張

『春と修羅』「序」には、大正十一年一月から「二十二箇月」間続けてきた「心象スケッチ」を通して、自らの立脚点となる新しい立場を獲得した賢治の新鮮な感覚があふれており、それがまた同時に、その新しさを社会に示すための言葉の戦略を生み出している。

「序」に描かれた思想は実に革新的である。そこには四つの主題がある。

第一に精神的な実体としての「わたくし」の否定。

第二に存在の核としての超越的な「本体」の否定。
第三に「わたくし」が「みんな」との間で共通に感じたものを記録した「心象スケッチ」の肯定。
第四に「心象スケッチ」とその存在様態を決定する「時間」および「時空的制約」との関係、それを越える「第四次延長」における主張の更新について。

そして、特に第四に挙げられている時間についての観念は、「心象スケッチ」のあり方を考えるとき最も重要なものであり、時間についての二つの相反する側面が対比的に描かれている。

一つは、すべてのものを「因果の時空的制約」の中に閉じ込める限定的な側面である。前段落で信頼を寄せた「心象スケッチ」であったが、それもすべての存在と同様に「因果の時空的制約」の中にあるという。そこで特記されているのは、「すでにはやくもその組立や質を変じ」ているのに、「しかもわたくしも印刷者も」「それを変らないとして感ずる」という「傾向」である。その裏には、世界はすでにその「組立や質」を変じており、種々の記録の解釈も変わっていなければならないはずなのに、実際にはそうなっていないのではないかという、現状への賢治の懐疑的な主張が隠されているのではなかろうか。

これに対して、この段落では、「因果の時空的制約」という存在の限定的なあり方に対して、括弧内にこれを逆転する時間のもう一つのあり方を示して、すべての存在の「時空的制約」を解き放っている。

わづかその一点にも均しい明暗のうちに
（あるひは修羅の十億年）

傍線部の表現においては、光が明滅するその「一点」にも均しい時間が、「あるひは修羅の十億年」という「時間の集積」の中に開かれていることを示している。「二十二箇月の過去とかんずる方角から」書き連ねられたこの「心象スケッチ」は、「新〔生〕代沖積世」の「巨大に明るい時間の集積」の中に、それらと連続したものとして存在しているということである。そこでは、想像もつかない長い時間の中にすべての記録――「みんな」が感じたこと――が開放されて、それぞれが「感じた」ことは、その時間の集積の中にあるすべての記録と様々に共鳴するのである。

すべてこれらの命題は
心象や時間それ自身の性質として
第四次延長のなかで主張されます

「第四次延長」とは、「時間の集積」の中に開放された「心象スケッチ」の連続を指すといえよう。その連続こそが「生命」の実体ということになるのではなかろうか。

このように、「序」の内容は、既成の絶対的観念を否定し、固定的な世界観を否定し、「わたくし」と「みんな」との共存体の生活の流動性と創造性を主張しており、実に革新的で自由である。これらは、仏教の「一念三千」や「如来蔵」や「刹那滅」の思想と重なるかもしれない[9]が、賢治は敢えてそのような伝統的な仏教経典の用語で、自らの新しい立場を説明することは行わなかった。「仏教」を科学的に表現しなおし、西洋哲学史の中に位置づけなおそうという試みは、大正十年代以降の仏教界の世界的動向でもあった。大正末期の新しい仏教の動向を代表する雑誌『東方仏教』三・四号（一九二六年七・八月）には、ハー・ダヤールなる新進気鋭の仏教者であるインド人の言葉が紹介されているが、そこでは、世界を牽引する仏教思想の役割の重要性が強調されると共に、「科学の方面に傑出しなければならぬ」という一句が掲げられている。(10)

二　「序」の思想と「心象スケッチ」の基盤となった思想――これまでの指摘

「序」は、明らかに賢治の新たな立場の表明以外の何物でもない。それでは、この立場はどのようにして成立したのか、また、この思想は、どのような系統の思想を基盤として出てきたものであろうか。

これについては、これまでベルグソンにおける「純粋持続」や「記憶と物」における時間概念（小野隆祥『宮沢賢治の思索と信仰』(11)）、心理学の直観像学説（境忠一『評伝　宮澤賢治』(12)）などが、関連性があるとして指摘されてきた。中でも、「心象スケッチ」と心理学との関連性から、ウィリアム・ジェイムズの影響を指摘する説は散見される。大塚常樹は、「心象」という用語の起源を当時の心理学・哲学書を広範に検証したうえ、その中でジェイムズ『根本的経験論』を発想源の一つとして指摘している。(13)鈴木健司は、賢治の信仰の科学的な捉えなおしの方策として、ジェイムズ『宗教的経験の諸相』との関連性を指摘している。(14)同じく『宗教的経験の諸相』との影響関係を指摘する内田朝雄は、鈴木とは異なる見解を示し、『春と修羅』とその後の賢治において「宗教改革」がなされたという見解の根拠にジェイムズの受容を想定している。(15)さらに、最近では田中末男が、ジェイムズと賢治作品との関連性を示唆している。(16)また、ジェイムズの研究者の側から伊藤邦武が『ジェイムズの多元的宇宙論』の「エピローグ」において、同時代の西田幾多郎、夏目漱石のジェイムズ受容と対比させながら賢治作品のジェイムズとの関連性についての独自性を指摘している[17]。また、山根知子が「宮沢トシの学びと賢治——日本女子大学校時代の教師、福来友吉・阿部次郎を通して」で、福来友吉の翻訳を通しての、ジェイムズ受容の可能性を指摘している[18]。

このように、これまでウィリアム・ジェイムズと賢治作品との関連性については、ある程度の指摘があるが、わずかに、鈴木健司による、具体的な両者の表現を付き合わせての検証を除いては、簡単な示唆に止まっている。しかも、鈴木の論は賢治の仏教信仰を心理学的に根拠付けるものとして、ジェイムズの信仰の捉え方を部分的に引いてきているもので、ジェイムズの思想そのものへの全体的な把握が示されている訳ではない[19]。つまり、賢治が「心理学的な仕事」をするためにとった科学的な人間探求の方法と、ジェイムズの心理学の方法とを比較研究する論は、これまでにはないと言ってよい。

ジェイムズの著書の中で、ジェイムズの心理学的方法を体系的に示しているのは『心理学原理』(*The Prinsiples of Psychology*, 1890)である。前掲の小倉によれば、夏目漱石が「文学論」及び「文芸の哲学的基礎」で参照しているのも主として『心理学原理』である。そして、前掲の拙論で詳細に検討したところ、『春と修羅　第一集』における心象スケッチの実践は、『心理学原理』における「内省観察法」との共通性をかなり指摘できるという結論に達した。そこで比較の対象としたのは、賢治が見た可能性があると考えられる福来友吉訳『自我と意識』(弘学館書店、一九一七年・大正六年六月)である。『自我と意識』は、福来が東京帝大で念写実験に失敗し、大正四年に同大助教授を退職した後に刊行したもので、ジェイムズ著『心理学原理』の抄訳である。福来は人間の超能力の証明に強い意欲を持って実験を行ったが、それに失敗し、その後は人間の感官や判断の科学的な把握に向かったと想像される。そこに賢治の関心もあったのではないかと思われるのである。

賢治とウィリアム・ジェイムズとの関連性についてのこれまでの言及の中で多く取り上げられるのは『宗教的経

験の諸相』であり、その宗教的経験の神秘性や実在性を科学的に証明するものとして、賢治の信仰の確実性を裏付ける論旨の中で取り上げられる傾向が強いといえる。だが、本書で取り上げる『心理学原理』は、科学としての、新しい心理学「生理学的心理学」の全容を表した、ジェイムズの心理学を知る代表的書物である。

したがって、本論においては、前掲の拙論の成果を踏まえて、「序」の思想とジェイムズ『心理学原理』との共通性について再掲しながら「心象スケッチ」の実践の科学性を明らかにし、賢治が自らの意識を検証し、新たな立場を築いた過程をたどってみたい。特に、前掲の拙論では十分に指摘できなかった『春と修羅　第一集』本文――詩篇「小岩井農場」、詩篇「オホーツク挽歌」――における心象スケッチの動向を詳細に分析したい。

三　『春と修羅』「序」の思想とウィリアム・ジェイムズの心理学

前述の拙論で検証した内容を概説的にまとめておく。ジェイムズは、『自我と意識』の翻訳によれば、人間と外界との関係について「外界の現象は先づ吾々の感官とそして脳髄を刺戟しないうちは吾々の観念に影響を及ぼすことが絶対的に出来ない」と述べており、「心理」が常に身体とともにあることから出発している。このことは、「わたくし」を「現象」と捉え、周囲の「みんな」との間の交流によって存在するという「序」の立場に重なるものである。つまり、すべての存在が言わば「世界内存在」であることから出発するのである。

ジェイムズは、そこでの意識の活動の特徴を五つ挙げており、その意識の現象を研究の対象とする。

1各意識内容は一の個人意識の部分にならうとする。

2各個人の意識の内部にあつては心内容は絶えず変化する。
3各個人意識内にあつては意識内容は連続したものと感ぜられる。
4心内容はそれとは離れた独立の事物と交渉を有するやうである。
5思惟は是等の事物の中の或るものに引かれ他のものを排斥し而して始終迎へたり排斥したり——一言にして云へば其の中で選択をする。

（以上『自我と意識』一〇〇頁）

ジェイムズは、心理学を、明確に現象の学として位置づけ、意識の現象を記述することに専念する。それは、「すべて現象として与へられたる心内容を其奥に存する『実体』」（「霊魂」、「超経験の自我」、「観念」、「意識の要素を成す単位」など）から出たものとして説明しようとする哲学と明確に区別される。つまり、心理学においては、「考へや感じが存在して知識の道具となる事を想定し」「種々の思惟感情が脳髄の一定の条件と事実上並存することを確かめ」ることが目的である。

ジェイムズが最も関心を寄せるのは、その意識の核にあって種々の要素を選択して志向を生み出す、意志が生まれるメカニズムであるが、ジェイムズはそこに「我」という実体を認めることも慎重に避けている。そこにそのような実体を想定することは、一種の「拵えごと」であるか、あるいは「私」という代名詞で指示せられる想像の産物に過ぎないとする。つまり、賢治が『春と修羅』「序」で述べているように、「わたくし」というものも、「仮定されたもの」に過ぎないとするのである。

その上で、「自己」の中核部にあり、主体的活動をなす「精神的自我」（ジェイムズは、「自我の構成要素」として、「物質的自我」、「社会的自我」、「精神的自我」を挙げる）について、ジェイムズは原著では、「this self of all the other selves」としており、[20]福来はこれを「一切他の諸々の我を有つてる此の我」と訳し、「諸我の我」と言い換えている。ここには、思惟そのもの、思惟の対象となる快苦及び情緒、その他の非存在物（誤謬、作り事）、存在物について抽象して得た観念とか概念、及び存在物についての思想（知覚・感覚）などが存在しているとされ、それらを意識に捉えられた自余一切のもの（the other selves）と捉えている。これは「すべてがわたくしの中のみんなであるやうに／みんなのおのおののなかのすべてですから」という「序」における「わたくし」の捉え方に通ずるものと思われる。これは、それぞれが異なるセンサーを持って存在しているそれぞれの「我」が、間主観性を通して客観性に開かれていることを示す部分でもあり、重要な箇所である。そのことは、「序」においては、「ある程度まではみんなに共通します」と表現されている。

このように、ジェイムズの立場は、「序」の主題の1「わたくし」という実体の否定、2「本体」の否定、3意識の記録という三点で共通している。

さらに、「序」の後半の知識の更新についての考え方は、ジェイムズの友人チャールズ・パースが提唱し、ジェイムズが広めたプラグマティズムの考え方に共通するものである。チャールズ・パースは、「われわれの思考は『疑い』を解決しようとして始まり、『信念』を生み出すことによって終結する一連の過程にほかならない」とし、その意味で人間は常に「探求の途上」にいる存在であり、そこで獲得した「信念」は常に「暫定的真理」に止まるほかないであろうことを示したという。中でも重要なのは、認識と時間の相関関係についてである。西洋哲学においては、古来「真理」は「永遠不変の真理」とされ、また「無時間的かつ非歴史的」なものとされていたが、プラグマティズムにおける「知識」は、「時間過程」を通じて「生成」されるものである。パースは、「あらゆる知識は記号に媒介されている」ことを示し、「思考」は「ある時間を要するもの」であるとしたという。[21]拙論ですでに述べたが、日本では、大正十三年にジェイムズの『根本経験論』（一九二四年・大正十三年十一月）が『経験哲学叢書』の一冊として刊行され、ドイツ観念論を主流とする日本の「講壇哲学」の伝統に対して、パースとジェイムズのプラグマティズムが新大陸発の新思潮として世界的潮流となったことが紹介されていたといえる。

四　「心象スケッチ」の実践とウィリアム・ジェイムズの「内省観察法」
——詩篇「小岩井農場」「パート四」「パート九」の推敲過程を通して

『春と修羅』の中で、ジェイムズの「内省観察法」と最も近いと感じられるのは、詩篇「小岩井農場」における「わたくし」の意識の観察である。そこで一貫して追求されているテーマは、詩章『小岩井農場』、詩章『無声慟哭』、詩章『オホーツク挽歌』と繋がる信仰についての問題で、それは、一貫して「天上」の存在を自分が実感できるかどうかということに集中しているといってよい。それは、詩章『無声慟哭』以降、亡き妹の死後の行方を尋ねるという切実な問題として現実化した。中でも賢治の葛藤とその超克の過程を知ることができるのは、詩篇「小岩井農場」の「パート四」「パート九」の現存する下書き原稿から詩集本文への推敲の過程においてである。

詩篇「小岩井農場」では、小岩井駅に降りた「私」は、当初、小岩井農場を突っ切って歩いた後、柳沢に出てそこから汽車に乗って花巻に帰るという計画を立てていたが、途中で雨が降り出して計画を中止し、引き返して再び農場に戻った。その中で、「私」がこだわったのは、いつもそこを通ると不思議な感覚に襲われる「der heilige Punkt（論者注　聖地）と呼びたいやうな気が」する場所での体験である。そこには「気まぐれな」四本の「さくら」が目印のように立っている。その場所を、行きと帰りに二度通ったが、二度とも、同じような宗教的幻想体験をしている。

詩集本文においては、天気のよかった行きの場面を「パート四」に、同じ場所での、帰りの雨天での体験を「パート九」に描いている。その間、引き返すことを決意する「パート五」「パート六」は標題だけ残して本文から削除し、引き返す途中の「パート七」を残して、「パート八」は標題も本文も削除し、すぐに「パート九」が続いている。

パート四　「四本のさくら」　晴→「すあしのこどもら」、「緊那羅のこどもら」
パート五　（標題のみ、本文なし）
パート六　（標題のみ、本文なし）　　Uターン
パート七　引き返す途中
パート九　「四本のさくら」　雨→「ユリア」、「ペムペル」

賢治は、こだわりの場所での、異なる二つの幻想体験を対比し、聖地体験＝宗教的経験の内実を、分析的に検証しようとしたのだといえる。その意図は、現存する原稿からうかがえる詩の推敲過程に如実に表わされている。

現存する原稿は、「下書稿」「清書後手入稿」「詩集印刷用原稿」の三種類であるが、詩集本文と原稿との間には、その内容と、詩の表記の仕方の二点で大きな違いがある。先ず、すべてのテクストに、幻想への否定的な感情が描きとられ、この幻想を受け入れることについて葛藤があったこと、しかもそれが執筆の最初からあったことを示している。

一体これは幻想なのか。（「下書稿」「清書後手入稿」）

幻想だぞ。幻想だぞ。／しっかりしろ。（「下書稿」）
もう決定した　そっちへ行くな／これらはみんなただしくない（詩集印刷用原稿）

「下書稿」「清書後手入稿」では、最終的にはこの幻想を是認するのに対して、「詩集印刷用原稿」及び詩集本文では、最終的に幻想を否定する明確な判断で終わる。つまり、詩の推敲過程で判断が逆転するのである（後出引用部参照）。

この部分は、ジェイムズが特に関心を寄せている意識の中核部における意識の選択の現場そのものである。そこでは、種々の感官や観念などを取捨選択して、一つの「志向」を生み出している。それは、ジェイムズが意識の五つの働きの最後に挙げていた「思惟」の働きの重要な部分である。この中核部を、ジェイムズが「this self of all the other selves」としていることはすでに述べた。

ここで行われる活動について、ジェイムズは次のように述べている。

一個の人の感じはどんな性質を有つて居るにしても又其人の思惟はどんな内容を有つて居るにしても其心の内には何か霊的なものがあつて之が是等の性質や内容を迎へに出懸けてゆくやうに思へる。（中略）諸我の我といふものが即ち其迎へたり振り捨てたりするところのものである、之がすべて感覚の理解を監督し、そして聴入れてやつたりやらなかつたりして、諸我の惹き起さうとしてる運動を支配してるのである、之が志向《インタレスト》の生れ家である（中略）之は努力と注意の源であつて其処から意志の命令を発すると思へる場所である。

（以上『自我と意識』二四九頁）

さらに、これについて自ら実践した「内省観察」を示している部分は、「パート九」の意識の葛藤の様と全く重なっている。

何よりも先づ第一に、私は私が思惟してる間に、促してゆくのと邪魔してゐるはたらきが始終あるのに気がつく。即ち留めるのや、放すのや、ああしたい斯うしたいといふ慾と一緒にかけてる傾向やら、他の道をかけてゆく傾向やらがある。私が思惟してる事柄の中に或るものは思惟の利益となつて味方に立つのがある。さうかとおもうと他のものは思惟に敵対したりする。是等対象のものの中に行はれる相互の撞着と一致、加勢、妨害なぞが後ろの方へ刎ね返つて而して其対象に対して私の自発性の不断な反応とおもへるもの即ち迎へたり反対したり協力したり反抗したりわがものとしたり放棄したり、ヨシといふたりイカンといふたりする作用をこしらへ出す。私の裏に於て此の動悸を打つてる生き〳〵した内部生命は一般の人が使つてる辞で私が記述しやうとつとめた夫の中心核である。

（以上『自我と意識』二五三頁）

このように、賢治の中で、聖地幻想なるものを「迎へたり」「反対したり」する意識の動向や、そこから一つの方向性を選択していく過程は、まさしくプラグマティズムにおける「信念」の生まれる過程そのものといえる。これによって、賢治は「物理学の法則」に明確に従う行為への世界へと踏み出すことを「選択」することになったのである。

草稿段階と「詩集印刷用原稿」・詩集本文との大きな違いは、内容のみではなく、詩句の表記の仕方にもある。「下書稿」「清書後手入稿」では、詩の行に上がり下がりはない。これに対して、詩集本文においては、二字下げ、三字下げ、一字下げ、一重括弧付き、二重括弧付き、括弧なしなど、表記の仕方を区別することによって、意識をいくつかの層に分類すると共に構造化して示している。この表記法は、「詩集印刷用原稿」の段階で初めてなされたのである。

この三つの原稿を並べてみれば、その違いは歴然としている。特に、判断が逆転する「パート九」を取り上げてみる。ただし、「清書後手入稿」は「パート四」の一部断片のみしか現存しないため、「下書稿」と「詩集印刷用原稿」の二つの対照となる（それぞれ最終形を示す）。

（前略）

さっきの慓《ママ》悍なさくらどもだ。
向ふにすきとほって見えてゐる。
雨はふるけれども私は雨を感じない。
　たしかに
私の感覚の外でそのつめたい雨が降ってゐるのだ。
ユリアが私の右に居る。〔私は間違ひなくユリアと呼ぶ。〕
ペムペルが私の左を行く。〔透明に見え又白く光って見える。〕

　　　パート九
すきとほってゆれてゐるのは
さっきの剽悍な四本のさくら
わたくしはそれを知ってゐるけれども
眼にははっきり見てゐない
c たしかにわたくしの感官の外で
つめたい雨がそそいでゐる
d ①（天の微光にさだめなく
うかべる石をわがふめば
おゝユリア　しづくはいとど降りまさり

ツイーゲルは横へ外れてしまった。
はっきり眼をみひらいてゐる。
あなたがたははだしだ。
そして青黒いなめらかな鉱物の板の上を歩く。
［その板の底光りと滑らかさ。］
あなたがたの足はまっ白で光る。［介殻のやうです。］
Ⅰ［幻想だぞ。幻想だぞ。
Ⅱしっかりしろ
Ⅲかまはないさ。
Ⅳそれこそ尊いのだ。］
ユリア、あなたを感ずることができたので
私はこの巨きなさびしい旅の一綴から
血みどろになって遁げなくても［いいのです。］
ひばりがゐるやうな居ないやうな。
（ペムペルペムペル　これは
何といふ透明な明るいことでせう。）
腐植質から燕麦が生え
雨はしきりにふってゐる。

カシオペーアはめぐりゆく）
aユリアがわたくしの左を行く
大きな紺いろの瞳をりんと張って
aユリアがわたくしの左を行く
ペムペルがわたくしの右にゐる
……………はさっき横へ外れた
あのから松の列のとこから横へ外れた
b②《幻想が向ふから迫ってくるときは
もうにんげんの壊れるときだ》
cわたくしははっきり眼をあいてあるいてゐるのだ
aユリア、ペムペル、わたくしの遠いともだちよ
わたくしはずゐぶんしばらくぶりで
きみたちの巨きなまっ白なすあしを見た
どんなにわたくしはきみたちの昔の足あとを
白堊系の頁岩の古い海岸にもとめただらう
b③《あんまりひどい幻想だ》
eわたくしはなにをびくびくしてゐるのだ
どうしてもどうしてもさびしくてたまらないときは

ひとはみんなきっと斯ういふことになる
きみたちにけふあふことができたので
わたくしはこの巨きな旅のなかの一つづりから
血みどろになって遁げなくてもいいのです
（ひばりが居るやうな居ないやうな
　腐植質から麦が生え
　雨はしきりに降ってゐる

幻想が生じる前半部に注目してみると、「下書稿」では同列に並べて表記していた詩句を、「詩集印刷用原稿」では一重括弧付・二字下げの詩句（引用部網掛け部分①）を二箇所（引用部では一箇所のみ）に設けて新しい詩句を追加するとともに、幻想に反対する詩句を二重括弧付・三字下げ（引用部下線②、③）に移動して差別化している。なお、下書稿引用部における［　］を付した箇所は、青インクで加筆されたとされる箇所で、幻想を現実的に意識化する動きを示し、推敲の過程を推測させる。

このようにして、「詩集印刷用原稿」においては、a「幻想を見る意識」とb「幻想を否定する意識」（三字下げ・二重括弧付）、c「現実の実在を感じる意識」、d「現実と幻想との中間にある意識」（二字下げ・一重括弧付）、e「意識の状態を意識する意識」という具合に、意識の層は見事に分析され、それが一つの流れを持って、幻想に反対する意識が意識の前面に躍り出てくるまでを整然と描写している。それは、見事な意識の体系化になっている。ジェイムズは、「意識の流れ」の観察・記述における心理学者とその研究対象との関係について、「1、心理学者

2、研究せられる対象　3、意識の対象　4、心理学者の実在」とし、意識自身が自らを意識しないのに対して、心理学者は「心状態を外側から意識し、而して其の状態と他の一切の種類の事物との関係を知るのである」と述べている。

ジェイムズは、そのような内省観察の正確さについて、「事物に就いての吾々の知識を一層増進し、斯くして得たる最後の一致に存するのである。すなはち探求の歩を進めてゆくうちに、後の見解が前の見解を訂正し、遂には一貫せる体系の調和が達せられるのである」と述べている。つまり、心理学者は、意識に上った様々な要素を列挙し、それらを比較分類し、意識の外に立って意識の状態を眺めなければならない。そのためには、前の見解をただしながら、より客観的な記述を目指して繰り返し記述しなおす必要があるとする。

「下書稿」「清書後手入稿」の初稿の段階には未だ意識の内部からのみ幻想を記述している感が強い。「小岩井農場」に登場する幻想はいずれも官能的である。「パート四」では、通常女性の姿でイメージされる音楽の精「緊那羅」が抑圧のせいか「こどもら」の姿で登場し、「パート九」の「ユリア・ペムペル」幻想は、二人が自分の直ぐ横を歩いている気配を感ずるという感覚的、官能的なものであり、またそれに続く「巨きなまっ白なすあし」のイメージも、全体の姿は見えず「すあし」だけのイメージに同様の感じが強い。つまり、「下書稿」「清書後手入稿」では、詩前半の孤独な意識がもたらす欠如感覚の裏返しのような精神状態の中で、他者を求める感覚が呼び起こされると共に、意識はそこに立ち現れた幻覚を擁護している。

しかも、詩篇「小岩井農場」「パート四」「パート九」の幻想はそのイメージが独特な複合性を持ち、独自性が強い。西洋的な小岩井農場の景色の中で「der heilige Punkt（論者注　聖地）と呼びたいやうな気が」する場所と述べているように西洋的であると同時に、「太陽菩薩」「緊那羅」などが登場し、仏教的でもある。また、「ユリア・ペムペル」という子供の名前も独特であり、その独自性・奇異さは、それらがいまだ客観化されない中間的な意識の層に伏在するイメージであることを示していはすまいか。

しかし、「詩集印刷用原稿」の段階に至ると、「わたくし」は意識の外部に立ち、幻想が自らの生み出した幻覚であることを明確に意識化するとともに、その精神状態を「宗教情操」と区別して「恋愛」とし、「恋愛」では求められないものをさらに無理に求めようとするものを「性欲」と名づけて、暗にここでの幻想の官能性を指しながらそれに否定的な評価を下していると考えられる。ここで突如登場する「恋愛」の問題は、詩篇「恋と病熱」・詩篇「春光呪（詛）」（詩集推敲の第二段階で全体が差し替え）と官能性やテーマを共有するものであり、それらにまつわる意識がここで客観的な立場から比較分類され、あたかもジェイムズの理論をそのまま実践したような体系的表現が打ち出されたと言えよう。

これらの意識の意識化の過程には、ある時間的な経過とそれらの判断のもとになる姿勢の形成が必要である。この推敲が行われる間に、賢治の中で何らかの大きな精神の展開があったことを認めなければならないであろう。

このような詩篇「小岩井農場」の推敲過程について、杉浦静は、「心象スケッチ」の推敲に、「現在に重層する過去の心象にもどって発掘する」作業を見、それが「心象の〈論料〉としての厳密性を保証することにもなる」という考えを示していた。[22] それは、まさしくジェイムズの「内省観察法」の実践に重なっていくものと言える。

五　詩集『春と修羅　第一集』成立の過程と「修羅」成立の過程
――『アイヌ神謡集』の受容を通して

さて、詩篇「小岩井農場」における心象の変化はどのような経緯を経て生じたのであろうか。詩集『春と修羅第一集』の成立過程は、入沢康夫の原稿調査に基づいて、『新校本宮澤賢治全集』の校異において四段階の大幅な推敲が行われたことが推測されている。特に、第三段階は信仰の語り直しに関する推敲と見られるもので、次のようである。

①「小岩井農場」の天上幻想の否定
②「青森挽歌」「オホーツク挽歌」（末尾四十行）の一部差し替え
③詩篇「春と修羅」の差し替え
④「序」の執筆（第三段階の初期までには書かれたと『新校本宮澤賢治全集』では推測）

杉浦静は、詩篇「小岩井農場」の執筆時期について使用原稿の調査を通して、「下書稿」「清書後手入稿」はほぼ同時期で大正十一年十一月頃まで、「詩集印刷用原稿」と「書きかけ断片」はほぼ同時期で大正十二年秋（十二年八月の北海道・樺太旅行以降）から十三年一月頃と推定していた(23)。それは、ほぼ本論の考察と重なる。

詩篇「小岩井農場」において天上幻想を否定する判断は、妹の死後の行方の探求がなされた樺太旅行における詩章『オホーツク挽歌』の過程で行われたと考えざるを得ない。詩篇「小岩井農場」と詩章『オホーツク挽歌』とは、天上のイメージの中に「巨きなすあしの生物たち」が出てくることで共通している。これは雪山で遭難した弟を兄が天上に導く童話「ひかりの素足」とも共通しており、天上幻想を描くものとして一群をなしている。

だが、詩集後半においては、亡き妹からの交信を願う詩篇「宗谷挽歌」が推敲の過程で削除されている。また、詩篇「オホーツク挽歌」後半においては、賢治はもはや詩篇「小岩井農場」のように心象を逐一追って分析的に示す方法をとっていない。重要な心象の展開があったと思われる海岸の睡眠シーンで筆は中断し、ついに樺太の妖精も、死者トシの声も描かれることはない。結局覚醒後、妹の死後の行方についての「わたくし」の迷いを押しとどめたのは、「なぜ〔お〕まへはそんなにひとりばかりの〔妹〕を／悼んでゐるかといふ遠いひとびとの表情」であった。そして、そのとき、突如「ナモサダルマプフンダリカサスートラ」（二字下げ一重括弧付き）という「南無妙法蓮華」の梵語読みが描き出される。

この部分は、前述の詩集推敲第三段階で差し替えられた部分に当たっている。この一連の詩句の全体は、きわめて此岸的で現実的な雰囲気で満たされており、「わたくし」の意識の客観性が感じられ、詩篇「小岩井農場」の「パート四」「パート九」の幻想体験とは対比的である。

その直後の詩篇「樺太鉄道」では帰路に向かう車窓の風景にアイヌの葬送の風景が描きとられ、「大乗風の考を持つてゐる」樺の木に対して「にせものの大乗居士どもをみんな灼け」という一句が吐き出されると共に、「ナモサダルマプフンダリカサスートラ」が繰り返し描かれる。それらは、それまでの信仰の更新を印象付けずには置かない。そして旅の終わりには、風の音が「みんなのがやがやしたはなし声」に聞こえ、「サガレンの古くからの誰か」の「大きなせきばらひ」も聞こえる。「わたくしの透明なエネルギー」を回復させた樺太の自然や「みんな」の背景にはアイヌのイメージが散見する。

これらの詩篇の推敲と並行して、詩篇「春と修羅」も作品全体が差し替えられていた。その「修羅」の形象は、

『アイヌ神謡集』（一九二二年・大正十二年九月）の「谷地の魔神」に酷似している。[24] 自らをあざける人間に対して怒りの化身となった神がその人間に対して思いのままに乱暴を働く姿に、賢治は、父から叱責されたり（書簡154　大正八年八月前後）、怒りの感情をたぎらせていたかつての自分の姿（書簡165　大正九年（六月〜七月））を重ねたのではなかったか。その「魔神」は、物語の中で善神オキキリムイにあっけなく成敗され、納得して死の世界に赴く。自らの怒りに「修羅」を見、その「修羅の成仏」を願った（書簡165）賢治であったが、魔神の感情の暴発と善神の成敗による死の平安にこそ「修羅の成仏」の具体的な姿を見出したのだといえる。その物語の中に、賢治は初めて自らを開放したと考えられる。

そして、自らの存在を受け入れる物語を、アイヌ文化という人類の基層文化の中に見出した賢治は、そのアイヌの魔神と仏教の「修羅」を重ねて、「おれは一人の修羅なのだ」と明確に自己規定したのである。それは、初めてなされた賢治独自の、しかも神話という「みんな」の客観性に開かれた「人間」の提示であり、仏教理解にも通ずる表現であったといってよい。それは「修羅の十億年」の経験に重なる自己の発見であり、賢治の精神が間主観的な客観性を獲得した瞬間でもあった。それによって、賢治は、詩篇「春と修羅」において天上と自己との関係を明確化し、童話「土神ときつね」において社会と自己との関係を明確化することができたと考えられる。それこそ自己の客観化であった。『春と修羅　第二集』詩篇「石塚」には、「たたりをもったアイヌの沼」に「水ばせうの芽」の「うすびかり」が描かれ、賢治の心の深層部に芽生えた光の象徴として興味深い。これらの心的過程は、ジェイムズが挙げる意識の特徴の「4心内容はそれとは離れた独立の事物と交渉を有する」という項目を想起させる。そこからは、さらにジェイムズの『多元的宇宙』との関連性が推測される。

一方、賢治は、詩篇「オホーツク挽歌」で途絶した心象スケッチのテーマを、童話「サガレンと八月」、童話

「タネリはたしかにいちにち噛んでゐたやうだった」、童話「龍と詩人」に引き継いで描いたと考えられる。そこでは、ある主人公はこの世を越える世界に踏み入る禁忌を犯して罰を受け、ある主人公はその世界に足を踏み入れることを断念し、母のもとで日常生活を営むことを決意する。大正十年に出奔したとき以来、賢治は信仰の生活に入ることを願っていたが、それはここで明確に断念されたのではなかろうか。童話「タネリはたしかにいちにち噛んでゐたやうだった」においては、タネリは不可思議な森の世界にいざなう木霊に出会うが、母から頼まれた藤蔓をかむという作業に専念するか、そうでなければ歌を歌うことによって、その木霊のいざないをかわす。そこには、生活の営みと歌を歌うという二つの両輪でまわる一つの生活のあり方が明確に示されている。それは、それ以後の賢治の生き方以外の何物でもない。

そして、『春と修羅』の最後には、「青いリンネルの農民シャツ」をイメージした「わたくし」が登場する。それに「イーハトーブの氷霧」が「歓迎」の意を表し、汽車が「土沢の冬の市日」に向かうところで、詩集は終わっている。これは、『春と修羅』で初めて姿を現した生活の匂いであり、そこに「わたくし」の進むべき方向も示されているといえよう。

このようにして農業を生活の営みとする生き方のイメージがそれとなく示されたといえる。これに基づいて『春と修羅　第二集』の執筆が始まる。第二集においては、農業を通して向き合う「みんな」――地域社会――の世界が開け、「みんな」の世界への共感が広がっていったのだといえる。そこに伝統的な民間信仰や密教など世界的な宗教の世界が開け、イーハトーブと仏教聖地との重ね合わせもなされていく。そこにより広く、深く地に根を降ろした心象世界が広がっていった。

註

（1）秋枝美保『宮沢賢治の文学と思想』（朝文社、第二版二〇〇六年八月）

（2）知里幸恵『アイヌ神謡集』（炉辺叢書、郷土研究社、一九二三年八月十日、復刻版二〇〇二年七月、知里真志保を語る会）

（3）秋枝美保「宮沢賢治『春と修羅』の文脈――心象スケッチの方法とウィリアム・ジェイムズの経験主義」（二〇〇七年六月二日に広島市内で行われた第二九回中国四国イギリス・ロマン派学会のシンポジュウムで発表した内容に手を入れたもの、『英詩評論』二十四号、二〇〇八年六月）

（4）「心象スケッチの方法とウィリアム・ジェイムズの『内省観察法』」（『論攷宮沢賢治』第九号、中四国宮沢賢治研究会、二〇一〇年十二月）

（5）註（1）に同じ。

（6）小倉脩三『夏目漱石　ウィリアム・ジェームズ受容の周辺』（有精堂出版、一九八九年二月）
重松泰雄「漱石とウィリアム・ジェイムズ」（『國文学解決と教材の研究』一六号、一九七一年九月）
重松泰雄「『文学論』から「文芸の哲学的基礎」「創作家の態度」へ」（『作品論　夏目漱石』双文社出版、一九七六年九月）
重松泰雄「漱石晩年の思想」(上)(中)(下)（『文学』四十六巻九号・十二号・四十七巻二号、一九七八年九月・十二月・一九七九年二月、『漱石　その新たなる地平』おうふう、一九九七年五月）

（7）秋枝美保「『アイヌ神謡集』と賢治の童話――鬼神・魔神・修羅の鎮魂」（『立命館言語文化研究』一六巻三号、二〇〇五年二月二十五日）

（8）秋枝美保「『おれはひとりの修羅なのだ』成立におけるアイヌ文化の影響」（『論攷宮沢賢治』第八号、二〇〇七年十二月十日）

（9）「序」の解釈については、梅原猛が「一念三千の思想」を読み取って以後、大塚常樹が「重々無尽」「相即相入」

「ユナニミスム（一魂主義）」「如来蔵思想」を主張、押野武志もこれに従う。萩原昌好は、「刹那滅の思想」を読み取る。

（10）註（1）『宮沢賢治の文学と思想』二〇五頁

（11）小野隆祥『宮沢賢治の思索と信仰』（泰流社、一九七九年十二月）

（12）境忠一『評伝　宮澤賢治』（桜楓社、一九六八年四月）

（13）大塚常樹『宮沢賢治　心象の宇宙論《コスモロジー》』（朝文社、一九九三年七月）

（14）鈴木健司『宮沢賢治　幻想空間の構造』（蒼丘書林、一九九四年十一月）「第一章　心象スケッチの目的――田中智学とウィリアム・ジェイムズの視点から――」

（15）内田朝雄『続・私の宮沢賢治』（農山漁村文化協会、一九八八年九月）「第一章　賢治の『立願』――W・ジェイムズをてがかりに――」（初出、『四次元実験工房』七号、一九八五年、『賢治研究』八・九号、一九八六年）

（16）田中末男『宮澤賢治〈心象〉の現象学』（洋々社、二〇〇三年五月）

（17）伊藤邦武『ジェイムズの多元的宇宙論』（岩波書店、二〇〇九年二月）

（18）山根知子「宮沢トシの学びと賢治――日本女子大学校時代の教師、福来友吉・阿部次郎を通して」（『宮沢賢治研究Annual』18号、二〇〇八年三月）

（19）註（14）参照。

（20）"The Principles of Psychology"（"GREAT BOOKS OF THE WESTERN WORLD" 53 Encyclopedia Britanica 1952）p.192

（21）野家啓一「プラグマティズムの帰結――『ノイラートの船』の行方――」（『【岩波講座】現代思想 7 分析哲学とプラグマティズム』岩波書店、一九九四年一月）二七二〜二七七頁

（22）杉浦静『宮沢賢治　明滅する春と修羅　心象スケッチという通路』（蒼丘書林、一九九三年一月）

（23）註（22）に同じ。

(24) 註(7)参照。

※なお、賢治の作品の引用は、『新校本宮澤賢治全集』によった。

星と修羅と自己犠牲

——宮澤賢治の心象へのいくつかの補助線

稲賀　繁美

一　導入——学術探求の型

最初に、学術 research の類型学 typology を試みたい。宮澤賢治研究にいかなる接近法 approach が相応しいかを検討するためである。当今、自然科学分野での要請もあって①狩人型と称すべき態度が推奨されている。獲物を定め、それを追い詰めて仕留めることに研究の目的が設定される。そこでは論理的追跡 logical pursuit が重視され、追跡過程のうえでも、線状性 linear に優位が置かれる。そこで支配的であり唯一の根拠となるのが、因果律である。因果律の法則が重視され、この論理に乗らない要素は、有意的 relevant ではない、と判別され、排除される。

この狩猟原理を極端に誇張しているのが刑事犯罪の追跡だろう。犯罪行為の立件では下手人を特定することが重視され、裁判においても犯罪を立証し、被告の罪状を確定し、これを共同体の掟によって裁き、見せしめとなすことで安寧を回復しようとする。だが罪人を処罰するだけで、破綻した人間関係や、失われた秩序が修復されるとは限らない。被害者・加害者とその周辺に生じた創傷が、そのまま大きな傷口を開いたままで放置されることが多いのも周知の事情だ。実際には、ひとつの犯罪の周辺には、罪状認知という因果性構築には直接は関わらず、法廷では不適切とされて排除される数多の要因が絡みあっている[1]。だが、これら、非因果的として無視されがちな要因へも配慮を払わないことには成り立たない営みがあることを、人は経験的に知っている。

それが栽培や育成だ。狩人の狩猟モデルと好対照をなすのが、②農耕栽培・収穫型とでも称しうる研究法だろう。ここでは研究は育成の場 sphere として定義され、涵養する態度が大切となる。それに与えられた疑似論理が、仏教でいえば縁であり、縁起という次元だろう。普通、犯罪と呼ばれる事態にしても、その背後には犯人をそうした行為へと追い詰め、追いやった様々な社会的あるいは生物学的、物理的要因が複雑に絡んでいる。その錯綜を因縁と呼んでもよかろう。

以上ふたつの類型は、いわば大人の世界に属する。だが人類学的な知識を援用すれば、そこにさらにふたつの類型を加えることもできるだろう。まず人類の幼年期には作業仮説として③原始的自然採取型を想定できる。考古学が教えるように純粋の自然採取を半農耕や狩猟と弁別することは、人類史ではきわめて困難らしい。現場の智恵として鍛えられたのが、レヴィ＝ストロースいうところの器用仕事 bricolage。ひらたく言えばその場その場で調達できる材料で臨機応変に対応する智恵であり、これは現代の自然科学における巨大な企画のように、あらかじめ目標を設定したうえで手段を選別し、その正当性を主張して巨大な予算を獲得する、といった手法とは、対極をなす[2]。

ここにはさらに　④老年・円熟型という智恵を加えてもよいだろう。人生の経験を積んだ古老には自ずと人間関係の網目　network が広がっており、いわば一本の樹木が森全体と深く関わっている。ここには猛獣狩りのような果敢なる各個撃破、飽くことなき新資料探求とは違って、いまさら最前線の戦場に立つわけではないが、一歩下がった綜合的 wholistic な智恵が控えており、全体を見回して采配を振るう余裕が窺われる。その反面、連想や類推に頼った判断が「思考の晩年様式」（今村仁司）の特徴をなすことも知られている。鋭い線状的な因果論理は、なぜか老年期の頭脳にあっては衰退し、一種のパターン思考へと置き換えられる傾向が見られるようだ。

以上のような作業仮説を立てたうえで、それなら宮澤賢治自身の方法論の軌跡は、そのどれに沿っていたのか。またその賢治を対象とする学術研究は、そのうちどの方法論を採るべきなのか、という問いが導かれる。『春と修羅』第一集（一九二四年）冒頭の「序」には、「わたくしといふ現象は／仮定された有機交流電燈の／ひとつの青い照明です／（あらゆる透明な幽霊の複合体）」とあり、賢治は自らという現象を「因果交流電燈のひとつの青い照明」と語っている。(3) この「因果」が西洋近代学術の、点を線で繋ぐような causality ではなく、仏教的な縁起を含む広がりを持つことは、疑いあるまい。直流でなく交流という比喩には、現象間の相互作用・相互照映が託されている。その直後の「（すべてがわたくしのなかのみんなであるやうに／みんなのおのおののなかのすべてですから）」という説明からも、ここには法華経的な世界以前の基底をなす、華厳的な世界が垣間見られる。一即多・多即一であり、この相互照映は「時間の集積」のうちにも貫徹する。華厳でいうなら「同時具足相応門」の説く、時間関係からの解放であり、「（ひかりはたもち、その電燈は失はれ）」とあるように、たとえ光源は失われても、発せられた光はエネルギー保存則に沿って遍在し、それは光速で伝播しつつ、光速をも越えた同調状態で同時に無数の「わたくしといふ現象」を互いに照らしだす。とはいえ、うつし身の人間はそうした真如を「因果の時空的制約のもとに」、「わずかその一点にも均しい明暗」のなかで、断片的に「かんじ」ることしかできない。ここで純粋に論理操作として「次元」を考えよう。二次元の世界では三次元の立体性は認識できず、三次元の影だけが、それよりひとつ次元を減じた二次元平面に映る。同様に三次元空間における時間的存在には、いわば四次元超立方体の三次元上の影だけを、時間軸に沿って「感じ」ることが許されている。(4)

少なくとも『春と修羅』第一集の段階で、賢治はこのような「現象」として自己を見ていた。とすれば、その賢治を因果律によって律された研究の枠組みで理解しようとすることには、原理的な限界がたちはだかる。その上で賢治研究の方法論としてはhomeopathy 志向か、それともallopathy優先のどちらが相応しいのか、という問いが導かれる。ここでこれらの用語を比喩的に用いることをお許し頂きたいが、賢治の方法に則って賢治を研究するのが是か、それともあえて賢治の方法に同調することは禁じ手として、賢治の思考に抗いつつ、文献学が許す因果律の立証手段に自己限定するのが学術の倫理なのか、という問いである。それへの返答は容易ではない。なぜなら賢治自身が、法華経に基づいた信仰にあって、自己本位という以上に他利を重んじる献身に価値を見いだしていたからだ。他者本位altruistを信条とする賢治にはallopathyすなわち症状との同調を禁じた「対症療法」のほうが相応しいという理屈も、無碍には排除できなくなる。

ここで宗教とは何か、簡単に考えておこう。西欧語で宗教の語源となるラテン語のreligioは、「結びつける」という動詞から派生する。神道の文脈に重ねるなら「結び」、仏教なら結縁という位相に、宗教の原初的意義を見ることが許されるならば、これが狩猟型の論理に特有の追跡や敵対志向と相性がよいものか、一考の余地があるだろう。無論、宗派は自己を他から弁別しようとする傾向を持ち、とりわけ日蓮宗ではその傾向はキリスト教の諸宗派に劣らず熾烈な宗教的帰依を発揮する。だがそうした宗派としての他者排除と自己帰依への説得は、本来の「むすび」の精神とは背馳する。同質なものを一緒に結びつける、あるいは結びついた以上そこには同質性が達成される、という組織論理が教団を形成する。だが同一教団を越えて、異質な者たちを異質ならばこそ結びつけようとする、より高次の宗教性も措定できよう。そこでは排他と弁別の論理よりも、類推による自由連想が優位を占める。「形態の描く星座における類推的同時性」analogical synchronicity in morphological constellation ——あくまで作業仮説として、そこに賢治の思考モデルを措定し、その振る舞いの延長上に賢治が理想を託した農民藝術の理念と、その栽培術・育成方法を探ることも、許されようか。

宮澤賢治（一八九六年八月二十七日～一九三三年九月二十一日）の没後、詩人の周りには幾多の天才神話が増殖した。またおそらく賢治ほど詳細・綿密な学識を動員して研究されてきた詩人は、世界中でも希であろう。無根拠な神話を剝がす学術的努力が、かえって賢治信仰の強化に貢献してきた。加えて賢治のたった一篇の詩を読むにしても、学術研究となれば膨大な学識や先行研究への目配せを要求される。だがそうした実証的証拠物件や学説史の蓄積から、ひとたび詩や創作を解放する方策転換も必要ではないか。すなわち、学識の蓄積の頂点に、賢治のあるべき姿を、永遠に固定された真実（射止めるべき獲物）として求めるのではなく、反対に、あたかも賢治の詩を、まったく先入観もないまま、無垢の眼で、本日はじめて発見した新種（育てるべき胚種）であるかのように、読むことはできないのだろうか。だが、それとは対極的だが矛盾する欲望も、容易には滅却できない。すなわち、新たに見いだされた未評価の裸の詩を、広大な世界文学の時空という大きな地図のなかにしっかりと位置づけたい。同時に頭をもたげてくるこのふたつの欲望をともに実現するのは、たしかに容易ではない(5)。幼児の振る舞いにも似た原始的な採取作業と、森の長老の智恵とを、位相差のなかで重ね合わす工夫を試みたい。それは、改稿を重ねて倦むところを知らなかった賢治の営みの意味を探るツテともなるはずだ。

二　糸杉と富士山——地上と星との「天然誘接」への補助線

狭義の宮澤賢治研究では視野に入らないところから補助線を引いてみたい。まず取り上げたいのが、ファン・ゴッホ（Vincent van Gogh　一八五三年三月三十日～一八九〇年七月二十九日）。雑誌『白樺』同人の「バン・ゴオグ」

図1　ファン・ゴッホ《烏の飛ぶ麦畑》

図2　岸田劉生《切り通しの道の写生》

への傾倒はよく知られるが、斎藤茂吉（一八八二〜一九五三年）にも「あかあかと一本の道通りたり　たまきはる我が命なりけり」から「野のなかにかがやきて一本の道はみゆ　ここに命をおとしかねつも」（『あらたま』一九一四年刊行）に至る「一本道」の連作が知られる。発想源はあきらかにファン・ゴッホの「絶筆」と呼び慣わされた《烏の飛ぶ麦畑》（図1）だろう。芥川龍之介はこう気取った調子で記している。「ゴッホの太陽は幾たびか日本の画家のカンヴァスを照らした。しかし沈痛なる風景を照らしたことは必ずしも度たびはなかつたであらう」、と［茂吉の］「一本道」の連作ほど、（一九二四年）[6]。ここに見える東洋的求道の姿勢は岸田劉生の《切り通しの道の写生》（図2）（一九一五年）にも通ずる。

茂吉はまた「かぜとほる欅の大樹うづだちて　青の炎立ちとなりにけるかも」（一九一六年）とも歌っているが、この「青の炎立ち」は、おそらくは柳宗悦が『白樺』に掲載した「革命の画家」で、ファン・ゴッホの糸杉に観た「燃ゆる焔」と同じ系譜上に位置づけ得るものだろう。その延長上に賢治の「サイプレス／忿りは燃えて／天雲のうづ巻をさへ灼かんとすなり」「天雲の／わめきの中に湧いでて／いらだち燃ゆる／サイプレスかも」（一九一七年作と推定）ほかの作品が登場する。[7]ファン・ゴッホの《糸杉と星のみえる道》（一八九〇年、F.683）など、細い三日月と火星の嵩の間に黒々と螺旋を巻いて立つ糸杉の姿が容易に思いだされる。こうしたファン・ゴッホの映像は「あはれ見よ青ぞら深く刻まれし／大曼茶羅のしろきかがやき」とあるように、賢治にあっては須彌山を囲む曼茶羅と混淆する。「はらからよいざもろともにかがやきの／大曼茶羅を須彌に刻まん」からは、ファン・ゴッホをも自らの「はらから」と見なし、「おれはひとりの修羅なのだ」との自覚をファン・ゴッホの生涯にも投射している様子が、如実に窺われる。ファン・ゴッホがアルルに日本を幻視していた頃の作品《星降る夜》（一八八八年）は、ロワール川に映ずる人家の明かりの反射が、星空の北斗七星と交感する様を描いている。賢治も似たような光景を、北上川に掛かる岩手軽便鉄道の夜景として目にすることが多かった。さらに木下長宏の推測によれば、賢治は雑誌『エゴ』第二巻「ゴオホ号」表紙の《星空のサイプレス》（J.H.732）（図3）を目にした機会があったはずだ。[8]三日月と銀河とが夜空に乱舞する万物流転を背景に、糸杉が身悶えしながら伸びてゆく、劇的にしてコズミックな映像である。「天雲のうづ巻」「天雲のわめきのなかに湧き」出る糸杉というイメージを、天空に対峙する我として描きだしたオランダの画家への、花巻の詩人の深い共鳴が見えてくる。

浮世絵にも深い造詣をもっていた賢治は、おそらくファン・ゴッホの糸杉のなかに北斎の「富嶽三十六景」に通じる樹木の霊性を見てとったにちがいない。「北斎のはんのきの下で／黄の風車まはるまはる」には既に北斎とオランダ風物との併置を認めることができるが、それにつづいて「いっぽんすぎは天然誘接ではありません」と読め

図3　ファン・ゴッホ《星空のサイプレス》

図4　葛飾北斎《富嶽三十六景　甲州三島越》

る（一九二二年八月十七日）(9)。「天然誘接《よびつぎ》」とはどうやら賢治の造語らしく、何を意味するのか諸説あるようだが、すなおに字句から見て、離れたものを結びつける架け橋、神道でいえば霊的存在がそれを頼りに地上に降り立つ「依代《よりしろ》」のようなものが想定されよう。一本杉は「誘接」ではない、と字句のうえでは否定されているが、この一本杉とは、おそらくは北斎の《甲州三島越》（図4）の中央に聳える大樹だろう。樹木が天空と地上とのきざはしとなるためには「槻と杉とがいっしょに生えていっしょに育ち」幹が融合しなければならない、と賢治は不思議な呪文を唱えている。偶然の一致だろうが、興味深いことに、茂吉がファン・ゴッホに触発されて歌った「欅の大樹」のケヤキは槻とも綴る。とすれば、賢治の「誘接」は、茂吉の短歌のケヤキと北斎の杉を撚り合わせることで成立していたこととなる。

さらに《甲州三島越》の杉の大樹は、背景の富嶽と二重に重なって描かれているが、頂上を舶来のプルシアン・ブルーで染めた富士の霊峰もまた、賢治にとって大切な発想源だった。「三原三部」の一節「日はいま二層の黒雲の間にはひって／杏いろしたレンズになり／富士はいつしか大へんけはしくなつて／そのまつ下に立つて居ります(10)」。頂上に近づくにつれ傾斜を急にする霊峰のイメージ、太陽に誘われるように、その頂上を天へと引き伸ばしてゆく曲線描写は、賢治自身が描いた通称《日輪と山》（図5）にそのまま写し取られている。そして日輪に接するかと思われる頂上には、太陽の感化を受けたかのように、一点紅い焔が灯っている。「日」に交われば赤くなる、というわけだが、ここに有名な《凱風快晴》の赤富士が反映を投げていることも否定できまい。夕日に照らされて紅く染まる富士の姿。日輪に応答する地上の頂きを見た賢治は、そこに天空への通路すなわち「天然誘接」をありありと観じたはずだ。ちなみに北斎の《凱風快晴》の鱗雲なす白雲はいささか観念的な描写を見せるが、賢治の《日輪と山》に描かれた、遥か水平線上に群れなす黒雲は、高山に登って朝日の出に接した体験なくしては描きえないだけの、臨場感ある具体性を宿している。

名峰に天と地の接点を見いだす信仰は、けっして希なものではない。岩手山の見える小岩井農場にも賢治は der heilige Punkt すなわち聖なる一点を見いだしていた。[11] 今日のはやり言葉で言えば「パワー・スポット」だが、賢治は世界地図のうえに、同様の候補地をいくつも探索している。「スノードンの峯のいただきが／その二きれの巨

図5　宮澤賢治《日輪と山》

図6　ポポカテペトル山

きな雲の間からあらはれる／下では権現堂山が／北斎筆支那の絵図を／パノラマにして展げてゐる」（詩ノート、一九二七年四月八日）[12]。イギリスの湖沼地方で詩人たちに歌われた弧峯は、同類の眷属とともに呼び出され、北斎描く《支那大絵地図》の構図に重ね合わされる。このパノラマが「本邦・支那・天竺」の広がりのなかで、さながら「大曼荼羅」をなすことは、言うまでもない。さらにここには旧大陸の霊峰ばかりか、新大陸についての知見も動員される。「メキシコの／さぼてんの砂っ原から／向ふを見るとなにが見えますか。／（ポポカテペトル噴火山がみえます）」（冬のスケッチ）[13]。ポポカテペトル山（図6）は古都プエブラの近隣に位置し、すでに支倉常長の使節が通過した頃より、メキシコ富士の異名で知られていたようだ。遠藤周作の『侍』にも登場する活火山だが、賢治の詩ではその直前の聯には、「死の野原」とともに、駆け来る「汽車」のイメージが見える。

銀河鉄道の機関車は、賢治の最新電磁気知識ゆえに、蒸気機関よりは進歩していたようだが、その原初形態には、どうやら噴煙を天空へと巻き上げる活火山のイメージが、蒸気機関車の煙と重なっていたのではないか[14]。それは、日光を求めて身を捩るように生育する樹木の変容を、時間を短縮して高速度再生した映像をも想起させる。天に憧れる地上の魂の身悶えを、賢治がそれらの樹木や活火山の噴煙に仮託したことも疑いあるまい。現在の地震学が教えるところでは、カルボナード火山を噴火させて大気中の二酸化炭素を増やしたところで、冷害を食い止めることはできず、かえって日照を妨げて収穫を阻害しかねない。だがそれだけにかえって、なぜ賢治にとって火山を爆発させるといった荒唐無稽な企てが不可欠だったのかを探らねばなるまい。リビドーの噴出とその昇華に近いイメージが、賢治の深層心理学の結構として、そこには想定できるようにも思えるからだ。

「グスコーブドリの伝記」には、サンムトリの「古い火口の外輪山」が登場する[15]。エーゲ海のサントリーニ島（図7）に由来するらしく、賢治の知識の精確さも裏付けられるが、これは阿蘇よりも広大なカルデラを擁する巨

図7　サントリーニ島

大な火山であり、紀元前十七世紀頃、そのコニーデ型だったと推定される山体を吹き飛ばした大噴火がクレタ文明の衰退をもたらし、地球全土に数年間の異常気象を惹起したことが、考古学的に知られている。モーゼの出エジプト記には、シナイ半島の海水が突如退却し、ユダヤの民の脱出を助けた直後、エジプト軍を津波が呑み込む記述が知られる。聖書学的知見に拠るかぎり、この事件はどうやらサントリーニの大爆発とは年代が合致しない。とはいえ大災厄の記憶が、追ってユダヤ人の歴史に接ぎ木して語られた可能性は排除できまい。

火山の噴火と、それに関する伝承とは、地質学者・賢治の想像力の一翼を、確実に担っていた。そして火山爆発による噴煙とは、災厄 desastre であると同時に、天へと導く星 astre でもありえた。そこには一九一〇年、十四歳の賢治が見たハレー彗星の記憶も重ね写しとなっていただろう。彗星の尾に含まれる毒ガスが人類を絶滅させるのでは、という恐怖の裏側には、死を越えて天界へと魂を連れて行く機関車としての星のイメージも裏打ちされ、それが銀河鉄道の夢想を紡いでゆく。

三 「死という名の機関車」――銀河鉄道へのもうひとつの補助線

ここで、銀河鉄道の発想源のひとつとして、まだ学会では承認されていない提案を再度行いたい[16]。賢治が眼にした可能性のあるファン・ゴッホの《星空のサイプレス》が天の河を躍動的に描いていたのは、すでに触れたとおりだが、アルルに到着して数ヶ月を経たこの時期のファン・ゴッホは弟テオ宛に膨大な書簡を投函した。注目したい記述が、その一節に見える。「地図のうえで幾多の町や村々を指し示す黒い点々は僕を夢想に誘うけれど、それと同じように単純に、星空を見ると、僕は何時でも夢想に誘われる。フランスの地図のうえの黒い点々は実際に訪れることができるのに、どうして天蓋に輝く点々には手が届かない、などということがありえようか――そう僕は自問する。／タラスコンやルーアンに行くのに列車に乗るのなら、星に行くには、〈死〉に乗ればよい。こんな思案のうちで確かに間違っていないのは、生きているうちは星には行けないけれど、それに劣らず、死んでしまえば列車には乗れない、ということだ」(五〇六信[17])。

それに続けて、ファン・ゴッホは「汽船や乗り合い馬車や鉄道が地上の機関車であるように、コレラや砂状結石、肺病や癌が天空の機関車である、というのも不可能ではないだろう」と述べる。〈死〉が天空の機関車 locomotive であるとする観念連合は、そのまま賢治の宇宙に通じている。ファン・ゴッホや賢治に限らず、自己犠牲による献身は、普遍的に宗教心の萌芽をなすものだろう。だがとりわけファン・ゴッホにとって、これは切実な願いという以上に、ひとつの強迫観念であった。引用に先立つ箇所には、こうある。藝術家は死んだ後になって、自らの作品をつうじて後世の何世代もの人類に語りかける。とすれば「藝術家の生にとって死とはそんなに難しいことではないのではないか」と。換言すれば、人には生の全体を見渡すことはできず「死ぬ以前には、人という球体の半分hémisphèreを知っているにすぎないのではないか」（同上）と。

この夢想は、ファン・ゴッホが一八九〇年七月二十七日オーベール・シュル・オワーズの麦畑で自らの腹にむけて短銃を発砲した折に胸中に収めていた、「最後の手紙」へと直結する。自分が生きている限り絵は売れず、自分の存在は弟テオの家族に苦痛を与えるばかり。その罪責感に苛まれた画家は、絵画の値段が画家の死後に急騰することに思いを馳せる。「死んだ芸術家の絵を扱う画商と、生きている芸術家の絵を扱う画商とのあいだに、こんなにも理不尽な違いがある」そのなかで「どんな暴落にあってもびくともしない絵」を弟に託し、画商としての成功を保証するためには、自分が死んで天空の星となればよい――それが「最後の手紙」（六五二信）に託された、異様なまで明晰な認識だった[18]。矮小なる個人的存在への自己憐憫や自虐的な破壊衝動は、ここで強引なまでの合理性によって昇華され、全人類を包括する天使的理念にまで鍛錬され、純化されている。

安原喜弘――すなわち中原中也――は『ゴッホ』（一九三二年）の序文で、ゴッホは金銭や女や世俗の栄誉などを忘れることができるほどに「天への憧れが強かつた」と記している[19]。宮澤賢治の修羅も、そうしたファン・ゴッホの魂に感応し、共鳴して「銀河鉄道」を夢想したのではなかったか。

はたして賢治がファン・ゴッホの手紙の右の一節を読む機会があったのかどうか、筆者はなお確証を得ていない。だが妹・としが日本女子大学校で私淑した教師のひとり、阿部次郎がファン・ゴッホ書簡集の訳者だったという事実は、無視できまい。エスペラント詩稿にはSenrikolta Jaro「凶作の年」が知られる。それに対応する日本語詩の「凶年」や「測候所」とはかなり違って、「汝は中国のゴッホ」la Gogh en Hino「第六天」la sesa cielo、「私の客車の準備はできた」Estu pleta mia vagonaroと読める語彙が見いだされる。少なくとも天空の列車とファン・ゴッホとが、賢治の想像力のなかで結びついていたことまでは傍証できる[20]。いささか空想を逞しくすれば、凶作という災厄が、雷鳴する天空へと旅だつ列車を仕立てるための契機を孕んでいた、ということにもなろう。

ここでの意図は、賢治の「銀河鉄道」の発想源のひとつとしてファン・ゴッホの書簡を加えようということにはない。むしろ眼目は、ファン・ゴッホという補助線を引くことで、銀河鉄道の夢に潜む可能性をより際だたせられないか、という方法論上の提案にある。それは賢治の想像力のありかを狭い因果律の次元へと拘束するかわりに、因果律を越えて魂の共鳴を模索した賢治の霊のありかたにより忠実に寄り添う姿勢から、なにが見えてくるかを探ろうとする試みである。「あらゆる透明な幽霊の複合体」として「わたくしといふ現象」を捉えていた賢治[21]。その幽霊のなかには、権利問題のみならず事実問題として、ファン・ゴッホも含まれていたからである。

四　自己犠牲の類型学

賢治没年の昭和八年（一九三三）に、千家元麿は「詩人」と題した詩に、こう書いている。「自ら燃え／自らを灼き／滅ぼしてゆく星のやうなのが詩人だ／（中略）／天の火を抱いて生まれた人／見よ、燃えてゐる一つの星の奇しき光を」。元麿は詩人に呼びかけ「ゴオホよブレークよ」と謳い、「ランボウは自ら燃えて滅した星だ」、「ベェルレーヌ」は「陰気な星だ」と並べている[22]。生前ほぼ無名に等しいままで終わった賢治だが、この花巻の詩人が死後、「星」となって輝くのは、まもなくのことだった。だがここまで辿ってくると、『銀河鉄道の夜』のなかに現れたひとつの星のことを思いださないわけにはゆくまい。蠍座のα星、アンタレスである。「みんなの幸せのために」役立つことを願って「神さま」に祈った「蠍はじぶんのからだがまっ赤なうつくしい火になつて燃えて夜のやみを照らしているのを見[23]る。ここで賢治は乗り合わせた女の子に「蠍がやけ死んだ」のだと言わせている。死ぬことにより天空に輝く星となる、というファン・ゴッホにも通じる弁証法だが、そこに賢治が自らの詩人としての希望を託していたことは疑いない。

ちなみに『銀河鉄道の夜』に見事な英訳を与えたのはロジャー・パルヴァースだったが[24]、かれはその後、大島渚監督の映画『戦場のメリークリスマス』の助監督を務めることとなる。この作品はローレンス・ヴァン・デル・ポストの原作『影の獄にて』（後にクリスマス三部作へと発展して、『種と撒く人』に収められる[25]）に基づくものだが、それは第二次世界大戦のジャワにおける日本軍の捕虜収容所を舞台に、仲間の囚人たちを救うために身代わりの自己犠牲となった兵士をめぐる物語だった。思うにパルヴァースが賢治の精神世界に惹かれると同時にまたヴァン・デル・ポストの犠牲をめぐる物語にも吸引されたのは、けっして偶然のなせる業ではなかったのだろう。主人公セリエは南アフリカで心に刻んでいた「影を引く星」に自らを重ね合わせて、運命の予兆を悟るが、疑いなくここにもまた、ハレー彗星大接近の仄かな記憶が谺しているはずだ。相対立する価値観の狭間にあって、両者の仲介役を演じる立場に置かれた者は、しばしば両者の和解のための犠牲獣――英語でいうscapegoat、フランス語のbouc émissaire――として選ばれ、屠られる。だがその特権的な死がやがて共同体を救済する――この供儀が人類学的な次元を秘めていることを、ここで一言、伏線として述べておきたい[26]。

賢治における自己犠牲という主題については、すでに多くの先行業績がある。だがそこにファン・ゴッホという媒介変数を代入すると、様々な連想の網が手繰り寄せられ、思考の視野が突然拡大し、賢治の問題意識に含まれた命題も俄然、普遍性を帯びてくる。ここで手順として、仏典の民間伝承にも簡単に触れておく必要があろう。法隆寺にある玉虫厨子には「捨身飼虎」として知られる密陀絵がある。七頭の虎の子が飢えに苦しんでいるのを見た王子が、谷に投身し、我が身を虎の餌として与えたという物語だ。この物語はパーリ語のジャータカ（釈迦本生譚）には含まれていないが、スリランカの伝承には知られており、そのことは法顕の記録『高僧法顕傳』の記述からも分かる。これがガンダーラ経由で日本にまで伝わったとする仮説が最近展開されている。[27]

この図柄のみならず、ほぼ同時期の天寿国繡帳の左上にも月の兎が描かれているが、そこにはいまひとつの仏教説話が背景をなしている。『今昔物語』第五巻十三話に知られる逸話だが、パーリ語のジャータカでは猿とジャッカルと川獺だったのが、日本（以前にすでに中国）では猿と狐と兎に変化している。帝釈天（インドラ神）に食べ物を貢ぐというので、猿は樹木に昇り果実を採り、狐は川で魚を捕らえた。だがなにも供するものがない兎は、それではわたしの肉を食べてくださいと、火のなかに飛び込んで焼身自殺を遂げてしまう。哀れんだ帝釈天が、兎の献身を認めて月に昇天させた。それが月の兎の起源だという筋だ。パーリ語原典では「兎の痕跡」といった意味であり、玄奘の『大唐西域記』では、「兎の事績」が滅びないようにと、帝釈天がそれを月輪に寄せて後世に伝えた、とある。『今昔』は「兎ノ火ニ入タル形ヲ月ノ中ニ移シテ」と記している。[28]

これらはともに日本ではひろく知られた伝承だが、賢治の想像力はこうした献身・自己犠牲の物語を西側世界の星座の蠍座に仮託したものと見てよいだろうか。自己犠牲によって贖罪を果たし、天空の星と輝いて世界に光明を齎す、という観念はイエズス・クリストによる人類のための贖罪という信仰をも含めて、さまざまな変異を見せる。賢治の世界に戻るならば、世間から爪弾きされた夜鷹の、いささか捨て鉢で自虐的な自殺願望から始まり（『よだかの星』）、冷害と寒波を解消すべくカルボナード火山を爆発させる計画をたて、その実施のために自ら不可欠な犠牲を買ってでるグスコーブドリ（『グスコーブドリの伝記』）、さらには友人ザネリを救おうとして、結果的に身代わりで溺死を遂げてしまったカムパネルラの運命に至るまで（『銀河鉄道の夜』）、「天上」行の「切符」を手に入れるための儀式はくり返し変奏された。賢治がこれらの手稿を何度も改稿している事実からも、自己犠牲あるいは献身というモチーフの真実を探るべく、賢治が模索を重ねた様子が窺われる。ここでもまた、賢治が到達した究極の認識だけを、あるべき正しい賢治理解だと主張するのは危険だろう。その認識への階梯にあって中途で犠牲となり、最終版からは除去された要素にこそ、「献身」の真実の痕跡も宿っているからだ。

五　イスラーム神秘主義との接点

こうした賢治における自己犠牲の類型に鋭い考察を展開した論者として、五十嵐一《ひとし》に言及したい。この著者によれば、「自己犠牲の誘惑は、到るところ満ち満ちているが、それを超克して神秘主義の本道に立つために恰好のエクリチュールがある」。だがそれは『グスコーブドリの伝記』ではない。五十嵐はこの著名な物語には「自己犠牲へのすすめ」と取られかねない危うさがあるが、しかし「およそ仕事に伴う危険の類と自己犠牲のすすめとを混同してはならない」という。ここで五十嵐はいささか奇矯な比喩を持ち出す。賛成派は原子力発電所の安全性を証明するためにこれを破壊しようと企て、反対派はその危険性を実証するために同じく破壊工作を企てかねない。自己目的と化した自己犠牲など危険きわまりない、というのが五十嵐の判断だった。

その代わりに五十嵐がとりあげたのは、賢治の未完の童話『学者アラムハラドの見た着物』である。人はなにかをしないではいられない。だがそれはなにか。こう問う先生のアラムハラドに対して、子供たちは様々に答えてゆく。人は「いいこと」即ち善をなさずにはいられない、というブランダの回答に、何か物言いたげにしているセララバアドの姿を先生は目敏く見つける。請われた最年少の少年は、「人はほんたうのいいことが何だか考へないではゐられないと思います」と答える。その瞬間眼を閉じたアラムハラドの脳裡には、燐の火のような青い世界が見えた、という。(29)

この一節を読むたびに、筆者の思い出すのは、スペインの映画監督、ルイス・ブニュエルの有名な言葉だ。いわく「私は真実を求めている者には命を呉れてやってもよい、だが真実を見つけたなどと言い張る輩は殺してやる」と。(30)真実の追究に究極の価値を見る姿勢を解釈して、五十嵐一はこう注釈する。「自己犠牲よりも大いなる価値があるもの、それは人間の本性としての知的好奇心である」と。そこには「人を感涙に誘う」ようなものはない。だがそこにはなにか心を開かれる清々しい風景が広がるのだ、と。それを五十嵐は「知的人間の故郷」と呼ぶが、青の世界とは人類がまだ太古の海中に生息していた時代の無意識の色彩であり、それはまた子宮のなかに安らっていた胎児の原初的色彩記憶でもあった。無論この五十嵐の解釈に同意できない読者もあることだろう。そもそも賢治の説くのは「自己犠牲のすすめ」などではなく、五十嵐はここですでに誤読を犯している。あるいは真実を求める姿勢と「知的好奇心」とは異質ではないのか、と。

とはいえ、五十嵐の念頭にあったのは、尊皇攘夷を訴えて自己犠牲そのものの獄死を遂げた草莽崛起論の吉田松陰ではなく、異国を知りたい好奇心ゆえに国禁を犯して下田踏海を決行した吉田松陰という対比であり、(31)またかれの理解する「知」とはアラビア語のヒクマだった。イブン・シーナすなわち『医学宝典』の著者アヴィケンナを主たる研究対象に選んだ五十嵐は、アリストテレスが区別した「理論的知」と「実践的知」との統合を、イスラーム的神秘主義の「知」の理想と見なしていた。さらに五十嵐のペルシア語・語源説を信ずるならば、アラムハラドは「智恵（ヘラド）」の「世界（アラム）」を示唆し、セララバアドとは「風（バアド）」の「秘密（セルラ）」に由来し、老師の「智恵の世界」に、「秘密の風」を吹き込む存在だったことになる。(32)「自己犠牲の物語はひとを感涙に誘うけれども、目は涙で塞がれてしまう。しかし知的世界への薦めは、新しい世界へと心の目を見開かせてくれる」。通俗的な神秘主義が「自己犠牲の覚悟」に留まるのに対して、知への無限の憧憬にこそ「神秘主義の本道の風景」がある、それが五十嵐の信念であった。

今日、イガラシ・ヒトシという名前を耳にして、はたしてどれだけの読者が、誰のことか即座に理解するだろうか。この著者はこの著書を上梓して二年後、一九九一年の七月十一日夜、つくば大学構内で殺害された。この殺人は、五十嵐がサルマーン・ラシュディの『悪魔の詩』を日本語に訳したがゆえに発生したものと見て、誤解はあるまい。当時、この小説はイスラームに対する冒瀆と見做され、イランの宗教指導者ホメイニー師から、小説家のみならずその出版に関わった者に対しては殺害命令が出されていた。そうした状況下で、「無謀」にもイスラームの大義と西欧自由社会の表現の自由とのあいだの橋渡しを努めようとした翻訳者が暗殺された。まさに矛盾する世界観の狭間に立とうとする犠牲的精神ゆえに、イガラシは標的にされた。これが殉教といえるなら自業自得だ、とする解釈すらあった。だがその五十嵐一（一九四七年六月十日〜一九九一年七月十一日）そのひとは、自己犠牲は偽りの美徳にすぎないと見切り、真実の究明者たろうとの覚悟に生きた人物だった。しかしその彼は、向こう見ずな知への献身ゆえに、知に殉じることとなった。殉教や自己犠牲を自己目的にすることの愚かさを説いていたイスラーム学者が、イスラームの裏切り者として処罰され、事後的には、イスラームの大義に殉じた殉教者と見なされる運命を辿ったといってよい(33)。

六　深層の世界への旅——往相と還相と

焔の本質を知ろうとすれば焔のなかに飛び込まねばなるまい。だがそうすれば身は焼かれて滅び、もはや焔の真実を焔の外の人々に伝える術もない。反対に焔の外にいて、焔の真実を知っているなどと言い張るのは偽善者でしかあるまい。この踏み越えがたい閾にイスラーム神秘主義者は自らを定位する。いかに神秘へと参入し、しかもそこから無事に帰還を果たすのか。実は宮澤賢治の童話はこの機微に接していたのではないか。その点で卓抜な読解を見せたのが、ユング学者として知られた河合隼雄だった。『影の現象学』のなかで先に引いたヴァン・デル・ポストの『影の獄にて』を精緻に分析していた河合隼雄はまた、宮澤賢治にも「影」の世界を見ていた。

河合が例としてとりあげるのは『注文の多い料理店』。鉄砲で武装し、山奥へと猟に出かけるふたりの若い紳士の道行きに、河合は「深層心理へと下降してゆく」道程を見る。鉄砲という近代装備をふたりの紳士は過信しているが、それは心の表層に属するにすぎない。ところが山奥とは深層の世界であって、そこに分け入ってゆくには、「土地勘のある案内人」(これは河合自身のことだろう)あるいは本能に優れた動物――途中まで連れてきた二頭の「白熊のやうな犬」――などの導きがなくては、心許ない。だがそのような守りも導きも失ったところで、ふたりは「不思議な料理店」に遭遇してしまう。深層の世界は、それなりに危険を警告している。「当軒は注文の多い料理店ですからそこはご承知下さい」と。だが都会から来た紳士たちは、これらの警告をことごとく読み間違う。河合はそれを、「深層言語の「誤訳」としてみるとよくわかる」と説く。そしてこの表層と深層とのチグハグを描くことこそ、賢治の「得意中の得意」であった、と見る[34]。

ふたりの紳士は危機一髪のところで危険に気づき、「料理」されてしまう前に這々の体で遁走する。だがようやく助かって東京に戻るものの、怖さで泣いてしわくちゃになった顔は「お湯にはいっても、もうもとのとおりになりませんでした[35]」。この結末を論じて、河合は「深層心理の体験は、それが幻覚であろうと何であろうと、現実にその結果を残す」と語る。なんとか無事帰還したものの、帰還者の顔には異界の刻印が刻まれている。空想を逞しくすれば、ここには仏教でいう往相と還相というふたつの位相が描かれているといってよかろう。異界に入り込んで回帰不能となることは、或る意味では容易い。『大乗起信論』を論じた最晩年の著作で、井筒俊彦も敷衍するとおり、死命を制するのは、いかにこちら側の世界へと戻ってくるか、の秘訣だろう[36]。実際、往路と復路とでは、「注文の多い料理店」が発する意味内容は、見事に転倒していた。

　近代装備を調えた「狩猟」という表層の世界の威力に過信した現代人は、山奥という魂の深層の森に迷い込み、近代装備の無力を悟らされ、狩りをするはずの側が容易に狩られる側の立場に転倒するという恐怖を味あわされる。精神を涵養し陶冶することとは、なにも表面的な知識で頭脳を膨らませることではない。またその提喩たる近代兵器によって理論武装することでもない。生き、生かされる経験から、人は結界を跨ぎ越して往還する術を学ぶ。ある日熊と会話できる自分に気づいた「なめとこ山の熊」の小十郎を想起すればよいだろう。東北では猟師のことを「またぎ」と呼ぶが、あるいはそれは結界を「跨ぐ」技能を身につけた異能者のことではなかったか。それは「すっかりイギリスの兵隊のかたちをして、ぴかぴかする鉄砲をかつぐ」狩猟とは次元を異にする。森の富のお裾分けに預かり（採取）、森の掟を弁え、やがては森と同化して、一本の老木の幹の表皮のように、あるいは耕作地の畝のように、豊かな皺を育んでゆく道程がここにある。それが神秘体験から辛くも生還した男たちの顔に刻まれた皺という勲章ではなかったか。臨死体験を経て「紙くずのやうに」くしゃくしゃになった二人の顔は、能楽の翁の面を思い出させる。そしてその先には、森で不慮の死を迎えることをも穏やかに受け入れる達観が広がっている[37]。

七　考証学と想像力と

賢治は父、政次郎に高橋勘太郎が贈った島地大等『漢和対照妙法蓮華経』を読んで感動し、やがてそれを親友であった保阪嘉内（一八九六〜一九三七年）に贈呈している。研究者周知の事実であるが、しかし賢治が具体的にどのように蓮華経を読み、そこからいかなる教訓を掬っていたのかとなると、議論はすぐにも推測の域を超えなくなる。松山俊太郎は有名な論考のなかで、賢治には「蓮華経」の正確なサンスクリット表記もおぼつかず、「ブンダリーカ」が白蓮を意味していて、それが「妙法」「日輪」「仏陀」という三重の志向存在のかけがえのない等価物であることすら、教学的な知識として弁えていたのかどうか疑わしいと断じている。「疾中」詩篇にみえる「香ばしく息づいて泛ぶ／巨きな花の蕾がある」（一九二九年と推定）は「世界蓮開闢」の予感を詠ったものと見えるが、この「蓮華蔵世界」は「あまりに「華厳」的でありすぎ「法華経」の篤信者」たる賢治のヴィジョンにはふさわしくない、と松山は、いささか困惑まじりの態で観察する。[38]

だが「春と修羅」の宇宙観は、むしろ華厳の世界の上に当時の相対性理論や四次元についての科学的知見を結びつけようとした努力として読んだほうが、素直に納得できるのではないか。例えば「春と修羅」（第二集・一七九）にみえる「華厳のなか／仏界形円きもの／形花台の如きもの」からは、『六十華厳・盧舎那仏品第二之二』およびこれに相当する『八十華厳・華厳世界品第五の二』のあたりを賢治が早い時期から味読していたことが見えてくる、と松山は論証する。「インドラの網」には「天頂から四方まえいちめんはられたインドラのスペクトル製の網、（中略）その組織は菌糸より緻密に、透明清澄で黄金で又青く幾億互に交錯し光って顫へて燃えていました」とある。[39]

松山はさらに別の論考で賢治の「阿耨達池《あのくたっち》幻想曲」に触れ、「〈阿耨達池《あのくたっち》〉の本質が、『法華経』の中核である「見宝塔品～提婆達多品」（ひいては「寿量品」）の秘匿された根柢をなすという、重大な事実を賢治が知りえなかった」ことを、「遺憾」としている。(40) 元来バビロニア起源で〈世界の中心の山頂湖〉であった〈阿耨達池《あのくたっち》〉が須彌山山頂に重なり、インドラ神の庭園を覆う「インドラ網」と呼応するという幻想が、賢治にあっては、今少しのところで見逃されてしまったからである。

だがサンスクリット学者・松山のこうした精緻な考証からは、逆に賢治が、経典に関する知識の限界にもかかわらず、それを越えて幻視しえた世界像が、かえって生々しく伝わってくる。インドラの網の結び目の宝珠が互いに映発しあう目も眩むような光景は、〈阿耨達池《あのくたっち》〉すなわちサントリーニ島をも彷彿とさせる巨大なカルデラ湖の上空で展開されたのであり、そこは須彌山――すなわち地上と天空とが接する特権的な交感の場、地上の存在が天空の星へと位相転換を遂げる、銀河鉄道の列車の出発駅――でもありえた。そしてこの旅路で輪廻は「星」へと解脱するのだから。

ここで唐突ながら、賢治が残した若干のイメージに触れておこう。いずれも制作年代は未詳だが《無題（赤玉）》と呼び慣わされる作品を、例えば版画誌『月映』の田中恭吉の《冬虫夏草》と比べてみよう。肺病を病んだ田中恭吉が、植物と動物との閾を越境する有機的な存在に死後の生を託したなら、同じく肺結核に冒された賢治の作品には化学的な無機質が支配的で、あたかも結晶が成長するようなジグザグの線の延長運動に、賢治が生命の神秘を探っていた様子が対比される。

無生物の営みに生命を見ようとする賢治の特徴は《無題（空の裂け目）》（図8）でより直截な表現を獲得する。賢治は片山正夫の『化学本論』（大正四年初版）を読み抜いたといわれるが、化学的知識は賢治の想像力のひとつの源だった。この図に描かれているのは「珪化花園」chemical gardenといわれるもので、珪酸ナトリウム溶液に金属塩を溶かすと、そこから様々な色彩を帯びた結晶が植物の茎のように成長する。そのひょろながい姿態が細い三日月の横顔に接続されて、画面は不意に宇宙論的な広がりを見せる。ここでもまた、萩原朔太郎の『月に吠える』（一九一七年）の表紙に田中恭吉が描いた、蝟集して育成する竹の芽のような植物の生々しい塊が、賢治にあっては無機質の結晶実験に置き換えられ、針のように感覚を研ぎ澄ませているのを感ぜずにはいられない。

図8　宮澤賢治《空の裂け目》

月に感応する地上の存在は《月夜のでんしんばしら》（図9）にも共通する。同じ題名の「童話」に菊池武雄が付けた巧みな挿絵では、物語に忠実に、電信柱たちは歩兵よろしく隊列を組んで行進を始めている。だが賢治自らが描く、制帽を被った電信柱は、たったひとりで月夜の荒野を歩んでいる。電気という新奇なエネルギーの伝播役を務め、巨大なる力を宿しながら、電信柱は電線によって縛られ、行動の自由を奪われた存在だ。この「縛られた巨人」に賢治がなにかしら自らを仮託するところもあったと想像するのは、むつかしくない。落雷を受けることで避雷針ともなる電信柱は、地上と天空との交信にあっても、特権的なればこその危険を引き受ける役回りを演じていた。「天然誘接」の将来を担うのが、電信柱であり、シグナルやシグナレスの勤めとな

図9　宮澤賢治《月夜の電信柱》

る。

ここまで辿ったうえで《無題（擬人化した兎たちと巨大な竜巻）》（図10）を見るとどうだろうか。竜巻と呼ばれる黒煙は、火山からの噴煙であっても不思議ではない。小高い丘に登って黒煙に覆われた空を見上げる兎たちは、あるいは月の兎に憧れて、十五夜の月夜に跳び跳ねる兎の末裔かもしれない。だが兎たちのはしゃいだ動作とは裏腹に、そこには暗鬱とした不安が垂れ込めている。この不思議な作品を見るたびに思い出されるのは、すでにナチスによる脅威が現実となり始めた一九三五～三六年にリヒャルト・エルツェが描いた《期待》（ニューヨーク現代美術館蔵）である。立ちこめる黒雲に覆われた空を不安そうに見上げる人々の群れ。ここにも不思議な時代的暗合が相互に映発している。

「農民藝術運動要綱」（一九二六年）の背後には室伏高信の『文明の没落』（一九二三年）が影を落としていることも知られるが、菊池裕子の近年の労作によれば、要綱にはまたウィリアム・モリスの著作、それもマロリー・ブレイク・フロムが主張したようにNews from Nowhereから、というのではなく、むしろUseful Work vs. Useless Toilからの直接の引用がリフレインのように谺している。[41] 賢治は、室伏経由に加えて、雑誌『改造』に掲載された本間邦雄による翻訳にも依拠したものだろうか。賢治の情報入手経路を正確に復元することは、逆に賢治の想像力がいかに働いていたのかを精密に計測するためにも、不可欠の指標となる。だがそうした基礎作業にすら、まだ多くの探求の余地が残されていることを、菊池の博士論文は傍証している。

八　収斂・発散・相互映発——方法論的提案

ここまで、厳密な意味での賢治研究の世界から見れば、外の世界にある地点から、いくつかの補助線を引いてみた。はたして賢治研究は、賢治とその創作へと収斂すべきものなのか、それともそれが惹起する連想に身を委ねて発散することも厭わない営みなのか。たしかに賢治は常人を逸した「好奇心」を発揮して、一身の頭脳のうちに膨大なる知識を吸収・圧縮し、それを詩や童話として紡ぎだした。「作品論」「作家論」を越えて、その賢治の作品がいかに受容され、享受されてきたかを研究する「受容史」という行き方もある。だがさらにそれを越えて、賢治の宇宙が伝播することでいかなる共振現象が発生するのか、その現場に身を置いてみるという選択もありえよう。いわば賢治をインドラの網

図10　宮澤賢治《擬人化した兎たちと巨大な竜巻》

をなす宝珠のひとつとして、そこに映じる世界の影とそこから世界に発する光とを、ともに視野に置く態度、「理事無碍」から「事事無碍」を志向する態度である。

この相照相映がすぐれて華厳的な世界観であることはすでに示唆した。「一則多・多即一」であり、「一一塵中に一切の法界を見る」という観想である。それがけっして「春と修羅」を裏切るものでないことも、すでに検討した。そこに法華経的な救済と利他の前提をなす相即の宇宙観を設定し、そこから賢治の創作を捉え直す試みは、けっして邪道ではないだろう。世界の全ての関係の結節点 nexus として融合器の役割を果たした賢治のうちに、狭義の因果律を越えた大乗起信の縁の連鎖の蹟を辿ることも、ひとつの有効な方法論となるはずである。マイヤー＝グレーフェによる大著『ヴァン・ゴッホ』（一九四四年）を訳した郡山千冬はその「訳者序言」でこう述べている。「ヴァン・ゴッホ」は「過現未に一切する大宇宙をその生涯の或る瞬間に、焦点的に我がものと為し得て、そこに古人も知らず現人も未だそれに目覚め得ざりし底の創造活動を営為した」と。(42) それ自体きわめて華厳的なこの標語は、そのまま宮澤賢治にも当て嵌まるものだといって構《かま》うまい。そして賢治の死後の名声が、ほかならぬ〈ファン・ゴッホ神話〉という現代の天才創出の範型に則った事件だったことも、いまさら繰り返すまでもないだろう。ふたりとも、一世代前ならば信仰に生き、説教師になったはずの才能が、藝術家という現代の社会範疇へと進出した事例だったのだから。(43)

結　尹東柱のほうへ――「国民的詩人」成立の要件

宮澤賢治の遺品のなかから発見された手帳に記された詩「雨ニモマケズ」が、ひろく人口に膾炙し、およそ日本で義務教育を受けたほどの人々の共有財産となっていることは、いまさら言うまでもない。昭和十七年（一九四二）には、大政翼賛会文化部編による『朗読詩集　常磐樹　他十二篇』（第二輯改版とある）にも収められていることが知られる。それよりも早く、昭和十六年には銭稲孫により「北国農謡」として中文訳も行われていた。満洲国時代の文藝雑誌『藝文』にも別の訳が知られており、賢治の「遺作」は文字通り東アジアに広く流通していたことになる。

図11　白頭山（長白山）

当時の「偽」満洲国と、日本に併合されていた朝鮮との国境山岳地帯には、朝鮮語で白頭山、中国名で長白山（図11）という霊峰が存在する。巨大なカルデラを伴った火山であり、標高二一九〇メートルに位置する湖水は天池と呼ばれ、朝鮮・韓民族の発祥の地として近代以降の民族主義を鼓吹する一方、清朝・満洲族にとっても自らの出自を象徴する聖地として崇拝されてきた。南北四・四キロ、東西三・六キロの広がりをもつ湖水がこれだけの海抜の場所にある例は、地球上では希有であり、その光景は神秘というに足る。賢治がそれを実見しえたならば、そこに〈阿耨達《あのくたつ》池《ち》〉を幻視したかもしれない。

この湖水地域を水源とする豆満江は北へと下ってゆくが、その広大な盆地の一角に、龍井と呼ばれる村落が位置する。当時、間島と呼ばれていた延辺地域は朝鮮・韓民族の抗日活動の拠点としても知られていたが、その教育の中心地・龍井の恩真中学校に在籍していたのが、「韓国の宮澤賢治」とも呼ばれることもある、夭折の詩人、尹東柱《ユンドンジュ》（一九一七年十二月三十日～一九四五年二月十六日）だった。

韓国で教育を受けた人なら誰でも暗誦している、この「星うたう詩人」の「序詩」の原稿には一九四一年十一月二十日の日付がある（ただし、「序詩」という題は原稿には見えず、後の刊行時の編者による選択）。賢治の『雨ニモマケズ手帳』の書き付けは一九三一年から翌年にかけて、と推定されているから、両者にはほぼ十年の隔たりがある。「死ぬ日まで　天《そら》を／一点の恥ずることなきを」と始まる詩は、「今宵も　星が　風に――むせび泣く」と閉じられる。(44) ユン・ドンジュもまた「天への憧れ」が強かった詩人だが、賢治が天空への旅路に夢を託したのとは反対に、韓国の詩人は、天空の星から地上への通信が大気圏の風によって攪乱される様に注目する。星の瞬きと北国の烈風とに何を読むかは、読み手の立場によって左右される。同志社大学に在籍した詩人は、治安維持法違反容疑で検挙され、福岡刑務所で獄死を遂げるが、逮捕を誤認と見る見方もあれば、そこに詩人の政治的信条を探りあてて、抵抗の詩人像を描きあげる論者もあるからだ。冒頭の「天」も、儒教の天なのか、キリスト教の天なのか、韓国の天空神なのか、それとも宗教色を脱した召命の印なのか、はてはアラムハラドが見た青い深みを湛えた星空なのか、読者はそれぞれに己が経験に照らして読むことになるだろう。いずれにせよ「死にゆくものを愛《いとお》しみ」「与えられた道を歩みゆ」く覚悟が、賢治と尹東柱とに共有されていることだけは否定できないだろう。

国民的詩人と呼ばれるためには、何が必須の条件となるのだろうか。こうしたレッテルそのものが世間の軽薄な風評にすぎず、詩人や詩作品の本質とは無関係だと宣言することは容易だろう。そのうえで国民的な詩人として評価されるには、最低限の要件があるだろう。世代に還元する愚は避けたいが、賢治の詩は定型詩の和歌や俳句の枠外へと表現が拡張することで思想的な冒険が可能となった時代の産物だったし、韓半島での尹東柱の世代にあっては、日帝支配下の教育が漢詩の軛を脱した自由詩の可能性を開き、危機に瀕する母語表現への渇望がハングルでの創作の動機をなしていた。それもまた、帝釈天の網をなす宝珠たちが織りなす、天空の星座の姿へと我々を誘ってゆく。

註

（1）渡邉雅子は、北米の小学校に編入された日本人子弟が、作文の時間に日本流の時系列累積の作文を提出したところ、因果律抽出力の欠如から、智恵遅れと疑われた事例を報告している。渡邉雅子「「個性」と「創造力」の日米比較」（河合隼雄編『「個人」の探求』NHK出版、二〇〇三年）、二六三〜二九六頁

（2）今道友信も指摘するように、このアリストテレス的三段論法は、近代においては大前提と小前提とが転倒し、手段の存在が目的を正当化する場合が顕著になる。『美の位相と芸術』（東京大学出版会、一九七一年）、二二六〜二二七頁

（3）『宮澤賢治全集』（ちくま文庫版、第一巻）、一五頁

（4）金子務「『春と修羅』序と四次元問題」（『ユリイカ』一九九四年四月号）、一七〇〜一八六頁

（5）四方田犬彦『俺は死ぬまで映画を観るぞ』（現代思潮新社、二〇一〇年）、二一一頁参照

（6）芳賀徹「樹木の肖像——北斎とゴッホ」（一九八三年）『藝術の国日本』（角川学芸出版、二〇一〇年）、九七〜一一六頁

（7）『宮澤賢治全集』（ちくま文庫版、第三巻）、二二二〜二二三頁

（8）木下長宏『思想史としてのゴッホ』（學藝書林、一九九二年）、八六頁

（9）『宮澤賢治全集』（ちくま文庫版、第一巻）、一五頁

（10）『宮澤賢治全集』（ちくま文庫版、第三巻）、三九五〜三九六頁

(11)『宮澤賢治全集』(ちくま文庫版、第一巻)、九八頁

(12)『宮澤賢治全集』(ちくま文庫版、第二巻)、二〇三頁

(13)『宮澤賢治全集』(ちくま文庫版、第三巻)、三三四頁

(14)生成分析が教えるとおり、物語の草稿が昇華されてゆく過程で、なにが抑圧され、脱落していったのかは、精査に値する。完成原稿からは捨てられたのだから否定されたのであり、用済みである——と安易に結論づけるわけにはゆかない。草稿を次の段階に進めるために、不可欠の犠牲がどのように払われたか、あるいは祓われたか、に創作の秘密を探る鍵が隠されているからだ。とりわけ、賢治にあっては、犠牲に供されたことそのものが、意味を孕んでいるだろう。吉田城『『失われた時を求めて』草稿研究』(平凡社、一九九三年)。松澤和宏『生成論の探求』(名古屋大学出版会、二〇〇三年)。吉田城『小説の深層をめぐる旅』(岩波書店、二〇〇七年)

(15)『宮澤賢治全集』(ちくま文庫版、第八巻)、二五六頁

(16)稲賀繁美「ファン・ゴッホと日本そして中国」(『人文学フォーラム』跡見学園女子大学、第二号、二〇〇四年)、一一一〜一一二頁ほかで、何度か繰り返してきた提案であることをお断りする

(17)Vincent van Gogh, *Correspondance générale*, Gallimard, 1960/1990, Vol.3, p.195. 稲賀訳。なおファン・ゴッホの手紙は翻訳者の立場によって、さまざまな振幅のある解釈を許容する。「暴落」と経済用語で訳した語は débâcle であり、決潰、失墜など突然の壊滅状態を指し、エミール・ゾラは普仏戦争の『大潰走』に当て嵌めた

(18)ここで「弟の力」を考える必要があろう。ファン・ゴッホが世にでるためには、弟テオの理解が不可欠だった。かりに弟が兄の作品に価値を見いださず放擲し、その書簡を蔑ろにしていたなら、今日我々が知るようなファン・ゴッホは成立しなかっただろう。同様に宮澤賢治にあっても、弟清六が兄の死後、その社会的認知に決定的な役割を果たしたことは、見落としてはなるまい。それを戯曲に仕立てのが、有島武郎の『ドモ又の死』の世界だが、これには、農民美術運動の唱道者、山本鼎の甥であった村山塊太の夭折が関わっていた形跡が濃厚である

(19)安原喜弘(中原中也)『ゴッホ』(玉川文庫、玉川学園出版部、一九三二年)。木下前掲書、資料八七

（20）『宮澤賢治全集』（ちくま文庫版、第三巻）、五八一頁
（21）賢治はまた、地層のなかに発見された化石にみずからの祖先を観る。可能世界論に立脚し、形式論理学に則り、輪廻転生の科学的蓋然性を立証しようとする画期的な試みとして、三浦俊彦『多宇宙と輪廻転生』（青土社、二〇〇七年）がある。賢治の想像力の世界を論理的に読み解くために有効性を秘めた試みとして指摘しておきたい。
（22）千家元麿「ゴオホ禮讃」「詩人」（『詩篇』第三号）。木下前掲書、資料八八
（23）『宮澤賢治全集』（ちくま文庫版、第七巻）、二八六～二八七頁
（24）Roger Pelvers, *Night On The Milky Way Train*,（ちくま文庫、一九九六年）
（25）Laurens van der Post, *The Bar of Shadows*（1956?）, *Seed and Sower*, Penguin, 1963.『影の獄にて』（由良君美・富山太佳夫訳、思索社、一九八二年）
（26）Shigemi Inaga, "Mediator, Sacrifice and Forgiveness, Laurens van der Post's Vision of Japan,", *Japan Review*, No.13, 2001, 稲賀繁美「「個」に宿す影：『影の現象学』補注」（河合隼雄（編）『「個人」の探求』ＮＨＫ出版、二〇〇三年）、二九七～三一八頁
（27）Matsumura Junko, "The Vyahari-Jataka Known to Sri Lankan Buddhists and its Relation to the Northen Buddhist Versions,"（『印度學佛教學研究』二〇一〇年、五八巻三号）、一一六四～一一七二頁。
（28）小林信彦「兎が火に飛び込む話の日本版：他のヴァージョンにはない発想と筋運び」（『国際文化論集』桃山学院大学、三十号、二〇〇四年）、三～五〇頁
（29）『宮澤賢治全集』（ちくま文庫版、第六巻）、二一二～二一四頁。
（30）稲賀繁美「『悪魔の詩篇』をめぐる反響瞥見」（『ユリイカ』一九八八年、一一月号）、一七二頁。
（31）五十嵐一『摩擦に立つ文明』（中央公論新書、一九八九年）、一七五～一七七頁
（32）五十嵐一『神秘主義のエクリチュール』（法藏館、一九八九年）、一八八～一九二頁
（33）Shigemi Inaga, "Negative Capability of Tolerance, The Assassination of Hitoshi Igarashi," in J.W. Fernandez &

M.B. Singer (eds.), *The Conditions of Reciprocal Understanding*, The University of Chicago, International House, Sep, 12-17, 1995, pp.304-332. なお国連大学の国際会議で、異文化間の対話が話題とされたとき、筆者が提供した五十嵐一の事例に強い関心を示してくださったのが、ほかならぬ故・河合隼雄先生だった。ここに記して、備忘録に留めたい

(34) 河合隼雄「深層心理」(『宮澤賢治の世界展』朝日新聞社、一九九五年)、五〇頁

(35) 『宮澤賢治全集』(ちくま文庫版、第八巻)、四〇～五一頁。河合の引用では「もうもとのとおりになりませんでした」となっている

(36) 井筒俊彦『意識の形而上学――大乗起信論の哲学』(中央公論社、一九九三年)

(37) 西成彦『森のゲリラ　宮澤賢治』(岩波書店、一九九七年)、平凡社ライブラリー(二〇〇四年)も参照されたい。なお、ここまでくれば、冒頭に類型として示した「狩猟型」仮説は、抜本的な軌道修正を要求される。すなわち、狩猟採取民の生活のための狩猟と、換金経済や余暇の気晴らしのためになされる狩猟とは区別する必要がある。前者を近代以前、後者を近代以降と定義してもよいだろうが、宮澤賢治はその区別にも鋭敏な感覚を持ち合わせていた。「鹿踊りのはじまり」の嘉十や「なめとこ山の熊」正十郎は前者に属する狩猟民であり、それとは対極をなすのが「注文の多い料理店」に「イギリスの兵隊のかたちをして、ぴかぴかする鉄砲をかついで」登場する「二人の若い紳士」だろう。「なめとこ山の熊」の末尾の正十郎の死は、取材先の北極圏でシロクマに襲われて落命した星野道夫の最期を彷彿とさせる話だが、そこには星野の死を「失敗」と断じるような通俗的解釈を退けるメッセージもこめられている。なおナミビア沙漠のサン族、いわゆるブッシュマンに対象を絞って狩猟の意味を問い直した初期のフィールドワークの記録として、以下をあげたい。今日の文化人類学からは批判も多い著作であるが、その歴史性も含めて再評価に値する。Laurens van der Post, *The Heart of the Hunter*, The Hogarth Press, 1961, ヴァン・デル・ポスト『狩猟民の心』(秋山さと子訳、思索社、一九八七年)

(38) 松山俊太郎「「宮沢賢治と蓮」覚書」(一九七七年)(『綺想礼讃』国書刊行会、二〇一〇年)、四五・五七・六一頁

(39)『校本宮澤賢治全集』第八巻、二七三頁。ちくま文庫版、第六巻、一四七頁

(40)松山俊太郎「「宮沢賢治と阿耨達池」覚書」(一九九二年)(『綺想礼讃』国書刊行会、二〇一〇年)、七八、八〇頁。

(41)Yuko Kikuchi, *Japanese Modernisation and Mingei Theory, Cultural Nationalism and Oriental Orientalism*, RoutledgeCurzon, London and New York, 2004, pp.37–28. 本書は宮澤賢治の農民藝術理念を、柳宗悦の「民藝」や武者小路実篤の新しき村、さらには山本鼎の農民美術運動と一環するものとして、総合的に検討している

(42)郡山千冬「訳者序言」(ユリウス・マイヤー=グレーフェ『ヴァン・ゴッホ』一九四四年)

(43)ファン・ゴッホの宗教環境については、圀府寺司『ファン・ゴッホ　自然と宗教の闘争』(小学館、二〇〇九年)。また、社会学者のナタリー・エニックもファン・ゴッホ神話とは、世俗化された世界において聖人伝がたどった変貌を具現したもの、とみる仮説を、説得力あるかたちで提起している。Nathalie Heinich, *La Gloire de Van Gogh, essai d'anthropologie de l'admiration*, Paris, Minuit, 1991, ナタリー・エニック『ゴッホはなぜゴッホになったか』(三浦篤訳、藤原書店、二〇〇五年)

(44)ここでは尹東柱詩碑建立委員会による訳をとる。この詩の訳については、木下長宏『美を生きるための26章　芸術思想史の試み』(みすず書房、二〇〇九年)、のYの項目、四〇一~四一六頁を参照されたい。本書へのもっとも卓抜な書評のひとつとして、四方田犬彦「木下長宏　中国の不思議な百科事典のように」(『女神の移譲：書物漂流記』作品社、二〇一〇年)、三八七~四〇三頁

校正時付記

本稿は、二〇一〇年九月五日に研究会で発表し、同十二日に脱稿したものである。その後、本稿との関わりで、いくつか注目すべき論考が登場しているので、ここに付記したい。まず、鈴木貞美「宮澤賢治からの新たな通信」(『すばる』二〇一一年八月号)は、植物の繁茂のイマージュと活火山の噴煙との関連などについての本稿の読みを、側面から補強しつつ増幅する卓抜な読みを提供する。また新関公子『ゴッホ　契約の兄弟』(ブリュッケ、二〇一一年)、三二九頁以

下には、ファン・ゴッホが最期の「自殺」を試みたおりに懐に持っていた手紙に関して、本稿で提案したものにきわめて近い読解が、はるかに体系的な構想のもとに提案されている。さらに山根知子「宮沢トシの学びと賢治 日本女子大学校時代の教師、福来友吉・阿部次郎を通して」（『宮沢賢治研究 Annual』十八号、二〇〇八年）、一四四〜一六〇頁は、ファン・ゴッホ書簡集の訳者でもあった阿部次郎と、賢治の妹・とし、との日本女子大における師弟関係を精緻に復元しており、本稿で提唱したゴッホと賢治との意想外な魂の共鳴を、間接的に補強する材料を提供している。執筆時に見落としていたことを付記し、教示に謝意を表する。なお、これは蛇足となるが、津波とそれに続く原子力発電所の災厄とは、本稿脱稿後半年にして、二〇一一年三月十一日を期に現実となった。（二〇一一年十一月二十九日校正時付記）

「銀河鉄道の夜」におけるテクストの解体と再生のメカニズム

――カムパネルラの「母」を補助線に

鈴木　健司

はじめに

「銀河鉄道の夜」という物語の、その全体像を捉えることは困難をともなう作業である。私はこれまで、「銀河鉄道の夜」に関し、それぞれ全く異なる視点から四本の論文を書いてきた。また、「銀河鉄道の夜」論の補論的意味をもつものとして、詩「青森挽歌」に関する論文を二本書いている。(1)「銀河鉄道の夜」という物語の全体像を捉える道のりは遥かだ、というのが実感である。

今回は、「銀河鉄道の夜」のテクストの解体と再生のメカニズムを、〈カムパネルラの「母」〉を補助線に、分析・検討したい。

一　「二人の母」の問題

入沢康夫・天沢退二郎著『討議『銀河鉄道の夜』とは何か』（青土社、一九七六年六月）は、主として「討議

Ⅰ」と「討議Ⅱ」から成り立っている。「討議Ⅰ」は、筑摩昭和四十二年版全集段階のテクストをもとに、「討議Ⅱ」は校本全集（その時点では未刊、原稿コピーを使用）段階のテクストをもとに、それぞれその段階での「銀河鉄道の夜」研究の到達点を示す先行研究といえる。また、われわれは「討議Ⅰ」と「討議Ⅱ」とを重ねることにより、『校本宮沢賢治全集』が編まれなければならなかった理由を自ずと理解することになる。

入沢・天沢によって校訂された「銀河鉄道の夜」の本文（第四次稿）は、それまで書かれたすべての「銀河鉄道の夜」論を一度振り出しに戻させるほど衝撃的なものであった。そして、その後現在に至るまでの長い年月、入沢・天沢によって校訂された本文をどう解釈するかという格闘が続けられてきた。その中に、いまだ手をつけられることのない問題として、カムパネルラの「二人の母」がある。

入沢・天沢は、「討議Ⅱ」の「二人の母と作品行為」の章で、「二人の母」という問題を提示し、次のように解釈している。

天沢　それから、この前のときぼくがちゃんと言っていたはずのことで、福島章さんなんかわかってくれなかったことだけど、草稿とは直接関係はないけど、カムパネルラの母親の問題ね。これは明らかに現世にカムパネルラの母親は生きている。だから最後のところでカムパネルラが「あれはぼくのお母さんだよ」というのは前世のお母さんなんだ。

入沢　現世のお母さんと前世のお母さんがそこで切り結ぶわけですよ。だからこそ面白いんだ。それともうひとつ言っておかねばならないのは、「あれはお母さんだよ」というアイデアはいちばんはじめはなかったという点だ。ジョバンニにはそのことは理解できないけどね。

天沢　そうそう。

入沢　あそこはまた面白い。七三葉から七四葉、例の石炭袋のあとだ。「僕もうあんな大きな暗の中だってこわくない。きっとみんなのほんたうのさいはいをさがしに行く。どこまでもどこまでも僕たち一諸《（ママ）》に進んで行かう。」とこれはジョバンニのことばだ。「ああ、きっと行くよ」とカムパネルラ……。

天沢　それで台詞は一度終ったのね。

入沢　「カムパネルラはさうは云ってはゐましたけれども、ジョバンニはどうしてもそれがほんたうに強い気持から出てゐないやうな気がしてなんとも云へずさびしいのでした。」というのがもとの形だった。それを鉛筆手入れで「あゝきっと行くよ」――そのあとを「『あゝ、あすこの野原はなんてきれいだらう、みんな集まってるねえ。あすこがほんたうの天上なんだ。あゝあすこにいるの僕のお母さんだよ。』カムパネルラは俄かに窓の遠くに見えるきれいな野原を指して叫びました。」というふうにしている。

天沢　小さい字の欄外加筆なのだ。

入沢　これは④の段階の加筆だと思うけどね。これに続く〝ジョバンニもそっちを見ましたけれども、そこはぼんやり白くけむっているばかり、どうしてもカムパネルラが云ったやうには思はれませんでした〟というのもあとからの加筆で、もとはここにはお母さんのアイデアはなかったのだ。

天沢　そういうことですね。

入沢　ところがお母さんのアイデアが出てくるということで思い出すのは、例の、「お母さんはぼくをゆるしてくれるだろうか」というあの「北十字とプリオシン海岸」の章の冒頭部分も、④の段階で下書きがなされているという点で、それが清書されて今見る形になっているのだが、お母さんのテーマはこうして、前後でうまく照応させてあるんだ、ここのところも非常に意識的なんだ。

天沢　三二葉の裏だ。三二葉が三一葉の下書になっているからね。とにかくここで「二人の母親」ということを想定せずに、やれ生きている死んでいるといったって全くはじまらない話なんです。

入沢　これがまさに賢治の世界の面白いところで、ほんとに「前の母親」なんでね。

天沢　そういうことを言えば、『ひかりの素足』で、楢夫に、ひかりの素足の仏さまみたいのがさ、「お前の前のお母さんを見せてあげよう」という、「前の」という二字があとからの加筆なんだよね。初形は「お前のお母さんを見せてあげやう」なんだね。そういうようにやはり二人の母親というテーマも一気にあったものじゃなくて、いつでも加筆段階でそれが登場しているということ。

入沢　だから、『銀河鉄道の夜』についていえば、カムパネルラのお母さんというのを、前にそういうふうな形で、現実のお母さんを想起しているという形でわざわざ出しておいて、それに対応させてこんどは、天上でもまた出会えるお母さんという形でこっちへも出してくるところは、『ひかりの素足』と全く同じだと思う。

天沢　おんなじ、おんなじ。

入沢　『ひかりの素足』の場合は明らかにお母さんは生きていて、町で待っていて、そこへ兄弟で帰ろうとしているわけなんだ。

天沢　それで最初は「お前のお母さん」といっておいて一気に「前の」を付け加える。

入沢　そこに賢治の時間意識がくっきりと露出するわけだ。

天沢　まさに四次元になる、あそこでね。

入沢　つまりいまのわたしは前の世のわたしでもあるし、先の世のわたしでもあるわけだ。

天沢　そこでぼくのいう「作品行為を営むものには二人の母がいる」というテーゼが鮮かに生きてくるわけですよ。（笑）

入沢　まったく、二人の母がいるんだね。

天沢　二人の母を見出す前は、一人の母親のまなざしを遮断するという形でしかことは行なわれないということがこの『銀河鉄道の夜』によってさまざまに出てくるわけだ。

入沢・天沢によれば、カムパネルラにはテクスト上、この世の母とあの世の母という「二人の母」がいて、それは作品の未完成を示すものではなく、賢治の「四次元」的な「時間意識」の現れだと主張している、とまとめられるだろう。その例証として「ひかりの素足」での「お前の前のお母さん」が挙げられている。

しかし、「二人の母」は、ほんとうに宮澤賢治が「銀河鉄道の夜」というテクストの必然として、認識していたことなのだろうか。「ひかりの素足」は、賢治童話としては例外的に仏教的世界観があからさまなまでに露呈しており、そのようなテクストに輪廻転生から導かれる現世の母と前世の母という概念が表出された場合、読者にとって必ずしも理解不能なことにはならない。しかし「銀河鉄道の夜」は「ひかりの素足」と異なり、仏教的世界観のみによって織りなされているテクストではないのである。むしろ表層的には、キリスト教的な表象がまばゆいばかりにきらめいているといえるだろう。かほるやただしの母はすでに亡くなっていることはテクスト上明記されており、その死んだ母が子供たちよりも先に神のもとに行っているというプロットは、そこにキリスト教的世界観が想定されているかぎり自然なのである。

大塚常樹は「『銀河鉄道の夜』論」（『国文学　解釈と鑑賞』別冊、一九九五年一月）で、「この作品は第一に宗教的

テクストである」と規定したうえで、

しかしこの作品は、難解な宗教的命題を直接、我々に押しつけはしない。ジョバンニの旅物語とも、幻想的な夢物語とも、友情物語とも、さまざまな読みと関心を許容している。なぜなら、この作品は幾つものトピックで構成される寓意小説的な、あるいは象徴文学的な作品であるからで、宗教的命題は、それらの比喩の構造の中に、あるいは深層的な構造の中に見いだされるように構築されているからである。従って我々は何よりも、物語を構築する、レトリックの機能や内部構造を綿密に把握しておかなければならない。

と指摘している。ことに「宗教的命題は、それらの比喩の構造の中に、あるいは深層的な構造の中に見いだされるように構築されている」という指摘は重い。入沢・天沢の指摘するカムパネルラの「二人の母」という宗教的命題も「深層的な構造の中に見いだされるよう」な問題であるだろう。大塚も、カムパネルラが「あすこがほんたうの天上なんだ」と「母」の姿を認める場面を考察しており、その解釈が注目される。大塚は「この場面の深層的な意味は、浄土真宗に対する批判である」と結論づけている。カムパネルラの信仰（神）がキリスト教とも日蓮宗とも異なる構造を有しているという分析は首肯できる。ただ、そこに浄土真宗を当てはめることは適切でないと私は考えている。浄土真宗は父政次郎の宗教であり、宮澤家の宗教である。浄土真宗をカムパネルラの宗教の深層と想定した場合、友情関係にあるジョバンニとカムパネルラとの物語構造と衝突してしまうのではないだろうか。

私は、次節から、四段階に整理されたテクストの成立を、大塚の指摘する視点を取り入れながら、検証していくつもりである。その上でさらに私はカムパネルラの「母」の問題に着目し、それを突破口に、「銀河鉄道の夜」におけるテクストの解体と再生のメカニズムという、これまで、深く問われることのなかった問題を考えていきたい。

二 「第一次稿」の検証

『文庫版全集7』の解説によれば、「銀河鉄道の夜〔初期形第一次稿〕」の成立に関し、次のように説明がなされている。

一九二四年の十二月某日、宮沢賢治が花巻のさる料亭で菊池武雄・藤原嘉藤治に読みきかせたという〝銀河旅行〟の物語は、おそらく「銀河鉄道の夜」の第一稿であるが、それに相当するとみられる現存草稿の最古層すなわち第一次稿は、「本文について」で記したとおり、冒頭から第二次稿の清書に際して次々に廃棄されたため、銀河鉄道の旅の後半、ジョバンニたちと難破船からきた少女との会話のところからしかのこっていない。最初の着想では、ジョバンニはどのように入眠したか、カムパネルラとの車中での出会いはどうだったか等は、もはやうかがい知ることはできない。

しかしこの最古層は、ごらんのように、《琴の星がずうっと西の方へ移ってそしてまた蕈のやうに足をのばしてゐました。》という最終部までを書き切っていたことを示し、当然また、ジョバンニがカムパネルラを見失って夢からさめる箇所をも遺している。ここを、さらに手入れが施された後の第二次稿、新たな末尾部の書き下された第四次稿（＝本文）と比較すれば、興味深い相違・展開が次々に見出されよう。

カムパネルラの「母」というテーマは、第一次稿段階では表れてこない。カムパネルラの「父」も同様で、第一次稿は、カムパネルラの「母」も「父」もその存在を問われることのないテクストとして成立している。また、カムパネルラがジョバンニの前から消えるのは、「天上の母」を見たからでもなく、ザネリを助けるために溺れたからでもない。ジョバンニにも読者にも、その理由は明らかにされることなく、カムパネルラは「銀河鉄道」を下りてしまうのである。その場面を確認してみる。


「あ、あすこ石炭袋だよ。そらの孔だよ。」カムパネルラが少しそっちを避けるやうにしながら天の川のひとこを指さしました。ジョバンニはそっちを見てまるでぎくっとしてしまひました。天の川の一とこに大きなまっくらな孔がどほんとあいてゐるのです。その底がどれほど深いかその奥に何があるかいくら眼をこすってのぞいてもなんにも見えずたゞ眼がしんしんと痛むのでした。ジョバンニが云ひました。

「僕もうあんな大きな暗の中だってこわくない。きっとみんなのほんたうのさいはいをさがしに行く。どこまでもどこまでも僕たち一諸に進んで行かう。」

「あゝきっと行くよ。」カムパネルラはさう云ってゐましたけれどもジョバンニはどうしてもそれがほんたうに強い気持から出てゐないやうな気がして、何とも云へずさびしいのでした。そしてジョバンニが窓の外を見ましたら向ふの河岸に二本の電信柱が丁度両方から腕を組んだやうに赤い腕木をつらねて立ってゐました。「カムパネルラ、僕たち一諸に行かうねえ。」

ジョバンニが何とも云へずさびしい気がしてふりかへって見ましたらそのいままでカムパネルラの座ってゐた席にもうカムパネルラの形は見えずたゞ黒いびらうどばかりひかってゐました。ジョバンニはまるで鉄砲丸のやうに立ちあがりました。そしてはげしく胸をうって叫びました。「さあ、やっぱり僕はたったひとりだ。きっともう行くぞ。ほんたうの幸福が何だかきっとさがしあてるぞ。」そのときまっくらな地平線の向ふから青じろいのろしがまるでひるまのやうにうちあげられ汽車の中はすっかり明るくなりました。そしてのろしは高くそらにかゝって光りつゞけました。「あゝマジエランの星雲だ。さあもうきっと僕は僕のために、僕のお母さんのために、カムパネルラのためにみんなのためにほんたうのほんたうの幸福をさがすぞ。」ジョバンニは唇を噛んでそのマジエランの星雲をのぞんで立ちました。

カムパネルラがジョバンニと別れる理由はなんだろう。かおるやただしとの別れなら信仰（神）の違いという明確な理由が用意されていた。「どこまでもどこまでも僕たち一諸に進んで行こう」というジョバンニの希望に対し、なぜカムパネルラはジョバンニの希望に添うことができないのだろう。おそらく、第一次稿段階でカムパネルラに用意されていたのは「死」という事実であり、「死」の理由ではなかった。第一次稿最後の第七十八葉の余白に、「カムパネルラザネリを救はんとして溺る」とメモされたのは、第一次稿においてはカムパネルラの「死」の理由まで想定されていなかったことを示しているのではないか。つまり、カムパネルラは、第一次稿において、理由のない「死」者であった。

〈妹とし〉モデル論が有効なのは、〈妹とし〉こそが、理由のない「死」者だからである。〈妹とし〉は肺結核という現実的な死因をもっていた。しかし、それにもかかわらず死因が「銀河鉄道の夜」に描かれなかったのは、賢治にとっての問題が、〈妹とし〉の死をどのように受け入れるかにあったからである。第一次稿においては、「死」は「ほんたうにいいこと」（第三次稿）といまだ結び得ていないことに、注意しておくべきだろう。つまり、そこが、カムパネルラの「死」が〈妹とし〉の「死」から持ち込まれた要素であることを、逆説的に暗示しているのである。

『校本宮澤賢治全集』によりはじめてテクスト化された「薤露青」という詩がある。一度消しゴムで完全に消された鉛筆書きテクストだが、鉛筆の紙への圧力（へこみ）の痕跡から再現されたものである。

一六六　　薤露青　　　一九二四、七、一七

みをつくしの列をなつかしくうかべ
薤露青の聖らかな空明のなかを
たえずさびしく湧き鳴りながら
よもすがら南十字へながれる水よ
岸のまっくろなくるみばやしのなかでは
いま膨大なわかちがたい夜の呼吸から
銀の分子が析出される
……みをつくしの影はうつくしく水にうつり
　プリオシンコーストに反射して崩れてくる波は
　ときどきかすかな燐光をなげる……

橋板や空がいきなりいままた明るくなるのは
この旱天のどこからかくるいなびかりらしい
水よわたくしの胸いっぱいの
やり場所のないかなしさを
はるかなマヂェランの星雲へとゞけてくれ
そこには赤いいさり火がゆらぎ
蝎がうす雲の上を這ふ
　……たえず企画したえずかなしみ
　　たえず窮乏をつゞけながら
　　　どこまでもながれて行くもの……
この星の夜の大河の欄干はもう朽ちた
わたくしはまた西のわづかな薄明の残りや
うすい血紅瑪瑙をのぞみ
しづかな鱗の呼吸をきく
　……なつかしい夢のみをつくし……

声のい丶製糸場の工女たちが
わたくしをあざけるやうに歌って行けば

そのなかのはわたくしの亡くなった妹の声が
たしかに二つも入ってゐる
　……あの力いっぱいに
　　細い弱いのどからうたふ女の声だ……
杉ばやしの上がいままた明るくなるのは
そこから月が出やうとしてゐるので
鳥はしきりにさはいでゐる
　……みをつくしらは夢の兵隊……
南からまた電光がひらめけば
さかなはアセチレンの匂をはく
水は銀河の投影のやうに地平線までながれ
灰いろはがねのそらの環
　……あゝ　いとしくおもふものが
　　そのまゝどこへ行ってしまったかわからないことが
　　なんといふいゝことだらう……
かなしさは空明から降り
黒い鳥の鋭く過ぎるころ
秋の鮎のさびの模様が

そらに白く数条わたる

入沢・天沢によって、『銀河鉄道の夜』との関係が次のように解釈されている。

この詩の、賢治作品群の中で占める位置、意味はといえば、一読明らかなように、童話『銀河鉄道の夜』との関係の深さを挙げないわけにはいくまい。詩人が語りかけている「よもすがら南十字へながれる水」のみちすじは、あの銀河鉄道の旅のみちすじであり、天の川のみちすじである。

（略）

とりわけ、「いとしくおもふものが／そのまゝどこへ行ってしまったかわからないこと」と、「ほんたうのさいはひ」との結びつけという主題がここにやや舌足らずな云いまわしながらはっきりと言明されていることが注目を惹く。それも、第二八〜二九行の、「わたくしの亡くなった妹の声」というモチーフの露出、題名の「薤露」すなわち挽歌という主題の露によって、妹としの死と『銀河鉄道の夜』との密接な関係がここにも明らかであるゆえになおのことだ。そして、この詩のめざましい澄明さと、それにつきまとう一種の弱さ、定着しようとしてしえない意識と言語のずれのようなものが『銀河鉄道の夜』の生み出される前後の揺れうごく溶融状態を暗示しているように思われる。

「銀河鉄道の夜」に流れ込む挽歌群詩篇から帰納されることとは、第一次稿の「銀河鉄道の夜」は、モデルとして〈妹とし〉の「死」を想定するのがもっとも無理がないということである。ただ、カムパネルラと〈妹とし〉とを、テクスト上そのまま重ねることはできない。テクスト生成のエネルギー源になっていると考えるべきということだろう。そのように仮定したとき、第一次稿におけるカムパネルラの「母」の不在も「父」の不在も納得のいくこととなる。原理的にカムパネルラの「母」と「父」はジョバンニの「母」と「父」でもあるからだ。

繰り返しになるが、第一次稿ではカムパネルラの「死」は存在していても、「死」の理由は存在していないのである。

三　「第二次稿」「第三次稿」の検証

天沢は、カムパネルラの母は生きている、という読みに立っており、そこは揺るがないと考えている。おそらくその根拠は、「七、北十字とプリオシン海岸」の冒頭でのジョバンニとカムパネルラとの会話にある。

「おっかさんは、ぼくをゆるして下さるだらうか。」

いきなり、カムパネルラが、思ひ切ったといふやうに、少しどもりながら、急きこんで云ひました。

ジョバンニは、

（あゝ、さうだ、ぼくのおっかさんは、あの遠い一つのちりのやうに見える橙いろの三角標のあたりにいらっしゃって、いまぼくのことを考へてゐるんだった。）と思ひながら、ぼんやりしてだまってゐました。

「ぼくはおっかさんが、ほんたうに幸になるなら、どんなことでもする。けれども、いったいどんなことが、おっかさんのいちばんの幸なんだらう。」カムパネルラは、なんだか、泣きだしたいのを、一生けん命こらへてゐるやうでした。
「きみのおっかさんは、なんにもひどいことないぢゃないの。」ジョバンニはびっくりして叫びました。
「ぼくわからない。けれども、誰だって、ほんたうにいいことをしたら、いちばん幸なんだねえ。だから、おっかさんは、ぼくをゆるして下さると思ふ。」カムパネルラは、なにかほんたうに決心してゐるやうに見えました。

この箇所は、第三次稿にあたるテクストだが、カムパネルラの視線が、一途に「母」に向けられていることが特徴的である。カムパネルラにジョバンニの声はおそらく届いていない。ジョバンニの「きみのおっかさんは、なんにもひどいことないぢゃないの」という叫びに対し、カムパネルラは「ぼくわからない」と、かみ合わない会話をしている。カムパネルラにとって「わからない」とは、ジョバンニに対する返答ではなく、「おっかさんのいちばんの幸」という自問に対しての自答である。その自問自答のなかで、カムパネルラは、「ほんたうにいいこと」をすることが「おっかさんのいちばんの幸」だという答えを見いだす。その過程にジョバンニの入り込む隙間はない。もし、カムパネルラの「母」が現世で生きているとするなら、カムパネルラは「母」だけに眼差しを向け、「父」への眼差しを捨てていたことになる。

もう一人の「母」が表現されているのは、第七十五葉で、第一次稿を第二次稿段階で使用するための書き入れ(④鉛筆)としてである。「「あゝ、あすこの野原はなんてきれいだらう。みんな集まってるねえ。あすこがほんたうの天上なんだ　あっ、あすこにゐるのぼくのお母さんだよ。」カムパネルラは俄かに窓の遠くに見えるきれいな野原を指して叫びました」。

確認できる範囲でのカムパネルラの「母」の表出は、テクスト生成上ここが最初である。第三次稿（⑤BBインク）の「北十字とプリオシン海岸」を書いている賢治は、カムパネルラの天上の「母」を表出させた後の賢治である。第二次稿段階、あるいは第一次稿段階でも、カムパネルラは「おっかさんは、ぼくをゆるして下さるだらうか」といっていた可能性は残るが、廃棄されている以上推定にも限界がある。

「きみのおっかさんは、なんにもひどいことないぢゃないの」というジョバンニのことばは、自分の母が病気で寝伏せていることと対比的に用いられていると考えられ、天沢ならずとも、カムパネルラの「母」は現世で生きていると解釈することになろう。ただ、第四次稿「（⑦黒インク）」手入れでは、カムパネルラの「母」の〈不在〉が明らかであり、「二人の母」の存在を、テクストの必然とまで断定することには躊躇せざるを得ない。

この問題で黒白をつけようとすることは不毛の論議となりかねないので、問題を「天上の母」に絞りたいと思う。第一次稿段階で表れなかった「母」が第二次稿段階で表れたテクスト上の意義は何か。

ここで、大胆な仮説を提示しておきたい。第一次稿から第二次稿への書き換えは、物語の主題を含む書き換えだったのではないかということである。第二次稿の成立を促す物語の内的ベクトルのエネルギーと方向性は、もはやモデルとしての挽歌詩篇群を必要とせず、普遍化した物語として成熟するため、新たに〈親友・保阪嘉内〉との友情関係をモデルとして積極的に取り込んでいったと考えている。第二次稿でカムパネルラの「天上界の母」のモチーフが書き込まれたもっとも大きな理由がここにあるのではないか、というのが自説の眼目である。というのも、もし〈妹とし〉モデル説を第二次稿まで持ち込んでいると仮定した場合、「天上の母」のモチーフは現れようがないように思う。第二次稿では、ジョバンニの信仰（神）とカムパネルラの信仰（神）とは、明らかに異なるものとして表出されている。その点、第一次稿でのジョバンニの信仰（神）とカムパネルラの信仰（神）との異質性は問われていない。ジョバンニとカムパネルラとの違和は、「どこまでもどこまでも僕たち一緒に進んで行かう」というジョバンニの希望に対して、希望に添うことのできないカムパネルラの戸惑いにある。死に行く者が生者と「一諸に進んで行」くことの不可能性をテクストは表出しているのである。

第二次稿でのカムパネルラの「天上の母」のモチーフを解くためには、盛岡高等農林時代の親友である〈保阪嘉内〉との関係を視野に入れる必要がある。すでに指摘したことだが、第二次稿、第三次稿の特徴は、カムパネルラの母への眼差しにある。ジョバンニが「みんなの幸」を志向するのに対し、カムパネルラは「お母さんの幸」を志向しているのである。これは第一次稿に見ることのできない特徴である。なぜ、カムパネルラの眼差しは「母」にばかり向かうのか。このことに私がこだわるのは、カムパネルラの「母」への眼差しが、ジョバンニとカムパネルラとの別離の決定的な理由と考えられるからである。

ジョバンニが云ひました。「僕もうあんな大きな暗の中だってこわくない。きっとみんなのほんたうのさいはいをさがしに行く。どこまでもどこまでも僕たち一諸に進んで行かう。」「あゝきっと行くよ。ああ、あすこの野原はなんてきれいだらう。みんな集ってるねえ。あすこがほんたうの天上なんだ。あっあすこにゐるのぼくのお母さんだよ。」カムパネルラは俄かに窓の遠くに見えるきれいな野原を指して叫びました。

ジョバンニもそっちを見ましたけれどもそこはぼんやり白くけむってゐるばかりどうしてもカムパネルラが云ったやうに思はれませんでした。

カムパネルラに見えてジョバンニには見えない「ほんたうの天上」。カムパネルラにとっては、その「ほんたうの天上」に「みんな集って」おり「ぼくのお母さん」もいるのである。その「ほんたうの天上」がジョバンニにとって「ぼんやり白くけむってゐ」て見えないということは、明らかに、深層レヴェルとしてのカムパネルラの信仰（神）とジョバンニの信仰（神）とが異なっているということで、それが二人の別離を生むのである。

賢治の保阪嘉内宛書簡のうち、大正七年の末尾（日付不明）に置かれた一通（102 a）は、同年六月に急性肺炎で亡くなった保阪嘉内の〈母いま〉の問題に接続している。賢治は保阪嘉内の〈母いま〉の死を知ったとき、心からの同情とともに、強烈な折伏を試みている。南無妙法蓮華経と二十八回書き連ねた書簡（六月二十日頃）を受け取った保阪がどのような心持ちでそれを読んだかは、保阪側の書簡が現存していないため明らかではないが、そのやりとりの最終段階として、次の書簡（102 a、引用は一部）を位置づけることができるだろう。

どうか一所に参らして下さい。わが一人の友よ。しばらくは境遇の為にはなれる日があっても、人の言の不完全故に互に誤る時があってもやがてこの大地このま、寂光土と化するとき何のかなしみがありませうか。或はこれが語での御別れかも知れません。既に先日言へば言ふ程間違って御互に考へました。然し私はそうでない事を祈りまする。この願は正しくないかもしれません。それで最後に只一言致します。それは次の二頁です。

次の二頁を心から御読み下さらば最早今無限の空間に互に離れても私は惜しいとは思ひますまい。若し今までの間でも覚束ないと思はれるならば次の二頁は開かんで置て下さい。

あなたは今この次に、輝きの身を得数多の通力をも得力強く人も吾も菩提に進ませる事が出来る様になるか、又は涯無い暗黒の中の大火の中に堕ち百千万劫自らの為に（誰もその為に益はなく）封ぜられ去るかの二つの堺に立ってゐます。間違つてはいけません。この二つは唯、経（この経）を信ずるか又は一度この経の御名をも聞きこの経をも読みながら今之を棄て去るかのみに依つて定まります。かの巨なる火をやうやく逃れて二度人に生れても恐らくこの経の御名さへも今度は聞き得ません。この故に又何処に流転するか定めないことです。保阪さん。私は今泣きながら書いてゐます。あなた自身のことです。偽ではありません。あなたの神は力及びません。この事のみは力及びません。私とても勿論力及びません。

「あなたの神は力及びません」と賢治にいわしめた保阪嘉内の信仰（神）とは何であったのか。保阪自身の信仰（神）について確定的に語れる資料を私は所有していないが、保阪は保阪の「母」の死を契機に、賢治の信仰（神）と保阪の信仰（神）の問題を突き詰めざるを得ない状況が生じたことは想像に難くない。賢治が「あなたの神は力及びません」と書き綴った事実は、二人の間の「ほんたうの神様」論争が物別れに終わったことを意味するだろう。「銀河鉄道の夜」における、かおるやただしとの「ほんたうの神様」論争と別離は、深層レヴェルではキリストか釈迦かという対立として解釈して問題ない。カムパネルラとの別離だが、カムパネルラの眼差しが常に「母」に向いていたことと、また、その母が「天上の母」でもあったことを鑑みるなら、保阪嘉内の「母」の「死」と、その後の賢治との「ほんたうの神様」論争は、「銀河鉄道の夜」の第二次稿、第三次稿のテクスト生成に深く関わっているのではないかと考えている。

保阪の〈母いま〉の葬儀は、保阪家の宗教である神道禊教に則って行われたという。保阪家と神道禊教との関係は、保阪嘉内の祖父・保阪善三の代のことで、仏教の曹洞宗からの宗旨替えである。父善作は禊教門中で「権大講

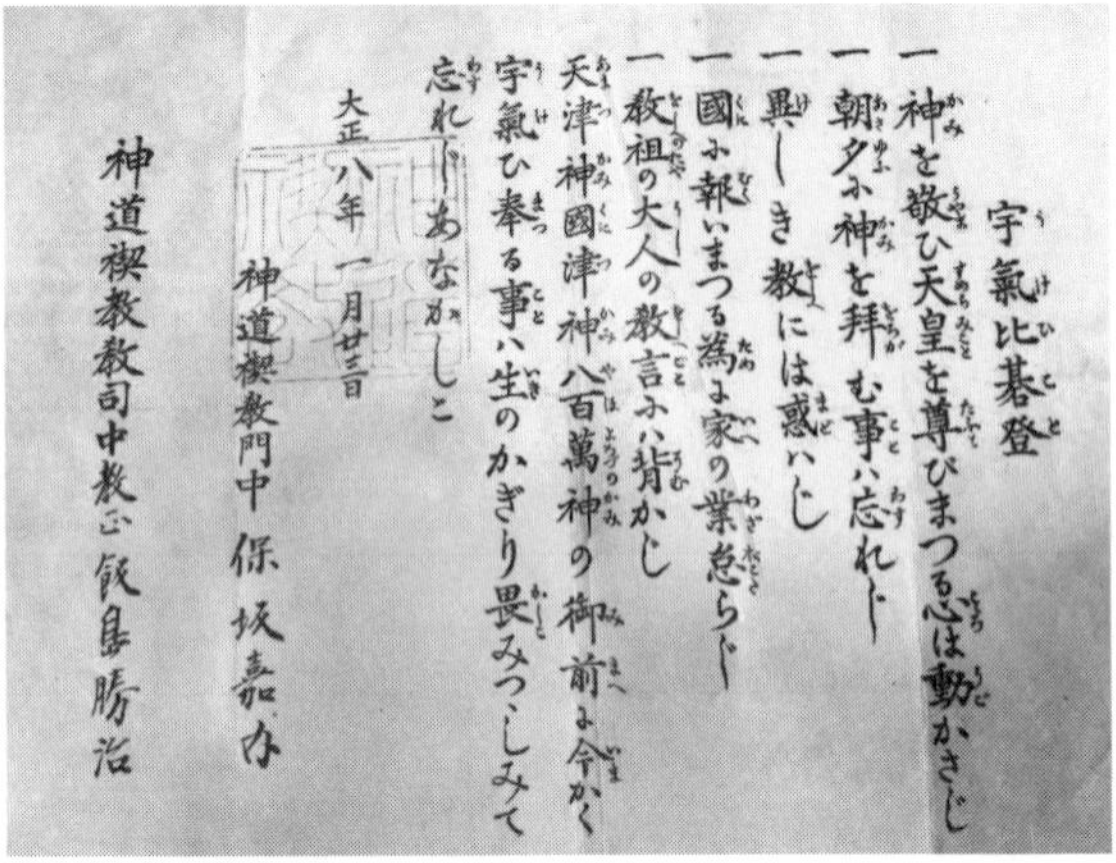
宇氣比碁登《うけひごと》
一 神《かみ》を敬《うやま》ひ天皇《すめらみこと》を尊《たふと》びまつる心《こゝろ》は動《うご》かさじ
一 朝夕《あさゆふ》に神《かみ》を拝《をろが》む事《こと》ハ忘《わす》れじ
一 異《け》しき教《をしへ》には惑《まど》ハじ
一 國《くに》に報《むく》いまつる為《ため》に家《いへ》の業《わざ》怠《おこた》らじ
一 教祖《をしへおや》の大人《うし》の教言《をしへごと》にハ背《そむ》かじ
天津《あまつ》神國津《くにつ》神八百萬神《やほよろづのかみ》の御前《みまへ》に今《いま》かく
宇氣《うけ》ひ奉《まつ》る事《こと》ハ生《いき》のかぎり畏《かしこ》みつゝしみて
忘《わす》れじ　あなかしこ
大正八年一月廿三日
神道禊教門中　保坂嘉内
神道禊教教司中教正　飯島勝治

「宇気比碁登」　資料提供：保阪善三・保阪庸夫

義位」まで授かったという。神道禊教は現在でも保阪家の宗教として受け継がれている。ただ、保阪嘉内自身の信仰は、神道禊教一筋といったものでなく、若い頃はキリスト教やトルストイへの傾倒も強く見られ、また、虚無思想的な傾斜も諸所に見いだせる。賢治が「あなたの神は力及びません」と書いたときの「神」とはどのような神を指すのか、推定で論を進めざるを得ないことになるが、「母」の死という出来事を重視するなら、保阪にとって「母」の葬儀がどのような宗門において執り行われたかは、決定的に重要であったはずである。

保阪には短歌を作る心得があり、その中に二首母を詠ったものが確認できる。

『輝石集』より（大正八年五月～六月）

ふと思えば／母はこの世になかりけり／おん顔おぼろ／午睡さびしや

峡北短歌研究会時代の作（大正十三年～）

母刀自がおくつきどころ来て見れば乾ける土に草は萌えたり

殊に、峡北短歌研究会時代の歌は、「刀自」や「おくつき」といった神道で用いる語彙で書かれており、保阪にとって母の問題が神道禊教と深く関わったかたちで認識されていたことを示している。

また、保阪自身、母の死後の大正八年一月に「宇気比碁登《うけひこと》」を捧げている。保阪家に関する資料は、保阪善三・保阪庸夫監修、大明敦編著『心友　宮沢賢治と保阪嘉内――花園農村の理想をかかげて――』（賢治・嘉内生誕一一〇周年記念会、山梨ふるさと文庫、二〇〇七年九月）に詳しい。大明によれば保阪が「宇気比碁登《うけひこと》」を捧げたということは、「いわば正式に神道政教の門中であり、他宗仏教とは縁を結び得ない精神状態にある。いくら心の友とした賢治からの説伏を数多く重ねられても「我をすてるなと懇願されても揺るげようのない道に俺はいまいる」と返答するしかなかった。〝うけひこと〟は五条あり、①敬神、尊皇　②朝夕の神拝　③異教不惑　④報国家業不怠　⑤教祖の教言不背―を、天津神国津神八百萬神の御前に誓い生のかぎり畏み慎しんで忘れずあなかしこ……とされたもの。嘉内はのちに禊教少教正となる」と解説している。

私は、第二次稿、第三次稿に特徴的な、カムパネルラの「天上の母」への眼差しは、親友・保阪嘉内の「母」の死を契機とした、信仰（神）の相違の問題が深く関わっており、結果として「銀河鉄道の夜」というテクストの普遍化を一歩進める動力となったと考えている。

四　「第四次稿」の検証

しかし、「銀河鉄道の夜」という物語は、さらなる普遍化を求めていたようだ。第一次稿を解体させることにより、妹としの死を取り込んだ挽歌詩篇群の枠を捨て、さらに、第二次稿・第三次稿を解体させることにより、親友保阪嘉内の母の死を取り込んだ法華経絶対主義の枠を捨てたのではないかと推定している。

というのも、第一次稿もそうであったが、第二次稿・第三次稿では、ジョバンニはカムパネルラをあくまでブルカニロ博士の思想内で理解しようとしているのである。ブルカニロ博士の思想の深層は、法華経絶対主義ともいうべきもので、第一次稿〜第三次稿までのテクストは、カムパネルラとの友情は法華経絶対主義の中でのみ持続するシステムとなっている。つまり、カムパネルラの個人としての意志は考慮されていないのである。それは、ドグマ的な陥穽といえるであろう。ジョバンニとブルカニロ博士との会話部分を確認しておく。


「おまえはいったい何を泣いているの。ちょっとこっちをごらん。」いままでたびたび聞こえた、あのやさしいセロのような声が、ジョバンニのうしろから聞こえました。

ジョバンニは、はっと思って涙をはらってそっちをふり向きました。さっきまでカムパネルラのすわっていた席に、黒い大きな帽子をかぶった青白い顔のやせたおとなが、やさしくわらって大きな一冊の本をもっていました。

「おまえのともだちがどこかへ行ったのだろう。あのひとはね、ほんとうにこんや遠くへ行ったのだ。おまえはもうカムパネルラをさがしてもむだだ。」

「ああ、どうしてなんですか。ぼくはカムパネルラといっしょにまっすぐに行こうと言ったんです。」

「ああ、そうだ。みんながそう考える。けれどもいっしょに行けない。そしてみんながカムパネルラだ。おまえがあうどんなひとでも、みんななんべんもおまえといっしょにりんごをたべたり汽車に乗ったりしたのだ。だからやっぱりおまえはさっき考えたように、あらゆるひとのいちばんの幸福をさがし、みんなといっしょに早くそこに行くがいい。そこでばかりおまえはほんとうにカムパネルラといつまでもいっしょに行けるのだ。」

「ああ、ぼくはきっとそうします。ぼくはどうしてそれをもとめたらいいでしょう。」

「ああ、わたくしもそれをもとめている。おまえはおまえの切符をしっかりもっておいで。そして一しんに勉強しなきゃあいけない。おまえは化学をならったろう。水は酸素と水素からできているということを知っている。いまはだれだってそれを疑やしない。実験してみるとほんとうにそうなんだから。（略）

ブルカニロ博士（セロのような声）のいう「そこでばかりおまえはほんとうにカムパネルラといつまでもいっしょに行けるのだ」の「そこで」とは、おそらくは、〈法華経の教え〉ということである。「あらゆるひとのいちばんの幸福」もまた、〈法華経の教え〉ということだろう。私がいうドグマ的陥穽とはこのことである。カムパネルラが法華教（神）を信仰していなくとも、ブルカニロ博士の思想はカムパネルラを包含してしまうのである。

ブルカニロ博士の科学的説明は、宗教家の意匠にすぎない。ジョバンニやカムパネルラが、決してかおるやただしとキリストの御許で再会することがないように、ジョバンニとカムパネルラも「天の川のなかでたった一つのほんとうのその切符」のもとで再会することはないのだ。

賢治は、その陥穽にどこかで気づいたのである。それが、第四次稿へと「銀河鉄道の夜」を変貌させる動機である。真に多元的な宗教観に基づいた宗教文学として、「銀河鉄道の夜」は立ち上がっていくのである。ブルカニロ博士の登場するテクストは消され、「⑦黒インク手入れ」により、カムパネルラの「父」が登場する。カムパネルラの「父」である「博士」は、ブルカニロ博士と違い、その深層レヴェルに「法華経」を有していない。

「銀河鉄道の夜」は第四次稿において、ようやく、普遍的な物語へと変貌したのである。〈妹とし〉の「死後の行方」の問題や、〈親友・保阪嘉内〉の亡くなった「母への眼差し」という切実な問題が、後年、文学者宮澤賢治の〈法華経絶対主義〉に亀裂を入れたのである。

おわりに

「銀河鉄道の夜」というテクストは、校本全集編集者により、第一次稿から第四次稿に区分されている。この四区分それ自体に異論を唱えるものではないが、私としては、まず、第一次稿から第三次稿までをひとまとまりとし、それが第四次稿と対立的に区分されるという考え方をとった。テクストに表出された信仰（神）の問題を中心に考えた場合、このような考え方も意味をもつのではないか、ということである。第一次稿〜第三次稿が〈法華経絶対主義〉に行きつくのに対し、第四次稿は〈多元的宗教観〉への志向が見出せると思う。また、第一次稿〜第三次稿は〈法華経絶対主義〉で共通するものの、カムパネルラの性格付けに注目すると、第一次稿と第二次稿・第三次稿の間に大きな変化があると推定される。それを理論化するために、本論では、〈妹とし〉の「死」の問題と、〈保阪嘉内〉の「母の死」の問題を、モデル論的に援用してみた。

立論の細部においては、詰め切れていない憾みもあるが、これまで、第三次稿から第四次稿への書き換えに研究者の興味が集中しており、「銀河鉄道の夜」論への一つのあたらしい刺激になればと願っている。

最後になるが、国際日本文化研究センターの共同研究に誘ってくださったネルー大学のジョージ博士、保阪嘉内関係の資料をお見せくださった保阪善三様、保阪庸夫様、さらには、保阪嘉内関係の研究成果を提供してくださった大明教様に、心から感謝の意を表したい。

註

（1）下記諸論は、鈴木健司『宮沢賢治という現象――読みと受容への試論――』（蒼丘書林、二〇〇二年五月）に収められている。

「銀河鉄道の夜」論

（1）銀河世界の成り立ち――神話（宗教）・科学・心理――

（2）《ジョバンニ》の行方――日蓮主義による世界統一の夢――

（3）「たった一人の神さま」というディレンマ――賢治と宣教師ミス・ギフォード――

（4）よだかからジョバンニへ――《よだか》の系譜――

「青森挽歌」論

（1）《心象スケッチ》の時と場所――再構成された体験――

（2）「ヘッケル博士！」の解釈をめざして――唯物論と唯心論の狭間で――

宮澤賢治「或る心理学的な仕事の仕度」と同時代の心理学との接点

――「科学より信仰への小なる橋梁」

山根　知子

はじめに

宮澤賢治が自らの書いた作品を、「心象スケッチ」と称していることはよく知られており、その目的や方法についての論考は少なからずなされているが、同時代の「心理学」との接点から考察された本格的な論考はないといえるのではなかろうか。本稿では、賢治が次の二通の書簡で意図を示した「或る心理学的な仕事の仕度」として「あとで勉強するときの仕度にとそれぞれの心もちをそのとほり科学的に記載」したと述べる際に、賢治がもっていた同時代の心理学への認識とはどのようなものであったかについて考察したい。

・或る心理学的な仕事の仕度に、正統な勉強の許されない間、境遇の許す限り、機会のある度毎に、いろいろな条件の下で書き取って置く、ほんの粗硬な心象のスケッチでしかありません。私はあの無謀な「春と修羅」に於て、序文の考を主張し、歴史や宗教の位置を全く変換しやうと企画し、それを基骨としたさまざまの生活を発表して、誰かに見て貰ひたいと、愚かにも考へたのです。(中略)私はあれを宗教家やいろいろの人たちに贈りました。

（大正十四年二月九日　森佐一あて書簡［200］）（傍線筆者　以下同）

・六七年前から歴史やその論料、われわれの感ずるそのほかの空間といふやうなことについてどうもおかしな感じやうがしてたまりませんでした。（中略）わたくしはあとで勉強するときの仕度にとそれぞれの心もちをそのとほり科学的に記載して置きました。その一部分をわたくしは柄にもなく昨年の春本にしたのです。心象スケッチ春と修羅とか何とか題して関根といふ店から自費で出しました。（中略）厳密に事実のとほりに記録したものを何だかいままでのつぎはぎしたものと混ぜられたのは不満でした。（中略）もしもあの田舎くさい売れないわたくしの本とあなたがお出しになる哲学や心理学の立派な著述とを幾冊でもお取り換へ下さいますならわたくしの感謝は申しあげられません。

（大正十四年十二月二十日　岩波茂雄あて書簡［214a］）

これらはいずれも大正十四年の書簡であるが、この「或る心理学的な仕事」という認識が、賢治の人生のなかでどのように生じて、この書簡の大正十四年までにどのように考え至り、また晩年までどのように発展していったのかについて解明することは、賢治の思想と創作との関係を総合的に明らかにすることにつながる大きな問題であるといえる。

この解明のために、本稿では、賢治の読書体験や人生の動きから、同時代の心理学への着目の在り方を探究したい。ただし、賢治の読書歴としては、図書館で読んだ本もあり、入手しても人に手渡した本も多いことから、残された蔵書以外の読書体験も幅広く想定しながら進めていくこととする。また、方法としては、賢治の人生を辿りながら、賢治が読んだ可能性のある心理学を主とした同時代資料を用いることで、同時代の心理学的成果がどのように賢治の思考に吸収されていった可能性があるかについて、賢治の心境が変化していく時代にそって検討を試みたい。さらに、この意識は、具体的な全創作活動とその内容にどのように関連していったのかを解明することは賢治文学の深い理解に重要であろうが、ここでは、各作品論に深く及ぶには紙幅がないため、賢治が着目したであろう心理学をめぐる同時代の流れを概観するに留めることとする。

なお、当時の心理学の検討の際、心霊科学・心理学的美学・霊智学等の分野にも拡大して触れ、また必要に応じては科学全般を扱う。

一　「六七年前」（大正七・八年頃）以前

まず、これらの書簡を書いた大正十四年に至るまでの賢治は、心理学という領域に対してどのような思いを抱きはじめているのか、確認したい。

その際、先の岩波茂雄あて書簡の「六七年前から歴史やその論料、われわれの感ずるそのほかの空間といふやうなことについてどうもおかしな感じやうがしてたまりませんでした」という表現から、「六七年前」に相当する大正七、八年頃が一つの転機として考えられる。その大正七、八年以前からも、心理学関連への関心がみられることを、ここでは指摘しておきたい。

賢治は盛岡中学四年の大正元年十一月三日にて、『岩手日報』に掲載された佐々木電眼（霊磁式静座法研究会霊磁療法院開設）の「霊磁式静座法とは」という記事について読み、「静座法と云ふのは正しく坐る法であつて、ある法則による坐り方である、即ちこの法則に静座すれば吾人は常に天地神明と霊交し得るのである」という内容を読んで、すぐに予約を入れている。そしてその日の夜に同院を訪れた賢治は、翌日四日に、父政次郎に次のように報告している。

静座と称するもの、極妙は仏教の最後の目的とも一致するものなりと説かれ小生も聞き噛り読みかじりの仏教を以て大に横やりを入れ申し候へどもいかにも真理なるやう存じ申し候。（御笑ひ下さるな）もし今日実見候やうの静座を小生が今度の冬休み迄になし得るやうになり候はゞ必ずや皆様を益する一円二円のことにてはこれなしと存じ候　小生の筋骨もし鉄よりも堅く疾病もなく煩悶もなく候はゞ（後略）。

（宮澤政次郎あて書簡［6］）

そして、この約一ヶ月後の冬休みには、佐々木電眼を花巻の自宅に呼び、静座法を行い、妹トシは「見るまに催眠状態になった」が、電眼の努力にもかかわらず、政次郎は「いつまで経っても平気で笑っていた」ことが、宮澤清六「十一月三日の手紙」（一九六八年一月『四次元』二〇〇号）に記されている。

ここで賢治は、自己の「疾病」や「煩悶」といった心身ともに不安定な状況を打破したいと願う目的によって、催眠療法が導入され「全身の筋肉の自動活動」（書簡［7］十一月四日）するという静座法に関心と期待を寄せていることを示している。当時流行をしていた静座法および催眠術については、賢治もある程度の知識をもったうえで、仏教の真理を第一としている父の姿勢にそうように配慮しながら、賢治も仏教の真理との関連において、その真理と一致する現象を確認することを怠らなかったことが主張されている。この「聞き噛り読みかじりの仏教を以て大に横やりを入れ」たという表現から考えると、ちょうど前年の明治四十四年八月に、賢治は大沢温泉での夏期講習会で、初めて島地大等の法話を聴いたと推定されていることも関係すると思われる。その法話の内容は、『【新】校

本宮澤賢治全集　第十六巻（下）年譜篇』にも明記されているように、「大乗起信論」であったことから、賢治は、その仏教的唯心論に表わされた唯識思想と如来蔵思想によって意識概念の構造を理解するようになり、その意識論と照合しながら、心理学的催眠療法のしくみと効果を確認したと推測されるのである。

では、賢治にはこの当時どのような「煩悶」を取り除きたいという精神状況があったのだろうか。

先の静座法に参加する少し前の時期にあたる短歌をみると、明治四十五年の賢治の短歌「歌稿B」では、次のような不安なイメージが表現されている。

わが爪に魔が入りてふりそそぎたる、月光むらさきにかゞやき出でぬ。(49)
巨なる人のかばねを見んけはひ谷はまくろく刻まれにけり。(74)
うしろよりにらむものありうしろよりわれをにらむ青きものあり。(79)

ここからは、賢治が自らの感覚のなかに、鋭い脅迫感を感じていることが表現されているといえよう。こうした脅迫観念ゆえに不安定になりがちな賢治は、明治三十六年前後の催眠術ブームから、催眠術が心理学という新たな科学のなかで用いられるようになる時代の動きを受けて、催眠療法に興味をもったといえよう。

たとえば、催眠心理学の本で賢治が関心を寄せたと考えられる福来友吉については、明治三十五年から四十年頃までの動きだけみても、ウィリアム・ジェームズ著（福来友吉訳）『心理学精義』（明治三十五年八月二十五日　同文館）、福来友吉著『催眠心理学概論』（明治三十八年六月　成美堂）、福来友吉著『催眠心理学』（明治三十九年三月　成美堂）、福来友吉著『心理学講義』（明治四十年七月一日　宝文館「附録」に「催眠術の原理及び其実験」がある）が出版されている。なかでも福来友吉は、ウィリアム・ジェームズの著書の訳者としても認識されていただろうし、さらにトシも賢治も自身の催眠の経験から、福来の念写や透視の実験などの報道や著書への興味を抱いていたと考えられる。

なお、賢治が先の静座法に参加するまでの明治四十三年には、柳宗悦が論文「新しき科学」(『白樺』)のなかで、心霊科学を「新しき科学」の一つとしており、また、高橋五郎『心霊万能論』(前川文栄閣)、ブラヴァツキー『霊智学解説』(宇高兵作訳　博文館)などの心霊学書がブームとなることから、賢治の時代には心理学という学問の領域は、心霊科学および霊智学とも関連して受けとめられていたと考えられる。のちの大正十五年春、岩手国民高等学校の賢治の講義メモをとった伊藤清一は、賢治が「霊智教」という言葉を使い、「現在の学問、科学では霊媒を認めないが精神感応だけは認める様になった」と表現したことをメモしている。

こうしたなかで賢治は、自らの心身の改善を目的として、地元盛岡で実際に催眠療法が体験できる場にすぐに飛び込んだといえる。その後も、このような内心への不思議は、短歌「わがあたまときどきわれにきちがひのつめたき天を見することあり」(大正三年四月　歌稿A〔134〕)のように自覚されていくといえる。

また、大正七、八年以前の心理学に関する賢治周辺の動きとしては、日本女子大学校で妹トシの学んだ授業に「心理学」があり、賢治にもトシからの授業に関する情報が及んだのではないかと思われる。

ここで、トシが必修科目である授業「心理学」[1]を受けた大正五年度に、前述した福来友吉の名が、大正五年度用「日本女子大学校規則」(大正四年十二月印刷)に掲載されている点は注目に値する。なお、この年度の途中では、松本亦太郎が着任し、また創立以来の学監麻生正蔵も「心理学」担当者となっている。

そうした心理学の学びに加えて、大正五年は六月二十三日にトシが、死を前にした祖父喜助に「死後の大事」について熱心に伝える書簡［一］を書いたことは、成瀬仁蔵校長の授業「実践倫理」でも紹介されたと推定されるマーテルリンク著（栗原古城訳）『死後は如何』（大正五年四月　玄黄社）を通して死後の問題に対する切実な思いを抱いていたことを示していよう。さらに、七月には、成瀬仁蔵の招きによってインドの詩人タゴールが日本女子大学校に来校し、トシも講堂にて詩「ギタンジャリー」の朗読を聴き、またタゴールが夏期合宿にも参加して深い交流が行われたこともあって、この年度の成瀬の思想は、タゴールの思想と共鳴するなかで充実期を迎えていたといえる。たとえばタゴール来校直後の大正五年七月十六日の成瀬仁蔵講話「日曜日修養会ニ於テ」では、「未来ヲ洞察シテ預言スルコトガ出来ル大イナル宇宙ノ意志ト一ツニナッテ、私共ガ其ノ意志ヲ意志スルナラバ必ズ之レヲ感得シ、之レヲ実現スルコトガ出来ルノデアリマス。（中略）其ノ宇宙ノ音楽ヲ自分ノ竪琴ニ受ケテ共鳴スルコトガ出来、其ノVisionヲ見テオカヘリニナルコトガ必要デアリマス」といった「宇宙意志」についての言及がなされている。このように、トシは自らの学びのなかで、成瀬仁蔵を通して、タゴールばかりでなく、マーテルリンク、エマーソンといった読書に導かれたことで、それらの思想を集結した成瀬の思想について賢治に報告しつつ自らの考えに取り込むことができたと推測される。のちに卒業後のトシは、「自省録」（大正九年二月）に「自分と宇宙との正しい関係」を熱心に求めた在学中の心況について思い返している。

さらに、大正五年九月二十八日に、福来友吉は『心霊の現象』（弘学館書店）を発行する。福来はこの著書で、日本女子大学校の「心理」の講義で、「夢の経験に関する答案を募つたことがある」として、二人の学生の経験を紹介し、「記憶として残つて居るものでないと思はる、幼時の経験が不図夢に現はれ来りて、記憶の偉大なることを証明することがある」という実例を記載していることから、トシはこの講義の関係でこの本に注目した可能性があろう。

また、創立者成瀬校長自身、明治三十四年の創立当初から全学部に「心理学」を必修科目として設定しているほどに、心理学を重視していた。そのうえ、大正六年二月五日の「実践倫理」講話で、「宇宙ノ本質、神ノ本体ガ潜在意識中ニ潜ンデイルノデアッテ、意識ハ現ハレタ所ノミデアルガ、潜在意識ハ奥深イ凡テノモノヲ潜メテイル所デアル」と述べており、いまだ潜在意識という訳語もない時代に自分なりに原書からの研究のうえで述べ、しかも宗教的な宇宙の本質とつながる観点を組み入れて潜在意識の働きについて指摘している。

ここで、トシが学んだ科目における心理学の要素としては、「心理学」以外にも、児童心理について講じられた「児童研究」があり、確認しておきたい。この担当者としては、トシの履修した大正七年からの担当者は楢崎浅太郎であるが、同校の創立当初から児童心理学を教えていた高島平三郎が注目され、著書の紹介がなされていたと考えられる。

一方、トシの三年次にあたる大正六年には阿部次郎が着任し、大正六年度は文学科の「文学原理論」を担当し、大正七年度には「文学原理論」に加えて「美学」も講義していた。トシがこれらの授業を聴講した可能性があり、トシおよび賢治に、文学と心理学的美学に関わる影響を与えたと思われる点は重要である。(2) トシは、その年の十月二十六日付け書簡［一四］にて「おしげさんに何か本をと思ひ候へどこれぞと思ふものもなく阿部次郎論集を一緒にお送りいたし候」と書き、『阿部次郎論集』（大正四年五月　『三太郎の日記』の一部を含む）を送っている。ちなみに、トシが卒業後に書いた「自省録」の内容および文体は、阿部次郎の『三太郎の日記』の内省の思考から影響を受けた要素があるといってよいと考えられる。

ここで、のちの大正十四年の岩波茂雄にあてての「あなたがお出しになる哲学や心理学の立派な著述」という書簡の言葉より、賢治が岩波書店刊の書物に注目していたことがわかることから、とくに心理学について岩波書店刊の著書をみると、たとえば大正六年七月十日発行の高橋穣著『心理学』（岩波書店）があるのと同様に、同じく岩波書店刊の大正六年四月十五日発行の阿部次郎著『美学』（岩波書店）があり、この本が日本女子大学校の授業「美学」のテキストに使用されている。[3] ここからこの岩波書店刊の『美学』についてトシより指摘されて、賢治はこの内容がリップス著『美学大系』の祖述であることを知ったのではないだろうか。のちに賢治は大正十五年七月十日発行のリップス著（稲垣末松訳）『美学大系』（同文館）を購入し、賢治の自筆書き入れ本が宮澤家に保存されている。賢治は、リップス著『美学』が原書名の直訳は「美及び芸術の心理としての美学」であり、心理学的美学として展開されていることに共感をもっていたと考えられる。のちの大正七年十一月一日には、渡邊吉治が「美学史の方法論（四）」（『心理研究』）にてリップスの美学の特徴を「心理学的美学」としている。

具体的には、阿部次郎が『美学』で、「対象は美的観照によつて美的深（Aestetische Tiefe）を獲得する」（三〇七頁）、「苦痛は我等の深みに於いて肯定される」（三〇九頁）と述べている言葉は、賢治の『農民芸術概論綱要』の言葉と符合する。

加えて、賢治がのちのトシの死後、「オホーツク挽歌」で、生前のトシの「幾本かの小さな木片で／HELLと書きそれをLOVEとなほし／ひとつの十字架をたてる」という行為について想起し記していることには、トシが阿部次郎の著書『地獄の征服』（大正十一年十月二十日　岩波書店）の思想に傾倒していた認識を新たにしたものと考えられよう。

以上のような心理学に関わる読書体験や人生の出来事は、次の気づきの段階に至るきっかけとなったと考えられる。

二　「六七年前」（大正七・八年頃）の気づき

次に、賢治が岩波茂雄あて書簡［214a］にて、「六七年前」と述べた時期にあたる大正七、八年当時の賢治の思いを促した状況をみておきたい。

大正七年当時の心理学では、大正六年十月十日に、中村古峡主幹の『変態心理』（日本精神医学会発行　月刊）が創刊されたことが注目される。この雑誌は、フロイト受容史の一環として「精神分析をわが国にいちはやく紹介した在野の心理学雑誌というだけでなく、大正期の文化や学問全体を考える上で見逃すことのできない拡がりを持つ重要な雑誌」と評価されている（曾根博義）。具体的には雑誌『変態心理』は、中村古峡の関心により「性、幻覚、妄想、夢、催眠、心霊、狂気、自殺、犯罪などの個人心理だけでなく、迷信、流言、宗教、教育、同盟罷業《ストライキ》などの集団的心理現象にまで及び、社会の各層から多種多様な事例を収集した上で、それらを物質的、肉体的な欠陥や病気としてではなく、精神的、心理的な変態現象として、あくまで科学的に解明しようとした。医学、生物学、心理学、心霊学、文学、教育学、社会学、民俗学、宗教学、その他さまざまなジャンルの人々がここに集まり、アカデミズムの専門の枠を超えた論文や報告を発表し合った」という姿勢で発行された研究雑誌である(4)。

このような古峡の活動は、古峡自身が漱石門下の作家として出発し、弟の精神病を観察、介護した経験から小説『殻』を書くなど、心理学上の記録を文学として表現した点に意義があると思われる。このような中村古峡の関心事に対して、賢治も幻覚や夢、異空間などについての感受について「おかしな感じやう」を不思議に感じていたことから注目した可能性は高く、この雑誌誌上にて展開された「アカデミズムの専門の枠を超えた」方向からの模索によって、自らの心象スケッチという記録に対する着想を文学との関連において得ることができたのではないかと思われる。

さらに、『変態心理』は、大正四年八月に終刊となった『新仏教』を引き継ぐ意味をもっていた雑誌である(5)。つまり、雑誌『変態心理』は、中村古峡が大正五年に組織した「日本精神医学会」によって、同年十月に仏教関係者の協力のもとで創刊している。その仏教関係者のなかには、賢治が花巻での夏期仏教講習会等で接した島地大等、村上専精らが、「日本精神医学会」の賛助員となり『変態心理』執筆陣の一員にもなっていたことからも、賢治が見逃さなかった雑誌であったと推測される。この雑誌が主に科学的視点から心理学、心霊学に取り組む立場をとりながら、仏教以外にもキリスト教や新興宗教に及ぶ幅広い宗教の範囲において、「精神的、心理的な変態現象」研究の視点から人間の意識の革命を通して信仰革命を起こそうとするねらいを顕著にみせていることは重要であろう。この誌面は、革新的な仏教界の課題を身近に据えながら、心理学研究世界のなかで正しい人間把握と新たな信仰への模索を進めようとする内容が、民間の心理学的興味に答える形で、大正末まで伝えられる場となったといえよう。のちに賢治の詩「小岩井農場」に「変態」という語が登場するのも、賢治のこの雑誌をはじめとする当時の心理学的知識の吸収と深く関係しよう。

加えて、この『変態心理』への執筆と並んで、我が国初の心理学専門誌『心理研究』(明治四十五年創刊)にも同時に健筆を振るっていた心理学者として小熊虎之助が注目される。小熊は、東京帝国大学時代に福来友吉より変態心理を学び、賢治が盛岡高等農林学校で研究生を修了する大正九年には同校教授となり二年間勤めている、異常心理学、超心理学、心霊現象の研究者である。よって、賢治とは盛岡高等農林学校では入れ違いのようであるが、大正七年に『夢の心理』(江原書店)、『心霊現象の問題』(心理学研究会)を出版しており、後者の著書では、著者による「序」に「大正七年四月末日　盛岡にて」と記されていることから、大正七年当時にすでに盛岡高農との関係があった可能性もあろう。また、小熊は大正五、六年には夢や錯覚・幻覚を中心テーマにし、大正七年にはユングの論文を日本で初めて全訳して「精神病学における人本主義的運動（上）（下）」（『心理研究』一月・二月）と題して発表し、翌大正八年には『ウィリアム・ジェームス及其思想（心理叢書11）』（心理学研究会）を出版し、大正十五年に「ユング論文集」（『近世変態心理学大観』第10巻　日本変態心理学会）を中村古峡とともに訳していることから、賢治が関心を寄せて著述を手にする機会は十分考えられよう。たとえば、賢治が詩集『春と修羅』「序」（大正十三年一月）で「あらゆる透明な幽霊の複合体」として使った「複合体」の語は、小熊が「潜在意識の話」（『変態心理』大正八年三月）にて「潜在意識、多くは、或る感情が伴つた観念群の体系《システム》ですが、これを変態心理や、精神病学の方では、特に観念の「複合体」（Complex）と呼んでをります」（二一二頁）と紹介したうえで、「何かの潜在的な複合体が原因をなして」いると思われる異常があった場合には、当人に「自働書記」をさせてそれを分析するという対処も書き及んでいる（二一三頁）。この「複合体」とは、ユングが潜在意識の「観念や印象の群れやその周囲に群生して居る感情や情緒」（ビートライス・ヒンクル「精神分析的心理学概論」『変態心理』大正十二年一月　八頁）に対してあてはめた言葉であることも知ることができる。

この大正七、八年当時の賢治においては、短歌および初期断章や初期短編綴に表現された心理面の問題や感覚描写がなされていたことが注目される。短歌には以前からの短歌に引き続き、大正七年では一層深く自らの心象をみつめた短歌群「青びとのながれ」があり、これと対応した書簡［89］（十月一日　保阪嘉内あて）では「私の世界に黒い河が速にながれ、沢山の死人と青い生きた人とがながれを下って行きまする。（中略）流れる人が私かどうかはまだよくわかりませんがとにかくそのとほりに感じます」と述べている。これは、まさに複合体の様子をありのまま記録した内容であり、「まだよくわかりません」としながらも、いずれその分析も意図しているように受け取れる文面である。また、大正八年でも、短歌（歌稿A〔716〕）の「石丸博士を悼む」と対応して、書簡〔153〕で石丸博士が亡くなったことをまだ知らない賢治が「ふと心が高い方へ行き」「錫色の虚空のなかに巨きな人が横はって」いる心象をみつめており、「私のなかに明滅する」現象を意識的に摑んでいる。

一方、初期断章や初期短編綴は、夜の時間、夢や眠りが扱われ、過去の暗闇や薄明時における不可思議な心象の記録が文学的散文形式でなされたものであるといえる。しかも、過去の心象を今体験している現在形で書いているという特徴がある。賢治が当時の心理学の知識を基底にもったうえで、とくに人の知覚や潜在意識を、時間や空間の条件に注目しながら記録しているとみられる表現が顕著である。よって、「六七年前から歴史やその論料、われわれの感ずるそのほかの空間といふやうなことについてどうもおかしな感じやうがしてたまりませんでした」という想いは、この思いを抱いた時代にすでに短歌、初期断章、初期短編綴にて「わたくしはあとで勉強するときの仕度にとそれぞれの心もちをそのとほり科学的に記載して置きました」という方法で実現され始めていたものと考えられる。

そうした心象の記録を行う経過のなかで、大正七年六月三十日には賢治が、肋膜炎の診断を受ける。その後の余命を十五年と自ら予測しながら、賢治の心象を見つめる目の切実さは心理面と宗教面の問題意識に深く切り込んできたのだと思われる。

また、同年七月発行の『赤い鳥』創刊号に出会って始められたとされる童話形式による創作には、賢治のどのような思いが込められているといえるだろうか。のちに『注文の多い料理店』「広告ちらし」で「この童話集の一列は実に作者の心象スケッチの一部である」として、童話すなわち「少年少女期の終り頃から、アドレッセンス中葉に対する一つの文学としての形式」によって「よりよい世界の構成材料を提供する」という心象スケッチの可能性を見出していったといえよう。この点については、前述した日本女子大学校で児童心理学を担当していた高島平三郎は自ら日蓮宗の信者として心理学に則った普遍的な宗教心の育成についても言及しており、その著書に、青年の「潜在意識に於ては、既に新しい信仰や、新しい主義が組織されつ丶あります」(『児童心理講話』明治四十二年五月 広文堂書店 五〇二頁)とあるように、深層心理と宗教心の関係を意味づけ、「宗教心の養成は推理の働が出来、又構成想像も盛んに働くことが出来るやうになつた後に於てするが宜い。言ひ換へれば、少年期の終に於て始めるが適当であらう」(『教育に応用したる児童研究』明治四十四年十月 洛陽堂 四五九頁)としている。また高島平三郎の著書では「童話と宗教」の関係や「心象及び表象」について、次のように説いていることから、賢治がのちの心象スケッチとしての『注文の多い料理店』に込めた思いは、当時の児童心理学の目配りのなかで主張されているといえるのではないだろうか。

・童話は、其の組織が、想像的のものであつて、その中には、多くの不可思議なる要素を包含して居り、幼な子をして、将来宗教の経験を得しめる素地をなすものである。すべての精神作用は、個体の進歩と、種族の進歩と相伴うものであるゆゑ宗教の考も亦幼時に在つては、恰も原人或は未開人の間に行はれるものと同じやうに、自然を拝んだり、動植物を拝んだり、庶物を拝んだりする傾向を有するものである。されば幼児は童話の中より、種々の拝むべき対象を見出し、知識や経験の進むと共に、次第にその対象を変化し、終に現在の社会の信仰に進むのである。一般に、其の起源より考へても、童話は神話に基き、神話は宗教と密接の関係があるゆゑ、随つて又童話が宗教と関係することは、言を待たずして明である。

・心象とは、特に意味なしに、たゞそのまゝに外界の現象を意識に留めておく働をいふのであつて、表象といふのは、その心象に意味を有して居るのである。それゆゑ、吾人の持つて居る経験の中には、多くの表象があらうが、又それよりも多くの心象を有して居る。即ち、児童の幼稚なる際は、心象の方が多くして表象の方が少ない。然るに、少年少女期に入れば、次第に心象よりも、表象が多くなつて来るのである。勿論、広い意味よりいへば、表象というても、つまり心象であつて、あらゆる智力作用は心象に基かぬものはないが、その心象が種々の条件に由つて区別され、更に種々の名称を生じて来るのである。

（『教育に応用したる児童研究』明治四十四年十月　洛陽堂　三六一頁）

（『教育に応用したる児童研究』明治四十四年十月　洛陽堂　四〇二頁）

このような当時の児童心理学の言及に応じながら、賢治は自らの心象に基づく宗教体験を童話の形でスケッチすることを考えはじめたのではなかろうか。大正七年十一月二十四日付けトシ書簡［一七］では、兄賢治の天職の探究について「大正十年位までハゆる〳〵と御考へを練らるゝ事に賛成申し上げ候」と「大正十年」という目標を設定するトシの考えが伝えられており、この時期の賢治のなかに、天職を念頭においての法華経信仰に基づく心象スケッチへの使命が膨らんできたものと考えられる。

こうしたなかで、大正九年から十年のはじめにかけての賢治は、父との宗教的な対立の関係から、自らの日蓮信仰の立場を固持してゆく姿勢を強めてゆく。とくに、心理学的観点からは、大正九年七月二十二日の保阪嘉内あて書簡［166］にて、賢治が「今日私ハ改メテ九識心王大菩薩即チ世界唯一ノ大導師日蓮大上人ノ御前ニ捧ゲ奉リ」（傍点原文）と書いていることより、大乗起信論による深層意識構造の理解のもとで、日蓮を九識心王として、最も深い究極の真如として表現することで、日蓮への帰依を主張している姿をみることができる。[6]

賢治は、家出上京中の大正十年三月十日付け宮本友一あて書簡［191の1］にて「どの宗教でもおしまひは同じ処へ行くなんといふ事は断じてありません。間違った教による人はぐんぐん獣類にもなり魔の眷属にもなり地獄にも堕ちます」と記すことで、自分の信仰への絶対性と他の信仰との隔絶への意識を伝えている。

こうして、トシの「大正十年位までハゆる〳〵と御考へを練らるゝ事に賛成」とされていた目標との関係か、大正十年に過激に行動開始した感のある大正十年前半の動きがあったが、その一方で、大正十年八月中旬頃に花巻へ帰ったのはトシが病気であるとの電報による受け身の状況によるものではなく、すでに東京生活の途中に、心境の変化が起こり始めていたためであると考えられる。大きな転機は四月に父と関西旅行で比叡山に赴いた際、最澄の天台法華から諸宗教が起こった歴史の確認を通して、「ねがはくは　妙法如来正偏知　大師のみ旨成らしめたまへ」（歌稿B［775］）と素直に受け入れることができた心境が大きなきっかけだったと考えられる。さらに、六月以降、帰郷の意志があることを「やはり私が、数年間、帰る事が必要ならば、すぐにも戻ります」（書簡［193］六月二十九日）「十月頃には帰る予定ですが、どうなりますやら」（書簡［197］八月十一日）と仄めかすようになる。

そのような大正十年頃の賢治の読書として、「主として医学、心理学、美学、哲学、天文、地質学等」（宮澤清六年譜　十字屋版『宮澤賢治研究』）という分野が挙げられていることは注目に値する。なかでも、これらの分野で大正十年から岩波茂雄あて書簡が書かれた大正十四年頃までの岩波書店刊の書物をみると、心理学関係では、高橋穣著『心理学』にて空間知覚・時間知覚の問題が扱われ、物理学関係では、大正十年十二月二十五日発行の石原純著『エーテルと相対性原理の話』（岩波書店）と、同日発行の石原純著『相対性原理』（岩波書店）とによって一般に向けての相対性原理の解説がなされている。賢治も時間と空間のもたらす不思議な現象について、こうした心理学と相対性原理による理解をあわせて把握していくことで、自らの心象の実在を「四次感覚」（「農民芸術概論綱要」）で捉えていったのではなかろうか。また、この相対性原理はのちのトシの死の問題を問う際に、死後の世界における時間と空間の問題においても適応することで納得していった経過にも深く関わる思考であったろう。

以上のように大正七、八年には、賢治は心理学の知識から、自分の内部に起こる出来事を、文学として書き留める自覚をもち、主に短編綴の形で記録したと考えられる。その後、大正九年から十年にかけて、日蓮宗信仰の強まりのなかで、九識説によって「日蓮大上人」を潜在心の最も深い九識（阿摩羅識）にて真如たる「九識心王大菩薩」（大正九年七月二十二日　保阪嘉内あて書簡［166］）として信じる側面が強調された。こうしてさらに、大正十年の夏頃、帰郷を決意することで、イーハトヴ童話が生まれ始める頃には、郷土岩手を自らの心象のなかで受容しようとする時空認識の変容がもたらされ、賢治の心理に変容が起こり始めたといえる。この時期の賢治の心理変化は、戯曲「蒼冷と純黒」には「いや岩手県だ。外山と云ふ高原だ。北上山地のうちだ。俺は只一人で其処に畑を開かうと思ふ」「俺等の心は、一緒に出会はう　俺は畑を耕し終へたとき、疲れた眼を挙げて、遠い南の土耳古玉の天末を望まう。その時は、君の心はあの蒼びかりの空間を、まっしぐらに飛んで来て呉れ」と、郷土に居ながら、空間を超えた心の在り方を求めていることが示される。また、そうしたなかで初稿が八月二十日頃と考えられる短編梗概「竜と詩人」の次のような内容は、故郷とのつながりを受け入れる心の象徴的な表現であるといえるのではないだろうか。

スールダッタよ、あのうたこそはわたしのうたでひとしくおまへのうたである。いったいわたしはこの洞に居てうたったのであるか考へたのであるか。おまへはこの洞の上にゐてそれを聞いたのであるか考へたのであるか。お、スールダッタ。
そのときわたしは雲であり風であった　そしておまへも雲であり風であった。詩人アルタがもしそのときに冥想すれば恐らく同じいうたをうたったであらう。けれどもスールダッタよ。〔ア〕ルタの語とおまへの語はひとしくなくおまへの語とわたしの語はひとしくない韻も恐らくさうである。この故にこそあの歌こそはおまへのうたでまたわれわれの雲と風とを御する分のその精神のうたである。

ここで「個々の精神」との相互の感応と「唯一精神」の体現を自覚するという意味づけとしては、「如来を表現」することにつながり、さらにこうした精神をもって郷里という空間を心象のなかで受容し、しかも空間を超え他者と共鳴する感覚をスケッチすることで、心理的解放がなされる意識に至ったのではないかと思われる。

三　帰郷から大正十四年に至る心理学・宗教

その後、帰郷してからの時代においては、賢治が関心を抱いたことが考えられる書籍として大正十一年一月五日発行の森明著『宗教に関する科学及哲学』（警醒社書店）がある。森は、「科学（心理学）より宗教へ」と題する項目で、物理学者オリヴァー・ロッヂの「真の宗教の境地とヨリ完全なる科学のそれとは同一である」という宣言を紹介し、その根拠を「新しい心理学的発見に基づくもの」（九八頁）としている。

さらに同書における「心理学の貢献」という項目では、次のように新しい心理学の内容と働きが宗教と結びついて位置づけられる。

近世の心理学に於て永き間問題と成つてゐたのは彼の「余乗意識」(Marginal Consciousness) の問題である。エドモンド・ガーネイ (Ednomd《ママ》 Garney) やフレデリッキ・マイヤーズ (Frederick Myers) 等の労作によつて漸次光明を認めるに至つた。児童心理 (Pedagogical Psychology) 及び変態、若しくば《ママ》病的心理 (Abnormal or Pathological Psychology) の研究から普ての発見が行はれて行つた。心霊 (Spirit) の自由性 (物質に対する) 及び意識の二重以上の存在等の発見、更に其根本問題たる「余乗意識」の研究は一八八六年に至つてフレデリッキ・マイヤーズ (Frederick Myers) が初めて是に「潜在意識」(Subliminal or Subconscious) の名称を与へた。新しき心理学は此実験に基いて其学的確信を開展しつゝある。是等の発見の中其中心真理を為してゐるものは「精神伝達」(Telepathy) の説である。人間の精神は甲より乙へ何等物質的影響を受けずして全く自由に相通ふと云ふのである。催眠術も其一であるが物体透視 (Claiovoyance《ママ》) 千里眼等もさうである。而して此原理から人間の霊魂不滅 (Human immortality) の可能を主張さるゝやうに成つて来た、(中略)。斯く心理学から肉体死後に於ける霊魂の存続を予想さるゝやうに成つて来た故に、近代の心理学に基礎を有する学者が等しく神の霊的存在と吾人の精神の之に対する関係の可能との認容から一般に宗教の真理性を承認するに至った。

更にベルグソン (Bergson) は其著「夢の研究」の終りに、「潜在意識」に他の意識が働きかける事実を注意深く指摘して「余は嘗つて物理学及其他の自然科学が近世に於て為したる発見よりも更に恐らく驚く可き発見が其処に存するを疑はない」と言つてゐる。斯くて科学より宗教へ其立脚点に於て同一圏内に入り来りし事は実に注意すべき事であらう。

(九九〜一〇一頁)

ここに、当時の心理学における潜在意識の発見が精神伝達や霊魂の存続に対しての宗教的考えに貢献したことが評価されている点は注目に値する。

こうした時代のなかで、賢治は自らの潜在意識について見つめるまなざしをもち、大正十一年一月六日より、「屈折率」「くらかけの雪」をはじめ、「わたくしといふ現象」の心象中に現われたものを記録する詩形式の創作がはじめられたのであるといえる。

この大正十一年には賢治蔵書本と確認されている亀谷聖馨著『華厳哲学研究』（大正十一年九月三日　文英堂書店）があり、「科学の進歩に伴ひて、宗教も改善すべく、宗教の発達に従ひて、科学も伸暢すべきこと勿論にして」（同四〇〇頁）とされ、次のように述べられている。

> 将来の宗教は、必らず科学の発展に順応して、而かも哲学的に成立し、普遍的思想の上に、正義及び善を改革的に向上せしめざるべからず。而かも現実に即して、高遠なる理想を高唱せざるべからず。是に於てか、独り狭隘なる範囲内に於ける宗教としての存在に限らず、之を拡充して全人類の宗教、軈がては、大宇宙の真理としての、意義価値を発揚するに至るべし。吾人は斯かる大宗教は、遂に華厳の哲理に依りて発生すべきを力説して止まず。（四〇二頁）

このように華厳哲学研究の方向から、「大宇宙の真理」に向けて拡大された「大宗教」をめざすべき指針が示されていることに、賢治は注目したであろう。

さらに、大正十一年十一月二十七日にトシが永眠（享年二十四歳）してからは、賢治は詩「風林」「青森挽歌」

「宗谷挽歌」で死後世界からのトシの「通信」を求める思いを示し、詩「オホーツク挽歌」では、トシの「十字架」に寄せる思いを思い出している。こうしたトシを思う過程で賢治はさらに死後の世界の探究や死者との交信の問題を中心とした課題をもって心理学、心霊科学等に触れたであろう。宗教的にも、トシの願う「自分と宇宙との正しい関係」(「自省録」)を第一義に求めていく信念について考えることと、当時の心理学、科学、宗教哲学の動きのなかでも呈示されてくるあらゆる宗教に通底する「大宇宙の真理」の考え方とが重なって受けとめられる時期であるといえる。

また、先の亀谷聖馨は、大正十二年十二月には『華厳哲学と泰西哲学』を発行し、次のように霊智学による宗教観について紹介する点は、トシの信念と通じ合う。

元来霊智学は、基督教より出でしものなりしが、今日は殊に亜米利加に於て、仏教と提携して、頗る弘道に努め居れりと聞く。今、其の主張を見るに、左の如きものあり――

霊智学は、総ての宗教及び絶対真理の精粋にして、有ゆる宗教の信条には、只、其の一滴のみが注入し居り、又、譬喩を以て言へば、此の世に於ける霊智学は、七色虹彩を作くる根元の白光線にして、各箇の宗教は其の七色の一つに過ぎず、然るに其の各箇宗教は凡て他の信仰を非難して偽教と云ひ、自己の光線が第一位を占むると思ふのみならず、自分は其の根本の白光線なりと思惟す。然し乍ら、太陽の如き大真理が、人間の心に漸次に現はれ来たり、其の各一色の宗教は、漸次に消滅し、終に根本の光線へ帰れば、人類は人造的宗教を脱して、純粋、永久の真理の光に浴すべし、是れ即ち霊智に成るなりと。

(一九三~一九四頁)

ここで、亀谷は「霊智学」と訳しているが、これは「神智学」と呼ばれることのほうが一般的であり、後述するように賢治も「霊智教」と述べ「霊智」の語を使っていることから、賢治は亀谷の著書から究極の真理の学としての神智学の思想に近づいたと推測される。このような既成宗教の独善性を超えて「大真理」を求める動きが、華厳哲学者によっても支持されていることは、賢治の心を開いた一つの契機になっただろう。

さらにこの当時では、かつて熱心な大本教信者であった浅野和三郎がその宗教から離れてはじめた執筆活動にも賢治は触れていたと思われる。浅野和三郎は、大正十二年七月一日に雑誌『心霊研究』（心霊科学研究会）を創刊し、翌十三年二月には、雑誌『心霊界』（心霊科学研究会）を創刊している。

とくに心霊科学の研究から浅野和三郎が「真信仰勃興の機運」（『心霊界』創刊号大正十三年二月十一日　心霊科学研究会）という文章において「宇宙意志」による「大宗教」へ至る確信を示していることは、賢治ののちの「宇宙意志」への言及に極似しており注目に値する。

若し大宇宙に意志がありとすれば（私は意志があると信ずるもの丶一人でありますが）時勢なるものは正に大宇宙の意志の表現と見るべきでありませう。（中略）時勢が要求する時に初めて其所に真信仰が湧き出で丶真宗教が勃興します。

所で現在の時勢は果して真宗教の勃興を促して居るでありませうか――愚見にして謬らずんば、世界の人類は今正に真宗教の起るべき門口に立つて居るのであります。前に述べたる物的科学並に精神科学の革命的発達が其兆候の一であります。在来の物質的個人主義の文明の行詰、世界人類の大混乱大争闘がその兆候の二であります。地震洪水饑饉等天変地異の頻出がその兆候の三であります。人口の過剰、貧富の懸隔等超人力的故障の現出がその兆候の四であります。これは到底武力だの、外交だの、経済学だの、哲学だの、倫理学だの、既成宗教だのといふ有り合はせの道具で処理する訳には参りません。要はたゞ世界人類を打つて一丸とする一大真信仰の樹立、宇宙意志を後援として天然造化の力をも左右し得る大宗教の出現以外に此難関を切り抜け得る希望は絶無と信じます。人類の破滅が宇宙の意志でない限り、私は必らず近く一大真宗教が出現すべきであると確信します。

（一三頁）

賢治も、のちの大正十三年十二月一日頃に書かれた『注文の多い料理店』発行に際しての「広告ちらし」には、「既成の疲れた宗教」を超えようとして、自らの作品を「作者に未知なる絶えざる警《ママ》異に値する世界自身の発展」によって生成したものであり、「心の深部に於て万人の共通である」としているのは、万人に働く内在および外在の宇宙意志を直接ありのまま捉えて伝えている作品であるという自負があろう。そこには、賢治も浅野のように「宇宙意志」による「大宗教」を「物的科学並に精神科学の革命的発達」からの検証のもとで見出していこうとする考えがあったのではないかと推察される。このことは、さらにのちの昭和四年の小笠原露あて書簡［252c］下書（四）にて「あらゆる生物をほんたうの幸福に齎したい」と考えている「宇宙意志」の働きを主張していることと通底しよう。

こうした科学と宗教についての動向を知るなかで、賢治の心理学への関心が、「Libido」（詩「休息」大正十三年四月四日）や「天台、ジェームス」（詩「林学生」大正十三年六月二十二日）と登場する語にも表されているといえる。こうして同年一月二十日の詩集『春と修羅』「序」執筆の際には、これらの詩が「かげとひかりのひとくさりづつ」の「心象スケッチ」としての記録であると宣言される。

この点については、すでに大正十一年三月号の『変態心理』での藤井真澄「新興芸術と変態心理の研究」で発表されている内容に「少くとも精神分析学なんか日常生活の常識として、其の上に新しい芸術を築きあげろといふのである。過去の文豪が其の当時に於て、たとへ意識してゐなかつたにしろ、一面立派な心理学の専門家と云はれ得るやうに、今後も其の偉大なる芸術家は同時に偉大なる変態心理学者であるべき筈と思ふ」（三一四頁）という発言もあることと関係しよう。つまり、当時は精神分析学の発展によって、芸術が心理学に立脚して成立することがますます自覚的に求められていたのであると思われる。

一方、これに重なる時期である大正十三年七月二十日発行の佐藤定吉『科学より宗教への思索』（産業宗教協会）は、科学者である著者が、キリスト教信仰の立場をもちながら、「科学は宗教への門である」（一九頁）として、次のように「万人に開かれた神」を求めた書として注目される。

・ただ一つの私の武器である科学智識と研究体験とを杖とし、天国さして登り行く旅路につきたい。ジヨン・バンヤンの天路歴程中にある一旅人の如くに、私は近頃やつと滅亡の郷里を後に旅立ちしたばかりの初心の旅人に過ぎない。

この「科学より宗教への思索」の記録も、実は一旅人の独言に外ならぬ。見ゆる儘の景色をありのままに、聞ゆる谷川の水の音をそのままに、科学の郷里より旅立ちして、宗教のシオンの峰さして辿り行くさすらひ人の努力の足跡に過ぎぬ。（五頁）

・科学の真理は人と場所と時間とを超越し、万人が万人とも普遍的に体験し得べきを要求する。即ち吾人の求むる処は万人に開かれた神発見の道でなければならぬ。（九一頁）

・神は内在であると同時に、また外在である。見えざる世界は自己の外にあると同時に自己の心奥に在る。

（一二九頁）

・内在の神性を見出すことは、やがて外在の宇宙の本体、生命の根源たる神に至る道であることを忘れてはならぬ。

（一三四頁）

・宇宙の一角より発する神の声と意志とが、物質と云ふ導体を通じて、人の頭脳の耳に聞こゆる者が科学であり、また精神と云ふ導体を通じて、人の心の耳に聞こゆるものが即ち宗教であると謂ひ得る。換言すれば、科学は有線電話であり、宗教は無線電話であるとも謂へよう。前者は有形の物質を通じて、神の声を聞き、後者は無形の心霊を通じて、同じ神の声を聞くのである。故に、科学に通ずる『道』は、またその根本原理に於いては、同じ筆法と同じ呼吸が宗教にも貫流してゐるのである。

（五〇八頁）

佐藤定吉は、これらの「内在の神」をめぐって、物理学者オリヴァー・ロッヂや電子の発見者であるクルックスが心霊問題を研究したことから、科学者がその解明に至り得るものとし、「内観的見神法」のなかで「霊的実在者」の実在を電子論や相対性原理の発見を端緒に科学的に確認し、「電子と霊魂との関係」（四四二頁）を深く追究することで、「霊響」「霊光」の働きを行う「宇宙の真相」の解明を使命とすべきことを主張している。

一方、音響物理学の方面では、大正十三年十一月七日に、賢治蔵書であるジュール・コンバリウ著・田坂晋三郎訳『音楽の思想と法則』（日本評論社）が発行される。

・音楽は経験に先立つ万有実体（universalia ante rem）であつて作られて居る。それが動作に結び付けられる時は、その外部の現実の形式を棄て置いて、その隠れたる意義である深い根本の原理を表して呉れるのである。それは宇宙の力、万物を保持するかの意志に到り着いて、それと合一するのだ。（九九頁）

・人によると常に色の観念を音の観念に聯想させるもの（色聴と名付けられて居る病的現象）があるが、これさへあれば生理学者の研究と、系統を分立しようとする彼らの企図とに新生面を開くには、不足はないとされた位である。（二八二頁）

この書では、音響物理学の研究からも音楽と「宇宙の意志」との密接な関係について言及されている。さらに、賢治自身ももっていたとみられる「色聴」も、ここで宇宙の意志との合一に関わる有益な機能とされている。ちなみに、のちの大正十五年四月以降の執筆と考えられる「花壇工作」には、「けだし音楽を図形に直すことは自由であるし、おれはそこへ花でBeethoven の Fantasy を描くこともできる」との自信にあふれた言葉が見出される。

このような大正十三年までの歩みを経て、賢治は冒頭に掲げた大正十四年の二通の書簡を出すのである。ここに記された「或る心理学的な仕事の仕度」の目的として「歴史や宗教の位置を全く変換しやうと企画し、それを基骨としたさまざまの生活を発表して、誰かに見て貰ひたい」と考え、「宗教家」をはじめとする人たちに贈ったという点について、当時の心理学をはじめとする科学の発展が、宗教と対立する関係ではなく真なる普遍的な宗教を求めていく流れとなる同時代思潮との関連で理解される。その探究には「それぞれの心もちをそのとほり科学的に記載して」おくこと、つまり心象を「厳密に事実のとほりに記録したもの」という客観的科学的手法による記録が、真の宗教に至る証明の根拠として必要だという点も納得がいこう。

ちょうどこれらの書簡の前年大正十三年には、「銀河鉄道の夜」初期形第一次稿は脱稿されており、二通の書簡が書かれた大正十四年の一年を通して、第二次稿から第三次稿への構想が進んでいたであろうと思われる。ここで、第三次稿にて導入される「ほんたうの神さま」論争や黒帽子の大人の話の場面は、こうした時代背景のもとで、賢治自身の意識が高まって挿入されたと考えられよう。

以上の時期は、大正十年の家出上京からの帰郷と大正十一年のトシの死を通して、賢治が人生のなかで自らの宗教観を形成し直すべき課題をもった時期にあって、心理学をはじめとする科学が宗教の真の在り方を検証し捉え直すために吸収され、宇宙意志の考えへとつながりはじめた時期であるといえよう。

四　大正十四年書簡の後

冒頭の書簡二通を出すことで、自己の心象スケッチの立場を明確に宣言して心理学に基づいた宗教観を形成しはじめた賢治は、その後大正十五年一月から三月までの岩手国民学校での講演に向かう。そこで、心霊科学、心理学への言及をし、たとえば一月三十日の伊藤清一による岩手国民学校「講演筆記帳」では、次のように語ったとされる。

・（霊智教）
現在の学問、科学では霊媒を認めないが精神感応だけは認める様になった、
・世界の発見等や、真実の学問等は有識部からで無くして皆無意識部から出でゝくるのである、
行動学、形隊《ママ》心理学等が進歩して来たのである。新しい即ち創造は無意識部から生ずるのである

ここで、「霊智教」とあるのは、前述した亀谷聖馨著『華厳哲学と泰西哲学』にあった「霊智学」とほぼ同じ意味であろう。また、賢治がこうして「精神感応」や「無意識部」を重視する心理学的認識をもっていた時期に重なって、大正末年にはできていたと推測されている「銀河鉄道の夜」第三次稿には「遠くから私の考を人に伝へる実験」としての「精神感応」(テレパシー)が描かれているし、大正十五年二月の「ざしき童子のはなし」(『月曜』二号)では、集合無意識ともいうべき心の真実の記録としての現象が描かれたといえるのではなかろうか。さらに当時の日本では、形態心理学(のちにゲシタルト心理学と呼ばれる)およびその指導的学者W・ケーラーに注目が寄せられるのは昭和初期からであることから、賢治が当時最新の心理学の情勢に関心を向けていたことがわかる。この時期に賢治が日本語の論文で形態心理学について知ったのだとすれば、大正十四年の雑誌『心理研究』における久保良英「形態心理学序説」(連載六回)の知覚説を中心とするいち早い紹介による可能性が考えられる。

こうして賢治は、大正十五年三月三十一日をもって、県立花巻農学校を依願退職し、羅須地人協会の活動に入ることになるが、その活動を支える思想は、大正十五年六月頃に書かれた「農民芸術概論綱要」にて記録される。

世界がぜんたい幸福にならないうちは個人の幸福はあり得ない
自我の意識は個人から集団社会宇宙と次第に進化する
新たな時代は世界が一の意識になり生物となる方向にある
正しく強く生きるとは銀河系を自らの中に意識してこれに応じて行くことである
農民芸術とは宇宙感情の　地　人　個性と通ずる具体的なる表現である
そは直感と情緒との内経験を素材としたる無意識或は有意の創造である

諸作無意識中に潜入するほど美的の深と創造力は加はる
無意識部から溢れるものでなければ多く無力か詐欺である

ここには、無意識部における真実や個人の無意識が集団や宇宙の意識までつながっている確信が表現されている。この頃から晩年にかけて、花巻バプテスト教会員の島栄蔵からは、内村鑑三全集や聖書関係の書籍など多数の蔵書を借り、同教会員中村陸郎には、パウロのロマ書の解釈について尋ねるなど、聖書研究を進めていたといわれるように（山根知子「宮澤賢治と大正デモクラシー」『拡がりゆく賢治宇宙』一九九七年八月　宮澤賢治イーハトーブ館）、キリスト教信仰への理解に積極的に乗り出している。

その過程で、前述した大正十五年七月十日発行のリップス著（稲垣末松訳）『美学大系』（同文館）が購入される。この本の序論には「実に此の如き事実の真正なる「理解」（＝芸術品の上に表現し居る時代の特徴、他方に於ては、該芸術品がその時代に及ぼしたる影響を明らかにする事・山根注）は、唯美学、即ち厳正広汎にして確固たる心理的基礎の上に立つ所の科学によりてのみ遂げられるのである」（七頁）ともあるように、『美学大系』を心理学および科学の書として、賢治が認識していれば、この書物は大正十五年（十二月十五日）書簡〔222〕（宮澤政次郎あて「東京ニテ」）の「心理学や科学の廉い本を見ては飛びついて買ってしまひ」という本の一冊であることも推測される。同書簡では「音楽まで余計な苦労をするとお考へでありませうがこれが文学殊に詩や童話劇の詞の根底になるものでありまして、どうしても要るのであります」とも述べられ、芸術と心理学による宇宙と個人との意識の探究および表現の課題が、羅須地人協会での実践のなかで、音楽と文学を通してなされる意義づけが深まったのだと思われる。

この時期すなわち大正十五年末頃に成立したと推定されている「銀河鉄道の夜」第三次稿には、「みんながめいめいじぶんの神さまがほんたうの神さまだといふだらう、けれどもお互いほかの神さまを信じる人たちのしたことでも涙がこぼれるだらう」という信仰の問題や「私は大へんいゝ実験をした。私はこんなしづかな場所で遠くから私の考を人に伝へる実験をしたいとさっき考へてゐた。お前の云った語はみんな私の手帳にとってある。さあ帰っておやすみ。お前は夢の中で決心したとほりまっすぐに進んで行くがいゝ」という心理実験、その他歴史や地理の問題等が盛り込まれている。

昭和二年には、岩波書店刊のウィリアム・ジェームズ著（今田恵訳）『心理学』（心理学名著叢書 第一巻）が刊行されていることも、心理学の目的について「意識の流れ」を中心とした内省（内観）の報告を表現する意義が主張されている内容には、賢治の心象スケッチのねらいと関連する点があり注目すべきであろう。

その後、昭和四年以降の賢治にとって、大宗教、宇宙意志という概念がキーワードになってくる。昭和四年春には、黄瀛の訪問を受け、「その実はわからない大宗教の話をきいた」（「南京より」三十一年度版全集『研究』二〇八頁）という。また昭和四年に書かれた小笠原露あて書簡［252c］下書（四）では、「たゞひとつどうしても棄てられない問題はたとへば宇宙意志といふやうなものがあってあらゆる生物をほんたうの幸福に齎したいと考へてゐるものかそれとも世界が偶然盲目的なものかといふ所謂信仰と科学とのいづれによって行くべきかといふ場合私はどうしても前者だといふのです。すなわち宇宙には実に多くの意識の段階がありその最終のものはあらゆる迷誤をはなれてあらゆる生物を究竟の幸福にいたらしめやうとしてゐるといふまあ中学生の考へるやうな点です。ところがそれをどう表現しそれにどう動いて行ったらいゝかはまだ私にはわかりません」と、クリスチャンであった小笠原露が法華経信仰への理解を示して賢治に教えを請うているという状況において、敢えて「宇宙意志」という普遍的な表現をとって語っていることは重要であろう。さらに、意識の段階の最も深い部分の働きについて、以前の大正九年であれば「九識心王大菩薩即チ世界唯一ノ大導師日蓮大上人」（書簡〔166〕傍点原文）と述べていたが、ここでは普遍的絶対者の意志として「宇宙意志」と表現している。

また書簡〔252c〕下書では、賢治は「どんな事があっても信仰は断じてお棄てにならぬやうに。いまに〔数字分空白〕科学がわれわれの信仰に届いて来ます。もひとつはより低い段階の信仰に陥らないことです」と述べて、科学を意識しながらの信仰の問題を語っている。

次に、賢治の蔵書にあった『世界大思想全集』（春秋社）では、そのうち昭和四年十月発行の二十二巻にはフロイドの「精神分析」が掲載され、昭和六年一月の四十四巻にはユングの「生命力の発展」が掲載されており、こうした心理学がとりあげられる時代のなかで、昭和六年頃に、「銀河鉄道の夜」第四次稿が書かれる。

その後の昭和七年では、四月に大本教信者である佐々木喜善が、賢治を訪問し、エスペラント・民話・宗教の話を語り合い、賢治の宗教的視野が拡大されているといえる。また、昭和七年六月二十二日付け中舘武左衛門あて賢治書簡下書〔422a〕によると、「此の度既成宗教の垢を抜きて一丸としたる大宗教御啓発の趣御本懐斯事と存じ候」と書いており、「大宗教」の捉え方として、「既成宗教」を革新し、閉鎖的にならず他とつながり「一丸」となる方向に価値を置いたものであることがわかる。

さらに、病後の昭和六年頃に使用された「兄妹像手帳」（一七五・一七六頁）のメモと、死を迎える昭和八年と推定された「思索メモ1・2」は、これまでの「仕度」の段階からいよいよ「心理学的な仕事」そのものにとりかかる段階として、著作の準備として始めたメモとみることができるのではないだろうか。

まず、昭和六年のメモでは、賢治が「わがうち秘めし異事の数、異空間の断片」（一六七頁）を書き綴ってきたことをもとに、「唯物論ニ与シ得ザル諸点」を指摘するための論拠として「人類ノ感官ノミヨク実相ヲ得ルト云ヒ得ズ」として潜在意識の働きなどに触れ「異空間ニ関スル資料」(一七五頁)を呈示する著作を予定していたのではないかと推測される。

また、昭和八年の「思索メモ1」では、晩年の賢治によって著作の計画が書かれ、科学と信仰の問題を論じて「異空間の実在」「菩薩仏並に諸他八界依正の実在」「心的因果法則の実在」を証明しながら、「科学に威嚇されたる信仰」から「新信行の確立」にまで導く内容が予定されていたと考えられる。

さらに、「思索メモ2」は、「思索メモ1」につながる著書のメモと思われ、「科学より信仰への小なる橋梁」という著書の題名らしい表現が示されている。こうした著作の計画から、心理学的仕事とは、心理学の要素を使いながら、その周辺の科学的実証のうえで、「科学より信仰へ」の「橋梁」を実現させるという仕事といえるのではないか。しかも両メモに類似した「分子―原子―電子―真空―異単元―異構成物―異世界」という流れが示されている点から、前述した佐藤定吉が「電子がその奥に潜む宇宙の力と、見ゆる物質界との溝渠に架せられし一道の橋梁である如く、人は又之を宇宙的に観て、不可見の霊界と物質界の間に架せられし一橋梁である」(同書　八二頁)と、キリスト教の立場から自己の心奥に内在する神との関係を確認し、電子論と相対性原理を重視して、「科学より宗教への橋梁」をめざしていたように、賢治は自らの仏教信仰の立場からそれを試みる著作の計画を進めていたのだろう。

昭和八年九月二十一日の死に際して、賢治は、国訳の法華経を一千部印刷して、お経のうしろに「私の生涯の仕事はこの経をあなたのお手もとに届け、そして其中にある仏意に触れて、あなたが無上道に入られますことを」と書いて、知己に届けてほしいと依頼し、永眠する。この晩年における法華経への思いは、以上の経過から、心理学を「橋梁」としてに万人に開かれた宗教観を背景とした法華経信仰として認められるといえよう。

おわりに

以上、賢治の同時代に展開した新しい心理学との接点を確認することで、賢治の心理学に対する問題意識の流れをみてきた。最後に、そうした賢治の心理学への思いについて、考えられる可能性をまとめてみたい。

まず賢治は、「歴史やその論料、われわれの感ずるそのほかの空間といふやうなことについてどうもおかしな感じやうがしてたまりませんでした」という問題意識をもち、「大乗起信論」への理解と当時の心理学の進展のなかで、それらをいかに判断すべきかについて、雑誌や書籍によって心理学的知識を得ながらも即断せず、自らの信仰と一致するかどうかの確認を重視し、ひとまずあとで本格的に自らの研究の機会ができたときに必要な自分の体験の科学的な記録を行ったのが、心象スケッチだとした。その際、心理学の発展のなかで、不思議な知覚や潜在意識、夢、幻想などの研究結果に注目し、自らの心象スケッチは、そうした体験をありのままに写しだしたものとして記録されたといえる。そうして新しい心理学の動きを追っているうちに、そうした心理学は、時空間を新たな認識で捉え、また万人に通じる宇宙大の新たな信仰を摑むという宗教観に達する可能性も含んだ学問だと考え、賢治は自らの心象スケッチについて「歴史や宗教の位置を全く変換しやうと企画し、それを基骨としたさまざまの生活を発表して、誰かに見て貰ひたい」というねらいをもったのであろう。そうした姿勢で、賢治が記録し続けた短編、童話、詩が蓄積してゆき、また病後の小康状態も得られるようになった時期に、「仕度」として行ってきた「或る心理学的な仕事」をいよいよ実行しようとしたのが、すでに晩年となる昭和八年の著作の計画だったのではないだろうか。そこには、心理学を背景とする仏教と科学の視点から「新信行」の在り方が導かれ、「科学より信仰への小なる橋梁」が示唆される予定であったと考えられるのである。

註

（1）日本女子大学校家政学部では、明治三十四年の開校当初より、「心理学」が本科一年次の必修科目とされている。このたび宮澤潤子氏より宮澤家蔵のトシ卒業証書を確認させていただいたところ、証書上の記載にも、必修科目として「心理学」が履修されていることが確認できた（山根知子「宮澤トシの卒業証書」『成瀬記念館』No.26　二〇一一年七月）。

（2）山根知子「宮澤トシの学びと賢治」（『宮澤賢治研究Annual』第十八号、二〇〇八年三月）

（3）（2）に同じ。

（4）「刊行の言葉」（復刻版『変態心理』二〇〇一年二月　不二出版）

（5）曾根博義「中村古峡と『新仏教』」（『「変態心理」と中村古峡』二〇〇一年一月　不二出版）

（6）鈴木健司は『宮澤賢治　幻想空間の構造』（一九九四年十一月　蒼丘書林）「心象スケッチの目的」の章で心理学の無意識と天台教学の九識説との関連において「九識心王」について指摘している。

※宮澤賢治作品の引用は、『【新】校本宮澤賢治全集』（筑摩書房）に、宮澤トシ書簡の引用は、堀尾青史編「宮澤トシ書簡集」（『ユリイカ』一九七〇年七月　青土社）に、宮澤トシ「自省録」は、山根知子『宮沢賢治　妹トシの拓いた道』（二〇〇三年九月　朝文社）によった。

※すべての引用について、漢字は新字体に改めた。

編集後記

国際日本文化研究センター（日文研）では、その事業の一環として、外国人客員研究員が主宰する共同研究を毎年公募している。本書は、これに応じたインド・ジャワハルラル・ネルー大学教授のプラット・アブラハム・ジョージ客員研究員が組織した共同研究「文学の中の宗教と民間伝承の融合：宮澤賢治の世界観の再検討」（研究期間：平成二十二年六月〜二十三年五月）の研究成果報告論文集である。研究会の運営にあたっては、日文研教授の小松和彦が補佐した。

本研究の狙いは、序論にも述べられているように、宮澤賢治は熱心な法華経（日蓮宗）の信者であったが、その思想には、そうした宗教的知識だけではなく、さまざまな契機を通じて摂取された多様な信仰や習慣も見出されるので、それをできるだけ詳細に検討する、ということにあった。とくに配慮しようとしたのは、仏教はもとより賢治が生まれ育った東北の地に伝わる民間伝承・民間信仰やキリスト教などの外来の思想・知識との関係であった。

研究会はおおむね隔月ごとに二日間にわたって行われ、ときにはゲスト・スピーカーも交えてきわめて熱心な討論が重ねられた。

共同研究に参加したメンバーは、以下の通りである（五十音順、所属は開催年度初頭のもの）。

研究代表者　プラット・アブラハム・ジョージ（ネルー大学　日本・韓国・東北アジア言語文学文化研究学科　教授）

幹事　小松和彦（国際日本文化研究センター　教授）

班員　青木美保（福山大学人間文化学部　教授）

荒木浩（国際日本文化研究センター　教授）

稲賀繁美（国際日本文化研究センター　教授）

牛崎敏哉（花巻市宮澤賢治記念館　副館長）

鎌田東二（京都大学こころの未来研究センター　教授）

黒澤勉（岩手医科大学共通教育センター文学科　教授）

杉浦静（大妻女子大学文学部　教授・宮沢賢治学会代表理事）

鈴木健司（文教大学文学部　教授）

鈴木貞美（国際日本文化研究センター　教授）

中地文（宮城教育大学国語教育講座　教授）

萩原昌好（十文字学園女子大学児童幼児教育学科　教授）

望月善次（盛岡大学　学長・岩手大学　名誉教授）

森三紗（宮沢賢治学会イーハトーブセンター副代表理事・岩手大学宮沢賢治センター副代表）

山根知子（ノートルダム清心女子大学日本語日本文学科　教授）

参考のために、研究会の開催日と発表者も、以下に記す。

第一回（平成二十二年七月三日～四日：国際日本文化研究センター）
プラット・アブラハム・ジョージ「共同研究の趣旨　「文学のなかの宗教と民間伝承の融合：宮澤賢治の世界観の再検討」」
小松和彦「日文研の紹介・図書館の利用方法説明」
鈴木貞美「宮澤賢治研究の現在――『宮澤賢治イーハトヴ学事典』思想文化を担当して――」
萩原昌好「宮澤賢治における時間と空間」

第二回（平成二十二年九月五日～六日：国際日本文化研究センター）
栗原敦「宮澤賢治の仏教とはどのようなものであったか」
稲賀繁美「星と修羅と自己犠牲：宮澤賢治（1896.8.27–1933.9.21）の心象へのいくつかの補助線」
望月善次「賢治短歌に見る宗教意識」
鎌田東二「宮澤賢治と明治・大正・昭和初期の霊性運動」

第三回（平成二十二年十一月六日～七日：宮澤賢治学会イーハトーブセンター〈花巻市〉）
牛崎敏哉「童話「ざしき童子《ぼっこ》のはなし」をめぐって」
正木晃「賢治と法華経信仰――なぜ浄土真宗から日蓮宗に改宗したのか？――」
石井正己「民間伝承と宮沢賢治」
黒澤勉「岩手の自然・土着文化からイーハトヴ芸術の創造へ」

第四回（平成二十三年一月八日～九日：国際日本文化研究センター）
青木美保「宮澤賢治世界観の展開――詩「春と修羅」、童話「土神ときつね」、詩集『春と修羅』序――」
山根知子「宮澤賢治「或る心理学的な仕事の支度」について――科学より信仰への橋梁――」
西成彦「宮沢賢治と擬人法」
中地文「児童文学と民間伝承――賢治童話の場合――」

第五回（平成二十三年三月五日～六日：国際日本文化研究センター）
天沢退二郎「宮沢賢治と〈宗教〉の根源――あるいは〈書くこと〉の探求――」
鈴木健司「「銀河鉄道の夜」論・パート5――カムパネルラの母を補助線に――」
杉浦静「〈春と修羅　第二集〉における〈民間〉信仰」
荒木浩「釈教歌と石鹸――宮沢賢治の〈有明〉再読――」

第六回（平成二十三年五月十四日～十五日：国際日本文化研究センター）
小松和彦「賢治童話に見られる「童子」をめぐって――『オツベルと象』の〈赤衣の童子〉はどこから来たのか？――」
森三紗「宮澤賢治の宗教と民間伝承の融合：世界観の再検討――童話〈祭の晩〉考」
プラット・アブラハム・ジョージ「賢治作品に投影しているキリスト教的表象：偶然かそれとも意図的か」

（記・小松和彦）

執筆者紹介（掲載順）

プラット・アブラハム・ジョージ（Pullattu Abraham George）
→奥付に記載

第一部

天沢退二郎（あまざわ　たいじろう）
一九三六年生まれ。明治学院大学名誉教授。主著『宮沢賢治の彼方へ』（思潮社）、『宮沢賢治のさらなる彼方へ』『《宮沢賢治》論』（ともに筑摩書房）、『謎解き風の又三郎』（丸善ライブラリー三十三、丸善）、共編著『新校本宮澤賢治全集』（筑摩書房）など。

石井正己（いしい　まさみ）
一九五八年生まれ。東京学芸大学教授。主著『遠野物語の誕生』（若草書房）、『柳田国男と遠野物語』（三弥井書店）、『図説古事記』『図説百人一首』（ともに河出書房新社）、『桃太郎はニートだった！』（講談社）など。

牛崎敏哉（うしざき　としや）
一九五四年生まれ。宮澤賢治記念館副館長（学芸員）。イーハトーブ研究誌『ワルトラワラ』に「インドラ・ウェブ」連載中。

黒澤　勉（くろさわ　つとむ）
一九四五年生まれ。前岩手医科大学共通教育センター人間科学科・文学分野教授。主著『東北民謡の父　武田忠一郎伝』『宮澤賢治作品選』『病者の文学―正岡子規』（いずれも信山社）、『日本語つれづれ草』（岩手日報社）など。

小松和彦（こまつ　かずひこ）
→奥付に記載

森　三紗（もり　みさ）
一九四三年生まれ。元宮澤賢治学会イーハトーブセンター副代表。主著『森荘已池詩集　山村食料記録』『森荘已池校注　宮澤賢治短歌集』（ともに未知谷）、『私の目　今夜　龍の目』（寺の下通信社）、共著『宮澤賢治　文語詩の森　第三集』（柏プラーノ）など。

第二部

荒木　浩（あらき　ひろし）
一九五九年生まれ。国際日本文化研究センター教授。主著『日本文学　二重の顔〈成る〉ことの詩学へ』（阪大リーブル二、大阪大学出版会）、『古事談　続古事談』（新日本古典文学大系四十一、川端善明氏と共著・校注、岩波書店）など。

中地　文（なかち　あや）
一九六四年生まれ。宮城教育大学教授。主な論文に「宮沢賢治と松並木問題」（『傳統と創造』勉誠出版）、「教育面における「賢治像」の形成」（『修羅はよみがえった』宮沢賢治記念会）など。

萩原昌好（はぎわら　まさよし）
一九三九年生まれ。埼玉大学名誉教授。主著『修羅への旅』（朝文社）、『銀河鉄道への旅』（河出書房新社）など。

正木　晃（まさき　あきら）
一九五三年生まれ。慶應義塾大学文学部・立正大学仏教学部非常勤講師。主著『現代の修験道』（中央公論新社）、『密教』（講談社選書メチエ三一〇、講談社）、『はじめての宗教学』（春秋社）など。

望月善次（もちづき　よしつぐ）
一九四二年生まれ。盛岡大学学長。インド・ネルー大学、デリー大学客員教授。主著『「分析批評」の学び方』（明治図書出版）、『啄木短歌の読み方』（信山社）など。

第三部

杉浦　静（すぎうら　しずか）
一九五二年生まれ。大妻女子大学教授、宮沢賢治学会イーハトーブセンター代表理事。主著『宮沢賢治　明滅する春と修羅』（蒼丘書林）、『図説　宮沢賢治』（共編、筑摩書房）、『戦後詩誌総覧』（共編、日外アソシエーツ）など。

鈴木貞美（すずき　さだみ）
一九四七年生まれ。国際日本文化研究センター・総合研究大学院大学教授。主著『日本の「文学」概念』『梶井基次郎の世界』『生命観の探究』（いずれも作品社）、共編著『宮澤賢治イーハトヴ学事典』（弘文堂）など。

第四部

秋枝美保（あきえだ　みほ）（本名：青木）
一九五五年生まれ。福山大学教授。主著『宮沢賢治　北方への志向』『宮沢賢治の文学と思想』（ともに朝文社）など。

稲賀繁美（いなが　しげみ）
一九五七年生まれ。国際日本文化研究センター・総合研究大学院大学教授。主著『絵画の黄昏』『絵画の東方』（ともに名古屋大学出版会）、編著『異文化理解の倫理に向けて』（名古屋大学出版会）、『伝統工藝再考：京のうちそと』（思文閣出版）など。

鈴木健司（すずき　けんじ）
一九五三年生まれ。文教大学文学部教授。主著『宮沢賢治　幻想空間の構造』『宮沢賢治という現象—読みと受容への試論—』『宮沢賢治文学における地学的想像力—〈心象〉と〈現実〉の谷をわたる—』（いずれも蒼丘書林）、共著『知の冒険　宮沢賢治』（リーブル出版）など。

山根知子（やまね　ともこ）
一九六四年生まれ。ノートルダム清心女子大学教授。主著『宮沢賢治　妹トシの拓いた道—「銀河鉄道の夜」へむかって—』（朝文社）、共著『イーハトーヴからのいのちの言葉—宮沢賢治の名言集—』（角川書店）など。

【編者略歴】

プラット・アブラハム・ジョージ
(Pullattu Abraham George)

1959年生まれ。インド・ニューデリー・ネルー大学語学部日本語韓国語東北アジア言語文学文化研究学科教授。主著『*Miyazawa Kenji's TEN JAPANESE STORIES FOR CHILDREN*（賢治童話の英訳）(Northern Book Centre)、『*KUTTIKALKKU NALU JAPAN KATHAKAL*』（賢治童話のマラヤーラム語訳）(Current Books) など。

小松和彦（こまつ　かずひこ）

1947年生まれ。国際日本文化研究センター教授。主著『いざなぎ流の研究――歴史のなかのいざなぎ流太夫』（角川学芸出版）、『異人論――民俗社会の心性』（ちくま学芸文庫）など。

宮澤賢治の深層――宗教からの照射――

二〇一二年三月三一日　初版第一刷発行

編　者　プラット・アブラハム・ジョージ
　　　　小松和彦
発行者　西村明高
発行所　株式会社法藏館
　　　　京都市下京区正面通烏丸東入
　　　　郵便番号　六〇〇-八一五三
　　　　電話　〇七五-三四三-〇〇三〇（編集）
　　　　　　　〇七五-三四三-五六五六（営業）

装　幀　原　拓郎
印刷・製本　亜細亜印刷株式会社

ISBN 978-4-8318-7100-8 C 3095